国内首部探秘典当行业与古玩市场的小说
网络原名《黄金瞳》

打 眼◎著

典当行业：质押借贷，不乏尔虞我诈
古玩市场：珍宝赝品，不乏鱼目混珠

台海出版社

图书在版编目（CIP）数据

典当.6／打眼著.–北京：台海出版社，2012.9

ISBN 978–7–5168–0044–7

Ⅰ.①典… Ⅱ.①打… Ⅲ.①长篇小说—中国—当代

Ⅳ.①I247.5

中国版本图书馆 CIP 数据核字（2012）第 218845 号

典当.6

著　者：打　眼

责任编辑：王　品　　　　　　装帧设计：天下书装
版式设计：刘　栓　　　　　　责任印制：蔡　旭

出版发行：台海出版社
地　　址：北京市景山东街 20 号　邮政编码：100009
电　　话：010–64041652（发行，邮购）
传　　真：010–84045799（总编室）
网　　址：www. taimeng. org. cn/thcbs/default. htm
E–mail：thcbs@ 126. com

经　　销：全国各地新华书店
印　　刷：北京高岭印刷有限公司
本书如有破损、缺页、装订错误，请与本社联系调换

开　　本：787×1092　　1/16
字　　数：400 千字　　　　　印　　张：24
版　　次：2012 年 9 月第 1 版　印　次：2012 年 11 月第 2 次印刷
书　　号：ISBN 978–7–5168–0044–7

定　　价：39.80 元

目 录
CONTENTS

第一章 有钱自远方来

　　庄睿在飞机场接到缅甸翡翠大王胡荣，也就意味着庄睿又有钱了。虽然这一年来，庄睿手里的钱翻着翻地往上涨，但是却越有钱越容易出现财政危机。就拿庄睿这次订婚来说，他手里才有几百万，七七八八的开支加起来，他都担心不够用。不过现在好了，胡荣来了，也就意味着他的钱来了。

　　在缅甸，资源就代表着财富和地位，这些翡翠公司的人拿这些资源大亨根本就没有什么办法。

　　要不是想亲自感谢庄睿，胡荣原本是没时间来参加此次庄睿的订婚仪式的。正是庄睿的提点，才让胡荣能这么快找到翡翠矿脉，为他节省了大量的人力、物力和财力。

　　当然，胡荣也把庄睿的三吨黄金处理掉了，全部兑换成了瑞士银行的欧元本票，另外两吨黄金他也带来了，这也是他来中国的原因之一。

　　"胡大哥，我就是觉得人有灯下黑的心理，越是眼皮底下的东西，往往越容易被忽视，我这人做事情一向比较注重细节，或许这一点，就是我运气一直不错的原因吧……"

　　庄睿实在受不了胡荣不停地感谢和追问，这才给自己找了个理由，在找理由的同时，还不忘给自己脸上贴点金，这话虽然感觉有点自吹自擂的意思，不过听在胡荣耳朵里，庄睿已经是谦虚至极了。

　　国内外包括欧洲的十多位地质专家，耗时近一年都没找到准确的矿脉方位，庄睿一句话就点破了，这已经不是运气可以解释的了，没有过人的眼光和超人的判断力，庄睿怎么可能在那座矿场投入两吨黄金呢。

　　"运气也好，本事也罢，总之是按照你指点的方位找到了矿脉，老哥我还是要谢谢你……"

　　胡荣对庄睿真的很感激。来中国之前，家族里还有人提出异议，说庄睿只花了两亿多人民币，就买到矿脉30％的股份，占了大便宜。

　　不过胡荣当时就板起脸把那人训斥了一顿，锦上添花容易，但是雪中送炭却难，在没有任何人愿意对当时的胡氏伸出援手的时候，要不是庄睿拿出那两吨黄金，并且提出勘探意见，恐怕现在胡氏已经很难再坚持下去了。

更何况庄睿身后的背景，也是胡荣在国内发展的一大助力，他可不是目光短浅的人，所以这次还是亲自赶来了。

"呵呵，胡大哥，咱们也算是一家人，就别说客气话了，我还指望您那翡翠矿帮我赚大钱呢……"

庄睿笑着岔开了话题，这事本来就是自己占了便宜，得了便宜卖乖的事情，他还是别做的好，不然会给人肤浅的感觉。

"嗯，根据我们的初步勘探，那条矿脉应该有一百多米，延伸进岩壁内二十五至五十米不等，玉质还算不错，根据几个探洞带出来的翡翠来看，应该有不少冰种料子，我估算了一下，这批翡翠的价值，大约在十亿欧元左右……"

一提到那座矿脉，胡荣顿时双眼放光，不过他最后报出的数字，却把庄睿吓了一大跳，开什么玩笑啊，十亿欧元，那可就是一百亿人民币了，自己三成的份子，岂不是有三十亿？

"胡大哥，能值这么多？"

虽然现在庄睿对金钱，更多的是一种数字概念，但是当他从胡荣口中听到这个"数字"后，还是禁不住心旌摇荡，不能自已。

"嗯，这应该是缅甸境内发现的最大一座翡翠矿了，估计用机械开采，能开十年以上，老弟，你就坐等分红吧……"

谈到这个，胡荣很是兴奋，胡氏家族有了这座矿脉之后，那才是名副其实的翡翠大亨。

随着翡翠矿开采殆尽，这座矿脉的价值，也会愈发重要起来，说不定十多年后，在缅甸就剩下这么一座翡翠矿坑了呢。

"对了，老弟，另外那三吨黄金，我都帮你卖出去了，最近国际黄金价格上扬，一百三十五元一克，一共卖了四亿多一点，我都给你兑换成瑞士银行的本票了，差不多四千万欧元……"

胡荣一边说，一边打开箱子，要从里面掏支票本，被庄睿一把拉住了，说道："胡大哥，这些事情不急，咱们回去再说……"

"呵呵，你看我，一高兴就忘了场合了……"

胡荣闻言笑了起来，自己都快四十岁的人了，还不如这小青年沉得住气。

两人正说话间，从上海到北京的航班也降落了，陆续有人从机场出口走出来。

"伟哥，这边，我在这里……"

庄睿一眼看到走出来的阳伟，连忙站起身，大声喊了一句，自己也迎了过去，只是伟哥的名头过于响亮，惹的机场里进出的人，都向阳伟行了个注目礼。

"老幺,你小子成心的是不? 给哥哥留点面子啊……"

阳伟上前给了庄睿一拳,兄弟俩紧紧地拥抱了一下,在陕西参加完老三的婚礼后,他们已经有半年多没见了,这次借庄睿订婚的机会,几兄弟又能聚在一起,都异常高兴。

"得了吧,我还没叫你阳伟的大名呢……"

"打住,打住,后面跟着你嫂子呢……"

阳伟恨不得把庄睿的嘴给堵上,他的名字简直就是大杀器,没哪个人听到不想笑的。

"咦? 宋护士,你们? 你们俩怎么搞一起去了……"

庄睿闻言向阳伟身后看了过去,见到那个"嫂子",不禁愣住了,居然是宋星君。

"会不会说话啊,什么叫搞一起去了? 你没见我们郎才女貌,很般配吗?"

伟哥对庄睿的话很是不满,大声嚷嚷起来。

"得,我说错了还不成,宋护士,你好……"

庄睿跟宋星君打了个招呼,这会儿也顾不得他们两人是怎么混到一起去的了,因为庄睿看到了站在最后面的德叔,连忙走了过去,向德叔深深地鞠了一躬,说道:"德叔,我都请您好几次了,您才舍得离开上海啊?"

要说庄睿这辈子最敬重的长辈,除了老妈和刘川父母之外,就数德叔和古师伯了,至于家里的长辈,亲情或许多一点,但是在庄睿心里,却不如这几个人来的亲切。

和德叔与古老爷子在一起的时候,庄睿心里很放松,开几句无伤大雅的玩笑都行,但是在那几个舅舅面前,更像接受领导检阅一般,心里不是很舒服,远不如和德叔等人在一起来得自在。

尤其是德叔,在庄睿刚毕业进入典当行工作时,给予庄睿很大帮助,那种关心和帮助,不掺杂一丝功利,就是出于对庄睿的喜爱,后来更是力荐庄睿当上了典当行经理,那段时间的锻炼,让庄睿受益匪浅。

"臭小子,我在家抱抱孙子养养花多好,这次来也是看老朋友的,不过你小子也算争气,初考通过了,不然老头子我可没脸去见老朋友……"

德叔笑着骂了庄睿一句,继而欣慰地看着这个既像自己弟子,又像自己子侄一般的年轻人,心里满是自豪。

现在庄睿已经不是那个初出茅庐、嘴上无毛办事不牢的小家伙了,在电视台鉴宝节目播出之后,庄睿在国内收藏界的地位,比起自己也是只高不低,能在晚年带出这么一个徒弟弟,德叔自然是很高兴。

德叔今年过年很开心,因为在上海收藏界,许多人都知道庄睿是他的弟子,所以在给德叔拜年的时候,总不忘说上一句名师出高徒的话,于德叔而言,这就是他培养出庄睿之后,最大的褒奖与回报了。

"嘿嘿,德叔您的名头,在北京这地界可是响亮得很,彭飞,这几天你就专门负责接送德叔去见老朋友……"

庄睿笑着和德叔开了个玩笑,摆手把彭飞叫了过来,让彭飞这几天做德叔的专职司机,要不是自己忙,庄睿就亲自给德叔做司机了。

"不用,不用,在北京打车很方便的,你忙活自己的事情就行了……"

德叔连连摆手,不过心里却像吃了蜂蜜一般开心,自己没白教这个弟子。

宋星君默默地站在一旁,看着庄睿和德叔以及阳伟谈笑风生的样子,突然感觉庄睿异常的陌生。

一年前,那个眼部受伤躺在病床上的大男孩,此时已经变成了一个成熟的男人,虽然刚才和自己打了招呼,但是他的注意力,并没有放在自己身上,这让宋星君心里微微有些失落。

从在上海古玩市场邂逅庄睿,得到庄睿的帮助,把那件明成化的鸡缸杯卖出去,使得自己的家庭状况得到了很大改善,宋星君对庄睿一直都怀着感恩的心,或者说有些喜欢庄睿。

不过宋星君知道庄睿有女朋友,而且在上海出现的苗警官,也比自己优秀,宋星君一直都没表露出什么。

庄睿离开上海之后,这份心思也慢慢淡了,宋星君出生在一个很普通的家庭,知道王子公主之类的故事,只存在于童话之中。

或许宋星君对庄睿的感觉,只是出于感激,像她这种出生在普通家庭的女孩,考虑的事情比较实际。庄睿离开后,阳伟经常去医院找她玩,一来二去的,两人竟然谈起了恋爱。

宋星君性子恬静,阳伟则张扬好胜,两人的性格倒是很互补,交往了半年多,把关系定了下来,准备今年结婚了。

"宋护士,以后你可要管住伟哥啊,他上学的时候可是号称中老年妇女的杀手……"

庄睿把胡荣介绍给德叔认识之后,转过脸开起了宋星君的玩笑,大家都算是老朋友了,见宋星君和阳伟走到一起,庄睿心里也很高兴。

不过在庄睿心里,还有一些不能为人道的密秘,庄睿这辈子第一次在现实中看到的女人的胸脯,就是宋护士的。

当然,这事只能偶尔在心里想想,一辈子烂在肚子里了,打死也不能说出去,俗话说朋友妻不可欺,勾引大嫂那可是江湖大忌啊。

"老幺,别乱说啊,哥哥可是当代五好男人……"

阳伟听了庄睿话后,居然有点小紧张,他以前虽然经常嘲笑庄睿是个处男,其实自己也好不到哪儿去,谈了几个女孩都无疾而终。

当初伟哥一眼就看中了宋星君,花了好大劲才将她泡上手,庄睿要是再敢说他坏话,伟哥拼命的心思都有了。

"行了，五好男人，走吧……"

庄睿接过德叔手里的包，和阳伟打闹着出了机场。

跟在后面的宋星君看到他们的模样，心里那一点芥蒂，也终于烟消云散了，每个人都有自己的幸福，更何况伟哥对她很好，上海男人的细腻，宋星君还是比较喜欢的。

鞋子是否合脚，要穿过才知道，男女之间也一样，不在一起过上一段时间，很难知道双方是否合适。

庄睿把德叔等人送到酒店之后，还来不及和秦萱冰温存一下，老四从广东，老三从西安，分别抵达首都机场，庄睿实在是分身乏术，干脆把岳经兄这个地头蛇给喊了过来，让他去接人了。

晚上庄睿带着秦萱冰和几个同学吃了一顿饭，胡荣和秦浩然等人在一起，他们本来就是亲戚，由庄母亲自招呼着，亲家可是不能怠慢的。

晚上，马胖子也到了北京，不过这位不用庄睿招待，电话通知了庄睿一声，后天和宋军一道来参加庄睿的订婚仪式。

"萱冰，晚上跟我回家里住吧？"

把伟哥等人都送回酒店之后，庄睿拉住了秦萱冰。

"不行，妈咪说了，订婚前我都要住在酒店，死样，你下午坏事不也干了……"

秦萱冰见庄睿一脸失望的样子，不由哭笑不得地用手指点了点庄睿的额头，没等庄睿回过神来，笑着跑进自己的房间。

"得，哥们再忍两天吧，过几天非让你求饶不可……"

庄睿推了下房门，却发现从里面反锁了，当下悻悻地走出酒店，打车直奔四合院，彭飞和郝龙开来的那两辆车，分别给秦浩然和德叔等人用了，庄睿自个儿倒没车用了。

庄睿一踏进中院，就见欧阳军正坐在房里看电视，在他旁边，还坐着两个陌生人，庄睿不由奇怪地问道："四哥，您怎么来啦，嫂子呢？"

这会儿已经晚上九点多了，自从徐晴怀孕之后，欧阳军很少这时间还不回家。

"给你送车来了，你们两个认识一下他，明儿早上来这里听我老弟安排就行了……"欧阳军见到庄睿进屋，对他身边的两人交代了一声。

"是，欧阳先生，您放心吧，要是没事，我们俩明天再来？"

那两人起身和庄睿打了个招呼，见欧阳军摆了摆手，告辞走了。

等那两人走后，庄睿拿出从欧阳军那里顺来的好茶叶，给他泡了杯热茶，笑嘻嘻地说道："四哥，这事还真要谢谢你，我正没车用呢……"

"得，屁大点事害得我等了半个多小时了，行了，我走了，一脑袋糨糊事呢……"

欧阳军这段时间,被那房地产项目折腾得不轻,规划什么的都做好了,而且也已经破土动工了,只是还差了两亿的缺口,又不能从银行贷款,他又不想问别人借,正烦着呢。

都说做房地产全指望银行,欧阳军现在心里直想骂娘,全国人民都是这么搞的,怎么到自己这,就不行了呢。

"哎,四哥,慢点,有事跟您说……"庄睿见欧阳军那样子,张嘴喊住了他。

"什么事? 不会让四哥给你当司机去吧?"

欧阳军回过头来,和庄睿开起了玩笑,生意上的事情是有点烦,倒不是没有解决的办法,只是他不愿意而已。

"您要是闲着没事,我正缺个司机呢……"

庄睿嘿嘿笑了一下,看欧阳军要翻脸,连忙说道:"您那项目还差多少钱? 我现在手头宽松点了……"

"算了,你那点钱还是留着娶媳妇吧,几千万不顶用……"

欧阳军一听庄睿说的是这事,一张脸不禁又皱了起来,正经生意真他娘的不好干,不能偷税漏税,再加上那些建筑材料和工钱,要是想全面施工的话,没小两亿是拿不下来的。

当然,欧阳军开发的那块地,也值得投入这么多钱,那里地段极佳,而且周边配套设施齐全,医院、学校、大型超市都有,以现在北京房价上升的趋势,等小区建成之后,绝对不愁卖。

只是欧阳军现在苦于手中没钱,这卖楼花也要先盖个几层啊,他现在连地基还没打好呢。

"你说下总投资需要多少钱吧,不过话说在前面,我这钱不是借你的,算是入股,房子卖掉我要拿分红的……"

庄睿那手包里,现在可是放着四千万欧元的瑞士银行本票呢,他说起话来也是底气十足,这钱他本来没想好怎么花,现在看到欧阳军钱紧的样子,倒是兴起投资房地产的心思来了。

这两年全国的房价都在升温,像深圳广州等地,本来三四千一平方米的房子,现在都涨到了七八千了,北京上海更不用提了,房价像坐火箭一般往上蹿,庄睿要是看不透这点,那大学四年真是白上了。

"你有多少钱?"

欧阳军有些不相信地看着庄睿,这弟弟前几天还向自己哭穷呢,中彩票也没这么快吧?

"你要多少钱?"

庄睿摆出一副你爱信不信的模样,虽然说这年头杨白劳变爷了,不过那也是钱借出去之后的事情,现在谁手里有钱谁就是爷。

欧阳军撇了撇嘴,说道:"最少要两个亿,后面说不定还要再砸一个亿进去,你有这么多吗?"

"那你能给我多少股份呢?"

庄睿不置可否地问道,大投资才有大回报,钱放在手里又不能下蛋,欧阳军这项目如果真不错的话,自己入股也没什么。

"你当真的?"

"废话啊,我这几天忙得像兔子爹似的,没事我逗您玩呢?"

见庄睿不像开玩笑,欧阳军反而淡定下来,在心里盘算起来。

说实话,欧阳军差钱,那只是表象,即使不通过银行等信贷部门,以他的关系要搞几个亿,还真不是多难的事,但是别人势必也要分一杯羹出去。

在北京这地界也不是只有欧阳家强势,有资格有胆子惦记他拿下来的那块地的人,并不在少数,所以欧阳军一直都没想好,到底是与别人合作,还是自己吃独食?

虽然这年头吃独食是大忌,但是只要你有钱,方方面面别被人找出茬子,以欧阳家的强势,吃独食也没人能把欧阳军怎么样。

最关键的是,一直都玩空手套白狼的欧阳四少,现在手上最缺的,偏偏就是钱。

第二章 | 庄睿订婚

结了婚之后，欧阳军也不想沾惹那些风花雪月的事了，还准备把会所关掉。以后的投资重心，就放在房地产项目上，所以他花了一亿多买下一家颇具实力并且有资质的建筑公司。

也正因为如此，欧阳军的手头变得非常紧张，他的会所卖出去，倒是能值个一两亿，但是这关节眼上卖会所，不免被别人看笑话，明眼人自然能看出欧阳四少缺钱用了。

"五儿，我前期的投资倒不是很多，大概有两亿左右，不过还有些人情关系在里面，你要是真想入股的话，拿出两亿五千万来，我算你40%的股份……"

欧阳军仰头坐在沙发上，思考了十几分钟后，终于给出了答复。

虽然欧阳军只掏了两亿，就要占60%的股份，庄睿拿出两亿五千万，却只能得到40%，看起来有些不公，其实欧阳军如此做，已经做出了很大的让步了。

欧阳军开发的那个大型花园式住宅小区，成本核算大概在五亿左右，但是一旦开发完成，市场价格高达二十亿元人民币以上。

也就是说，庄睿投入的两亿五千万，在一两年之后，就有可能变成十亿，所以手里拿着资金想要在欧阳军项目上掺和一脚的，大有人在，即使欧阳军只给出20%的股份，也有人打破头抢着要。

能给庄睿40%，欧阳军已经算非常厚道了，这项目绝对是稳赚不赔，是个人都能看明白，白枫已经在欧阳军屁股后面追半个月了，欧阳军都没松口，这要不是庄睿，欧阳军压根就不带他玩儿。

"成，四哥，就按您说的办，不过这几天我没时间，股份什么的，您看着处理吧……"

庄睿没让欧阳军等太久，在心里略一盘算，就答应了下来，他上次听欧阳军谈过这个项目，知道那里地段不错，加上现在房地产大热，把钱投进去，肯定比留在银行吃利息高。

"你小子，眼光还真毒，胆子也够大，怪不得能赚下这份家业……"

欧阳军见庄睿在短短几分钟之内，就做出了决定，就连他也自叹不如，什么东西都没见到，就敢投两亿多人民币，如果两人的位置对换一下，欧阳军自问，自己就绝对不敢，至少在投资之前他要了解一下相关资料才行。

"嘿嘿，四哥，我只出钱，房子卖出去后，按股份拿钱，别的事儿我一概不管，您也别来找我……"

庄睿嘿嘿一笑，从手包里拿出了那张还没捂热乎的银行本票，交到欧阳军手里，说道："这钱一共是四千万欧元，您拿出两千五百万来，剩下的还是给我办成瑞士银行的本票……"

庄睿考虑到自己日后万一要出国的话，就不用再找欧阳军兑换外汇了，有这一千多万欧元在手上，一般情况下到哪都够用了，至于在国内，他还有一千来万人民币，并不是很缺钱花。

再说，到四五月份，新疆那边也会有一笔款子进账，应该在一亿人民币左右，庄睿现在需要做的，就是找一些有前途的项目，把这些钱投资出去。

庄睿现在不差钱，但是他很享受投资带来回报的那种快乐，这种感觉要比他淘宝捡漏还有成就感，毕竟在鉴别古玩上，即使淘到件好东西，那种快感已经不是很强烈了。

"成，股份转让的那些文件，我回头让人办理一下，拿来给你签字，先回去了，不然你嫂子在家又要着急了……"

俗话说肥水不流外人田，在庄睿这里解决了资金问题，虽然自己要把蛋糕分出去将近一半，但是怎么着也没便宜外人，欧阳军对这个结果还是比较满意的。

送走欧阳军之后，庄睿回到房间洗了个澡，然后进入自己的地下室。

地下室的古玩架子上，已经多多少少摆放了一些物件，不像开始时那样空空荡荡了，或许再过上几天，一批闪烁着耀眼金光的黄金，也要位列其中了。

庄睿现在心中有个规划，等自己再稳定一些之后，他准备到国外转一转，利用自己眼睛的特异之处，把流失在国外的文物，力所能及地收购一些回来。

当然，他并不是想把收购回来的物件捐献给国家，但是自己办个博物馆还是可以考虑的，私人古玩博物馆，在国内已经出现了。

对于古玩，庄睿现在的心态越来越像藏家了，每次他进入地下室观摩这些字画陶瓷时，心灵总是特别宁静。

每件古玩背后，都隐藏着历史中或真实存在或无法考证的故事，这就需要人们去猜测和揣摩，这也是收藏的乐趣所在。

随着对古玩知识的深入了解，慢慢的庄睿已经能够感受到，蕴藏在古玩中的那种沉甸甸的历史沧桑感，仿佛一幅画卷，把他带入历史长河之中。

独自一人在收藏室里待了半个多小时，庄睿才带着一种说不出来的情绪，回到房间，倒头沉沉睡去。

"庄先生,这……这领带不打,领结还是要的啊……"

在庄睿的后院,此刻是热闹非凡,一大帮人围在这里,正准备看庄睿的笑话呢。

一个欧阳军找来的女化妆师,正拿着个领结,帮庄睿整理服饰,而庄睿此刻虽然羞红了脸,但是脸上却看不出来,因为刚刚打上了粉底。

今天是庄睿订婚的日子,本来想在酒店举行仪式的,不过想想来的都是亲朋好友,欧阳老爷子也会到场,去酒店有点不合适,倒不如在庄睿这座极具古代风格的四合院里举行仪式了,至于订婚酒,则等到仪式结束后,再去酒店。

早上六点多钟,庄睿就被一帮人折腾起来了,几位同学加上欧阳军,还有年龄明显比他们大了一圈的宋军、马胖子,都来凑热闹了,把庄睿整得是苦不堪言。

"行了,快点出去接客啦……"

欧阳军的话说得庄睿直翻白眼,不过还是老老实实地走到中院,和秦萱冰会合之后,走到了四合院的大门口,并排站在一起。

"媳妇,冷不?"

二月的北京,天气还很寒冷,庄睿见秦萱冰虽然穿了件大红棉袄,但还是怕从小生活在香港的她不习惯。

"我冷啊,庄睿哥哥,你能抱抱我吗?"

站在庄睿和秦萱冰对面的伟哥,听到庄睿的话后,突然拿捏着嗓子学起了女音,引得众人哈哈大笑起来,让这巷子里许多老住户都伸出了头,看着这家热闹的场面。

"滚一边去……"

庄睿没好气地骂了一句,没看到哥们这大冷天的就穿了西装衬衫吗,不过幸亏衬衫里面还有保暖内衣,否则庄睿早就撑不住了。

马胖子捅了一下宋军,说道:"老宋,咱哥俩应该再从大门走一次,祝福下他们啊。"

"得,你不就是想显摆下礼物嘛……"

宋军被马胖子拉了出去,再回来的时候,马胖子手里拿着一长条木盒,显然是一幅画,而宋军的手里,则是拎着个轻飘飘的锦盒,包装得很是精美。

"庄老弟,哥哥我没什么文化,不过正在努力向文化人靠拢呢,这是我收藏的一幅明朝吕纪的《桂菊山禽图》,来个小哥们,把这画打开看下……"

马胖子招呼了一声阳伟,让他拿住一边画轴,缓缓地将这幅画展开。

"老弟,这些鸟、八哥、桂花、秋菊,均属祥瑞,寓意富贵荣华、吉祥长寿,老哥祝你和秦小姐百年好合,早生贵子啊!"

马胖子的话迎来了一阵喝彩声,庄睿也是连连拱手,心中感激不已,在场的众人都是行外人,他们不清楚这幅画的价值,但是庄睿可明白得很。

吕纪字廷振,号乐愚,明弘治年间的宫廷画家,官至锦衣卫千户和指挥同知,这在明朝,可是位高权重。

吕纪以画花鸟著称,其典型风格为工笔重彩画法,亦能工笔淡彩和水墨写意,所取题材多赋予吉祥富贵寓意,形式上也追求富丽华美的审美意趣,带有鲜明的宫廷艺术特色,其画风在明代宫廷花鸟画中影响最大。

吕纪画风细腻,为后世人所推崇,存世量并不是很多,价格也一直居高不下,像马胖子拿来的这幅,尺幅纵一百厘米横五十五厘米的真迹,要是拿到拍卖会上,最少要在五百万以上,马胖子这可是大手笔啊。

"行了,胖子,靠边让让……"

马胖子身后的宋军,把马胖子往边上挤了挤,抬高了手中的锦盒,说道:"庄老弟,咱们认识也一年多了,能不能猜出老哥拿的是什么礼物啊?"

"宋哥,您和马哥能来,就是给足小弟面子了,马哥这礼物忒贵重了,您就包个二百块钱礼金得了……"

庄睿苦笑了一下,马胖子出手就是价值几百万的古玩,想必宋军拿出来的物件,肯定不会太寒碜,他收的手软,这可都是人情呀。

"扯淡,打我脸是不是啊? 二百块钱,亏你小子说得出口……"

宋军被庄睿说得哭笑不得,他要真拿出二百块钱封个礼金,那以后真没脸面出门了,现在这年头,小门小户的喝个喜酒,也不止二百块钱啊,宋军还真丢不起那人。

"不是那个意思,宋哥……"

"得了,别磨叽了,这东西原本就是你的,拿好喽……"

宋军摆手打断了庄睿的话,把他手中那个轻飘飘的锦盒,往庄睿手里一塞,庄睿只能苦笑着接了下来。

"是《香祖笔记》? 宋哥,这……这怎么好意思呢?"

打开锦盒一看,庄睿顿时愣住了,这物件还真的曾经是庄睿的,而且还是庄睿这辈子捡到的第一个漏,卖给宋军得到的三百八十万人民币,也是庄睿赚的第一桶金。

"我知道这是你小子第一次捡漏得来的物件,所以从老爷子那要了回来,给你留着做个念想吧……"

宋军是玩收藏的,自然知道每个人都会对自己踏足这个圈子的第一个物件记忆深刻,所以特别挑拣出来,送给庄睿。

看到这本手册,庄睿心下也有些唏嘘,虽然已经是一年多以前的事情了,但是当时那一幕,那大雪天站在刘川店门口的老妇,仿佛就在眼前。

"以后要是有机会,要补偿一下那位老妇……"庄睿在心中默默地想,也正是因为这本手册,庄睿才知道灵气是可以分辨古玩的,从而进入这个行当。

"宋哥,谢谢您了,这东西,我收下了……"

对于庄睿而言,这本手册的纪念意义,远远大于这物件本身的价值,加上宋军的这番情意,这件礼物,分量已经不比马胖子送的《桂菊山禽图》轻了。

"甭和我废话,我家老爷子大寿的礼物,还指望你呢,到时候别拿不出来就行……"

这事宋军算是赖上庄睿了,谁让你小子得了好东西到处显摆的。

庄睿没接宋军的话茬,嬉皮笑脸地说道:"嘿嘿,宋哥,您不如把那幅唐伯虎的《李端端图》,一起还我算了……"

"滚一边去,就这手册我还是偷……不,没让老爷子知道顺出来的,那幅画你小子就别想了,行了,老马,咱们进去喝茶去,别和这小子在这里扯淡……"

宋军没好气地横了庄睿一眼,在刘川的带领下,进入中院,今儿不仅是刘川,包括伟哥等同学,都成了跑堂的了,来往于门前中院接送客人。

"有客到!"

站在门外的老三,突然粗着嗓子喊了一声,庄睿伸头往外看了一眼,看见从巷子口走过来三个人,连忙跑下台阶迎了上去。

"德叔,孙老师,金老师,您几位怎么一起来啦……"

庄睿招呼了几人一声,转过头对秦萱冰说道:"萱冰,这位是我的老师德叔,这是金老师和孙老师,都是古玩行里的前辈……"

"德叔好,金老师、孙老师好,谢谢几位能来参加我和庄睿的订婚仪式……"

秦萱冰跟在庄睿身后,落落大方地向几人问了声好。

"好,好,郎才女貌,天作之合啊……"

德叔听了庄睿那句老师,一张老脸不禁乐开了花,自己算是没白教导庄睿,在几位老朋友面前,倍儿涨面子啊。

"德叔,您几位先进去休息一下,喝口热茶……"

庄睿知道德叔和孙大圣的关系十分好,不过没想到几人会一起来,连忙喊老三过来,让他带人进中院喝茶。

金胖子摆手打断了庄睿的话,说道:"不急,庄老弟,今儿你订婚,老哥也要凑个趣,给你带来两个物件,咱们先看看……"

庄睿这才发现几人手里都拿着东西,连忙说道:"金老师,您几位能来,就是我天大的面子了,咱不讲究这个的……"

庄睿这话说的真心实意,眼前几人在古玩行里,都是他的师长,这礼物不礼物的,还真是无所谓。

"嗨,古人说金榜题名时,洞房花烛夜,这都是人生大喜,我们拿点东西来是应该的……"

金胖子笑呵呵地说道,他手里拿了两个长条硬纸盒子,先把一个盒子交给德叔拿着,然后打开了其中一个卷轴,说道:"老弟,这幅画是你交给我鉴定的,现在结果出来了,这幅关公像,是张大千在上个世纪二三十年代仿制的……"

"张大千临撰的画?"

庄睿愣了一下,这幅尺幅不大的画,是他上次在京城黑市拍到的,当时他看到里面的灵气泛黄,还以为是清朝某人仿制的,没想到居然出自张大千的手笔,不过想想,近代藏品有些物件里面,灵气也呈黄色。

张大千在中国现代绘画史上,有着举足轻重的地位,所以庄睿对他也极为了解。

张大千是天才型画家,其创作"包众体之长,兼南北二宗之富丽",集文人画、作家画、宫廷画和民间艺术为一体,中国画中的人物、山水、花鸟、鱼虫、走兽、工笔,无所不能,无一不精。

张大千的画风,在早、中年时期主要以临古仿古居多,花费了一生大部分的时间和心力,从清朝一直上溯到隋唐,逐一研究他们的作品,从临摹到仿作,进而到伪作。

张大千三十岁以前的画风可谓"清新俊逸",五十岁近于"瑰丽雄奇",六十岁以后达"苍深渊穆"之境,八十岁后气质淳化,笔简墨淡,他独创的泼墨山水,奇伟瑰丽,与天地融合,增强了意境的感染力和画幅的整体效果。

上个世纪二十年代,张大千与其兄张善子,被称为中国画坛的"蜀中二雄",上世纪三十年代,他与北方大画家溥儒(心畬)齐名,被称为中国画苑的"南张北溥",被国立中央大学聘为艺术教授。徐悲鸿曾盛赞张大千为"五百年来第一人"。

大千居士也是近代画家中,作伪作品最多的一个人,他伪作的古画,几乎可以以假乱真,有时候他伪作的画被鉴定出来之后,比他署款的画作价格还要高,可谓是画坛一段佳话。

"对,这画是老师鉴定出来的,绝对出自大千居士的手笔,他很少仿作古代人物画,他的人物肖像,价格很高,这幅画虽然尺幅不大,但是上拍卖会的话,最少要一百五十万元人民币以上,你算是捡了个大漏了……"

金胖子知道庄睿这画是五千块钱买到手的,所以才有这么一说,而且经大师鉴定留印的画,市场价值无形中又高出一些。

"真是谢谢先生了,等我忙完这阵,还是要去聆听先生教诲的……"

庄睿对于金胖子的老师,真是发自内心的尊重,没想到自己淘来的这幅画,又是大师亲手鉴定出来的。

"行了,这画是你自己的,以后留着慢慢看吧,我给你带来了一幅字,刚巧,也是大千居士写的,算是应个景吧……"

金胖子拿出他送庄睿的这幅书法作品,尺幅不大,上面只有两个字"竹趣",字体劲拔飘逸,外柔内刚,最后的落款是:蜀人张大千,下边还有两枚印章,印文分别是"蜀郡张爰"和"网师园客"。

"金老师,谢谢,真不好意思,让您破费了……"

张大千的画作要比书法贵出很多,现在的书法作品大概是三万元一平方尺,这幅字不到两平方尺,也就是五万左右,以金胖子和庄睿的交情,这礼物已经算很厚重了。

"我这个不算什么,看看你老师送的是什么物件吧,我们一路问了半天,德老爷子就是不肯说,肯定是好玩意儿……"

金胖子摆了摆手,把东西交到庄睿身后的伟哥手上,阳伟知道这东西贵重,连忙送到中院的房间里去了,中院中屋有张桌子,是专门摆放礼物的。

"好你个金胖子,拿张大千的画来将我的军是不是?"

德叔笑着指了指金胖子,打开手中的盒子,里面放着两块玉佩,一为龙形,一为鸾凤,刀法细腻,玉质圆润,玉色斑斓,粗看之下就能分辨出五六种颜色,绝对是古玉无疑。

"德叔,这个可使不得啊,这两个物件您可盘了几十年了……"

庄睿看到德叔拿出来的物件,顿时被吓了一跳,连连摆手推辞,这东西贵重倒在其次,关键是德叔随身几十年的东西,深受德叔的喜爱。

别说庄睿了,就是金胖子和旁边的孙大圣看到这两个玉佩,都倒吸了一口凉气。

第三章 两女相遇

古玉首看玉质,再看沁色,沁色越多,就越贵重,现在拍卖会上的古玉,大多是三种或者四种沁色,拍价都居高不下,玉质稍差点的,都要在百万以上。

德叔拿出来的这两块玉佩,都是上等和田玉雕琢出来的,沁色自然圆润,在德叔手里盘了几十年,早就变得光滑异常,龙凤图案栩栩如生,拿在手心里,一龙一凤像要跃然而出一般。

庄睿虽然对古玉的市场行情不是很了解,但是他也知道,这两块玉佩的价格,加起来恐怕要在千万以上。

"拿着……"

德叔先从盒子里拿出凤形玉佩,递向秦萱冰,说道:"德叔也没什么东西送你们,这玩意儿正好应景,祝你们小两口以后鸾凤齐鸣,相亲相爱,嗯,早点生个大胖小子……"

"德叔,这东西您还是留给晚辈吧……"

庄睿示意秦萱冰不要伸手去接,他在上海看过德叔的藏品,这两块玉佩是最贵重的了,德叔要是送给自己,难免他的后人会不高兴。

德叔听了庄睿的话后,立马瞪起了眼睛,说道:"哪来那么多废话,你就不是我的晚辈了?我的东西,我想给谁就给谁,你小子别矫情了,就冲你那一声老师,这东西我就给你了,不亏……"

"德叔,您别生气,我收下了还不成嘛……"

庄睿见到德叔真的生气了,连忙对秦萱冰点了点头,示意她接过玉佩,不过庄睿在心里想着,要找个机会给德叔找补回去,好像今年德叔就要过六十六大寿了,自己一定要寻摸个好玩意儿送过去才行。

"谢谢德叔……"

秦萱冰接过玉佩,对德叔甜甜地笑了一下。

"嗯,这还差不多,德叔送出去的东西,还有收回来的道理……"

见庄睿和秦萱冰收下了这两块玉佩，德叔的脸上才露出笑容。

金胖子之所以送出张大千的那幅字，是因为庄睿先前送给他"女朋友"一个不错的珍珠链子，这也是礼尚往来，而德叔和庄睿的关系，就更不用说了。

至于孙大圣，和庄睿关系一般，这次也只带了件寻常礼物来，见了前面二人的礼物后，也就没拿出来献丑，随手把礼物交给了站在门边的阳伟。

"德叔，我送您几位进去……"

"不用，不用，让别人送就行了，你在这边忙吧……"德叔连连摆手。

"没事，德叔，金老师，孙老师，您几位里面请……"

庄睿这次没让伟哥他们送人，德叔这样的长辈，必须由自己送进去。

到了中院，庄睿找到母亲，让她陪德叔喝茶说话，这才回到四合院的门口继续做接待生去了。

"庄睿，那玉佩值多少钱啊？很贵重吗？"

等庄睿回来，秦萱冰出言问庄睿，她虽然看出两块玉佩玉质不错，不过心下也不以为然，以那两块玉的品质，应该也就值七八万，值得庄睿这样大惊小怪嘛。

庄睿边说话，边对秦萱冰竖起了一个手指，说道："是很贵重，这可是德叔藏品里最好的两个物件了，唉，这情忒重了点……"

"十万？"秦萱冰张口问道，这价格和她想的差不多。

"十万？是一千万好不好……"

庄睿翻了个白眼，太小看你男人的眼光了吧，十万块钱的物件，能让自己那么紧张嘛。

"还真是很贵重呀……"

秦萱冰吐了吐舌头不说话了，她虽然出身豪富之家，但是也很少见到这么贵重的礼物。要知道，香港那些大少们，包养个明星也不过几百万而已。

"有客……"

庄睿和秦萱冰说话时，站在门外的老三又喊了一嗓子，不过话没喊完就顿住了，因为这次来的手上没送礼物，老三怕是胡同里的住户，喊错就难看了。

"哎，大雄，猴子，你们来啦，这边呢……"

庄睿一看在巷子口伸头探脑的两人，还有跟在后面的女孩，不禁笑了起来，摆手招呼了一声，来的人是大雄和猴子还有小静，昨天庄睿给他们打了电话，告诉他们这个地址，不过却没说自己订婚的事。

庄睿原本就是个地地道道的草根，虽然后来认了外公这门亲事，不过也就半年多时间，他脑子里还没什么阶层贵贱之分，大雄和猴子一样都是他的朋友，又是被自己喊到北京来的，自己订婚当然要叫上他们了。

"庄哥,我们几个找了半天了,原来您住这啊……"

猴子和大雄听到庄睿的声音,连忙跑了过来,不过一眼看到张灯结彩挂着喜字的大门,顿时傻眼了。

"庄哥,您……您这是结婚啊?这……这……"

猴子看了庄睿那略显夸张的大门,再看庄睿身后高挑漂亮的秦萱冰,原本一张快嘴,此刻却变得结巴起来,居然磕磕巴巴地说不出话来了。

"这什么这啊,不是结婚,是订婚,喊你们来喝订婚酒的,对了,你们哥俩带着小静进去,大川在里面呢,让小静和大川老婆一起待会儿,你们俩出来帮忙吧……"

庄睿见了这俩人的样子,知道就算让他们待在里面,估计大雄和猴子也会不自在,干脆让他们帮忙好了。

"庄哥,您看……您也不说一声,我们连个红包都没带……"

大雄一边说话,一边手忙脚乱地想掏钱封礼。

"得了,大家都是朋友,别搞那些虚的了,快点送小静进去,回头出来帮忙……"

庄睿拉了大雄一下,把三人给送进了大门,没告诉他们几个自己今儿订婚,就是不想让他们掏钱。

"乖乖,这是人住的地方吗?"

进到院子里,猴子看着青砖红瓦大青石地面,还有那精致雅观的垂花门,真有点刘姥姥进大观园的感觉。

"说什么呢,不会说话把嘴巴闭上……"

大雄从后面拍了下猴子的脑袋,紧接着说道:"这还真不是人住的地方,呃呃,不是,这不是一般人住的地方……"

"行了,你们两个别乱说话了……"

跟在后面的小静哭笑不得地看着自己男朋友和猴子,虽然她也震惊于眼前看到的景象,不过女孩相对来说要镇定一些,从庄睿这房子的气派,就能看出庄睿交往的人的层次,她可不想自己男朋友进去之后丢人现眼。

进到中院,那假山凉亭更让几人看花了眼,这简直就和清宫剧里演的一样,大雄和猴子心里都在暗自庆幸,看来跟着庄睿来到北京,是自己这辈子做的最正确的选择。

"哎,大雄,猴子,你俩小子也来啦,过来,这边……"

正陪着宋军说话的刘川,一眼见到大雄等人,连忙招呼了一声,刘川本人就是三教九流无所不交,倒是没看轻猴子他们,在北京遇到老乡,总归是件高兴的事。

"刘哥,正找您呢,对了,这是我媳妇,庄哥说让她在这边待会儿,我们哥俩出去帮帮忙……"

大雄走过去后,才发现刘川身边坐着的那个人,居然是宋军,虽然宋军不认识他们两个，但是他们认识宋军啊，知道这是位手眼通天的人物，心里有点儿拘谨，把小静介绍给刘川认识后，就准备出去。

"成，到我老婆那堆去吧……"

由于今儿来的人太多，中院六间正房，全都腾出来招呼客人了，像德叔这样的长辈，由欧阳婉亲自陪同，至于宋军等人，就由欧阳军这些平辈人陪着了，另外那些女人，都待在侧房里聊天。

刘川在这里偷懒半天了，当下站起身来，把小静带到侧房，给雷蕾介绍了一下，自己随着大雄两人回到四合院门口。

这会儿已经快十点了，来的客人也愈发多了，有庄睿认识的，像白枫、刘大主持人，包括曾经合作过电视台鉴宝节目的李佳也来了，他可是这次庄睿订婚仪式的主持人。

说起李佳当主持的事，还是那天庄睿给他打电话的时候，李佳毛遂自荐的，他可是知道庄睿背景深厚，和这样的人处好关系，对自己绝对有好处。

香港那边的郑华和柏氏兄妹也赶了过来，和他们一道的，还有几位庄睿在香港见过的年轻人，均送上了价值不菲的礼物，至于胡荣，作为女方家人，早就到四合院了。

另外那位京城名少杨波，也不知道从哪里得到了消息，也找上门，俗话说来的都是客，庄睿也请了进去，他们那帮子人，可没少在秦瑞麟消费。

"苗……菲菲……警官，您也来啦……"

庄睿正和秦萱冰在门口低头私语，忽然一个靓丽的身影出现在眼前。

今天的苗菲菲没穿警服，而是穿了件宽松的、大红色的毛衣，下身是一条紧身裤，配上长长的黑色皮靴，再加上那一头干练的长发和很容易让人产生误会的脸孔，给人一种清新的感觉。

苗菲菲虽然个头比秦萱冰稍矮，但是站在秦萱冰面前，不管相貌气质，居然丝毫不比秦萱冰逊色，两个女孩各有各的优点。

秦萱冰看上去高贵大方，尤其是经过庄睿的滋润之后，更显出一丝成熟女人的味道，而苗菲菲则如同雨后青莲一般清新脱俗，两人站在一起，是梅兰竹菊各有所长，而且都穿了一身红衣服，看起来都有点做新娘的样子。

庄睿身后那几条狼，早就看花了眼，俗话说朋友妻不可戏，庄睿的媳妇不能直勾勾地看，但是看苗菲菲的眼光，可就没了顾忌。

"庄睿，这位小姐是？"

女人的直觉一向都极为敏锐，在庄睿叫出苗菲菲的名字后，秦萱冰就感有些不妥，刚才跟着庄睿也在门口接待了好几位女孩，可从没见庄睿露出过这副欲语还休的表情。

"我叫苗菲菲，是庄睿的'好'朋友，秦小姐，很高兴认识你，我以前经常听庄睿说起你……"

庄睿还未答话,苗菲菲就迎了上来,向秦萱冰伸出了右手,只不过说话的时候,特意加重了那个"好"字,重到连刚到的大雄和猴子都听出来了。

"奶奶的,朋友是不假,可是这个好字别咬着牙说啊,还有哥们啥时候经常跟你提秦萱冰了……"

庄睿这会儿是欲哭无泪,哥们我冤枉啊,偷眼向秦萱冰瞄去,却发现秦萱冰并没有因为苗菲菲的话而动容,脸色一点都没变。

"萱冰,我给你介绍一下,这位是……"

"不用,老公,以前你不是跟我说过嘛,这位应该就是苗警官吧?"

庄睿刚想给萱冰解释一下,就被秦萱冰打断了,也伸出了纤手,和苗菲菲握在了一起,虽然这场面看上去无比和谐,像两个闺中密友在谈话一般,不过庄睿总感觉气氛不大对头。

而且好像秦萱冰以前从来没喊过"老公"这个词吧?庄睿怎么听,这老公喊得都不是那么亲切,倒像是咬牙切齿叫出来的一般。

"菲菲妹妹长得可真漂亮呀,怎么,没和男朋友一起来吗?"

秦萱冰貌似漫不经心提出来的问题,却让本来一脸笑容的苗菲菲面色一变,不过随之就笑了起来,说道:"哪有啊,秦姐姐才漂亮呢,不然怎么能把庄睿拴住了呀,庄睿可是很讨女孩子喜欢的……"

"苗警官,这话可不能乱说啊……"

庄睿实在忍不住了,哥们我从小到大就没女孩喜欢过,在大学谈了一个吧,刚牵手别人就出国了,连小嘴都没亲上,自己可是比窦娥还冤呀。

"当然了,我们家庄睿要是没魅力,我也不可能喜欢他了……"

秦萱冰没搭理庄睿,语言却愈加犀利起来,这让庄睿一张脸苦了起来,今儿是哥们大喜的日子啊,苗警官不是这么没眼力见的人吧。

"那好,祝你们订婚快乐,不过订婚可不是结婚呀,秦小姐,你要抓住庄睿啊,这男人,有时候,啧啧……"

苗菲菲感觉自己斗嘴的功力,远不如秦萱冰,而且别人是主场作战,自己也不占优势,丢下这句话后,笑着跟秦萱冰和庄睿打了个招呼,人已经走进了大门。

庄睿身后那几个伙计,除了岳经兄知道苗菲菲是个小辣椒,老三和伟哥都有主了,剩下老四这个单身王老五,连忙屁颠屁颠地陪了进去。

只是还没过一分钟,老四就瘸着个腿,一摇一摆地走了回来。

"老四,怎么啦?摔到脚了?"

岳经兄一脸坏笑地迎了上去,以他对苗警官的了解,老四肯定是吃瘪了,而且看来肉体上也受到了打击。

"那姐……不,那苗小姐的高跟鞋不小心踩到我了……"

老四说的是实话,在他想和苗菲菲搭讪的时候,苗警官走慢了一步,的确是"不小心"踩到了他,而且那皮靴的高跟,正好踩在老四的脚面上。

"哈哈……"

老四话声刚落,就引得岳经兄哈哈大笑起来,在北京这一亩三分地上,没人不知道小辣椒的大名,老四纯粹是自讨苦吃,最好笑的是,他还真以为苗警官是不小心踩上去的。

"来,来,老四,哥哥我给你说点事……"

岳经兄拉过老四,两人跑到门房里私语去了,伟哥也笑个不停,他在上海就认识苗菲菲了,自然知道她和庄睿之间的那点暧昧,刚才也是看得津津有味。

"萱冰,我和苗警官真的没什么,只是朋友而已……"

庄睿拉着秦萱冰离这帮子损友远一点,小声跟自己未来媳妇解释起来,虽然秦萱冰面色一直都没什么改变,但是保不齐心里在想啊。

"我当然相信你啦,好了,看你着急的样子,没做亏心事,你着急个什么劲呀……"

秦萱冰温柔地从衣服口袋里掏出了手帕帮庄睿擦了一下额头上的汗,不过她那话说得庄睿汗更多了,前面还说相信,后面的话怎么听起来就不是味道了呢。

"哎,你让我怎么说才相信呢……"

庄睿愈发着急了起来,不带这么折磨人的呀,刚才苗菲菲对自己鼻子不是鼻子脸不是脸的,现在秦萱冰的态度也变得古怪起来,让庄睿那叫一个难受啊。

"奶奶的,那苗大小姐不会上演一出《倚天屠龙记》里的抢夫吧?"

虽然庄睿自问和苗菲菲没发生过什么实质性的"沟通",但是以苗菲菲的性格,说不定真能干出点惊世骇俗的事来,想到这里,庄睿额头上的汗,更是直往外冒。

"没事啦,老公,你以前跟我提过这女孩的,我知道了……"

秦萱冰见庄睿真的着急了,不禁笑了起来,她虽然刚才心里是有点小疙瘩,不过回头一想,这苗菲菲说话酸溜溜的,即使她对庄睿有想法,但是胜利者还是自己,没必要摆出小女人吃醋的样子,把老公往别人怀里推吧。

不能不说秦萱冰是个极聪明的女人,要是换个女人听到苗菲菲最后那几句话,难保不会拧着老公的耳朵追问,然而,这样只能适得其反。

在香港和澳门,虽然也是一夫一妻制,但是成功人士有几个老婆,也不是没有的事情。当然,这些大多都发生在老辈人身上,年轻一代还是很难接受和别人分享老公的,秦萱冰也是如此,而且她也相信自己的魅力,不会输给那苗小姐。

苗菲菲的到来表面上只是一个小插曲,但是庄睿和秦萱冰心里在想些什么,外人就不得而知了,说老实话,庄睿对苗警官也很有好感。只是……这事庄睿只能在心里偷偷想想,以这两个女孩的出身和性格,恐怕都不会允许有另外一个女人和自己分享老公。

十点半,客人差不多都到齐了,虽然来的都是一些至交好友,像欧阳老爷子的老部下老朋友都没通知,但是也来了差不多二百多人,中院的房间已经坐不下了,很多熟识的人,都在中院里站着聊天。

中院正房的门口,搭了一个简易的棚子,此时棚子中间摆了一张方桌,方桌上摆放着大家送来的礼物,在桌子两旁,放了两把椅子,不过现在还是空着的。

在棚子最显眼的地方,一边挂了一幅字,是前几天大师给庄睿题的"琴瑟和谐,珠联璧合"八个大字,庄睿带回彭城找方老爷子裱糊了。

之所以把这幅字挂在那里,一来是挺应景的,二来也表现出庄睿对书法大师和方老爷子这两位在各自领域举足轻重的人物的尊重。

"各位先生,各位女士,各位来宾,欢迎大家来参加庄睿先生和秦萱冰小姐的订婚仪式……"

中午十一点整,李佳的声音从摆放在院子里的几个音响里传了出来,引得众人纷纷向院子中间看去,庄睿和秦萱冰伴随着主持人的话,牵手走到了院子中间。

"庄睿先生是国内著名的古玩鉴定专家、玉石鉴定专家、收藏家……"

主持人开始给来宾介绍庄睿和秦萱冰,不过听的庄睿心里直纳闷,哥们这名字后面,什么时候加了那么多专家的头衔啊。

第四章 | 价值连城的礼物

年轻人的现代订婚仪式,本来应该是充满着浪漫情调的,但是有这么多长辈在场,想浪漫也浪漫不起来,庄睿和秦萱冰两人,像机器人一般听从着主持人的指挥,按照流程往下进行着。

订婚仪式和结婚仪式其实没太大差别,首先要拜的人,就是欧阳罡夫妻,他们两个是场内辈分最大、身份最贵重的人,当然是排在第一位。

"来,你们两个过来……"

庄睿和秦萱冰对着端坐在椅子上的两位老人三鞠躬后,欧阳老爷子对自己的外孙招了招手。

"这个东西给你,这丫头长的可真俊,一定能生个大胖小子……"

老太太拉过秦萱冰,一脸慈祥地从手腕上脱下一只镯子,就要带到秦萱冰的手上,庄睿在旁边听得一头冷汗,还好老太太没说出什么腰细屁股圆的话来。

"外婆,这个可使不得,这是我妈送给您的啊……"

庄睿见到那幅镯子,不禁伸手过去,把秦萱冰的手拉了回来。

"我女儿送给我,我再送给外孙媳妇,这有什么不行的……"

看老太太执意把那只血玉手镯戴到秦萱冰手上,庄睿不禁有些哭笑不得,转了一大圈,自己送出去的东西,居然又还回来了。

"嗯,外公也没什么东西送的,你那个玉雕果盘,再还给你好了……"

庄睿心里正在寻思着这事,一旁的老爷子也发话了,一个警卫员拿着那尊果盘摆件,放到庄睿面前的桌子上。

庄睿不怕这老头,凑上前去低声说道:"外公,这东西可是您大寿的礼物啊,对了,你当年打土豪那些擦屁股用的旧画,就没留下来两幅?"

"滚一边去,你以为我真不懂?那叫古董,就是有,我也捐给国家了,还能留给你小子?"

老爷子瞪了庄睿一眼，顿了顿手里的拐杖，却发现自己的眼神根本镇不住这外孙子，不由摇了摇头，说道："外公没几年活头了，以前亏待了你们母子几个，这些东西都是身外物，留在你那里，比在外公这里强……"

"谢谢外公……"

庄睿清楚地感受到外公对自己的关爱，真心实意地给老人鞠了一躬。

"欧阳老先生，我这也有件礼物要送给您……"

就在庄睿和秦萱冰退下去，两位老人准备起身的时候，来自缅甸的胡荣，从人群里走了出来，手上拿着一个大大的旅行包。

"哦？你是来自缅甸胡家的人吧？"

老爷子的记忆力非常好，他昨天在玉泉山，接见了来自香港的秦老爷子一家，其中就包括了这个叫胡荣的人。

"是，家祖对欧阳老先生仰慕已久，特意让我带了一张虎皮，给老先生驱寒保暖，也祝老先生和夫人，身体健康，虎啸山林雄风在！"

胡荣一边说话，一边打开了旅行包，由于所有进入四合院的人，都接受过警卫的盘查，这旅行包当然也不例外，所以并没有人阻止胡荣的举动。

胡荣招呼秦浩然帮了把手，两人将一张虎皮悬空摊开，胡荣更是将虎头处，高高举过头顶，一只色彩斑斓身长数米的大老虎，顿时出现在众人眼前。

这张虎皮比胡荣送给庄睿的那张还要大出一些，柔顺的虎毛在阳光的照射下，黄白黑三色相应，熠熠生辉，头顶上的那个王字，更给这张虎皮平添了几分威严，最难能可贵的是，整张虎皮上，没有一个枪眼，无丝毫的瑕疵。

"哇！"

"好东西啊，这物件在国内可是见不到了……"

"是啊，看这毛发颜色，应该硝制保存几十年了……"

这张虎皮被胡荣顶到头上之后，围观的众人纷纷发出了议论声。

外行看热闹，只感觉这张虎皮太漂亮了；内行看门道，像德叔这些人，则更多地从这张虎皮品相的完好程度上去判断其价值。

"好，这张虎皮我收下了……"

老爷子看着这张虎皮，双眼亮了起来，虽然是大半截身子入土的人了，但是这张威风凛凛的老虎皮，又让老爷子想起当年金戈铁马的峥嵘岁月，所以也破次例，收下了这个价值不菲的礼物。

在没退下来之前，接受国外友人的礼物，必须报备到某些部门，但是老爷子早不在其位了，现在属于私人间的馈赠，所以他也不怕别人说什么，让警卫员收起了这张虎皮。

由于这里人太多，不利于安全防护工作，欧阳罡在祝福过外孙和外孙媳妇，并收起那张虎皮之后,就由警卫拥簇着离开了四合院。

两位老人走后,四合院才真正热闹起来,刚才老爷子在,没有谁敢大声喧哗,现在大家都逗弄起两位当事人来,搞的庄睿和秦萱冰苦不堪言。

庄睿在心里发誓,等结婚的时候,一定不对外宣布了,找个酒店摆上几桌了事。

秦浩然夫妇都有礼物送给女儿和准女婿,秦氏家族在港岛也算是豪富之家,拿出来的礼物自然也是价值不菲,秦浩然送女婿的是一款国外限量发售的名表,给自家女儿的则是一串钻石项链。

到了欧阳婉,她并没给儿子礼物,而是拿出一个首饰盒,打开之后,从里面拿出一串翡翠项链,戴在秦萱冰的脖子上。

此时秦萱冰已经换了一身衣服,现在穿的是一件半低胸的旗袍,锁骨和颀长的脖子都露在外面,当这串散发着幽幽紫光的项链戴到秦萱冰白皙的脖子上之后,场内所有能看到这串项链的人,口中都发出惊呼声。

这是一串由紫色宝石打磨出来的项链,每颗珠粒的大小完全一样,在阳光的照射下,整串项链上的每一颗宝石,都像情人的眼睛一般,散发出极具诱惑力的紫色光芒。

都说漂亮女人需要极品珠宝来装扮,这话一点都不假,白皙娇嫩的肌肤,挺拔高耸的双峰,高贵炫目的紫罗兰般的色彩,将秦萱冰衬托得如同女神一般,举手投足间,散发出无尽的魅力。

"那是什么宝石?"

"天啊,太漂亮了……"

"老公,我也要……"

"是不是翡翠啊,不大可能……"

在地球上,估计还没有哪个女人,能对有如此魅力的珠宝产生免疫力,一时间,院子里响起了各种惊叹声,还掺杂着一些女人撒娇的声音,当然,她们的老公是否买得起这玩意儿,就不在这些女人考虑范围之内了。

"是啊,这要是翡翠,一定是紫眼睛,不过紫眼睛平时都难得一见,谁能拿出这么多来打磨一条项链?"

"好像去年在英国举办的国际珠宝博览会上,出现过一串紫眼睛翡翠项链吧?那串项链的拥有者应该是秦氏家族,怎么会在欧阳女士的手上呢?"

在场众人,不缺乏珠宝界的行家,很快就有人认出了这串项链的来历,而更多人纷纷出言打听起来,即使得不到,能知道这串项链的来历,日后也有个吹嘘的资本。

"那串紫眼睛项链在去年英国的珠宝博览会上,夺得了金奖,当时有一个来自美国的人开出一千八百万欧元的价格,想要买下这串项链,但是被秦氏拒绝了,难道是庄先生最后买下来了?"

说话的人是郑华,他去年也参加了那次国际珠宝博览会,知道秦氏在博览会上大放异彩,一串紫眼睛翡翠项链,抢走了所有参展珠宝的风头,现在看来,那串紫眼睛没有出售的原因,应该是被庄睿买下了。

"天哪,一千八百万欧元,那不是近两亿人民币了吗?"

听了郑华解说的人,眼睛不禁有些发直。他们的圈子里虽然也都是顶级富豪,但是在国内这个圈子里,价值两亿的珠宝,还真不多见。

国内的一些女明星,出席一些重要场合时,脖子上戴个价值几百万的珠宝,就能拽的二五八万似的,还要让媒体大书特书,恨不得全世界人都知道。

但是和庄睿这种低调中显露出巨大财富的人相比,那些所谓的商家和明星,简直就和菜市场卖菜的差不多,根本就拿不出手。

在国内,身家在亿元以上的并不少,排名福布斯富豪榜前几位的人,身家都是数十上百亿,但那都是固定资产或者整个集团财产的总和。

像庄睿这样仅一个礼物就能花费两亿多元人民币的人,恐怕在国内还真没有几个能有如此大的手笔。

当然,这些人并不知道,这串项链本来就是庄睿的。

去年参加完英国的珠宝博览会,庄睿也了解到这串翡翠项链的真正价值,刚好那会儿他的资金紧张问题得到了缓解,就没同意出售这串紫眼睛项链,而是留在手里,毕竟像紫眼睛这样的极品珠宝,错过了就很难再得到了。

站在人群里的苗菲菲,此时眼中露出一丝失落,虽然她从来不戴首饰,但是此时此刻,心中也有一种说不出的滋味。

这会儿苗菲菲甚至有点恨自己,平时那么张扬的性格,为什么不早点主动去追求庄睿啊。

"你们只是订婚,还没有结婚,以后我一定要你送一个比这个还好的项链给我……"苗菲菲看了一眼场中的两人,悄无声息地离开了四合院。

院子里的人,还震惊于庄母送出的那条翡翠项链,并没有人发现苗菲菲离开,庄睿倒好像有所感应,向苗菲菲离开的方向望了一眼,当然,他什么都没看到。

在庄睿的四合院里又闹腾了一会儿,众人出了四合院,乘坐早已安排好的几辆大巴,赶往酒店。

订婚仪式可以在家里举行,但是吃饭则必须安排在酒店了,现在可不像二十年前,结婚办酒啥的都在家里,左邻右舍的都会来帮忙,庄睿在这住了小半年了,连邻居长什么样都没见过。

庄睿和秦萱冰这一上午可累坏了,从早上起床,就没坐着,庄睿倒是还好,只要眼中灵气不消耗殆尽,体力上的支出总可以弥补回来,但是秦萱冰穿着高跟鞋可是实打实地站着,到了酒店就累得坐在椅子上不愿意站起来了。

虽然有心帮未来老婆治疗下脚痛,不过庄睿曾经发誓,眼中的秘密绝对不告诉任何人,当下就只能帮秦萱冰挡酒了,围着这十来桌酒席敬了一圈酒之后,庄睿已经满脸通红,不胜酒力了。

"庄老弟,来,咱们三个喝杯酒,我和马胖子还有点事,就先告辞了……"

庄睿敬完酒刚坐到椅子上,宋军和马胖子就端着白酒走了过来。

"宋哥,马哥,招待不周,实在是不好意思啊……"

庄睿连忙接过酒杯,这老哥俩人还算实在,拿的是小盅的杯子,六钱一盅那种,没拿装葡萄酒的玻璃杯,这点酒还难不倒庄睿。

不过今儿来参加庄睿订婚仪式的,有不少都是忙人,一见有人带头散场,过了二三十分钟,感觉礼节差不多了,都纷纷拿着杯子来敬酒告辞了。

一两个人无所谓,但是架不住人多啊,没多大会儿,庄睿就已经醉眼惺忪了,只要看到有人端着酒杯走过来,绝对杯到酒干。

刚才感觉自己酒量还不错,自告奋勇给庄睿挡酒的岳经兄,此刻比庄睿更加不堪,被几位女宾一吹捧,接连干了好几玻璃杯白酒,这会儿已经趴在桌子上,打起了呼噜。

"老幺,你说读大学时,哥哥对你怎么样啊?"

一顿饭吃到尾声,几个同学也走了过来,老四更是端着两个玻璃杯,里面全都是白酒。

"哥……哥几个对我都挺好的,谁让我最小啊……"

庄睿一看老四这架势,哪还不明白是怎么回事,得了,今天舍命陪君子吧,当下从老四手里接过那足有二两的白酒,和老四碰了下杯,一仰脖全灌到喉咙里,顿时,一股辛辣从小腹直往上蹿。

"哎,我说四哥,您酒量见长啊……"

虽然庄睿现在是一副面红耳赤的模样,可是心里还是清醒的,老四是广东人,平时一两白酒准倒地,今儿怎么这么爽快,一口气喝了二两啊?

"靠,老四,你今儿不把我灌倒是不罢休了……"

庄睿劈手抢过老四手里的酒杯,把里面剩下的酒底倒进嘴里,这才知道,敢情老四是拿矿泉水与自己拼酒呢。

不过庄睿的酒量也到此为止了,这句话说完,就感觉天晕地旋,不知后事了。

庄睿要是知道老四是因为听了岳经兄的话,知道自己是被庄睿连累才挨了苗警官那一脚,特地跑来报复的,不知道庄睿心中,会是何想法?

"水,水,干死我了……"

不知道过了多久,从睡梦中醒来的庄睿,这会儿只感觉头疼欲裂,喉咙里像被人灌满了沙子一般,干渴的快要冒火了,勉强睁开眼睛,却发现自己回到了四合院的卧室之中。

"睿,你醒啦,等等,我这就给你倒水去……"

秦萱冰的声音在庄睿耳边响起,还不是很清醒的双眼,模模糊糊地看到一个苗条的身影走到床前坐了下来,扶起了庄睿的头靠在一个软绵绵的地方,冒着热气的杯子,递到庄睿嘴边。

秦萱冰很会照顾人,杯子里面的水是凉热参半,一杯水下肚后,庄睿的神智才慢慢转回身体。

庄睿眼中的灵气虽然可以治病疗伤,但是对酒精却没有丝毫办法,中午这场酒,真是他有生以来醉的最厉害的一次。

喝完水的庄睿又沉沉睡去,在梦中,两个身影交替出现,一会儿是秦萱冰,一转眼又变成了苗菲菲,如梦似幻,庄睿也不知道是真是假。

"萱冰,萱冰!"

在梦中自己好像抱住了苗菲菲,还干了点什么见不得人的事,秦萱冰看到后,生气离去,庄睿一惊之下,喊着秦萱冰的名字醒了过来。

"睿,怎么了? 你不会这么大的人还在做噩梦吧?"

庄睿感觉到一具充满了热力的身体,紧紧地贴了过来,秦萱冰吐气如兰,说话的声音搞得耳朵痒痒的。

"没做噩梦,萱冰,我睡了多久了? 刚才说了什么?"

庄睿这次是真的清醒了,看到窗外已经完全黑天了,而秦萱冰也和自己躺在一个被窝里,连忙伸出手臂,让秦萱冰靠在自己胸口上,不过最后的那句问话,庄睿问得有点儿心虚。

问话的时候,庄睿心跳也加快了几分,刚才梦中的情形还在脑海里,要是喊出苗大小姐的名字,那麻烦可就大了,相信没有那个女人能原谅自己的男人,在睡梦里叫另外一个女人的名字。

"刚才你在叫我呀,现在几点? 我看看……"

秦萱冰伸出白玉一般的手臂,打开床头灯,看了一下时间,说道:"早上五点多了,天都快亮了,你这一觉睡了近十二个小时了……"

秦萱冰的话中带有一丝幽怨,之前她准备了粗大的红烛还有红酒,打算晚上和庄睿来个浪漫的二人烛光晚餐呢,谁知道庄睿这一觉睡得天昏地暗,让自己的那些准备都白瞎了。

"媳妇,对不起啊,下次那哥几个结婚的时候,咱们也灌他们个不省人事……"

庄睿听到自己刚才说的梦话,没犯原则性的错误,心中安稳下来,不过怀中美人如玉,鼻尖充斥着女人的体香,顿时来了兴致,瞬间把平铺在身上的被子,顶起了一个小帐篷。

庄睿搂住秦萱冰的左手,也顺势从那柔滑的丝绸内衣的领口处伸了进去,把那一手无法完全掌握的软肉抓在了手心里,轻轻揉捏起来,怀中的身体顿时颤抖起来,口中发出诱人的呻吟声。

"不要,马上都要起床了,被别人看见不好……"

秦萱冰颤抖着身子,想要推开庄睿,却发现不知何时,自己已经双手搂住了庄睿的脖子,并且十指紧扣,几乎要把身体与庄睿融合在一起。

"没谁会看到,今儿咱们最大……"

庄睿看见秦萱冰似乎还要说话,马上把嘴凑了上去。

"唔……唔唔……"

秦萱冰冷不防被庄睿偷袭成功,双手无力地拍打了一下庄睿的后背,心中的欲火却被庄睿完全引发出来,柔软的身体整个压了上去……

动人的呻吟声和沉重的喘息声,如同一首交响乐,在房子久久地回荡着。

几番大战之后,整个房间里都弥漫着一股子靡靡的味道,空气里到处都充斥着情欲的气息,大红色的棉被早已掀在地上,两具白花花的身体,四肢交缠着在床上相拥而眠。

"坏了,这都几点啦……"

当窗外的阳光,透过遮挡得并不非常严实的窗帘进入房间中,秦萱冰从睡梦中醒来,看着自己和庄睿的模样,还有床单上那些东一块西一块的痕迹,不禁俏脸绯红。

想起自己早上的疯狂,秦萱冰几乎不敢相信那是自己了,她也不知道自己为何这么轻易就会被庄睿挑起内心深处的情欲,要是香港那些曾经追求过自己的男人,知道自己有如此疯狂的一面,不知道会做何感想?

不过现在秦萱冰想的最多的,是如何去见庄睿老妈,自己的准婆婆。在古代,新婚夫妻第一天一定要早起向父母敬茶,而床边的闹钟显示,这会儿已经快到中午了。

"你这个冤家……"

秦萱冰轻轻抬起庄睿压在自己身上的右手,冷不防那只大手忽然抓住自己胸部,还故意捏了捏,差点让秦萱冰的身子又软了下去,说不得,只能在庄睿腰间狠狠掐了一下。

"哎呦……"

正做着美梦的庄睿,一下被掐醒了,睁开眼睛就看到秦萱冰正气鼓鼓地看着自己,不过双眸之中,透露出来的表情,更多是欣喜与情意。

"老婆,怎么起这么早啊,再多睡会儿好了……"

"早?都快到下午了,快点起了,欧阳阿姨恐怕在等咱们吃午饭了……"

秦萱冰被庄睿说得着急起来,欧阳婉肯定不会怪庄睿,但是自己在准婆婆面前,可就没好印象了。

"好,这就起……"

庄睿嘴上答应着,不过行动却完全不是那么回事……

"庄睿,老公,哥哥,好哥哥,我真的不行了……"

半个小时过后,秦萱冰的求饶声充斥在房间里,虽然说男人是攻,女人是受,不过凡事都有个限度,庄睿那经常被灵气强化的身体,还真不是一般女人能承受的。

此刻的秦萱冰就大声求饶起来,她已经快要昏死过去了。

听到身下妙人儿的求饶声,庄睿也终于结束了战斗,趴在秦萱冰身上大声喘息起来,稍微恢复了一下,又把秦萱冰抱进了浴室里冲洗了一番。

第五章 | 金屋藏娇

"走吧,先到中院吃饭去,这些回头李嫂会来收拾的……"

庄睿穿好衣物,见秦萱冰忙着拆床单被罩,连忙伸手拉住她。

秦萱冰闻言脸上一红,说道:"你好意思让李嫂洗,我不好意思……"

庄睿想想也是啊,夫妻俩的房内事,还真不好让保姆来打理,别的不说,就是现在这房间里,到处弥漫着体液的味道,过来人一闻就明白了。

当下庄睿也动起手,两人把要洗的东西都塞进洗衣机之后,又将房间窗户全部打开通风,这才牵着手走到中院,只是秦萱冰走路的姿势,和以前略有些不同。

"欧阳阿姨,爸,妈,爷爷,表哥……"

中院,欧阳婉正和秦浩然一家人坐在院子里聊天呢,缅甸的胡荣也在,秦萱冰连忙上去打招呼,一张俏脸却情不自禁的红了起来。

"还叫阿姨啊?要不要阿姨给你改口费?"

欧阳婉笑着拉过秦萱冰的手,转脸看向庄睿,说道:"你这孩子,以后不准喝那么多酒,昨天让萱冰都没睡好吧?"

饶是庄睿脸皮够厚,也被老妈说红了脸,当下唯唯诺诺地点头应下了。

"小睿,我们今天就要回去了,你可要好好待萱冰啊……"

丈母娘见到女儿的样子,哪还不知道是怎么回事,接着说道:"你们两个年龄也都不小了,找个时间去……是民政局吧?"

方怡扭头看向秦浩然,见他点头,又说道:"去民政局把结婚证领了,至于什么时候办结婚酒,你们两个自己商量吧……"

虽然这二人订了婚,但是从法律程序上说,还不是合法的,方怡是怕这小两口不知道节制,胡天黑地地做那事,如果怀上孩子再去领结婚证,传出去被人笑话。

"哎,成,方阿……妈,我听您的,空下来就去办……"

庄睿满口答应下来,尤其是那一声妈,叫得方怡笑靥如花,整个人似乎年轻了十几岁，都说丈母娘看女婿，越看越喜欢，更何况是庄睿这么懂事的女婿，想当年秦浩然上自己家门时，都没这么上路。

"小睿，以后要经常带冰儿来香港，看看我这个老头子啊……"

秦老爷子看着秦萱冰，眼中满是不舍，这孙女是他从小带大的，感情极深。

"爷爷，我也舍不得您……"

秦萱冰投到老爷子的怀里，眼中含满了泪水，此时的秦萱冰，才有那么点要嫁人的感觉，昨天忙得压根就没时间想这些。

"好孩子，好好过日子，爷爷就高兴了……"

老爷子伸手在秦萱冰头上摸了摸，转脸看向庄睿，说道："小睿，京城秦瑞麟店的翡翠饰品，都由总店供货，不过钻石和其他宝石类饰品，最近原料也比较紧缺，虽然一年半载的不会断货，但是时间长了也难说，你要是有路子的话，也去跑一跑，最好能有个固定的供货渠道……"

一家珠宝店的业务开展，并不是仅靠某一种珠宝，钻石翡翠包括玉石黄金，都有特定的消费群体，要想做好做大，货物的品种必须齐全，否则一些潜在的客户，就有可能被别人拉走。

秦老爷子和庄睿说这番话，是想让庄睿开拓一下国外的渠道，或者和国内的一些钻石商人交好，多方面开展业务，要知道，京城秦瑞麟店是秦氏在国内销售额最大的一家店，如果秦氏珠宝一直不盈利给其供货，自身承受的压力也是比较大的。

中国现在已经成为世界上的钻石消费大国了，去年进口的钻石就达到二十多亿美元，但是通关报税的金额，只有一亿多元，也就是说，有近二十亿的钻石都是走私进来的，所以国内许多钻石商人的渠道，甚至比秦氏和一些香港商人还便捷。

"秦爷爷，我知道了，以后有时间，我会注意这方面的，不过暂时还需要你们的支持啊……"

庄睿并不知道这其中的环节，当下只能点头答应下来，在他想来，只要有钱，还怕买不到东西？毕竟像钻石之类珠宝的产地，不像翡翠的局限性那么大。最起码在庄睿的有生之年，不用害怕钻石会被开采殆尽。

"行，好好干吧，亲家，我们几个就告辞了……"秦老爷子边说话边站起身来。

庄睿听了老爷子的话，连忙说道："秦爷爷，吃完饭再走吧，飞香港的航班不是下午三点吗？"

"哈……哈哈，你小子看看现在几点了……"

庄睿话声未落，院子里的人都笑了起来，庄睿不明所以地拿出手机看时间，那张脸顿时红了起来，敢情现在已经一点多了，恐怕几人早就吃过饭了。

赶到机场还要四十分钟，庄睿当下也顾不得吃饭，亲自开车带着秦萱冰，把三人送到首都机场。

胡荣留了下来,他带来的那批黄金,还有些收尾的事情要处理,所以要再待两天,不过酒店的房间已经退了,这几天会住在庄睿的四合院里。

看着飞机起飞,秦萱冰的眼中不由流出了泪水,以后她就要在北京这个陌生的城市生活了,虽然向往已久,但是也有对未知的恐惧。

"回去吧,萱冰,我会好好对你的……"

庄睿说出一句电视剧对白后,细心地帮秦萱冰擦去脸上的泪水,伸手搂住她的细腰,让她把头靠在自己的胸膛上。

庄睿对男人的认识,可不是只在床上逞威风,在日常生活中,更要保护好自己的女人。

来参加庄睿订婚仪式的人,除了德叔之外,基本上都离开了北京,刘川更是急吼吼地赶回了彭城葵园,这段时间正是幼獒病症的多发期,那些小家伙,现在已经成了刘川的心肝宝贝了,连带着雷蕾都成了狗妈妈。

接下来的两天,庄睿都没出去,整天待在四合院,除了和胡荣谈论一些关于翡翠知识和这行当里的见闻外,就是陪着母亲或者秦萱冰,对这两个女人,庄睿心里都有愧疚。

秦萱冰在英国待了半年多,自己没去看望她一次,反而让女人三番两次坐几十个小时飞机来北京,至于欧阳婉,庄睿这一年来更是很少和母亲在一起。

趁着年后没人打扰的这段空闲时间,庄睿准备陪陪这两个最亲近的女人。

不过这期间庄睿还忙活了一件事,就是缅甸的那批黄金到了,他带着秦瑞麟的吴经理,跟着胡荣一起,把那批黄金领了回来。

不过让庄睿不好意思的是,胡荣居然自己掏腰包,支付了通关的税费,这可不是一笔小数目,不过胡荣态度坚决,庄睿最后也没坚持。

这批金砖当然是拉到了庄睿的四合院,彭飞这几天都陪着德叔走亲访友,郝龙就和庄睿又做了一次搬运工,将这两吨金砖全部搬到四合院的地下室。

数百块金砖,整整摆满了一个古玩架,在地下室强光白炽灯的照射下,散发出片片金光,将整个地下室都渲染上了一层金色,就连身边秦萱冰那白皙的脸上,都像涂了一层金粉似的。

庄睿生意上的事情,欧阳婉从来不过问,虽然她也吃惊于儿子搞到这么多黄金,但是最终也没过问,倒是秦萱冰心中好奇,把事情追问了出来,当然,这已经是胡荣回缅甸之后的事情了。

婆媳二人听了事情的经过之后,也不住感叹庄睿运气之好,连日本鬼子当年藏在国外的宝藏,都被他挖了出来,这事除了能用运气形容之外,实在是没有别的解释能说得通了。

"庄睿,快来看,荷叶变绿了……"

秦萱冰的声音从凉亭里传出来,正在院子里晒太阳看书的庄睿,把书本放到躺椅上走了过去,身后还跟着体型愈发健硕的白狮,经过半年多的调养,白狮体重已经达到两百多斤,看上去真的像一头狮子了。

这会儿已经近三月了,春天到了,大地万物也有了复苏的迹象,池塘中枯萎的荷叶,也重新发出了绿芽,估计到了四月,园中就能荷叶田田了。

院子里的枣树桂花树,也都开始发芽了,再过上几天,就能满园春色了,有了前后两个花园,根本就不用外出踏青,在家里什么都能看到。

庄睿还交代彭飞买点鸽子养在前院,他很喜欢鸽子嘴中发出的"咕咕"声,尤其是鸽子飞上天空后,脚下哨子发出的"呜呜"声,更透出一股子老北京大宅门的味道,这种生活,正是庄睿向往的。

"庄睿,你说咱们像不像七老八十的老头老太太? 整天无所事事地待在家里?"

秦萱冰把半边身体靠在庄睿身上,神态慵懒地和庄睿说着话,经过这几天庄睿的滋润,秦萱冰越发明艳动人,举手投足间,都让人目眩神迷,即使是庄睿,也有些吃不消秦萱冰的魅力了。

"要是有你这么漂亮的老太太,那我心甘情愿待在家里……"

庄睿笑着回了一句,用右手揽紧了秦萱冰的腰肢,往怀里带了一下,接着说道:"怎么了? 想出去做事情?"

"嗯,太闲了也不好,每天吃了睡,睡了吃的,身体都要发胖了……"

秦萱冰用手捋了一下头发,微风吹过,长发飘扬,那种魅惑的风情让庄睿几乎看呆了。

"死样,想什么呢?"

秦萱冰见庄睿色迷迷地看着自己,不由用手掐了下庄睿腰间的软肉,她也感觉到自己刚才说的话有点问题,白皙的脸上,瞬间升起一丝红晕。

话说他们两个这几天在床上做运动的时间,差点能赶上两人睡觉的时间了,长胖? 几乎是不可能的,没听说过做那事很消耗体力嘛。

"长胖点好,胖嘟嘟的像囡囡似的多可爱啊……"

庄睿坏笑着在秦萱冰脸上亲了一下,吓得秦萱冰连忙推开庄睿,四下里看了一眼,两人还没领证呢,虽然大家都心知肚明,但是大庭广众之下亲热,秦萱冰还是有点不好意思。

"这样吧,萱冰,你要是实在无聊,可以做点翡翠饰品方面的设计,我有不少原石还没解开,到时候解出来两块,专门做你设计的珠宝,你看怎么样?"

庄睿想了一下,还是要给秦萱冰找点事情做,不然两个才二十多岁的人,总不能学那些老头老太太混吃等死吧。

另外还有一个原因，罗江虽然雕琢玉石的技艺十分精湛，但是对珠宝饰品的设计，还是比专业人士稍逊一筹。

罗江现在雕琢出来的物件，大多是十二生肖一类的大路货，秦瑞麟店里比较有特色的翡翠珠宝极少，秦萱冰正好能填补这一块的空白。

"好啊，要是再有紫眼睛这样的极品翡翠就好了……"

秦萱冰听了庄睿的话后，马上高兴起来，只是她的话让庄睿苦笑不已，缅甸公盘那么多毛料里面，都没发现一块极品紫翡翠，哪是那么容易碰到的啊。

"把你老公卖了都买不到一块紫眼睛，等等，我接个电话……"

庄睿和秦萱冰开了句玩笑，兜里的电话突然响了起来。

"喂，是庄哥吗？我是大雄啊，我……我就是想问，我们哥俩什么时候上班啊？"

电话中传出大雄的声音，庄睿愣了一下，这两天他在四合院陪着母亲和秦萱冰，还真把带大雄和猴子去潘家园的事忘到墙根里去了。

庄睿看了下表，现在是上午十一点，因为德叔明天要回上海，所以庄睿中午特意请德叔到家里吃饭，估计去潘家园也得下午了，于是对着电话说道："大雄，下午我就带你们两个去店里，对了，小静上班了没？"

庄睿订婚的那天，他把小静介绍给了吴经理，这事让吴经理去安排了，只是这两天他都没问，现在也不知道吴经理安排好了没有。

"庄哥，小静昨天就去上班了，挺好的，我们哥俩都去看了……"

大雄听庄睿下午就带他们去店里，不禁有些兴奋。

他们到北京差不多有一个星期了，东游西晃的也有点烦了，再加上那天见到庄睿订婚时的场面，这哥俩也想着快点上班，好好表现一下，话再说回来了，庄睿许给他们的工资是一个月一万，早一天上班也早一天拿钱不是。

"行，那我下午去接你们，到地方再给你们电话……"

庄睿挂断了电话，自己这几天还真是陷入了温柔乡了，连正经事都不干了，就连赵寒轩铺子是否装修好都不知道。

"下午咱们出去转转，我开了家古玩店，对了，有空还要给你买辆车，喜欢什么车到时候我陪你去选吧……"

庄睿见秦萱冰一副不明所以的样子，给她解释了几句，秦萱冰这几天也感觉有些闷，笑着点头答应下来。

爱情也是有保质期的，恋爱中的男女感觉对方哪里都好，但是腻在一起时间长了，恐怕哪哪的毛病都出来了，这也是庄睿和秦萱冰隔上一段时间不见，见面就能热情似火的原因。

半个多小时之后，彭飞开车带着德叔来到四合院。

欧阳婉知道德叔一直都把自己的儿子当子侄看待,对德叔很尊重,特意亲自下厨做了一桌子饭菜,中午庄睿陪着德叔喝了几杯。

　　"德叔,您也要去? 得,那咱们开两辆车,都去……"

　　吃过饭,庄睿本来想把德叔送回酒店的,谁知德叔听说他要去潘家园,也要跟着去看看,庄睿干脆自己开着奥迪带上秦萱冰和德叔,让彭飞开了大切诺基,接上大雄和猴子二人。

　　"嘿,这可比咱们彭城古玩市场大多了……"

　　来到潘家园后,大雄和猴子看着那拥挤的人群,眼睛顿时有些发直,这哥俩还在寻摸着,要是在潘家园唱双簧,生意肯定要比在彭城好吧?

　　"行了,以后你们见天待在这了,有你们看的……"

　　庄睿笑着带几人往自己的店铺走去,他那家店的位置在潘家园的中间,算是最热闹的铺位,要不是赵寒轩一直想连货带铺子一起转让,这便宜也轮不到庄睿来占了。

　　来到自家店铺门前,庄睿发现招牌已经换成了大师手笔,在那乌黑厚重的门匾上,龙飞凤舞地写着宣睿斋三个大字。

　　德叔等人见庄睿驻足抬头观望着门匾,也都停下脚,向上看去,不过这块乌黑沉重的招牌看在各人的眼中,却有着完全不同的想法。

　　以大雄和猴子的眼力,顶多认得出这三个是什么字,至于书法好坏,大雄还能分辨出一些,猴子则完全抓瞎,瞅了半天都没看出什么门道来,感觉和前面几家的招牌也差不了多少。

　　秦萱冰看到这招牌后,心里则甜丝丝的,虽然把她名字的草字头去掉了,但是宣睿斋这三个字,分明取了自己和庄睿名字里各一个字,其意义自然不言而喻了。

　　女人总是特别容易感动,庄睿这份心思也算没白花,至少秦萱冰现在心里比喝了蜜糖水还甜,已经在考虑是不是把昨天没答应庄睿的几个羞人动作,到晚上遂了庄睿的心愿。

　　"小睿,你怎么能请得动这位给你题店名啊? 我听说老人家的身体不是很好,现在很少给人写字了呀……"

　　俗话说外行看热闹,内行看门道,德叔从这招牌字体大小,以及顺序排列上,就看得出来,这不是从别的地方对接出来的,的确是那位书法大师专门题写的。

　　现在有些商家为了招揽客人的眼球,经常会用一些名人曾经写过的字,将其拓印出来后对接成自己需要的招牌或者句子,但是那些字体在规范程度上,远不如专门题写的规整,在行家眼里,一眼就能分辨出来。

　　"前段时间和金老师去给大师拜年,刚好先生的精神很好,就求了两幅字……"

　　庄睿笑着回答道,神色直接也颇为自豪,由于身体原因,老先生近年来极少提笔,自己这两幅字绝对算是例外了,潘家园用大师题名做招牌的店铺不少,但是大师九十岁以后书写的招牌,自己这肯定是独一份。

"哦,我想起来,你订婚那天的字也是大师手笔,好个金胖子,老师的身体好了,也不跟我说一声,害得我怕打扰大师,都没敢上门拜访……"

德叔一听庄睿的话,顿时愤愤不平地骂开了金胖子,他和大师也是旧交,金胖子穿开裆裤的时候,德叔就认识大师了,这次进北京走亲访友,怕先生身体不好,没敢上门打扰。

"老板,您来啦,怎么站在门口啊,快请进……"

庄睿这群人站在门口,把店铺门都给挡住了,里面的赵寒轩见是庄睿,连忙打起了招呼,经过半个多月的调整,他心里基本上转变过来了,暂时适应了从老板变成打工者的身份。

"老赵,你的办事效率很高啊……"

庄睿笑呵呵地和赵寒轩打了个招呼,带着众人走进店里,迎面就看到一排七八米长的玻璃柜台,制作得非常精致。

柜台里面,每隔几公分,就有一盏小射灯,这是珠宝商家常用的手段,在这种强光灯照射下,即使品质一般的珠宝,也能闪现出耀眼的光彩来。

整个店铺的格局也有所改变,最显眼的地方留给了这个珠宝专柜,文房用具则摆在两旁,几方古砚台摆在珠宝柜里,这些物件已经算是古玩了。

赵寒轩这里经常做回头客的生意,倒是不需要用招牌或者门面来吸引顾客,正在选购文房用具的人不少,生意似乎还不错。

能在短短的十几天内搞定这些事情,显然赵寒轩是花了心思的。

"老板,怎么样,还满意吧?对了,那里挂的就是新店铺的营业执照复印件,我都改过来了,原件过会儿拿给您……"

赵寒轩之所以没给庄睿打电话,就是想让庄睿过来看到这里的变化之后,对自己的能力有个直观的认识,不管自己日后是否再出去创业,毕竟现在是给庄睿打工,自然要对得起每月拿的那几万块钱的工资。

庄睿点了点头,走到店铺柜台后面,看了看挂在墙上的营业执照,上面的法人已经改成了自己的名字,也就意味着以后宣睿斋要是出了什么事,就要由庄睿承担责任了。

"不错,老赵,我给你介绍一下,这位是我的老师,上海的德叔,这位是我媳妇儿……"

庄睿的话说的秦萱冰脸上一红,在香港都是介绍太太或者夫人,不过这声媳妇,听在耳朵里却更加亲切,充满了生活气息。

第六章 | 百万珠花

等德叔和秦萱冰与赵寒轩打过招呼，庄睿指着大雄说道："他叫大雄，是我的朋友，以后就跟着你学习文房用具方面的知识了，你要是看得过去，当弟子也罢，当学徒也行，只要能让他明白点这行当里的事就成……"

古玩行说简单也简单，但是说复杂也极其复杂，没有哪个人能看看书和图案就成为某些物件的鉴定专家，要想精通，还是要有老师指点的。

不过现在很多古玩鉴定专家，都像老手艺人一般敝帚自珍，不肯把经验传给新人，教了徒弟饿死师傅的事情，也不是没发生过，庄睿跟赵寒轩说这话的意思，就是想让赵寒轩传点真东西给大雄。

"成，这是咱们说好的，老赵我绝对不会藏私的……"

赵寒轩打量了一下大雄，爽快地答应了下来，这也是大雄长得比较憨厚，让人第一眼的印象比较好，要是赵寒轩知道大雄以前专门在古玩市场唱双簧，恐怕答应的就没这么利索了，因为他本人就被这些"套儿爷"坑害得不轻。

"赵老师，我今儿就能上班，您看着安排，做什么都行……"

大雄也很有眼色，上前给赵寒轩做了个长揖，先行个拜师礼再说，这让赵寒轩很满意，说道："先从伙计做起吧，干咱们这行，主要就是察言观色，对进店的客人是否有消费欲望，三两句话就要套出来，再根据客人的需求介绍商品。大雄，这些东西你慢慢学，先熟悉下文房四宝，然后我给你个报价单，了解下市场行情，并不是很复杂，你先去换个衣服，跟着小王，看他是怎么和客人交谈的……"

赵寒轩一边说话，一边招呼过来他以前的一个伙计，让那个叫小王的伙计带着大雄去后面换衣服，这些伙计穿的都是长袍马褂，这也是潘家园的特色，店家基本上都是这么穿的。

还别说，大雄换了衣服，真有点像那么回事，和以前那个穿着棉袄在彭城古玩市场摆摊的，完全两个人似的，特别是那笑容，比以前唱双簧的时候还要憨厚，绝对属于面善心黑的那类人。

其实要说看人下菜的功夫,大雄绝对不比现在这两个店员差,怎么说他和猴子也是在古玩市场厮混了好几年的,栽在他们双簧戏上的人不在少数,并不缺少经验,这也是庄睿让这哥俩来帮忙的主要原因。

"庄哥,赵老师,我跟着王哥先上班啦……"

大雄跟庄睿和赵寒轩打了个招呼,就跟在小王后面招待起客人来,今天店里挺忙的,两个店员都有点忙不过来,赵寒轩刚才自己都在招呼客人。

"老赵,他叫猴子,以后负责珠宝古玩这方面的业务,我没事会过来教教他,不过在店里,大雄和猴子都归你管,古玩这边没人的时候,也让他帮着卖点文房物件,对于行里的门道,你没事也多给这两人交代一些……"

等大雄走后,庄睿又把猴子介绍给赵寒轩,猴子性格没有大雄稳重,但是那张嘴甜得很,自己把这些古玩珠宝订好价格,让他按照自己的定价去卖就行了,并不需要猴子有鉴定古玩真假的能力。

"行,你也去换身衣服吧,先跟着那两人学学……"赵寒轩点头答应下来。

猴子也进去换了身长袍,虽然没大雄那么稳重,不过整个人却透着一股机灵劲儿,倒是有几分新中国成立前古玩店伙计的味道。

这不,见有人进店,猴子马上躬着腰上前打起了招呼,三两句话就把人引到砚台那块去了。

"老板,您找的这俩人,都不错啊……"

赵寒轩也看出来了,论起察言观色,自己原先俩伙计,恐怕不如大雄和猴子。

"呵呵,他们以前在古玩市场练过几年摊,对这些不陌生,不过专业上的知识就差多了,老赵你以后多提携下……"

庄睿也没瞒着赵寒轩,将二人的来历说了一下,事情都是明摆着的,自己不说别人也能看出来。

"德叔,您先坐,我带来点物件,先摆上去……"

安排好两人,庄睿把德叔请到店里招待客人喝茶的地方坐下,自己则将随身带来的三十多个古玩珠宝取了出来。

庄睿这次带的几十个古玩,不仅有珠宝玉石,还有些玳瑁如意和女人用的金簪子、珠花等玩意儿,可以说都是些小物件。

这些东西都可以归类到古玩中的杂项,庄睿也没从秦瑞麟拿盒子,这些东西放在盒子里反而掉了档次,用赵寒轩给他的钥匙打开柜台之后,一件件摆到柜台里面。

猴子见庄睿在整理古玩柜台,连忙走了过来,这才是他以后要忙活的地方。

放好之后,庄睿打开射灯,里面那些有点年头的珠宝,顿时闪现出耀眼的光芒,引得一些在挑选文房四宝的客人,纷纷走过来观看。

"老板,你这个珠花怎么卖啊? 能不能拿出来给我看下……"

庄睿的东西才放进去，就有个四十多岁的中年妇女要求看货了，庄睿抬起头看了眼前的女人一眼，发现她手腕上带着只种水不错的镯子，衣着打扮也挺华贵，看来是个有钱的主。

"这东西价钱不好说，是清朝传下来的老物件，您要是喜欢，可以先看看……"

庄睿用钥匙打开柜台，用两根手指捏住珠花的底部，拿出来放在少妇的手心里。

这枚珠花中间用一颗小指甲大小的珍珠作为主料，然后用金镶玉的手法，做出一个凤点头的造型，另外还镶嵌了一些红绿宝石，这种造型工艺十分复杂，在现代基本见不到了。

虽然古代没有那些先进的机械，但是很多匠人们的技艺，却是巧夺天工，远非现在能比。这枚珠花看似简单，但是制作流程极其繁琐，这位女士倒挺有眼光，一眼就看中了。

那女人把珠花托在手里看了一会儿，对庄睿说道："不错，这东西我挺喜欢的，老板，您开个价吧……"

"这个……咱们还是到里面谈吧，各位，不好意思，这柜台里面的物件刚上架，暂时不对外出售……"

此刻围在柜台旁边的人不少，都嚷嚷着让庄睿把自己看中的东西拿出来细看，庄睿也是没办法，干脆宣布今天不做生意了。

这些玩意总价值在五百万以上，庄睿根本不可能一一拿出来给他们查看，话说在商场买手机，都还只给你个塑料壳子看呢。

"哎，我说老板，开门做生意，不让我们看，我们怎么买啊，还有那女人要看你怎么就给了呀？"人群里有人开始起哄了。

庄睿闻言皱了皱眉头，说道："我这柜台里面的物件，都是古玩，不是那些摆在架子上的赝品玩意儿，价钱都在万元以上，各位要是有兴趣，我拿到里间，你们可以慢慢观察……"

庄睿这话一出，围观的人顿时散了一大半，老板的话已经说得很明白了，想看可以，去里面谈，不过要是进去了不买，脸上也没面子，这些人大多都是外地的游客，一般是不肯在这里花大价钱买东西的。

"老赵，写个条子贴在柜台上，今儿暂不出售……"

进内屋之前，庄睿转脸跟赵寒轩交代了一句，自己还没把这些物件的价格告诉猴子，就算猴子的嘴再巧，不知道售价站在那也是白瞎。

这些东西，庄睿是不愁卖的，潘家园每天的客流量那么大，其中不乏来自全国各地的收藏爱好者来这里淘弄物件，这些玩意都是真货，有喜欢的人不怕他们不买。

今儿庄睿是送大雄和猴子来上班的，顺便把这些东西摆上去，并不是今儿就开始卖，要不是看这位女士诚心想买，庄睿也不会请她到里面去了。

宣睿斋的隔间也被赵寒轩装修了一下，可能考虑到庄睿是年轻人，比较喜欢新潮的缘故，赵寒轩在里面摆了一圈沙发，中间放了个茶几，原来的方桌椅子都搬到别处去了。

德叔和秦萱冰刚才也跟进了里屋,从那女士手中拿过珠花,德叔带上老花镜打量了一会儿,吃惊地问庄睿:"小庄,你这东西从哪得来的? 这玩意可不简单,即使放在以前,也只有宫廷造办处才有这手艺啊……"

"德叔,东西绝对是正当来历,没有人会找后账的,您说说看,这玩意大概现在是个什么价位,我对这个还真不是特别了解……"

庄睿笑着给德叔和那位女士倒了杯茶,在这里自然不方便说是从缅甸鼓捣来的,这东西属于杂项类古玩,正好能请德叔给定个价。

奇怪的是,那位女士进屋之后就不说话了,坐下之后安静地听庄睿和德叔对答,可能是想再观察一下吧?

"你小子,连价格都不知道,也敢摆出来卖?"

德叔笑着骂了庄睿一句,伸手接过庄睿递来的放大镜,重新察看起来。

"这物件不是镀金的,镶嵌珍珠用的金子都是纯金,旁边的也是老银,这些宝石应该是以前老挝、缅甸等地的贡品,价值不菲,最难得的是,这是宫廷造办处制作出来的,要是放在古代,就是皇帝赐给妃子们的礼物。并且这工艺现在已经失传了,要是上拍卖会的话,这朵珠花的价格应该在八十至一百万左右,而且日后还有很大的增值空间……"

德叔将珠花翻来覆去地看了几遍之后,给出了自己的鉴定结果。

"这么贵?"

庄睿被德叔的话吓了一大跳,他心里给这珠花的定价是八万人民币,谁知道到了德叔这,直接涨了十多倍。

庄睿吃惊不单是因为这个珠花,按德叔的说法,自己从缅甸带回来的那些玩意,大多都是宫廷里赏赐出去的,那价格不是比自己估算的高出很多倍了?

"有你这么做生意的嘛,别人都嫌东西卖得便宜,你却嫌贵……"

一旁的秦萱冰实在看不过眼了,用手推了一下庄睿,引得房间里几人都笑了起来。

"嘿嘿,我这不是学艺不精嘛,在老师面前,不丢人……"

庄睿挠了挠头,看向那个想购买珠花的女人,说道:"这位女士,我老师说了,这朵珠花的价格在八十至一百万左右,我就折中一下,订个九十万,您不用着急买,可以请专家来店里看过之后再决定……"

庄睿看得出来,这位女士戴的那只翡翠手镯价值在百万以上,绝对有购买这朵珠花的消费能力。

而庄睿后面说的话,也是有讲究的,东西我开了价,不过我说真假不算数,客人你可以请专家来看,这也是对自个儿物件有信心的一种表现。

"不用麻烦了,老板,这朵珠花我要了,就按你开的价……"

让庄睿和秦萱冰等人跌破眼镜的是,那位女士压根就没迟疑,直接拍板决定要买了,那女人说完之后拿出手机,拨了一个号码,报了庄睿的店名就挂了,好像是通知什么人过来。

"这位小……女士,请问下,您认识他吗? 怎么他开的价,您都不还价的呀?"

秦萱冰指着庄睿,向那女人问道,这事忒古怪了点儿。

如果不是这女人年龄实在大了点,秦萱冰都怀疑她是不是和庄睿有什么关系了,没见过这样买东西的啊,别人说多少钱就是多少钱,连价都不带还的,要知道,这可不是在菜市场买大白菜。

"我不光认识这老板,马老师我也认识……"

这个女人的话让秦萱冰顿时紧张起来,虽然这女人年龄大了点,但是风韵犹存啊,说不准庄睿和她就有什么关系。

秦萱冰的想法要是被庄睿知道,都能冤得去跳护城河了,哥们是这样生冷不忌的人吗?

"哦? 你认识我?"

德叔也愣了下,他本就姓马,但是在北京这地界,他的名头并不响,反倒在江浙二地认识他的人比较多。

"呵呵,庄睿先生是在电视上认识的,马老师可是咱们江浙地区的鉴定专家啊,您鉴定出来的东西,肯定值这个价钱,两位,这是我的名片……"

那个女人从坤包里拿出一盒名片,给庄睿、德叔还有秦萱冰每人发了一张,接着说道:"名师高徒,我就更不会买到假东西了……"

"齐珠,中国 XX 集团副总裁……"

德叔看着名片念了起来,脸上忽然露出恍然大悟的神情,说道:"哦,我知道了,你是XX 集团齐董的女儿吧? 我记得几年前见齐董的时候,旁边好像跟了个女孩,就是你吧?"

齐珠闻言笑了起来,说道:"对,马老师想起来啦,那女孩就是我,其实我的名字原本叫齐珍珠,也特别喜欢珍珠,就想买下这朵珠花……"

"出去,滚出去,再不出去我就叫保安了啊……"

德叔正和齐珠叙旧的时候,外面店里突然传出赵寒轩的吼声。

"德叔,齐珠姐,您二位先坐着,我出去看下……"

此刻外面不仅有赵寒轩的叫骂声,还掺杂着一个男人的争吵声,两个人都是高嗓门,吵得里间都不得安宁了,庄睿向几人告了声罪,起身走了出去。

"老赵,怎么回事? 有话慢慢说啊,先把手放开……"

庄睿刚走到前面,就看见赵寒轩抓着一个男人的领口,正使劲把人往外拽呢,听到庄睿的话才松开手。

"赶紧滚蛋,再不走我就喊保安了……"

赵寒轩又冲那人嚷了一声,这才看向庄睿,气呼呼地说道:"庄老板,是个上门推销古砚台的,前几天才有人上门收古砚台,今儿马上就来了推销的,肯定又他娘的是一伙的'套儿爷',妈的,看我老赵好欺负还是怎么着啊……"

"哎,我说你这人怎么说话呢? 我是听别人说你这儿收砚台,这才把家里的老物件拿来给你看的,不要就不要,别出口伤人呀……"

赵寒轩这话说出来,刚才和他争执的那人不乐意了,大声嚷嚷起来,中国人天生爱看热闹,这店门口一吵架,外面呼啦啦围了一圈人,把整个宣睿斋围得水泄不通。

庄睿看向说话的人,是个中年人,大概三十一二岁的模样,比自己大不了几岁,衣着还算不错,不过那双眼睛不讨人喜欢,说话的时候一个劲地盯着跟在自己身后的秦萱冰。

"出口伤人? 我还想打你呢,你信不信啊?"

赵寒轩是真的恼了,也顾不得文化人的斯文了,一卷袖子真要上前和那人来个现场PK,庄睿连忙抱住赵寒轩的腰,废了好大劲才把他拉回店里,看来老赵把自己年前被骗的火,都撒到这人身上去了。

"你打,你敢打我一下试试,没见过这么不讲理的人。各位,我来这店出售砚台,这人不要就算了,还要打人,有这样做生意的吗?"

那中年人还真怕赵寒轩动手,他估摸着自己打不过长得白白胖胖的老赵,这会儿人已经退到店外面了,见外面围满了人,开始大声讨伐起宣睿斋来。

"店大欺客,有什么好奇怪的?"

"听说这店换了老板了,火气倒是挺大的……"

"这样的店谁敢进门买东西啊?"

一时间,围观的人纷纷议论起来,反正是说别人的坏话,他们自己一点损失都没有,也不怕被宣睿斋的人听到,这又不是古代,讲究个御史大夫风言定罪。

庄睿听了那人的话后,顿时皱起眉头,"会不会是别的店铺来捣乱的呀?"

不过想想老赵在这也干了几年了,自己又从来没露过面,在潘家园没什么不对付的人啊。

刚才谈成了齐珠的那笔生意,还感觉是开门见喜呢,马上就出了这么个幺蛾子,庄睿心里很是不爽。

"喂,我是这家店的老板,你进来说话,到底是怎么回事?"

庄睿把赵寒轩按在椅子上,走到店门口向那人喊道,同时给大雄和猴子使了个眼色,这二人立马上前,大雄拖着那中年人进了店,而猴子则走到店外,大声说道:"没事,没事了,各位爷们都散了吧,没什么好看的……"

有些看热闹的人还想跟进店里来,都被猴子和另外两个伙计拦下了,众人见没什么热闹看,顿时一哄而散。潘家园每天人流量那么大,发生点小事也正常,很快就会被其他的事淹没了。

第七章 | 黄武砖砚

"你……你们想干什么？别以为你们人多我就怕了……"

中年人被大雄半拉半拽地拉进店里，面色发白，说话的声音也开始颤抖，在外面他是主场作战，有那么多唯恐天下不乱的人支持，但是进到店里，可就由得别人拿捏了。

"行了，你叫什么名字？坐下喝口水说说是怎么回事吧？"

庄睿虽然对这人的第一印象不大好，但是也不想他在店里闹事，做生意的人最烦这个，像苍蝇似的，还不能拍死他，"嗡嗡"地惹人心烦。

"我叫孔石贤，还能怎么回事啊，我拿着砚台问那个人收不收，他直接就开骂了，我说，京城人也不能这样吧？这不是欺负我们外地人嘛……"

那个叫孔石贤的人明显有些底气不足，刚才还念叨着赵寒轩要打人的事情，现在又把问题高度往上提升了，变成了北京人欺负人。

"得了，您也别喊，他和我都不是北京人，欺负不到您头上……"

庄睿摆手打断了那人的话，接着说道："把你的古砚台拿出来看看吧，要是假物件，您爱上哪嚷嚷，就哪嚷嚷去，潘家园就有专门处理这类问题的部门，您也可以去反映……"

"老板，看什么呀，这家伙拿一破砖头当砚台来卖，鬼才会买他的呢……"

庄睿话声未落，一旁愤愤不平的赵寒轩就站了起来，他也不是像孔石贤说的那样进门就开骂，而是看过东西之后，实在忍不住了。

"您不识货别说货不好，这物件是我家传了几百年的……"

孔石贤那模样一点都没有先祖的风范，倒像个菜市场和人讨价还价的小贩一般。

庄睿这会儿可不想听什么故事，古玩行别的东西或许没有，那故事就是说上三天三夜，估计都不带重样的，连忙摆手说道："行了，把东西拿出来看看……"

"这个真是我家传的啊……"

那人嘴里嘟嘟囔囔地把手里的布包放到桌子上，打开之后，庄睿顿时愣住了。

"我说，这是砚台？"

庄睿看着这黑不溜秋的长宽有十六公分左右,厚度为六七公分的玩意儿,不禁有些哭笑不得。

"您看,这表面这么光滑,就是用来研磨的嘛,不是砚台是什么?"

孔石贤的话让庄睿差点笑出来,这他娘的什么道理啊,大理石地面更光滑,难不成也是砚台?

"行了,你这东西就是一块古城砖,遇到喜欢的人,也能卖出个三五百块,别在这里磨叽了,走吧……"

庄睿倒是看出这东西的来历了,现在也有收藏古城砖的人,不过他不好这一口,对这玩意儿兴趣不大。

"哎,哎,欺负人啊,明明是砚台,你非说是破砖头子,让我以后怎么卖啊,不成,你们要给买下来……"

孔石贤听了庄睿的话后,声音陡然提高了八度,庄睿算是看出来了,这货绝对是个青皮,干的是大雄和猴子以前的勾当,骗不过就强卖,技术含量也忒低了一点儿。

庄睿有些不耐烦了,里面还一桩九十万的生意等着谈呢,当下摸出手机,说道:"成,我叫警察来,你告诉警察同志,我们怎么欺负你了,好吧?"

庄睿一边说话一边准备打110,眼神又从那块黑不溜秋的砖头上滑过,突然庄睿手中的动作停了下来,对着那听到自己要报警,正准备打包走人的孔石贤说道:"你让我们买下来,你想卖多少钱?"

赵寒轩听到庄睿话有些着急,连忙说道:"老板,这就是块古城砖,虽然可能被人当成砚台使用过,但是价值不大,您可千万别上这当啊……"

"老赵,给俩钱打发走算了,省得麻烦……"

庄睿压低声音对赵寒轩说道,不过声音刚好还能让孔石贤听到,孔石贤脸上顿时显出一丝得意的神色来,看来这家店的老板,也是个胆小怕事的。

"这可是古砚台啊,最少要三……不,五万块钱……"

说老实话,就连站在一旁的大雄和猴子,都在心里鄙视这个孔圣人的后代,这活干的未免太糙了吧?自己连多少钱都没想清楚,就敢跑来讹诈?

"庄哥,我把这小子丢出去得了……"

大雄上前一步,活动了下手腕扭了扭脖子,顿时发出一阵骨骼的脆响声。

庄睿摆摆手制止了大雄,从手包里数出二十张粉红色的老人头,丢在孔石贤放古城砖的桌子上,说道:"两千块钱,想卖拿了钱走人,不想卖直接拿了东西滚蛋……"

"两千块?连从上海来的路费都不够,好吧,算我讲究,两千就两千……"

孔石贤还待说下去,看到赵寒轩和大雄要吃人的目光,连忙住了嘴,伸手拿过桌子上的钱就要开溜。

"慢着,写个收据再走……"

庄睿拦住他,问赵寒轩要了纸笔,写了一张收据,让孔石贤签字按上手印,当然,收据上写的不是砚台而是城砖一块。

"妈的,一群傻逼,老子五十块钱从上海收来的破玩意,转手就是两千……"走出宣睿斋,孔某人得意洋洋地冲着大门吐了一口唾沫。

"老板,那人就是个骗子,您还真花钱买啊?"

大雄耳朵尖,听到孔石贤的骂声,气得立马就要追出去。

"傻逼?我看他就是个二货,拿着宝贝当垃圾卖……"

庄睿冷笑一声,张口喊住大雄,伸手拿起桌上沉甸甸的古城砖,仔细地察看起来。

"宝贝?庄老板,用城砖制作砚台,虽然很常见,但是这块应该不是吧?"

赵寒轩开"书雅斋"之前,就做了七八年文房用具的生意,自问在圈子里对砚台宣纸等物件算是个行家,此刻他怎么看这块砚台,都不像古砚啊。

"是啊,老板,这城砖和墓砖也差不多嘛,咱们彭城古玩市场就有,三五十块钱一块,那会儿挖龟山汉墓的时候,我和雄哥当年还……"

一旁的猴子话说了一半,猛地被大雄捂上了嘴,这经历可不值得到处宣扬,虽然他们不是去盗墓,但是盗墓砖也不是什么好行当。

"你们两个小子,嗨……"

庄睿被猴子的话给逗笑了,他没想到这哥俩经历还挺丰富,连这行当都干过。

"德叔,您来看看这东西……"

庄睿见德叔陪着齐珠从里面走出来,连忙把手上的那块砖头递了过去。

"是块古城砖,不假啊,等等,我再看看……"

德叔上手之后,最初的判断和赵寒轩差不多,不过在那城砖上摩挲了一下之后,脸色变了下,把古城砖放到桌上,拿出放大镜仔细察看起来,几乎把脸都贴上去了。

"这东西,倒像是老物件做新啊?"

德叔把古城砖翻来覆去看了几遍,喃喃自语道:"没道理啊,看这研墨的地方,应该是做过砚台的,但是为何旁边没有任何雕琢,不可能单单做出一个墨面来吧?而且这包浆也不够,没多少年头的……"

"德叔,这砖砚是怎么回事啊?"

秦萱冰看着好奇,秦老爷子经常会在家里写些字,也用过砚台笔墨,不过她对这些东西的来历,却并不是很清楚。

"呵呵,砖砚就是以古砖为材料刻制的砚台,古砖年代久远,本身就具有很高的历史价值。因为古砖质地精良,所以研墨的效果,不亚于澄泥制作的名砚,并且古砖古色古香,更能增添几分文房高雅的文化气息……"

德叔笑着给店中几人普及了下古砚台的知识，除了赵寒轩略懂之外，就连庄睿都听得津津有味，他虽然跟德叔学过杂项鉴定，但是杂项的范围太广了，而砚台又属于小众收藏物品，所以庄睿也不知道砖砚的传承来历。

其实砖砚最早见于唐宋年间，盛行于清乾隆、嘉庆时期，大多为文人学者所刻，有的为了实用，有的为了玩赏，只要是清朝以前流传下来的砖砚，均价值不菲，受到书法文具收藏者们的追捧。

古砖上的文字与其他铜器铭文、石刻文字有异曲同工之妙，我国历史上的文人学者辑录古砖奇文异品者颇多。

尤其是晚清，金石考据之风盛行，许多文人、考据学家另辟蹊径，对残断剥蚀的砖瓦文字情有独钟，重金收购，极力讲求，"秦砖汉瓦"遂著称于世。

"德叔，您说的没错，这玩意还真是老物件做成新物件的，恐怕在战乱时怕有遗失，故意做出来的……"

庄睿笑着接过德叔手中的砖头，指着墨面说道："这墨面光滑整洁，应该是经常使用的，但是和旁边却有些不搭调，就像翡翠一般，仅凭外皮，很难发现里面的玉石……"

庄睿拿着这块古城砖侃侃而谈，店里众人的目光都被他吸引了过去，就连一些原本在挑选毛笔宣纸的客人，也停下手来，认真听了起来。

秦萱冰对这玩意是古砚台或者是古城砖，没有丝毫兴趣，但是见到庄睿神采飞扬的样子，却深深陶醉了，都说工作中的男女最有魅力，此刻的庄睿在秦萱冰眼里那就是貌比潘安，才胜唐伯虎的完人了。

"对不起，庄老师，打断一下，您看这珠花，咱们现在能交易吗？"

一直都称呼庄睿为老板的齐珠，此刻也是喊了一声庄老师，俗话说学无前后，达者为师，光是庄睿这番评论，就值得她喊上一声老师了。

"哎哟，我把这茬给忘了，齐珠姐，没问题，咱们现在就交易，您是要转账呢，还是怎么着？"

庄睿听了齐珠的话，连忙停住了嘴，却让店里的客人十分不满，刚听到兴头上，怎么就不说了呢。

"转账吧，你们店里应该可以刷卡吧？这位是我先生，老公，给他们转九十万过去……"

这会儿庄睿才看见在齐珠旁边站了位中年男人，长得虽然相貌堂堂，不过话却很少，听了齐珠的话后，从包里拿出一张卡，看向庄睿。

看齐珠老公的样子，说不定是倒插门女婿，这豪门媳妇难做，豪门女婿也不见得轻松，和跟班的差不多。

"老赵，你帮他们办一下吧，那朵珠花，九十万人民币，转账后再给他们开个证明……"

宣睿斋重新装修开张以来，庄睿这是第一次来，他哪儿知道在哪转账啊，说不得还得让赵寒轩办理。

"啊？哦,好,好的……"

赵寒轩听到庄睿的话，如梦初醒般答应下来，他早被庄睿和齐珠的对话搞傻眼了，这刚进去没多大工夫，居然就做成了九十万元的生意，都赶得上淡季时店里好几个月的营业额了。

"这位先生，咱们来这边转账吧……"

赵寒轩和齐珠老公打招呼时，还如在梦中一般，他现在算是明白了，为什么庄睿这么轻易就答应盘下他的店，敢情古玩这东西，这么赚钱啊？

"这位老板，你再说说这砖头吧，它怎么就是个宝贝了？"

店里有好奇的客人，忍不住问了出来。

"好，按照我的判断，这块古城砖是从中间分成了两半，把里面掏空，将砚台镶嵌了进去，不过不知道为什么，研墨面却留在了外面……"

庄睿心里还真有些不解，他的结论当然是通过眼中灵气看出来的，这里面分明镶嵌了一块古砚台，而且灵气十足，但是这块城砖明显可以将整个砚台全收进去，不知道当初那人留下墨面是什么意思？

"小睿，你能确定？以前倒是有人用假画覆盖到真画上面装裱，不过这种事发生在砚台上，我还真没听过……"

德叔皱起眉头，他知道新中国成立前和"文革"十年中，有许多人为了保护自己心爱之物，想尽各种办法掩饰这些物件，说不准真被庄睿猜中了呢。

"德叔，您看这城砖中间，用放大镜可以看到，有打磨过的痕迹，想必就是为了遮掩那条对接的缝隙，是真是假，咱们敲开这砖头就知道了……"

其实这城砖的对接处，处理的极好，即使用放大镜，也很难看出来，不过德叔经过庄睿的提醒，特别留心之下，还真看出点端倪，当下点了点头说道："古人是用糯米和纸浆代替水泥，黏性极好，不过这块城砖不像是用这些东西沾黏的，小庄，你小心一点，最好先用水泡一下，然后用刀刮开看看，如果里面真有物件，别给损坏掉了……"

一般制成砚台的石料，都比较脆，震动过巨就会碎掉，所以德叔才有这么一说。

"呵呵，德叔，咱们从边沿凿开看下不就行了……"

庄睿知道德叔说的没错，只是他却没工夫等，刚才自己骂那孔石贤是个二货，没准这会儿店里的人还以为自己是傻逼呢，庄睿现在就是想把里面的砚台掏出来，证明谁是傻逼谁是二货。

庄睿叫店里的一个伙计，给他找了把小锤子，由于没有凿子，只能找了个平口的螺丝刀代替。

庄睿把城砖放在地上,蹲下了身子,用灵气分辨出粘贴缝隙,将螺丝刀的平口对准那里,用锤子轻轻地敲击着螺丝刀的把手。

庄睿的动作很轻柔,他也怕用力过猛,震坏里面的砚台,不过这城砖烧制的有些粗糙,在螺丝刀的敲击下,原本被打磨过的地方露出了一条肉眼可见的缝隙。

"咦,还真是的,庄哥,你神了啊……"

蹲在旁边死死盯着城砖的猴子,一眼就看见了那条缝隙,不禁对庄睿跷起了大拇指,这会儿店中客人们认为那卖砚台的是二货。

这世界上无论是什么东西,破坏的时候,一定比创造容易,没过多长时间,那块城砖已经在庄睿的暴力破解下,分成了两半,里面一方古朴卓雅的砚台,也呈现在众人面前。

"这……这居然是吴昌硕的黄武元年砖砚……"

德叔在这方砚台露出庐山真面目后,一眼就识别出了它的来历。

庄睿对于砚台这类杂项古玩了解不多,听到德叔的话后,以为这砚台是吴昌硕用过的,并不怎么在意。

所谓古玩,大多都是在漫长的历史长河中,经过名人把玩收藏,吴昌硕虽然是近代书画宗师,但是还不足以令庄睿动容,要是这玩意儿是王羲之洗笔研磨所用,庄睿或许会吃惊一下。

其余人也和庄睿一个想法,但是赵寒轩不一样,他本来就是做文房四宝生意的,对这方录入到当代名砚著录的砚台知之甚深,听了德叔的话后,近乎粗鲁地一把从德叔手里抢过砚台。

"壬午四月金俯将持赠。黄武之砖坚而古,卓哉孙郎留片土,供我砚林列第五。仓硕,天哪,真的是吴老亲手制作的黄武砖砚……"

赵寒轩把砖砚侧端铭刻的字读出来之后,脸上满是激动的神色,庄睿在旁边也听懂了,敢情这玩意不是吴昌硕收藏的,根本就是那位画坛宗师自个儿制作的啊。

"马老师,给我们讲讲这砚台的来历吧?"

齐珠看到赵寒轩激动的样子,不用问也知道这砚台极其名贵,他父亲就是一位儒商,这些年收藏了不少玉器类的古玩,平时也爱好书法,齐珠就想把这方砚台买回去,送给父亲做礼物。

"呵呵,小庄,你运气真不错,居然能淘到这物件,这东西自吴老去世之后,一直不知所踪,没想到被人隐藏在古城砖里了……"

德叔感慨了一番,在砚台收藏中,吴昌硕这方砖砚,绝对能位列前十,收藏和实用价值都极大。

"这方砚台原本就是一块三国东吴时期,黄武元年的古城砖,这砚台上所说的金俯将，是江苏苏州人，为人豪爽侠气，好收藏古物，尤其嗜好古陶古砖，遇到酷爱之古砖瓦，如倾囊不足也必借款求购，志在必得。金俯将得知昌硕先生酷爱古砖，引为同道，请友人引见后与之相识，互以古物拓本相流，文谊日渐月进，终为至友，就是他把这块城砖赠给吴昌硕的。

"光绪八年，昌硕先生书'道在瓦甓'四字横幅赠与金俯将，俯将十分高兴。数日后的四月初九，就以家藏古缶为报，此缶为出土之物，约为周秦时器。缶上了无文字，简朴可爱。自号'老缶'、'缶翁'的昌硕先生十分珍爱此缶，直至身后也将此缶长陪于寝陵之中。只是金俯将不久之后就离世了，让吴昌硕先生悲痛不已，昌硕先生七十二岁时用此砖砚试冬心先生藏墨时，见物思友，老泪纵横，真可谓缶甓之情，天上人间。所以他一生最珍爱的两个物件，一是那个古缶，另外一个就是你们看到的这方砖砚了……"

其实当年金俯将送给吴昌硕的古城砖不止一块，另外一块用汉晋期建衡二年砖制的砚台，也极为有名，不过那块不是吴昌硕先生亲手所制的，所以没有这块砚台声名显赫而已。

德叔讲完这番话，众人看着这方砖砚，似乎都能感受到，在一个多世纪以前，两位友人之间那种深情厚谊，一时间，店里变得寂静起来，就连几位选购文房的客人们，都被德叔讲的故事感染了。

"马老师，这……这东西，它也该有个价码吧？"

齐珠的声音打破了店中的沉寂，听完德叔的介绍，她愈发想把这方砖砚收入囊中了，钱对她来说不成问题，她父亲经营的那家公司，是江浙地区极为有名的一家集团，几百上千万，她都掏得起。

"这个……还真是不好说，现在收藏古砚台的人越来越多，这方砚台如果上拍卖会的话，起拍价应该不是很高，在十万左右，但是成交价就很难讲了，百万都有可能的……"

德叔皱起眉头，这样的物件还真是很难估价，起拍价是无法说明问题的，如果遇到喜欢的人，为了得到它一掷千金也不奇怪。

在最近几年的文物拍卖市场上，有些起拍价仅为一两万元人民币的物件，到最后的成交价往往高达百万，在德叔眼里，这方砖砚就具备这种潜力。

其实德叔的估价并不算离谱，近期，吴昌硕生前收藏的另外一方名砚，就上了一家拍卖会，起拍价仅为五万元人民币，最终以六十六万元被人拍走。

"这位老先生说的没错，吴老亲手制作的砖砚，恐怕很多人都想收藏在手里，我要不是……唉，我要不是出了点事，这砖砚百万我都愿意买下来……"

赵寒轩所爱的物件，无非就是笔、墨、纸、砚，此刻见到这方砖砚，心里直痒痒，像是被猫爪挠了一般，连带着想起自己被骗走近千万身家的事情，牙根也不自觉恨得有些发痒了。

"天啊,这破砖头值一百万?"

"什么破砖头,你没看见那是块砚台嘛……"

"嗯,没错,这砚台的包浆古朴润泽,是个好物件……"

"两千块钱买下来的,转手就能卖百万,这小伙子真是赚大发了……"

"是啊,刚才那个姓孔的,还真是个二货加傻逼,把个宝贝卖了白菜价,还沾沾自喜呢……"

"这店老板的运气可真是好啊……"

"什么运气,别人这靠的是眼力,你还没认出来,他就是前几天放的鉴宝节目里面的庄老师啊……"

"庄老师,给我签个名吧……"

"是啊,我是从陕西来的,也看过庄老师的节目,也给我签个名吧……"

此时已经不需要庄睿再解释了,店里那十几个从头至尾看着庄睿买砖头取出砚台的人,也知道究竟谁是傻子了,这些人对庄睿的运气,均是羡慕不已。

有些人可不会以为庄睿是凭自己的眼光看出来的,归根结底,庄睿还是太年轻了点儿。

当然,认识庄睿的也不乏人在,庄睿现在进出四合院,都经常被邻居们认出来打招呼,不过皇城根下的人都比较矜持,找他签名的倒是没有。

"谢谢大家,谢谢,不过这……这东西可不是我鉴定出来的啊……"

第八章 镇店之宝

转眼间，庄睿就被几位来自外地的游客围住了，他这还是第一次被人这样追捧，不过庄睿知道，自己虽然能知道这玩意是古董，但要是没有德叔，他根本无法讲出这物件的传承来历。

别人看得起你，才会找你签名，庄睿也很认真地在几个人的本子上写下了自己的名字，乱腾腾过了七八分钟，店里才算安静下来。

不过这也带来一点好处，就是那些拿了签名的人，买起东西都变得大方了起来，七八个人居然买了近一万块钱的文房用具，让庄睿感叹不已，敢情这名人效应，还真能转化为经济效益啊！

"庄老师，我对这砖砚挺喜欢的，您看……能不能割爱，价钱上咱们好商量……"

等店中人少了点之后，齐珠向庄睿提出了购买古砚的意向。

齐珠的父亲爱好收藏玉器，不过那一屋子所谓的古玉，在德叔鉴定过之后，基本上都是假的，虽然德叔没明言，但是别人也猜得出来，齐珠见到父亲生气的模样，对古玩的真伪，也开始上心起来。

现在的古玩市场里，真玩意儿太少，难得遇见一个能送给父亲做礼物，又经过专家鉴定的真物件，齐珠已经下定决心要将它买下来了。

"对不起，齐珠姐，我这店的一项主营业务就是笔墨纸砚，这方砚台我并不打算卖，留着做个镇店之宝吧……"

庄睿连价都没开就回绝了齐珠，一来他并不缺钱，二来这样极具收藏意义的砚台，即使上拍卖会寻摸，也要看时机，现在被人白送了来，庄睿往里面兜还来不及呢，哪会卖啊。

"庄老师，我是想送给父亲做礼物，您看一百五十万元人民币的价格怎么样？"

齐珠还有些不死心，开出了一个她自己心里的最高价位，庄睿是开门做生意的，应该会卖了吧？

"实在是对不起，齐珠姐，这物件我个人也很喜欢……"

不过让齐珠失望的是，庄睿依然拒绝了她，这让齐珠知道了，对方并不缺钱，恐怕开这店也是玩票的。

"这位女士，您要是想买古砚的话，我这里也有几方不错的砚台，价格上要低许多，不过绝对是真品，您可以考虑一下……"

赵寒轩怕庄睿禁不住齐珠的恳求把砖砚卖掉，连忙出言引开了齐珠的注意力。

要说庄睿不卖这方砖砚，店里最高兴的人，莫过于赵寒轩了，虽然砖砚不是自己的，但是庄睿说了要作为镇店之宝留下来，那不就等于自己可以时时把玩了嘛。

齐珠的本意只是想买一方真的古砚，现在见庄睿态度坚决，当下就听从赵寒轩的意见，去挑选另外几个砚台了，有德叔这位免费鉴定师在，齐珠倒也不怕买了假货。

"老公，你真棒！"

见庄睿身边的人都走开之后，秦萱冰悄悄在庄睿耳边说了一句。

这个社会还是男本位社会，见到自己男人才华横溢，秦萱冰自然高兴不已。

"当然，你老公我哪里都棒……"

庄睿坏笑着在秦萱冰脸上亲了一口，吓得秦萱冰连忙推开她，虽然她在国外留过学，但是对于那些情侣在街头旁若无人亲吻的举动，还是无法理解更加做不到。

"萱冰，明天咱们去秦瑞麟看看吧，我让姐夫从彭城送了一批翡翠料子过来，你可以根据料子做一些设计，到时候交给罗师傅雕琢就行了……"

庄睿心里有些愧疚，来到店里不是忙着卖珠花，就是鉴定这方古砚，把秦萱冰都给冷落了，半天都没和她说上一句话。

虽然庄睿对女人的实战经验很少，但是架不住他爱看书啊，庄睿从书上得知，没工作的女人，早晚都会丧失自我，见天跟在男人后面疑神疑鬼。

庄睿可不想让自己老婆在家里当摆设，怎么说秦萱冰都是在国际上崭露头角的年轻珠宝设计师啊，不让她工作，未免太委屈她了。

"好的，老公，你去忙就是了，不用管我的……"

秦萱冰笑了笑，都说工作中的男人最有吸引力，她也喜欢看庄睿鉴定古玩时，那副专注的模样。

"嗯……"

庄睿握了握秦萱冰的小手，然后走到德叔旁边，说道："德叔，还得麻烦您帮我看看，这些玩意虽然都是真的，但是我对现在的市场行情不是很了解，德叔您给定个价吧……"

先前要不是德叔在，庄睿那朵珠花估计也会卖个白菜价，可见要做古玩生意，不是能鉴定出真假就行的，还必须了解这些物件的市场行情。

德叔虽然不在典当行工作了，但是闲暇还会参加一些古董拍卖会，所以对这些东西的价格比较了解，当然，庄睿要是能把京都拍卖行的钱总找来，定价还会更加精确。

德叔苦笑着摇了摇头，本来是想逛逛潘家园的，谁知道居然被庄睿拉了壮丁，不过他也是甘之如饴，当下脸色一正，说道："你小子，啥都不懂就敢开门做买卖，我帮你定价可以，不过你要告诉我这些物件的来历，虽然你小子背景挺深的，但是有些玩意还是不能沾的……"

刚才庄睿和秦萱冰说话时，德叔就一直在看柜子里这些如意珍珠，还有玉石类的古玩，越看越心惊，因为从这些玩意儿的做工来看，基本上都是出自宫廷造办处，不仅有清朝的，有些物件看上去还有明朝的风格。

德叔也是怕庄睿走了歪路搞到这些玩意，前段时间才听说沈阳那边一家博物馆失窃了，里面有不少溥仪当年带过去的珍贵文物。

"德叔，您想哪儿去啦，咱们里面去说吧……"

庄睿看到德叔怀疑的眼神，不由有点哭笑不得，只是这外面人多嘴杂，庄睿只能将柜子打开，把那些珠宝古玩都收进包里，拿到里间去了。

"德叔，事情就是这样的，我可不敢骗您，萱冰就在这，她也知道这事……"

进了里面的隔间，庄睿把在缅甸发生的事情，原原本本地跟德叔说了一遍。

不过庄睿把那十吨黄金隐瞒了下来，倒不是信不过德叔，而是因为那事牵扯到欧阳磊，不能让太多人知道，而且那批黄金也和这些古玩没多大关系。

"你小子，运气还真是好啊，对了，你要是不喜欢珠宝类的古玩，可以把它们都卖出去，但是像这玳瑁如意，可是不错的玩意，升值空间很大，可以留下来的……"

德叔听完庄睿的讲述，也只能摇头不已，当下拿出一张纸，把这些古玩的价格一一标了上去，只是在拿起那个玳瑁如意的时候，德叔停了下来。

"这东西有讲究？"

这把通体黝黑中泛着一种墨色光彩的如意，是用玳瑁角质磨制出来的，包浆圆润，正面雕刻的是蝴蝶嬉戏花丛的图案，背面还有佛教的万字不断纹。

"当然，你小子啊，还要多学习，多看点书，我给你说说这物件的讲究吧……"

德叔不满地看了庄睿一眼，把这玳瑁如意的收藏价值给庄睿解说了一下。

原来，玳瑁自古以来深得历代贵族或商贾富客宠爱，被视为传世之宝，是万寿无疆的象征，玳瑁的背甲可以用来制作精美的装饰品，汉代的著名诗篇《孔雀东南飞》中就有"足下蹑丝履，头上玳瑁光"的诗句。

我国在广东省建立的惠东港口自然保护区就是以保护玳瑁、绿海龟等海龟为主。如唐朝女皇武则天就用玳瑁制作梳子、扇子、琴板、发夹，乃至整个玳瑁标本。

"如意"一词出于印度梵语"阿娜律"，是自印度传入的佛具之一，柄端作"心"形，用竹、骨、铜、玉制作，法师讲经时，常手持如意一柄，记经文于上，以备遗忘。

如意在民间，素来有"不求人"的名称，很多朋友可能知道，这东西就是挠痒痒用的，只是那是穷人的叫法,从魏晋南北朝时期,如意得到普遍使用,它在这期间非常走红,成为帝王及达官贵人的手中之物。

到了清代,皇帝和皇后用如意赏赐王公大臣,在皇帝选妃时,若将如意交入一人手中,就意味着她将成为皇后,民国时期,如意则成为贵重礼品,富有之家相互馈赠,祝愿称心如意。

世事变迁,现今如意已经退出了人们的日常生活,而成为古玩之属,但一柄柄精致的如意,承载着它们曾经拥有的历史及它们蕴涵的吉祥美好的寓意,依然那么悦目怡情,为人们所喜闻乐见。

"怪不得,我那里有十几把如意,敢情都是皇帝赏赐出去的啊……"

听完德叔的话,庄睿这才闹明白如意的真正价值和寓意所在,总之这东西作为吉祥物的象征,备受藏家的追捧,而庄睿手中这些如意都是宫廷用物,换句话说,就是皇帝和皇帝老婆抓痒痒用的,升值空间要比民间的如意大出许多倍。

庄睿对那些珠宝类的古玩没什么兴趣,但是却把如意挑了出来,这东西在杂项里属于热门收藏品,自己还是留下吧。

等德叔给庄睿的这些古玩全部标好价格后,庄睿又都摆了出去,并且把价格单子手抄了一份,一张交给猴子,让他对照各个物件背熟,另外一张自然是自己留下了。

这会儿齐珠也挑选了一款价值八万的古砚,虽然价值没有那方砖砚贵,但也是清朝大户人家所用,齐珠还是很满意的。

齐珠付了款,对庄睿说道:"庄老师,有空来浙江转转,我们那里可是鸡血石的产地,您这店里是卖文房用具的,我看还少了印章这类东西,以后要是有需要,我可以带您去选购鸡血石……"

庄睿拿出齐珠刚才给他的名片晃了晃,说道:"谢谢齐珠姐,以后要是去浙江,一定会叨扰您的,到时候您别嫌麻烦就行了……"

"老赵,咱们不卖印章吗?"

送走齐珠后,庄睿看向赵寒轩,他本来没注意这事,听齐珠这么一说,还真感觉少了点什么,这字画书好之后,一般都是要盖上钤印,印章的确和文房四宝分不开。

赵寒轩听了庄睿的话,脸色变得有些古怪,最后还是说道:"庄老板,以前店里也有印章卖的,那会儿我还请了个师傅,专门帮客人制作印章,只是后来去昌化进鸡血石,被人用假冒的鸡血石骗了,赔了二十多万,以后也就没再卖了……"

庄睿闻言笑了起来,这老赵运气也忒差了点,在北京被人下套骗去八百多万,去昌化进鸡血石也被人骗,真不知道他怎么把这店维持了这么多年。

"印章还是要卖的,等有时间我去趟浙江吧……"

庄睿记起前些日子给古师伯送订婚请帖的时候,古师伯曾经跟他说过,初学雕刻,可以先从篆刻印章入手,还别说,庄睿当时一听就上心了,因为小时候他就干过这事。

要说这事主要还是因为刘川,这哥俩读高中之后,庄睿的学习成绩一直不错,但是架不住刘川学习差啊,这兄弟遛狗玩鸟样样精通,就是学习上稀松得很,考试的时候全靠蒙,选择题就是撒色子猜 ABCD,基本上是门门不及格,每到学期末,拿成绩单回家少不了要挨一顿揍,于是庄睿给他想了个办法。

那会儿两人已经不在庄母任教的学校了,于是每到期末,要把考试成绩单拿给家长签字的时候,庄睿就会找块石头,刻上刘川老爸的名字,当做签字用的印章。

至于给刘川爸妈看的成绩册,则是俩坏小子自己买的,成绩当然是随便填的,这招还挺好使,因为刘川爸妈平时都挺忙的,还以为儿子学习成绩提高了而沾沾自喜呢。

刘川同学从那以后算是解脱了,虽然在高三最后一学期,这事被刘川老爸发现了,但那会儿刘川基本上已经无药可救了,加上两人都大了,所以这俩小子生平第一次干了坏事没挨打。

所以说庄睿天生就应该进入古玩行,这从小就会造假了,以小见大嘛。

"老板,这鸡血石造假很难辨认的,我看咱们还是进一些别的印章材料,鸡血石就算了吧……"

赵寒轩听庄睿要去昌化,摇了摇头,虽然他对庄睿鉴别古玩的本事很佩服,但是这世上没有谁是完人,他不相信庄睿连鸡血石都精通。

"小庄,鸡血石也是能赌的,有些人在山上采到料子后,并不切开,而是根据石头外面是否渗红,分辨里面有没有鸡血石,你要真想去赌一把,德叔到时候带你转悠一圈去……"

德叔和赵寒轩不同,他知道庄睿是靠赌石发家的,那双眼睛已经不能用"毒"来形容了,在现在的赌石圈子里,甚至有人称呼庄睿为"黄金眼",把庄睿和云南那位"翡翠王"并称为南北二王。

在南京以小搏大,帮刘川几千块钱赢得上千万,平洲赌出价值上亿的冰种毛料,缅甸翡翠公盘更是庄睿的成名之战,那块冰种红翡,让来自世界各地的翡翠商人们,都牢牢记住了"庄睿",这个普普通通的中国名字。

德叔虽然不赌石,但是对这些事情还是知道的,他也没怀疑过庄睿,因为有些东西真的是讲感觉的,很多事情有些人怎么教都教不会,但是有些人却是一点就透,或许庄睿就有赌石的天赋也说不定呢。

"德叔,看来我还真要去一趟了啊,什么时候昌化那边有交易,您跟我说一声……"

听德叔说鸡血石也能赌,庄睿顿时来了兴趣,他现在更想收集一些奇珍古玩,而不像缅甸之行,纯粹是为了囤货和套现而去赌。

"你小子,把德叔的话都当耳边风了,告诉过你赌石这东西不要陷进去,看你这样子,不像话!"

德叔见庄睿猴急的模样,半真半假地教训了庄睿一句。

"嘿嘿,德叔,我这人您还不知道吗,没把握我是不会出手的,再说这赌鸡血石和赌翡翠都差不多,凭的就是眼力,我庄睿赌石,还从来没赌垮过呢……"

虽然庄睿这话说得有点狂妄,但也是不可否认的事实,庄睿也是有意摆出这副姿态,专家嘛,即使日后再赌出什么好东西,别人也只会认为是庄睿眼力高明。

现在这社会,讲究的就是胜者为王,不管干什么事情,都要看最终的结果,只要你能赌赢,围绕你的自然都是赞美声。

当然,如果一朝赌垮的话,那就对不起了,落井下石的人也不在少数。

"庄……庄老板您原来就是玩这个的啊?"

一旁的赵寒轩听得瞠目结舌,难怪庄睿说要去昌化进货,敢情别人就是赌石出身的,自己刚才倒是多嘴了。

北京也有赌石圈子,一块毛料就可能价值千万,赵寒轩虽然玩不起,但也见识过,自然知道玩赌石的这些爷,身家不是一般的丰厚。

"呵呵,我玩的东西还多着呢……"

庄睿也没多解释,绕着店里看了一圈,对赵寒轩说道:"老赵,今儿就是给你送人来的,那俩人我就交给你了啊,没什么事我先走了,过几天有空的话,我会来店里待着的……"

其实待在古玩店里还真不错,泡上一壶茶,约上三五个潘家园的古玩店老板,看着这熙熙攘攘的人群谈天说地,也不失为一种惬意的生活。

"行,您放心吧,我一准儿把这店看好喽……"

赵寒轩此时感觉,给庄睿打工也不错,最起码大树底下好乘凉啊。

第九章 奔赴昌化

"什么?! 大后天……"

走到奥迪边正准备拉开车门的庄睿,听德叔说大后天昌化就有鸡血石交易会,不由停了手,看向秦萱冰。

自己刚订婚就跑出去,实在有些不像话,就算媳妇儿同意,老妈那一关也过不去。

德叔点了点头,说道:"对,每年都是这时候,昌化的交易会是鸡血石成交量最大的,你要是真想涉足这行当,最好去参加……"

"德叔,还是算了吧,北京这边还有许多事情没处理完,等明年有机会再说吧……"

庄睿考虑了一下,还是打消了去浙江的念头,虽然他很想去,但是鸡血石总归没有母亲与媳妇重要,以后还有机会。

"睿,要不,咱们一起去吧?"

秦萱冰看得出来,庄睿心里其实很想去,当下给他出了个主意。

"哎,我怎么没想到啊,萱冰,咱们还没出去旅游过,正好去浙江看看吧……"

庄睿眼前一亮,自己不就是怕冷落了媳妇嘛!这个主意好,就算老妈知道了,也不会说什么了。

"你们啊,算了,德叔这次陪你们跑一趟,小庄,你订明天的机票,咱们先一起回上海吧……"

德叔摇了摇头,还旅游?那鬼地方除了石头还是石头,有什么风景好看的啊。

"行,德叔,今儿就别住酒店了,在我家住吧……"

庄睿点头应承下来,有秦萱冰说话,老妈怪罪不到自己头上,当下开车先去了德叔住的酒店,退房之后,把德叔的行李拉回了四合院。

"去旅游?"

吃过晚饭,德叔先去休息了,庄睿跟老妈提起要去江浙的事情。

"对,正好和德叔一起走,妈,要不然您也出去转转?我在上海还有套房子呢……"

庄睿这话说的真心实意，母亲这辈子就去过一次上海，还是自己那次眼睛受伤的时候去的，当时那种情形，母亲光为自己担忧了，压根就没出去游玩。

"算了，妈就不去了，你和萱冰好好玩玩吧，记住，不准惹萱冰生气啊……"

欧阳婉摇了摇头，拒绝了儿子的建议，有空她还想多陪陪父母呢，眼瞅着都是九十多岁的人了，不知道还能尽多长时间孝心。

"欧阳阿……妈，不会啦，庄睿对我很好的……"

秦萱冰羞涩地喊了一声妈，让欧阳婉顿时喜笑颜开，立马把庄睿赶出了房间，拉着秦萱冰的手说起了私房话，不用听庄睿也知道，自家老娘肯定是在爆自个儿的短处。

庄睿刚走进后院，白狮就迎了上来，用大头蹭了蹭庄睿，庄睿反手搂住白狮粗壮的脖子，有些愧疚地说道："白狮，明天我又要出去了，这次又不能带上你，真是对不起啊……"

"呜……呜呜……"

白狮似乎听懂了庄睿的话，嘴里发出几声呜咽，用力把庄睿顶倒在地。

庄睿正好抱住白狮的脖子，一人一狗就在地上翻腾起来，这是庄睿和白狮常玩的把戏，彭飞初见时，差点没把魂给吓掉，没见过人敢和藏獒如此亲热。

和白狮嬉闹了半个多小时，秦萱冰才面色绯红地从庄母房间里走出来，庄睿连忙屁颠屁颠地迎了上去，后面还跟着不解风情的白狮，看着庄睿头上顶着根草的狼狈模样，秦萱冰不由笑了起来。

回到后院，庄睿很不义气地将白狮赶了出去，拉着秦萱冰就钻进了浴室，强行逼供之下，问出了母亲刚才说的私房话，再往后说话的声音就变小了，而喘息声则加剧起来，听的门外的白狮耳朵直竖。

第二天一早，郝龙开车把庄睿等人送到机场，随行的还有彭飞，庄睿自个儿倒是无所谓，但是带上了秦萱冰，怎么都要注意下安全问题，所以这次彭飞也跟着了。

"老幺，你小子怎么就没长劲啊，这才在北京待了多久，又跑出来折腾了……"

到了上海，自然是由伟哥接待，他一早就接到了庄睿的电话，等在机场了。

"小庄，咱们明天一早去昌化，今天德叔就不陪你啦……"

见阳伟来接庄睿，德叔跟庄睿交代了一下就先走了。

离开上海近一个星期了，德叔也有许多事情要处理，当下拿过自己的东西，就准备打车离开。

"德叔，让伟哥送您吧……"

"不用了，咱们不顺路，你们年轻人去玩吧，明天早上来我家接我，记得，要早一点啊，昌化离上海可不近……"

德叔摆了摆手，谢绝了庄睿的好意，几人走出机场大厅后，德叔招手叫了个出租车，率先离开了。

"哎哟,伟哥,鸟枪换炮啦,你那辆普桑呢?"

来到阳伟停车的地方,庄睿发现,伟哥居然换了辆新车,是辆白色的宝马320,这车虽然不是很贵,也就值个三十来万,但伟哥那车技开这车,恐怕出不了一个月就要进汽修厂了。

"哥哥也是快结婚的人了,哪能那么寒酸啊……"

伟哥得意洋洋地拿出车钥匙摆了摆,他前段时间带宋星君回家见了父母,家里人都挺满意的,对他的经济封锁也不那么严了,再怎么说阳伟老爹也算上海有名的企业家,开辆宝马不算什么。

"哎哎,那是我的车啊……"

伟哥正显摆的时候,冷不防手里的车钥匙被庄睿一把抢了过去,说道:"哥哥您开车,我这心都能提到嗓子眼,彭飞,给你……"

庄睿将车钥匙扔给彭飞,拉开车门和秦萱冰坐到后排,放下玻璃喊道:"伟哥,您再不走,就自个儿打的回去吧……"

"你这个小瘪三,哥哥车技明明长进了,我都开了一个多星期了,也没见出事……"

伟哥愤愤不平地骂了句,坐到了副驾驶位置,给彭飞报了庄睿所在小区的名字,彭飞发动了车子,按照车载卫星导航系统向庄睿在上海买的房子驶去。

虽然半年多没来上海了,不过庄睿把房子的钥匙交给了伟哥,他每个星期都会让家政公司来打扫一次卫生,当然,伟哥有没有带宋护士来这里嘿咻,庄睿就不知道了。

现在来了倒是不用住酒店了,直接住家里就行了,只是那些油盐酱醋什么的显然都过期了,几人在外面吃过饭,才回到家里。

伟哥把车丢给庄睿,自己打的回去了,不过他说了,明天会再开一辆车来,带上宋星君,一起去昌化玩玩,庄睿知道他也是有钱有闲的人,当下就答应了。

上海是除了彭城之外,庄睿待的时间最长的一个城市。点上一根烟,庄睿站在阳台上,看着外滩那穿梭不停的车流和密密麻麻的人群,一时有点痴了,即使是去年买下房子的时候,庄睿也没想到,自己的变化会如此之大。

那会儿的庄睿,还是一个小富即安的平民百姓,想着靠赌石赚上一笔钱,回家守着老妈过日子,庄睿怎么都想不到,自己居然会在北京定居,而且钱是有了,但是时间却没了,冥冥之中,似乎有一双无形的大手,推着自己在前进。

"睿,想什么呢?"

秦萱冰见庄睿脸上有一丝恍然,还有一丝犹豫,走上前来,双手从后面环住庄睿的腰。

"我在想,咱们去年认识的时候,你那会儿就像个不食人间烟火的冰川仙女一样,怎么最后就嫁给我这个凡夫俗子了呢?"

庄睿反手把秦萱冰搂到身前,和她开起了玩笑。

"死样,我还没嫁给你呢……"

秦萱冰娇羞地拍打了庄睿一下,伸头向客厅里看了一眼,彭飞却早就钻进房间给女朋友打电话去了,把客厅让给了庄睿和秦萱冰。

"萱冰,你说等我们忙活完这段时间,就去世界各地旅游怎么样?"

不知道为什么,庄睿突然感觉有些累,或许是钱赚得太多了,他对赚钱已经没有了激情,此次来收购鸡血石,其实也是想出来散散心。

"好啊,咱们可以跟随环游世界的游轮,到每个地方都玩上几天……"

秦萱冰笑着答应下来,眼中满是向往,能和自己的爱人环游世界,恐怕是这个地球上所有男女共同的想法吧?当然,能做到的却没有几个。

两人拥在一起,看着外滩逐渐亮起来的灯光,看着这座不夜城,心里都感觉无比温馨。

第二天一早,伟哥就带着宋星君来到庄睿小区外面,让庄睿吃惊的是,阳伟不知道从哪儿开了辆悍马来,不过也好,算上德叔,这次去昌化一共有六个人,一辆车还真坐不下。

"伟哥,要跑长途,你那车给彭飞开吧……"

庄睿一句话让阳伟郁闷不已,不过这哥们也知道自己车技不怎么样,于是把驾驶位让给了彭飞,自己和宋星君做到后排卿卿我去了。

庄睿开着宝马走在前面,他们要先去接德叔,然后再赶往昌化。

"小庄,你这车可不行啊,说不定不到地方就得趴窝……"

德叔早就等在家门口了,见了庄睿的宝马车,摇了摇头。

"怎么了? 德叔,还有山路?"

庄睿愣了一下,自己又不是上山采鸡血石,难不成鸡血石的买卖就在山上进行?

"嗯,从昌化镇到玉岩山还有几十公里路程,你这车不好走……"

德叔看到后面停着的悍马车,接着说道:"那辆车还成,算了,咱们先到昌化,阳伟这小子没事就让他留在镇上……"

德叔上了车之后,几人找了个饭店吃了点东西,这才上了高速,往昌化方向驶去。

上海虽然和浙江搭界,但是离昌化还有几百公里,不过一路都是高速公路,倒是很好走,过了差不多四五个小时,中午一点多,两辆车驶下杭徽公路。

从高速进入昌化镇的路上,风景十分秀美,入眼处群山环抱,青峦叠翠,更有一望无际的竹海,让庄睿感觉这场景,有点像电影《藏龙卧虎》里的地方。

有此美景,庄睿也把车速放了下来,有时候还会下车照张相,这样一拖,到了下午快三点钟,才驶进昌化镇。

昌化镇是一个位于浙西边陲,美丽而又富饶的神奇宝地,蕴涵着独特的文化、资源、特产有山核桃、茶叶、葜肉、银杏、笋干等,是临安西部的政治、经济、文化中心,也是浙江中心城镇之一。

当然,这里最出名的自然是昌化鸡血石,作为经常被国家领导人赠送给外国友人的礼物,昌化鸡血石早已名扬海内外了。

小镇并不大,虽然主路上都是柏油马路,但是从车上还是可以看到,一些小巷子是那种长条青石铺就的,颇有种古镇遗韵,一路行来,一些景点还保留着古代的特色。

来之前庄睿也查找了一些昌化的资料,不过闻名不如见面,来到这里之后,这江南古镇还是给了庄睿一种不一样的感觉。

"小庄,行了,那边就是前往玉岩山的路了,你先把车停下来……"

进入昌化镇之后,德叔让庄睿停下车,推开车门走了下去。

"怎么了?德叔,咱们先找地方住下?"

德叔招手把阳伟从悍马车上喊下来,说道:"咱们不住这,阳伟,把车换过来,你小子带着小宋在昌化玩两天吧……"

"凭什么啊?德叔,我也想看看鸡血石是怎么回事呢……"

阳伟不高兴地喊了起来,他坐了四五个小时车,可不是来这偏僻的小镇子旅游的。

"这条道不是很好走,宝马车的底盘有点低,开过去可能会损坏的……"

德叔给阳伟解释了一下,话还没说完,一辆挂着浙A牌子的奔驰车,从他们面前呼啸而过,扬起一片尘土,车子也是开往玉岩山的方向。

"切,德叔,他们奔驰都不怕,我怕什么啊,只要不在路上趴窝,能开回上海就行,汽修厂我熟啊……"

阳伟的话让庄睿实在忍不住了哈哈大笑起来,伟哥对汽修厂那是真熟悉,从上大学开始,基本上每星期都要往汽修厂跑,这开车估计也要讲天赋,伟哥也开了七八年车了,水平还是一如既往的臭。

"成,你不心疼就行……"

德叔一听阳伟坚持要去,当下也没勉强,招呼众人上了车,不过彭飞却从悍马车上下来了,主动要求开宝马,以他的车技,能避过一些不好走的路,庄睿和秦萱冰换到了悍马车上。

出了昌化镇不过几百米远,路况就变差了,但是开往玉岩山的车倒是不少,都在这坑坑洼洼的泥土地上颠簸着,即使是悍马车,也提不起车速,一摇三晃地艰难前行着。

"德叔,这昌化卖鸡血石,也没少赚钱吧?怎么就舍不得花点钱把这路修修啊?"

虽然悍马车减震功能不错,但是车内的人还是颠的不轻,庄睿感觉自己好像又回到了缅甸帕敢一般。

"老幺，咱们换换吧，让哥哥坐会儿悍马吧……"

跟在后面的宝马车就更不用提了，刚才自告奋勇上了宝马车的伟哥，这会儿摇下车窗，正哭着喊着要换回来呢。

"伟哥，您平时也不运动，颠簸下当松骨好了……"

庄睿开着车哈哈笑了起来，脚下用力点了下油门，悍马车速度提高一些，顿时将宝马甩在身后。

"你小子，开慢点儿……"

德叔被庄睿加速搞得差点把头撞到车玻璃上，狠狠瞪了庄睿一眼。

庄睿连忙放慢了车速，笑道："嘿嘿，德叔，这几十公里马上就到，对了，您老还没说呢，这昌化卖鸡血石的钱都去哪了？怎么就不修修路呢？"

"谁给修？自唐朝起就开始开采鸡血石了，到了明朝，已经开始大规模开采，但是这路，啧啧，比那会儿也好不了多少……"

德叔摇了摇头，现在这年头，有钱赚的事情，保准都一窝蜂地挤上去，但是要花钱，个个都他娘的跑得比兔子还快。

按说承包鸡血石矿的老板们，哪个不是赚得腰包鼓鼓的，但就是没一个人愿意出钱修路，不过这也是有原因的。

上个世纪八九十年代，也有几个矿主合资修了一下，但是五十公里的路程不算短，他们也没那么多钱修柏油路，只铺了点石子，找了个压路机整修了一番。

只是这条路平时过往的，大多是些拉石头的重型卡车，那石子路根本就撑不住劲，再加上下雨，没两个月，整条路比没修还差，那几个矿主扔进去的几百万也打了水漂，从那以后，就没人再提修路的事情了。

车速放缓之后，车内的人感觉好了许多，悍马都这么颠，可以想象伟哥在宝马车里受的什么罪了。

和秦萱冰坐在后排的宋星君，看到就这破路上，来来往往的车辆居然不比高速少，不由奇怪地问道："庄睿，这鸡血石到底是什么啊？怎么这么多车都往山里跑？"

"嘿嘿，这事说起来话长了，在古代，一对美丽的凤凰在天庭翱翔时，不时听到哀怨之声，俯首一看，见蝗虫成灾，瘟疫流行，作物不长，满目荒凉，百姓愁苦。善良正义的凤凰见此情景，决意用自己的力量消灭蝗害，驱散瘟疫，匡扶生灵。通过努力，美好的愿望实现了，感恩的百姓，请求凤凰留下，共同沐浴晨歌与暮曲。凤凰被百姓的精诚所感动，在一座山巅——康山岭，筑起了凤凰沼栖居，不久凤凰沼周围，所有山岩都变得洁白透明，如同白玉一般，玉岩山由此得名……"

"庄睿，这也没鸡血石什么事啊？"

秦萱冰听到这里打断了庄睿的话，她听了半天也没听到任何有关于鸡血石的话。

"别打岔嘛，这就讲到了，后来，玉岩山上来了一对强横的鸟狮，也就是俗称的凤鸟，它们见凤凰巢居在如此美丽的山头，产生了忌妒之心，决心将凤凰赶走，占据凤凰沼。一天，正当雌凤凰进入孵育期，雄凤外出觅食之际，鸟狮来偷袭凤巢，攻击雌凤凰，雌凤凰勇敢地与之搏斗，凤狮之战使得玉岩山上风声鹤唳，日月无光。雄凤回巢时，雌凤凰已经被鸟狮啄断了一条腿，血洒玉岩山，最后，凤凰含着悲愤用自己的智慧和力量击败了鸟狮，含泪掩埋了被无辜践踏的凤凰蛋后腾空而去。传说就是因为凤凰的鲜血淋在了玉岩山上，从而形成了鸡血石，怎么样，听明白了吗？"

庄睿讲完故事，却发现后面没了声音，从倒车镜里一看，敢情那俩妞都眼泪汪汪的，不由说道："哎，我说你们俩怎么了？"

"庄睿，那雌凤凰好可怜啊……"

秦萱冰带着哭腔的声音让庄睿颇为无语，自己这准媳妇儿平时都特精明，怎么到这犯傻了。

"你们两个别听小庄瞎扯，什么鸟啊凤啊的，鸡血石就是朱砂（硫化汞）渗透到高岭石、地开石之中形成的，其成分是硫化汞，石质则为地开石或高岭石，两者交融，共生一体的天然宝石……"

德叔用比较科学的语言给宋星君和秦萱冰讲解了下什么叫做鸡血石，不过很显然，这两个女人更愿意相信庄睿的神话故事，女人总是比较感性。

第十章 | 农家乐风波

五十公里路,车子足足跑了两个多小时,到下午五点多,才来到玉岩山脚下,这里也有一个小镇,或者说是村子更合适一些,来往的人很多,看上去居然比昌化镇还热闹。

这个村子里的人应该比较有钱,因为庄睿看到的房子,基本上都是两三层的小楼房,外面镶满了马赛克,在落日的余晖下,闪烁着耀眼的光彩。

村子本来在山脚下,有些房子居然盖到了半山腰上,零零散散的占地面积极大,这要是放在香港,都算得上顶尖的豪华别墅了。

德叔指着村子外面一个像菜市场般的大棚,说道:"那里就是鸡血石的交易场所……"

"德叔,咱们去看看?"

庄睿循声望去,发现那里现在还有灯光,不由升起去见识一下的念头,路上两个小时的颠簸,于他而言不算什么,要知道,在缅甸那会儿,这样的路最起码要跑上一天。

德叔摇了摇头,笑道:"你小子急什么啊,又不是明儿就走,不急,先找个地方住下,吃点东西再说……"

"这里怎么住?"

庄睿这会儿已经开着悍马车,进入了这个极具现代化装修风格的小村庄里,没一分钟车就开到了头,庄睿没看见有旅馆之类的建筑啊。

"呵呵,今儿带你们住次农家乐,品尝下农家菜,小庄,把车再往上开,我昨天就订了住的地方,要是订晚了,恐怕咱们今天就要睡车里了……"

德叔对这里很熟悉,指了一条上山的道,让庄睿开上去。

还别说,到了玉岩山,道路反而比来路好了很多倍,即使是山路,也被人整修过,就连后面的宝马车,都轻易地开了上来,停在一栋三层小楼前面。

在小楼前的空地上,已经停了好几辆车,庄睿等人之前见到的那辆奔驰车,也停在这里。

"我靠,我的新车啊……"

伟哥刚才在路上还鬼哭狼嚎的,这一下车也顾不上筋骨疏松了,连滚带爬地从车里钻了出来,围着他的宝马车看了起来,越看越心疼,车门下方已经被路上凸起的石头,撞得坑坑洼洼了。

"瞧你那没出息样,别人奔驰不也开过来了嘛……"

庄睿停好车后,幸灾乐祸地打击了伟哥一下,谁让你非要跟着来的。

"这……这可是哥哥开的最好的一辆车啊……"伟哥不爽地翻了个白眼。

从悍马车上下来的德叔,没搭理斗嘴的哥俩,而是冲着小楼前站着的一位老人迎了上去,还有三五米远,嘴里就喊道:"老王兄弟,又来叨扰您了,这次六个人,三个房间,没问题吧?"

"马老师,欢迎,欢迎啊……"

老王看上去比德叔小几岁,可能是因为生活在山里的缘故,精神矍铄,和德叔握了下手,老王有些迟疑地说道:"马老师,你昨天不是订了两间房吗? 这怎么多出一间来?"

"怎么? 房间不够?"

德叔脸色变了一下,昨天阳伟没说要来,德叔就打电话订了两间,庄睿两口子住一间,他和彭飞住一间就可以了,只是阳伟突然加进来,就必须要三间。

"马老师,你也知道,这几天是房间最紧张的时候,你说要留两间,我就把其他十间房都订出去了,现在……现在……"

老人很质朴,这事明明是庄睿他们不对,但是老人到后面反而不好意思说了,他家里这三层小楼,一层是自己家住的,二三楼是当作农家乐给客人住的,一共只有十二个房间。

餐厅也在一楼,由于吃饭的客人不少,所以一个餐厅就占了一楼的两个房间。

"老王兄弟,那……那下面村子里还能挤出来一间不?"

德叔后悔早上出来的时候,干嘛不再给老王头打个电话,那样也不会出现这样的事情了。

老王看到德叔着急的模样,想了一下,说道:"也别去下面了,等我和老婆子给你们做好饭,到我儿子那挤一下吧……"

"好,好,老兄弟,那可真要谢谢你了……"

德叔谢过老王之后,带着庄睿一行人都上了二楼,庄睿和阳伟各占了一个房间,至于德叔和彭飞,则要住到一楼老王的卧室去。

房间并不是很大,里面只有一张床和一个衣柜,不过能看得出来,床上的被褥都洗得干干净净,很卫生。

房间里还有一扇窗户,打开窗户后,可以清晰地看到郁郁葱葱的大岩山,太阳西下,入眼之处,都是一片金黄色,十分美丽。

"行了,小庄,这条件简陋点,没法洗澡,不过咱们最多也就住两天,把东西收拾下,咱们去尝尝农家菜……"

德叔的声音在门口响了起来,庄睿答应了一声,把装着换洗衣服的包扔到了床上,至于钱夹之类的物件,自然是随身放着了。

"老王头,我又不是不给你钱,多要一间房怎么了?他们不也是刚来的吗?叫他们让出来一间……"

庄睿等人刚走出房间,就听到楼下传来一个蛮横的声音。

"这……这不好吧,来者都是客,没有赶别人出去的道理啊……"

老王头的声音随之传了上来,他这小楼算是村里条件最好的,所以也是最先住满的,很多来参加鸡血石交易会的人,经过朋友介绍,都会选择到他这里落脚。

"哪儿来的这么多废话啊,你这里一百二一夜,我给二百,让他们搬到下面住不就完事了……"

庄睿等人走下楼,看到了这蛮横声音的主人,看年龄也不算大,应该和庄睿、阳伟差不多,此刻手指差点戳到老王的脸上。

和他站在一起的还有三个人,有一个年龄大些,另外两个都三十来岁的样子,不过看来还是以这年轻人为主,都在旁边看热闹。

"老王,吃饭去了,弟妹的菜烧好了没有啊?我们几个开了一天车,都饿了呀……"

德叔和老王交情不错,刚才人家又把自己住的房间让了出来,现在看到老王被别人难为,忍不住走上前去,把老王从那几个人中间拉了出来。

老王人挺厚道的,被德叔拉出来之后,还向那个年轻人说道:"你之前订一间房,现在要两间,实在是没办法,要不然我帮你在下面村子联系一家吧……"

"靠,下面都像猪窝似的,怎么住人啊……"

那人眉头皱了一下,忽然看到从楼上下来的庄睿一行五六人,后面居然还跟了两个女人,眼睛不禁滴溜溜转了一圈,说道:"哎,我说你们这么多人,房间肯定也多,让这两个女人挤一挤,不就让出来一间了吗?"

老王头见他把话题引到庄睿等人身上,连忙又走了回去,说道:"这位小哥,人家是两口子住在一起,我帮你下去找间干净的房子还不行吗……"

"老王头,这可不关你的事啊,我和他们协商一下,别人要是愿意的话,可没你什么事……"

年轻人虽然带了两个保镖,但是老王头是这里土生土长的人,他也不敢过于得罪,否则惹恼了整个村子的人,他可要吃不了兜着走。

但是对庄睿等人,这年轻人就不怎么在乎了,大家都是从外面来的,自己不讲理又能怎么样？在浙江这地界，他还真没怕过什么人。

庄睿皱了下眉头，还没说话，伟哥就冲了过去，指着那人说道："我们为什么要让你啊，总有个先来后到吧？"

庄睿苦笑了下，伟哥的确是在温室里长大的，那人摆明了就是不讲理，和他们讲道理有个屁用啊。

果然，那人一把拍开阳伟的手指，说道："这世上别管什么东西，都有个价码，你们让一间房出来，我给你们一万块钱……"

说着话，那年轻人招了招手，旁边一个拎包的人，马上把包递了过去，那人从里面拿出一沓钱来，说道："拿了钱，走人，你好，我也好，说不定你们这次泡妞的钱都省了呢……"

年轻人一边说话，一边哈哈大笑起来，眼神不住在秦萱冰和宋星君身上游离，脸上满是得意的神情。

他也没想到，居然能在这穷乡僻壤见到如此正点的小姐，这心里直发痒，如果能把这俩小姐搞到手上，今儿夜里就不寂寞了。

"伟哥，回来，咱们吃饭去，这里比较偏僻，野狗也多，小心被咬了……"

庄睿早过了一言不合就开战的年龄，不过不打架并不代表不骂人，庄睿的话让那年轻人的笑声戛然而止，像是被捏住了脖子的鸭子一般，呛得连连咳嗽。

"马老师，他们是和您一起的吧？麻烦您让个房间出来吧……"

正当庄睿等人走向餐厅的时候，那个四十多岁在中年人突然站了出来，拦住了德叔的路。

"你认识我？"德叔皱了下眉头，他对这人一点儿印象都没有。

"在江浙这一块，有谁不认识马老师您啊？"

那中年人笑着恭维了德叔一句，紧接着说道："这位是严老书记的孙子严凯，他现在在做鸡血石生意，马老师您看……是不是让个房间出来啊？"

"严书记？"

德叔闻言眉头皱得更紧了，他是上海人，自然知道严书记的名头。只是这位严书记一向官声很好，怎么生个孙子如此不成器。

德叔摇了摇头，说道："对不起，我不认识严书记，也不会让这个房间的……"

"老头，你他妈的找死啊，叫你让房间是给你面子，信不信老子打个电话就能捏死你？"

严大少听了德叔的话后，顿时恼了起来，走过来就用手去推德叔，冷不防被站在旁边的庄睿抓住了。

"小子，你松开，不然连你一起打……"

严凯是家里的一脉单传，平时备受奶奶和父母疼爱，加上在上海，所有去他家里的人，都把他当成宝贝看，也就养成了他飞扬跋扈的性格。

　　不过现在这年头，一切都要往钱看，严凯混了十几年也感觉无聊了，就进了姑父的珠宝公司，平时也没什么事，等于公司养个闲人。

　　这次听说公司要来昌化进一批鸡血石，不知道严凯哪根筋搭错了，非要来玩玩，鸡血石生意在他姑父的公司只占很小一块份额，加上有老师傅跟着，于是他姑父也就同意了，让他跟着来见识一下。

　　在上海，无论谁提及他爷爷，都是一脸恭敬，严凯也习惯了享受他爷爷带来的光环，所以刚才见到德叔风轻云淡地说不认识严老书记，顿时无名火起，挥舞着拳头就要打德叔。

　　庄睿见严凯耍横，不由笑了起来，向那个中年人努了努嘴，说道："你打我？哎，问你呢，严书记是什么人啊？"

　　"严书记你都不认识？我说你们几位，不就是让个房间嘛，至于搞得这么不愉快吗？"

　　中年人脸上露出一丝不屑的神情，看这几个人的模样，估计是外地来的，连严书记都不知道，还敢跑到江浙做生意？

　　"让房间？可以啊，这位是严公子是吧？看到那边没有？那里面宽敞着呢，你晚上就睡那吧……"

　　庄睿的话让秦萱冰和宋星君忍不住"噗嗤"一声笑了出来。

　　因为庄睿手指的地方，离这边二十多米，正是老王家的猪圈，此时正有一头猪将鼻子拱出来，发出"哼唧哼唧"的声音。

　　庄睿这话实在有点尖刻，伟哥早就捂着肚子笑开了，就是德叔脸上也带着笑意，和老母猪去睡，不知道庄睿小子怎么想的。

　　"妈的，小子你找死啊……"

　　严凯听了庄睿的话，再看向那只正对他发出声响的老母猪，顿时气得一张白皙的脸庞充满了血色，这小子横惯了，也不管自己能不能打得过庄睿，挥舞着左拳就向庄睿脸上击去。

　　"去你妈的……"

　　庄睿从小可没少打架，松开抓住严凯的右手，顺势拨开了他的左拳，猛地抬起右脚，对着严凯的小腹狠狠地踹了过去。

　　这一脚踹得很实在，严凯虽然看上去人高马大的，不过是个银样镴枪头而已，被庄睿踹了个正着，口中发出一声惨叫，向后连退几步，两手抱着肚子仰天躺倒在地上。

　　庄睿人也骂了，架也打了，不过想想动手打架总归不是好事，一脚踹出去之后，回过头来，向秦萱冰笑道："媳妇儿，我是斯文人啊，你都看到了，我刚才可是自卫啊，是这小子先动手的……"

从两人对骂到动手打架，都发生在一瞬间，前后不过几秒钟，刚才还嚣张无比的严大少，这会儿已经躺倒在地了。

一时间，所有人都愣住了，即使是秦萱冰，也没想到庄睿打起架来居然这么利索。

"你们男人不打架就解决不了问题吗？庄睿，小心，那两个人……"

秦萱冰本来正哭笑不得地准备说庄睿几句呢，忽然看到原本站在严大少身后的两个人，向庄睿冲了过去，连忙高声叫了起来，提醒庄睿注意。

严家虽然老爷子退下来了，不过后辈们开枝散叶，生意做得不小，因为严凯从小被宠惯了，做事情有点不靠谱，所以严凯的姑父专门给他这个严家的独苗请了两个保镖，此时见到雇主被打了，那两人反应过来，马上向庄睿扑了过去。

只是还没来到庄睿身前，一个刚才没注意的瘦小身影，突然挡住了两人，两个保镖都没收脚，原本是想把拦路的人撞开。

挡住那两人的自然是彭飞了，众人看着身高不过一米七的彭飞冲过去，颇有点螳臂当车的味道。

除了庄睿之外，在场的人包括秦萱冰，对彭飞都不怎么熟悉，听到他们是兄弟相称，几人都以为他和庄睿是玩的不错的朋友呢，庄睿也从来没解释过他和彭飞的关系，因为庄睿不怎么喜欢保镖这个词。

此时见到两个身高都在一米八以上的壮汉，用身体向稍显瘦弱的彭飞撞去，秦萱冰和宋星君已经把手捂在嘴巴上了，在她们想来，彭飞肯定要被撞飞出去，怎么说都是自己人，两人已经不忍再看了。

"嘭……嘭嘭……"

就在二女闭上眼睛的时候，耳边传来几声像是鼓槌击打在皮革上的沉闷声响，紧接着惨呼声响起，不过让秦萱冰和宋星君疑惑的是，那惨嚎的声音，似乎不是彭飞发出来的。

睁开眼睛一看，彭飞依然好好地站在原地，而冲向他的那两个保镖，却一左一右地蹲在地上，用手死死捂住肋部，脸色煞白，满是痛苦的神色，豆粒大的汗珠正从脸上滑落下来。

"这……这是怎么回事？"

秦萱冰和宋星君都惊呆了，再看向阳伟，这哥们也张大了嘴，脸色在震惊之余，仿佛还有些迷糊。

这些人当中，或许只有庄睿看的最真切吧。

刚才那两个保镖即将用肩膀撞到彭飞的时候，彭飞的身体突然后撤了一小步，使两人顿时扑了个空，就像一拳打在棉花上，空荡荡的很是难受。

那两人正准备稳住脚步时，彭飞突然身形一矮，趁着二人收力的瞬间，左右拳闪电般击打在两人腋下,瞬间工夫,分别打出五六拳,那两人根本没反应过来是怎么回事,肋骨处传来的剧痛,就已经传到大脑神经中枢了。

俗话说打人要打软肋,指的就是腋下肋骨那地方,那里受实了一拳,一般人就会丧失战斗力,如果用力大一些,打坏脾脏也是很正常的。

彭飞用的力道极有分寸,既没打断他们的肋骨,又让二人在短时间内,无法站起身来。

"彭飞,没事吧?"

庄睿走上前去,在彭飞耳边轻声问了一句,他自然不是关心彭飞的安全,以彭飞的身手,要是栽在这两个人身上,那真是白混了。

庄睿问的是地上蹲着的两人,毕竟他们也没什么深仇大恨,要是真打个脾脏碎裂,那事情就闹大了,庄睿倒不是怕事,但是怕麻烦啊。

"没事,庄哥,他们蹲个几分钟就好了……"

彭飞笑了笑,这俩保镖应该也是部队出来的,不过看他们的身手,不像是练过的,充其量也就会个军体拳,退伍后仗着身强力壮吃这碗饭。

"那就好,走吧,咱们吃饭去,老王叔,德叔夸您家里的农家菜做得好吃呢……"

庄睿拍了拍手,带着秦萱冰旁若无人地从严凯一行人中间走过,虽然年龄都差不多大,但是在庄睿眼里,这严大少就是个被宠坏的孩子而已。

正如彭飞所说,那两人在地上蹲了两三分钟之后,慢慢站起了身子,不光是他们,就是挨了庄睿一脚的严凯,这会儿也没事了,不过他脸上原本的嚣张神色,此刻全都变成了惊愕、不解和怨恨。

严凯怎么都没想到,平日里吹嘘的天下无敌的俩保镖,压根就不是人家的对手,自己的家世,别人又根本不当回事,他现在所有的依仗都没有了。

自个儿单挑不是庄睿的对手,手下人更被别人瞬间放倒,严凯再白痴,也知道现在不是报复的好时候,他再闹腾下去,只能接着吃眼前亏。

"走,不住这了……"

严凯满眼怨毒地盯着庄睿等人的背影,从牙缝里挤出一句话,带着那位顾问先生和两个保镖,钻进开来的车里,向山下驶去,连原本订好的一间房也不要了。

第十一章 印石三宝

"你们两个,平时不是说很能打吗?"

车开到山下之后,严凯那张脸阴沉的快要滴下水来了,他长这么大,还从来没吃过这种亏呢。

被庄睿当着那么多人的面踹了一脚,严大少感觉自己脆弱的心灵受到了摧残,这会儿他心里郁闷得几乎要炸开了。

"严少,那人绝对是个练家子,别说是我们俩,就是教官来了估计都打不过他,说不定是中南海保镖呢……"

技不如人,俩保镖也没什么好说的,只能拼命夸大彭飞的本事,要是彭飞知道自己这个被部队强制退伍的人,被安上个中南海保镖的名头,心里会是啥滋味?

"中南海保镖?中你妈啊?你怎么不说那人是国家主席?"

严凯听了那保镖的话后,彻底暴走了,压抑已久的怒火全部爆发出来,伸手对着俩废材保镖的头劈头盖脸地扇了过去,一边扇还一边骂骂咧咧的。

"严少,我看你和他们先回去吧,鸡血石的事情,我一个人来办就可以了……"

那位鸡血石专家出言打断了严凯的举动,他这次算是得罪了上海的德叔,不过背靠严家这棵大树,他也不怕什么。

"对了,老曹,我还没问你呢,那个姓马的老头是上海人?他们是什么来头?"

气急攻心的严凯听了老曹的话后,倒是清醒过来,君子报仇十年不晚,在这穷乡僻壤拿庄睿等人没办法,不代表以后也治不了他们。

"那老头是上海人,并且是个杂项鉴定和古瓷修复专家,在圈子里名头很响,在上海收藏界,也算是个人物……"

对老曹而言,德叔在收藏圈子里的地位,自己绝对是要仰望的,因此他说话还算是中肯。

"屁的人物,不过是些穷酸货,行了,老曹你去找个干净点的地方住下,明天我倒要看看他们怎么交易鸡血石?"

严凯根本就没打算离开玉岩山,哥们今天打不过你们,明天拿钱砸死你们。

严凯从小就没缺过钱花,无论是什么刚出来跑车,他只要想要,都能搞到手,现在满脑子想的都是明儿怎么用钱砸得庄睿等人买不到东西。

老曹也看出了严凯的心思,不禁摇头苦笑,这活宝不知道哪根筋抽了,非要来参加此次的鸡血石交易会,恐怕自己这次是完不成任务了,要找个机会给老板打个电话说明此事才行。

"彭飞,你行啊,居然一人放倒俩傻大个,以前练过的?"

不提严凯一行人怒气冲冲地离开,庄睿等人此刻已经坐在农家乐的餐厅里,准备吃晚饭了,经过刚才一耽搁,现在都快七点了。

阳伟这会儿正好奇地用手捏着彭飞的胳膊,他想看看,这貌不惊人的彭飞,怎么有那么强的爆发力。

"菜上来了,伟哥,吃你的饭吧,彭飞老辈人是在北京老天桥卖把式的,就你这样的,彭飞一人能打十个……"

庄睿知道彭飞不愿意提以前的事,并且虽然离开了那支部队,还是要遵守某些纪律的,于是给彭飞胡乱安了个名头。

只是彭飞在旁边听得直皱眉头,自己祖上八辈都是庄稼人,倒是去过天桥看把式,自己这老板真会扯。

"来,马老师,这是我们家自己酿的梅子酒,不醉人的,你们尝尝?"

等菜都上齐了之后,老王头拿着一瓶装在矿泉水瓶子里的酒,放在了桌子上。

江浙地区盛产梅子,基本上家里种梅子的人,都会自己酿一些,不过都是在四五月份,老王头拿出来的梅子酒,是去年留下来的。

"老王叔,今天这事挺不好意思的,他们留下来的那间房,我们也租下来,对了,房价都算二百吧……"

在别人家里打架,庄睿有些不好意思,见老王头过来,连忙站起身给他道了个歉。

"不用,不用,看小哥你说的,一百二就是一百二,吃住都包的,那小子刚才要是还想闹事,老头子我就拿猎枪把他打出去……"

老王头连连摆手,指了指门后面挂着的一把猎枪,示意自己没说大话。

"呵呵,王老弟你还能上山打猎,我们可有口福啦……"

德叔笑呵呵地指着桌子上的菜,对庄睿等人说道:"这些都是农家菜,这土鸡煲,野猪肉,野兔肉,农家土豆饼,笋干炖肉,在外面可是吃不到的,都是王老弟亲自上山去打的,来,大家尝尝吧……"

这人年龄大了，最怕别人说他没用，德叔的一番话，算是说到老王头心窝子里去了，听得老王头是喜笑颜开。

农家没城里那么多规矩，老王头嘴里大声喊着老婆子，非要再加几个菜，自己也坐下陪着德叔喝了起来。

酒过三巡，德叔看似不经意地出言说道："王老弟，你去年上山，挖到什么好料子没有啊？"

鸡血石矿的开采和新疆玉矿差不多，甚至于比玉矿开采还要混乱，由于裸露在山体表面的鸡血石大多都已经被人采的差不多了，所以现在就需要用炸药爆眼，再用手掘或机掘深挖，从里面采出深埋地下的鸡血石来。

如此一来，就有许多外来势力介入到其中，但是很多玉岩山的本地人，还是能凭借丰富的经验，从山上采到一些品质不错的鸡血石，所以德叔才有此一问。

"呵呵，倒是有几块，明天准备拿到交易市场去卖呢，等咱们吃过饭，我拿给老哥看看……"老王头听了德叔的话，脸上笑得很开心。

"老王叔，您也上山采过矿？"

嘴里塞了块土家鸡肉的伟哥，含糊不清地问道，像他这种在城市里长大的孩子，总认为采矿是一件非常神秘的事情。

"王老弟何止采过矿？还曾经上过报纸，上过浙江电视台呢……"

德叔一边说话，一边对老王头跷起了大拇指，老王头只是嘿嘿笑着，忙着给几人空了的杯子里倒梅子酒。

"哦？老王叔，说说，快说说……"

德叔的话引起了众人的兴趣，在这山沟里又没啥事，吹着山风喝喝小酒听听故事，也不失为人生一大乐事。

"没啥，没啥的，别听马老哥的话……"

老王头那张脸明明笑得像朵菊花似的，但是山里人的质朴，还是让他不好意思说，只是连连摆手。

不过老王头之所以能盖得起这样类似于小别墅一样的房子，靠的就是从山上采下来的鸡血石，在上个世纪末这个世纪初，甚至还干出过一件轰动全国的事来。

"我来给你们说吧，那会儿咱们好像已经认识了是吧？应该是1999年的事情了……"

德叔喝了老朋友的梅子酒，也挺高兴的，给庄睿等人讲起这件轰动一时的事情来。

原来在这玉岩山上，不仅存在着鸡血石，也有类似于田黄石的石头存在，当然，只是类似，后来经过专家的研究论证，玉岩山的"田黄石"，其价值远不如福建田黄石。

上个世纪末的一个春天，老王头从山上采了一块通体泛黄的石头放在家里，被一位来自福建收鸡血石的商人看到了，那人经过反复查看，认定这是块高品质的"田黄石"，于是花了十万块钱,将其买走了。

农村比不得城市,尤其是在这山沟沟里,除了运气好能采到块鸡血石外,否则一年也赚不到几个钱,这事一传出去,十里八乡的人全都红了眼。

当下地也不种了,活也不干了,只要是有胳膊有腿能上山的人,全部扛着家伙上了玉岩山,在老王头找到那块石头的小山坡上,进行了地毯式挖掘。

当时那个山坡上的树木被砍伐,植被遭到破坏,这无疑会引起新闻媒体的极大关注,浙江电视台、杭州电视台都做了报道。

这一报道反而给玉岩山做起了广告,来自全国各地的淘宝人纷纷赶来,并且还有人开始屯集这种"田黄石",准备发一笔"期货"财。

一时间,一小块不起眼的石头,就要近百元,甚至数千元,临安市政府出于保护资源的目的,求助于浙江省地矿厅,要求对这种黄石头予以科学鉴定。

经过专家对矿物成分的仔细分析,对田黄石和这种石头的生长环境、外部特征进行对比,专家们给出结论,昌化石根本就不具备田黄石那种细、洁、温、润、凝、腻的"六德",如果定名为田黄石,绝对不科学。

田黄石的形成,要有数千万年"田土"的酝酿,溪水的滋润和有机酸的渗入,这才形成那种滑润如鸡油一般的色彩,细腻柔美的萝卜纹。

而昌化的这种黄色石头,则根本就无"田"可去,只能在山坡的土壤下面栖身,并仅靠雨水"解渴",远远达不到田黄石所需要的生长环境。

因此,专家给出的结论是,这些石头只是早先人们开采鸡血石矿时的废弃物,尽管它们之中夹有原先裸露在地表的石块,但它们在土中二次生成的历史不会超过昌化石矿开采的历史,因此,绝不能定名"田黄石"。

还好,这批黄石头的"蕴藏"量本来就不多,挖"宝"的人收获越来越少,临安市政府也制定了措施,进行封山保护,"昌化黄石"名字还没定下来,这次"淘金热"就被扼制了。

不过,从此假冒田黄石的队伍里又多了一个"李鬼",无疑给田黄石收藏爱好者们又增加了一道难题,因为好的昌化黄石,几可乱真。

就是因为这件事情,老王头声名远播,并且用那十万块钱盖起了小楼。

由于这里是鸡血石开采的最前沿,几乎每天都有外地人来到这里选购鸡血石,通过提供食宿,偶尔上山碰碰运气,老王头的日子也变得富裕起来,带动这个村子家家户户都搞起了农家乐。

来往的人多了,这小山村也形成了一个由村民和矿坑老板自发组织起来的鸡血石集市。

"老王叔,您可真厉害啊,带动时尚潮流呀……"

伟哥笑呵呵地和老王头开起了玩笑。

"哪里,哪里有,胡乱捡了块破石头,运气好罢了……"

老王头连连摆手,但是脸上却显露出一副自得的模样来,虽然这小山村后来也有人在山上采到过价值不菲的鸡血石,不过这第一桶金,还是他捡到的,尤其是兴办农家乐,更是他的得意之作。

"快点吃,吃快点,咱们去见识下老王叔的宝贝去……"

阳伟被刚才的故事搞得心里痒痒的,恨不得自己也能去山上采石,要不是今儿这农家菜做的实在是好吃,恐怕伟哥和秦萱冰几人都会要求先去看石头了。

庄睿和德叔算是行里人,他们见识过的东西也多,这会儿倒是不急不慢地喝酒吃菜,直到被阳伟等人催促烦了,这才喝完最后一杯酒,擦了擦嘴,跟着老王头走到另外一个房间里。

"喏,去年捡到的石头都在这里了,你们看看吧……"

这是个放杂物的房间,里面还有干农活用的犁头耙子等物件,在房间的一个角落,大大小小堆了二三十块石头,不过最大的也就皮球大小,和庄睿赌的翡翠原石比起来,块头小多了。

这倒不是说鸡血石没大件,庄睿在春节鉴宝节目鉴定的那块鸡血石,就足有数百斤重,当然,那也不全是鸡血石,还有一些别的石料。

老王头这里之所以没有大物件,可能是因为他没遇到又或者自个儿上山,不好搬运吧。

伟哥进屋后表现的最积极,老王头手刚指过去,他人就随之窜了过去,在那堆破石头里摆弄起来,只是还没两分钟,伟哥就一脸失望地抬起了头,看着老王头问道:"老王叔?这些就是鸡血石?还有没有别的啊?您老可不能把好东西藏起来呀……"

以伟哥的眼光,看这些石头和来路上那些普通的路石,根本就没区别。

而且他本来以为鸡血石肯定会带有大片的红色,只是翻遍了这些石头,也没看到自己想象中的红色鸡血石,心中顿时甚为失望。

不过有些石头上,倒是有一丝丝的红线,但是和阳伟心中的鸡血石相差甚远。

"呵呵,去年采的石头都在这里了,有没有鸡血石我不知道,这个你要问马老哥,他是这方面的专家……"

老王头听了阳伟的话后,连连摇头,不过眼睛里却闪现出一丝农民式的狡黠。

"王老弟,考验我眼力是不?"

德叔笑着走到了阳伟身边,接着说道:"鸡血石也不完全是将鸡血流露在体表的,那些鸡血石根本就不用辨认,大多鸡血石和翡翠原石差不多,都有石皮,这就要用眼力分辨了……"

"这鬼能看出来啊,都是一样的石头,谁知道里面会不会出鸡血……"

伟哥很努力地按照德叔所说,想辨认一番,只是没看完两块石头,就泄气了,除了大小形状,他根本就看不出任何不同来。

"小庄,你来看看,那期鉴宝节目我看了,你说得不错,不过那是块成品料子,这带石皮的鸡血石,恐怕你还没见过吧?"

德叔对庄睿招了招手,他也想看看自己这弟子在赌石上,到底有什么天赋。

老王头为人很厚道,没像庄睿在平洲看翡翠那样,把房里搞得昏暗无比,他这杂物间可装着一百瓦的大灯泡,把石头放在灯下面,可以清晰地看到上面的纹路以及血丝的走向。

"德叔,老王叔,那我就献丑啦……"

庄睿也没客套,直接推开了伟哥,自己蹲到了那堆石料旁边,先取过一块拳头大小的石头看了起来。

庄睿一边分辨着手中的石料,一边回忆着有关鸡血石的知识。

在我国制作印章的名石,一共有三种,合称为"印石三宝"。

三宝之中老大,当为田黄石,是寿山石中最名贵的品种,早在清代初期就被选作贡品进献宫廷,深得帝王喜爱,乾隆帝祭天拜田黄,更使它身价百倍,在石族中登基称"王"可谓是众望所归。

处在小三地位的是芙蓉石,也可称之为白寿山石,虽然这种质材的开发时间,比田黄、鸡血要晚许多,但是,它却以清白明莹、洁身自好的品格,博得文人雅士的共鸣,在他们的推崇之下,跻身于"印石三宝"之列,被誉为"石中君子"。

小三芙蓉石的主要特征凝结脂润、细腻纯净,而且品玩最容易上"包浆",在近年,也备受推崇,藏者颇丰。

鸡血石自然就不用多说了,以其艳丽明亮的色彩,在印石三宝里位居老二,自古就有印石之后的美誉。

"印石三宝"均为杂项收藏里的主力军,鸡血石作为石中三宝里的老二,自然是备受藏友们的关注和喜爱。

庄睿在上海跟随德叔学习杂项古玩鉴定的时候,没少在鸡血石上下工夫,所以听到德叔要考校他的鉴赏水平时,毫不犹豫地上前鉴定起来。

昌化鸡血石和翡翠,其实颇有相通之处,只是翡翠中的色,在鸡血石中称之为血,地的叫法倒是一样的,分为冻地、软地、刚地和硬地四大类。

至于血,则分为鲜红、正红、深红、紫红等,鸡血的形状有块红、条红、星红、霞红等,能达到鲜、凝、厚为佳,深沉有厚度,深透石中,有集结或鸡血石斑布均衡为佳。

根据鸡血石的血色和质地可分为大红袍、玻璃冻、田黄冻、羊脂冻、牛角冻、朱砂冻、藕粉冻、五彩冻、桃红冻、豆青冻、玛瑙冻、木纹冻、鱼脑冻、鱼子冻、蛇皮冻、雪花冻等。

全红或六面血为极品,红而通灵的鸡血石称为"大红袍",犹如翡翠中的帝王绿一般,为石中珍品,没有一定的机缘是难得一见的。

鸡血石中的冻,和翡翠中的玻璃种、冰种料子等同。

鸡血石中血量少于10%者为一般的料子,少于30%为中档料子,大于30%者为高档,大于50%者为珍品,至于带有70%以上血的料子,则极为珍贵难得了。

除了红色的"鸡血"以外,鸡血石的底色尚有黑、白、黄、绿、蓝、灰褐、紫、青等基本颜色,再加上浓淡深浅不一的各种色彩相互融合,浑然天成,不需人工雕琢,已构成一幅幅自然美丽的图案。

黑、白与鸡血三色的称为"刘关张",也是奇妙之品,色彩奇丽,变化万千。

当然,这些极品鸡血石,也和极品翡翠一样,数年甚至数十年难得一见。

老王头的这些鸡血石让他极其失望,这些鸡血石渗出的血色,色邪不正,而且分布太散,里面出鸡血的可能性很小,即使出了血,也多为暗色。

用眼力鉴定完这一堆石头之后,庄睿怕自己有所遗失,又用灵气筛选了一遍,果然和他判断的一样,这些石头里没什么好货色,最好的一块也只是石皮下方略微带红,而且还是薄薄的一小片,价值不大。

从明朝至今的几百年来,鸡血石果然被采得差不多了,庄睿微微摇了摇头,站起身来,活动了一下蹲的有些发麻的双腿。

"老王叔,你找的这些料子,我看不透,等明儿拿到集市上让别人看看吧……"

虽然老王头是行外人,但是庄睿说话还是比较有分寸,这些可是老王头辛苦了一年的劳动成果,总不能自己一句话就给抹杀了吧?

而且那块里面带红的料子,外面表现还算可以,如果拿到集市上赌的话,或许有人能出个三五万,那样的话,老王头这一年也算没白忙活。

"老王,小孩子没经验,看不出来也不奇怪,我来看看……"

德叔怕老朋友生气,连忙补充了一句,不过这也是他的心里话,因为庄睿对鸡血石虽然有认知,但是从来没见过这种料子,有偏差也是正常的。

"哪能呢,这小伙子眼力不错,现在玉岩山裸露在表面的鸡血石都被采得差不多了,我捡来的这些,也没什么好料子……"

老王头虽然说自己不懂,但是他在玉岩山下住了一辈子,没吃过猪肉也见过猪跑,怎么可能不懂鸡血石呢,最起码刚才说出来的话,就是行话。

德叔查看了大约半个小时,挑出三块料子,放到一边,对老王头说道:"这几块可以标价高一点,里面肯定有血的,但是血能进去多深,我就没把握了……"

"这就不错了,马老师,谢谢你啦,每次来都给老王我指出几块石头来……"

老王头宝贝似的把德叔分出来的几块料子,放到了一边。前年,德叔曾给他挑了一块料了,后来老王卖了六万块钱,当时可把他高兴坏了。

第十二章 全血鸡血石

老王头的东西都在这里，眼看没什么瞅的了，几人就准备出去，不过庄睿在抬脚往外走时，忽然感觉到脚下踩着个硬物。

庄睿开车的时候，一般都会换上那双从北京内联升老字号买的布鞋，虽然是百年老店做出来的鞋子，但是布鞋底薄啊，这冷不丁被膈了一下，脚心还有点疼。

"什么玩意啊？"

庄睿蹲下身子把那东西捡了起来，发现是块比打火机略大一点的石头，由于体积太小，刚才被伟哥随手丢在一边了。

这块石头通体泛黄，表皮没有一丝血色，倒有点田黄石的味道，只是远不如田黄石圆润光洁，应该是块昌化石，就是前面说的被老王叔发现的那种石料。

"庄睿，怎么了？"

跟在庄睿后面的秦萱冰见庄睿崴了一下脚，连忙关心地问道。

"没事，踩到块石头……"

庄睿习惯性地用灵气扫了一眼，准备随手丢回那堆石头里，手虽然扬起来了，但是却将那块石头紧紧地攥在了手心里。

庄睿和秦萱冰的对话，让走在前面的几个人都回过头来，庄睿干脆将那块石头在手上抛了抛，对老王头说道："老王叔，这块料子就是您以前采到的那种假田黄吧？"

"拿来我看看……"

老王头也六十多了，眼神不怎么好，从庄睿手里接过那块小石头，仔细地看了一下，说道："对，这玩意不知道扔在这几年了，这还是以前说值钱的时候，我特意留下来的，后来政府说是假的，也就没人收了……"

老王头一边说，一边准备把那小石头扔回去，虽然不值钱，但也不是普通的山石，他是想留着做个纪念。

"老王叔，别扔，这玩意闹出过这么大的风波，给我吧，我买下来做个参考，以后还能和真田黄石对比下……"

庄睿连忙出言阻止了老王头,说出来的话倒是中规中矩,伟哥听着都想要过来留着玩了,怎么说也是昌化出产的呀。

"买什么买啊,庄小哥,你拿去玩吧……"

老王头一听庄睿的话,立马把那石头塞到庄睿手里,这东西块头太小,最值钱的时候不过几百块钱一个,现在的话,就是卖几块钱也不见得有人买。

"老王叔,这可不行,这样吧,两百块钱我买下来,您看行不?"

"不要,真的不要,小哥,你给钱可就是看不起老头子我了……"

"老王,拿着吧,两百块钱也不多,小家伙的心意,你就别推了……"

"成,那我就拿着了,明天中午咱们吃猴头菇炖土鸡,上次有人出三百块钱买我的猴头菇,我都没卖……"

最后还是德叔说了话,老王头才勉强接过庄睿递来的两百块钱,嘴上直喊着明天中午要给他们烧野生猴头菇吃,那东西可金贵着呢,老王头也是碰巧才在山上采到一点儿。

"呵呵,明天可有口福了,行了,这天儿也不早了,都去睡吧,明早咱们一起去集市……"

石头看完了,德叔摆摆手让各人都回房间,在这山沟沟里也没什么娱乐,各回各屋,各睡各觉去了。

当然,这地有点陌生,不知道房子的隔音效果怎么样,庄睿和伟哥这两对,进房间后老实得很,别说那啥了,就是说话声都比平时小了许多。

"老公,快点睡觉了,你在找什么啊?"

"找这个!"

庄睿从背包里翻出一个强光手电筒,然后拿着电筒掀起被子钻了进去。

"拿手电干什么啊? 你……你不会是想……"

秦萱冰见到庄睿手里的东西,不由奇怪地问了一句,继而满面通红,这晚上不能那啥,庄睿不会又想什么新花招吧?

"想什么呢? 给你看样好东西……"

庄睿没在意秦萱冰的反应,摊开左手,在他左手的掌心里,赫然是刚才花了两百块钱买来的那块昌化石。

"哎呀,你把这石头拿床上来干吗? 好脏的呀……"

秦萱冰还以为是什么好东西呢,不由推了庄睿一把,让他赶紧放回桌子上去。

庄睿得意地笑了起来,说道:"没事,我刚才洗干净了,不脏的,嘿嘿,没想到在这儿也能淘到好物件……"

"德叔不是说了嘛,这石头不值钱……"

秦萱冰也听了那个故事,对庄睿的话颇有些不以为然,伸手从庄睿掌心把石头拿了过去。

擦洗过的石头有些凉,不过也滑润了许多,秦萱冰对着灯光翻来覆去地看了半天,也没看出庄睿说的好来。

"嘿嘿,要这样看……"

庄睿笑着把房间的灯关掉,然后用被子蒙住头,因为即使关上灯,房间里还有一丝窗外照进来的月光,但是用被子蒙起来之后,就变得一片漆黑了。

在被子里不仅伸手不见五指,而且寂静无比,庄睿和秦萱冰两人,都能听到对方的心跳声。

"啊!"

一束灯光猛地照在庄睿脸上,把秦萱冰吓得惊叫起来,庄睿连忙一把捂住秦萱冰的嘴,这要是被别人听到,指不定想到哪儿去了。

"你这人,吓死我了,干吗照自己的脸啊……"

秦萱冰羞恼地在庄睿身上掐了一把,刚才那束灯光照在庄睿脸上,猛看上去煞白一片,不管是谁都得吓一跳。

"看这个,看这个,呵呵,我不是故意的啦……"

庄睿自知理亏,连忙转移秦萱冰的注意力,把强光手电照向手中的石头,示意秦萱冰看。

"看不出什么啊,和刚才没有什么区别呀……"

虽然手电筒把庄睿的左手照得纤毫毕现,连指纹都可以清晰地看到,但是那块石头依然没有什么变化,仍然是那种黄澄澄的模样。

庄睿把石头翻了过来,指着边角,对秦萱冰说道:"嗨,我给忘了,你再看看……"

"还是一样……咦,怎么有红色啊?"

秦萱冰刚才没细看,现在在灯光下看清楚了,原本润滑的石头一角处的石皮,好像脱落了一层,透过强光看去,隐隐可以看到里面鲜艳的红色。

"嘿嘿,这不是废弃的昌化石,而是一块鸡血石……"

庄睿得意地收起石头,掀开被子,顺手把床头的台灯打开,房间里顿时恢复了明亮。

"鸡血石,德叔都没看出来,老公,你真棒!"

秦萱冰在庄睿脸上亲了一口,但是并没怎么在意庄睿手中的那块小石头,在她看来,即使这是块鸡血石,也没什么大不了的,毕竟这块石头忒小了点,如果磨去外面的石皮,就更不显眼了。

"哎,我说,这可是块全血鸡血石,品质能达到大红袍的……"

庄睿见到秦萱冰的反应,极为不满,要知道,从质材上而言,这块鸡血石堪比翡翠中的帝王绿,虽然体积小了一点,但是价值却很高。

"大红袍？那不是福建武夷山的一种茶叶吗？"

秦萱冰对鸡血石是真的不怎么懂，说出来的话让庄睿哭笑不得。

"唉，大小姐，这东西和我送你的血玉手镯，我妈给你的紫眼睛翡翠项链的价格，都相差无几……"

"什么？这么一点就这么贵？"

秦萱冰这才真的吃惊了，不说那串紫眼睛项链价格上亿，就是血玉手镯也要上千万一只，这丁点儿大的石头居然值那么多钱，这让秦萱冰第一次正视起来。

"咳咳……没那么贵，不过就这么一点，如果做成印章的话，三五百万肯定是值的……"

庄睿纠正了一下自己刚才略带夸张的说法，不过这块鸡血石要是放到收藏印章石头的藏友手里，那绝对是一块无价之宝。

就在一层薄薄的石皮下面，庄睿看到了那浓如凝结了的鸡血一般的色彩，在那间杂物房里，当时庄睿震惊的差点叫了出来。

因为那会儿呈现在他眼中的这块石头，里面的红色竟然出现了波光流溢的幻彩景象，犹如刚刚宰杀了一只活鸡，把鸡血浇淋上去一般，这正是极品鸡血石所谓的"活血"现象。

庄睿在德叔家里见过不少高品质的鸡血石，在典当行工作的时候，库房里也有鸡血石印章，但是那些物件，没有一件能和手中这块鸡血石相比。

虽然没解开石皮，庄睿已经可以断言，这绝对是一块六面全红的大红袍极品鸡血石，而且还是没有杂质的，如果上拍卖会的话，这块石头足以让众多藏家疯狂。

近些年，印章石收藏极热，好品质的鸡血石和田黄石都是千金难觅。

就在今年年初，某家跨国拍卖行拍出了一块乾隆御用鸡血石印章，起价就是一千二百万元人民币，最后的实拍价格达到了三千二百万之巨，这也创下了鸡血石印章的拍卖之最。

当然，那个乾隆印章有其独特的历史背景和文化传承，但是从另一方面来说，鸡血石本身的价值，也是不容抹杀的。

"睿，你是怎么发现的呀？德叔都没看出来这是块鸡血石啊，对了，你怎么知道这是全红鸡血石……"

秦萱冰一脸崇拜地看着庄睿，不过嘴里问出的话，却让庄睿愣住了，刚才只顾着高兴了，他却忘了，这鸡血石还没解开，自己就吹嘘是全红的，这不是有点扯淡嘛。

其实秦萱冰也没想到这茬，只不过是随口这么一问，但是问出口之后，自己也感觉有些不对，继而怀疑地看向庄睿。

"呃，我踩在脚下面的时候，这块鸡血石角头上面的石皮被地面打磨了一下，露出一丝红色……"

庄睿说到这里停顿了一下，秦萱冰听得着急，连忙问道："红色我也见到了，但是别的地方看不到啊……"

"奶奶的，以后不能再犯这种错误了……"

庄睿在心里骂了自己一句，这不是逼着哥们编瞎话嘛，而且还要编的合情合理，仓促之间，庄睿也有些挠头。

"说你是外行吧，告诉你，我以前在上海跟着德叔学习杂项鉴赏的时候，在一本印章著录上曾经看到过，黄色石皮包裹的鸡血石，一般都是石中精品，出现极品大红袍的几率相当大……"

庄睿这也是欺负秦萱冰不懂得印章石，那些印章著录上只记载这些东西的来历传承，却不会写鉴别方法，而那显露出来的一丝鸡血红，也是庄睿刚才在洗手间磨出来的。

不过庄睿这么一说，倒是打消了秦萱冰心中的疑虑，因为在庄睿购买这块小鸡血石的时候，德叔并没有上手把玩，只有老王头看了一下。

"老公，你真是太棒了……"

秦萱冰看着一脸自信的庄睿，双眼中流露出深深的爱意，虽然这鸡血石不是她捡的漏，但是秦萱冰也感到了极大的满足，恨不得再有一些鸡血石让庄睿辨别。

"咳咳……一般，比德叔差远了，对了，萱冰，这事咱们闷声发大财就行了，谁都别告诉啊，这要是被老王叔知道了，别人嘴上不说，心里肯定也不舒服……"

秦萱冰说的虽然是夸奖自己的话，但是庄睿听起来心虚啊，要是明儿秦萱冰对德叔这么一炫耀，那西洋镜可就要被揭穿了，连忙又嘱咐了秦萱冰几句。

"行啦，我知道了，睡觉吧……"

秦萱冰答应了一声，关掉了床头的灯，虽然二人不能真刀实枪的那啥，但是还是要亲热一番。

老王头的房子建在半山腰上，早晨起来之后，往上看云雾缭绕，往下看则绿树成荫，打开窗子，吸上一口山间清新的空气，整个人都感觉舒畅了很多。

山脚下传来鸡鸣狗吠，将这种田园春色衬托的更加入画，这些都是在城市里无法见到的，庄睿在窗前站了好一会儿，才在秦萱冰的催促下去洗漱。

"小庄，来吃早饭，一会儿咱们跟着老王出去转悠转悠……"

走出房间，庄睿站在二楼见德叔正在打五禽戏，这是他练了几十年的功夫，虽然不怎么实用，但是强身健体还是不错的，庄睿跟着学过两天，后来离开上海就荒废了。

"德叔，咱们不是说好了，今天要去集市的吗？"

"先去几个村民家里看看,集市中午去也不晚,而且那时候山上会下来人,说不定就能遇到什么好货……"

庄睿走下楼,德叔也收起了架式,拿过毛巾擦了擦汗。

在老王头家里吃的早饭是煮山药,这是老王头亲自上山挖的野山药,营养很丰富,庄睿等人都没吃过这种东西,吃起来味道很不错。

吃早餐的人不止庄睿这一拨,还有另外七八个外地来的住户,有几个人认识德叔,相互之间打着招呼,这时候来玉岩山的,不用问,都是来收购鸡血石的。

"马老师,您今年可不能把好石料全挑走了,给我们几个也要留口饭吃呀……"

一个四十多岁穿着西装打着领带的中年人,正和德叔开着玩笑,德叔这名头,是十分亲近的人和弟子喊的,在外面,一般人都称呼他为马老师。

德叔听了那人的话,脸上故意做出一副生气的模样,说道:"王总,看您这话说的,您那矿场自产的鸡血石都用不完,还跑来和我们抢这碗饭吃……"

"呵呵,马老师您说笑了,不知道这次是自用,还是帮人看货?"

王总笑呵呵地岔开了话题,眼睛看向庄睿等人,昨天那场冲突他也见到了,能对上海严家嗤之以鼻的人,恐怕来头背景都不小。

"带我徒弟来转转,他在北京潘家园开了家店,来进些印章的料子,唉,这昌化的鸡血石也是一年比一年少,再过上几年,恐怕就要绝迹喽……"

对庄睿这个弟子,德叔那是百分之一百二十的满意,当下就把庄睿介绍给那位王总。

"原来是庄老师,我说怎么看着眼熟呢,哎呀,看我这眼睛,要不是马老师说,还真没认出来……"

在德叔介绍了庄睿之后,王总一拍脑袋,握住了庄睿的手,亲热地连连摇着。

"王总认识我?是看了那电视?"庄睿有些奇怪地问道,这上了电视还真是不一样啊,不过也不是每个人都认识他,最起码昨天严凯公司里那个顾问就不认得庄睿。

"嗨,庄老师您这'翡翠王'的名声,可是如雷贯耳啊,前段时间在电视上见过您,没想到在这能碰见您,您可是比电视上还年轻啊,不行,中午我做东……"

王总抓着庄睿的手就不愿意放下了,幸亏他是个男人,否则的话,恐怕一旁的秦萱冰都要吃醋了。

"不对,不对,这里也没什么好吃的东西,等咱们出去了,到临安,庄老师可一定要赏个脸,咱们一起吃顿饭……"

王总想到这里连个饭店都没有,压根就谈不上吃饭的事,不过看他这架势,还真的很有诚意请庄睿吃饭。

"好说,好说,王总太客气了……"

庄睿虽然不知道这中年人为什么对自己这么客气，但是伸手不打笑脸人，当下也客套了几句。

"几位这是要去集市吧？我正好也要去看看公司的石头运下山了没有，咱们一起走吧……"

"王总，我们还要去下面几家看看货，咱们回头在集市见吧……"

德叔的话让这位王总有些失望，问庄睿要了电话之后，带着几个随从离开了，临走的时候还连连向庄睿摆手。

庄睿等人吃过饭后，跟在老王头身后，也没开车，直接顺着山路往山脚下走去，虽然垂直高度只有四五十米，但是走起来还真不近，不过一路上山清水秀，鸟鸣声不绝于耳，倒是有一种春天踏青的感觉。

"德叔，那人是个什么来头？"

俗话说无事献殷勤非奸即盗，庄睿让那位王总的态度搞得莫名其妙，现下忍不住问起德叔。

"那人叫王小逸，祖上就是在上海和江浙等地开金铺的，名气极大，新中国成立后虽然收归国有了，但是改革开放政策放宽以后，又逐渐发展起来，现在华东最大的珠宝公司就是他们家的，而且他们家在这玉岩山上还经营着两个鸡血石矿坑……"

说到这里，德叔停了下来，似笑非笑地看向庄睿，庄睿连忙低头看了一下自己，衣服没穿反啊。

"你小子在翡翠行里折腾出那么大的事情来，他是做珠宝生意的，当然会关注你了。呵呵，估计也是看上你手里那几块料子了吧？"

德叔的话让庄睿愣了一下，不过随之也反应了过来，他在缅甸赌涨翡翠的事情，可谓尽人皆知，恐怕就是自己中标几块原石，这些人心里都有数。

那位王总想和自己处好关系，恐怕不外乎也是想从自己这里购得几块好料子。

"那他可要失望了……"

庄睿摇了摇头，自己那些料子根本就没打算解，就算是解开，也要留给瑞麟店的，并没有出售的打算。

庄睿突然想到个事，出言问道："对了德叔，那位王总本身就有鸡血石矿，干吗还来采购鸡血石啊？"

"鸡血石矿的产量不大，他们公司大多把鸡血石做成摆件，需求量很大，在国内的昌化鸡血石市场，王小逸的公司，恐怕能占到60%的份额……"

听德叔这么一说，庄睿算是明白了，鸡血石虽然被称为印后，但是制成印章的价值，远不如做成摆件的市场价值高。

就像自己在春节鉴宝上见到的那块鸡血石摆件,按照京都拍卖会钱总的说法,如果上拍卖的话,价值要在亿元以上,但是如果分解做成印章的话,恐怕最多也就值个三五千万。

几人说话间已经走到了山脚下,早起忙农活的人也逐渐多了起来,一年之计在于春,现在正好是打理山间梯田的时节。

路上遇到的人,都热情地招呼着老王头去家里坐坐吃早饭,不知道是因为老王头的威信高,还是那些人想拉庄睿等人去家里看货?

虽然同样都是农村,这玉岩山下的村子靠着鸡血石产地的原因,明显比庄睿他们一路上见到的那些村庄富裕很多,几乎家家都盖上了小楼,门口还挂着农家乐的牌子。

从村子里走过,能看到很多人和庄睿他们一样,都是外地来参加鸡血石交易会的。

"二虎子,在家没有……"

老王头带着庄睿一行人拐到一栋小楼的院子前,伸手推开了院门,走进院子才大声嚷嚷起来,在农村没有敲门的说法,有时候端着碗都能跑到别人家串门去。

"汪汪……"

人没出来,倒是从屋里窜出一条大黄狗来,对着庄睿等人叫了起来。

"哎哟,二叔,在家,在家,滚一边去……"

一个小伙子听到狗叫声,对着那忠于职守的大黄狗踢了一脚,把庄睿等人领到屋里,这根本不用多问,老王头领外地人来家里,肯定是看鸡血石的。

"二叔,石头都在那里了,我都规整好了,准备一会儿用板车拉集市上去呢……"

这几天是鸡血石最重要的交易时间,来自全国各地的鸡血石商人都会云集此处,所以不单是鸡血石矿主会准备好鸡血石石料,就是这些玉岩山下的村民们,也都把自己去年在山上淘到的石头,拿到集市上摆摊。

老王头回过头来,对庄睿等人说道:"马老师,庄小哥,你们先看看吧,挑好了剩下的再让二虎子摆摊,这是我本家侄子,不用客气的……"

庄睿闻言笑了起来,果然是肥水不流外人田啊,这看货也要先看自家人的。

可能是二虎子年轻力壮的缘故,他家里的鸡血石石料,明显多于老王头的,在院子的角落里,满满当当地摆满了石头,而且从外面看品相还不错,有几块都能看见血红的颜色。

庄睿粗略数了一下,一共有六七十块料子,体积最大的足有七八十公斤,也不知道二虎子是怎么从山上搬下来的。

和老王头告了一声罪,庄睿与德叔拿着手电走到石头堆里察看起来,至于伟哥等人,一来看不懂,二来对这玩意也没什么兴趣,坐在二虎子搬来的椅子上面,在院子里聊起天来了。

"这块,这块,还有这块,这三块我要了,二虎哥,你看看值多少钱吧?"

一个多小时之后,庄睿满头大汗地停下手,在他面前摆着三块石料,加起来大概有三四十斤,只有一块是外面渗血的,其余两块看上去和普通的山石没有多大区别。

"庄睿,你这么快就看好了?"

还在一边察看的德叔,听到庄睿的话后,把脸转了过来,几十块石头庄睿看的未免太快了。

庄睿接过秦萱冰递来的毛巾擦了把汗,说道:"大概看了下,我感觉这几块不错,德叔,您来看看?"

还别说,看鸡血石真比察看翡翠累得多,翡翠料子一般最小的也有拳头大,而鸡血石则大小不一,有些带点红色的小石块,也放在了石料区里。

不过有了昨天那块印章料子的例子在先,庄睿今儿连拇指大小的石头碎屑都没放过,用灵气一一察看了一番。

第十三章　鸡血石集市

鸡血石料一般出血都比较散,一块料子上能有 30% 左右的血,就称得上是高档鸡血石料了,要是能达到 50% 以上,就可称之为珍品。

所以庄睿在查看这些料子的时候,不但要看出血的色彩,同时也要看出血的面积,这要是翡翠原石,庄睿十分钟就能看完,哪里需要一个多小时啊。

庄睿挑出来的三块石料,最大的一块重约三十斤,体积是另外两块的三四倍,而且也是表现最好的一块,这块料子中间和普通石头无异,但是首尾两端却都渗出了鲜红的血丝。

这种表现的鸡血石原石,一般存在两种可能性,一种是在石皮下面,还有大量的鸡血存在,能通到整块石料,另外一种就是鸡血分散,就如现在看到的,只有首尾两处存在鸡血。

但无论是哪一种可能,这块石料里会出鸡血,已经可以肯定了,一般像这样表现好的料子,价格也不低。

"二叔,您看这几块能值多少钱?"

二虎子蹲下仔细察看了庄睿挑出来的三块毛料后,把眼睛看向老王头,砍价二叔要比自己强许多,而且人是他带来的,由老王头说价比较合适。

"这块大一点的,和我前年卖的那块差不多,现在市场价格也高了不少,应该在十万左右吧……"

老王头话还没说完,站在一旁的二虎子就已经喜笑颜开了,十万人民币要是让他刨土种地,十年也赚不到这么多钱。

"至于这两块石头,你是在哪里捡到的?"老王头看了一下另外两块,没有什么表现,顿时皱起了眉头。

鸡血石的料子和翡翠原石,还是有很大区别的,许多翡翠原石的体表上,完全没有任何表现与征兆,但是鸡血石一般都会在石皮出现血丝,反之里面出血的几率就会很小,价格自然也就极低了。

二虎子的注意力此时都放到那块价值十万的石头上了,对这两个只有拳头大小的料子,没太在意,随口答道:"二叔,这两块是在以前的一个老坑里捡到的,东西不重,我就背回来了……"

"老坑里捡到的啊?那就不好说了,这样吧,两块加起来五千块钱,庄小哥,你看怎么样呀?"

老王头拿出旱烟袋抽了两口,然后将烟嘴在地上磕了一下,站起身来给庄睿报了个价。

"庄小哥,你也知道,山上的鸡血石越来越少,以前的老矿早就被采完了,而老矿石头的价格,一般都是新矿的三到五倍,所以这价钱,老汉我开的很实在了……"

毕竟是毫无表现的石料,自己开出五千块钱的价格,老王头怕庄睿不高兴,连忙又解释了几句。

庄睿闻言没有说话,而是重新蹲下身体,把那块三十多斤的石料翻来覆去地又察看了一番,最后摇了摇头,站起身来,说道:"老王叔,这块料子赌性太大了,十万块钱我吃不透,要不让二虎哥拿到集市上拍一下,说不定还能卖贵点呢……"

听了庄睿的话,二虎子脸上有些失望,他要求不高,能卖十万,就很高兴了,拿到集市上要是没人看中的话,那还不是破石头一块?

"这两块五千块钱,倒是可以玩玩,反正不是很贵,二虎哥,这两个小的我要了,五千你卖不卖啊?"

庄睿最后的话让二虎子脸上多云转晴,虽然那块大点的石头没卖掉,但自己随手捡来的两块石头能卖五千,这等于白捡的钱,二虎子连忙答应道:"卖,卖,您等等,我这就给您包起来……"

二虎子说完回头冲屋里喊道:"孩他娘,孩他娘,二琴,出来了,把你编的篓子拿出来一个……"

随着二虎子的话声,一个二十多岁的小媳妇从小楼堂屋里走出来,怀里还抱着个娃,好像正在喂奶,胸前露出雪花花的一片白肉,让在场的几个男人顿时将目光转到了别处。

"你这个死女子,不会把娃放屋里啊,进去,进去……"

虽然乡间都是这样奶孩子的,不过二虎子知道城里人看不惯这个,连忙把媳妇又推进了堂屋,自己也走了进去,再出来的时候,手里拿了几张旧报纸,还有一个编制的十分精致的小竹篓。

二虎子用旧报纸把两块石头包起来后,放在那个竹篓里。

这竹篓有点像观音菩萨捉拿金鱼怪的篓子,上面还有个提手,都能当工艺品卖了,这要是给不知情的人选,别人肯定会拿走竹篓扔掉石头的。

庄睿从彭飞手里接过数好的五千块钱,递到二虎子手上,说道:"二虎哥,你这竹篓编得不错啊,拿出去估计都能卖个十几块钱……"

"嘿嘿,值不得,值不得的,家里婆姨随便编的,二叔,您带这几位再去转转,我要装车了……"

二虎子接过钱后,很仔细地数了一遍,这才笑嘻嘻地放到口袋里,开始忙活起来,他要把几十块石头都放到平板车上,然后拉到集市去,这些可都是体力活,二虎子的媳妇这会儿也放下了孩子,出来帮手了。

庄睿等人当然不会去帮忙,但是也不能站在这里不干活,当下和二虎子打了个招呼就离开了小院,至于庄睿买的那两块石头,则被伟哥像好奇宝宝般地拎在手上,话说这竹篓编的还真是精致。

"小庄,怎么就看中这两块料子啊?"

刚才在小院交易的时候,德叔一直没说话,这鸡血石外面要是没有出血或者杂色的表现,那赌性可要比翡翠大出无数倍,这样的料子,一般很少有人去赌。

"呵呵,德叔,这两块的石皮比较润滑,我估摸着里面说不定就会出现鸡血,反正也不贵,买来解开玩吧……"

庄睿随口解释了一下,理由虽然有些牵强,但是德叔知道,几千块钱对于自己这个徒弟来说,真的是九牛一毛,德叔也以为庄睿是练练手买来玩的。

庄睿一行人跟着老王头,又看了几家的料子,虽然里面有几块体表出现大块鸡血的料子,但庄睿都没出手,倒是伟哥在德叔的指点下,花了三万块钱,买了块拳头大小,体表有小半鸡血的石头。

庄睿早就用灵气看了,那块料子上的鸡血,是一片而不是一摊,渗入石头里极浅,除非就按现在的模样做个摆件,否则要是想解成印章或者改变造型的话,必赔无疑。

庄睿见伟哥出手也没阻止,反正伟哥也不差这点钱,他家老子买古玩打眼花了几千万,这回就当是救济贫困山区吧。

话说就这几万块钱的东西,实在不值得庄睿提醒他,更何况还是德叔挑的,自己要是说出来了,那岂不是打德叔的脸了?

几人在农家转了这么一圈,时间已经是临近了中午,老王头这会儿已经转身回他那小楼去收拾石头了,而庄睿等人则晃悠着走向那个鸡血石交易大棚。

此时在玉岩山脚这个小山村的村口处,已经人声鼎沸了,这个如菜市场一般的交易中心也没有门,到处都是进进出出的人。

像二虎子那样拉着平板车往里运石头的当地村民,更不在少数,有些甚至还没进入市场,就被前来选购鸡血石的商人们围住了。

"这还真是……民间集市啊……"

庄睿看着眼前的情形,不由摇了摇头,他很难想象,这在玉石销售中也占有一定比例的鸡血石,居然就出自这种地方。

"小庄,你别小看这里,往年拍出三五百万或者一两千万鸡血石毛料的事情,也经常见到,嘿,我倒忘了,你小子是赌翡翠的,当然看不上这里了……"

德叔注意到庄睿的神情,忍不住出言调侃了他一句,只是德叔并不知道,无论是价值上亿的翡翠赌局,还是几百块钱的鸡血石,在庄睿眼里面,都不过是一场游戏而已。

"德叔,这里还能解石?"

走到市场门口,庄睿站住了脚,因为他见到在市场东侧二十多米处的空地上,有一台解石机放在那里,在解石机旁边,还有砂轮打磨机等机器,这些物件可是赌翡翠必备的。

德叔笑了笑,说道:"当然能解石了,这里专门有人赌鸡血石,就是赌那些没表现的鸡血石,赌涨了当场就卖,赌垮了也花不了多少钱,鸡血石的毛料比翡翠毛料便宜多了……"

"呵呵,有点意思……"

"这些机器都是村里人自己买的,用是要给钱的,前年好像是五十,现在不知道是什么价,怎么,你想解石?"

德叔见到庄睿的眼睛紧盯着那边,哪儿还不知道庄睿在想什么。

"解石?"

说老实话,庄睿还真没这想法,他不过是看见了解石工具,又想起在平洲以及缅甸时的情形,虽然那会儿自个儿是用眼中灵气作弊,但是赌涨时的场景,依然能让庄睿热血沸腾。

"算了吧,德叔,咱们还是先去市场转转吧,来的人这么多,万一好石料都被别人买走了怎么办啊……"

庄睿想了想,还是决定先看鸡血石料。

他今天就出手买了两个小料子,虽然都能值个三五万的,并且只花了五千块钱买下来,擦去石皮后,利润最少在十倍以上,但是翡翠赌石早就把庄睿的胃口养刁了,还不至于让庄睿现在就急着去解开。

倒是在老王头那里买到了大红袍印章料子,让庄睿有将其外皮擦去的欲望,不过那料子在鸡血石里名气太大,庄睿不想刚被人封了"翡翠王"的名头,就又在鸡血石里出风头,有句话说枪打出头鸟,这名声太盛了也不见得就是好事。

"没劲,我还想把这料子解开看看呢……"

伟哥见庄睿不解石,有些郁闷,他以前在平洲见过庄睿赌石,今儿本以为自己也能过把瘾的,却没想到庄睿要先参加交易会。

"伟哥,去买块便宜的解吧,垮了也不心疼啊……"

庄睿笑了笑,语带双关地点了阳伟一下,要是他还不明白的话,那也怪不得自己了,反正老阳家买这些玩意打眼交学费是出了名的,这也算子承父业了吧。

"费那劲干吗,我刚才不是买了块吗?"

庄睿的话果然是对牛弹琴,伟哥根本就听不出话里的意思。

不过一旁的德叔微微皱起了眉头,他帮阳伟挑的那块料子,自己心里还是有点把握的,只要背面擦出点血来,那就稳赚不赔,三万多买的,就是不经雕琢出手,卖个七八万问题还是不大的。

听了庄睿的话,德叔倒是想看看自己的判断是否出了岔子,当下说道:"庄睿,阳小子要解,就先去把他那块解开吧,反正这交易会还有好几天才结束,好料子都会到后面拿出来,不用急……"

"成,那就先解石玩玩吧……"

庄睿不置可否地点了点头,心下暗叹,果然是人老成精啊,自己没点透伟哥,倒是让德叔惦记上了。

"好,走,走,哈哈,看我阳伟,哦不,伟哥,也不对,庄睿,看你老大我怎么赌个大涨的……"

阳伟这名字起的实在是有些纠结,伟哥本想给自己安个响亮点的名号,说来说去都脱离不了男性的那啥玩意不举的涵义,最后干脆和庄睿论起当年的宿舍排名来了。

几人说笑着来到解石的地方,机器旁边坐在马扎上的村民见来了生意,连忙站起身来,满脸堆笑地问道:"几位老板要用机器?"

庄睿点了点头,开口说道:"对,我们要擦块石头,用这个砂轮机是什么价?"

伟哥买的那块料子也不大,不过比拳头略大一点,加上鸡血石料远没有翡翠料子坚硬,用砂轮机很容易擦去石皮。

"那个切石机用一次一百块钱,这个小的砂轮机五十块钱一次,不过我只出一个砂轮片的钱,要是一片砂轮还解不好,你们就要另外加钱了,也不贵,五块钱一个……"

那个村民熟练地报出了价格,什么机器什么价,就差没拿张报价单了。

"都是一个村的,咋差距那么大啊?"

庄睿听到这价后,差点骂出奸商两个字了,那砂轮机上的砂轮片,从商店批发的话,八毛钱一片,到他这里就变五块了。

而切石一般都是一刀活,也就是说一刀就要一百块钱,简直黑到姥姥家去了,要知道,在翡翠赌石场所,一般组织方都免费提供这些工具,没见过要钱的。

"好,就这价,把那砂轮机给我,我来试试手……"

伟哥这会儿满脑子就是想把石头解开,压根没想讨价还价,当下将那竹篓交给庄睿,又把自己的石头取出来,放到切石机上,将其加固好。

还好,只要不切石,用这切石机加固石料倒是不收钱。

递给了那村民五十块钱人民币,伟哥如愿以偿地拿到了已经通了电的砂轮机,这小子也学着庄睿去年解石的情形,围着自己那屁大的毛料转悠起来。

"有人开石头啦……"

伟哥耳边冷不防响起一声炸响,吓得伟哥差点把砂轮机丢出去,回头一看,是那村民给自家机器做宣传呢。

他这一嗓门不打紧,原先正准备进入市场的人,纷纷围了上来,看不花钱的热闹,在中国,向来都不缺观众。

"这块料子不错啊,表现出血了,而且面积还不小……"

"是啊,能值个两三万块钱的样子……"

"现在看的都没用,要解开之后才知道,背面要是能见血,那才是赌涨了呢……"

"要是没出血呢? 依我看还不如就按这形状雕琢个摆件呢……"

能来这里进行鸡血石交易的,大多都是行家,一眼就看出伟哥那块料子的档次来,说老实话,这块料子属于可赌可不赌的,最后那个说话的人显然是个行家,看法和庄睿一致。

"老……老幺,要……要不然你来擦吧……"

刚才就庄睿几个人,并且都是自己人,伟哥心里还比较放松,但是现在呼啦啦围了上百人过来,被这么多人瞪着眼睛瞅着,伟哥那小心肝就"嘭嘭"跳起来了,他可没有庄睿那么强大的心脏。

"哎,我说伟哥,这要过手瘾的是你,干嘛让我擦啊,还是你自己来吧……"

庄睿不领这个情,明知道解垮的石头,他才懒得去擦呢,换句话说,哥们跌不起这份。

被庄睿拒绝后,伟哥又把目光看向德叔,说道:"德叔,要不……您老人家来?"

"没事,你就擦出血的背面,往里擦个一两公分,要是见不到颜色,那就别擦了……"德叔摆了摆手,给阳伟指了一下,不过也没上前操刀。

"好!"

伟哥重重地点了点头,把石料的擦面翻了上来,拿着砂轮机对了半天,但还是下不去手,旁人看得很清楚,阳伟双手持着砂轮机都在打哆嗦。

"哎,我说,不就是擦块石头嘛,速度快点好不好啊?"

"就是啊,我们还等着去挑鸡血石呢,快点擦开看看……"

"嘿,那哥们,都不用擦,直接切一刀了事,说不定就是大红袍呢……"

见阳伟拿着砂轮机站在那里发愣,看热闹的不答应了,纷纷出言催促起来,更有人给阳伟出着馊主意,开什么玩笑,那面出了鸡血,还一刀切下去,就是好料子也会被切垮掉的。

"老幺,不行,还是你来吧……"

伟哥被人说的有些撑不住劲了,一把拉过庄睿,也不管他同意不同意,直接把砂轮机塞到了庄睿手里。

"瞧你那点儿出息,你这石料要是不出鸡血,哥们这一世英名不就栽了吗?"

庄睿摇了摇头,一边和伟哥开着玩笑,一边走到切石机旁。

庄睿倒是无所谓,垮了就垮了,别说这是鸡血石,就是翡翠,赌垮几块便宜料子,那也是很正常的事情,只要在大赌上别失手,根本不会影响自己的名头。

"庄睿,轻点,鸡血石的石皮很薄的……"

德叔在旁边嘱咐了庄睿一句,他根据这块石头鸡血的走向,感觉下面石皮里应该还有点料,否则也不会让阳伟买。

"我知道了,德叔……"

庄睿答应了一声,推开砂轮机的按钮,刺耳的转轮声顿时响了起来,庄睿一点儿工夫都没耽搁,直接把砂轮对准石料擦了起来。

"是个老手……"

"嗯,这年轻人手很稳,看来经常解石的……"

"我看他挺面熟啊?好像是那期春节鉴宝里的嘉宾吧?"

庄睿解石的次数太多了,上手擦石非常稳健,这手上功夫好坏,行家一眼就能看得出来,连带着把他的身份也辨认了出来。

"德叔,我觉得差不多了,不能再擦了……"

随着一阵"咔嚓"声,地上已经落下一层白色的石屑粉末,而庄睿擦石的地方,依然还是石头,没有鸡血出现,擦进去两公分之后,庄睿停下了手,看向德叔。

德叔也知道自己这次赌垮了,当下点头道:"嗯,不擦了,回头我找人看看,就按这形状设计个摆件吧……"

第十四章 再遇小人

"哈……哈哈，就这么点水平，也敢来赌鸡血石？小子，别输的连裤子都没了，光着屁股回去啊……"

有赌就有输赢，这块料子很小，赌垮也损失不了几个钱，所以围观的人并没说什么，但是偏偏有个不和谐的声音从人群里传出来。

庄睿循着那刺耳的声音望去，果不其然，又是那个叫严凯的家伙，庄睿心里就纳闷，这货是记吃不记打还是怎么着？他难道不怕自己再打他一顿？

还别说，严凯还真不怕庄睿在这里动手，他已经找人打听过了，德叔只是在上海古玩圈子里有些影响力而已，至于这个叫庄睿的，曾经在上海一家典当行工作过，后来辞职离开了上海，也没听说有什么背景。

严凯虽然自大狂妄，但也不是一点脑子都没有的人，他知道自己爷爷已经退下来了，别人即使给面子，也有限得很，要是抓不住庄睿的把柄，想找人整他的话，这事还真有点难度。

严凯昨天憋了一夜的坏水，还真被他给憋出个办法来，就是让保镖拿着摄像机躲在一边，自己去刺激庄睿，只要庄睿敢动手，马上告他个恶意伤人罪，有了这个名目，再让自己那些叔伯出面，也算是师出有名了。

"看什么看啊？就你这水平也敢来赌石？早点回家吃奶去吧，小瘪三一个……"

严凯见庄睿看向他，愈加兴奋起来，自己拼着再挨上一下，也要把庄睿给拖下水，反正庄睿是和德叔一起来的，到时候还要回上海，那会儿自己想怎么拿捏他都行，想到高兴处，严凯脸上不自觉地露出笑意。

"操，白痴！"

庄睿冷冷地看了严凯一眼，对着严凯从嘴里挤出三个字，然后从切石机上取下那块鸡血石，转身招呼了德叔等人，就往不远处的鸡血石交易场所走去，压根就没多看严凯一眼。

"他……他骂人啊……"

庄睿这一走不要紧,严凯脸上的笑意顿时凝结住了,站在那里有些傻眼。

庄睿刚才骂人又没提名道姓,自己总不能拿着摄像机里录下的那个"操"字,去告庄睿想和自己直系女性亲属发生亲密关系吧? 如果真那样做的话,那严凯可真应了后面白痴两个字了。

"这人是谁啊? 还真是够白痴的……"

"是啊,那块鸡血石又不是庄老师赌的,只是帮别人解石而已……"

"真是笑话,居然说北地翡翠王不会赌石,骂他白痴一点都不为过……"

"小声点,这人是上海严家的,不要祸从口出了……"

一时间,原本围观解石并认出庄睿来头的人,纷纷出言嘲讽起严大少,别人上亿的翡翠都赌涨了,来这里不过玩玩而已,这白痴居然还想用这个来打击庄睿,真是很傻很天真。

"严少,走吧,先去集市……"

此次跟随严凯来选购鸡血石的老曹,恨不得能有个地缝钻进去,他原本也不知道庄睿的来历,现在听到别人的议论之后,才晓得庄睿原来是最近在赌石圈子里,大出风头的那个年轻人,自己老板这话说得忒没水平了。

没有羞辱成庄睿,反倒被庄睿轻飘飘的三个字搞的灰头土脸的严凯,低头走进集市大棚之后,一把甩开拉着自己的老曹,双眼赤红,恶狠狠地问道:"老曹,什么翡翠王? 什么赌石,那个瘪三到底是什么来历啊? 昨天你不是说他没什么来头的吗?"

问到最后,严凯几乎是吼出来的,惹得旁边几人纷纷向他看去。

严凯长这么大,一直是在蜜罐里泡大的,哪被这么多人像看猴子一样围观过? 要不是老曹一直拉着他,恐怕他早冲上去和庄睿拼命了,打不过? 脑袋瓜都被火气烧坏的人,还会考虑这个问题吗?

面对严凯的咆哮,老曹脸上也有些挂不住了,奈何吃别人穿别人的,眼下也只能忍声吞气地说道:"严少,那个姓庄的是最近翡翠行里出来的一个新人,赌石相当神准,身家也颇为丰厚,我看……"

老曹小心地看了下严凯的脸上,接着说道:"我看,咱们还是先把此次来要买的鸡血石定下来,然后再想办法对付他们吧,怎么说那姓庄的不过是个商人而已……"

老曹说出这话,也有自己的小算盘,他此次来的任务就是帮公司选购鸡血石,要是陪着严凯胡闹完不成任务的话,回到公司老板不会追究严凯的责任,自己却没好果子吃。

"鸡血石,对,就是鸡血石,我们跟上他,他要是想买什么石头,你都买下来……"

严凯此时早就被怒火烧昏了头,什么选购鸡血石,那很重要吗? 难道比自己被人羞辱了还重要? 从严凯懂事起,就是天老大,爷爷老二他老三,钱算个什么东西。

"严少,这……"

老曹一听严凯的话,心里就突了一下,要坏菜,再想劝阻的时候,严凯已经拨开了他,在集市里四处转悠寻找起庄睿。

严凯今儿是打定主意要让庄睿买不成鸡血石,反正花的钱又不是他的,以前没有计划生育这一说,严凯七大姨八大姑多的是,个个都是有钱人。

"蓝总,我这有个事要向您汇报一下,严少他……"

老曹没跟着严凯,而是找了一个人少的角落,给严凯的姑父打起了电话,在公司又不是严凯给他发工资,要不是昨天被严凯警告不准告诉他姑父,老曹早就把这事捅上去了。

老曹也没隐瞒,一五一十地把矛盾冲突的起因都说了出来,把事情的前因后果都说清楚之后,电话一端沉默了下来。

老曹心里也是七上八下的,他知道严凯是严家的心肝宝贝,第一次出门长见识,就出了这种事情,说起来他也有责任。

"老曹,这事不怪你,严凯这孩子的性格我知道,受不得委屈,让他吃点亏也是好事,等会儿他要是和别人赌气的话,公司里的资金,不许他挪用一分钱,好了,就这样吧,我很忙……"

电话里传出的声音让老曹松了一口大气,总算把自己摘出来了,这次前来选购鸡血石,公司一共给了两千万人民币的资金,都在老曹手上,有了蓝总这句话,老曹也不怕严凯问他要钱。

"这孩子,真是不让人省心……"

远在上海的一间宽敞豪华的办公室里,一个五十多岁相貌威严的中年人,用手捏了捏眉头,轻轻地叹了口气。

他叫蓝海贝,原本只是穷山村出来的学生,在上海读书的时候,认识了严凯的姑姑,正是因为这个原因,在蓝海贝创业初期,借助了严家在上海的势力,才将公司发展成为现在这个跨国集团,虽然后面的成就多是他自己的努力,但是严家在他身上打下的烙印,却永远无法洗掉了。

严凯这个侄子,是老爷子指定来公司锻炼的,还偏偏打不得骂不得,在上海惹祸自己能帮着摆平,现在倒好,惹事惹到外省去了。

"喂,李书记吗?我是上海的老蓝啊,有点事想拜托您关照一下,老爷子的那个宝贝疙瘩跑你们临安去了……"

想了良久,蓝海贝拿起桌上的电话拨了出去,他这也是以防万一,要是这严家的独苗真出了什么事,恐怕家里的那个母老虎首先饶不了自个儿。

这集市是鸡血石矿主和玉岩山下的村民们自发组织的,进出也没那么多规矩,不像翡翠公盘,没邀请函就进不去,庄睿等人进入集市之后,就一个一个摊位看起来。

"老王叔,您在这摆摊啊？石头卖的怎么样？"

刚走过七八个摊位,庄睿就见到老王头坐在马扎上抽着旱烟,老王头的神情很悠然,不像别的村民到处吆喝,但是他的摊位前围的人还是最多的。

"呵呵,庄小哥,我老王头靠的是信誉,生意还成,你们要不要坐会儿？"

老王头站起身,给庄睿等人使了个眼色,意思是你们别乱说话,要是被这些人知道我的石头都是被挑拣过的,那就别想卖出去了。

"不了,不了,老王叔您忙……"

这些石头庄睿都看过,他自然不会在这浪费时间,跟老王头摆了摆手正准备离开的时候,眼睛的余光忽然看到那位严大少阴魂不散地跟了过来。

"妈的,真是有病啊……"

庄睿在心里暗骂了一声,没见过这么没皮没脸的家伙,看样子是赖上自己了,哥们不信还治不了你了？

"老王叔,您这块石头怎么卖啊？"

庄睿做出没有看到严凯的样子,在老王头摊位前蹲下身子,借着背对众人的机会,使劲跟老王头眨了眨眼睛。

庄睿指的那块料子,就是昨天没看中的那块,也是老王头这些鸡血石料里价格最高的。

老王头见到庄睿的举动后,微微愣了一下神,不过他也是人老成精,当下伸出一个巴掌,说道:"七万,不二价!"

"老王叔,您这打的这手势是五万,还是七万啊？"

庄睿见到老王头的举动,不由笑了起来,这伸出一个巴掌,代表着五万,嘴里却喊着七万,怎么看怎么别扭。

"庄小哥,我这块鸡血石可是马老师看过的,别管我啥手势,反正低于七万,我是不卖的……"

老王头嘿嘿笑了一下,把手缩了回去,但是话咬得很死,您爱买不买,老王头也不傻,昨天就看出庄睿和那姓严的有矛盾,现在那人跟在庄睿后面,说不定就是跟庄睿较劲呢。

庄睿蹲在地上,看似在打量那个重达三十多斤的鸡血石料,其实眼睛的余光,一直注意着身侧的严凯,看到那个顾问老曹急匆匆地赶过来之后,庄睿这才站起身子。

"七万就七万吧,这料子还不错,体积够大,到时候可以雕琢个摆件……"

庄睿沉吟了一会儿,决定将这块料子买下来,紧接着又问道:"老王叔,您是要现金,还是转账啊？"

为了方便鸡血石交易,这里一般都是用现金的,不过有几家鸡血石矿主为了方便大额交易,专门向银行申请了刷卡机,只要交易双方都有银行卡或者银行账户,也可以直接进行转账。

"庄睿,你不是……"

"弟妹啊,你拎着那篓子累不? 交给我吧……"

秦萱冰知道庄睿昨天就看过这些石头了,不明白他为什么又要买,正想询问的时候,却被一旁的阳伟出言打断了。

伟哥和庄睿同学四载,对庄睿了解得很,这小子估计又想阴人了。

不提秦萱冰和宋护士此时都一头雾水,老王头可不管这些,笑着说道:"庄小哥,你要是有现金,那就最好了,转账啥的忒麻烦了……"

"行,那就现金吧,彭飞,拿七万出来……"

庄睿点了点头,回身向彭飞说道,然后这才装着刚看见严凯,从鼻子里发出一声冷哼,不屑地看了他一眼。

"妈的,你小子不是牛逼吗? 快点抬价啊……"

庄睿虽然嘴里喊着彭飞拿钱,实际上却在等着严凯找茬呢,只是庄睿没想到严凯这小子挺稳的,站在那里只看不说话。

这次庄睿总共带了五十万现金,七万块钱不过是七刀而已,银行封条都贴得好好的,根本不用数,彭飞从身上的背包里拿了出来。

"老王叔,您查查,是不是七万?"

庄睿演到现在,也只能假戏真做了,原本是想给严凯下个套,没想到那小子没进来,倒是将自己套住了,不过庄睿也无所谓,就当是自己补偿老王头昨天捡的那个漏吧。

"呵呵,不用查,不用查,这都贴着银行的封条呢……"

老王头这会儿早已喜笑颜开,他虽然纳闷庄睿的举动,但是这几刀粉红色的人民币可是实实在在的,老王头一边说话,一边就伸出手去接庄睿递过来的钱。

"慢着,老王头,你这石头我要看看……"

就在交易准备完成的时候,严凯终于开口说话了,并且还很不礼貌地拨开了老王头接钱的手。

"小子,你找死是不是? 我们已经成交了,你捣什么乱啊?"

庄睿心中暗喜,脸上却露出一副震怒的模样,把手都点到严凯的鼻子上去了。

"东西还没卖给你呢,谁出的钱多就是谁的,怎么着? 想动手打人?"

严凯巴不得庄睿一拳头打在他脸上呢,因为站在人群里的那个保镖早就得到了他的吩咐,正开着摄像机对着两人呢。

"好,你看,你看……"

庄睿摆出一副愤怒的样子,悻悻地收回手,对老王头说道:"老王叔,这钱可都摆在这里了,你卖不卖给句话吧?"

"庄小哥,这……这先让他看看呗,他要是不要就还是你的……"

老王头脸上的模样,很是为难,这做买卖讲的就是价高者得,总不能别人出八万不卖,反过来七万卖给你吧?

"老王叔,咱们可都讲好价钱了呀,您可不能这样啊……"

庄睿闻言,脸上立马露出了不高兴的神色,说话也不怎么好听了。

"年轻人,只要你最后出价高,东西自然是你的呀……"

"老王叔,这还用问吗,谁出的钱多,石头就归谁呗……"

"是啊,咱们市场的鸡血石都是拍出去的,谁给的价高就是谁的……"

旁边有人给老王头撑腰了,都是一个村的,肯定得互相帮衬了。

说老实话,2005 年的鸡血石原石交易,还不是十分火爆,一块个头不是很大,品质不错的鸡血石,一般的价格都在三五万左右,老王头这边有人出七万买一块石头,马上引得众人围了过来,将老王头的摊位围得水泄不通。

"老曹,去看看这块料子怎么样?"

围观众人的话让庄睿脸上有些难堪,不过越是如此,严凯脸上的笑容就越是得意,转头吩咐老曹上去看看料子,他自己懂个屁啊,恐怕连鸡血石是干吗用的都不知道。

不过严凯虽然为人纨绔蛮横一些,但也不是全无脑子的傻瓜,而且他也没有完全失去理性,也怕庄睿是在和他演戏,所以才等到庄睿拿出钱后,准备交易的那一刻,才打断他们的交易,这会儿严凯看着庄睿难看的脸色,心里那叫一个爽啊。

地上的这块鸡血石,是属于那种两端都渗出血丝的料子,这种料子如果赌涨的话,就是中间出血,大涨,但要是垮了,可能连本钱都收不回来,老曹看得很仔细,足足在地上蹲了十几分钟才站起身来。

"老曹,怎么样?"

见老曹收起了察看石头的工具,严凯连忙问道,他可不想打断了庄睿的交易后,却发现这块石头是个一文不名的玩意儿,那样自己不买,丢人现眼的还是自个儿。

"赌性有点大,但是值得赌一下,七万的价钱还算可以,再贵嘛,风险就大了……"

这块料子只要中间能出个20%的鸡血,最少能买到五十万以上,如果能有30%的话,那就是百万起步了,就算只有10%,七万也不亏,所以老曹的意思,也偏向于可以赌一下。

"行了,我知道了……"

严凯一听能赌,马上挥手打断了老曹的话,转脸对老王头说道:"八万,这块石头我要了,老王头,这次便宜你了,行了,老曹,给钱搬石头吧……"

"哇,老王叔这次又赚了一笔啊……"

"是啊,八万,不错了……"

"这也是老王叔眼光好,这块料子要是赌涨了,最少几十万以上……"

听到严凯的报价后，围观的众人纷纷议论起来，羡慕妒忌钦佩的话语不一而足。

"九万，老王叔，我出九万……"

出乎众人意料的是，庄睿很干脆地说了句话，然后伸手从彭飞那边接过两扎人民币，放在刚才掏出来的七万块钱上。

不单是围观的人有些发愣，严凯也被庄睿的动作惊了一下，看别人多干脆，直接拿钱说话，自己跟人家比起来，好像废话多了一点，力度有点不够。

"十万！"

严凯不甘示弱，紧接着又喊出一个价格来，引起周围一片惊呼声，这让严大少很满足，钱是什么？钱是王八蛋，就是用来砸人的。

"十一万……"

庄睿更干脆，直接把钱摆在那石头上，大有老王头你只要点头，咱们就钱货两清的意思。

严凯就是来找庄睿的茬的，此时更是精神头十足，准备跟庄睿抬价到底。

第十五章 下套子

严凯刚想加价,身旁的老曹突然开口说道:"严少,这块石头最多只能赌十万,十万块钱公司可以出,要是再多的话,公司就不负担了……"

"老曹你什么意思?十几万算什么啊?"

严凯闻言愣了一下,继而大怒,老曹这话不是扫自己面子吗?

老曹脸上露出苦笑,说道:"严少,这是蓝总交代的……"

"嗯?姑父说的?"

"是,不信您可以打电话给蓝总……"

听了老曹的话后,严凯脸上微微有些迟疑,他也知道自己能进姑父的公司,全是家里给了压力,姑父并不待见自己。

就在这时,庄睿用不屑的眼神撇了严凯一下,转脸看向老王头,说道:"老王叔,十一万就算不错了,我这拿的可都是现金啊,总比别人空口说白话强吧?我看您老收下钱,把石头卖我得了……"

"是啊,老王叔,这小伙子有诚意,卖给他得了……"

"对啊,那人说再多,也没见拿出来,还是卖给庄老师吧……"

"老王叔,那小子没钱,别理他了,卖给庄老师吧……"

"庄老师可是赌石高手,看来这块料子真不错……"

围观的人这会儿也看出来了,敢情那严凯是个空架子,自己没钱还喊价,纯粹就是捣乱,顿时纷纷起哄。

"谁他妈说老子没钱的?哪个说的?我出十五万,马上转账!"

严凯被周围的人一嘲笑,这脑袋瓜立马就热了,大声喊出了一个价格,为了表示自己有钱,还从随身的钱夹里掏出一张卡来,左右挥舞了一下。

看严凯面红耳赤的模样,庄睿不禁在心中暗笑起来,这傻逼真是个棒槌,一激就上火,不过这才来万块钱,不至于让他伤筋动骨,为了不让这苍蝇再骚扰自己,庄睿准备再加一把火。

古玩行交易物件，最常见也最实用的就是找托儿下套，也叫钓鱼，原本托儿是为了烘托买卖交易时的气氛，但是后来拍卖行用了托儿之后，就变成哄抬价格了。

下套儿做托儿，看起来容易，其实里面讲究挺多的，如果托价过头，就容易"糊了"和"老了"，指的是吓跑了真正的买主，或者是"陷了"、"炸了"、"夹生"了，是说托价的行为被发觉，没有人上当跟进。

当初猴子和大雄给庄睿下套儿那次就是"炸了"，被庄睿看出来了，所以在古玩行吃饭，并不是大家想象的那么简单的，脑子不够用的，最好别进这行当。

而且做托儿没掌握好火候，把要卖的物件给做死了的事情，也不是没发生过，就是那托价喊过了，叫出个天价来，如果主人不想降价出售的话，那物件只能砸在自个儿手上了。

不过庄睿今天做的这托儿，下的这套子，和一般古玩行的套路完全不同，一来庄睿并没和老王头事先商量好，二来庄睿也做好了万一没把严凯套进去，自个儿花钱的准备。

再加上庄睿在赌石圈里的名头，如果不是德叔等人知道庄睿不看好这块鸡血石料的话，恐怕都会被庄睿蒙骗过去了，至于严凯和老曹，更看不出一丝庄睿下套的端倪。

而且老王头今天也是本色演出，混当庄睿昨天没看过货，摆出一副谁价钱高给谁的架势，这就更加让人难以分清了。

"十八万，想比钱多是吧？"

庄睿不屑地发出一声冷哼，伸手将彭飞背上的包拿了过去，"刺啦"一声将包拉开，说道："我这里有五十万现金，有种你跟着叫价……"

用古玩行里的话说，庄睿算是号准了严凯的脉，赌石竞价不单单是赌石头本身的价值，也是在赌各人的心理，庄睿现在就是赌严凯抹不下面子。

不过十八万的价格也差不多了，庄睿准备等严凯再叫一个价，自己就坡下驴，转脸走人，让严凯乐呵去吧。

"哎，那位，别光说不练假把式啊，别人钱都拿出来了，跟着叫啊……"

"是啊，手里拿张卡了不起啊，哥们这也有卡，工行农行建行，呃，这个是乘车卡……"

"看来这块石头还真有料，不然庄老师不会叫出这价格来……"

一时间，四周看热闹的人沸腾起来，庄睿那满满一包人民币，可不是假钱，刺激得众人纷纷出声起哄。

"庄小哥，我这石头就卖给你好了，他那钱不知道有没有呢，就十八万好了……"

不单是看热闹的起哄，老王头也半真半假地要去拿放在石头上的钱。

庄睿见了老王头的举动，顿时有些哭笑不得，这老王头看着挺实诚的，其实心眼也不少啊，这众目睽睽之下，老王头把钱拿走的话，自己还真没脸要回来。

"不行，我不能输给这个小瘪三，我怎么能输给他呢？"

此时严凯心里也进行着一番剧烈的争斗，因为他发现，自己的钱，并没有想象中那么多。

虽然平时看中几百万的名车也能买下来，但那都是家里人买了送给他的，他本人并没有生意和产业。

就是严凯手里拿着的这张卡上面，里面也只有七十多万人民币，如果没有姑父公司的支持，严凯根本没钱和庄睿较劲。

"我出六十万人民币，小瘪三，你不是现金多吗？再拿出十万来啊！"

严凯这时已经双眼发红了，对着庄睿大声地喊着，吐沫星子都差点溅到庄睿的脸上。

"六十万？"

庄睿明显愣了一下，脸上的笑容僵住了，这次可不是装的，他还真被这价钱吓了一跳，本想严凯叫个二十万来，自己就让他了，没想到这凯子居然直接喊出六十万！

不光是庄睿，此时这摊位周围都寂静一片，六十万人民币，这绝对是今年鸡血石交易会开始以来，最高的价格了，有些村民和鸡血石矿主，此时看向老王头的眼中，已经满是羡慕的神色了。

鸡血石矿不像那些翡翠矿、金矿之类的，谁都能去挖，你带几个人拿把铲子挖出个洞来，也能自封为矿主，但是能否赚到钱，那就是两说了。

有些小矿主，一年也就赚个三五十万，而老王头一块石头就叫出六十万的天价，难免这些人会眼红。

"六十万了不起啊？我……"

"小庄，不要意气用事，算了，不和他争了……"

德叔突然开口打断了庄睿的话，其实德叔哪里知道，庄睿想说的是，我不要了，庄睿的演技还真不错，让德叔都认为他是在和严凯斗气。

"小瘪三，继续叫价啊，你不是有钱吗？别装孙子呀……"

严凯这会儿得意了，把头昂得高高的，不停用语言挑衅庄睿，其实他心里也在打鼓，要是庄睿真的再喊价，自己卡里的钱就不够了。

"有种我看中的石头，你全都买下来！"

庄睿瞪了严凯一眼，弯腰把石头上的钱都收进包里，甩给了严凯一个后脑勺，头也不回地挤出了人群。

"小子，和我斗，你还差远了……"

严凯得意地笑了起来，转脸看了一下老王头，说道："老王头，走，爷给你转账去，你老小子今天运气好……"

众目睽睽之下把庄睿气走了，严凯那面子是足足的，当然也不好干出尔反尔的事，当下带着老王头去集市的银行点刷卡去了。

老王头这会儿也懵了,怎么一转眼十八万就变成六十万了啊?

写完自己银行账号,老王头都没反应过来,直到转完账,查询自己银行账户,看着刷卡器上一连串的零,老王头这才如梦初醒,交代了村里人一声,连自己的摊子都不要了,转身就往家里跑。

"庄睿,吃咱们这行饭的,遇事要冷静,你怎么那么冲动?忘了我以前教给你的东西了?"

离开老王头的摊位后,德叔恨铁不成钢地教训起庄睿,因为刚才庄睿抢过彭飞包的举动,就像一个红了眼的孩子一般。

庄睿往四周看了看,见没有人注意他们几人,才说道:"德叔,您该夸我才对嘛……"

"夸你?我恨不得揍你一顿呢……"

德叔没好气地瞪了庄睿一眼,以两人的关系,德叔要是真动起拳头来,庄睿也只能挨着。

"嘿嘿,德叔,我这活做的没'夹生',把那小子算是给'捏死'了,您还不应该夸我?"

庄睿得意地笑了起来,他这话的意思是说,我这套儿下的没被别人识破,而鱼也上钩了,"捏死"在行话里就是得逞的意思。

"什么?"

德叔闻言愣了,开始德叔还认为庄睿是在下套,不过庄睿后面表演的太逼真了,让德叔也不自觉地认为庄睿是动了肝火赌上气了,谁知道这小子还是在下套子,连自己都没看出来。

"行了,你小子算是出师了,以后就算有什么不认识的物件,别人也很难骗到你啦……"

德叔连连摇头,现在的庄睿让他越来越看不透了,除了一些古玩典故不如自己之外,在鉴定真伪以及把握人心理这两项上,恐怕已经超过自己了。

看着面前这几个年轻人,德叔第一次在心里产生了老年迟暮的感觉。

"德叔,我这些只是小道,在古玩鉴赏上,还有很多东西要学,和您老比起来差远了呢……"

庄睿笑嘻嘻地捧了德叔一句,只不过一回头,好心情马上就没有了,庄睿发现,严大少又阴魂不散地跟了上来。

"妈的,让你跟……"

庄睿被这货搞得实在是心烦,干脆在各个摊位上,专门挑那些石皮表现极好,但是里面没血的鸡血石看,不大一会儿,又忽悠严凯花了十来万。

如此转悠了两三个小时,到了下午四点,严凯终于不再跟着庄睿了,原因很简单,严大少的卡里没钱了。

"真是条疯狗……"

见严凯和两个保镖离去之后，庄睿这才松了口气，有那货在后面跟着，他压根就无法静下心来挑选鸡血石石料，整个就在和严凯斗智斗勇了。

"严家也是一代不如一代，儿子不如女婿啊……"

德叔也摇了摇头，他倒是认得严凯的姑父，知道严家的几个儿子都没太大出息，现在基本上都靠蓝海贝支撑，只是两人没什么交情，不过点头之交而已。

"德叔，不提他，咱们抓紧选几块料子才是真的……"

庄睿笑着摇了摇头，虽然自己的背景比严凯深厚得多，但是庄睿从来没在人前主动说过自己的外公是欧阳罡，他对那些动不动就把家里长辈挂在嘴上的人，最看不起了。

说话间，庄睿一行人已经走到了集市的中段，这个鸡血石交易市场规划的比较散乱，有个空地拉个绳子圈上地方摆上石头，就是摊位了。

那些没事上山捡几块石头的村民们，大多都把摊位摆在离门口比较近的地方，而真正投资挖矿的鸡血石矿主们，摊位反而都在后面，这就是强龙不压地头蛇的缘故了。

比起那些撞大运的村民，这些鸡血石矿主们的料子，还有谱一些，起码是从矿脉附近挖出来的，很多石料上，可以清晰地看到鸡血红的纹路或者其他色彩。

真正有经验的国内买家，也都集中在这一块，叫价声不住在众人耳边响起。

"庄老师，马老师……"

庄睿刚在一个摊位前站住脚，准备看料子的时候，耳边响起招呼声，转脸一看，是那位王小逸王总。

"王总，您也在看石料啊？今年的市场怎么样？"

德叔笑着和王总打了个招呼，顺口聊起来。

"好石料越来越少，唉，到明年估计更差，一年不如一年啊……"

王小逸摇了摇头，他在山上有两个鸡血石矿，只是出产的鸡血石还不够自己公司消化的，每年都得在这集市上淘一批货，才能满足国内市场的需求。

"咦，庄老师，您今儿没上货？"

王小逸见除了阳伟拎的篓子里有两块石头之外，另外几人都是手中空空，不由奇怪地问了一句，上货是古玩界的行话，就是出手购买的意思。

王小逸中午一进市场，就直奔这几家开采规模较大的鸡血石摊位来了，所以并不知道庄睿和严凯在门口发生的纠纷。

"王总太客气了，叫我小庄就行了，刚才遇到一搅屎棍，这才开始看石头……"

庄睿苦笑着解释了一句，这年头，你不找事事找你，总有那么一些自我感觉良好的人，恨不得整个地球都围着他转。

"呵呵，那咱们一起看看，这家摊位的鸡血石，可是玉岩山最大的一个矿产的……"

王小逸笑了笑，又和阳伟等人打了招呼，走进鸡血石料区继续查看石料。

在玉岩山采矿的人，分为两种，一种是王小逸这样的，采出的石料大多是自用，而另外一种则不解石，采出来直接卖，这家显然属于后者。

这家摊位占地面积不小，足足有一百多个平方，从数百斤的大石料，到几公斤拳头大小的料子，按大小顺序排列得整整齐齐。

二三十个来自全国各地的玉石商人，正在其中挑选毛料，庄睿刚进毛料区，就有好几个人和他打招呼，一看，还真有点眼熟，敢情在平洲都见过。

鸡血石虽然被称为"印后"，但是大块鸡血石做出来的摆件，也是高档的工艺品，很多玉石店里都有鸡血石摆件出售，所以来这的，也有很多国内各个珠宝公司的老板。

"萱冰，你和伟哥他们在外边聊天吧，不用跟着我的，过一会儿咱们就回去了……"

庄睿看了下手表，已经下午四点多了，被严凯那家伙耽误了好几个小时，要不是鸡血石交易会持续几天，庄睿估计连掐死严凯的心思都有了。

"没事，我陪着你就好……"

秦萱冰淡淡地笑了笑，她喜欢看自己男人在观察选择石料时，眼中透露出的那种自信。

听了秦萱冰的话，庄睿没再多言，从最外围的大石料开始看了起来。

这种交易会可没那么正规，要是把小石料摆在外面，说不定就会被哪个村民给顺手牵羊了，这样的事情也不是没发生过，所以这些摊主把小个的石料摆在自己周围。

鸡血石和翡翠都是一样的，可不是以体积大小来计算价格贵贱的，就像庄睿昨天捡漏得到的那块"大红袍"料子，虽然只有打火机大小，价值却在百万以上。

"庄老师，您看这块料子怎么样？"

庄睿刚走到一块体积较大的鸡血石料旁边，就被王总招呼过去了。

这是块长方形的石料，大约有一米长，宽在八十公分左右，上面的石面很不规则，有些地方凹凸不平，庄睿估摸着这块料子应该有四五百斤左右。

在毛料最上方，一块巴掌大小中间有断纹的鸡血红，很显眼地露在外面，并且每隔十来公分，就有血丝存在，乍看之下，很容易让人认为这块大石料里面绝对有鸡血存在。

"呵呵，看看再说，王总怎么看这块料子？"

庄睿没动用灵气，而是仔细地看了一下石面上鸡血的分布，还有那血丝是否往石头下方渗透，从表面上看，这应该是块不错的料子，可以赌一下。

王小逸听了庄睿的话后，往四周看了一下，见没人注意他们两个，这才小声说道："就是表现太好了，我感觉有点像是作假的，庄老师，您给掌掌眼吧……"

"什么？那我再好好看看……"

庄睿被王总的话吓了一跳，鸡血石作假他倒是知道，不过自个儿还从来没见过。

接过王总递来的强光手电和放大镜，庄睿对着这块大石料蹲了下来。

在外人看来，此时庄睿的动作中规中矩，就是在用放大镜观察石料上鸡血纹的走向，但是他们不知道，庄睿刚蹲下身体，就释放出了眼中的灵气，直接渗入到石料内部。

"不是作假的呀？"

庄睿的灵气是从那块巴掌大小的鸡血看下去的，眼睛刚接触到那块鸡血红的时候，就感觉到里面有一股淡淡的灵气，和玉石中蕴含的灵气差不多，这表明那块鸡血红是真的。

但是继续往下看才发现，这块鸡血红渗入石中极浅，不过一公分左右，下面都是些普通的地开石，也就是说，这块料子虽然重达几百公斤，但是鸡血石不过这么一点罢了。

而且那块巴掌大的鸡血红也不够纯正，并且被断纹破坏了品质，充其量只能算是块中档料子，即使做成几个印章或者摆件的话，最多值七八万块钱。

"不对呀，靠，还真是作假的……"

庄睿越看越感觉奇怪，那些红色的细线，都没有一丝灵气存在，并且有一层油脂物，仔细分辨之后，庄睿百分之百可以确定，这块料子的确是被人加工过的。

庄睿曾经跟德叔学习过真假鸡血石的鉴别，知道鸡血石作伪，一般有四种办法：第一种是镶嵌法，就是在石头的表面，选择几个醒目的地方，分别挖出一个个深浅不一的小坑，然后用红色的硫化汞涂料嵌入，待其自然阴干后，磨光上蜡。

不过，这种嵌入的硫化汞没有层次，同时血与昌化石的交接处色泽生硬，没有过渡。

再有就是浸渍法，这种比较复杂，是在昌化石需要的地方涂上硫化汞，阴干再涂，再阴干，使其血稍有层次，然后放在透明的树脂里浸渍，务使周身浸到，拾起晾干，再用细水沙打光即成。

用这种方法做成的假鸡血石，因树脂易老化，日久表皮会泛黄，与内部的石色不相协调，同时树脂表皮的毛孔比较粗，用放大镜仔细观察，表面有一点点细小的擦眼。

第三种是切片贴皮法，只适用于鸡血石的印章料子，不很常用，就不多说了。

最后一种作伪的方法叫做添补法，是在真鸡血石上，再添加硫化汞，并在添加的部分表面罩上一层极薄的树脂，磨光后即成。

这类方法的目的是血上加血，让其价值大增，同时真中有假、假假真真，所以对特别好的鸡血石，在观察时必须注意和联想到作伪者的手法，方可避免"大意失荆州"。

庄睿面前的这块鸡血石，就是镶嵌法和添补法并用，在真的鸡血石上，用工具画出一些纹路，然后涂上硫化汞，这就是那些血丝的来历了。

庄睿站起身来，微微摇了摇头，国人造假，真是无所不用其极啊。

第十六章 极品刘关张

"庄老师,怎么样?"

一直守在旁边的王总见到庄睿起身,连忙凑到近前问道。

"呵呵,七彩儿不错,不过神气差了点……"

庄睿见旁边有人,隐晦地说了句古玩行的行话,七彩儿指的是藏品的外观很好,但是神气差了点,就是说这块石料不够精致,其中涵义,王总自然明白。

"唉,这年头的人啊……"

王小逸摇了摇头,气呼呼地接过庄睿还回去的强光手电和放大镜,与庄睿打了个招呼后,连这家剩余的石料也不看了,直接走了出去。

庄睿倒是无所谓,继续看了下去,反正你把这些鸡血石做的再真,那也是假的,国外的不谈,因为庄睿见得很少,就中国的古玩玉石而言,想蒙骗庄睿的眼睛,那是门都没有,至少目前还没这种事情发生过。

因为古玩玉石你即使仿的再真,也不能将其年代和雕琢时间仿出来,偏偏庄睿鉴定玉石古玩还就是不走寻常路。

不过接连看了十多块表现不错的大料之后,庄睿也腻烦了,原因无它,这家摊位的主人,居然把所有外面出鸡血的石料,全都加了填充物,看上去都不错,但实在是金玉其外败絮其中,让庄睿连连摇头。

这些鸡血石矿主摆的摊位,和村民们卖的鸡血石还略有不同,那些村民感觉石头看着不错,就带到这里摆上了,其实有很多就是普通的地开石,并没有价值。

但是这些鸡血石矿主摆卖的石料,大多都是出了鸡血的料子,只是十有八九都被矿主们加工过了,有鸡血红也有其他色彩的底色,只要是表现好的料子,全部都被不良商人动了手脚。

一路看去,庄睿逐渐走过大料区,眼前的料子大多都是七八公斤到二三十公斤的小石料了。

这里围的人也是最多的,因为料子大表现好,自然价格也高,不如在小料里挑选一些比较好的鸡血石料了。

只是在小石料区里看了一会儿之后,庄睿的脸色就变得有些古怪了。

"操,真以为自己是作伪大师啊?"

庄睿愤愤不平地在心里骂了一句,这哥们也忒过分了一点,只要是出了一丁点儿颜色的料子,都被他人工上色了,这他娘的又不是染布。

估计这矿主家都快成开染坊的了,因为在这些作伪的石料中,不但有鸡血红,就是黄、蓝、紫、黑等色彩,也都能得见。

"萱冰,德叔,走吧,天色晚了,咱们先回去吃饭吧……"

庄睿一气之下,也不看了,加上太阳也快要落山了,这用琉璃瓦铺就的大棚里,光线也逐渐暗了下来,反正鸡血石交易会要持续几天,庄睿也不着急。

"好吧,明天咱们早点过来,反正你进鸡血石只是凑数,不用太讲究档次,唉,现在这档次……"

以德叔的眼力,当然也看出了几分端倪,现在这些古玩或者玉石造假,已经从成品作伪,发展到原料上,更加让人防不胜防了。

"老王叔,您这手艺可以上星级饭店做大厨了……"

回到老王头家吃过晚饭,庄睿等人对今天的菜赞不绝口,不提那些山鸡、野猪肉之类的肉食,就是那道猴头菇清炒菜心,让庄睿这些从来没在农村生活过的人,都胃口大开。

"呵呵,喜欢就好,喜欢就好,庄小哥,今天老汉我要谢谢你呢,对了,从今往后,只要是你们几位来我这,食宿全免……"

老王头脸上还是那副憨厚的笑容,不过现在他的身家可暴涨了,虽然玉岩村以前也有人挖出的鸡血石,卖出几十万,但是一块石头六十万人民币,老王头又在村里创造了一个新纪录。

集市就在村口,当时还有不少村里人,没过十分钟,整个村子就沸腾了,一下午村里前来恭喜的人络绎不绝,老王头承诺等交易会结束后,连开三天流水席,这才让众人散去。

"嘿嘿,老王叔,有人送钱您就收着,不用谢我,这住宿钱是住宿钱,两码事,我们还是要给的……"

庄睿听老王头提到这事,脸上不禁露出了笑意,严凯先前口气那么大,庄睿还以为他身家有多丰厚,没想到只买了四五块石头就被老曹给拉走了,到最后才花了六七十万,让庄睿感觉忒不过瘾了。

这要是直接去了那作假的毛料区,庄睿绝对有把握让他掏出几百万来,而且还是肉包子打狗有去无回,不过严凯花了六七十万买的石头,解开之后,恐怕也就值个一两万的样子,庄睿真想看看那小子气急败坏的模样。

其实庄睿不知道的是,严凯压根不在乎石头里面有没有什么鸡血石,他就是想恶心庄睿而已,不过由于囊中羞涩,老曹又不肯给他钱,严凯回去后也不是很爽,这会儿正憋着坏水想办法呢。

"使不得,使不得,马老师,庄小哥,老汉要是收了你们的钱,会被人戳脊梁骨的……"

老王头的老脸上,这会儿是喜笑颜开,说完话后,又麻利地回到屋里拿了去年腌制的梅子,给庄睿等人尝尝鲜。

过了一会儿,后面回来的王小逸等人吃完饭后,也加入进来,和庄睿、德叔谈论起古玩以及玉石行当里的事情,不大的院子里,时时传出笑声。

第二天清晨,庄睿没急着去集市,而是和秦萱冰还有阳伟两口子,沿着山路散起步来,玉岩山产鸡血石的地方距离山脚很远,这块地方并没有遭到人为的破坏。

早晨的玉岩山寂静而美丽,春天到了,朵朵不知名的花儿散发出阵阵清香,山涧小溪的山泉清可见底,一些寸把长的小鱼,在水中游弋着。

几人童心大起,脱下手表卷起裤腿,完全忘记了此次来的目的,在山间抓起鱼来,直到快中午了,才返回老王头家里。

德叔自然是无所谓,反正这次是陪庄睿来的,等庄睿他们休息了一会儿,来到集市已经下午一点多了。

集市门口那个租用解石工具的村民,今儿生意明显好了很多,由于有些鸡血石料体积过大,而且有赌性,很多商人都想切上一刀再带走,从早上到现在,那切石机就没停过,那村民一直咧着嘴傻乐。

庄睿没在门口停留,直接进了市场,往鸡血石交易区深处走去,外面村民的鸡血石,不能说完全没有好料子,但绝对是大浪淘沙,万中无一,庄睿没那耐心一块块地挑拣。

走过昨儿那家造假摊位,庄睿进入一个标着"三天"招牌的摊位里看了起来,这家摊位也是大小石料都有,不过石料的表现,却比旁边那家差了很多。

当然,在庄睿的观察下,这是摊主没有作伪的原因,否则看上去绝对也是花团锦簇。

德叔和庄睿分成两个方向,在石料区里看起来,距离鸡血石交易会还有两天就要结束了,庄睿也没心思在这学习鸡血石鉴赏了,干脆直接用灵气探查起来。

只是经过千百年的挖掘,鸡血石老坑早就枯竭了,现在的料子都是新矿里采出来的,庄睿看了半天都不甚满意,因为有些料子连30%的出血率都没有,一向眼界挺高的庄睿自然看不上眼了。

正当庄睿想离开这家摊位的时候,忽然被一块表皮微泛黑色幽光的石头给吸引住了目光。

这块石料个头不大,只有拳头大小,表皮看上去有些粗糙,但是庄睿无意中用灵气观察的时候,发现即使在石皮上,都有微弱的灵气反应。

"黑底的昌化石?"

庄睿眼中的灵气继续向里渗入,突然,一抹白色的光泽呈现在眼前,不同于和田玉的那种乳白,这种白色淡淡的略带透明状,给人一种湿润的感觉。

庄睿在心中暗暗想道:"双色昌化石,即使不出红色,也可以雕琢个摆件来……"

只是庄睿这念头刚起,眼前就骤然一变,刚刚想到的红色就出现在视线里,而且这红色犹如鸡血初凝,鲜红靓丽,正是极品鸡血红。

"这……这,莫非是刘关张?"

庄睿看着石皮内那三种黑、白、红的色彩,脑子一时有些不够用了,刚才还在感叹极品鸡血石的稀少,这惊喜不经意间就来了。

这块石料里的三种颜色分布均衡,极其巧妙地融合在一起,不需人工雕琢,就已经构成了一幅自然美丽的图案。

正如京剧脸谱里表现出来的:黑脸的张飞,白脸的刘备,红脸的关二爷。

三种浓淡深浅不一的色彩,加上人类丰富的想象力和精湛的工艺,只需要稍加雕琢,就可以勾画出刘关张三个人物来。

鸡血石的色彩,自然是以红色最为珍贵,但是如同翡翠中的紫眼睛等极品一样,不同底色的鸡血石中,也有精品,像庄睿现在看到这块"刘关张"石料,就是鸡血石中的上品。

不是每块蕴含"黑白红"三色的鸡血石都能称为"刘关张"的,这要看石中色彩的浓艳程度,分布的是否均匀? 能否完美地融合在一起? 这都是考究其价值的重要依据。

"小睿,怎么了? 看中这块料了?"

德叔从石料区的另一端走了过来,手里拉着一个小推车,上面放了三四块石料,看体积加起来应该有四五十斤的样子。

推车就是那种火车站拉行李的,几根铁条焊接在一起,下面装了两个轱辘,外面卖十块钱一个,每个摊位都准备了许多,如果成交的话,推车就白送。

"德叔,您看上的料子,可比我多多了,您老看看我挑的这块怎么样……"

庄睿笑了起来,把手中的这块鸡血石递给德叔,然后蹲下身体观察起德叔所选的鸡血石料来。

德叔挑选的这些鸡血石料子,大多都是石皮上带有底色的,并不完全是红色,也有其他杂色,这鸡血石不但要看色,也要看冻地的。

那种有点糯糯半透明感觉的料子,是最上乘的,而德叔所选的这几块料子,里面的冻地都很不错,庄睿心下也是暗自佩服,姜果然是老的辣,仅从外面石色以及纹路的表现,德叔就挑选的八九不离十了。

庄睿此次来,是为了进印章料子,但是他眼界高,习惯性地寻找极品鸡血石,昨天和今天加起来也转悠了不少时间了,但是没有一块料子能入他法眼,德叔选的这些料子,正好适用于他的宣睿斋。

　　德叔拿着庄睿递给他的那块"刘关张"看了一会儿,抬起头,问道:"小睿,你是想赌这块料子里面有混色?"

　　这块料子从表面上看,并不出色,石头是灰白色的,微微有些泛黑,冻地一般,有点像羊脂冻,这种料子有出五彩冻的几率,但是赌性很大,所以德叔才有这么一问。

　　"嗯,我对这块料子感觉不错,拿起来就不想放下了,回头擦一圈,看看里面有什么东西……"

　　这块石头解开之后,肯定会让很多人震惊的,庄睿自己也无法解释清楚,干脆推到感觉上了,这东西玄妙的很,谁也没法反驳或者是怀疑什么。

　　要知道,"刘关张"可是鸡血石中的极品,在印章石中仅次于大红袍,如果雕琢成摆件的话,其造型色彩之丰富,又要远超大红袍的单一红色了。

　　就拳头大这么一点"刘关张"鸡血石,如果能找到名师雕琢的话,恐怕其市场价值要比庄睿那块大红袍印章还要高。

　　庄睿曾经在一本《奇石著录》上见过刘关张造型的鸡血石摆件,上面描述称,那个摆件从不同的方向观察,都能感觉到人物形象的特异之处,堪称色彩绮丽,变幻万千的石中极品。

　　"你小子,还真敢赌啊……"

　　德叔苦笑着摇了摇头,自己怎么教出这么个徒弟来,不过庄睿的运气似乎还不错,听说几次大金额赌石,还没赌垮过。

　　至于眼前这块料子,表现很一般,赌垮了也不值几个钱,所以德叔也没说什么,把石料随手放在小车上,和庄睿一起向石料主人走去。

　　"什么? 老刘,你也太黑了吧,这块料子要五万?"

　　德叔没想到这个和自己打过几次交道的鸡血石矿主,居然会开出这么离谱的价格,不由声音提高了几度。

　　刚才庄睿和德叔来讲价的时候,这位刘老板本来还和风细雨的,先前几块石头的要价,还比较靠谱,唯独到了庄睿挑选的这块料子,一口咬死,最少五万人民币。

　　前面那几块料子的表现,都远远好过这块外有石皮的料子,但是四块加起来才十二万,这块鸡肋一般的料子开价五万,是忒黑了一点,也难怪德叔生气。

　　鸡血石和翡翠原石不同,表面上带色和不带颜色的料子,价格相差极大,不像翡翠原石,可以根据松花蟒纹来推断里面的玉质,鸡血石外面没色,里面完全就是一个石头蛋子的几率非常大。

像庄睿选中的这块料子，个头也不大，一般顶天能卖几百块钱，那还要赌性大的人才会买，这位刘老板绝对是狮子大开口了。

"马老师，您消消火，庄老师赌石可是出了名的，这块料子要不是庄老师看中了，我都想自己解开玩玩了，说老实话，五万块钱真的不贵啊……"

刘老板见德叔生气了，脸上连忙堆出笑容，出言解释了一番，他早就认出了庄睿这个新晋北地"翡翠王"，见庄睿看了半天这块料子，刘老板认定这里面应该有料，所以这才开出五万人民币的价格。

刘老板也想好了，反正这样的料子，不过几百块钱的玩意儿，要是五万卖出去，那自个儿就算赚大发了，要是庄睿不要，他还真动了自己擦开石皮玩玩的心思。

听完刘老板的解释，庄睿和德叔不禁面面相觑，没想到赌石传出去的名声，居然影响到自己收购鸡血石，可见这盛名之下，未必见得是好事啊。

"刘老板，这翡翠和鸡血石可是风马牛不相及，您要是愣要拉到一起去，这块料子我不要也罢，呵呵，算了……"

虽说五万块钱在庄睿眼里不算什么，但是此风不可长啊，自己要是乖乖掏出五万块钱来，那这市场的石头，只要自己看过的，价格都要上百倍的往上蹿了，当然，还是针对自己的。

"不要了？"

刘老板面色一僵，他没想到庄睿连价都不还，让自己准备好的说辞全部堵在了肚子里，让刘老板的面色瞬间憋得通红。

"不要了，彭飞，来，付钱……"

庄睿想，回头让伟哥来买这块料子，今儿伟哥就没进集市的大门，一直和秦萱冰还有宋星君几个人，站在门口看别人解石呢，想必这刘老板也不知道伟哥和自己是一起的。

"哎，庄老板，这价是我说的，俗话说漫天要价就地还钱，您也说个价不是啊？"

见彭飞已经从包里往外掏钱了，刘老板沉不住气了，虽然他刚才有自己解石的想法，但是听了庄睿的话后，这想法早就没了。

庄睿刚才说的没错，翡翠和鸡血石完全不同，庄睿能在翡翠原石上连续赌涨，未必就能玩得转鸡血石，自己这价钱要的是有点儿狠了。

这样的料子在他摊位上不在少数，能卖出去一块是一块，所以刘老板的态度马上软了下来。

"刘老板，您也知道自个儿是漫天要价啊？"

庄睿闻言笑了起来，这事有戏，看来不需要麻烦伟哥了。

"鸡血石带石皮的料子极少，老坑的风化了这么多年，基本上也都露色了，新坑的基本上都不带皮,这块料子说不定解开就是块石头。刘老板,我也不和您玩虚的,一千块钱,这是我出的最高价,您爱卖就卖,不卖就算了……"

庄睿这番话,说得刘老板脸上阴晴不定,原本是想借着庄睿的名头宰他一刀的,没想到自个儿却被庄睿说动了,原本最多只能卖个四五百块钱的料子,现在能卖一千,刘老板也动了心。

自己切? 十有八九就像庄睿说的那样,破石头一块,卖出去怎么着也能换十张粉红色的老人头呢。

刘老板接过彭飞递过来的十二叠百元人民币后,说道:"庄老板,一千块钱就一千块钱,算老刘我交您这个朋友了,就这么着吧……"

"奶奶的,有这么黑的朋友吗?"

庄睿在心里暗骂了一句,脸上却带着笑容接过了那块料子,让彭飞又数了十张钞票递了过去,至此,算是钱货两清,这块"刘关张"的鸡血石归庄睿了。

"彭飞,这料子放包里……"

庄睿拿过石料,顺手交给彭飞,他可不放心这块拳头大小的鸡血石放在架子车上,万一不小心滚掉了,自己都没地儿哭去。

庄睿这个举动,让刘老板愣了一下,继而反应过来,敢情别人对这料子极为看重啊,刘老板那叫一个后悔,早知道咬死不降价了。

且不说刘老板在想什么,捡了个大漏的庄睿,这会儿是心情大好,接连又逛了几个摊位,买了一些中高档鸡血石料,但是像"刘关张"这种极品鸡血石,却再也没碰到。

"德叔,走吧,咱们也看看别人解石去……"

第十七章 | **七十万打水漂**

　　庄睿买的这些鸡血石料子,大多有一二十斤,总共用了三个推车,都装得满满的,大概有四百来斤。

　　这四百多斤料子,差不多能取出四五十斤鸡血石料来,并且大多都是带血的,虽然品质不是很高,还有些是淡色,不过做成印章放在宣睿斋里卖还是可以的,毕竟是纯正的昌化鸡血石,当然,品质就另说了。

　　庄睿后面挑选的料子,基本上都是奔着印章去的,这些要是全部雕琢出来,足够宣睿斋卖上几年了。

　　不过庄睿可没打算把这几百斤石头全带回去,他是想全部解开,只带那几十斤走,分成两份和彭飞一人拎一包就行了。

　　来昌化的这些商人,一般都会在上午把石头解开,因为每天中午都会从山上下来一批石头,这些人生怕错过了好料子,现在正是那摆解石摊的村民发呆的时间。

　　不过一上午的时间也让他赚翻了,一整套解石机械,不过三五万块钱,这切一刀收一百,用下砂轮机收五十,别看时间不长,就上午这几个小时,他都进账小一万了。

　　"几位,来解石头啊?哎哟,是你们几位,来,我给打个折,一块石头只收一百五十块钱好了……"

　　那村民见庄睿等人拉着几个推车过来,连忙屁颠屁颠地迎了上去,这二十多块石头看在他眼里,那可都是红彤彤的人民币啊。

　　"一百五?昨天不还一百吗?再说了,怎么一块石头算一次钱?这也忒过分了吧?"

　　庄睿尚未说话,伟哥就嚷嚷了起来,这价钱是有点黑,庄睿一共有二十多块料子,要是全解的话,就要三千多块钱,简直比一些小鸡血石矿主赚得还多。

　　"哎,这位大哥,话不能这么说啊,现在什么不涨价啊,要不是看您几位昨儿在这消费过,用一次解石机可是要二百块钱的,我已经给你们优惠五十啦。话再说回来,您这些石头只要有一块大涨,哪还在乎这仨瓜俩枣的小钱呀……"

听这村民一说,敢情庄睿他们还占了便宜,这让几人哭笑不得地摇着头,这山窝窝里的人,居然还知道要与时俱进。

伟哥还在和那村民讨价还价的时候,一辆越野车停在集市门口,正好在庄睿等人的身后。

"老幺,这人太黑了,不解了,咱们带回上海去,两辆车带四百多斤石头还是没问题的……"

伟哥和那人说了半天,奈何这村民是吃了秤砣铁了心,咬死了不降价,反正在这玉岩村他是独一份,您爱解不解。

这哥们考虑的比较久远,振振有词地说,不能为了你们这一单生意降价,那可是砸招牌的事情。

这话说得庄睿等人直上火,还他娘的砸招牌,你怎么不说自己是无照经营啊。

庄睿这会儿心里也有些郁闷,最近是怎么啦? 买鸡血石被人当凯子,这在别的地方都是免费的解石,居然还涨价,真是奇了怪了。

他倒不是心疼这几个钱,这被人宰,总归心里不痛快。

"伟哥,算了,咱们还是……"

"靠边,靠边,不解石一边待着去,别在这碍眼……"

犯不着和这村民磨叽,庄睿正准备答应下来的时候,身后传来一个熟悉的声音,不是那严大少又是何人。

"还专家呢,我看是叫兽还差不多,连二百块钱都不舍得花,几位,让让好不好?"

严凯趾高气扬地走到解石机旁,在庄睿等人身后,那两个保镖正从车上往下抬石头呢,抬的正是昨天严大少花六十万买下来的那一块。

"你小子欠揍是不是?"

伟哥眼睛一瞪,有彭飞在旁边撑腰,他这上海男人顿时化身东北爷们了,居然卷起袖子往前走了一步,要知道,伟哥以前向来都是打架你们上,善后我来。

庄睿一把拉住阳伟,小声在他耳边说:"伟哥,让他去解,花几十万买了块破石头,还得意个屁,咱们看热闹就好了……"

庄睿昨天忽悠严大少买了这块石头后,心里还正遗憾自己看不见严凯解石后的模样呢,没想到这小子居然又不知死活地撞上来了。

"三块石头,六百,收好了,告诉你,别和这些没钱的人打交道,几百块也唧唧歪歪的……"

严凯那副得意洋洋的样子,看在庄睿眼里,真有点哭笑不得,此时他考虑自己昨儿和这白痴哥哥较劲,到底是做对了还是做错了,这哥们的智商,显然有点儿问题,自我感觉太他妈良好了。

而且和严凯在一起,很容易让人觉得自己的智商也变低了。

"老曹,你来吧……"

严凯在石头搬上解石机后,围着石料转悠了几圈,看样子是想亲自操刀,不过严大少心里实在没底,怕切到里面的鸡血丢了面子,最后还是招呼老曹来解石。

至于这块石头里面有鸡血,是老曹昨天买下这块料子后,仔细观察后下的结论,所以严凯才会如此信心满满,不过在这里遇到庄睿等人,却真的是巧合。

老曹显然是在鸡血石这行当厮混了不少年的老手,动作非常娴熟,先拿了粉笔,按照那块料子两端渗出的血丝走向画了起来,这些线是不能碰的。

画好血丝的走向线路之后,老曹又仔细在两边画起了虚线,虽然这块料子重达三十多斤,不过也就是块稍大一点的石头罢了,老曹不准备切石,所以准备工作要做的充分一些。

"老曹,怎么不切啊?"

严大少刚才算是白大方了,使用砂轮机只要三百块钱,他刚才却扔出去六百,当然,严大少不会在乎这点钱,更何况还是在庄睿等人面前。

"严少,先擦擦看,要是边上也能出血,这块料子就不能切了……"

足足过了七八分钟,直到庄睿看得开始打哈欠了,老曹才完成了准备工作,拿起了手边的砂轮机。

"你就是把这块料子全碾成粉末,也看不到鸡血石……"

庄睿在一旁撇了撇嘴,冷笑起来,这块料子明显是在亿万年的形成过程中,受到其他鸡血石的同化,使得两端有血丝表现,但里面只是一块地开石,连昌化石都算不上,六十万? 在庄睿眼里六十块都不值。

此时砂轮机"嚓嚓"的空转声已经响了起来,老曹的手很稳,沿着他所画的虚线,慢慢地打磨起来。

地开石的结构比较松软,由地开石形成的鸡血石,硬度很低,比重也只有2.6上下,用牙齿咬其表面或用刻刀划其表面,都会留下印痕,所以使用砂轮机擦石,速度非常快,不多时,地上就布满了一层白色的粉末。

此时老曹头上已经渗出了汗水,按照他原先的估计,从虚线处往里擦进去二公分,应该就有血色出现了,最不济也该有别的底色,但是现在已经擦进去三公分左右了,飘落在地上的,依然是白色的粉末。

老曹咬了咬牙,换了一面重新擦起来,这块料子原本就是长方形的,现在被老曹擦的中间更细了,这样的料子,即使出鸡血,也无法做成摆件,只能分割开来做印章用了。

只是这么一来,如果里面的红色不是上品的话,那六十万的本钱就要打水漂了,虽然这是严大少的私房钱,但老曹还是感觉压力很大,六十万,那可是他五年的年薪啊。

“出色,出色,出底色啊!”

老曹擦石的手已经不那么稳了,心中的祈祷也没奏效,从另外一边虚线擦进去三公分之后,石头依然是石头,除了两端没动过的淡红色血丝之外,没有任何改变。

“老曹,怎么没有红色啊?”

严凯再白痴,也知道鸡血石是红的,只是围着擦面转了一圈,他也没见到红色出现。

“严少,这块料子很可能是废料,虽然是在鸡血石矿内生成的,但是里面极有可能没有鸡血石,我建议从中间直接切上一刀,是否有料,立刻就能分辨出来了……”

老曹的经验也算丰富,开了两个擦面之后,他已经把这块石料猜得八九不离十了,而且现在这块料子就算出了底色,也只能作为印章石用了,从中间切一刀也不会影响它的价值。

“不是吧? 这……这就是石头?”

严凯闻言有点傻眼,不是鸡血石,那就是石头了,自己居然花了六十万,买了一块石头? 这会儿严凯的脑子已经有点不够用了。

“说不好,还要切一刀看看才知道,如果能出艳红,只要有一小块够做三五个印章,还是值六十万的……”

老曹这话说得自己都不怎么相信,以他的经验判断,这块石料赌垮是必然的。

严凯在这个鸡血石交易会上,大小也算是个名人,原因无它,今年单块石料交易的最高价,就是他创造的,虽然未必能保持到交易会结束,但是最起码现在有很多人都认识他了。

名人的同义词就是动物园的大猩猩,严凯解石的消息传出去后,原本在市场里挑选石料的人,都纷纷走出来围观,谁都想看看这块六十万的天价鸡血石,究竟会有什么样的表现。

从老曹开始擦石,到现在不过短短十来分钟,以庄睿等人为中心,这个解石场地已经被里三层外三层围了个水泄不通,并且陆续还有看热闹的人往人群里挤,简直比集市里的鸡血石交易还要热闹。

这让庄睿想起个笑话,有个人特别爱看热闹,只要是有人围着的地方,他指定往里钻,有一次马路上出了车祸,里外围了几圈人,那人挤不进去,后来急了,大声喊道:“里面被撞的是我爹,大家让让……”

一听这话,人群倒是给他让出了一条路,只是进去之后,那人傻眼了,原来躺在血泊之中的,是一头拉车的骡子。

“两边擦石都没出颜色,悬!”

“是啊,看这样子,恐怕是要垮喽……”

"应该不会吧,昨天庄老师也看中这块料子了,只要出一小块血,还是能赌回来的……"

人群里议论纷纷,意见不一,只是最后说话的那人,显然不知道,庄睿昨儿的竞价行为,只是给严大少下的一个套而已。

老曹的额头这会儿已经满是虚汗了,虽然这块石料并不是动用公司资金购买的,但是老曹相信,等回到上海之后,那帮不讲理的老娘们,绝对会把责任推到他的身上。

"老曹,快点切啊……"

严大少这没心没肺的家伙,是不能理解老曹的心情的,他这会儿的心态已经调整过来了。

石头废了,于严大少而言,不过是损失了六十万人民币而已,回家一闹腾,肯定有人把这钱给他,他哪里想得到这事还能关系到老曹的饭碗啊。

"妈的,算我倒霉,遇到这个白痴小子……"

老曹听到严凯的催促声后,愤愤不平的在心里骂了一句,走到切石机旁,启动了电源,那合金齿轮顿时飞速旋转起来,闪烁出一片耀眼的光芒。

"咔……咔咔……"

齿轮和石头摩擦发出的刺耳的声音,回荡在场内每个人的耳朵里,随着齿轮逐渐陷入石料之中,白色的粉末飘扬,让人们的视线变得模糊起来。

"嚓……嚓嚓……啪!"

随着合金齿轮发出的空转声,石头落地的声音也随之传到众人的耳朵里,这让众人都屏住了呼吸,紧张地等待粉末石屑散去。

"垮了,无红,无色,什么都没有……"

"六十万,打水漂了……"

"唉,庄老师也有打眼的时候啊?不过他运气好,被人消灾挡祸了……"

"这很正常,庄老师是鉴定古玩和赌翡翠的,鸡血石不在行也情有可原……"

有站的距离解石机比较近的人,第一时间通报了解石的结果,不但没有出鸡血红,连别的底色都没有,换句话说,这六十万买到的石头,和大马路边堆的没什么区别,彻底赌垮了。

"老曹,你不是说这块料子一定会出鸡血的吗?怎么没有?你这鉴定师管什么用的啊?"

严凯这种人,最适合当领导,有问题了两手一推,没他啥事,现在就是如此,他只记得老曹说这块料子会出鸡血,但是老曹跟他说这块料子如果赌垮连十块钱都不值的话,却被严大少选择性忘记了。

"严少,这块料子是你买的吧?我当时可没让你买……"

是人都有三分火气,众目睽睽之下,老曹被严凯说得脸上实在挂不住了,这要是再忍下去,恐怕在行当内都会被传为笑谈了。

"你……你说什么?你再说一遍!"

严凯听了老曹的话后,脸都气绿了,一向对他唯唯诺诺的老曹,怎么能用这种语气对自己说话?又怎么敢用这种语气和自己说话?

"我再说一遍,严少你不懂鸡血石,就不要玩这个,剩下的石头您自个儿解吧,我还要去帮蓝总选购鸡血石,不伺候您了……"

老曹挺起腰板说出这番话后,心里那叫一个痛快,自己有手艺,即使不在蓝海贝的公司做,也饿不死。

想通了这个关节,老曹的态度马上变得强硬起来,这个屁都不懂的白痴小子,有什么资格在自己面前指手画脚的?

说完这番话后,老曹挤进了人群,头也不回地走掉了。

老曹在蓝海贝的公司也干了不少年了,从公司上马鸡血石的项目以来,就是老曹在负责,他也知道蓝总背后挺复杂的,很多事做起来都力不从心,自己现在得罪了严家的宝贝,想必蓝总在严家的压力下,也不得不解雇自己来平息某些老娘们的怒火。

所以老曹挤出人群之后,马上掏出手机给蓝总打了个电话,明说自己完成这次鸡血石选购任务后,回到公司就辞职。

"推掉晚上的会议,准备车,马上去昌化……"

按下电话,蓝海贝脸上现出一丝难以掩饰的疲惫,外人都看到他风光无限,又有谁知道严家的势力在逐渐减弱,而他的生意也越来越难做了呢。

新兴势力崛起,利益必然重新分配,现在的上海,已经不是当年严家老爷子的天下了,即使别人还给老爷子留几分面子,不过一旦牵扯到利益,面子总归不那么值钱了。

现在蓝海贝手上的几个项目,就受到一些势力的阻击,他应付得快要筋疲力尽了,偏偏在这节骨眼上,严凯这家伙还惹出事来。

能让公司十几年的老人提出辞职,可见事情不小,蓝海贝必须亲自前往处理,不然会寒了很多当初和他创业人的心的。

"垮的好,外行领导内行,不赌垮才怪呢……"

"是啊,这小子是白痴,六十万买这么一块料子,骚包一个……"

"呵呵,说不定昨儿庄老师是故意给他下的套呢……"

老曹的举动让人群里不住传出叫好声,这也是严凯人缘太差,没几个人看他顺眼的缘故。

"老曹,我要解雇你,妈的,卷铺盖滚蛋吧……"

此时的严凯已经气得浑身发抖了,冲着已经看不见老曹身影的人群喊了一嗓子。当然，老曹就算听到也不会在乎的，他本来就下了辞职的决心了。

"哎，这位老板，您还解石吗？不解让给别人吧……"

那租借解石机的摊主，很不知趣地凑上前问了一句，他也是想趁现在人多，给自己的生意打打广告，虽然不是赌石圈里的人，这村民也知道赌垮了对自己的生意不好。

"解，怎么不解？钱都给你了，要不你还回来？"

严凯顿时把火气都冲着这人发了出来，气呼呼地走到切石机旁，自个儿亲自动手将剩余的一块毛料摆了上去。

那村民缩了缩头不说话了，还钱？门都没有，进了口袋就是哥们的钱了。

严凯还不算笨，看老曹操作了一次，就知道怎么使用切石机了，打开切石机的电源，他也不管三七二十一，对着石头中段就切了下去。

结果自不用多说，庄睿昨儿忽悠严凯买石料的时候，挑选的毛料都是石皮有一点血丝，但是里面都是糟糠的料子。

或许石料之中会带一点血色，不过那颜色既分散又黯淡，就算打磨成印章，也就值个三五百块钱。

切废了一块料子后，严凯又摆了一块上去，双目赤红，握着切石机狠狠地切了下去，仿佛那下面摆放的不是鸡血石料，而是庄睿和老曹一般。

不能不说严大少颇有几分解石的天赋，不过两三分钟，剩余的四块料子都被他切开了，而且有的居然还切了两刀，但是结果是一样的，全部赌垮了，这也说明，严大少那七十多万，十分彻底地打了水漂。

"哎，我说，你能让让了吧？"

正在发呆的严凯，浑然没感觉到自己的身体被人推开了，他怎么都想不明白，自个儿花了六七十万，在这盛产鸡血石的地方，怎么一块鸡血石都没买到呢？

推开严凯的人是庄睿，倒不是庄睿有意刺激他，只是想麻利地解完石料离开这里，虽然玉岩山山清水秀，但是不能冲凉洗澡这一项，庄睿就受不了。

更何况搂着媳妇睡觉还要硬装柳下惠，庄睿就更不乐意了。

"小瘪三，你也好不到哪去！"

等严凯发现是庄睿推开自己之后，嘴里骂了一句，还往庄睿脚下吐了口吐沫。

"这位老板，您刚才只给了三块石头的钱，可是您一共切了五次，还差我四百块钱没给呢……"

严凯话声未落，就被那村民拉住了，听完他的话后，严大少心里这叫一憋屈啊。

"严大少有的是钱，老板您这目光也忒短浅了吧……"

庄睿和阳伟搭手，把一块四十斤左右的石料搬到了切石机上，还回头和那村民开着玩笑，站在一旁的严凯顿时气得面色发绿。

"我这可是小本生意啊，概不赊账……"

那村民脾气估计有点倔，拧着脖子回了庄睿一句，他这是怕庄睿回头用了也不给钱，顺手在一个小本子上写了个数字，这是在计算庄睿一共切多少块料子。

"你这人……"

庄睿彻底无语，见过财迷，没见过迷得这么厉害的，简直就是棺材里伸手——死要钱啊，和南京那位古玩店的钱姚斯钱老板有一拼。

"妈的，不就是四百块钱嘛，没见过钱啊？"

严大少被庄睿挤对了一句，本来就气得发绿的脸色，这会儿更加难看了，从钱夹里拿出了几张人民币，扔在那村民脚边。

一般死要钱的人，都不怎么在乎面子，那村民笑呵呵地把钱捡起来，一查，还多了两百块，那张脸更笑得像朵菊花似的。

庄睿摇了摇头，这严凯就是一被宠坏了的孩子，和他较劲真的丢了身份，当下也没再刺激严大少，将准备切开的石料位置摆正，启动了切石机的电源。

第十八章 遭遇财迷

这块四十多斤的料子并非带红色的鸡血石,它的底色是黑色的,而且不是很纯正,略微有些灰黄,冻地是木纹冻,也很一般,属于印章料子里的中低档材质。

木纹冻顾名思义,就是材料的颜色黄黑交融,有的还会带点灰白色,并且依次有序,就像木头的纹理一般,属于比较常见的印章质材。

庄睿之所以买下这块料子,是因为这块四十多斤的石料,能解出近一半的印章材料来,放在宣睿斋出售最合适不过,因为去潘家园游玩的人,大多都是来自全国各地的游客,以普通人居多,没有谁会买几万几十万的印章。

这种料子的印章从几十到几百块钱,最贵也就三五百而已,一般人也能掏的起,并且这块石料虽然个头大,但是庄睿买下来不过花了六千多块钱,与能解出来的印章石相比,性价比算很高了。

能出二十斤左右料子,就可以分解出百十个印章,算起来也能卖几万块钱了,庄睿虽然不靠这玩意赚钱,但却是吸引人气的好东西,一个店铺里不能单卖高档物件,中低档的也必不可少。

随着切石机发动的声音,庄睿直接用合金齿轮对着石料中间切了下去,石屑飞舞中,偌大的一块石头被分成了两半。

"唉,是黑色底,不值钱……"

"是啊,这料子不怎么样,最多值个几万块……"

"庄老师也有打眼的时候啊?"

"话不能这么说,这块料子表现就不怎么样,估计也不贵,肯定不会赔钱的……"

四周围观的都是明白人,见到庄睿这块鸡血石的切面之后,纷纷议论起来,不过这些人眼界挺高,对木纹冻的料子不怎么看得上眼。

庄睿没搭理他们,装模作样地观察了一下切面,用粉笔在料子上画了起来,然后用切石机将两块石料一一分解,都切成了拳头大小,多余无用的石头,都被庄睿剔了出去。

"一刀,两刀,三刀……哎,我说你都切了十几刀了啊……"

庄睿这边干着活,那财迷老板可是一直哭丧着脸,别人切石,一块石头一般都是一刀,最多也就是两三刀的,庄睿在一块石头上就切了十多下,这老板实在忍不住了,大声嚷嚷起来。

"怎么了? 咱们说好一块石头一百五十块钱的,你管我切多少下啊?"

庄睿笑着回了一句,看着财迷老板心疼得脸都抽搐起来了,庄睿心里早就乐开了花。

"哎,我说你给他一百五十块钱用一次,怎么问我要两百?"

严大少在一旁回过味来了,一把拉住了那村民。

"放开,别动手动脚的,刚才是你自己说的两百,关我什么事?"

山野之人多彪悍,那老板眼睛一瞪,把严大少吓得连忙松开了手,自己虽然带着俩保镖,但这是别的地盘,动起手来肯定是自己吃亏,再说了,严大少依稀想起来自己刚来的时候,庄睿好像正在和这老板谈价。

庄睿解开这块石料,围观的人逐渐散去了,大家伙来这是选购鸡血石料的,热闹看一会儿就够了。

"就你这样的还老师,切出来的玩意也都是垃圾……"

严凯倒是没走,一直站在旁边对庄睿冷嘲热讽的,他刚才也听懂了,庄睿解开的这块料子好像不怎么样,这又给他一个嘲讽庄睿的机会,不过这货也不想想,自己六七十万买的料子都赔得底掉,又有什么资格说庄睿啊?

"哎,我说你烦不烦? 没事滚蛋,别在这碍事……"

庄睿解第二块料子的时候,实在是受不了严凯的聒噪了,当下瞪起了眼睛。

"我高兴,你把这里买下啦? 爷就愿意在这待着,你管得着嘛……"

严凯今儿又丢了面子,六七十万块又打了水漂,他是拿定了主意,今天一定要刺激庄睿动手,好抓个把柄。

庄睿没用他刺激,回头跟彭飞打了个招呼:"彭飞,赶他滚蛋……"

彭飞早就在旁边腻烦了,听了庄睿的话,一把抓住严凯的衣领,用力往上一提,别看彭飞只有一米七多点,但是只用单手,就把严凯这看上去身强力壮的家伙给举了起来。

严凯一双脚悬空乱蹬着,嘴里还大声嚷嚷:"放开,你放开我,我告你打人啊……"

严凯的一个保镖这会儿也冲了上来,虽然打不过彭飞,但是雇主被打,自己要是眼巴巴地看着,那回去绝对会被解雇。

"滚蛋吧你……"

彭飞单手用力,把严凯扔向冲过来的那个保镖,他下手很有分寸,力道并不是很大,让那保镖顺利地接住了严凯。

"姓庄的,你打人,等着,有你好果子吃……"

严凯推开扶住自己的保镖，对着庄睿大骂起来，只是见到彭飞又要走过来，连忙钻进了车里，等两个保镖都上了车，一溜烟开走了。

"怎么样，拍下来了吗？"

坐在副驾驶上，严凯看向后排的那个保镖，哥们刚才可是以身试虎，脖子现在还有点痛呢。

"严少，没问题，全拍下来了……"

后面那个保镖连忙点头，把手中的摄像机递了过去。

"我看看……"

严凯接过来后，打开了那台家用DV，翻到前面，只是越看脸色变得越难看，最后简直就是咬牙切齿了。

"严少，拍的还行吧？"那保镖把脸凑过去问道。

"行，行你头，操，这就是你拍的，妈的，那俩妞都穿得像木乃伊似的，你拍她们干吗啊，你个白痴，白让我挨了顿打……"

严凯转过身去，拿着DV劈头盖脸地对着后排的保镖砸了过去，这拍的什么东西啊，画面上全是秦萱冰和宋星君两人窃窃私语，只有最后严凯和那保镖抱在一起的画面被拍了下来。

姑娘好看是不假，但是把严凯的锦囊妙计全破坏掉了。

那保镖听了严凯的话后，也傻了眼，刚才彭飞单手拎着严凯的衣领，把他提离地面的时候，秦萱冰和宋星君都发出一声惊呼，用小手掩住了嘴巴，那副吃惊的表情，把自个儿的注意力吸引了过去，这才漏拍了彭飞提着严凯的画面。

只是这事有点理亏，那保镖抱住了头，也不说话了，先让少爷发泄一下再说吧。

"严少，要不然咱们回头，再去拍一次？"

眼瞅着DV机的电池都被严凯砸掉下来了，开车的保镖有点看不过眼了，小心翼翼地提了个建议。

"你白痴啊？让我再去挨顿打？"

严凯要不是看那司机正在开车，恨不得连他一起打，不过事已至此，也没有办法。

"走吧，回昌化，开快一点，我不信治不了他们……"

严凯发了一会儿呆后，把手指向昌化的方向，他不是在这边不认识人，只是这事求到别人头上，脸面上有些难看，这越是没啥能耐的人，越是要脸的紧。

庄睿可没在乎过严大少，别说他家老爷子已经过了气，就算是在位的，难道还能比大舅厉害？所以赶走了严凯这个一直在耳边"嗡嗡"叫的苍蝇之后，庄睿把全副心神都放到了这些石料上。

几百斤的石料,不过一二十块,在切石机不断的操作下,一块块分解开来,庄睿动作之娴熟,就是德叔也看得点头不已,换他上去绝对不能这么好地操作。

"庄睿,休息一下吧……"

解石纯粹就是体力活,干了一个多小时之后,庄睿的衣服都被汗浸透了,头发更变得湿漉漉的,像刚洗过头一般。

接过秦萱冰递过来的面巾纸,庄睿看了看所剩不多的石料,回头说道:"伟哥,你和彭飞去老王叔家把车开下来吧,这几块石头解完之后,咱们连夜回上海……"

今儿累了一身大汗,庄睿实在不想在这山沟里待下去了,虽然说烧点热水也能洗澡,但是毕竟不方便,现在不过四点多钟,解完这两块石头马上走,最多晚上十点就能返回上海了。

"好,我们这就去……"

阳伟答应了一声,在这待了两天,他也有些无聊了,毕竟自己不懂鸡血石,只能跟在后面看热闹。

"别忘了给老王叔钱啊……"庄睿在后面喊了一声。

剩下的两块料子都不大,庄睿并没切石,而是用砂轮机脱去了一层多余的石皮,前后不过几分钟就忙活完了,估计这会儿阳伟和彭飞还没走到老王头家呢。

这会儿从市场里挑选完石料前来排队解石的人,也多了起来,鸡血石料不像翡翠,一刀切垮价值就大减。

那些大块头的料子,即使切坏了,也可以做印章或者根据造型设计摆件,所以很多人都是打算将石料分解后带回去。

庄睿在这解了一下午石料,倒有那么三五个人一直在围观,庄睿选的鸡血石,先不说品质,几乎块块都有料,仅从这点来看,绝对稳赚不赔。

"庄老师,机器您用完了没?"

旁边有人见庄睿停下了手,凑上来问了一句。

"用完……"

庄睿正准备让位置呢,德叔忽然说道:"庄睿,那两人还没回来,把你一千块钱买的那块料子擦开看看吧……"

德叔认识庄睿也有几年了,知道这弟子心性不坏,但是心眼不少,从他要买那块像是混色料子的时候,德叔就看出来,庄睿对那块石料很重视。

"对了,德叔,您老不说我倒是把这茬给忘了……"

庄睿拍了拍脑袋,那块"刘关张"的料子一直都放在彭飞的背包里,现在拎在秦萱冰手上,庄睿连忙走过去,从包里把那块石料取出来,又顺手拿出一沓钞票。

"诸位,切石机我不用了,你们用吧,我再使用下砂轮机就好了……"

庄睿向四周作了个揖，他占着切石机快两个小时了，算下来也有两三千块了，拿钱是准备和那财迷老板结账的。

"一共切了十块石料，砂轮机使用了十二次，一共是三千九百块钱，唉，这生意赔了……"

那摊主见庄睿拿着钱过来，连忙把本子递了过去，一脸懊丧的表情，早知道今儿生意这么好，就不给庄睿打折了，白白少赚了一千多块钱。

"给您四千块，还要用下砂轮机，您这可真是无本买卖啊……"

庄睿哭笑不得地数了四千块钱交给摊主，他这生意做得可真精细，同一块料子使用切石机和砂轮机，还要另外算钱。

"无本买卖，我买这些机器都花了好几万……"

摊主不高兴地翻了个白眼，哥们这合金齿轮片，那可是有损耗的，用多了就要换的，当然，换一片也就是庄睿切几块石头的钱。

"得，算我说错了，您这是大投资，行了吧？"

庄睿被这摊主说得啼笑皆非，几万块钱不到两天就赚回来了，这买卖还不是一本万利？庄睿无奈地摇了摇头，别看自己是学金融的，要是和这村民较起真来，估计还说不过他呢，人家都是歪理。

没有了切石机上加固石料的工具，庄睿一手拿着那块拳头大小的石料，另外一手启动砂轮机，脸色也变得凝重起来，他还没如此擦过石头呢。

这块"刘关张"料子的石皮极薄，最厚的地方不过一公分左右，而且地开石比较松散，稍不留意，就有可能伤到里面的鸡血石。

如果不是德叔提醒，庄睿本没打算在这里解开的，但是德叔话都说出来了，庄睿也只能硬着头皮上了。

庄睿很小心地用旋转着的砂轮侧面，打磨在石皮上，碎屑随之飘落下来，庄睿几乎在砂轮和石皮刚一接触，就挪开了手，再看向石料，已经被擦去了薄薄的一层。

现在解的这块石料，虽然是体积最小的一块，但是庄睿所花费的力气，要比前面十几块加起来都大，用力重了就会伤到里面的色彩，轻了又无法擦去外面的石皮。

一块拳头大小的石头，整得庄睿满头大汗，就连彭飞和阳伟把车停在旁边都没注意。

"这……这……庄睿，停手，别擦了……"

一直关注着庄睿手上的石头的德叔，突然止住了庄睿擦石的动作，一把将石头抢了过去。

虽然现在日光西落，这块空地的光线还很强，但是德叔还是拿出强光手电，对着那块石料仔细察看起来，脸上惊愕的神色也变得愈发浓重。

虽然这块料子只是初显端倪，还需要用细砂纸仔细打磨，但是透过手电的强光，已经能分辨出里面的几种色彩了。

"三色,黑白红,庄睿,这……这是刘关张的鸡血石料子啊!"

把手中的鸡血石从各个方位观察了一遍之后,德叔终于喊了出来,声音之大,甚至盖过了旁边切石机齿轮和石头摩擦所发出的声音。

"什么?刘关张的料子?"

"我没听错吧?马老师手上拿的是刘关张的料子?"

"马老师,您手上这么大一块,难不成都是刘关张的料子?"

本来没怎么关注庄睿的人群,在听到德叔的话后,注意力马上都放到了德叔的手上,他们都是靠鸡血石吃饭的人,自然知道"刘关张"料子的珍贵,那可是仅次于"大红袍"的极品鸡血石料。

和翡翠一样,平时在市场以及店铺里,是见不到这些极品鸡血石印章或者摆件的。

"刘关张"和"大红袍"之类料子制成的鸡血石印章或者摆件,一般都会上拍卖会,而且拿到拍卖会上,一枚印章的价格最少在百万左右,庄睿这块料子足有拳头大小,就算是分解成印章,应该也能卖到三五百万了。

当然,将这块料子做成"刘关张"的摆件,市场价值将会更高,可以说从今年鸡血石交易会开始以来,庄睿的这块鸡血石料,最为昂贵。

"马老师,这块料子能不能给我看看?"

王小逸从人群里挤了出来,他的公司虽然占据了国内昌化鸡血石市场50%以上的份额,但是这么大块头的"刘关张"料子,还是第一次得见。

德叔和王小逸也是老朋友了,当下把手里的鸡血石和强光手电一起递了过去。

"庄睿,你这小家伙,似乎并不怎么兴奋啊?我记得给你说过这种料子在鸡血石中的地位呀……"德叔趁着王总察看料子的时候,语带调侃地对庄睿说道。

"呵呵,德叔,我赌石是靠感觉的,上手那会儿就感觉不错,果然出了块好料子……"

庄睿笑着回答道,他真装不出来那种兴奋的模样,试想一下,曾经亲手解开过价值上亿翡翠的人,还会对这几百万的物件兴奋得一蹦三丈高。

"你小子,这运气……"

德叔摇了摇头,庄睿这情况真有点像特异功能了,不过这世上也有些人感觉特别敏锐,只能称之为天赋吧。

"王总,这料子怎么样?"

"王老板,给大家伙说说,这料子是不是刘关张啊?"

"是啊,也给我们看看吧,要是能见到块刘关张的鸡血石,这次交易会就没白来……"

庄睿和德叔轻松地闲聊着,旁边可炸了锅了,所有人都挤了过来,想一睹为快。

"大家别挤,东西丢了算谁的啊?"

王总大声喊了一句,直接把那块料子抱在了怀里,这东西就拳头大小,他要是给了别人弄丢了怎么办啊？

"马老师说的没错，这是块极品刘关张的底料，可以说是近年来最珍贵的鸡血石料子了……"

王小逸的话让骚动的人群安静了下来，作为国内最大的鸡血石商人，他的话无疑比德叔的更有说服力。

"王总，不好意思，我们要走了，您看？"

庄睿虽然见惯了大场面，但是并不喜欢被人围着的感觉，尤其是秦萱冰跟着自己的时候，他总是感觉有些人的眼睛不怎么老实。

要说庄睿这感觉也没错，要不那保镖就不会在严大少挨打的时候给二女一个特写了。

"哦？离开这里？"

王总愣了一下，才依依不舍地将石头交还庄睿。

刚才解出来的鸡血石料，都已经被彭飞和伟哥拿到车上去了，庄睿招呼德叔和秦萱冰等人上车，自己坐到驾驶位置，正准备开车的时候，却发现那位王总居然也跟上了车。

"庄老板，我这是不请自上，外面太吵，我想和您谈下这块刘关张的料子……"

王小逸这次称呼庄睿，用了老板而不是老师，庄睿心下明了，估计眼前这位，是看上自己这块料子了。

第十九章 | 路遇关卡

"王总,请说……"

庄睿发动了车子,向前开了几百米远,来到一处比较静的地方停了下来,然后打开车窗招呼了一声彭飞,示意他在后面等一等。

见到庄睿有谈的意思,王小逸不禁精神大振,说道:"庄老板是做大买卖的人,对这刘关张的料子也不一定看得上,您也知道,我就是做鸡血石生意的,这种难得一见的鸡血石料对我而言,极其珍贵并且具有很高的收藏意义的,还希望庄老板能割爱……"

王小逸并没有隐瞒这块鸡血石的珍贵之处,有德叔这个老人精在,如果刻意压低"刘关张"鸡血石料,只会引起庄睿的反感。

"大买卖? 哥们最大的买卖就是开了个古玩店……"

庄睿听了王小逸的话后,脸上苦笑了一下,他做的哪门子大买卖啊,实打实算,就古玩店算是自己一手操持的,其他的像汽修厂、4S专卖店包括京城秦瑞麟,自己压根都没怎么过问过。

"王总,说实话,我在京城经营了家古玩店,这次来昌化,就是为了进一些印章的材料,这块刘关张的料子,我是准备雕琢出来,作为镇店之宝的……"

以庄睿现在的身家,没必要再出售这些极为罕见的料子换取金钱了,他现在就想一步步丰富自己的藏品,有机会的话也会出国淘回来点物件,等时机成熟,庄睿准备开一家国内藏品最全、文物等级最高的私人古玩博物馆。

"庄老板,这东西都有个价钱,您看这料子,我出五百万人民币,成不成?"

虽然庄睿话说的已经很透彻了,但是王总还想努力一下,毕竟这东西有可能数年或者数十年才得见一块,要是错过的话,不知道什么时候能再遇到。

这块"刘关张"料子虽然珍贵,但是体积不大,即使雕琢成摆件,上了拍卖会,估计最后也就是五六百万元人民币的成交价,王小逸给出的价格,还是很有诚意的。

庄睿想了一下,还是摇了摇头,说道:"王总,咱们都不是缺钱的人,这物件我是不会卖的，不过您要是有等值的玩意儿，我倒是可以考虑和您对换……"

庄睿对王小逸印象不错，但是要他卖掉这块料子，那是绝对不可能的，能和王小逸相互交流一下鸡血石中的珍品，这已是庄睿做出的最大让步了，这也是古玩行物件流通最多的一种方式，以物易物。

"这个……"

王小逸听了庄睿的话后，愣了一下，想了半天，苦笑着说道："庄老板，我手上还真没有价值和这块相仿的料子……"

"不是吧？王总，您可是这行的翘楚啊，不可能没有几块存货吧？"

庄睿没想到王总居然是这个答复，按他想，王小逸做了这么多年鸡血石生意，应该不乏精品，自己和他对换一下，既给他留了面子，自个儿也不吃亏。

"庄老板，我是生意人，好东西它留不住啊……"

听完王小逸的解释后，庄睿才明白过来，敢情在这位王总心里，的确是什么东西都有个价，别人出价高，他的物件自然就留不住了，而且有些人来头大，即使不想卖，那也由不得他。

"王总，那就不好意思了，要是您以后得到什么好料子，咱们再交流吧……"

庄睿现在不是以前要卖东西换钱的时候了，他现在整个就一貔貅，只进不出，肯和你换物，那已经很给面子了。

王小逸脸上露出一丝失望的神色，不过他也知道，对方不差钱，而且这东西到了自己手上，也留不住。

"王总，这事咱们先放一边，我听说您的公司和南非那边有业务往来，不知道可不可以委托您进口一批钻石呢？"

庄睿之所以会和王小逸说这么多，现在这句话才是最主要的原因，他从德叔口中得知，这位王总在国内钻石走私市场，也算一号人物，心里就起了借他的渠道进口钻石的想法了。

秦瑞麟不可能总依附在香港总店下面，现在有了秦萱冰这位免费的设计师，钻石业务似乎也可以自己开展了。

现在国人的消费水平日益提高，是个人结婚都要买钻戒，就像上个世纪七十年代的老三件一样，要是哪位新娘子结婚手上没这玩意的话，那绝对是特别没面子的事情，说不定当夜新郎官就得睡沙发去。

基于以上原因，中国现在也成了世界钻石消费大国，每年能达到几十个亿美金，就连秦瑞麟店的钻石销售，也占了40%以上的比例，这可是一笔不菲的收益。

现在翡翠和玉石珠宝的供货渠道都解决了，庄睿就把重心放到钻石上来了，而且秦萱冰的珠宝设计也是以钻石类的宝石为主，从这方面说，也是给媳妇找点事情做。

"庄老板,您还有这个产业?"王小逸只听闻庄睿在赌石和古玩方面的名头,对庄睿的来历并不是很了解。

"国内现在就只有上海钻石交易所是正规进口钻石的,但是只在国内占很少的份额,等同于无……"

王小逸顿了一下,接着说道:"不过国家有消息出来,钻石税马上就要取消了,以后私人进口钻石,不会再像现在这么麻烦了,庄老板不用为这事忧心的……"

其实钻石税的取消,对王小逸他们来说,影响很大,最起码走私钻石过程中一道中间环节的钱,自己就吃不到了,不过他为人还算坦诚,把这事告诉了庄睿。

庄睿还真不知道这些事情,想了一下,说道:"或许日后我会去南非直接选购钻石,到时候还要麻烦王总给指点一些渠道……"

"好说,好说,庄老板太客气了,您几位今天要回去,我就不多打扰了……"

王小逸一口答应下来,这鸡血石料没买成,他也没必要多待了,出言向庄睿和德叔告辞。

王小逸走后,秦萱冰不解地问道:"庄睿,我家里也有南非购买钻石的渠道,干吗要求他啊?"

"嗨,秦瑞麟本身就是消费大户,我要是通过秦瑞麟去进口钻石,不等于是和自家抢原料生意嘛,咱们自己找渠道,以后自己去进货,如果量大的话,还可以给秦瑞麟拉条线的……"

庄睿给秦萱冰解释了一下,听得秦大小姐心里暖烘烘的,爱郎这是爱屋及乌啊。

看看时间已经不早了,庄睿和彭飞打了个招呼,驱车开上了那条颠簸的泥土路,这次来昌化收获还是蛮大的,最起码三五年之内,宣睿斋的印章石问题都解决了。

至于那块"大红袍"料子,庄睿准备自己留着刻个私章,在古玩行里厮混,要是没有个专用章,是件很丢人的事,尤其现在自个儿也是专家了,下次鉴定完物件,拿出这"大红袍"印章来署名,不用问,绝对倍儿有面子。

初春时节,还是夜长日短,开了一个多小时车后,天色就慢慢黑了下来。

"下次再也不来这地方了,太难走了……"

伟哥在半路就受不了了,连打了十几个电话,最终还是挤到了悍马车的后排,要不是中间还隔了个宋星君,庄睿说什么都不会同意伟哥挨着自己媳妇坐,话说车一直前后颠簸,那可是吃豆腐的好时机。

从昌化到上海,一路都是高速,晚上十点多一定能到家,所以庄睿也不急,慢悠悠地在这土疙瘩路上颠簸着。

晚上六点多,天色已经全暗下来之后,隐约可以看到昌化古镇的灯光了。

"嗯？来的时候没见有关卡啊？"

临近小镇，庄睿看到在前面停了两辆车，并且用路障设置了一个路卡，心里不由疑惑起来，不过这条路是进出昌化镇的必经之路，庄睿也没多想，直接把车开了过去。

"停下，停车检查！"

一个穿着联防治安服的人拿着电筒，隔着车窗照在庄睿脸上，庄睿顿时被强光照得睁不开眼，一脚踩死了刹车。

"检查什么？有你这样拦车的吗？我要是看不见撞到你怎么办？"

庄睿有些生气，他向来就不爱和这些人打交道，而且这人的态度实在是恶劣了点。

"哪那么多废话，让你停车就停车，警察办案……"

那个联防队员拿着手电又往车里照了一下，灯光在秦萱冰脸上停了好一会儿，庄睿正要发火时，那人把手一伸，说道："驾驶证，行驶证，还有身份证都拿出来，检查！"

"严少，您说的就是这两辆车吧？"

离庄睿不远处那辆没开灯的车里，赫然坐着严凯和一个穿着警服的警察。

两车相距不过七八米远，严凯借着灯光看清楚了驾驶位上的庄睿，当下说道："对，就是他们打的我，老范，这事儿办妥了，我不会亏待你的……"

要说严大少也不完全是不谙世事的人，最起码还知道给人许个诺，这个老范是镇上派出所的副所长，他本人虽然不认识，但是通过一些狐朋狗友的介绍，七拉八扯地找到了老范。

俗话说县官不如现管，别看老范官不大，但是接个案抓个人，还是轻车熟路。

"严少，您放心吧，只要我们拿到他对您进行过人身伤害的证据，最少关他们个三五天……"

老范以三十出头的年龄做到现在这个副所长，手下管着几十号联防队的，不仅要靠眼皮子活、人机灵，对一般案件的处罚方法也都十分清楚。

本来老范这会儿已经在家和老婆准备做晚饭了，但是接到局里一位大佬的电话，立马屁颠屁颠地跑了过来。

和老婆少吃一顿饭没关系，但要是耽误他进步，那可就出大事了，听局里那位说眼前这位年轻人来头不小，所以老范的态度也很恭敬，下午四点多吃完饭，就拉了一帮子人在这里设卡了。

这种小镇上的派出所，在编的正规警员只有四五个人，其他的都是联防队员，老范此次带出来的人，都是所里联防队的人。

不过老范心里也有点儿打鼓，在路上问了严凯不少次，知道要抓的人就是古玩圈子里的人，这才放下心。

"就是这两辆车,先把他们的身份证扣下来……"

坐在警车里的老范,拿起对讲机吩咐了一句,他说的是本地方言,庄睿即使听到,也听不懂对讲机里传出的话是什么意思。

老范做人还是比较小心的,他知道神仙打架百姓遭殃的道理,所以这会儿自己不出头,万一对方来头也大,自己还有个回旋的余地。

"你是干什么的? 交警还是刑警? 你有执法权吗?"

庄睿看着这个戴着帽子,腰间别着一根电警棍的联防队员,气就不打一处来,还要驾驶证、行驶证? 他记得交警的帽子好像是白色的吧?

"你……你管我是交警还是刑警,抓紧把身份证拿出来,别耽误我们执行任务……"

那人被庄睿说的愣了一下,他们这帮子人在小镇上,向来都和警察一样执行任务,此刻突然受到庄睿的质疑,不禁有点发懵。

"一边去,让开,别耽误我赶路……"

庄睿闻到其中一个人的嘴里有酒气,懒得和他们废话,当下升上了悍马车的玻璃,直接踩下了油门,从那人身旁开了过去,他做了好几天柳下惠了,庄睿这会儿正急着赶回上海来个鸳鸯戏水呢。

"哎,哎,拦住他,拦住这辆车!"

那个联防队员还从来没见过不鸟他的人,一没留神,庄睿的车子已经开出去七八米远了,就连后面的那辆白色宝马车,都跟了上去,这人连忙大声喊了起来。

随着他的叫声,原本站在路卡旁的几个人,纷纷迎着庄睿的车头跑了过来,这些人都有恃无恐,我们在执行任务,难不成你还敢撞人不成?

他们赢了,他们那身衣服还是很神圣的,庄睿不敢撞,只能把车停下来,不过心中已经怒火高涨了,明眼人都能看出来,眼前这些联防队的根本就是来找茬的。

"妈的,这小子挺嚣张啊,哥几个,把他拉下来……"

将庄睿的车拦下了之后,一个长得五大三粗的人伸手就拉庄睿的车门,他们在这小镇待了这么长时间,来来往往也见过不少到这里购买鸡血石的商人,对他们都是客客气气的,庄睿这种态度,倒是第一次得见。

"坏了……"

坐在旁边车里的老范,一看手底下这帮人冲了上去,心里就打了个突,他认识悍马车,见车上挂的是上海的牌子,知道车内坐的人应该是个人物。

现在做生意的人,又开着挂着上海牌子的悍马车,要说没什么关系,老范才不相信呢。这要真把他们打了,估计自己这个副所长也干到头了。

想到这里,老范连忙拿起对讲机,大声吼道:"文明执法,要文明执法!"

严大少不满地看了老范一眼，要文明执法的话，我还叫你们来干吗？

只是那帮被庄睿的行为惹毛了的联防队员，并没注意到对讲机里的声音，这会儿还想着在头儿面前露一手呢。

"妈的，不听招呼啊……"

老范一看急了，就算这几人没什么背景，那也不能动粗啊，这要是出了问题肯定得自己背黑锅。

老范虽然答应了局里的领导处理此事，但是领导话说得很含糊，他可不敢为此赌上自己的政治生命。

只是当老范推门下车之后，顿时愣在当场，因为在他面前出现的情形，不是那车里的人被拉出来暴打，而是地上躺了七八个人，借着车灯照射出来的光亮，老范确信，自己没眼花，那七八个人都是自己的手下。

"老范，看到没有，他们暴力抗法，掏枪，掏枪啊！妈的，再能打还能快过子弹吗？"

严凯这会儿可是兴奋莫名，袭警啊，都不用自己告他们人身伤害了，就能对付庄睿几人了，这会儿他也顾不得自己会被发现，放下车窗就扯着嗓子喊了起来。

老范没看清楚是怎么回事，但是坐在警车里的严大少，那可是正儿八经地又见识了一回彭飞的身手。

就在那个联防队员拉庄睿车门的时候，彭飞从宝马车里窜了出来，二话没说，上去直接一个低踹，踢在那人膝盖上，然后迎向冲上来的人，三下五除二，轻松地把这些虾兵蟹将都给放倒了。

彭飞崇尚的向来都是进攻再进攻，在战场上要是等别人进攻，就会失去先机。

庄睿现在不仅是他的金主，在心里，彭飞已经把庄睿当做大哥来看待了，他知道如果庄睿被拉出来，肯定会挨打，所以出手比较重，从地上传出的呼痛声就能听得出来。

"妈的，又是这个搅屎棍……"

庄睿听到严凯的声音后，哪还不明白是怎么回事，当下回头说道："萱冰，你们别下车，我出去看看……"

"庄哥，你快上车，我这没事……"

彭飞刚听严凯喊着掏抢，见庄睿下来了，连忙挡在他身前，严大少说的没错，他是能打，但是那警察离自己就十多米，真要拿枪，枪法再准一点的话，自个儿也躲不过去。

"叫个屁啊，妈的，老子要被你害死……"

老范心里那叫一郁闷，还他娘的掏枪，一看这保镖的身手，就知道后面下来的年轻人来历不凡。没点背景来头的人，古玩行的小商人，会请一个打十几个的保镖？

"我们接到那位先生报案，说有人故意伤人，才在这里设卡，你们不接受检查在先，现在又袭警，请你们把身份证拿出来……"

135

老范这话说的中规中矩,没给对方一点挑刺的地方,警察接到报案出警,这总不算错吧?

"检查?!"

庄睿冷笑一声,推开挡在身前的彭飞,说道:"你们执行任务的时候应该首先出示自己的证件吧?还有,那个人满口酒气,我可是听说警务人员实行了禁酒令,在工作期间不能喝酒的……"

老范闻言倒吸了一口凉气,这年轻人说话很犀利啊,直接点到了自己的软肋。

他被庄睿的话挤兑得哑口无言,那几个联防员没事就愿意喝几口小酒,今天本来已经下班了,想着没什么事了,晚上就多喝了一点。所以今天这事要是较起真来,还真是自己这边理亏。

庄睿见那警察脸上闪过一丝慌乱,接着又说:"这年头,车匪路霸不少,就他们那样的保安服,满大街都买得到,谁知道真的假的?我们这是正当防卫,还有事没有?没事我们就走了……"

"哎,哎,你们不能走,这是我的警官证,那位先生报案告你们故意伤人,这事还需要你们协助调查……"

老范见庄睿等人要走,心里那叫一郁闷,在家好好地准备做饭吃饭,这是倒霉催的还是怎么着,愣是给卷到这种事情里来了。

老范现在也看出来了,那严公子就是一没事找事型的,而找事的对象也是个硬茬子,这事没准就要闹大。

不过老范也不敢就这样让庄睿等人走了,否则这一地的伤兵,再加上领导的吩咐,自己以后也没得混了。

出示了警官证之后,老范还是决定将庄睿等人带回所里去,然后向局里那位汇报一下,至于怎么处理,自己一定不插手,省得阎王打架小鬼遭殃。

"老范,和他们废什么话,把枪拿出来,看他们还敢不敢嚣张?"

严大少躲在后面的车里实在忍不住了,拉开车门跳了下来,彭飞虽然能打,总不能当着警察的面打自己吧?他现在可是有恃无恐。

"警察办案,不用你教!"

老范现在就想和严大少撇开关系,省的回头被人说自己和严凯是串通好的。所以现在听到严凯的话后,那眉头皱得愈发紧了。

"哎,我说老范,你……"

"好了,作为证人,你先上车,一起去所里……"

老范怕严大少把他们事前串通好了的事捅出来,连忙转过身对严凯使了个眼色,严凯这才反应过来,一声不吭地回到车上。

庄睿虽然没见到老范和严凯的小动作,但是从他二人的对话中,也感觉出一些东西,这两人之间要是没什么猫腻,那还真是奇了怪了。

"庄哥,怎么办?要不然咱们直接回上海吧……"

很明显这警察和严凯是穿一条裤子的,按彭飞的意思,直接开车回上海,然后马上坐飞机去北京,他还不信了,这地方的小警察还能追到北京去?

"那样不好,还是先跟他们去派出所看下吧,对了,彭飞,那些人没事吧?"

庄睿想了一下,还是摇了摇头,自己本来没干什么,这要是一跑反而给人心虚的感觉,只是刚才那几个被彭飞放倒的联防队员,现在站起身来还是歪歪扭扭的,庄睿怕彭飞真把他们给打坏了。

"没事,自己喝多了吧……"

彭飞撇了撇嘴,他虽然比平时下手重一点,但是绝对不会伤到人。

"行了,范警官你前面带路吧,我们后面跟着……"

庄睿对老范说了一句,转身上了悍马车,老范也无可奈何,手下人不争气,掏枪他又不敢,自己这警察干的真是够憋屈。

第二十章 | 报假案

外面发生的事情,车内都听得清清楚楚,庄睿上车后也没再解释,直接说道:"萱冰,看来一时半会儿回不了上海了,要不然你和德叔还有伟哥先去镇上,找个酒店住下来?"

"不,我跟你一起去……"秦萱冰摇了摇头。

庄睿不同意,道:"有彭飞跟着就行了,吃不了亏的,你一女孩跟着干嘛……"

"不,我就要跟去,万一他们……"

"庄睿,一起去吧,就是严家那小子在作怪……"

德叔打断了小两口的争吵,他在昌化临安地区认识一些生意做得比较大的老板,像那位买了庄睿古玩珠花的齐珠的父亲,在浙商里名望就很高,摆平这样的小事,应该不在话下。

"行了,庄睿,开车跟上,我打个电话……"

德叔的话庄睿不能不听,只能发动了车子,跟在那辆破昌河警车的后面。

"喂,老齐啊,我是上海的老马,现在在昌化呢,今儿可不行,没时间去您那,过几天一定去拜访,是这样的,有个事,我一个子侄……"

车里就那么大点地方,德叔也没避着庄睿等人,直接拿出手机打了起来,把事情原原本本地说了一下,把严家小子挑事的因由也讲了出来,他知道,自己这位老朋友可不需要买严家的面子。

"行,行,那我等你电话了……"

德叔挂上电话之后,对庄睿说道:"没事了,老齐就是临安人,和这边的关系很好,回头他说一声,咱们就能走了……"

"嘿嘿,德叔,还是您老面子大……"

庄睿笑嘻嘻地拍了拍德叔的马屁。

"滚一边去,你要是把那老爷子抬出来,谁还敢拦你,少寒碜我……"

德叔没好气地瞪了庄睿一眼,不过心里对这弟子还是十分满意的,从头至尾,庄睿都没说出自己的身份背景,这才是世家子弟应有的风度。

像严凯那样的,出来就嚷嚷他爷爷是谁,只会被人认为没教养、没底蕴。

事实也的确如此,像欧阳军和宋军这些老牌三代太子党,出来都非常低调,他们根本就不屑也不需要显摆自己的身份,他们有自己的修养和高傲,如果都像严凯那样说一些没素质的话,那只会让他们身后的宋家和欧阳家族蒙羞。

庄睿现在也慢慢有了这种觉悟,不过宋军他们是从骨子里看轻这些事和人,庄睿则是在包容,就像是在大马路上见到一个抽着烟很拉风的乞丐,平常人都会很包容地看待,庄睿也是如此,严凯在他眼里,就是个可怜的乞丐。

当然,严大少可没有这种觉悟,自从他爷爷退下来,整个家族也没什么人在政界了,就等于没落了,原先还是虎老架不倒,但是随着一代代官员交替,严家老爷子的影响力也越来越小。

所以严大少经常张嘴闭嘴我爷爷的行为,不知道有多少人在背后嘲笑他,只是对自我感觉良好的严凯而言,说不定还以为他们是在羡慕自己呢。

小镇派出所并不是很远,庄睿开车跟着前面的两辆车,五六分钟后,驶进一个院子,要不是院子门口挂着牌子,庄睿还以为到谁家了呢。

小镇的治安不错,所以派出所的规模并不大,四辆车停到院子里,立马将院子塞得满满当当的。

庄睿抬头看了一下,这派出所就是一栋两层的小楼,在楼下两边各有两间房子,门上挂着审讯室的牌子,也没什么人进出。

"萱冰,你们在车上别下来了……"

庄睿交代了一声,推门下了车,那边彭飞也走了出来,两人跟在老范后面,走进一间办公室,老范还算上路,他要是带庄睿进审讯室,庄睿肯定当场翻脸。

今天是派出所的江所长值班,听到外面汽车响,出来看了一眼,看见范副所长刚才带出去的七八个人,这会儿个个都无精打采的,有几个走路还一瘸一拐的,心里不由有些奇怪,难不成警察还被土匪给打劫了?

"老范,这是怎么回事啊?"

江所长知道老范出去干什么了,也知道是局里领导吩咐下来的事情,不过这和所里的工作没关系啊,要不是平时两人相处得还算融洽,私自带人出去设卡,江所长早就翻脸了。

"哎哟,江所,我正要向您汇报呢,是这么回事,咱们的人刚才执法的时候有些不礼貌,被刚才那两人给打了,您看这事……"

老范正愁自己脱不开身呢,一见江所长,连忙一五一十地把事情汇报了一下,当然,自己心里猜测庄睿有背景的话,自然是一句没提。

"还反了他们了?无法无天啦,连执法人员都敢打?"

江所长一听这事,当下火冒三丈,高声喊了起来,不过话刚出口,就看到庄睿和彭飞开来的悍马和宝马车,江所长也不是没见识的人,最起码他知道,这俩马可比种地的马贵多了。

"嗯,老范,暴力抗法不能放纵,但是也要慎重处理,先检讨一下我们在执法过程中,有没有违规违纪的地方,好了,我还有点别的事情,这里你来处理吧……"

要不然怎么说江所长干的是正职啊,这水平明显比老范高出一大截。

齐靖远今年六十五岁,但是看起来也就五十出头,人很年轻,齐氏集团从一个手工小作坊发展到员工近万人,海内外知名的大企业,全是齐靖远一手打拼出来的。

解决了物质问题,就要有点儿精神追求,齐靖远近几年迷上了收藏,尤其是玉石类的藏品,只要被他看中,肯定会买下来。

不过齐靖远在古玩圈子里,只能算半路出家,学艺还不精,打眼交学费的事数不胜数。后来经人介绍,认识了上海的杂项专家德叔,这才减少了购买赝品的次数,这些年来,齐靖远和德叔关系一直都很不错。

再说老马前几天才在北京帮女儿掌眼买了个物件,这可都是人情啊,别人求到头上来,自己肯定要帮忙的。

所以接到德叔的电话后,齐靖远马上给临安那边的一个朋友打了电话,将情况说了一下,不过想想还是让女儿跑一趟,这样也能显示自己对这件事的重视。

"齐珠,你马伯伯在昌化遇到点事,我这会儿走不开,你去一趟吧,嗯,先去找下政法委的老杨,我给他打过电话了……"

齐珠问清楚情况后,马上开车出门了,从她住的地方赶到昌化,还需要近一个小时。

"妈的,姓江真是委屈你了,怎么不姓胡啊,真他娘的是个老狐狸……"

老范原本想祸水东引的,没想到被江所长三两句话就化解了,看着端着磁化杯踱着方步走远了的江所长,站在原地的老范心里那叫一个郁闷。

转身回到房中,老范心里更加纠结,敢情庄睿和彭飞一点儿都不客气,从桌子上拿了茶叶,给自己泡上了茶,正有一口没一口地品着茶,老范心里就纳闷,这还是派出所吗?

事到如今老范也是骑虎难下,只能按照章程走了,当下打开办公桌上的记录本,对彭飞问道:"录下笔供,你,姓名,年龄,籍贯,职业……"

"彭飞,25,无业……"

彭飞干脆地从嘴里蹦出六个字,然后就把嘴闭得紧紧的,多一个字都不说。

老范额头上的青筋跳了跳,气得他直想拍桌子,不过最终还是忍了下来,又看向庄睿,问了同样的问题。

"刚才那人告我们什么? 故意伤人? 我可从始至终没动过手,你录笔供也录不到我头上吧?"

庄睿喝了一口冒着热气的茶水,慢条斯理地说道,他可不愿意在这地方录下笔供,因为笔供到最后还要本人按手印签字的,庄睿在刘川老爸那儿见过这种事,等于留下案底了,庄睿可丢不起这人。

"报案人说是你指使的,所以你也要录笔供……"

老范常年和犯罪分子打交道,对于这种问题反应极快,庄睿话声刚落,他就找到了借口,老范现在也想开了,自己按程序走,出了啥事也怪罪不到自己头上来。

"诺,他是成年人,有自己的思维,严大少说是我指使的,您就信啦? 您把严大少的笔录拿给我看看,他要真是这么说的,我告他诽谤!"

庄睿的硬气让老范有点不知所措,眼前这人软的不吃,硬的手段自己又不敢上,他加入警队十多年,还第一次遇到这样的人。

而且庄睿的话也击中了老范的软肋,他哪儿有严凯的报案笔录啊? 接到严凯的报案后,老范直接拉着人去设卡了,哪里还顾得上录笔录?

这样的事情其实也很平常,他们经常会遇到突发事件,回来补上就是了,不过现在庄睿挑起理来,老范还真没辙,总不能现在把严凯叫进来做笔录吧?

严凯? 这会儿正忙着呢,他本来在联防队员的办公室里,突然接到姑父打过来的电话,这会儿正忙着打电话呢。

要说在严家,除了老爷子不宠他之外,就要数严凯的姑父了,他对严凯向来都不假颜色,而且严家现在也靠蓝海贝支撑着公司,所以严大少除了怕老爷子之外,就怕这个姑父了。

"在派出所? 怎么回事? 你被人抓起来了?"

蓝海贝听严凯说现在在派出所,也吓出了一身冷汗,别是这小子不知道天高地厚,让那俩保镖把别人给打坏了吧? 想到这里,蓝总开始后悔给严凯配保镖了。

"嗨,姑父,你也太小看我了吧?谁敢抓我呀,这是我朋友的地盘,我把那几个和我抢房间的人,都抓到派出所了……"

严凯难得在姑父面前显摆一回,当下在电话里吹嘘起来,他所谓的朋友,不过是上海一个官员的子弟,老家是临安的,在当地有些势力而已。

"不要胡闹,我马上过去……"

蓝海贝听到是严凯找人整了别人,自己并没犯什么事,当下稍稍放心了一些,不过想起老曹的话,似乎对方也有些来头,挂断电话之后,马上让司机问路,往派出所方向开去。

嘭!

"你放老实点,看清楚这是什么地方?不要油嘴滑舌的,原告现在还在医院里呢……"老范实在憋不住火气了,右手用力在桌子上拍了一下,面前这人让他太憋屈了,说了半天油盐不进,反而质疑起自己执法的公正来了。

话说老范本来就有点心虚,这事瞎子都看得出来,是那位严大少布的局,不过事已至此,老范也没辙,就想着把庄睿的话套出来,然后报上去,上面怎么处理就不关他的事了。

"凡事都要讲证据,他们住院或许是被车撞的,关我们什么事?法律还做无罪推论呢,你这是什么态度啊……"

庄睿一点不急,他等着德叔那边的电话呢,等离开这之后,再慢慢收拾那位严大少。

"老范,你出来一下……"

正当老范不知道如何是好的时候,江所长出现在门口,善意地向庄睿二人点了点头,然后把老范召了出去。

"江所,什么事啊?"老范有点莫名其妙。

"什么事?我倒想问问你出了什么事,上面谢书记亲自打电话来问这件事,你到底怎么办的事啊?"

江所进了办公室,先把门关死,然后看着老范,刚才面对庄睿等人时的笑容,现在一点都没有了,这几句话几乎是吼出来的。

"谢……谢书记?哪个谢书记?"老范有点傻眼,局里没谢书记这个人啊?

"还有哪个谢书记?政法委的啊,刚才打电话来直接就问了,我们的工作态度是不是很粗暴?还问被带来的人里面,有没有一个姓马的老人?老范啊老范,你平时为人挺稳重的,怎么这次如此瞎胡闹呢?"

江所刚才可是被谢书记狠狠地修理了一顿,这下算是在谢书记心里挂上号了。老范惹的事,凭啥自己背黑锅啊,江所这会儿恨不得把老范拉到谢书记面前,好好解释一下。

"政……政法委的谢书记?"

老范这下算回过神来了,妈呀,这可是他们局长的顶头上司啊,和自己差了不知道多少级,而且这电话还是越过局长打的,说明这事情很严重啊。

想到自己刚才对庄睿拍桌子的事,老范的双腿开始打哆嗦了,自己忍了那么久,一直都是和颜悦色的,怎么最后关头就没忍住啊?老范此时恨不得抽自己两耳光。

"说说吧,这事怎么解决?"

事情已经发生了,江所长虽然很冤枉,手下人为了巴结领导,私自出警,但是他还是有担当的,现在最重要的是把这件事解决好,给谢书记一个满意的交代。

老范苦笑了起来,原本以为是个巴结领导的好机会,没想到却是拍苍蝇拍到老虎头上去了,当下说道:"江所,您……您拿主意吧,我这……这心里有点乱……"

"他娘的,当初有好事的时候怎么不想着让我拿主意啊?"

江所心里暗骂了一句,不过这事要是办好了,或许能把谢书记的印象转变过来,坏事未必不能变成好事。

"先这样,你马上叫人把那个严凯扣起来,然后亲自去医院拿那两个人的验伤报告,不管有没有伤,都要拿个没伤的回来,然后咱们告这个严凯报假案……"

江所长的脑袋很活络,短短一两分钟就想出个主意来,如此一来,事主报假案,警察出警,就变得顺理成章了。

"快去啊,还愣着干什么?"江所见老范站那没动,不由催促了一句。

老范听了江所长的话后,期期艾艾地说道:"江所,这人,可是刘局交代下来的……"

"老范,你要是还听刘局的,我就帮不了你了,是刘局大?还是谢书记大?你自己好好掂量吧,你要是不同意我的做法,这事我只能原原本本地向组织汇报了……"

江所长听了老范的话,颇有点恨铁不成钢,哥们已经很帮你了,黑锅都帮你背了一半,你还在那里犯难?

不过江所长这也是在自救,所里出了这事,他作为一把手,责无旁贷地要承担领导责任,不过要是按照他出的办法做,所里就能把责任摘得一干二净,如果老范不同意,那自己只能牺牲他了,死道友不死贫道嘛。

而且局里的那位副局长,和自己也不是一路人,否则办这事就不会单找老范而不给自己打招呼了,没必要给他面子,说不定还能在谢书记面前给那位点小鞋穿呢。

老范这下子更纠结了,江所要真把这事捅上去,自己的责任可就大了,就像江所说的那样,副局长和政法委书记,这中间还差着两层呢,谁大谁小一目了然。

"江……江所,就按你说的做吧……"

老范思来想去,感觉还是要听所长的,否则私自出警包括暗地里想整庄睿的事情要是被捅出来,恐怕自己这身皮都得扒掉了。

"行,那你去安排吧……"江所长也松了口气,脸上露出了笑容。

嘭!

就在老范准备开门的时候,大门被从外面撞开了,一个户籍警匆匆忙忙地跑了进来,说道:"江所,范所,局……局长来了……"

江所长愣了一下,问道:"局长? 哪个局长?"

"咱……咱们局里的鲁局长啊……"

那小警员也就是刚参加工作的时候,在全局迎新会上,见过这位大局长,这会儿已经激动得满脸通红了,没想到局长会到他们这小所里来检查工作啊。

"老范,你抓紧让人把姓严的控制起来,然后自己去医院,要快,不然这事我也帮不了你了……"

江所长刚接到谢书记的电话,局长大人就赶到了所里,中间肯定有联系,虽然这事自己责任不大,江所头上也冒出了细密的汗水。

"啊? 哦,哦,我这就去,马上就去……"

老范听到局长来了,当时就傻眼了,被江所推了一把才反应过来,他心里就搞不明白了,这年轻人一行到底是什么人啊? 居然把政法委书记,局里的一把手,全都折腾出来了。

第二十一章 意想不到的结局

　　小镇派出所的院子不大,庄睿的悍马还有宝马车一停,基本上就没多余的地了,在派出所门口,现在也停了三辆车。

　　有两辆车停在一起,一辆是警车,一辆是位女士宝马,车旁边站着一位五十多岁的警察和一个四十多岁的女人,在派出所的另外一边,停着一辆挂着上海牌照的奔驰车,蓝海贝从车里走了出来。

　　"姑父,你来啦,这里的事情我能处理好的,说了不让你来的……"

　　等在派出所门口的严凯,见到蓝海贝后迎了上去,心里想着免不了又要挨一顿训了,他也打定了主意,回到上海就不在那里干了,现在不是流行房地产吗? 严大少也准备下海折腾一番去。

　　"鲁局,欢迎您来检查工作……"

　　在派出所门口,江所长和老范带着几个民警也迎了上来,只是鲁局进院之后,老范和另外两个人却留了下来。

　　本来老范是想给刘局打个电话通下气的,现在局里一把手来了,他自然没机会了,现在也只能是赶鸭子上架,硬来了。

　　老范径直走到严凯面前,说道:"严凯,对不起,经过我们的核查,发现你有报假案的行为……"

　　"你说什么? 我报假案? 老范,你是不是吃错药啦?"

　　严凯被老范的话给说傻了,这哥们刚才还一口一个严少的,怎么转身就翻脸不认人啦?

　　变脸那可是四川国粹啊,这一小警察居然也会? 严大少感觉自己的脑子有点不够用了,这也难怪,严凯平时脑子用得少,一紧张就容易缺氧。

　　老范既然决定翻脸了,自然也不会客气,对旁边的两个人说道:"把他带进去,做下笔录,看看报假案的动机是什么?"

这两人都是正式警员,当下一左一右架着严凯就往所里走去。

"姑父,姑父,他们冤枉我啊,我没报假案呀,那人的确打人了……"

严凯此时想起蓝海贝了,这会儿也不怪蓝海贝是来教训自个儿的了,大声求救起来。

严凯的那副窝囊模样,让蓝总心下唏嘘,老爷子英雄了一辈子,怎么就生出这么个没出息的东西啊?

"嗯,你进去这么说就行了,记住,你没有报假案,别的事情我来处理……"

蓝海贝对严凯说了一句,现在这情形,他总不能上去抢人吧,那只会让形势越来越乱。

"李书记,我现在在昌化呢,小凯不懂事,惹了点麻烦,不是大事,年轻人争强好胜,人在派出所呢,还麻烦您打个招呼,我把他带回去让老爷子教育……"

蓝海贝摇了摇头,从包里拿出手机拨打了出去,电话那端传来的声音虽然很热情,但是听完这件事后,回复的却是先了解一下情况,回头再给他电话。

蓝海贝不禁苦笑了一下,现在的人,可真现实啊,这位李书记是从上海调到这边来工作的,以前可是老爷子一手提携起来的,如今办这么点儿小事,居然还跟自己打起了官腔。

不过还好,那位李书记念着旧情,电话很快就打了过来,让蓝海贝去找鲁局长,现在就在所里,事情不大,处理好就行了,不过李书记的话里,也透露出让蓝总管好小家伙的意思。

蓝海贝强忍着心中的憋屈,挂断电话后,走进派出所。

今天在这个浙江边界的小城,发生了许多让人看不懂的事情,就连当事人,也是稀里糊涂的。

先说鲁局长吧,接到谢书记的电话后,得知齐氏集团的副总裁来到昌化处理一件小事,连忙赶过来相陪,齐氏集团可是本地的龙头产业,自己这地头蛇也要给几分面子。

不过齐小姐刚和她要找的人聊了几句,鲁局长又接到一个电话,也是位书记,但是比谢书记大了两级,居然是市里的一把手,过问的事情,竟然也是这个案子。

问清楚事情经过之后,李书记话中的意思,却又隐隐偏向另外一方,让鲁局长一时也摸不着头脑了。

一方面是自己的顶头上司,另一方面却是自己顶头上司的顶头上司,俗称大哥大那位,鲁局长顿时感觉有些抓狂,早知道这么扎手让个副局长来处理就好了,自己凑这热闹干吗啊?

说不得,鲁局长马上又给谢书记打了个电话,谢书记听到班长发话了,也无可奈何,只能让鲁局按照那位的意思办,不过必须给齐家留些面子,最好就是大事化小事化了。

"请问这位是鲁局长吧?我姓蓝,从上海来的……"

刚放下电话,蓝海贝就出现在院子里,鲁局知道,李书记让接待的人,应该就是这位了。

"小江,说一下事情的经过吧……"

现在双方人都在这里,鲁局不好表明态度,他印象里好像是派出所偏向蓝海贝的人,所以对方才找到了谢书记,所以鲁局才让江所长说话,先定个调再说,

"是这样的,先前事主来报案,说他有两个朋友被打伤了,不过经过我们调查,发现事主有报假案的嫌疑,现在正在处理当中,鲁局,我们一定会分辨是非,严格处理报假案的相关人员……"

江所长自然没听到鲁局的电话,这会儿按照先前准备好的说了出来,只是他没注意到,鲁局长那张脸随着他的话声,变得越来越难看了。

"嗯,小江,能发现问题是好事,不过也不能武断地说事主就是报假案的,我看这里面肯定有什么误会,你把当事人双方都叫出来,让他们和解吧……"

鲁局也不想得罪齐家的人,干脆就和起了稀泥。

只是这番话说得江所长云里雾里的,鲁局不是来给后面进来的人撑腰的吗? 怎么现在又要和解了?

别说江所了,就是鲁局自己都搞不清是怎么回事。齐家势力不可小觑,谁知道又跟上面哪个领导有关系,鲁局长可不想得罪齐家。这也是鲁局长和稀泥的主要原因。

正在办公室里喝茶的庄睿和彭飞,还有审讯室的严凯,在鲁局一声令下,都被带到一间比较宽敞的会议室里。

"蓝总,什么时候把生意做到昌化来啦?"

齐珠见到蓝海贝之后,对鲁局长前后态度变化的原因,也猜出了一点儿,他们做生意的首先要了解这个地方的政治体系,齐珠自然对这个城市一把手的背景知之甚深。

不过齐珠也不怕蓝海贝,强龙也未必就能压得过地头蛇,单从经济实力上看,齐氏集团强于蓝海贝的公司,并且经过这么多年的经营,关系网也不见得比严家差。

"哎,是齐总啊,怎么这里面有您的朋友?"

刚才蓝海贝在派出所门口的时候,并没认出齐珠,现在一见是这个女人,不禁有些头疼,他可知道齐家在浙江的势力,就是把李书记搬出来,也未必见得好使,当然,这也要看齐家会为了这件事花费多大力气。

齐珠冷笑了一声,说道:"德叔是我父亲的老朋友,他这么大年纪了,可经不起您那侄子的折腾……"

齐氏集团和蓝海贝的公司本来就没什么交情,而且在某些项目上,还有竞争关系,所以齐珠也没给蓝总留面子,直接就指了出来:这事,就是您那侄子不对。

"齐小姐这话说的就不对了,怎么能说是小凯折腾呢? 现在事情还没搞清楚,不要这么快下结论嘛……"

蓝海贝今儿本来就够憋屈的，现在又被一个女人挤兑，也有些控制不住自己的火气，本来此次是想想事宁人的，现在却有了和齐珠较较劲的想法，他蓝海贝也不是任人拿捏的软柿子。

　　"两位，两位，别动气，咱们先问问当事人，到底是怎么回事？或许只是个误会也说不定，大家都别急，他们马上就过来了……"

　　旁边的鲁局长一看到两人要掐起来，连忙上前打起了太极拳，这蓝总是过江龙，不能得罪，可是齐珠这坐地虎也不是善茬，更招惹不起，别看鲁局身为一局之长，夹在两人中间也很为难。

　　正说话间，严凯被带了进来，有鲁局在这里，倒是没人暴力执法，严凯只是精神上接受不了这些警察的突然转变，现在见到蓝海贝，马上大声地嚷嚷了起来："姑父，他们冤枉我啊，刚才还说要关他们三五天的，说翻脸就翻脸……"

　　"咳……咳咳……"

　　蓝海贝听严凯越说越不像话，连忙咳嗽了几声，打断了严凯的话，然后说道："小凯，你就说说对方是怎么打人的就行了……"

　　蓝海贝这是避重就轻，咬死了对方打人的事实，如此说来，那就不算报假案了。

　　严凯正要说话的时候，会议室的大门被老范推开了，兴冲冲的老范扬着手里的诊断证明，大声说道："鲁局，江所，我回来了，这是镇上医院的诊断证明，那两个人身上并没有伤，也就是说，严凯告庄先生故意伤人的事情，是不成立的……"

　　在老范身后，还跟着严凯那两个保镖，见到蓝海贝，两人顿时把头低下了。

　　被老范这一打岔，会议室里顿时有好几个人都黑了脸，尤其是蓝海贝，这身上一点伤都没有，哪里来的伤人一说，老范的话，等于直接抽了蓝总一耳光。

　　鲁局长也是面上无光，心里直骂老范不懂事，有了诊断证明，对方更是咬死了严凯报假案，这让自己也不好处理啊。

　　"啧啧，不是故意伤人，那就是有人报假案了？"

　　齐珠的话说的蓝海贝哑口无言。

　　"齐总，可能是他们之间有过冲突，还是有些误会吧……"

　　鲁局长这会儿不能不说话了，他就是想打个圆场，把这两方人都送走，就天下太平了。

　　"冲突？是有，不过是他们先动手的，我们自卫而已……"

　　一个声音从会议室门口传过来，却是刚刚正在办公室里喝茶聊天的庄睿和彭飞，走了进来，身后还跟着秦萱冰等人。

　　"齐珠姐，您怎么来了？"

　　庄睿进入会议室后，一眼就看到了齐珠，连忙上前打了个招呼，接着说道："真是不好意思，就这么点儿小事，把您也给折腾来了，什么时候您去北京，一定要给我打个招呼啊……"

"没事,德叔和家父是老朋友了,庄老师,这事您别怕,一定可以处理好的⋯⋯"

齐珠并不知道庄睿的背景,出言安慰了庄睿几句,在她想来,庄睿只是古玩行里的一个专家,面对这样的事情,可能也会心急焦虑吧?

"怕?"庄睿在心里笑了笑,还没认自家外公的时候,他就敢在派出所打人,以自己现在的背景,只要不是杀人放火,家里应该都能保得住他。

当然,庄睿也不会干那些仗势欺人的事情,他从始至终没说一句自己外公的事,就是不想依仗外公权势。

不过在京城那地界,已经有很多人认识庄睿了,但是在这偏远小镇,庄睿的身份充其量就是个古玩专家而已。

"庄老师,这事就是他们不对在先,还报假案,你说怎么处理吧?"

齐珠本身就是个泼辣性子,现在更是得理不饶人,明着是为庄睿出气,暗里却是在削蓝海贝的面子。

"算了,让他们家自己去管吧,姓严,改姓宽好了,没家教的东西⋯⋯"

庄睿摇了摇头,一番话说的轻声慢语,但是听得屋里一众人,包括齐珠在内,都是目瞪口呆,这年轻人年龄不大,这话说的却是老气横秋。

更主要的是,庄睿这话把严家众人都骂了进来,要知道,严家老爷子虽然不在位了,但是毕竟还没进棺材,当年跺一跺脚,也是威震四方的人物。

就是放到现在,别人即使不给老爷子面子,那也只能阳奉阴违,没人敢去和老人当面较真,所有人都没想到,这严家的老爷子,就被庄睿这么轻描淡写地给骂了。

看到众人惊愕的眼神,庄睿也有些后悔,刚才那话说的有点过了,他知道严家老爷子和欧阳家还有些渊源,再怎么说都是自己长辈,把他骂进去是有点不合适。

只是庄睿莫名其妙地被严凯搅入到是非里,心里的确很生气,所以刚才说话也就没注意,现在说都说了,庄睿也不想再解释了。

"你,你敢骂我家里人,姑父,他可连你都骂进去了啊⋯⋯"

从小到大,别人提到严凯爷爷的时候,总是带着尊敬的语气,所以刚才他被庄睿给说愣了,过了好一会儿才反应过来,只是这货太窝囊了点,自己不敢上前找庄睿麻烦,倒是把蓝海贝拉上了。

众人看得都暗地里摇头,这人忒没出息了点。

"我说错了吗?唉,算了,和你这样四体不勤五谷不分的人,没什么好说的,齐珠姐,现在咱们能走了吗?"

庄睿淡淡地看了严凯一眼,也懒得和他计较,在那破路上颠簸了半天,庄睿现在只想快点离开这里,回到上海洗个澡,舒舒服服地睡上一觉。

"你⋯⋯你往哪里走,姑父!"

严凯再也忍不住了,庄睿骂他倒是没什么,但是眼中的那种轻蔑和不屑,却让严大少很伤自尊,上前一步抓住了庄睿的胳膊,回头向蓝海贝看去,严凯心里有点奇怪,为什么都让人骂到头上了,姑父依然无动于衷呢。

此时蓝海贝看着庄睿,脸上露出一丝狐疑,他摆了摆手让严凯放开庄睿,走了过去,问道:"您姓庄?咱们是不是在哪里见过啊?"

"我是姓庄,不过我没见过你……"

庄睿摇了摇头,他对面前这人一点儿印象都没有。

"那庄先生是否住在北京?"蓝海贝紧接着又问道。

"是,怎么了?"庄睿点头答道。

众人见到这番情形,都有些不明所以,别人就差指着鼻子说你们家没教养了,这蓝海贝怎么反倒上去套起了近乎?

只有德叔心里明镜似的,虽然他不知道蓝海贝怎么会认识庄睿,不过看这景象,八成是猜到庄睿的来历了,所以才会有这么一问。

"庄先生是住在玉泉山的吧?"随着问话的深入,蓝海贝脸上的神色变得愈加恭敬起来。

"不是,我姥爷住……蓝先生问这些干吗?"

庄睿随口答了一句,不过话说一半就停住了,自家的事,有必要和这人说吗?

"庄先生,对不起,实在是对不起,这件事情是我们不对……"

蓝海贝听到庄睿的话后,心里的疑惑终于解开了,但那种不安,却更加强烈了。

年前,蓝总曾经代表上海严家,去京城给一位大人物祝寿,虽然放下礼物就走了,但是见过庄睿一面,不过蓝海贝并不知道庄睿和欧阳家的关系。

刚才见到庄睿的时候,蓝海贝就感觉有些面熟,三两句话问下来,庄睿和欧阳家的关系,在蓝海贝这里就不是秘密了。

"姑父,你干吗给他道歉?可是他先动手打的我啊!"

先不提场内这怪异的氛围,站在一旁的严凯实在忍不住了,他从小到大,还是第一次挨打呢,当然,虽然是他先动的手,不过吃了亏的严凯,自然认为是庄睿的错。

"啪!"

一个清脆的响声传了出来,蓝海贝狠狠在严凯脸上扇了一耳光,用力之大,让严凯原地转了个圈子。

得,严大少这辈子挨的第二次打,这么快就到来了,脸上现出了五个红红手指印的严凯,完全懵住了,他没想到被自己视为救星的姑父,居然会打自己?

"你……你敢打我?我告诉我姑去,我告诉我妈去……"

过了足有一分多钟,严凯才反应过来,让人没想到的是,这货居然像个孩子似的哭了起来,就差没坐到地上打滚了。

"够了,你们两个,把他带到车上去,把他手机收起来,回头我带他直接去见老爷子……"

蓝海贝一提到老爷子,严凯吓得顿时止住了哭声,他怕家里的那位,更甚于欧阳军怕他爷爷,欧阳军的怕,多是出于尊敬。而严大少则是因为在外面打着老爷子的旗号,心里巴不得那位早点翘辫子呢,那样就没人管得了他了。

"庄先生,实在对不起,是我们家管教无方,回去我会告诉老爷子的……"

蓝海贝之所以把严凯赶出去,其实也有保护他的意思,眼前这人,才是真正的太子党,严凯和对方根本就没法比,别人要是真想整严凯,就是老爷子出面都没辙。

上海严家和京城欧阳的势力对比,就像是航空母舰和小木筏一般,由不得蓝海贝不低声下气地赔不是。

"这是你们家的事,不用和我说……"

庄睿淡淡地回了一句,转脸挂上笑容,对站在一旁目瞪口呆的齐珠说:"齐珠姐,这次真是麻烦您了,找个地方,我请您吃饭,折腾到现在也饿了……"

本来庄睿等人是想在上高速前吃饭的,被这事一搅和,现在都快七点钟了,庄睿的肚子早就饿得咕咕叫了。

"好,好,到了这里,当然是由我来做东了……"

齐珠闻言反应了过来,一个古玩店的年轻老板,岂能让五十多岁的蓝海贝如此恭敬?看来这位庄老师不是自己想得那么简单,齐珠这会儿心里也充满了好奇。

"范警官,事情搞清楚了,请问还有什么事吗?我们能不能离开了?"

庄睿看向老范,虽然之前发生的事情庄睿心知肚明,但是现在也没必要砸人饭碗,谁混得都不容易,并且这老范一直都挺上路,就是办公室的茶叶,稍微差了一点儿。

"这……这……"

现在这场面,哪里轮得上老范做主,不住地看向了鲁局长,见鲁局长微微点了下头,才对庄睿说道:"庄先生,实在是不好意思,您可以离开了……"

"萱冰,德叔,走吧,今儿不知道还能不能赶回上海……"

庄睿招呼了一下几人,径直走出了派出所,留下一屋子人面面相觑。

"蓝总,这到底是怎么回事啊?"

鲁局长把江所等人都赶出去后,向蓝海贝问道,他现在算是糊涂了,两边都找人来说关系,但是这蓝总一见到事主,态度转变的也太快了吧?

"鲁局长,这事……唉,真是麻烦您了,都是家里的小辈不懂事,您也别问了,那个年轻人的来头,比您想象的要大很多……"

蓝海贝苦笑了一下,虽然庄睿人走了,只是事情未必就解决了,他不知道庄睿这人的品性如何,但这事必须回去告诉老爷子,否则对方真要报复严家的话,连个防备都没有。

蓝海贝不知道,庄睿根本就没把严凯放在心上,尤其是见到二十多岁的大男人当众哭鼻子的样子,庄睿要是真和他计较,那显得自己智商也太低了点。

　　听了蓝海贝的话,鲁局长心下也是暗自庆幸,幸亏自己是抱着以和为贵的态度来的,否则的话,招惹了自己惹不起的人,恐怕李书记到时候也会做缩头乌龟吧。

　　离开派出所后,蓝海贝连夜赶回上海,把这事跟当家老爷子一说,顿时把严家老爷子气得差点住院,用拐杖狠狠地教训了一顿严凯之后,下了禁足令,不允许他踏出家门一步。

　　严老爷子事后也向京城的老领导探了探口风,听老领导话中没什么异样,这才放下心来,不过却把整个家族里的人都教训了一遍,严家的风气也有所改变,当然,这些都是后话了。

第二十二章 老手艺人

"齐珠姐,今天这事,真要谢谢您啊……"

在市里一家酒店,庄睿端起酒敬了齐珠一杯,别管怎么说,人家接到德叔的电话,马上就赶了过来,这人情虽然是德叔欠的,但可是要庄睿来还。

"庄小弟,就是我不来,恐怕他们也不敢把你怎么样吧?"

齐珠意识到庄睿不简单,也有意结交,原本的老师变成了小弟,关系一下拉近了许多。

"那可说不准,每次出来都碰见这种倒霉事……"

庄睿摇了摇头,要说他见过的世家子弟也不算少,但是喜欢惹是生非的,还偏偏都是那些背景不大,动不动就是我爸是 XXX 的人,这人没吃过亏,就有点不知道天高地厚。

齐珠笑了笑,犹豫了一下,说道:"庄小弟,有件事不知道该不该问,如果你不想说也没关系……"

"齐珠姐,您说……"

"庄小弟,那位蓝总在上海也是有身份的人,为什么见了你,却是那种态度啊?"

齐珠一来是好奇,二来的确想知道庄睿的背景,能让蓝海贝以那种谦卑的态度对待,绝不是有钱就可以办到的。

"这个……"

庄睿愣了一下,没想到齐珠会问这事,告诉朋友自己外公是谁倒是没什么,只是这话由自己说出来,未免有点显摆的意思,庄睿不由看了德叔一眼。

德叔明白庄睿的意思,开口说道:"小齐啊,庄睿的外公是欧阳罡老爷子,不过这孩子不喜欢招摇,你知道就行了,这事不要说出去……"

"啊? 是他?!"

齐珠一听,吃惊地掩住了嘴,或许那些小年青不知道这个名字,但是对于四十多岁的齐珠而言,这名字绝对不陌生,曾几何时,在新闻里,经常能见到那位老人的身影。

现在齐珠算是明白了，蓝海贝在上海的势力，与庄睿的背景比起来，还真是不值一提。不说那位老爷子的赫赫威名，就是欧阳家的二代三代随便拉出来一个人，都不是现在的严家能招惹起的。

齐珠也算是有见识的人，听到庄睿的身份后，表面上并没有什么变化，依然一口一个庄小弟地叫着，不过却在不经意间，和秦萱冰处的极好，等酒席结束，已经和秦萱冰姐妹相称了。

庄睿等人当天就住在这个小城了，第二天一早才返回上海，把德叔送回家之后，庄睿等人在机场办理好鸡血石料的托运，这才飞回北京。

三月的北京已经春暖花开，庄睿的四合院更是花香扑鼻，到处都是一片绿意盎然，再加上小图图和丫丫两人舅舅哥哥地叫着，让庄睿原本有些压抑的心情，也变得好了起来。

听到庄睿的声音，白狮也跑过来凑起热闹，把庄睿压在地上给他洗了把脸，这才放庄睿离开。

晚上和庄母一起吃完饭，庄睿和秦萱冰回到了自己房间，开始盘点此次的得失来。

其实此次昌化之行，庄睿的收获还是很大，数十斤中低档鸡血石料子，已经足以支撑宣睿斋数年的印章生意了。

最重要的是那块"刘关张"和"大红袍"鸡血石料，更是千金难觅的鸡血石珍品。

"大红袍"料子，庄睿决定给自己做个印章，而"刘关张"料子，庄睿准备拿给古师伯看看。

本来上次在缅甸赌到的那颗翡翠树，庄睿是想留给古老爷子去雕琢的，最后被胡荣给留下了，这块鸡血石料，如果不拿给那老爷子，日后要是被他知道，一顿骂是少不了的。

"对了，差点把这事忘了……"庄睿突然想起件事来，拿出电话拨打了出去。

"庄老板，您来啦，里面请……"

庄睿刚进宣睿斋，赵寒轩就迎了上来，经过过年期间一个月的调养，赵寒轩气色恢复了许多，此时穿着件长袍大褂，让庄睿想起初见他时的情形。

那会儿的老赵可是一副老板派头，儒雅得很，不过现在看上去，脸色虽然恢复的差不多了，但是气质上，却感觉少了点儿什么。

"呵呵，老赵，听你这话，我怎么感觉自己像是客人啊……"

庄睿笑着走了进去，店里的猴子和大雄见庄睿过来，也是一口一个"庄哥"地上前问好。

"您倒是老板，不过就是来的少了点儿，庄老板，事情我办好了，下午那师傅就过来……"

赵寒轩把庄睿让到店里给客人休息的地方，笑着和庄睿开起了玩笑。

"哦？这么快？现在老手艺人可是不多了……"

昨天,庄睿突然想到一件事,自己的印章料子是有了,但是缺少刻章的师傅啊,很多人在购买了印章石之后,为了图方便,都会委托卖印章的地方篆刻,店里要是没这样的人,也很不方便。

所以庄睿昨儿给赵寒轩打了个电话,问他认不认识刻章师傅,没想到今儿一来,老赵就把人给找好了,这要是换做庄睿,指不定在哪抓瞎呢。

赵寒轩点了点头,说道:"是啊,现在都是机器刻章,很少有人手工篆刻了,庄老板,我请的这位可是个老师傅,几十年的手艺了,咱们工资可不能给低了啊……"

"哦?工资是多少钱啊?"庄睿问道。

"我和葛师傅提了一下,月薪大概五千左右,您要是同意,我这就给他打电话……"

虽然庄睿说过,他不在的时候,这店里的大小事都由自个儿做主,但赵寒轩还是分得清主次的,牵扯到人员的进出,还是让老板拍板比较好。

"五千块钱……"

庄睿沉吟了一下,接着说道:"好,五千就五千,老赵你把他喊来吧,另外如果生意好了,工资还可以再加……"

赵寒轩说的电脑刻章机,庄睿也知道,一般的小型和中档电脑刻章机,价格在两千五至两千八左右,就算是比较好的精密型工艺品刻章机,售价也就是三千三上下,成本算是很低廉了。

现在很多修表刻章的摊位,用的都是这些机器,这可比请刻章师傅便宜多了,而且还快。

不过庄睿开的是古玩店,讲究的就是发展弘扬传统文化,这店里卖的是古玩,要是整上那么一台电脑刻章机,未免有些不合适,所以庄睿才决定还是要人工刻章,即使贵一点也没关系。

另外,机器刻章出来的效果,相对比较呆板,没有手工刻章圆润舒展,这也是庄睿要请刻章师傅的原因之一。

而且这些刻章师傅帮客人篆刻印章,也是要收费的,只要印章石卖得好,这份工资钱说不定就能补回来。

即使亏上那么一星半点的,庄睿也不在乎,这店铺本来就是闲暇打发时间,并且处理得自缅甸的那批珠宝的,庄睿也不指望宣睿斋赚什么大钱。

赵寒轩出去打电话,猴子凑了上来,脸上讪讪地对庄睿说道:"庄哥,这两天生意不怎么好,只卖出去一串珍珠项链,八万多块钱,不过看的人倒是挺多的,就是要讲价,我就没卖……"

这段时间文房用具那边的生意很不错,几乎每天都有几万块钱的营业额,而自己这边就做成了一单生意,庄睿对自己那么好,猴子卖不出去物件,心里感觉有些对不住庄睿。

"呵呵,猴子,在北京城待着还习惯吗?"

庄睿没接猴子的话,而是笑着把话题扯开了。

"习惯,庄哥,您没见我现在一口地道的北京话了嘛,嘿嘿,大雄媳妇还说要给我介绍个女朋友呢……"

一说生活上的事,猴子来劲了,这北京城不是彭城能比的,是个将现代气息与古典文化氛围极其融洽地融合在一起的大都市,并且包容性很强,来自天南海北世界各地的人,都能在这里找到属于自己的位置。

猴子和大雄以前在彭城混的可不怎么样,现在在北京城,一月一万块钱的底薪,那也算白领一族了,出门都能昂着头。

当然,以这俩货的水平,还不懂啥叫小资,酒吧是不去的,最多找个大排档买几瓶啤酒对着嘴吹。

"哈哈,你小子,是不是没谈过女朋友啊?"

庄睿闻言哈哈大笑了起来,看猴子那脸红的模样,没准自己还真说对了。

"庄哥,我猴子当年在彭城,那可是人见人爱,花见花开的,大雄比我可差远了……"

男人最怕别人说他没女人,猴子一听这话急了,吐沫星子乱飞地吹嘘起来。

"得,得,别吹了,这几天我得空,到时候叫上大雄和小静,一起出来吃饭吧……"

庄睿连忙打断了猴子的话,接着说道:"这些东西不急着卖,价格只能往上涨,不能往下降,古玩店就是三年不开张,开张吃三年,所以卖东西的时候要淡定,摆出一副爱买不买的样子,别让人感觉咱们上赶着要卖掉一样……"

庄睿看猴子心情放松了之后,开始给他讲起古玩店的门道,以前猴子和大雄唱双簧,那是生怕别人不买东西,想着法子骗别人掏钱。

但是古玩店可不同,别说宣睿斋是开在潘家园,就是整一深胡同里去,那也是酒香不怕巷子深,只要有好玩意儿,有些人是架不住诱惑的。

现在这年头,几乎是全民收藏的时代,有些人不懂装懂也要去古玩市场转悠一圈。

而且并不是所有玩收藏的都是有钱人,有些人囊中羞涩,但是又看好某个物件,为了讲下价钱,甚至能跑几十趟,这就要看卖家能不能拿得住劲了,谁能坚持到最后,谁就是赢家。

猴子听完庄睿的话,有些不好意思地挠了挠头,说道:"庄哥,我知道了,赵经理也跟我说过这个道理,只是有些习惯改不过来,我以后一定注意……"

"呵呵,猴子,这事不用急,没事也别待在店里,多出去听人讲故事,这里面的门道可比彭城多,时间长了你就懂了……"

庄睿拍了拍猴子的肩膀,自己把人从彭城带出来,总归要给他们一个好前程,而且这两人够忠心,日后肯定能帮到自己。

庄睿现在的思维方式，越来越向老板的身份靠拢了，一个成功者，不仅仅是自己成功，手下更要有一帮子打江山的人。

虽然庄睿的情况比较特殊，在积累原始资金时不需要帮手，但是保不齐以后产业要做大，总不能事事都自己亲自干吧。

安抚完猴子，庄睿又和大雄聊了一会儿，得知的确有不少客人，在购买文房四宝的时候，会询问是否有印章出售，大雄也很看好以后的印石生意。

中午庄睿没走，留在宣睿斋和他们一起吃了个快餐，因为下午那位印章师傅就要来，庄睿想试试他的手艺怎么样，来宣睿斋时，庄睿就带了几块小鸡血石，简单加工一下，就是一个印章材质。

"葛师傅，这位就是宣睿斋的老板，庄老板，你们认识一下……"

下午一点多，一位六十多岁，个头不高精神矍铄的老头走进了宣睿斋，赵寒轩迎上去，给庄睿介绍了一下。

"葛师傅，我人年轻，做事情喜欢直来直去，虽然用机器加工印章，成本低廉很多，但那也丢了老祖宗的手艺，所以我才请您来，不过……"

庄睿说到这里，手腕一翻，掌心出现一块长方形的鸡血石，虽然形状不是特别规则，但是底面平滑，这是庄睿有意切出来的。

拿出鸡血石后，庄睿接着刚才的话说道："不过我是开门做生意的，这手艺好坏可是会影响咱们店里的生意，葛师傅是不是……"

话说到这里，已经很明白了，庄睿这是在面试，是骡子是马，拉出来溜溜。

"成！"

葛师傅倒是个痛快人，嘴里答应了一声，接过庄睿递过来的鸡血石，把自己手上的黑皮包打开，从里面拿出一个用布缝制的褡裢来。

庄睿看到，在这褡裢里面，插着十多把大小形状各异的刻刀，见到葛师傅这副做派，庄睿心里倒是信了几分，不是老手艺人，没几个人会使用这些家伙什了。

"这是昌化鸡血石，质地一般，刻出来的印章，属于中档印石，不过经过我的修饰，价格应该可以卖得高一些……"

葛师傅从褡裢里挑出一把刻刀，一边和庄睿说话，一边在那鸡血石上雕琢起来。

庄睿见葛师傅拿出刻刀就要干活，眉头不禁微微挑了一下，出言道："葛师傅，您不要先画样写字吗？"

虽然自个儿手艺活潮的很，但是庄睿的眼界见识岂非一般人能比，凭借自己的博闻强记，对刻章工艺，庄睿也不陌生。

一般手工刻制印章，要先用毛笔在印章的刻面上，写好要刻制的字，然后才用刻刀铲

157

字、挑泥,这是手工刻制的常见步骤,但是到了葛师傅这里,却没有丝毫执笔的意思。

"呵呵,姓名雅号、花鸟虫鱼,只需我一把刻刀,尽人方寸之中,庄老板,您瞧好吧……"

葛师傅笑了笑,说了句广告词般的话,而本人坐在那里却没动,仔细观察着手中的印章石,把玩了一番之后,略作思考,刻刀就在那块鸡血石上动了起来。

庄睿挑的这块鸡血石料,非圆非方,是一个形状不是很规整的长方形石料,他也是临时拿来凑数的,真要对外出售的印章石,必须要经过加工。

让庄睿奇怪的是,葛师傅并没有在刻面动刀,而是修饰起这块鸡血石来,葛师傅手中的刻刀,稳健有力地将鸡血石表面粗糙的地方,修整了一下,整块料子看上去顺眼了许多。

拿着刻刀的葛师傅,在这一刻变得无比安静,似乎店里进进出出的人流,对他没有丝毫影响,连带着在他身边,都变得安静下来,有些客人从这里走过的时候,也纷纷停下脚步,驻足观看起来。

说老实话,庄睿虽然委托古老爷子雕琢了好几个物件,但是从来没见过古师伯工作时的样子,现场看人篆刻,这还是第一次,此刻他的心神,也被葛师傅那行云流水般的动作吸引住了。

一把小小的刻刀,在葛师傅的手中,似乎有灵性一般,左镂右刻,动作十分快,让人颇有点眼花缭乱的感觉,明明前一刻看刻刀还在上面,下一刻就出现在一个看似毫无关联的地方。

如同大师作画一般,葛师傅的脸色此刻很严肃,戴着老花镜的眼睛,死死地盯着手中的刻刀和印章石,这块石料能雕琢出什么样的形状,葛师傅早已成竹在胸了。

内行看门道,外行看热闹,除了庄睿和赵寒轩等寥寥数人之外,其他观看葛师傅刻章的人,都有些莫名其妙,因为葛师傅前后落刀的方位,似乎都没有什么关系。

过了足足一个钟头之后,众人慢慢地看明白了,一块龙头玺印已经出现在葛师傅手中。

葛师傅雕琢的应该是个无首螭龙,龙头高昂,双睛怒睁,龙口微张,更传神的是,在张开的龙口处,还有一颗红色的龙珠,原本粗糙的鸡血石经过葛师傅的加工之后,已然变成了一件精致的工艺品。

雕琢的活干完了,但是今儿的主题是篆刻,葛师傅抬起头来,向庄睿说道:"庄老板,出个题目吧……"

"葛师傅,您应景随便刻几个字吧,这物件质材不是很好,我本来是想自己练手的……"

庄睿对葛师傅的手艺,再无一丝怀疑,先不谈篆刻技艺如何,单是这手小件工艺品雕琢,已经堪称大师了。

这枚龙首印章,无论是构思还是造型,都在这短短一小时内完成,没有数十年的功底和无数次的雕琢,绝对达不到这种信手拈来的娴熟程度。

"应景？好吧……"

葛师傅答应了一声，又打开褡裢，换了把刻刀，开始篆刻。

不过篆刻比雕琢容易许多，过了二十分钟左右，整个印章就完成了。

完成篆刻工作之后，葛师傅拿出几张砂纸，对着印章打磨起来，砂纸也分粗细，粗砂纸是打磨印面的，而细砂纸是打磨印章表面的，经过打磨的印章，和原来那块鸡血石原料，已经不可同日而语了。

"庄老板，看看老头子的手艺还成吗？有段时间没刻章了，这手也有点生了……"葛师傅把那枚龙首印章交到庄睿手上，语气中充满了自信。

"葛师傅，您这不是手艺，而是工艺了……"

庄睿刚才已经观察得很仔细了，葛师傅这手艺绝对不简单，因为这块印章不单单是篆刻，还包括雕琢工艺，书画艺术等诸多学科，这件完成的印章，绝对称得上是一件工艺品。

"小伙子，看看这老师傅刻的是什么字啊？"

旁边有些喜爱印石篆刻的人，此时忍不住出言提醒庄睿，看这师傅的雕琢工艺，篆刻也不会差吧。

"对，对……"

庄睿答应了一声，接过赵寒轩递过来的印泥，在印泥上蘸了蘸，铺开一张宣纸，双手各出两根手指，拿住印章，对着宣纸平稳地印了下去。

使用印章也是有讲究的，古人行印，是一件非常慎重的事情，像字画类的古玩，书画好后的印章和落款题跋，都是画龙点睛式的必不可少的环节。

使用印章的时候，要平心静气，用双手执印，在落印的时候，手要稳，以使印章上的字能均匀地印在纸上。

像古代皇帝行印，专门有行印的太监，他们要跪在地上，先把玉玺举过头顶跪拜，然后才能将印章盖下去。

庄睿多次见过德叔使用印章，现在用起来倒是中规中矩，看得葛师傅在一旁暗暗点头，看来这店主是个行家。

今儿虽然是来应聘的，但是老板挑员工，员工也挑老板的。

葛师傅今天本来就是来看看的，如果这老板是个什么都不懂又喜欢指手画脚的人，那对不起，葛师傅也不伺候。

不过从目前的情况来看，这老板虽然年轻，但是说话办事都很上路，是个讲究老传统的人，没办法，老手艺人就认这些老传统。

庄睿并不知道，自己一个行印的手势，就让葛师傅对他产生了好感。

"宣睿斋品鉴"

庄睿双手抬起,五个篆字出现在宣纸上。

不过没学过书法的人,一般认不出这几个字,旁边有几个客人,正向赵寒轩打听这五个字的涵义。

"老板,这枚印章我买了,多少钱卖啊?"

"这东西是不错,两千块钱,老板,卖不卖啊?"

更有甚者,干脆问起价来,这东西在众人眼里,已经不仅是一枚印章,而是一件精致的鸡血石工艺品。

赵寒轩是老生意人,怕庄睿不会处理这种情况,连忙大声喊道:"诸位,不好意思,这印章刻的是小店的名字,各位买回去也没用。如果哪位朋友想购买本店的印章,可以在这里预约一下,交点定金,留下要篆刻的名字和电话,等葛师傅做出来之后,本店会给诸位打电话的……"

听了赵寒轩的话,众人这才安静下来,不过都纷纷围住赵寒轩,准备定做一个印章,赵寒轩对这行当还算了解,当下列出印章的材质,把价格也标了出来,给客人甄选。

第二十三章 天价印章

庄睿这会儿把注意力都放在了宣纸上的这几个字上，对身旁的喧闹仿若未闻。

这五个篆字用的是小篆，也可以称之为"秦篆"，显示在纸上的字体匀称齐整，笔画纤细如线而刚劲如铁，没经过细描直接就能篆刻出这种水平的字，庄睿感觉就是古老爷子，恐怕也做不到。

"好，好！"

庄睿在纸上端详了一会儿，抬起头来，向葛师傅跷起了大拇指，说道："葛师傅，您能来小店屈就，这是小店的荣幸啊……"

"呵呵，庄老板客气了，像你这样的年轻人，讲老传统的可不多了……"

葛师傅对庄睿也很有好感，笑着回了一句。

"葛师傅，称不得老板，您以后叫我小庄就行了，千万别把老板再挂嘴上了……"

庄睿对于有本事的人，一向都很敬重，而且以葛师傅这般手艺，估计也不是默默无闻的人，对葛师傅能来自己这小店，庄睿心里还是有些疑惑，不过别人刚来，这事也不好贸然相问。

"老赵，标一下，葛师傅亲手雕琢的印章，除了印章石的价钱之外，还要加收雕工，订个标准，一字五百……"

庄睿看赵寒轩被人围着登记，连忙加上一条，倒不是他财迷心窍，而是葛师傅这手艺，的确值这个价钱，要不是怕吓走客人，庄睿都想开出一字一千的价格了。

"老板，您这也忒黑了点吧？一个印章才几百块钱，这刻章就要上千块了。"

"是啊，要是这样的话，那我们就不买了……"

"老板，您掉钱眼里去了吧？"

听了庄睿的话后，那群本来准备购买印章的人，纷纷聒噪起来，当然，所有人的矛头都指向了庄睿。

"老板,您这虽然是开门做生意,但是也不能太黑了吧?"

"是啊,我们买印章,这篆刻应该算服务吧,还收费?"

鼓噪的人群里发出各种质疑,当然,都是因为庄睿这个收费标准引起的。

一般人的姓名都是两个或者三个字,再加上"印"或者"鉴"字,就要刻三个到四个字,也就是说,不算印章钱,单单是篆刻就要一两千,也难怪这些人有意见。

别说是他们了,就是赵寒轩与葛师傅,也被庄睿的话给说愣了,满大街都是免费电脑刻字的,自己这边反其道而行,能成吗?

葛师傅怕庄睿下不来台,从后面拉了一把庄睿,小声说道:"小庄,这……刻字是我的工作,就别另外收费了吧……"

庄睿摇了摇头,道:"要收费,以后还要涨价,葛师傅,这事您别管了……"

"诸位,大家先安静一下,听我说几句……"

庄睿走到众人面前,等众人安静下来之后,才开口说道:"大家都知道,现在满大街都是电脑刻章的,而且私人用章也越来越少,这是什么原因呢? 哪位说说……"

"这有什么奇怪的,现在谁还用私章啊……"

"是啊,除了公章、财务章,私章用的越来越少了……"

"年轻人,这和刻章要钱有关系吗? 说点实在的……"

听了庄睿的问题,众人七嘴八舌地给出了各种答案,不过都没说到点子上,因为他们都没思考过这个问题。

"呵呵,大家还是没回答为什么私章越来越少,在我看来,这是一种文化的遗失,现代人都选择了更加方便的签字和手印,但是却把古代最能证明身份的印章置之脑后……"

庄睿的话引得众人面色渐渐凝重起来。

"刻章工艺自古有之,大多书画家,也是篆刻高手,不说古代了,就是清朝,那些金石大家的篆刻印章,也是千金难求。但是到了现代,诸位,你们还能在大街上找到一个手工刻章的摊位吗?"

说到这里,庄睿的语调猛地抬高,大声说道:"告诉你们,已经没有或者很少了,以后你们书写的字画,都是用机器加工出来的印章去盖钤印,那还是咱们的文化? 那还是咱们老祖宗传承下来的东西吗?"

听到这里,很多人变得若有所思起来,庄睿说的没错,书画讲究的是一种意境,如果在那上面使用机械加工出来的东西,的确辱没了书画艺术。

"现代机械给了我们许多便利,这是不可否认的,但是咱们也有许多优秀的手工工艺,因此而失传,难道大家就不痛心吗?

"看看那满大街的电脑刻章，一分钟就能出一个印章，但那是死物，能和葛老师这件工艺品比吗？

"手工刻章还能根据各位的要求，做出一些难以仿制的防伪记号，这也是电脑刻章不能比拟的，希望大家认真考虑一下。

"另外一点就是，葛老师的手艺，大家都是亲眼目睹的，他雕琢篆刻出来的印章，不但实用，而且有收藏价值，五百元一字，在鄙人看来，不贵！

"或许在今后的某一天，宣睿斋的印章，会变成五千元一字，对于传统文化的传承，我感觉同样不贵！"

庄睿掷地有声的话说完之后，宣睿斋安静下来，大家都在消化他刚才说的话。

足足过了几分钟，一声鼓掌声响了起来，慢慢的，掌声变得响亮起来，所有人都鼓起掌来。

"这位年轻人说得对，现代人，过于功利和浮躁了，对古老文化的传承，不重视了……"

人群里一位五六十岁的老人，第一个站出来附和庄睿的观点，随后又说道："我要订制一枚鸡血石印章，四个字，两千块钱的订金，我今儿先交了……"

凡事都要有人带头，有了那位老人的举动，原本还在心里衡量值不值的人，纷纷加入订制鸡血石印章的行列。

其实一两千块钱，对于喜好古玩字画的人来说，不算什么，更何况一枚印章可以用一辈子，又不是损耗品，想通了这个环节，众人还是愿意花这笔钱的。

"猴子，去帮老赵登记啊，一点眼力见都没有……"

庄睿见赵寒轩快忙不过来了，连忙踢了猴子一脚，猴子这才如梦方醒，应了一声跑过去帮忙了。

庄睿哪知道，猴子刚才正在想，庄哥真能忽悠，怪不得年纪轻轻就有这么大的家业，敢情这张嘴骗死人不赔命的呀。

"葛师傅，您……您这是怎么啦？"

庄睿发表完这番演讲之后，回头正准备招呼葛师傅的时候，却发现原本站在自己身后的老人，已经热泪盈眶，不能自已了。

"小庄，好，说得好，你能说出这番话来，老头子我就是一分钱不要，白给你干，我也认了……"

说老实话，葛师傅真的被庄睿这番话感动了。上世纪七八十年代，手工刻章无比兴旺，虽然多是一些单位的公章，但是他凭借这门手艺，维持一家老少的温饱，还是不成问题的。

然而到了上世纪九十年代，机器刻章兴起之后，几乎在一夜之间，手工刻章都消失了，对于这些老手艺人而言，心中的那种失落，是很难用语言表达出来的。

更何况这也断了他们吃饭的门路，葛师傅祖传三代，都是金石世家，这是祖传的手艺，但是到了他这一代，儿子不愿意学这手艺，孙子辈的更是闹着要出国，让葛师傅十分痛心，眼瞅着祖宗传下来的技艺，就要断在自己手上了。

今儿听了庄睿的话，老人算是遇到了知音，正如他所言，就是庄睿不给他开工资，葛师傅也愿意干，不为别的，就图个心里高兴。

"葛师傅，里面说话，不给钱哪能行啊……"

庄睿笑了笑，老人这是压抑久了，当不得真，要真不给钱，庄睿都过不去自己这坎，外面客人太多，庄睿带着葛师傅走到里间。

坐下之后，庄睿说道："葛师傅，咱们说好的底薪不变，还是五千，但是您每刻一枚印章，每个字您收三百块钱，这样分成您看行吗？"

听了庄睿的话，葛师傅连忙站起身来，推辞道："什么？不成，不成，小庄，五千块钱工资已经不低了，提成就算了吧……"

要说葛师傅这人，在京城金石篆刻行当里，也颇有名气，凭借家传的手艺，曾经给不少高级官员篆刻过私章，甚至还给一些外国友人篆刻过印章。

只是那会儿刻章没什么钱拿，三五块钱一个，到后来手工篆刻被电脑刻章取代之后，这些手工艺人，更是连口饭都吃不上了，年轻人纷纷转行，所以老人这一生，过的还是比较清贫的。

要不是孙子想出国，家里拿不出钱来，老人也不会这么大年纪还出来干活，当然，他刚才所说的白干，那也是在心情激荡下说出来的，正如庄睿所想，是当不得真的。

"葛师傅，您是凭手艺赚钱，这钱拿得不亏心，您也别推辞了，就按我说的办吧，咱们算是合伙。对了，您老要是有空，看看店里谁比较手巧，带个徒弟也行，咱们一起把手工篆刻工艺发扬光大！"

庄睿摆了摆手，将这事定了下来，他心里想的比葛师傅多，现在喜好古玩字画的人，不差这点钱，等这事传出去之后，恐怕就会有人上门求字了。

庄睿就想让这股风在古玩圈子里流行起来，让那些真伪藏家们，都以有宣睿斋的私章为荣。

像金胖子和孙老师这些专家，庄睿准备每人送一枚私章，日后出去鉴赏物件，专家们要是不拿出葛师傅的私章来，都不好意思签鉴定证书。

借着这个噱头，肯定能打响宣睿斋的名头，现在这年头，名利向来是绑在一起的，有了名,还怕没钱赚吗?

"好,好,小庄,这情分,老头子我领了,你就放心吧……"

葛师傅现在的确需要钱,当下没再推辞,不过心里已经把篆刻工艺,当成一份事业来做了,再也没有当年路边摆摊时那种心态了。

"嘿,庄老板,您这不去搞演讲,太亏了点啊,哈哈……"

庄睿和葛师傅谈好之后,赵寒轩推门而入,见面就和庄睿开了个玩笑,紧接着又说道:"一共有十一个人订制了鸡血石印章,他们要的质材从高档到低档都有,刚才光订金就收了八千多块……"

"呵呵,老赵,好日子在后面呢,你回头再订一台电脑刻章机去……"

庄睿的话让赵寒轩和葛师傅都有些摸不着头脑了,这正准备发扬传统工艺,怎么又吩咐买电脑刻章机?

"小庄,你不是说要弘扬咱们传统文化吗? 买电脑刻章机干吗啊?"

葛师傅迟疑了一下,还是出言问道,这事关系到他的直接收入,多一个人使用电脑刻章机,自己就少赚一份钱啊。

而且在葛师傅的心里也有阴影,当年摆摊刻章的生意,就是被电脑刻章机抢得精光,两者之间根本就没有可比性。

"是啊,庄老板,您这要竖牌子,买了那玩意不是砸自己招牌嘛……"

赵寒轩也提出异议,不仅庄睿看到了篆刻生意的前景,老赵这么多年生意也不是白做的,也看出了庄睿的心思。

"呵呵,你们坐,坐下说……"

庄睿给二人泡了茶,然后说道:"葛师傅,您以前摆摊的时候遇到的生意,大多都是篆刻什么章?"

葛师傅回忆了一下,肯定地回答道:"基本上都是单位的公章,一百个里面最少有九十九个……"

上世纪八九十年代,私营公司如雨后春笋般纷纷钻了出来,什么财务章、公司章、法人章都要刻,曾经有那么一段时间,手工刻章生意都忙不过来。

"呵呵,这就对了,葛师傅您想想,那些公司章都是做生意用的,他们会花上千块钱刻个印章吗?"

庄睿闻言笑了起来,葛师傅和赵寒轩也听懂了一点庄睿的意思,沉思起来。

突然,赵寒轩一拍大腿,说道:"我明白了,庄老板您的意思是,咱们只做那些圈里人的生意,是吧?"

庄睿笑着点了点头,道:"也不是只做古玩行的生意,现在附庸风雅的人很多,只要咱们打出名气,这些人都会上门求章,到那会儿,五百块钱一个字不贵,这价格还要涨。"

　　"还涨?那会有人来篆刻印章吗?"

　　葛师傅被庄睿说傻眼了,原先三五块钱刻一个字都感觉不少了,现在五百块钱一个字,面前的年轻人居然还感觉低?

　　"会的,放心吧葛师傅,以后有您忙乎的……"庄睿自信地回答道。

　　事实的确如庄睿所说,等圈子里约定俗成地认为没有手工篆刻的私章,是件很丢人的事之后,相信那些有些身份的人都会求上门来,即使自己不来,也会派人上门求章的。

　　别小看这类人群,他们可是很有潜力的一个消费群体,别说几千了,就是几万,也不会眨一下眼睛。

　　"这个和买电脑刻章机有什么关系?"

　　老赵还有点迷糊,他是很看好葛师傅的手艺,肯定能打出名堂来,但是整一台电脑刻章机放在店里,会影响葛师傅刻章吧?

　　"老赵,你要知道,咱们这些鸡血石印章,也是分高中低档的,中高档的印章石,那些客人肯定舍得花钱让葛师傅刻章。不过有些低档印章料子,就几十块钱一个,那些人未必舍得花一两千块钱刻字,这样电脑刻章机就能用上了。当然,老赵你要把刻章机放在里面,要用的时候到里面用,咱们给消费者免费刻章,算是搭配低端印章石销售吧……"

　　庄睿的话让老赵和葛师傅明白了,刻章机敢情是这位年轻老板招揽生意用的,不过细想想也有道理,做生意确实要面面俱到才能财运亨通。

　　"对了,有客人上门,你们就明说,电脑刻章免费,咱们不玩虚的,让客人自己选……"

　　庄睿知道,刻章通常是先篆后刻,在这行当里,也有"七分篆三分刻"之说。

　　刻章本身是一门与书法密切结合的艺术,电脑刻章的作品与刻字铺师傅刻出的普通印章的根本区别在于:电脑刻章是用电脑来"书写"的,字体呆板,千篇一律。

　　而后者则讲究章法篆法和刻章师傅的技艺水平,庄睿相信,虽然现在手工篆刻没落了,但是这从老祖宗那里传承下来的古老文化,一定会重新散发出悠久的文化气息。

　　并且再厉害的刻章师傅,也不可能篆刻出两枚完全相同的印章,也就是说,每个客人的手工印章,都是独一无二的,就是为了这"独一无二"的名分,就会有很多人掏钱了。

　　"行了,这事就这么说吧,老赵你找人订购一台电脑刻章机,葛师傅您这几天要辛苦一下,回头我把那些高档的鸡血石质材拿来,您看着雕琢下外形,然后刻几个私章,我拿去送人……"

　　庄睿这是准备给宣睿斋打广告,金胖子那些专家,经常会给别人掌眼并出具鉴定证书,而那些持宝人,也大多是行里的藏家,先在这个圈子里宣扬开,最起码一段时间内,不用担心鸡血石印章的销路。

想了一下,庄睿又补充道:"老赵,另外还有个事要委托你办,那些中低档鸡血石料子还有几十公斤,不过都没切成印章质材,到时候你找人切一下吧,那些印章石不值得雕琢,稍微加工一下就成……"

庄睿此次选购的鸡血石印章质材,高档的还算不错,只是数量不是很多,只能做出三五十个印章来,但是价格不菲,估计经过葛师傅的雕琢加工之后,每一枚都能卖到几万。

对于购买这类鸡血石质材印章的客户,庄睿打算免费给他们篆刻,放古代这些人就叫贵客。

而那些中低档料子,售价则从数十到数千不等,其中以两三千块钱的中等鸡血石料最多,购买这类印章的人,也是葛师傅日后的主要服务对象。

见赵寒轩和葛师傅都答应下来,庄睿在这也没什么事情了,干脆带着赵寒轩还有猴子、大雄三个人,一起去自己的四合院拉鸡血石料子,庄睿可没闲工夫给他们送来。

猴子和大雄已经是第二次来四合院了,不过赵寒轩还是头一次来,他在北京城待了不少年了,对深宅大院的认知,要比那二人强多了,现在这种宅子,没个亿元以上,您最好别打听价。

见到这院子后,赵寒轩对庄睿的实力,也有了进一步认识,自己和人家根本就不在一个档次上,宣睿斋那店铺,估计也就是庄睿闲来没事打发时间的。

第二十四章 痴迷的雕刻大师

赵寒轩等人把鸡血石拉走后,庄睿陪着母亲说了会儿话,不过今儿还有事没忙完,回后院招呼了一声秦萱冰,庄睿还要去看看古老爷子。

庄睿订婚那几天,古老爷子刚好受了点凉身体不适,就没来参加庄睿的订婚仪式,虽然后来庄睿去看过老爷子,但是没带秦萱冰去,今儿也是带着媳妇儿去看看老人。

当然,那枚极品"大红袍"鸡血石,此刻也正揣在庄睿兜里,估计古老爷子见了这玩意,比吃什么特效药都好使。

临出门,白狮就跟在庄睿后面,说什么都不愿意离开,庄睿无奈,只能把这大家伙带上,白狮的体型现在有点恐怖,远看真像一头白狮子一般,威猛异常。

"庄睿,你这车又该换了,买辆悍马吧,要不然白狮以后就坐不下了……"

秦萱冰见白狮挤在车后排的狼狈样,忍不住笑了起来,白狮似乎听懂了秦萱冰的话,冲着她低吼了几声。

"成啊,咱们明天就去车市看看,对了,你要买什么车,也挑一辆吧,就当是老公我送你的,嗯,价格不能超过五万块,咱们要环保啊……"

庄睿笑着点了点头,和秦萱冰开起了玩笑,一直说给秦萱冰买辆车,可是一直没得空。

这次回北京应该能清闲一段时间,宣睿斋和秦瑞麟两间铺子都不用自己再操心了,庄睿就等着六月份研究生面试了。

"五万块钱? 真小气,你怎么不说送个飞机给我啊……"秦萱冰很配合地做出一副吃惊的样子来。

"买飞机? 可是直升机国内管制很严啊……"

听了秦萱冰的话,庄睿无奈地说道,他早就想买一架直升机了,只是在北京飞不出两公里,一准被打下来。

"谁说买直升机啦?"

秦萱冰白了庄睿一眼,说道:"你可以买一架商务飞机啊,以后到哪都可以把白狮带上了,那样我回香港看爷爷也方便啊……"

秦萱冰和爷爷的感情很好,在北京虽然有庄睿陪着,但是也会思念老人,这时又想起了爷爷,差点拉着庄睿的胳膊摇起来。

而一旁的白狮似乎也听懂了她的话,看向秦萱冰的眼神,变得异常柔和。

"哎,哎,我开车呢……"

庄睿连忙制止了秦萱冰的动作,有些迟疑地说道:"商务飞机?那要多少钱啊?"

说老实话,庄睿还从来没有购买商务飞机的想法,在他想来,那种大飞机可不是他能玩得起的。

只是庄睿没意识到,以他现在的身家,虽然买不起比尔·盖茨乘坐的那种价值数亿美元的豪华私人飞机,但是一般的商务飞机,他还是买得起的。

由于政策及各方面因素的制约,私人飞机在中国内地的发展一直极其缓慢,不过也有许多隐形富豪把购买的飞机注册地放到国外或者香港。

在国内,1996年湖南远大集团董事长张跃购买了塞斯纳公务喷气式飞机及贝尔206直升机各一架,被认为是中国大陆购买私人飞机的第一人。

庄睿从一文不名,到现在身家亿万,不过一年多一点,从他的价值观和消费观上,还没有那种顶级富豪的认知,其实也不单是庄睿,包括国内其他富豪,对私人飞机这个领域,也比较陌生。

其实在香港,很多超级富豪都拥有自己的私人飞机和豪华游艇,拥有私人飞机,不单会让自己的商务活动变得更加快捷方便,更多也是一种彰显身份的行为。

秦萱冰家里就有一架莱格塞公务机,上次秦老爷子来参加庄睿的订婚仪式,就是乘坐那架飞机来的。

秦萱冰这会儿见庄睿有些意动,连忙说道:"一般的私人飞机,大概在几百万到上千万,不过要是性能好一些的,大概在五六千万人民币左右,庄睿,你手上钱够不够?不然我添一些……"

秦萱冰对庄睿有多少钱,还真不是很了解,她又不是因为庄睿有钱才喜欢他的,当初认识庄睿的时候,庄睿还是个穷丁呢,当然,几百万根本就入不了秦大小姐的法眼。

"什么?只要几千万?"

庄睿听到这个价格,不由愣了一下,几千万他掏得出来啊。

"庄睿,你现在有多少钱?"看到庄睿那幅表情,秦萱冰有些好奇地问道。

"多少钱?我也没算过,前段时间在军哥的地产公司入股了两亿多,现在大概还剩下一亿多点吧?不过下个月新疆那边,还有一笔款子要进来……"

庄睿一边开车,一边在心里默默计算起来。

给了欧阳军四千万欧元,那哥哥还没把剩下的钱还给他呢,算下来应该还有一亿五千万左右,加上下个月的新疆玉矿分红,庄睿的手上可以挪动的资金,又能达到两亿人民币,买架私人飞机,似乎也不是什么大事。

"你有这么多钱?"

秦萱冰被庄睿的话吓了一跳,别看秦氏珠宝总资产达到三十多亿,但是流动资金可能还没庄睿多呢,就是上次去缅甸的近亿欧元,也有很大一部分是从银行里借贷出来的。

现在的企业,为了发展壮大,基本上把钱都压在了生意上,所以手头有庄睿这样充裕资金的人,还真没有几个。

秦萱冰虽然不怎么参与家族生意,但是也有所了解,所以听了庄睿的话后,眼中禁不住流露出吃惊的神色。

"嘿嘿,你老公别的没有,就是钱多……"

难得见到秦萱冰吃惊的模样,庄睿忍不住自夸起来。

"萱冰,那你说咱们买个什么样的飞机好啊?等买来后,我带着你到处旅游,咱们环游世界去……"

庄睿也开始憧憬那样的生活了,心里居然真的迸发出一种想要私人飞机的欲望。

"这个……不用太贵的吧,私人飞机的养护费用很高的,还要请驾驶员和空乘,一年要花不少钱的……"

女人都比较会过日子,两人还没结婚呢,秦萱冰就开始帮庄睿省钱了。

在中国,还是有很多人买得起私人飞机的,只是飞机的养护费用实在太贵了,普通私人飞机一年的养护费用都要一百多万元人民币,如果购买豪客800这类比较豪华的私人飞机,费用更要高达数千万元人民币。

加上目前国内的通用航空机场十分有限,停机费用及飞机起降费用都相对较高,一架私人飞机光用机和养机的费用,每年最少要四十万元,这还不包括驾驶员和乘务人员的工资等开销。

可以说,很多人买得起私人飞机,却飞不起,修理费、保养费等等支出加起来,几年之后,一架飞机的价钱就花出去了。

听完秦萱冰的计算,庄睿笑了起来,这笔钱对于一些做传统生意的人而言,可能是一笔巨大的开支,因为传统生意,不管你做得多大,总会遇到资金紧张情况,那会儿像私人飞机这类的开支,可能就显得很大了。

但是对庄睿来说,却不存在这些问题,他本身不做实业,投资出去的钱即使做亏了,也不需要他再出资向里面补贴。

另外像是缅甸翡翠矿和欧阳军的地产公司,都是摆在明面上的聚宝盆,以后发展起来,钱只会多得让庄睿不知道如何去花。

这段时间,庄睿甚至开始考虑到国外回收当年中国流失出去的文物了,原因无它,就是庄睿手里的一亿多不知道该怎么花,现在听到私人飞机的事情,庄睿真的动心了。

"萱冰,要买,咱们就买好的,我先打听打听,到时候直接停在首都机场,咱们以后出门,就能带上白狮了……"

庄睿下了决心,只是这飞机买来了,还要人开啊,想想这事还得找欧阳四少,别人庄睿也不认识啊。

趴在后排的白狮听了庄睿的话,兴奋地抖了抖身上雪白的毛发,把大头伸到前面,准备给庄睿洗把脸,吓得庄睿一把将白狮推开,自己这车子可不是电影 007 里面演的,可不会自动驾驶,要真被白狮挡住了视线,指不定就要出场车祸。

庄睿被秦萱冰说得心里直痒痒,看看离古老爷子家还有段路,忍不住掏出了电话,给欧阳军打了过去。

"嘿呦,我说你小子,还记得哥哥啊?"

电话接通之后,欧阳军的声音很是幽怨,庄睿这小子把钱扔给他后,人就没影了,欧阳军找了他几次都在外地,正火大呢。

"嘿嘿,四哥,您老又忙着陪嫂子,又要管理公司,我哪儿敢打扰您啊……"

庄睿现在越来越像北京人了,一张嘴练得倍儿贫。

"你也知道我忙啊,对了,你好歹也是名校毕业的,过来帮四哥管理下公司吧?"

欧阳军这段时间真是忙得焦头烂额,资金到位了,工地开始施工了,这么大的一个住宅小区,方方面面的事情实在是太多,欧阳四少一向清闲惯了,现在猛然忙起来,还真不习惯。

欧阳军倒是真想让庄睿过来帮忙,从外面请个职业经理人,不如让自家兄弟来做。

"别介,四哥,我可没那工夫,咱们之前说好的,我只出钱,别的万事不管,不行您把我股份算少点吧,再不行我撤资总可以吧?"

庄睿被欧阳军的话吓了一跳,他可没工夫整天穿得西装革履的去上班,那种日子哪儿有现在逍遥自在,话说这不正琢磨着买飞机去环游世界呢。

"没事找我干吗,哥哥忙着呢,不和你扯淡了,你那笔钱回头见面给你……"

欧阳军听庄睿拒绝得这么坚决,也就没提这事,施工方面自然有专业人士管理,他只想找个人管理公司的日常事务。

听欧阳军要挂电话,庄睿连忙喊道:"四哥,别忙挂电话啊,有事找您帮忙呢……"

欧阳军正在工地附近的一家办公楼里,租了整整一层,用来做办公室,要搞实业了嘛,总要有个样子,现在的欧阳军正像庄睿想的那样,西装革履一本正经地坐在老板桌前。

接过秘书递来的文件,欧阳军签了字后扔了回去,没好气地对庄睿说道:"嘿,我就知道你小子打电话来没好事,什么事? 快点说,真的很忙……"

对于身穿职业装的女秘书的幽怨眼神,欧阳军恍若未见,不过心里决定了,明儿就换个秘书,奶奶的,当咱没见过女人啊?

"要买飞机?!"

听了庄睿的话后,欧阳军被吓了一跳,从老板椅上站了起来,说道:"你小子真的假的?哥哥我都没这想法,你就玩上了?"

"嘿嘿,四哥,你也知道,白狮是我的宝贝,经常出去不能带上它,买架飞机不是方便点嘛……"

庄睿没想到欧阳军的反应这么大,不过这事还得找他办,自己哪有门路买飞机啊,就是直升机也买不到。

"靠,你小子买飞机,就为了带只狗?"

欧阳军彻底无语了,谁说这弟弟不会生活,做事情比较省,敢情他玩的比谁都大,为了只狗就能花上千万买飞机,更不用提以后那庞大的保养费用了。

"你就说有没有门路吧,我开着车呢……"庄睿有些不耐烦了,说了句让欧阳军差点气疯掉的话,白狮在庄睿心里,绝对比欧阳军重要得多。

"买飞机我没办法,国内的商务飞机恐怕你看不上,国外的门路我没有,不过你要是能买来,最好在境外或者香港注册,租用机场和通航这些事,我能帮你办一下……"

欧阳军说的是实话,他虽然喜欢玩,但是也没想玩飞机,国内倒是有些飞行俱乐部,不过君子不立危墙之下,欧阳四少是不玩这些危险性比较高的运动的。

"行,回头买来了再找你……"庄睿很干脆地挂掉了电话。

"喂……喂?臭小子,买来你自己开啊?"

本来欧阳军还想提醒庄睿一下,让他找老大解决飞行员的事,没想到对方居然挂掉了,欧阳军也懒得打回去,在他想来,庄睿很可能是头脑发热,小姑也不一定会同意他买。

欧阳军却不知道,欧阳婉对儿子的事情,向来都不管不问,庄睿别说买飞机了,就是去国外买城堡,跑到太平洋买个小岛当国王,欧阳婉都不会说什么的。

"萱冰,问问爸妈,让他们在香港给咱们订购一架飞机吧……"

挂上电话后,庄睿看向秦萱冰,按欧阳军的说法,在国外购买私人飞机是普遍行为,但是在国内渠道比较少,这事还要麻烦丈母娘。

"你呀,怎么说风就是雨,一刻都等不得啊……"

秦萱冰没好气地瞪了庄睿一眼,庄睿有时候做事很沉稳,但是有时候却像孩子一样,本来是自己想买的,现在看庄睿的模样,恨不得马上就要坐上去。

不过秦萱冰还是掏出电话给母亲打了过去,方怡那边似乎正忙,记下了什么事情之后,说晚点给秦萱冰回话就挂断了电话。

车子开到古老爷子住的四合院外面的巷子口,庄睿停下车,从里面拿出一个包来,带着白狮和秦萱冰下了车,要说白狮现在的体型实在是太大了,吓得一群在巷子里玩的孩子哇哇直哭。

虽然说老北京养狗的不少,但是像这样的大型犬,还真不多见,像白狮这种体型的,更是绝无仅有,有些胆大的倒是追着白狮看,庄睿也没搭理,走到老爷子住的四合院门口敲起门来。

"我说外面怎么这么吵,敢情你把这家伙也带来啦?"

古老爷子倒是认识白狮,去年在平洲和南京都见过,当下将庄睿两口子让到屋里,保姆给他们倒了两杯茶过来。

"师伯,您老这几天感觉身体怎么样?"

庄睿看老人的脸色,还很红润,身体应该恢复过来了。

上次庄睿来的时候,在这里住了一夜,帮老人梳理了下身子,这人到了年龄,感冒发烧的小病,也容易引起严重后果。

"没事了,早就没事了,这几天早上都去皇城根遛弯,身体好得很……"

老爷子笑了起来,声音听起来很爽朗,古老今年彻底从玉石协会退下来了,也是刚开始有些不习惯,不过这几天没事出去遛鸟聊天,慢慢的也适应了这种生活。

"小秦啊,到这里就像到家了,喝茶,喝茶,对了,庄睿平时没欺负你吧? 有事跟你古伯伯说,我来教训这小子……"

老爷子的话让秦萱冰有些不好意思,他们本也认识,不过那会儿和庄睿刚牵小手而已,关系还没这么明朗,听了古老爷子的话,秦萱冰脸上有些羞涩。

"师伯,您还是让云哥过来住吧,一家子住一起多热闹啊……"

以前老爷子要工作,雕琢玉石的时候,需要安静,所以把两个儿子都赶出去住了,不过现在退下来了,儿女在身边还是好的。

"嗯,小云下个星期就搬回来住,行了,不说这个,把你说的好东西,拿给老头子我瞅瞅……"

庄睿来之前,就给老爷子打了电话,平时庄睿这小子时不时地就淘弄到一些好玩意,所以古老爷子这会儿也很期待,想看庄睿到底能拿出什么好东西来。

"嘿嘿,师伯,您先瞧瞧这个……"

庄睿并没有打开他那个包,而是把手从口袋里掏了出来,握成拳头状,放在老爷子面前之后,才摊开手掌,在他的掌心里,有一个红的炫目的物件。

庄睿昨天找到砂纸,把这块"大红袍"料子的外皮,全打磨掉了,现在这块鸡血石,犹如宝剑出鞘,锋芒毕露,那纯正敦厚的鸡血红,犹如刚宰杀的鸡血凝固在石头上一般,无比耀眼。

"这……这是鸡血石?"

古老连忙伸手把桌子上的老花镜戴了起来,拿过那块鸡血石,脸上露出惊愕的神情,想必已经看出这块印章石的不凡了。

"血色纯正,凝而欲滴,厚重朴实,极品,极品啊……"

把玩了一番之后,古老爷子长叹道:"'大红袍'鸡血石,百十年难得一见,像这种全红的料子,称得上是奇珍啊,庄睿,你小子的运气,这也太好了……"

古天风知道庄睿前段时间去了昌化,他当然也知道昌化盛产鸡血石,但是无论如何古天风都没想到,这鸡血石中的极品,居然也能被眼前这小子得到。

前面是翡翠,中间有和田玉,现在又是鸡血石,古天风已经无法形容庄睿的好运了。

这些百十年难得一见的稀世珍品,到了庄睿面前,就像是菜市场的大白菜一般任挑任选,这让和玉石打了一辈子交道的古天风,心里也微微有些不平衡。

"嘿嘿,古师伯,这鸡血石来的蹊跷,被我踩在脚下膈了脚才发现的,您看看,这料子做印章合适吗?"

虽然摆明了自个儿运气好,庄睿还是稍加掩饰,而且他对秦萱冰也是如此说的,当下又重复了一遍。

"合适吗? 废话,当然合适,这料子都不用加工了,直接就可以雕琢篆刻,成了,我知道你小子打的什么主意,我留下了,过几天来拿……"

古老爷子也是手痒痒了,就好像武把式见到练家子,总想上去切磋一下,面对这么好的鸡血石料,老爷子当然想亲手雕琢了。

"师伯,您老别急,我这不是还有个物件没拿出来嘛……"

印章倒是小事,凭葛师傅的手艺,估计也能雕琢出庄睿满意的印章来,此次来的主要目的,还是那块刘关张的料子,除非古天风这样的雕琢大师,庄睿还真不放心给别人。

"切,还能有什么好东西? 鸡血石以红为尊,难不成你小子还能淘到刘关张的料子?"

古天风不屑地撇了撇嘴,一般的玉石料他根本就看不上,只是说出这番话后,见庄睿和秦萱冰的脸色都很古怪,老爷子也感觉不对劲了,颤声问道:"真的是刘关张的鸡血石料子?"

"老爷子,您这是眼睛能透视,还是心理有感应啊?"

庄睿故意做出一副吃惊的模样,然后笑着打开自己带来的包,将那块用报纸严严实实包裹了几层的刘关张鸡血石料拿了出来,跷起了大拇指,道:"师伯,您猜对了,就是刘关张鸡血石……"

"了不得,了不得啊,二十多年前见过刘关张的料子,不过比你的小多了,只够做印章的,这块真是了不得啊……"

以古天风的见识,在见到这块"刘关张"料子之后,依然是激动异常。

"师伯,这块料子做印章,恐怕有点暴殄天物了吧?"

庄睿见老爷子高兴的样子,忍不住开了句玩笑。

"你都懂的道理,我还能不懂,一边去,别以为淘到几块好料子,就能和我吹嘘了……"

古天风没好气地瞪了庄睿一眼,随即又将注意力放到这块黑白红三色的鸡血石料上。

三种颜色层次分明,石质也为鸡血石中的上品,就算现在未经雕琢,也隐隐透着一股荧光,即使不懂玉石的人,也能看出不凡来。

"三色雕出三个人物,那不算本事,行了,小子,东西留下吧,一个星期……不,要半个月,半个月后你来取……"

古天风看着这块石料,已经开始在心里构思起图案了,鸡血石的质材要比翡翠软了许多,只要构思成型,以老爷子的工艺,雕琢起来并不费劲,之所以要半个月,是古天风想将其雕琢成一件独一无二的作品。

看着古天风一脸迷醉的表情,庄睿怕老爷子用心过度伤了身体,连忙说道:"古师伯,时间再长点也没事,这两个东西都留您这,得空了您慢慢拾掇……"

"行了,行了,年纪轻轻的,哪来那么多废话,晚上想吃什么,让阿姨去做,小秦,我就不陪你们两个了……"

古天风不耐烦地打断了庄睿的话,抱着那块"刘关张"料子就进了工作室。

老爷子这是把庄睿当成子侄看待,也不讲究那些客套,不过却留下庄睿和秦萱冰坐在客厅里面面相觑,走也不是留也不是。

第二十五章 私人飞机

"庄睿,小秦,你们两个今儿怎么来啦,我爸呢?"

正当庄睿准备和阿姨打个招呼离开时,古云带着媳妇孩子一家人来到四合院,刚进门就看见了庄睿,连忙打了个招呼。

"唉,都怪我,拿来两块好料子,老爷子入了迷了,进房间去了……"

庄睿想着老人身体刚好没多久,要是因为这料子累病了,那自个儿心里可过不去。

"嗨,我当什么事呢,告诉你,我爸前几天生病,就是退下来闲的,有点玩意给他琢磨,这身体啥事没有……"

古云一听是这事,拉住了庄睿,边走边说道:"咱们哥俩很久没喝两杯了,让我媳妇炒几个菜,晚上咱们喝点……"

"行,行,你别拉我,白狮,进来……"

庄睿见到古云的小孩往白狮身边凑,连忙招呼了一声,白狮这么大的个子,即使不咬人,生气了扑一下,也能吓死人。

秦萱冰也见过古云的媳妇,她虽然出身香港,也知道内地的习俗,当下和古云媳妇去厨房帮忙去了,只是秦大小姐的动手能力实在不怎么样,到最后还是阿姨和古云媳妇做的饭,她只是在一旁陪着聊天罢了。

"老弟……"

古云和庄睿坐回客厅,面色有些为难地喊了一声庄睿,不过下面的话却没说出来。

"什么事? 古哥,咱们之间还用客套吗?"

"嘿嘿,那啥,上次那虎鞭,你那还有没有?"古云迟疑了一下,终于说了出来。

"哎,我说古哥,这东西泡酒也要大半年时间,您不会煮了吃了吧?"

庄睿听到是这事,不由奇怪地打量起古云来,这哥哥身体还算健壮啊,不至于这么迫不及待吧?

"小声点,别让你嫂子听到……"

古云连忙打断了庄睿的话，接着说道："我大哥前段时间回北京，见到我泡的那罐子酒，直接连罐子都给我抱走了，这……我这也是，得，你要是没了就算了……"

古云的大哥在外地工作，人到中年了嘛，听老弟吹嘘这是正宗虎鞭，当下也顾不上当哥哥的面子了，直接连酒带罐子，抱到车上拉走了。

庄睿闻言笑了起来，敢情这男人，对这物件都情有独钟啊。

这也难怪，别看每个男人嘴上都挂着对伟哥的不屑，但是偷偷跑药店买那玩意的人，绝不在少数。

男人问别的男人要这玩意儿，等于间接承认自己有点那啥，古云脸上也有些不好意思，话说了一半就打住了。

"古哥，那东西倒是还有，不过真的不多了，不是小弟小气，只能给您最后一根了啊……"

庄睿忍住笑，答应下来，不过他也没几根了，虽然自己现在用不到，但是人总有老的时候，没准到想用的时候就没了呢。

"好，好，回头哥哥要多敬你几杯……"古云闻言大喜。

半个多小时后，饭菜都做好了，古老爷子见儿子媳妇来，也没多说什么，吃了一碗饭又钻回工作室，古云等人早就见怪不怪了，招呼庄睿和秦萱冰吃菜。

"奶奶的，不知道酒伤胃伤肾嘛，怪不得要补肾呢……"

离开老爷子的四合院，庄睿被古云灌得有六七分醉意了，车只能秦萱冰开，上车的时候，想着自己又被敲诈走一根虎鞭，忍不住嘀咕了一句。

"怎么了？你们刚才说什么啊？"

秦萱冰没听清庄睿的话，发动车子后问了一句。

"没，没什么……"这事儿可不好解释，庄睿在宅子里泡的那坛酒，还是偷偷摸摸的呢。

酒有时候还真能刺激人，回到家里后，庄睿变得异常勇猛，直到秦萱冰连番求饶，这才战事初歇，房间里到处弥漫着一股子体液味。

"你们男人晚上肯定没谈好事……"

秦萱冰露出姣好的上身，用手指在庄睿胸前画着圈圈，脸上一副满足的神情。

"这不叫好事吗？嘿嘿……"

庄睿笑着翻过身体，刚才实在是没尽兴。

"电话，电话响了，哎，别……"

"管他谁的电话，这三更半夜的惊扰人，最不厚道……"庄睿却不管三七二十一，有了手机铃声的助阵，庄睿同学备感刺激。

秦萱冰也只能看着床头的电话，听它不断地唱着。

又过了半个多小时,屋里的喘息声才平息下来。

"喂,哪位?"

固执的电话竟然一直响着,无奈之下,庄睿只能接起了电话。

"小睿,你和萱冰在一起吗?怎么打了半个多小时电话都没人接?"

电话一端传来方怡的声音,庄睿和秦萱冰居然紧张起来,秦萱冰更是拉过被子盖在赤裸的身上,好像母亲能看到一般。

"咳……咳咳……"

庄睿接着丈母娘的电话,想着刚刚和她女儿的情事,心里不禁很是古怪,直到方怡又追问了一句,才连忙回答道:"妈,我们刚才在外面,比较吵,没听到,刚刚回到屋里,有什么事情吗?我让萱冰和您说吧……"

"不用,你听也一样,你们不是要买飞机吗?我今天帮你们问了一下……"

方怡接女儿电话时比较忙,后来闲下来马上给他们查了一下,以庄睿的身家和身份,要买个私人飞机,方怡感觉很正常,这也是港岛私人飞机比较普遍的原因。

"妈,您说……"

"现在有两款机型,我感觉比较合适,一款是美国雷神飞机公司生产的首相一号商务私人飞机,价格大约在五千万人民币,巡航速度高达每小时八百三十五公里,是全世界最快的轻型公务机,只是空间略小了一点,大概有五六个座位。

"而另外一款豪客800XP型机,也是雷神公司制造的,但是性能航程以及载人数量,要比首相一号强了许多,当然,价格也贵很多,大概在一亿元人民币左右,你可以考虑一下……"

"好的,妈,我考虑一下,回头再上网查查这两款机型,明天给您回话吧,要买的话,还要麻烦您的……"庄睿这会儿的心思,根本就没放在飞机上。

"这孩子,都是一家人,没什么麻烦不麻烦的,你和萱冰早点休息吧……"

电话那端传来的话,让庄睿的厚脸皮也情不自禁地红了起来,敢情丈母娘早就猜到自己在干什么了。

"老公,怎么这么早就起了,咦?你在干什么啊?"

第二天一早,秦萱冰从睡梦中睁开眼睛,发现庄睿已经起床了,正敲打着摆放在腿上的笔记本电脑。

"啊?你真的决定买啦?"

秦萱冰把秀发挽到脑后,露出雪白的脖颈,将肩膀靠在庄睿的肩膀上,见笔记本电脑上,有几架飞机的图片,另外还有一些数据参数。

庄睿点了点头,说道:"决定了,萱冰,你来看看,咱们买哪一架比较好?"

早上在网上搜索了一会儿,庄睿发现,国内富豪不买私人飞机的主要原因,恐怕还不是因为金钱的缘故,虽然私人飞机的养护费用很高,但是对一些身家数十亿的人而言,真的不算什么。

让这些人对私人飞机望而却步的主要原因,还是通航的缘故,根据国内的相关规定,私人注册的飞机要通航的话,必须提前十五天提出航线申请,否则不允许起飞。

然而商务活动,很多时候都是临时决定的,并且有很多都是突发事件,没有谁能将自己未来一个月的事情规划的如此详尽,俗话说计划不如变化快嘛。

这样一来,乘坐自己的私人飞机,远不如坐国内航班省事,所以很多人也就断了购买私人飞机的念头。

不过这种事情对庄睿而言,应该不算很难解决,庄睿虽然不想动用外公家族的关系去欺男霸女,但是给自己个儿谋点福利,应该不算什么吧?

庄睿该花费的钱一分不少,只是把通航申报的时间缩短一点,相信这事儿找欧阳军就能解决了。

"看得怎么样了?"

庄睿起身拉开窗帘,把窗子打开,顿时一股凉风吹到房间里,将那种糜烂的气味冲淡了许多,回到床上,庄睿搂过秦萱冰,见怀里的美人儿正一眨不眨地盯着电脑的显示屏。

秦萱冰想了一下,指着电脑上的一个图片,对庄睿说道:"庄睿,我觉得还是买雷神公司的首相一号吧,虽然航程短了一点,但是价格也便宜许多……"

"全复合材料机身轻型机的价格,中型机的宽敞客舱。客舱内站立高度为一米六五,这高度未免太低了吧?"

庄睿看着电脑上的飞机参数,不禁皱起了眉头,以自己的身高,一米六五岂不是要弓着身子进出啊,要是上洗手间,那姿势可不舒服。

"嗯,是有点低……"秦萱冰也点了点头,她不穿高跟鞋都有一米七了,这种机型的确是小了一点儿。

"两个标准大规格八英寸十英寸平板式液晶显示器,实现了飞行管理系统和数字式三轴自动驾驶仪系统完全一体化,速度快,巡航速度高达每小时八百三十五公里,是全世界最快的轻型公务机,嗯,这个性能还算可以……"

庄睿读到下面的时候,点了点头,其实他压根就不懂这些什么飞行管理系统和自动化架势,主要是看到后面那句"全世界最快"的字样了。

只是看到下面,庄睿的眉头又皱了起来,因为雷神公司首相一号这款机型,加上驾驶员,只能运载五个人,一次性载油总航程两千四百三十五公里,这点儿距离,只能在国内用用,想要进行洲际航线,是不大可能的。

"萱冰,这款机型不行,咱们以后可是要去环球旅游的,两千多公里的距离,就是去香港还要中间加次油,太麻烦,还不如坐航空公司的飞机了……"

庄睿摇了摇头,否定了这款机型,接着往下看去,另一款私人飞机也是雷神公司出品的,不过性能上比上一架优越了许多。

这款雷神公司的豪客800XP机型,对跑道长度要求低,可以从碎石或草地上起飞降落,目前已被中国民航批准可以在包括拉萨机场在内的高原机场使用。

并且豪客800XP私人飞机的客舱,是中型喷气机中最大的,不同的座位布局可承载六至十名乘客,客舱头顶空间宽敞,以庄睿的身高,也可以在客舱里直起腰板行走。

最让庄睿心动的是,豪客800XP私人飞机的最大航程可以达到四千八百公里,比其他任何中型公务喷气式飞机都飞得更远,特别适合在中国及周边国家使用。

如此一来,即使去英国、美国这些地方,也只需要中途加一次油而已,对庄睿来说,还是可以接受的。

怎么说庄睿都是个年轻人,对于能拥有私人飞机,心里还是很期待的,用北京话来说,那可是倍儿有面子的事。

不过下面的标价,让庄睿还是有些心痛,一千四百万美元,在心里换算了一下兑率,差不多要一亿两千万人民币了。

"全球最畅销的豪华中型公务机。该机装备了世界先进的电子飞行及导航系统,客舱配有中央酒吧、高级洗手间、真皮全方位可调座椅以及飞行动态显示仪、高保真音响、DVD等高级娱乐设施,使客户尽享贵族待遇。在性能方面完全可与Boeing747大型客机媲美,起飞后迅速爬升至万米以上平稳气流层,绝少发生颠簸……"

看着图片下面这些简介,那些豪华配置最终促使庄睿下定决心,说道:"买,就买豪客800XP型的,萱冰,回头你就给咱妈打电话,说我晚点拨款过去……"

"死样,那是我妈……"

秦萱冰白了庄睿一眼,不过心里喜滋滋的,她虽然不是那种爱炫耀的女孩,但是拥有私人飞机和爱郎去周游世界,恐怕是世界上所有女人都无法抵挡的诱惑吧?

"好,那下次我见了丈母娘就喊阿姨了啊……"

庄睿笑嘻嘻地开起了玩笑,突然想起昨儿接丈母娘电话时的情形,心里不由荡了一下,看向秦萱冰的目光,也变得炙热起来。

"别,要起床了,不然等会儿妈肯定说你……"

秦萱冰被庄睿的眼光吓得连忙从床上爬了起来,用毛巾围住身体去浴室了。

"死家伙,那个你不能看……"

庄睿突然见到窗口露出一个雪白的大头,拿枕头就砸了过去,这一开窗就被偷窥啊,白狮啥时候多了这个爱好?

洗漱过后，庄睿看看时间已经快吃中饭了，这就是不上班的好处啊，不过这日子要是过得久了，那虎鞭恐怕不用等到三四十岁就能用上了，起来后，这腰还真有点软。

"庄睿，这事要不要告诉妈？她会不会不同意啊？"走在去中院的路上，秦萱冰有些忐忑地问道。

庄睿笑了笑，说道："没事，妈不会管这些的，我赚的钱她从来不管……"

果然，中午吃饭的时候，庄睿提起这事，欧阳婉并没怎么在意，儿子有本事赚钱，想怎么花那是他的事，欧阳婉只询问了一下私人飞机的安全问题，得知性能有保障之后，就没再说什么。

只是吃完饭秦萱冰给丈母娘打过电话之后，庄睿有点沮丧了，原本以为掏了钱就能买到的私人飞机，居然要他预付一半的订金，再等上整整八个月才能交货，这让庄睿购买私人飞机的积极性大为消退。

既然已经决定买了，晚点就晚点吧，庄睿先让丈母娘帮着问清楚价格，等手续搞明白了，自己这边就打款，国内目前还没有雷神公司的分公司，这些事在香港办理会方便一些。

购买私人飞机，这也算笔大生意了，雷神公司在全球范围内，也不过卖出五百多架豪客型私人飞机，他们要根据顾客的喜好身高以及各种要求生产。

雷神公司很注重庄睿这笔单子，居然派出一个叫汤姆的专家，从美国飞到北京，和庄睿具体商谈一些事宜，包括机舱内的具体配置等等，让庄睿真正体味了一把顾客就是上帝的感觉。

只是对于庄睿提出的要尽快交货的要求，那人表示无能为力。

毕竟这是飞在天上的东西，从技术层面要求非常严格，并且还要进行多次测试，他们要对客人的安全负责，庄睿想想也是，总不能拿自己当试飞员吧？庄睿对自己这条小命可珍惜着呢。

后面几天庄睿彻底悠闲下来，偶尔也会去秦瑞麟和宣睿斋看看，两家店的生意都很正常。

宣睿斋的印章石生意已经开展起来，正如庄睿所料，还没等他把印章送给金胖子等人做宣传，京城里那些附庸风雅的人已经闻风而至。

短短三五天，就有二三十人预订了印章，算下来葛师傅这个月的收入，最少在两三万元以上，见到庄睿不住地道谢。

第二十六章 潘家园捡漏

大清早上上班走出四合大杂院，

来到胡同口的小铺买早点，

骑上单车可惜后面不冒烟，

比起那些挤汽车的倒也悠闲。

穿过大街小巷北京天天都在变，

不变的是习惯，

住在新房叙旧事，

听着老戏话眼前。

东来顺的涮羊肉一想嘴就馋，

地坛庙会现如今可不如厂甸，

大栅栏的人比东西好像多了点，

若是你到北京来，

心中立即也留恋。

走在潘家园热闹的市场中，听着那唱老北京的歌曲，庄睿的心里，非常地满足，人生不就是过日子嘛，自己的日子过得也算有滋有味了。

北京城可是全国的政治文化中心，那种浓厚的文化氛围，是很多城市都无法比拟的，初来北京的人，见到那些古老的建筑，时常会有一种时光倒流的感觉，好像自己置身于数百年前的古代一般。

庄睿今天要去古老爷子那里拿印章，不过和老爷子约好的时间是下午，上午没什么事，干脆来潘家园转转，虽然真东西不多，但是没准就能碰到。

秦萱冰这几天也忙活起来，她把后院的一间厢房作为自己的工作室，现在正根据庄睿提供的几块翡翠，准备设计一些珠宝款式，当然，她只动纸不动手，画出图样之后，还是要交给彭城的罗江雕琢。

要不是罗江是彭城人，不愿意离开那里，庄睿都想在北京再找个地安置他了，因为每个月都要从彭城送一批成品翡翠饰品来，未免有些麻烦。

当然，这些事情庄睿并不管，都是赵国栋让周瑞送到秦瑞麟，由吴经理处理的，庄睿所指的麻烦，是怕在路上出什么问题，毕竟每次送过来的翡翠，都价值几百上千万，如果不是每次都由周瑞运送，庄睿还真不放心。

这几天潘家园好像是在搞活动，人人都穿得很古怪，就连那些摆散摊的小摊位主，也都统一着装，有穿唐装的、有穿长袍的，反正就是没一个穿的正常的。

去了宣睿斋自个儿也是闲人，庄睿干脆在各个摊位前闲逛起来，走到一个卖刀剑的摊子，庄睿站住了脚。

"哎哟，老板，您来啦，来看看，我这里从唐朝的陌刀、仪刀、鄣刀、横刀，到乾隆皇帝的大阅佩刀，应有尽有……"

那摊子生意好像不怎么好，而且位置也在拐角，没有几个人驻足，这摊主见到庄睿，那亲热劲让庄睿很是吃不消。

"唐朝的，乖乖，还有乾隆爷的？哥们，别逗我玩啦，有那玩意您早发了，还用在这儿摆摊啊？"

庄睿也是闲着没事，蹲下身子和那摊主逗起闷来，不过眼睛却看向他的摊位，说老实话，这潘家园卖刀剑古玩的摊子，还真不多，庄睿来了多次，这也是第一次见到。

刀剑收藏也是这几年热起来的，但是由于出土刀剑大多是铜铁打制的，在泥土里很容易受到腐蚀，品相好的不多，像这个摊位上那些磨得锃亮发光的玩意儿，不用问就知道是现代工艺品。

"呵呵，古董的刀剑也有，就怕您瞧不上……"

那摊主悻悻地笑了笑，把手指向摊位的一角。

"哦？"

庄睿循着那人的手指看去，入眼处却是六七根破铜烂铁，上面还锈迹斑斑，一点都看不出刀剑的模样，倒有几分像农村烧灶的烧火棍。

"这……这东西，您也敢拿出来卖？"

庄睿看得目瞪口呆，这都没法讲评品相的好坏，简直就是没品相，不过庄睿知道，这些倒真有可能是古玩刀剑，但是品相差成这样，基本上也没有多大价值了。

"这位大哥，看您说话也是个行家，这些东西都是出土的玩意，在底下埋得久了都是这样子，要不然早就被人收走了，您看看，要是有喜欢的，我给您算便宜点儿……"

那摊主听了庄睿的话，知道对方也是个玩家，这几句话说的倒很实在。

"呵呵，我看看就好，对刀剑这类古玩，实在没什么研究……"

反正闲得慌,虽然没品相,但的确是老物件,庄睿静下心来,打量起这七八件破铜烂铁。

近几年来,国际古玩拍卖市场上,古董刀剑的价格涨得非常快,原先只价值几百块钱的清朝刀剑,在近期英国的一家拍卖会上,拍出了十多万美元,让国内的刀剑收藏一下子热了起来。

"嗯? 有点意思……"

庄睿并没有上手,而是用眼睛扫了一下那几把"刀剑",却发现都有灵气,只是比较薄弱而已,有几把不仔细看,都发现不了,庄睿估计是被破坏得太厉害,灵气外溢导致的。

但是有一把长约二尺,通体布满了铜锈的"破棍子",却蕴含着充裕的紫金色灵气,并且十分浓厚,没有另外几把刀剑灵气外溢的现象。

庄睿把注意力,全都放到这把应该是"剑"的物件上,灵气瞬间渗入,层层深入,从铜锈处开始,一丝丝往里面探入。

"好东西,果然是好东西……"

当庄睿的眼睛透过那些铜锈之后,发现剑身上布满了精美细密的纹路,犹如蛛丝网一般,既像云雾缠绕,又像高山流水一泻千里,直达剑尖,锋刃处还隐隐透着寒光,可见以前一定是一把杀人的利器。

"老板,这个铁棍怎么卖啊?"

庄睿也是古玩市场的常客了,对这里面的门道,再清楚不过了,您要是想买什么物件,千万不能直接拿起来问,否则对方绝对会给您开个天价出来。

"嘿呦,这位老板,您不买就算了,我这可是从河北收来的古董刀剑,可不是什么铁棍……"

那摊主听了庄睿的话后,一张脸难看的像死了亲人一般,不过眼睛里却没有生气的意思,见庄睿站起身来,连忙说道:"看老板您是个行家,我也不多要,您手里的那把两千块钱,您要是相中了,就拿走……"

"两千块钱还不多要? 哥们,来点实在的,这玩意要是我自己个儿去掏老宅子,绝对不会超过五十块钱一把,你要是诚心想卖,就给个实诚价,我多买几把……"

庄睿不动声色地放下那把应该是刀的物件,虽然入手处的木头把柄早已腐朽了,但是在刀背,还有一个孔洞,当然,孔洞早就被铁锈堵住了。

不过庄睿能看出来,那应该是个穿制铁环的孔洞,庄睿要是没看错的话,这把刀应该是东汉年间的铁制环首刀。

这玩意倒是个好物件,只是品相太差,里面蕴含的灵气虽然比另外几把略多一点,但是也消散得差不多了,庄睿想买回去一起保养一下,做个小实验,看看保养之后,灵气是否会增加。

"这位老板，五十块钱那是几年前的行情了，现在没五百块，别人理都不理你，都埋在家里当宝贝……"

摊主说话的时候打量着庄睿的脸色，见他没什么表情，知道真遇到行里人了，坑蒙拐骗那套没什么用，最后干脆说道："六百块钱一把，我赚一百块钱的辛苦费，这是底价了……"

"六百？好吧，我要两把，把这把也给我包起来……"

庄睿假装沉吟了一会儿，在那摊主期待的目光中，最终点了点头，从手包里数出一千二百块钱递了过去。

"庄哥，您怎么在这儿买起东西啦？"

庄睿刚接过那摊主用报纸包好的两把刀剑，耳边就响起了猴子的声音，也不知道这小子从哪疙瘩钻出来的，头戴瓜皮小帽，身穿连体长袍，和着这老北京的歌，倒是非常应景儿。

"嘿，猴子，先别说我，你这唱的是哪一出啊？"

庄睿见了猴子的模样，不禁想起二人初见那会儿，只是这身衣服的料子，要比当初那黄马褂强多了。

"庄哥，潘家园搞文化月，要弘扬国家的传统文化，统一要求各个店家都穿上这种衣服，您别说，就这破衣服，还一人收了二百块钱呢……"

猴子可不想这么穿，因为他只要一出来，指定有外国朋友拉着他照相，大雄刚才还开玩笑说，在猴子后面竖个牌子，写上"拍照五十"的字样，一准儿生意不错。

有句话说穿上龙袍不像太子，猴子穿上这身衣服，一点不像古时候的伙计，倒是很有戏剧效果，就庄睿和他说话这会儿，就有不少游客指指点点的。

"呵呵，你穿这身也敢到处跑，小心城管抓你，刚买了个玩意，走，回店里去……"

庄睿乐呵呵地和猴子开了个玩笑，手里这两个物件，其中一个可是宝贝，大清早的就捡了个漏，庄睿这会儿心情不错。

"庄哥，先不忙回去，您买这两个物件，花了多少钱啊？"

猴子一把拉住庄睿，看向那摊主，说道："老周，这可是我的老板，鼎鼎大名的古玩鉴定专家，曾经上过电视鉴宝节目的，你可不能乱开价啊……"

"嘿，猴子，你这说的是什么话啊？我老周在潘家园做生意不是一天两天了，绝对是童叟无欺，公买公卖，不信你问问这位老师啊……"

老周听了猴子的话，脸上摆出一副受了多大委屈似的神情，不过心里那叫一后悔啊，娘的，早知道是专家，老子一把最少开五千……不，最少要卖他娘的一万块钱。

老周不知道的是，这两把刀剑中的一把，别说是一万了，就是十万都值，如果花了六百块钱只买到价值一万的玩意，庄睿能感觉是捡漏吗？他还看不上那几个小钱。

"什么专家啊,猴子,别瞎咧咧,走了,回店……"

庄睿抬起手照着猴子后脑勺打了一下,转身就走,猴子被打得莫名其妙,连忙跟了上去。

"猴子啊,我说你小子这段时间,白在潘家园里混了啊?"

庄睿见猴子跟了上来,拿着手里用报纸包着的刀剑,作势吓唬了他一下。

"庄哥,怎么了? 我做错什么了吗?"

猴子不知道庄睿怎么突然生起气来,心里顿时有点不安,虽然他知道庄睿好说话,但是做老板的万一哪天瞅着你不舒服了,有的是理由打发你走。

猴子在北京待的这段日子,那可是舒心的很,住在高档小区,整天小酒喝着,没事还能跟着喜欢锻炼身体的大雄,跑到健身房里转转,日子别提过得多潇洒了,猴子可不愿意再回彭城卖宠物去。

猴子见到庄睿买东西,自感在潘家园已经混熟了,想给庄睿长长面子,却不料马屁拍到了马脚上,一时有些傻眼。

"我说你小子,真是越混越没眼力见了……"

庄睿见猴子的脸都吓白了,知道这小子胆子小,当下缓和了语气,说道:"猴子,想在潘家园捡漏,就要装得半懂不懂,让那些卖家不敢过于糊弄你,但是又想占你点小便宜,这样才能捡到好玩意儿,你一说专家,别人还不把价钱往死了要啊……"

"哎哟,哥哥,您看我这脑子……"

猴子听了庄睿的话后,如梦方醒地拍了拍脑袋瓜,的确是这个理,现在这年头,专家的话,那可是能当钱使,一张鉴定证书就能让某个物件身价倍增,更不要说是被专家看中的玩意了,说不定价出的高了,有些摊主还不卖了呢。

"行了,想在这行厮混,学点装傻的本事,绝对要比装精明的人混得好……"

庄睿拍了拍猴子的肩膀,想起了当时给那掮客小方下套的"套儿爷"老唐,那装傻扮愣的功夫绝对是炉火纯青,一般人都不够老唐玩的,要不是庄睿看到里屋几把后仿的古董椅子,也没法拆穿那骗局。

后来老白出面,听说给小方要回来点钱,可能只有十万吧,这也算花钱买个教训,别以为这世界上就自己一个聪明人,把别人都当傻子,往往你就是栽在傻子手上的。

庄睿自从上了电视之后,也来过潘家园几次,不过和摊主没搭讪几句,就被那些人认出来了,干这行的,肯定会关注这些鉴宝类的节目。

几次都是这样,庄睿恼了,特意把原来的长发剪成了小平头,就是为了不让人注意到自己,要不然以自己这张上过电视鉴宝节目的面孔,想捡漏恐怕只能去国外淘宝了,庄睿也发誓,以后说什么都不再上电视了。

"庄哥,我明白了,您看我这样,还成吗?"

猴子想了一会儿,彻底明白了这中间的利害关系,原本脸上一副精明样,现在居然给人一种痴呆的感觉,看得庄睿啧啧称奇。

"哎,猴子,你没在店里,跑外面溜达什么啊?"庄睿忽然想到,自己碰见猴子的摊位,和宣睿斋可是隔了两条街呢。

猴子挠了挠头,脸上那副傻样,愈发装得像了,说道:"庄哥,您不是让我没事就往这些人群里钻吗,我是来听故事的……"

"哦,我倒是忘了这茬了,哎,我说,您小子就别在我面前装了……"

庄睿见到猴子的模样,不禁有些哭笑不得,忽悠人的时候再装啊,整天摆着这副傻样,累不累啊。

"嘿嘿,平时多训练点嘛,对了,庄哥,您要是喜欢这些刀剑类的古玩,我倒是知道潘家园有一家铺子,专门经营这些玩意儿……"

猴子见庄睿似乎没生自己的气,也放下心来,这几天正和一健身房的小少妇勾搭着呢,眼看就快上手了,要是被赶回彭城,猴子自杀的心都有了。

"专营古玩刀剑?"

庄睿站住了脚,这些东西倒是有好的,只是国外居多,当年皇帝将军们的佩剑佩刀,可都被那帮洋鬼子抢走了,不过看看也好,左右也闲来无事,当下说道:"走,咱们去转转……"

"哎,我头前带路……"

猴子很搞笑地摆了个姿势,引得旁边的游客看着直笑,庄睿摇了摇头,跟了上去。

"刀剑斋?这名字有点意思……"

穿过一条街,猴子带着庄睿来到一家店铺的门口,然后对庄睿说道:"庄哥,那老板认识我,我这装傻还没学到家,别给您添麻烦了,您自个儿进去吧……"

"哈哈,行,你小子继续转悠去吧,我回头去店里……"

庄睿被猴子逗乐了,这世界上天生有那么一种人,说话不说话,都能把人给逗乐呵,按庄睿的想法,猴子要是能上春晚,说不定就能成为一喜剧明星,太有喜剧细胞了。

抬头又看了下门匾,庄睿才往店里走去,这门匾也是国内的一个书法家写的,锋芒外露,杀气逼人,让人一观之下,心生胆怯。

不过这也正符合这家店铺的意境,刀剑本就是中外冷兵器时期,血腥战争冲突的见证,可以这么说,每一把古董刀剑,都是一部镌刻在金属上的史籍。

别看自己拿着的这两根铁条一般不起眼的玩意儿,说不定在数百年或者数千年以前,就是某位大将军手中饱蘸鲜血的杀人利器呢。

走进店里,庄睿发现,这店里客人不多,只有两三个人,正打量着放置在一个个刀剑架子上的物件,后面跟着个老板模样的人,在做介绍。

"这位先生,请随便看……"

那个老板见到庄睿手里用报纸包着的物件形状,眼睛亮了一下,连忙上来打了个招呼,从庄睿手里物件的形状能看出,绝对是刀剑类的玩意儿。

"这位老板,我这店里从西周到秦汉的青铜兵器,再到唐宋元明的古玩刀剑,应有尽有,只要您想要,要什么样的我都能给您寻摸来,而且保证是真物件……"

老板在说这番话的时候,声音压得很低,往左右看了一眼,接着说道:"我有渠道是专门收这个的,可以保证这些玩意绝对是真的……"

"嗯,我先看看,老板您先忙……"

庄睿不置可否地点了点头,眼光放到摆在一排排架子中的刀剑上。

"好嘞,您看中哪个,直接告诉我,我看您也是位行家,实话跟您说,这半边架子上的,都是真物件,而这边的,是一些仿古刀剑,别看品相好,都是假的……"

那老板看上去挺实在的,庄睿对他印象不错,逛了这么多家古玩店铺,这还是第一个说自家店里有假东西的人,别的店家,都恨不得说自家店里的玩意都是从故宫搬出来的。

庄睿对刀剑这类杂项了解不多,但是最基本的知识还是知道的,古代刀剑的锻造,都是手工打造的,工艺极其精湛,甚至有些工艺,连现在都无法仿制。

但是由于刀剑质材的限制,都是用铜铁打制出来的,而且没有防腐措施,历经千百年,肯定会有铜锈铁锈,即使是龙泉、太阿、鱼肠等流传千古的名剑,也不例外。

庄睿先从老板说的仿制刀剑看起,果然,虽然那些刀剑造型古朴,明亮几可鉴人,但是仔细瞧去,就能发现许多现代工艺的痕迹,庄睿虽然对这些玩意是外行,但多少也能看出一点端倪。

"这家老板是个厚道人……"

用灵气辨别过后,庄睿给老板打了个评语,转身看往店老板口中的古董刀剑架子。

左边这几排架子上的刀剑,明显没有那么亮丽,而且在不少刀剑上,还有重重的锈迹,让人一眼看去,仿佛耳边就会响起千百年前战场厮杀时的马嘶刀鸣!

第二十七章 | 日本武士刀

　　庄睿没有一上来就贸然使用灵气察看,而是从口袋里掏出一副白手套戴上,拿起距离自己身体最近的一把放在刀鞘里的日本刀,仔细把玩起来。

　　鉴赏古玩,上手的经验非常重要,金老师的那位老师,庄睿曾经见过的那位国学大师曾经说过:"我之所以能指出某件古玩的真假,是因为我知道真的在哪里,并且我也见过,见得多了,真假就能分辨出来了……"

　　大师的这段话就能说明,有了丰富的上手经验,有时候很自然的就能感觉出真假,因为假物件上并没有那种沉重的历史沧桑感,当然,这些细微处,是刚入行的新人无法体会的。

　　庄睿现在手里拿的这把武士刀,是典型的日本刀风格,庄睿连着刀鞘比划了一下,这刀带柄的长度,在一米七左右,从地面一直能到自己的肩膀。

　　武士刀的外表装饰的华丽无比,刀鞘卡扣处,都是纯银镶嵌,刀鞘的一面,雕刻着武士人物、花卉虫鸟。

　　刀鞘上面的人物图案已经有些模糊了,似乎经常被人把玩,磨得有些难以辨认。

　　在刀鞘的另一面,却雕刻着一副春宫图案,上面一个日本女人解衣宽带,风情万种,当然,看在庄睿眼里是风骚无比。

　　"奶奶的,岛国历来都有这传统啊……"

　　从这把武士刀的风格来看,应该是丰臣秀吉那个时代的,保存了五六百年,如果这把刀是真的,那还真是价值不菲。

　　"刷"的一声,庄睿将武士刀抽出几寸长,顿时一抹亮光映入眼帘,刀身上是有名的平面碎段复体暗光花纹,看上去极为细腻。

　　"这位朋友,您怎么看这把刀啊?"

　　虽然感觉像是真玩意儿,不过庄睿对这类物件没什么研究,当下合刀入鞘,准备用灵气查看一下,只是刚准备看,就被人打断了。

庄睿有些不快地抬起头来,见面前站了一位身材高大的年轻人,穿着很时髦,手里也拿着一把武士刀。

见到那人手里的刀,庄睿才发现,这店老板所谓的真物件,基本上全都是武士刀,也不知道他从哪里淘弄来的,难道是当年打鬼子缴获的武士刀,全被他收集来了?

想到这里,庄睿心里对手中的这把刀,产生了一丝疑惑,事有反常必为妖,很多看上去不合常理的事情,都是有其根源的。

"对不起,我先做个自我介绍,我复姓皇甫,单名一个云字,收藏古玩刀剑好几年了,以前是在国外玩,很少和国内的同行交流,很希望能认识您……"

见庄睿半天没搭理自己,皇甫连忙做了个自我介绍。

"你好,我叫庄睿,虽然也喜欢收藏,不过不是玩刀剑的,要是别的物件还能交流一下,如果是刀剑,我可不敢献丑了……"

俗话说伸手不打笑脸人,这个叫皇甫云的如此有礼貌,庄睿也不好意思冷面相待,当下也说出了自己的名字。

两人对话的时候,那个老板一直站在旁边,不知道出于什么原因,那老板走过来开口说道:"两位,你们先聊着,我去打个电话……"

"屠老板,你先忙,我们自己先看看……"

皇甫和这老板看似很熟悉,不在意地摆了摆手,庄睿却略带深意地看了那胖乎乎的老板一眼,这莫非是联合下套子的?

在古玩行里下套子的手法,那是数不胜数,托儿装作顾客或者装作专家,引导别人购买假玩意,这样的套子已经不多见了,原因就是手法太拙劣。

不过庄睿看这皇甫到不像做托儿的,因为他太年轻了,从面相上看,恐怕比自己还小了好几岁,一般的托儿都是老奸巨猾,这么年轻很难镇得住场面。

"皇甫兄弟,您玩这行有多久了啊……"

庄睿随口和面前这人闲聊起来,这闲聊也是有讲究的,行家能用几句话,就了解您的来历出身,并且能延伸到你拿的物件上来,不过这些就带了点江湖手段了。

虽然庄睿不谙此道,但是对方更像个新手,几句话聊下来,庄睿倒是套出了对方的来历,还真不是个托儿。

原来这皇甫云还是京大毕业的,年龄比庄睿还要大上几岁,只是面相看起来比较年轻。

皇甫云本科毕业之后就出国读研了,他念的是法律专业,在国外做了几年律师,在一次国外的拍卖会上,看见了中国的古代刀剑,当时就被吸引住了。

后来皇甫云花了几万块钱把那把古董剑拍了下来,从此就一发而不可收,彻底迷上了收藏古董刀剑,不管是国内的还是国外的,他都收集。

按照皇甫云的话说,他现在正准备出书呢,想写一本关于刀剑收藏的著录,这的确是国内古玩著录里的一个空白。

"皇甫兄,那您看……这些武士刀,是真是假呢?"

聊了一会儿天,庄睿对这位不务正业的律师很有好感,最起码别人出了国拿了绿卡,那也是绿皮红心,想把外国的宝贝往国内弄,比那些走私文物的贩子强多了。

"呵呵,依我看,这是一批日本丰田秀吉时代的武士刀,按照老板的说法,是从日本一个家族里收来的,可信度很高,我前段时间买了两把,老板这里到货了,我再来看看……"

皇甫云从小一帆风顺,长大后又事业有成,所以说话的时候十分自信,几乎断言这些刀剑都是真物件无疑。

庄睿闻言弱不可查地摇了摇头,他刚才产生疑虑的时候,就用灵气查看了这批武士刀,结果让庄睿很吃惊,这些刀全部都是赝品,而且刀里面的结构,都是机械压制出来之后,再重新锻造打磨出来的花纹,并且做旧的。

做这批武士刀的人,应该也是个行家,对日本刀的历史风格研究极深,最起码庄睿没用灵气察看的时候,也看走了眼,如果他是收藏刀剑的玩家,说不定也会出手买上一把。

"皇甫兄,您花多少钱买了两把刀?"庄睿出言问道。

皇甫云四下看了眼,压低了声音,小声说道:"两把五十万,本来这老板出价一把就要五十万的,后来被我讲下来了,庄老弟,你待会儿要是看中了,咱们再跟他压压价,或许还能便宜点……"

庄睿看着一脸好意的哥们,艰难地往肚子里咽了一口口水,问道:"两把……五十万人民币?"

奶奶的,虽然哥们你赚的是美元,那也不能这样糟蹋钱啊,就这刀?两把五十块庄睿或许会买,挂在家里好歹是个装饰品,不过五十万?只有等庄睿脑袋秀逗了,才可能买。

"对,这种十五世纪的武士刀存世很少,去年纽约的一场拍卖会上,一把差不多的武士刀,拍出了十八万美元的价格,品相还不如这个的呢,幸亏我没赶上那场拍卖会,不然就亏大了……"

皇甫云一副庆幸不已的模样,看的庄睿哭笑不得,你还不如花了那十八万呢,怎么也不会比买到两把现代工艺锻造的破刀闹心吧?

"皇甫兄……"

庄睿正想挑出这刀的几处毛病讲出来的时候,突然看到店老板从后门走了进来,连忙改口道:"我对刀剑类古玩真的不是很了解,刚才在外面随便买了两把玩玩,看到这店的名字才进来转转,您不用参考我的意见,自己喜欢就行……"

都是在潘家园混饭吃的,庄睿绝对不能说这些东西是真是假,否则砸人饭碗可是大忌,这老板虽然现在不认识庄睿,但是说不定日后会认识,庄睿可不想结下个仇人被人惦记着。

不过庄睿还是非常隐晦地提示了皇甫云一句,古玩行里经常说的一句话:自己喜欢就行,这话一般都是安慰那些打眼交学费的人的,这皇甫云要是悟性够高,说不准就能听出来。

庄睿话刚说完,兜里的电话突然响了起来,庄睿拿出电话,跟皇甫云和那店老板打了个招呼,悠悠然出门接电话去了。

自己能说的都说了,皇甫云要是再上当的话,这次损失的恐怕就不是五十万了,那里的武士刀最少有七八把,小两百万都打不住。

电话是赵寒轩打来的,听猴子说庄睿来了潘家园,老赵对庄睿这种过家门而不入的做法很是不满,打电话过来抱怨了几句,直到庄睿说这就过去,那边才挂断了电话。

"庄老弟,庄老弟,慢点,走慢点啊,等我一下……"

庄睿刚挤进人群,就听到后面传来皇甫云的声音,回头一看,那哥们两手空空的从店里走出来。

"皇甫兄,怎么了? 没买点什么吗?"

庄睿回过头去,见那店铺的主人还站在门口,当下也不好多说,随口问了一句。

"下次再来看,今儿想认识下庄兄弟,走,一边走一边说……"

皇甫云再怎么说也是律师出身,察言观色的本事,不比庄睿差,当下背对着刀剑斋,给庄睿使了个眼色,两人一起挤入人群。

"妈的,早不来晚不来,偏偏这时候来,晦气……"

刚送皇甫云出来的店铺老板,此时脸上的笑容早已不见了,冲着两人的背影吐了口唾沫,愤愤不平地在心里骂起来。

他店里这批武士刀,的确是假的,都是从河北和天津二地订制的,那里有一些工艺品厂,专门定做古董刀剑,作为家居装饰之用。

这店老板原先订制了两把,没想到遇到了皇甫云,编了个从日本破落家族收购的故事,居然卖出五十万的高价,这让他尝到了甜头,连忙又订制了十多把,约皇甫云今天来看货,没想到皇甫云为了结识庄睿,连刀都没看完就走了。

当然,庄睿在店里表现得中规中矩,店老板倒是没怀疑什么,和皇甫云另外约了个看货时间,只是生意没做成,这老板心里有点儿犯嘀咕。

"老板,您这事办的不地道啊,到潘家园晃悠,自家的店都不来,太说不过去了吧,不行,您要给个说法才成……"

庄睿一踏进宣睿斋的大门,就被赵寒轩给堵住了,老赵本就是个爱交朋友的性子,要不然也不会因为交朋友吃亏上当,这段时间和庄睿相处下来,也成了关系不错的哥们,所以说话很随便。

"小庄,你来啦……"

坐在印章石后面的葛师傅,见到庄睿连忙站起来打招呼,他可不敢像赵寒轩那样说话,放在旧社会,是要叫庄睿东家的。

"说法?晚上你们找个地吃饭去吧,餐费算店里的,对了,大雄呢?"

庄睿进店里看了一眼,发现只有猴子和另外一个店员在,大雄却不在。

赵寒轩笑了笑,说道:"让那小子进货去了,多跑跑渠道,以后上手也快点……"

"老赵,你这可是逼我给你加工资呢……"

庄睿郁闷地拍了拍赵寒轩的肩膀,看来这老小子还没死了出去单干的心思,不过这也不奇怪,有谁不愿意做老板而愿意当伙计听别人使唤啊?

"不说这个,不说这个,我可是卖身给你两年呢……"

赵寒轩笑着岔开了话题,看庄睿身后还跟了个人,问道:"老板,这位是……"

"嗨,你看,差点把贵客忘了……"

庄睿一拍脑袋,将皇甫云让了进来,说道:"刚才看物件的时候认识的,皇甫云,美国大律师,嗯,也是古玩刀剑收藏的行家……"

"庄兄弟,你就别寒碜我了,还行家呢,丢死人了,对了,我是不是该叫您庄老板啊?"

皇甫云一直安静地站在庄睿身后,说老实话,他对庄睿的身份也很好奇,比自己还要年轻几岁的人,居然在潘家园开了这么大一家店。

庄睿笑着摆了摆手,说道:"别,我这老板做的不称职,你还是叫我老弟吧……"

"庄老弟,你才是真正的行家啊,刚才一定是留了一手,国内还真是藏龙卧虎呀……"

想到庄睿当时在刀剑斋说的那句话,皇甫云心里对自己花了五十万买下来的两把武士刀,信心也有点不足了。

其实皇甫云当时也有点疑惑,不过在看货的时候,有一位说日语的老人当时也有意购买,并且和皇甫云抬了几次价,皇甫云也就没多想,直接拿下了。

现在回头想想,发现其中疑点甚多,而且自己购买了两把武士刀后,又突然出现了十多把,这也让皇甫云疑心大起,不过人往往是当局者迷,皇甫云也是在庄睿点拨之后,才慢慢将心中的疑窦放大的。

皇甫云想得没错,那日本老人的身份倒是真的,不过是店老板花钱请来的托儿,可见现在的古玩店为了做套,花费了多少功夫,单单是请那位临时演员,店老板就掏了一笔不菲的演出费。

当然,那托儿估计早就回日本了,这事也就死无对证了,即使皇甫云找上门去,也拿那店老板无可奈何。

古玩向来都是买定离手,并且发票也是开的工艺品,皇甫云一点后账都没法找,做局下套,尤其是开店铺的人,绝对不会留下任何尾巴。

"怎么了?被人钓了?损失大不大?"

赵寒轩对这事敏感的很,一听两人的对话,就知道皇甫云被人下套了。

"差不多五十万吧,这国内的假玩意可真多啊……"

皇甫云叹了口气,他是从国外喜欢上刀剑收藏的,本以为国内遗留的真玩意要多一点,谁知道第一次出手就栽了个大跟头。

赵寒轩这会儿也算看开了,听了皇甫云的话,自嘲地说道:"老弟,就当花五十万块钱买个教训吧,哥哥我可是被人设局子骗走了八百万,连这店都改姓了……"

皇甫云不知道这事,追问之下,也是摇头不已,自己还真算幸运的,第二次就遇到了庄睿,否则的话,恐怕还要往里面砸钱。

不过皇甫云对庄睿是如何辨别出真假的,还是一头雾水,当下看向庄睿问道:"庄老弟,我瞧你刚才只看了刀鞘,里面并没细看,你是如何看出那刀有问题的呢?"

"里间说吧,也让您看看我刚才买的玩意儿……"

庄睿见到店里的人有点多,和葛师傅打了个招呼,带着皇甫云走到隔间,赵寒轩自然也跟进去了,他想见识下庄睿又淘到了什么好玩意儿。

"皇甫兄,您先看看这两把刀剑……"

庄睿进到隔间之后,把包裹在那两把刀剑上的报纸都拆开了,小心翼翼地放在桌子上。

"锈成这样了,价值不是很大啊……"

皇甫云见到两个烧火棍一般的玩意,眉头不禁皱了起来,问庄睿要了幅手套,戴在手上看起那把刀来。

"这把应该是两汉年间的铁制环首刀,不过刀柄已经腐朽了,而且刀身氧化的太厉害,不值得打磨出来……"

皇甫云还真在刀剑上下过功夫,略微看了一下,就掏出身上带的钥匙,在环首刀孔洞上掏了几下,把那里的铁锈除去了,将原本上环的孔洞露了出来。

"嗯?这个我准备自己打磨一下,应该不麻烦……"

庄睿买的这把刀价值不大,是准备拿回家找快砂轮打磨打磨。

皇甫云听了庄睿的话后,连忙说道:"庄老弟,好刀可不能胡乱磨制啊,会伤了刀的……"

"哦?还有这说法,皇甫兄讲来听听……"

庄睿对瓷器的修复,多少还了解一点,但是对刀剑的保养,就是一窍不通了,刀剑收藏是近几年兴起的,就是德叔对这类古玩,也不甚了解。

"庄老弟,这刀剑研磨,如果不是专业人士的话,很容易会把表面覆盖层的硬钢都磨掉,那样整把刀剑的外形,就会发生改变,这是大忌啊……"

皇甫云难得和人交流刀剑的收藏知识,当下滔滔不绝地讲了起来。刀剑收藏没有前例可言,皇甫云所说的,都是他这几年积累下来的经验,却让庄睿和赵寒轩长了知识。

原来,刀剑研磨虽然会使古董刀剑重现美丽的花纹,但却不是刀剑本身所有的,这样看上去虽然好看,但是失去了古玩刀剑独有的那种韵味,看在行家眼里,却是价值大减。

在日本,一个优秀的研磨师,打磨一寸的刀剑,要收取一百美元的研磨费,处理一把刀剑花费的时间,可能需要半个月之久,所耗费的精力,不是一般人能想象得到的,并不是随便磨制保养一下,就能重现它们原本的风采。

古玩行里曾经有这么一个故事,有一位古玩贩子下乡去收物件,看中了老乡家里的六角檀木小方桌,于是出了两万块钱买下,准备第二天带走。

谁知道第二天去老乡家里一看,那原本包浆浓厚,古朴雅致的方桌,居然像新的一样,上面还有未干的油漆味。

古玩贩子立时大惊,问起根由,原来是那老乡,感觉对方两万块钱买了旧桌子,心里有点过意不去,于是晚上找了砂纸,将整张方桌打磨了一遍,然后又用油漆刷了一遍,自感对得起这两万块钱了。

只是这么一来,却使那古玩贩子捶胸顿足,最后钱也没给,转身离去了,这就是古玩保养不当带来的后果。

古董刀剑的保养,也是十分的讲究的,甚至不在书画之下。

一般来说,很多刀剑藏家喜欢使用除锈油,但是对宋代之前的兵器,尤其是错金错银的刀剑,除锈油一旦进入缝隙,就会发生膨胀,继而破坏原有的结构。

按照皇甫云的经验,研磨完的刀剑,最好要经常擦拭,不要用任何带有化学物质的药剂涂抹,最好在不把玩的情况下,使用真空包装机,给刀剑穿上一层衣服。

听完皇甫云的讲述之后,庄睿也长了不少知识,不过这两把刀剑,环首刀价值不大,而另外一把,却不需要打磨。

"庄老弟,您还没说那批武士刀假在哪儿呢?"

皇甫云虽然心里也有八九分认为那批武士刀是假的,但是从外观上看,的确和真的一样,这不弄明白了,心里总归有个疙瘩。

庄睿笑了笑,说道:"皇甫兄,我问你,五百多年前的刀剑,如果品相如此之好,是不是要经常擦拭?"

皇甫云答道:"那是当然了,以前没有真空包装,最少要三五天擦拭一次,我就是看了那刀鞘上的磨痕,像是擦拭过多造成的……"

"嗯,三五天擦拭一次,要持续五百年时间,说明主人肯定非常看重这批武士刀,皇甫兄,您想一下,主人会对这批刀剑的价值不了解?会如此轻易地被那个店老板收购?"

庄睿闻言大声笑了起来,接着说道:"皇甫兄,咱们可以打个赌,您把已经买的两把刀去做下碳十四测试,如果是真的,再去买另外的那些也不迟……"

日本和欧美联系甚多,古董刀剑收藏,也是从欧美兴起的,如果那个日本家族想出售这批武士刀,首选绝对是欧美拍卖行,这是毋庸置疑的,从这一点,几乎就可以推断出这批武士刀的真假了。

皇甫云细想庄睿所说的话,越想越觉得有道理,最后站起身来,对着庄睿鞠了一躬,说道:"庄老弟,听君一席话,胜读十年书啊,皇甫惭愧……"

皇甫云对刀剑古玩研究甚深不假,但是他更多的是从技术层面去研究,只是现在的古玩作假,恰恰能做到以假乱真,技术上几乎无可挑剔。

这也是皇甫云没有系统学习过古玩鉴赏的缘故,鉴赏古玩,不仅要从专业上来看,更要从收藏人以及卖家的话语中寻找破绽,因为现在的作假技术过于逼真,很多高仿的物件,真的非常难以辨认。

而庄睿的话,就是引导皇甫云从最基本的常识去推断,那店老板讲的故事,也就不攻自破了。

"奶奶的,放着老外不骗,来骗我这自己人……"

皇甫云搞清楚情况之后,恨恨地骂了一句,不过眼睛一转,说道:"我买的那两把也算是高仿的了,我回头带出国去,看看能不能上伦敦的拍卖会……"

"这样也行?"

庄睿被皇甫云说愣了,不过售假到国外,庄睿是举双手赞成的,他早先就有这种想法,要不是动手能力差,庄睿都想做几幅《蒙娜丽莎》拿出去卖,当然,只是心里想想而已。

"嘿嘿,老外那些鉴定师,不怎么考究文化背景,只相信仪器和自己的眼睛,这两个物件底拍价应该在五万美元左右,估计不会做碳十四鉴定,反正拿过去蒙一下,说不定可以呢……"

皇甫云嘿嘿笑了一声,这几年他都在各个国家的拍卖场上寻找古玩刀剑,有时候也会卖出一些藏品,和一些鉴定师很熟悉,对这个还是几分把握的。

庄睿哈哈笑了起来,说道:"这样好啊,您要是有渠道,国内假玩意多了去了,都整出去卖给老外……"

"这事也就是偶尔为之,成不成还两说呢……"皇甫云可不敢打包票。

"嗯,不谈这个了,皇甫兄,你再看看另一把剑吧……"

庄睿也知道这事没那么简单,否则国内的造假贩子们,早就将触角伸出去了。

其实庄睿不知道,就是在国外,也充斥着大量的中国赝品古玩,根源就是最近几年出国淘宝的人多了,制假售假的人,也出口了很多"现代工艺品"到欧美国家。

国内的大多数人，都认为国外的文物肯定是真的，基于这个心理，很多人大肆购买古玩带回国内，其实最终买到的还是假东西。

　　"好，我先看看这把剑……"

　　国内收藏古玩刀剑的人实在太少，皇甫云今儿感觉遇到知音了，当下又拿起那把青铜剑看了起来。

　　"这把应该是秦汉以前的青铜剑，不过这上面为何是铁锈而不是铜锈，我就看不明白了……"

　　皇甫云在观察了半天之后，满脸疑惑地将这个长二尺左右的青铜剑，交到庄睿手上。

　　听了皇甫云的话后，庄睿也是暗暗佩服，他之前并没有留意到这一点，只是心里微微有点困惑，不知道为何在这锈迹下面，青铜剑的纹路会如此清晰，听皇甫云这么一说，庄睿心中才明亮起来。

第二十八章 宝剑出鞘

"皇甫兄,今儿就让你见识一把绝世宝剑……"

庄睿心中有了底,当下让赵寒轩拿了一把锉子,还有一卷纱布过来。

"庄老弟,你不会就这样……"

见庄睿拿着锉刀,在剑柄处刮了起来,皇甫云看得是目瞪口呆,他也修复过不少古董刀剑,但是像庄睿干得这么没技术含量的,他还是第一次得见。

对于庄睿所说的绝世宝剑,皇甫云更是嗤之以鼻,都锈成这样了,就算研磨出来,那也是锋芒不再了。

"没事,你瞧好吧……"

庄睿并没有像皇甫云所想的那样,用锉刀打磨剑身,而是清理干净剑柄上的锈迹之后,用纱布一圈圈环绕在剑铜把手上,做出一个简易、可以握在手上的剑柄。

庄睿后面的举动,就让皇甫云和赵寒轩感到奇怪了,因为庄睿拿着那锉刀,轻轻地对着剑身敲打起来,力道并不大,每隔几寸,庄睿就轻轻敲打一会儿,由于锈迹几乎布满了剑身,所以发出的声音非常沉闷。

赵寒轩好歹也是圈里人,看了庄睿的举动后,忍不住说道:"老板,你不会以为这样敲打一下,锈迹就会脱落下来吧? 那这把剑绝对是鱼肠一类的名剑了……"

"是啊,湛卢、巨阙、豪曹、纯钧、龙泉这些名剑,倒是可以不腐不朽,但是这把……"

皇甫云也摇了摇头,显然不怎么看好庄睿手中的这把剑。

"不腐不朽? 不可能吧?"

庄睿抬起头来,吃惊地问道,在他的意识里,再好的刀剑出土之后,都是破铜烂铁一把,铁和铜容易生锈,这是常识,全世界每年有数以千万吨的铁被腐蚀而变成废物。

"当然可以不腐不朽了,这个你不知道?"

皇甫云见庄睿摇头,才意识到面前这位是行外人,当下说道:"在湖北省江陵县望山一号楚墓中,曾经出土的'越王勾践,自作用剑',你知道吧?"

庄睿哪知道这个啊？当下摇了摇头，皇甫云继续说道："这把刀剑埋藏地下少说也有两千四百年了，但是出土的时候，却毫无锈迹，刀剑上刻着'越王勾践，自作用剑'八个字，清晰可见，刀剑上镶嵌的琉璃、流畅的花纹都丝毫无损。刀剑刃锋利如故，好像这两千多年的时光只是一瞬间，布满地球的氧气对它一点作用都没有……"

其实不仅是楚王墓里的勾践刀剑，在龙泉稽圣潭塔下出土的春秋时代的青铜刀剑，在云和县紧水滩工地发掘出的同时代的青铜刀剑，也完整无损。

西安秦始皇陵出土了一把宝剑，被称为秦王宝剑，这把宝剑，又进一步证明了我国古代铸剑技艺之高超。

当时的墓坑阴暗潮湿，离地面约有五六公尺，墓土中渗透了水分，它在这样的地方长眠两千年之久，但出土时却通体乌亮，寒光凛凛，用它裁纸，能一下划透十几张，锋利之极。

"我靠，真有这事？"

庄睿虽然语带疑问，但是知道这事假不了，因为一查就能知道的，主要是他以前对古董刀剑出土新闻的关注太少了，这也不怪庄睿，他学习古玩鉴赏，满打满算才一年时间，哪能事事明了啊？

"赚大发了，奶奶的，这次真是赚大发了……"

庄睿此时看向手中的青铜剑，眼中满是炙热，按照皇甫云所说，这些名剑都是不腐不朽的，那自己手中这把青铜剑，极有可能与干将、莫邪、龙渊、鱼肠之类的名剑，是同一个档次的。

继续在青铜剑周身敲打了近二十分钟之后，庄睿停下手来，神秘地向皇甫云和赵寒轩笑了笑，说道："两位，瞧好吧，我给你们变个魔术……"

赵寒轩和皇甫云闻言都瞪大了眼睛，他们不知道庄睿究竟要做什么？难不成就这样敲打一会儿，那些铁锈就会脱落？

"呃，还少点儿东西……"

庄睿拿着那把青铜剑，在房间里四处打量了一下，忽然眼睛一亮，走到墙角，把扫地的扫把拿在手中。

"两位，看好了啊……"

庄睿左手拿着青铜剑，右手倒过来拿着扫把，剑身下垂，然后用扫把对着青铜剑身用力地刮了下去。

让赵寒轩和皇甫云惊呆的一幕发生了，那青铜剑上的铁锈，居然真的随着扫把脱落下来，不多时，地上就布满了铁锈渣滓，而青铜剑身，隐隐有黄色幽光透出。

"这……这是什么剑？"

饶是皇甫云经常混迹在国外各大拍卖行，也没见过如此神奇的一幕，难道传说中不腐不朽的青铜利剑，真的会出现在眼前吗？

"老赵，找几块抹布和温水来……"

庄睿使劲用扫把杆清理着青铜剑上的铁锈,这扫把杆是用高粱秆做的,不怕伤到青铜剑身,再说这些铁锈,并不是青铜剑本身形成的,不过是附在上面,刚才庄睿敲击青铜剑,就是为了震散这些锈迹。

先前听皇甫云说剑身上是铁锈的时候,庄睿就感觉有些不对,因为透过这些锈迹,青铜剑身几乎光可鉴人,这就说明这些铁锈,很有可能是后来青铜剑和别的兵器埋在一起,被侵蚀上去的。

但是由于青铜剑本身材质极佳,并没有被腐蚀,只是附在了上面,使之看上去犹如烧火棍一般。

有了这种了悟,加上庄睿最初敲击剑身的时候,发现那些附在上面的铁锈,有松散的迹象,所以庄睿这才给二人变了一把魔术,其中的原理再简单不过了。

"给,抹布……"

店里没温水,赵寒轩从饮水机里接了水,端进里间,又递给庄睿一块抹布。

庄睿将抹布沾湿拧干,然后小心仔细地擦拭起青铜剑来,随着那些铁锈粉末被逐渐剥离,略微有些发黄的青铜色剑身,呈现在三人面前。

除去了铁锈的青铜剑,比先前略短了一寸左右,剑身上布满了均衡美丽的纹线,两边锋刃在灯光的照射下,寒光四射,几人丝毫不怀疑,这把剑的锋利程度。

"当,当当……"

用干布将水迹擦净之后,庄睿左手持剑,右手中指屈起,对着剑身弹去,顿时,金铁交击的声音传出,清脆悦耳,很是好听。

"庄老弟,看看,快点看看上面有没有铭文,这把剑一定是流传千古的名剑,快点看啊……"

站在一旁的皇甫云,这会儿已经双目发赤,不能自已了,庄睿要是不听他的话,估计皇甫兄就要上前抢了。

庄睿闻言仔细在剑身上找了起来,不过看了半晌,却没有发现任何文字,只是在剑柄稍微往上一公分的地方,有两个似是文字的图案,可惜庄睿不认识。

"皇甫兄,你来看看,这两个是不是文字?我看着有点像金文……"

庄睿用抹布抓住青铜剑身,倒转过来将把柄对着了皇甫云。

皇甫云早就恨不得抢过来把玩了,当下抓住把柄,一把将剑抽了过去。

"靠,小心点啊,大哥……"

就在皇甫云抽剑的时候,庄睿感觉手心一寒,连忙松开了手,再看那块掉落在地上的抹布,已经分成了两片。

"真的假的啊?有这么锋利?"

庄睿眼睛都看直了,传说中的销金断玉也不过如此吧,庄睿打定了主意,等会儿一定要试试,看看能不能吹毛立断。

以前庄睿经常在武侠小说里看到,那些神兵利器无坚不摧,锋利无比,只是那会儿庄睿全当是扯淡,虽然古人的一些技术,到现在都无法复制,但是庄睿怎么都不相信,没有现代的炼铁工艺,古人能炼制出那样的武器?

不过事实胜于雄辩,看着地上掉落的那两片毛巾,庄睿心中隐隐发寒,要是松手慢了的话,说不定自己掌心也要被划出道口子来。

"锋刃完美无缺,缎纹犹如千万波浪奔流,刃坚而含蓄,尖锐利而藏锋,宝贝,真是宝贝啊,古人怎么能铸造出如此宝剑啊?!"

不单是庄睿有这种想法,皇甫云在仔细查看了这把青铜剑后,也扯着嗓子干号了起来,似乎只有如此,才能发泄出他心中的激动和惊愕。

"庄哥,怎么回事啊?"

外面的猴子听到里屋的动静,连忙窜了进来,见皇甫云满脸通红地拿着一把剑,马上搬起一张椅子,站到庄睿身前。

"猴子,没事,没事,你先出去吧,皇甫兄这是有点儿激动……"

庄睿被猴子的举动搞得哭笑不得,连忙出言解释了一下,看猴子这模样,差点就把椅子对着皇甫云砸过去了。

"哦,庄哥,有事您叫我……"

虽说猴子胆小,关键时刻还真不含糊,听了庄睿的话后,迟疑地看了皇甫云一眼,放下椅子走了出去,不过这心里还是不放心,一直待在门口。

"庄老弟,对不起,实在是对不起,失态了,真是失态了……"

刚才猴子进来,也把皇甫云从震惊中给惊醒过来,当下小心地把剑放到桌子上,只是那双眼睛,依然一眨不眨地盯着青铜剑。

"皇甫兄,你看到那两个字了吧?读什么啊?"

庄睿心中虽然猜测这字是殷商时期的金文,不过他只学过辨认篆文,对于秦朝以前的文字,却一点儿都不了解。

话说这个世界上,能了解那文字的人,还真不多,恐怕一双手就能数过来了。

"啊?老弟,你说什么,那两个字读什么?"

皇甫云还有点走神,听了庄睿的话后愣了一下。

"是啊,你是刀剑收藏的专家,那两个字到底读什么啊?"

不仅是庄睿,就是赵寒轩也是一脸好奇,每个人心中都有英雄情结,别说庄睿了,就是老赵同志,当年也曾苦读金大侠的武侠小说,对传说中的神兵利器,都极为向往。

皇甫云闻言苦笑了起来,说道:"老弟,你也太看得起我了,我连半吊子刀剑专家都算不上,更不是古文字专家,哪里能认得出这两个字来啊……"

"你也不认识?"

庄睿闻言愣了,和赵寒轩面面相觑了一会儿之后,说道:"那请葛师傅来看看,他是篆刻印章的,应该对文字认识比较深……"

"小庄,这两个文字应该是殷商时期的钟鼎文,也叫金文,我虽然知道,但是对这个没有深入的研究,到底这两个字读什么,老头子我也不知道……"

葛师傅进来后,用放大镜仔细地察看了那两个类似文字的图案,只是他也不认识,让庄睿等人微微有些失望。

"算了,我回头把这两个字描下来,然后找人看一下吧……"

庄睿无奈地摇了摇头,不过马上又兴奋起来,窜到外面店里,在猴子头上拔了一根头发,没等猴子反应过来,庄睿已经又钻回到里屋。

"你还真要试试啊?"

赵寒轩见庄睿孩子般的举动,才想起面前这位老板,不过是个二十多岁的大男孩,皇甫云倒是饶有兴趣地凑了过去,并且帮庄睿将青铜剑拿了起来,剑刃向上,摆放在庄睿面前。

猴子那根头发不算短,有五六公分长,庄睿将头发放到剑刃上,头发并没有断,当庄睿对着剑刃猛吹了一口气之后,一根头发顿时化为两根,从剑刃处飘落到地上。

"吹发可断!"

一时间,房中变得寂静下来,三人的呼吸声明显加重了,这把不知名的青铜剑,绝对不亚于传说中的干将、莫邪之类的名剑,甚至犹有过之。

"老弟,你……你这把剑,是多少钱买的?"

皇甫云突然想起这个问题,喉咙有些发干地问了一句。

"和那把环首刀一起买的,两把加起来,一千二百块钱……"

庄睿的话让在场的皇甫云和赵寒轩,齐齐翻了个白眼,这不等于白送嘛,别的不说,就凭这把剑的锋利程度和年代,拿到拍卖行去,最少要三千万以上起拍。

"对了,这剑砍铁器怎么样啊? 咱们试试能不能销金断玉呀?"

庄睿这会儿也备受刺激,就像一个不会武功的人得到神功秘籍一般,兴奋的有点不能自已。

"现代工艺锻造的铁器肯定不行,不过倒是可以找些铜钱来试试,以前龙泉出土的那把宝剑,可以斩切七枚铜钱,而无丝毫损伤……"

皇甫云摇了摇头,不是很赞成庄睿的做法,这要是损伤了青铜剑的锋刃,那可是无法弥补的。

"好,那咱们就试试铜钱……"

庄睿也知道现代的铁器都是合金,里面还掺杂了钢材,用铜钱正合他的心意,连忙叫了猴子,让他去买点铜钱回来。

第二十九章 | 销金断玉

　　在潘家园找别的东西或许没有,但是找铜钱,那绝对能论吨来称,不管谁的摊位上,都会或多或少摆放一些铜钱出售。

　　这主要是因为,铜钱作为中国古代的流通货币,存世量太大了,除了一些珍品铜钱之外,普通的铜钱价值不高,假冒的都没多少,猴子出去不过五六分钟,手里就捧着一把铜钱跑回店里。

　　听说老板搞到一把削铁如泥的宝剑,猴子进了房间,也赖着不出去了,就连店里唯一的店员,也不时往房间里伸头,想要见识一番。

　　"得,进来看吧,站在门口,看着点别丢东西就行了……"

　　庄睿今儿心里十分舒畅,当下让那个店员也进来,店铺里的古玩类珠宝都是锁起来的,倒也不怕被人偷。

　　"皇甫兄,你看咱们第一次摆几枚合适?"

　　猴子找来的铜钱,是最常见的乾隆通宝,乾隆在位六十多年,又做了几年太上皇,所以乾隆年间的铜钱是最多的,流传也最广。

　　猴子找来五六十枚,也不知道他是买的还是问人要的。

　　"要不然还是先用纸张试一下吧? 别损坏了这把宝剑……"

　　皇甫云是爱剑之人,做实验的出发点,也先考虑到不能损坏这把剑,所以提出了先用纸做实验的建议。

　　"行!"

　　庄睿点了点头,猴子很有眼力见地跑到外屋,找出一本介绍文房四宝的彩页书来,大概有七八十页的样子,庄睿看了一下,这种纸张比较硬,用来试剑也不错。

　　把那本书放到桌子上,庄睿深吸了一口气,右手高高举起,对着书页猛地斩下去,一道寒光闪过,剑刃已经砍进书页之中。

　　"快看看,这剑有没有损坏……"

场内最紧张的人还是皇甫云,首先关心的不是切开了多少层纸,而是剑刃有没有折损的地方。

"没事,一点事都没有……"

庄睿把嵌在书里的剑拔了出来,对着灯光看了一下,剑锋和书本接触的地方完好无损,与旁边并无二致。

"庄哥,切开了五十八张纸,乖乖,这剑可真厉害,要是拿着砍人的话,一剑下去骨头也断了……"

猴子拿起桌子上的书本,翻看了一下,刚才庄睿一剑直接切开五十八张纸,就是下面七八张,也有深深的剑痕,如果庄睿用力再大一点的话,恐怕都能斩开。

"来,斩铜钱看看……"

见这把剑有如此威力,庄睿信心倍增,当下拿出五枚铜钱,摆放在桌子上,摆好之后,庄睿想了想,又拿出了三枚铜钱摆在上面。

先前听皇甫云说曾经出土的那把龙泉剑,一剑斩断过七枚铜钱,庄睿心里有点不服气,想破了那个记录。

"还是先放五枚吧……"皇甫云有点儿担心。

"没事,就八枚!"

庄睿摇了摇头,他有种感觉,一剑破开这八枚铜钱应该不难,难的是腕力和眼力,要不偏不斜地砍正方位才行。

摆好铜钱之后,庄睿站在桌子前面,深深地吸了一口气,眼睛死死地盯着桌子上那摞铜钱最上面的一枚,右手高高举起,同时左手抓在右手上,虽然剑柄不够长,但是这样也能多使上一点儿力气。

把高抬的剑身对着铜钱比划了几次之后,庄睿又将双手高举,缓缓吸气,直到胸中再也容纳不下的时候,屏住了呼吸,双手用力,使劲向那摞铜钱砍了下去。

不仅是庄睿,房中所有的人,这会儿也都是大气不敢喘一口,生怕惊扰了庄睿,眼睛都盯在高举的青铜剑上。

庄睿几乎将全身的力气都用在了双手上,奋力斩了下去,这次众人连那抹寒光都看不见了,只感觉眼前一花,紧接着一声脆响,再看向桌面时,到处都是散乱的铜钱,有些还掉在了地上。

而庄睿手中的青铜剑,此刻却深深地斩入了那张方桌里,剑身几乎砍进去一半,庄睿第一次往上抬手的时候,居然没拿出来。

这青铜剑虽然锋利,但是庄睿还是很小心,前后上下挪动了一会儿,才把剑给取了出来。

庄睿将锋刃放到眼前一看,和铜钱以及桌子接触的地方,除了有些擦痕显得明亮了一些之外，锋刃没有任何翘卷损毁，这也让庄睿长吁了一口气，放松下来。

猴子从地上捡起一枚分成两半的铜钱，兴奋地向庄睿喊道："切开了，庄哥，切开了，您可真厉害啊，嘿，这要是放到古代，也是大侠……"

"大侠？大虾还差不多，行了，猴子，别废话了，快把铜钱找齐了，看看有没有没切开的……"

不单是猴子在找，就连赵寒轩等人，也都打着强光手电，在灯光照不到的地方找寻着，房间本就不是很大，几分钟之后，桌子上摆放了十六枚分成两半的铜钱。

"这……是真的？"

所有人看着这些铜钱，都有点不敢相信自己的眼睛，传说中的神兵利器，此刻就出现在眼前。

要知道，别说是几千年前打造的兵器，就是现代用合金制造的武器，也未必就能一剑切开八枚铜钱，此刻庄睿手中的青铜剑，看在众人眼里，多多少少带了一丝神秘色彩。

庄睿爱不释手地将青铜剑擦了又擦，转眼看见众人炙热的目光后，说道："行了，都忙活去吧，老赵，帮我找个盒子，我把剑放起来……"

宣睿斋文房四宝生意里，也附带了画轴买卖，所以两公尺长的盒子，倒是有现成的，赵寒轩很快就拿了一个过来，庄睿珍而重之地将青铜剑放了进去，却没发现，身旁皇甫云的眼睛，几乎也跟着钻进盒子里了。

"老弟，庄老弟，这剑，这……"

眼瞅着看不见那把剑了，皇甫云着急起来，一把拉住庄睿，却因为过于兴奋，说的话有点词不达意，搞得庄睿莫名其妙，问道："怎么了，皇甫兄，莫非你对这剑有意思？"

"废话，我当然有意思了，这还用问？"

皇甫云没好气地瞪了庄睿一眼，这人也讲缘分，二人虽然结识没多久，倒处得像老朋友一般。

"唉，有意思我也买不起啊，老弟，你这把青铜剑要是上拍卖会，绝对会引起轩然大波，如果能给它断代，找出传承，我估计它的价格，恐怕要在两亿以上！"

"什么？能卖这么贵？"

庄睿闻言吓了一跳，他原以为这把剑最多值个三五千万了不起了，没想到自己的估价还是低了。

"两亿算什么，要是历史上有记载的名剑，三五亿都可能……"

去年美国的一场拍卖会上，乾隆皇帝曾经用过的一把龙腾宝剑，最后拍出了相当于七千万人民币的价格来，在皇甫云看来，无论是考古价值还是实用价值上，那把御用宝剑，远不及庄睿手中这把。

"得，这玩意烫手，我得赶紧回家……"

庄睿心里还真是这想法,这玩意如此贵重,要早点给放到自己的藏宝室去,才能安心。

"老弟,我有个不情之请,你看……"

见庄睿要走,皇甫云急了,一把拉住了庄睿,说道:"我还有两三天,就要去英国了,在走之前,想知道这把剑的确切来历,庄老弟,你看能不能先让我把那俩字描下来啊?"

庄睿一听是这事,沉吟了一会儿,说道:"这样吧,我打个电话给我导师,他要是有时间,咱们现在就过去……"

庄睿也想搞明白,这把剑究竟是不是在历史上留下诸多传说的神兵利器。他听完皇甫云的请求之后,第一时间就想起了孟教授。

庄睿知道,孟教授不但是考古界的泰山北斗,在古文字的研究上,在国内也是无人可及,他曾经多次主持过甲骨文现场的发掘整理工作,这把剑上的两个字,应该难不倒孟教授。

"好,好,那咱们现在就过去吧……"

皇甫云大喜,他真没有把这剑据为己有的心思,因为他没那么多钱,但是的的确确想知道这把宝剑的来历。

"等一下,我先打个电话……"

今儿又不是周末,庄睿怕孟教授有课,先拨了个电话过去,果然,孟教授一会儿有堂课要上,只是听庄睿说有带铭文的青铜器,也很惊讶,让庄睿过一个小时,中午在学校一起吃饭。

挂断孟教授的电话,庄睿又给彭飞拨了个电话,让他马上赶到潘家园来,说老实话,自己拿着把价值数亿的物件,庄睿心里还真没底。

潘家园离庄睿的四合院不远,十几分钟彭飞就赶过来了,庄睿交代猴子等人不要乱传之后,带着皇甫云上了车。

这次庄睿没让彭飞做司机,而是自己开车,因为庄睿把那把宝剑交到彭飞手上了。

彭飞虽然不知道庄睿交给自己的是什么东西,但他还真很少见到庄睿这种庄而重之的样子,当下便小心翼翼地将那个长形盒子抱在怀里,不敢有丝毫大意。

"庄老弟,你要等的人,是孟教授吧?"

来到京大,孟教授还在上课,庄睿只能停好车,和皇甫云还有彭飞三人等在餐厅门口。

"是啊,你怎么知道?"

庄睿问出口,才想起皇甫云就是这所学校出去的,当下笑着说道:"我倒忘了,这里是皇甫兄的母校啊……"

皇甫云看着那些在学校食堂进进出出的学弟学妹,感慨地说道:"是啊,我出国之后,有五六年没回这里了……"

人在没有长大时,总想着长大,总想着自己能在社会上出人头地,但是往往在现实中碰得头破血流之后,才会回想起校园生活,回想起那些纯真的时代。

皇甫云从京大毕业之后就出国了,这些年虽然发展得不错,但是也曾经遇到不少挫折坎坷,现在回到母校,心里也是感慨万千。

"呵呵,我今年就要在这里上学了……"

出于考研的缘故,虽然庄睿现在还不是京大的学生,但对这儿也有了一定的认同感,今后最少有两年时间,自己的身份将会变成京大的一名研究生。

两人闲聊了一会儿,差不多也快到中午了,前来吃饭的学生逐渐多了起来。

"小庄,你们到了有一会儿了吧?"孟教授的身影出现在食堂门口。

这食堂里太吵闹,压根就不是谈事情的地方,庄睿微微皱了下眉头,说道:"没事,我也是刚来,孟老师,要不然咱们出去找个地方吃吧?"

孟教授摆了摆手,说道:"不用,下午我还有点事,来,我带你们去包间吃……"

敢情这食堂是分好几层的,一二层是学生食堂,再往上就是老师们用餐的地方,里面有许多包间。

"小庄,喜欢吃什么,自己点吧,别给老师省钱啊……"

几人坐下之后,孟教授把菜谱递给庄睿,他对自己这个准弟子非常满意,恨不得现在就将他招过来。

"谢谢孟老师,今天有事求您,还要您请吃饭……"

庄睿把皇甫云和彭飞介绍给孟教授,然后随便点了几个菜,虽然心里急着想知道那把剑的来历,但是孟教授不提,庄睿也只能沉下气来吃饭。

"行,你小子还算沉得住气,走,去办公室……"

几人吃饭都很快,二十分钟大家就吃好了,孟教授看着庄睿笑了起来,他刚才就是想考验下庄睿的养气功夫,没想到庄睿真能憋着一直不提文字鉴定的事,表现出了异于他年龄的沉稳,让孟教授很是满意。

孟教授年龄也差不多到退休年限了,估计庄睿是他招的最后一批研究生,他对庄睿的发展很看好,能有这么优秀的关门弟子,让一辈子教书育人的孟教授,心里很是宽慰。

孟教授有一间独立的办公室,虽然不是很大,但是在办公桌后面的书架上,摆满了形形色色的书籍,大多都与考古有关,另外还有些化学类的刊物,这些知识,也与考古息息相关。

"小彭你们随便坐,庄睿,把东西拿给我看看吧……"

进了办公室,孟教授随口招呼了一声皇甫云和彭飞,然后伸手接过庄睿递过去的长形锦盒。

"这……这是青铜剑……"

打开盒子之后,原本坐在办公桌前的孟教授,猛地站起身体,不敢置信地看着盒中的青铜剑,他虽然早就猜到庄睿所说的青铜器,应该是把兵器,但是绝对没有想到,这把青铜剑保存得如此完好。

几十年来,孟教授不知道主持过多少次考古发掘工作,从殷商时代的墓葬,到宋元明清的皇陵,他不知道见过多少出土文物,兵器亦不在少数。

只是那些出土的古代兵器,经过成千上万年的空气氧化和泥土腐蚀,基本上都腐朽了,孟教授也做过不少兵器修复工作,通过观察某些年代的兵器,可以得出那个年代战争形态的考证。

虽然国内也曾经出土过几把古代名剑,但孟教授并没有参与那几次考古挖掘,像这般品相如此完好,通体散发着幽幽寒光的青铜剑,他还是第一次得见。

"老师,在来之前,我对这把剑做过测试,可以同时斩断八枚乾隆通宝,并且吹发立断,我怀疑它是古代干将、莫邪之类的名剑,只是学生对金文没什么研究,这剑上的两个字,还请老师给辨别一下……"

庄睿原原本本地将店里的测试结果,告诉了孟教授。

孟教授听了庄睿的话后,神情也变得激动起来,他要是知道庄睿带来鉴定的物件是这东西,恐怕中午那顿饭,庄睿等人就别想吃了。

要知道,每一把古代有记载的名剑问世,都会引起轩然大波,让学术界争论不休,由不得孟教授不加以重视。

别看这只是一把死物,但是放到考古学家眼里,就会变得异常丰富,打个比方,从剑体的锻造工艺上,可以分析出当时的冶金水平和社会形态,这里面值得考究发掘的东西,实在是太多了。

凭借多年考古发掘经验,刚一打开锦盒,孟教授就能感觉到,这把剑,绝对是出土的青铜器,那种古朴沧桑的感觉,是现代工艺无法仿制的。

"绝世宝剑,绝世宝剑啊……"

孟教授并没有急着察看金文,而是从剑尖处一点点往下看,那美丽的缎纹让他爱不释手,嘴里情不自禁地喃喃自语。

"孟教授,那两个金文,究竟读什么啊?"

一直没说话的皇甫云,这会儿终于忍不住了,眼瞅着谜底即将揭晓,但是按照孟教授这功夫慢悠悠地看下去,恐怕日落西山,自己都未必能知道这把剑的名字。

"单从工艺上讲,这把青铜剑绝对不逊于湛卢、巨阙之类的名剑,只是这长度……"

孟教授并没有直接回答皇甫云的问题,其实他一直都没去看那两个金文,缘故就是,孟教授想凭借自己的考古知识,看看能不能判断出这把剑的传承来历。

然而在说到长度的时候,孟教授眉头稍微皱了一下,在他的记忆中,历史上长仅两尺左右的名剑,并不是很多,无论是殷商或者秦汉,剑大多长三尺以上。

古代秦以前的剑，以刺为主，所以大多都比较长，而眼前这把青铜剑，只有二尺左右，也就是五六十厘米长，在古代倒真的不多。

"莫非是那把？"

突然，孟教授想到一个名字，浑身不由一震，如果真是那把剑的话，这长度倒是能解释的通了。

想到这里，孟教授也不想继续猜测了，拿起放大镜，仔细看起剑柄上方的两个金文来。

金文是指铸刻在殷周青铜器上的铭文，也叫钟鼎文，与甲骨文相比，金文笔画肥粗，弯笔多，团块多，在春秋战国时极为盛行，但是到了秦代，逐渐式微，最终被小篆所取代。

"没错，应该是，真的是这把剑！"

孟教授看清楚那两个铭文后，脸上血气上涌，显然是激动之极，不过庄睿和皇甫云就郁闷了，这老爷子自己认出来了，也和大家分享一下嘛。

"老师，是什么剑？"

庄睿终于忍不住了，您老话别说一半啊，痛痛快快地说出名字不就完事了？

"等等，我还不敢确认，让我对照一下……"

孟教授听了庄睿的话后，平静了许多，站起身来，从身后的大书架里抽出一本厚厚的书籍，翻看起来。

庄睿看到孟教授拿的是容庚编著的《金文编》，这可是继吴大澂的《说文古籀补》之后第一部金文大字典，是古文字研究者必备的工具书之一，商周秦汉铜器铭文中已识与未识者，从中可尽览无遗，是一部相当完备的金文字典。

以前德叔曾经让庄睿看过《金文编》这本书，不过庄睿那会儿感觉用不上，没把心思花在这些犹如天书一般的文字上，现在庄睿算是明白书到用时方恨少这句话的意思了。

"定字……光……定光？！"

庄睿见孟教授用铅笔在《金文编》上找出了"定光"两个字，分别画了圈，庄睿把书上的两个字和剑柄处的铭文一对比，还真的是这两个字。

庄睿虽然声音不大，还是被皇甫云听到耳朵里，一脸不敢置信地问道："什么？庄老弟，你说这把剑……叫……定光？！"

"是叫定光啊，怎么了？"

俗话说术有专攻，庄睿虽然跟着德叔学习杂项鉴定，但是对于刀剑包括青铜器类的古玩，并不是很了解，对这"定光"二字，脑子里也没有丝毫印象。

"怎么了？你不知道？"

皇甫云闻言像看怪物一般地看向庄睿，说道："这把剑可是和轩辕剑、太康剑齐名的历史名剑啊，比传说中的那些宝剑，也不遑多让……"

皇甫云提到轩辕剑，庄睿倒是听说过，好像黄帝拿着那把剑打败了蚩尤，不过这些都是神话故事里的，庄睿是不怎么相信的。

"小庄，皇甫说得没错，你这把青铜剑，在历史上大有名气，也不知道你运气怎么那么好，居然连这东西都能碰到……"

孟教授用手指轻轻擦过剑身，那副专注的样子，看得庄睿身上直起鸡皮疙瘩，难道这就是传说中的寄情于剑？

"运气好，嘿嘿，就是运气好，当时以为是个普通铁剑呢，而且这剑就是锋利了一点而已，老师，难道还有别的功用吗？"

虽然心中得意，庄睿还是摆出一副侥幸得之的样子，听得一旁的皇甫云牙根直发痒，哥们我见天在潘家园转悠，怎么就没你那运气啊？

"传说定光宝剑，可聚日月光辉于刃尖，不过这只是传闻，咱们今儿来试试……"

见到这把在中国历史上都能数得上号的名剑，孟教授也失去了沉稳，居然想看看传说中的话是不是真的。

孟教授的办公室，呈东西走向，在西边有一扇窗户，孟教授打开窗子，此时已经中午一点多了，太阳微微西斜，碰巧今儿阳光又好，没有了窗户的遮掩，灿烂的阳光顿时让办公室又明亮了几分。

孟教授将手中的定光宝剑对着阳光，房中的几人，眼睛都盯在了定光剑上。

"靠……这……这不是真的吧？"

定光剑本身通体泛青铜色，有些幽暗，并不是那种光可鉴人的宝剑，不过在阳光照射到剑身上之后，整把定光剑好像活了过来，那上面的缎纹犹如波浪一般，似乎在层层涌动。

最让庄睿难以置信的是，那层层波浪般的缎纹，似乎被无形的力量引导着，纷纷涌向定光剑的剑尖处，定眼看时，那剑尖犹如镶嵌了一颗宝石一般，在阳光下熠熠生辉。

不单是庄睿，就是彭飞和皇甫云也看傻了眼，这也太奇妙了一点吧，现在已经不用怀疑了，传说定光剑可以聚日月光辉于刃尖的话，应该是真的。

等孟教授将剑拿开之后，那道光芒也随之散去，彭飞揉了揉眼睛，说道："庄哥，我刚才没眼花吧？"

庄睿答非所问地回道："你有没有眼花我不知道，反正我感觉自己是眼花了……"

"呵呵，这个倒是能解释，这是由于定光剑上的特殊缎纹，使光线统一折射到剑尖处，小庄，这把剑堪称无价之宝啊，单是这些缎纹，就值得我们研究了……"

孟教授见庄睿等人面带惊愕的样子，不由笑了起来，他以前就见过刀剑身上的缎纹有折射光线的功能，不过像定光剑这般，能将光线折射到一个点上，还是绝无仅有的。

"庄哥，您这把到底是什么剑啊？这么神奇？"

彭飞此刻还是一脑袋雾水，只是他问的对象不对，庄睿除了知道这剑叫做定光之外，对于它的来历，也是稀里糊涂的。

"小伙子,这把剑的来头可大了,他是殷商王太甲在位的时候,倾全国之力,费时四年,才铸造成功的一把宝剑,为商王室镇国神兵之一……"

孟教授知道庄睿对这段历史不是很了解,出言给彭飞解释了一下,定光剑在历史上的名头极大,仅在轩辕、禹剑、腾空、启剑、太康剑和夹剑之后,可以排在第七名剑的位置。

而且以孟教授所见,先不谈其余几把剑现在何处,仅以锋利而言,恐怕就是早先出土的龙泉宝剑与之相比,也犹有不及。

并且那些传说中的神兵利器,到现在一把没见到,哪有手上拿着的这把实在啊,孟教授已经可以断定,这把就是殷商王所铸的定光剑了。

第三十章 定光宝剑

皇甫云突然开口问道:"孟教授,这把宝剑如此神奇,恐怕当年陆放翁感喟'国仇未报壮士老,匣中宝剑夜有声',也不是无的放矢吧?"

孟教授闻言愣了一下,继而苦笑道:"那都是武侠小说里写的,主人遇到危险的时候,匣中的宝剑会在夜深人静之时铮然作响,小伙子,这些事情是信不得的……"

"那也未必,庄老弟,你晚上一定要把它挂在卧室的墙上,说不定这把宝剑就会如此呢……"

皇甫云摇了摇头,说出句让众人都哭笑不得的话来,庄睿更是暗自腹诽,哥们要是正嘿咻的时候,这把剑叫上那么一声,那不是扰人好事吗,遇到个胆小的,恐怕直接就变"萎哥"了。

把定光剑递还庄睿,孟教授突然想见识下这把定光剑的锋利,于是向庄睿问道:"小庄,你带铜钱来了没有?"

"带了十几枚,孟老师,您想试试剑?"

庄睿来的时候就想到了这个可能性,兜里揣了十多枚铜钱。

孟教授摆了摆手,说道:"我可不行,老眼昏花的,还是你来吧……"

"庄哥,我来……"

庄睿尚未答话,彭飞在一旁已经跃跃欲试了,他在部队的时候,就喜欢玩冷兵器,此刻见到这把千古名剑,也想上手操练一下。

"行,小心点,别伤了剑……"

庄睿点了点头,拿出铜钱,这次他没放那么多,只将五枚铜钱摞在桌脚处,然后将剑交给彭飞。

彭飞对着桌子比划了几下,一剑斩下去,他的手法和腕力,远非庄睿能比,力道十足,众人只听到"叮"的一声脆响,剑刃已经砍入是那张仿红木的桌子里。

"削铁如泥,吹毛立断,好剑,好剑!"

孟教授拿起桌上被斩成两半的铜钱看了一下，虽然对这些科学无法解释的行为，孟教授以前也多有得见，但眼中还是露出了不可思议的神色。

别看现在科技昌明，但是对古代很多的发明创造，到现在依然无法解释，别的不说，就是中医脉络、气穴是如何产生的，就没有公论。

持剑在手的彭飞也吃了一惊，拿起定光剑放到眼前看了一下，锋刃处一丁点儿卷口都没有，彭飞不禁暗自咋舌，这剑简直比自己的小刀还锋利。

孟教授冷静下来之后，看向庄睿，说道："小庄啊，老师我有个请求，不知道……"

孟教授话说了一半，脸上露出了为难的神情。

"老师，您说……"

庄睿见了孟教授的表情，不由在心里暗暗叫苦，您老可千万别说要我献给国家之类的话啊，这玩意打死也不能上交，即使得罪了孟教授，这研究生不读了，庄睿也舍不得将这把剑交出去。

"小庄啊，这些年野外考古虽然出土了不少包括青铜剑在内的青铜兵器，就连震惊中外的吴王夫差剑和越王勾践剑也发现了……"

孟教授说到这里顿了一下，接着说道："只是那两把剑名气太大，我见倒是见过，不过想借过来研究分析，别人却不给老头子这个面子，小庄，我是想问你借一下这把剑，分析一下它的质材构成……"

孟教授早年曾经做过一个课题，就是研究古代青铜剑埋在地下上千年后，为何还能毫无锈蚀光洁如新，并且锋刃锐利，只是没有实物研究，也就把课题放下了。

不过后来化学定量分析被应用到青铜器的考证中，孟教授也知道了是锻造时铜锡金铁的配比，造成了这种不锈不腐的现象，但是对于这种比例，孟教授一直没有时间，也没有实物去研究。

现在见到庄睿这把剑，孟教授早年的心思又活络起来，如果能因此解开古代锻造工艺的这个谜团，也不失为攻克了一个重大的考古课题。

庄睿听到这话，心里顿时放松了很多，只要不是让他上缴国家，借过去分析研究，庄睿还是可以接受的。

"小庄，不是让你把剑放我这，你放心我还不放心呢。是这样的，等你正式成为我的研究生后，主要就负责研究青铜剑里质材的配比比例，需要这把剑的时候，你再带过来就好了……"

孟教授见庄睿没说话，还以为他不同意呢，连忙抛出一个橄榄枝，要知道，刚入学的研究生，可是没资格独自开发课题研究的。

现在各大学校的研究生，差不多就是给导师打工的，导师在外面接了活，丢给自己带的研究生干。

得出成果了,讲究点的导师得了大头,会分一点给学生,要是比较那啥的导师,恐怕吃了肉,连汤都不给学生留一口。

孟教授如此说,就是在向庄睿承诺,这个项目由他负责。

当然了,申请下来的研究经费,也由庄睿掌握,孟教授知道庄睿身家丰厚,未必看得上这点钱,不过总归表明了自己的态度。

"谢谢孟老师……"

庄睿听了孟教授的话后,连忙答应下来,原本还以为老爷子爱国心发作,直接让他上缴国家呢,现在只是借来研究,并且还由自己掌握,庄睿还有什么不满意的啊。

庄睿也知道,自己这京大研究生的身份,已经是板上钉钉的事了,有了孟教授的话,面试不过是走个过场罢了。

"不用谢我,要是能研究点东西出来,老师还要谢谢你呢,对了,我要拍些照片,这把剑的出土很有历史价值,恐怕过段时间你还要带着来参加个研讨会……"

孟教授摆了摆手,从办公桌里拿出一台数码相机,对定光剑从各个角度拍了起来。

"成,到时候老师您通知我就行了……"

庄睿爽快地点了点头,他也知道这把定光剑作为传说中的名剑,肯定历史意义重大,不过庄睿相信,只要自个儿不愿意,谁都别想把定光剑抢走,除非是家里那位老爷子不讲理。

"行了,你把东西带回去吧,要妥善保管,千万不要涂抹除锈油一类的化学药剂,最好经常擦拭……"

孟教授对青铜器的保养,也略知一二,从各个角度拍摄完定光剑之后,又交代了庄睿几句,他是怕庄睿不注意保养,损毁了这把绝世名剑。

"这小子,真不知道是运气好,还是有什么诀窍?"

送走庄睿等人之后,孟教授回到办公室,摇了摇头,不过今天能见到一把可以改写青铜器历史的名剑,孟教授已经非常满足了。

"庄老弟,我难得回来一趟,等下要去看看老师,咱们就此告别吧……"

出了孟教授的办公楼之后,皇甫云对庄睿说道,只是那双眼睛,还盯着彭飞手上的定光剑。

作为收藏刀剑古玩的专业人士,皇甫云现在心里十分纠结啊,只是无奈自个儿财力不济,即使庄睿同意出让,他也没那么多钱买。

"行,皇甫兄,咱们多联系,日后在国外要是见到什么老祖宗留下来的好物件,给我打个电话……"

庄睿早就有出国淘宝的心思了,只是自己对国外各大拍卖行都不熟悉,现在结识了皇甫云,等以后出去也能多个向导。

皇甫云不知道庄睿还有这种想法,闻言愣了一下,说道:"老弟,你要是有这个心思,下个月英国伦敦就有一场中国古董专场拍卖会,你要是有兴趣,可以去看看,到时候我肯定在的……"

"下个月?"

庄睿现在也不知道下个月有没有事,还有二十多天呢,当下说道:"皇甫兄,下个月要是没事,我就去看看,到时候再麻烦你吧……"

"成,那咱们电话多联系……"

皇甫云恋恋不舍地盯了一眼彭飞手中的锦盒,挥手和庄睿告别。

"庄哥,这把剑,值多少钱啊?"

彭飞刚才看到皇甫云的眼神,恨不得想将剑抢走似的。坐到车上之后,向庄睿问了起来。

在彭飞看来,这把剑也就是锋利了一点,在冷兵器时代无疑是无价之宝,但是在枪支大炮横行的现代社会,冷兵器的作用已经不大了,有句老话说得好:任凭你武功再高,那也是一枪撂倒。

"你猜猜……"

庄睿开车驶离京大校园,看看还有时间,他准备先把这定光剑放回家,然后再去老爷子那取印章,毕竟拿着上亿的物件到处跑,心里还真有点紧张。

"最少值个千儿八百万的吧?"

彭飞跟庄睿有段日子了,知道古玩这东西,价钱没个谱,越是稀少的,你越往大了猜,所以彭飞给出一个自己以为的天价。

"呵呵,千儿八百万? 连个剑尖都买不到……"

庄睿闻言笑了起来,他回头准备去找京都拍卖会的钱总,要点近些年的古玩拍卖资料来,好好恶补一下,要不是皇甫云跟他说了这把剑的价格,庄睿的估价也就比彭飞刚才说的高出那么一点儿。

"刚才那个叫皇甫云的人,估价在两亿左右,现在知道传承了,恐怕价格还要高……"

庄睿也没想到,今儿的运气居然这么好,看来没事还是要去潘家园逛逛。

"两……两亿? 有这么贵?"

彭飞捧着装着剑的盒子的手,猛地哆嗦了一下,差点没把剑给扔出去。

"废话,你也不想想,传说中的那些剑,出土的就这一把,两亿估计还说少了呢……"

听了庄睿的话后,彭飞干脆将定光剑放到庄睿的腿上,说道:"庄哥,这玩意太贵重了,我拿着咋感觉那么沉啊?"

"行了,臭小子,少搞怪了,几亿的黄金搬着,也没见你喊沉……"

庄睿笑骂了彭飞一句，两人说着话回到了四合院。

秦萱冰的珠宝设计工作室，就在庄睿的后院进入地下室的那间厢房里，见到庄睿进来，秦萱冰不由奇怪地问道："老公，你不是去古伯伯那里了吗？怎么这么快就回来了？"

"嘿嘿，宝贝，今天在潘家园淘到一件绝世珍宝，先放回家，马上就去老爷子那……"

庄睿凑上去搂住秦萱冰就亲了一口，要不是看着大白天的并且等会儿还有事，庄睿都恨不得用那啥行动，来宣泄自己心中的兴奋。

"死样，快点去吧，别烦我……"

秦萱冰看到庄睿孩子似的从屋里窜了出去，脸上露出一丝微笑，她很享受这种生活，有个疼爱自己的老公，有个很好相处的婆婆，而且住在大宅院里，日子很安逸，也很安静，正符合秦萱冰的性格。

"云哥，今儿怎么不忙啊？"

进了古老爷子的小院，庄睿看见古云正陪着老爷子在院子里下围棋，连忙过去打招呼。

"这臭小子还不是知道你要来，要不然能陪我老头子下棋？"

古云还没说话，老爷子就冷哼一声，挥手把棋盘搅乱了，说道："庄睿，你们事谈完了到屋里来……"

"哎，爸，你耍赖啊，这眼瞅着要输了，您老这就跑了啊？"

古云的话让庄睿知道老爷子为啥心情不好了，敢情下棋要输给儿子了。

庄睿四下里看了一眼，然后说道："古哥，找我什么事？咱们先说好，那东西实在是没有了，您也别开那口……"

这段时间天天和媳妇在一起，两人又都年轻气盛，那啥几乎天天都有，以庄睿灵气的恢复能力，都有些吃不消，现在就眼巴巴指望明儿开春启出自己泡的药酒呢。

古云听了庄睿的话后，脸上露出一副哭笑不得的神情，说道："你这小子，谁跟你说那事了，哥哥我强壮着呢，不信问你嫂子去？"

"强壮？"

庄睿鄙夷地撇了撇嘴，不知道是谁跟在自个儿屁股后面要虎鞭的，强壮就未必，不过这脸皮是真够厚的。

"行了，别扯淡了，哥哥有事找你帮忙……"

古云怕老爷子知道他问庄睿要虎鞭的事，连忙岔开话题，接着问道："你四哥是不是在开发东城那块的地皮啊？"

庄睿点了点头，道："有这事，古哥，有啥事您直说，咱们哥们不用绕弯子……"

"好，那我就直说了，老弟，你也知道，我这活冬天比较多，到了春夏就少了，你看看能不能在欧阳军那里，接点工程干干，对了，我可是有资质的啊，不是路边游击队……"

古建筑修复，的确是有季节性的，一般秋冬季活比较多，到了春夏季，古云要是接不到别的活的话，那就要白出钱养着一大帮子人了。

"嗨，就这点事，您自己和四哥说好了，又不是不认识……"庄睿还以为是什么大事呢，敢情是要工程。

古云笑道："这不是咱哥俩关系近嘛，你说肯定比我说有用……"

"行，那我回头给四哥打个电话，古哥您到时候自己去找他吧……"

庄睿点头应承下来，古云干活的质量，绝对没的说，自己现在就住着呢。

庄睿进到古老爷子的屋里，老爷子正自得其乐地泡着茶，看到庄睿进来，点了点头，指着对面的椅子，说道："坐下吧，那臭小子找你干什么？不能帮的就别帮……"

古天风知道庄睿的背景，在中国这地界，不敢说没有办不成的事，但是欧阳家做不到的事情，恐怕还真不多，古天风是怕儿子提了什么过分的要求，让庄睿难做。

当然，儿子还是自己的亲，老爷子也是话中有话，不能帮的别帮，能帮到的事情嘛，那就不用多说了。

"古师伯，没什么大事，云哥这段时间是生意淡季，让我介绍点活，正好四哥那边有工程，让他去接点，这可是正经生意……"

庄睿看老爷子挺严肃，连忙出言解释了一下，这根本就不算事，欧阳军的活给谁干不是干啊，不如便宜自己人。

"嗯，按规矩来，别坏了规矩……"

古天风一听是这事，就没再多说什么，拉开桌子的抽屉，从里面拿出一个巴掌大小的紫檀色的盒子来，推到了庄睿面前。

"看看吧，这是那块大红袍鸡血石料子雕琢出来，老头子的手艺还没放下……"

古老爷子似乎对这个作品很满意，言语间不乏自得的味道。

"嘿嘿，那是当然，师伯可是鼎鼎大名的南邹北古……"

庄睿小小地拍了一记马屁后，把桌上那个看似紫檀木的盒子拿在手上。

"咦？师伯，这玩意可有年头了吧？"

庄睿拿起盒子，入手感觉颇沉，用灵气一看，还别说，真是紫檀木打制的盒子，并且纹路清晰细腻，还是上佳的小叶紫檀，价值不菲。

别看这盒子不大，但是年代最少是民国以前的，从古玩角度来说，是个老物件，庄睿估计应该在七八万左右。

古人作完字画后行印，是一件非常慎重的事，也是一个很重要的步骤，所以对印章的要求与保管，也很在意，这件紫檀木盒，带有机璜纽扣，很明显是为了放置印章而特制的。

第三十章 定光宝剑

"嗯,早年遇到的,放在我这几十年了,现在我用不到了,就给你吧……"

古老爷子说话的时候,明显带有一丝不舍和惆怅,庄睿能看得出来,这紫檀木盒绝对是老爷子心爱之物。

想到这里,庄睿摇了摇头,道:"师伯,这物件我不能收,您还是自个儿留着用吧……"

"屁话,我留着干吗? 都说退下来了,我老头子就不会再出具鉴定证书了,还要这东西干吗?"

老爷子听了庄睿的话后,声音忽然提高,不过随之叹了口气,说道:"你小子对玉石有灵性,运气又好,只是年龄太大,入门太晚,否则的话,我这门北派雕工的手艺,一定全部传给你……"

学习雕刻工艺,本身要有深厚的书画功底,然后要从小锻炼双手的灵活性,庄睿骨骼早就长成了,所以最多只能篆刻个印章玩玩,再想学习雕琢,几乎是不可能的了。

古天风一辈子虽然也有不少弟子,但是北派雕工式微已成定局,他的弟子中也没有什么能挑大梁的人物,所以老爷子才会有此感慨。

"嘿嘿,师伯,就您这身子板,最少还有三五十年的活头呢,急什么啊,等我生了儿子,让他来跟您学习北派雕工,到时候这紫檀盒子,我代您传给他……"

庄睿见老爷子心情有些低落,连忙出言把话题岔开了,而且庄睿还真有这想法,小孩子学习篆刻,一来可以培养动手能力,二来能陶冶情操,让人变得沉稳,庄睿如果生儿子的话,一定送给老爷子教导。

"呵呵,臭小子,别逗我啦,打开看看……"

古天风被庄睿的话给逗乐了,正好这时古云也带着儿子走了进来,俗话说隔代亲,老爷子见了孙子,脸上马上露出笑容。

庄睿笑了笑,打开了手中的盒子,注意力顿时就被那块长方形的鸡血石印章吸引过去了。

第三十一章 | 鸡血狮钮章

这枚印章已经不复原来的形状,变得四四方方,在其顶端,用圆雕手法,雕琢了一只狮子戏球的造型,作为印章的钮,并且中间镂空,可以穿绶带系于腰间,是典型的北派雕工,刀法极为精细。

从盒子里的丝绸垫子上拿起印章之后,入手冰凉之中,微微感觉有些温润,印章棱角之间,摸起来滑腻舒适,并不显突兀,让庄睿感到非常舒服。

细细观察着手中的印章,质地纯凝柔润,鸡血泼洒,如泼墨状,层次分明,血色鲜红锐翘,好像要跃然而出一般,细看之下,庄睿的心神都为之一震。

"小庄,这块大红袍料子极佳,过多的雕琢,反而会失去本性,所以我只给你做了一个狮钮,这样才能显示出其本色来……"

正在逗弄孙子的古老爷子给庄睿解释了一下,接着又说道:"这枚印章也叫做鸡血狮钮章,我也是参考了《中国印石图谱》中,何靖国先生旧藏的一方印章的造型,你看看满不满意……"

俗话说重剑无锋,大巧不工,到了古老爷子这种工艺水平,越是简单的活,越能看出老爷子的高超工艺,这枚印章看似简单,但是刀笔之间,无不显露出磅礴大气,细腻考究。

"呵呵,满意,满意……"

庄睿说的是实话,正如老爷子所说,这枚印章上的天然鸡血,过多加入人工因素,只会破坏整枚印章的整体感觉,现在就刚刚好。

"小云,去拿本书来,再拿张白纸……"

古天风吩咐儿子去拿东西,是想让庄睿看一下篆刻面,于印章而言,这才是最重要的。

"师伯,您这印泥也不简单啊……"

等古云拿来纸张后,庄睿打开放置在印章旁边的印泥盒,顿时一股淡淡的幽香传入鼻间,凝神看去,这印泥红而不躁,沉静雅致,细腻厚重,堪称上品。

印泥对印章的重要性,自然是不言而喻,直接影响到印章所表达的效果,好的印泥,钤印在书画上色彩鲜美而沉着，有立体感，时间愈久，色泽愈艳。

而质地差的印泥，钤印出来之后，则显得色泽灰暗或浅薄，有油迹浸出，使印文模糊。

善用印泥的人选择印泥，就像善书者选择笔墨一样，其品质的好坏，会直接影响书画的价值和艺术效果。

有些朋友对印泥的印象，就是文具店里卖的那种，其实这种认识是错误的。

文具店所售印泥，其质粗、油重、色浮，不能表达印章的本来面目，所以，那根本就不能称之为印泥，只能称为印色。

只要是稍懂一些常识的人，都不会将其作为印钤样或书画盖印之用。

"呵呵，这是前几年福建漳州丽华斋所制的印泥，他们制作印泥的配方，在国内都是很有名气的，是一位老朋友送给我的，好印章必须配好印泥，便宜你小子了……"

古天风虽然说的轻描淡写，但是庄睿知道，就这么一小盒印泥，绝对价值不菲，尤其是专门拿来送人的这种，价格恐怕要在千元五十克左右。

连老爷子这价值七八万的紫檀盒子都收了，庄睿也不会矫情了，当下双手各出两根手指持印，均衡地在印泥上蘸了蘸，然后用手捋了下垫在书上的白纸，用力地按了下去，感觉力道使均匀后，这才抬起手来。

"庄睿清赏"四个色泽鲜美亮丽沉静雅致的篆字，跃然纸上，字体线条古拙苍劲，给庄睿一种金铸玉琢的微妙感觉，所谓"方寸之间，气象万千"之说，也不外乎如此了。

庄睿能看出来，这铭文篆刻，老爷子是花费了大工夫的，他使用了冲刀和切刀两种刀法，冲刀行进爽快，一泻千里，篆刻之时一气呵成，表现出一种雄健淋漓的气势。

在细微处，老爷子则结合了切刀手法，用短程碎刀连续切成，一步一个脚印，表现的遒劲凝练、厚实稳健，这两种刀法相结合，展现出篆刻工艺的最高水准。

就凭这一手，庄睿可以断定，恐怕自己宣睿斋请的葛师傅，在这种篆刻技艺上，比起古老爷子还是有所不如的。

印章的阴阳文也极有讲究，不同的文字，有不同的作用，像姓名字号印，书简印，还有署押印，也称花押印，在古代作为取信的凭记。

另外还有斋馆印，古人常为自己的居室，书斋命名，并制成印章，葛师傅最初篆刻的那枚宣睿斋印，就属于斋馆印了。

"庄睿清赏"这四个字，不用问，一看就知道这枚印章属于收藏鉴赏印。

此种印多用于钤盖书画文物，像庄睿给大师鉴定的那幅郎世宁的画，用的也是此类印章，上面的钤印就是：XX 品鉴，和"庄睿清赏"的意思大同小异。

"师伯，您这真是宝刀入鞘人未老啊……"

看着这枚印章，庄睿由衷地拍起老爷子的马屁来，这可不是恭维话，就老爷子这一手，放眼全国，真没几个人能比得上。

"什么时候学会这一套了？喏，再看看……"

古老爷子没好气地瞪了庄睿一眼，递给他个放大镜，让庄睿仔细再看看那"庄睿清赏"四个字。

"嗯？老爷子，这是?"

庄睿拿过放大镜后，对着刚才印在纸上的四个字看去，这一仔细察看，还真看出一些不同来。

原来在这四个字中间，有淡淡的红色薄雾，不留意很难发现，庄睿原本以为是自己刚才用力过度，印章底色遗留上去的，现在看来，却是老爷子有意为之的。

在放大镜下，那些淡淡的红色，是三幅图案，为游鱼图，三只活灵活现的金鱼出现在了庄睿的眼中。

"呵呵，那是防伪用的，我用微雕手法雕琢上去的，一般人或者用机器来仿制，是仿不出来的……"

雕琢庄睿这枚印章，老爷子其实没费多大精力，但是微雕那副图案，却把他累得不轻，否则这枚印章也不会让庄睿等三天了。

"师伯，真是太谢谢您了……"

对老爷子的厚爱，庄睿不知道说什么才好了，他只得在心中暗暗发誓，自己一定会让这枚印章，成为诸多字画收藏爱好者梦寐以求的鉴定专章。

"努力吧，以后的路还长着呢，不管是古玩还是玉石，你小子基础都太差，还是要系统学习啊……"

古天风看出了庄睿的心思，不轻不重地用言语敲打了他一下，基础知识的确是庄睿最薄弱的环节，也是庄睿考取孟教授研究生的原因之一。

"行了，晚上在这吃过饭再回去吧……"

老爷子摆了摆手，把庄睿还想说的感谢话给堵了回去，抱着孙子到院子里遛弯去了，这春光明媚的天气，搬张躺椅在院中逗弄孙子，何尝不是一件乐事啊。

留下吃饭倒没什么，庄睿也不是第一次了，不过古云的事要先给他办了，庄睿掏出手机给欧阳军打了过去，把这事说了一下。

欧阳军的那个小四合院也是古云装修的，现在住着很舒服，对古云很有好感，听庄睿一说，就让古云明儿去公司谈，听欧阳军的意思，是想把环保绿化那一块交给古云干。

庄睿挂断电话，把这事跟古云说了之后，不好意思地说道："古哥，要不然明儿我和您一起去趟四哥的公司吧，怎么着也要给您个好活啊……"

古云听庄睿说是绿化那一块的时候，本来一脸笑意，再听庄睿接下来话，吓了一跳，连忙摆手说道："别，千万别，老弟，欧阳老板这可是在照顾我啊……"

"绿化有干头?"

庄睿还真不怎么了解,在他看来,绿化就是在小区里建几个凉亭,栽种些树木而已,虽然现在比较重视居住环境,庄睿脑子里却没有那种概念。

古云听了庄睿的话后,翻了个白眼,说道:"当然有干头了,告诉你,从大兴买树苗,二十块钱一株的,能卖到二百,你说有没有干头?一个假山做个循环水系统,不过是用水泥浇灌一下,最多花个万儿八千的,就能收几十万,你说有没有干头?"

古云和庄睿关系比较近,这行当里的利润,他也没瞒着庄睿,一五一十地给庄睿讲了起来,包括房子的成本价格和出售价格,以及地产商的利润,都给庄睿分析了一遍。

古云这番话听得庄老板瞠目结舌,怪不得现在人人都想做房地产,敢情这才叫暴利呢。

现在京城三环以内的电梯房小区房的房价,在东城都要一万四五千左右了。

庄睿知道,欧阳军拿下地皮的价格并不高,成本核算下来,只要楼能卖出去,一平方的纯利润高的让人咋舌,而且现在楼市还在往上涨,说不定明年就会突破两万大关了,这其中的暴利就不言而喻了。

至于古云说的那些门道,看似利润不低,但是和地产开发商一比,压根就不算什么。

庄睿此时还不知道,到明年欧阳军那几座楼盘开盘的时候,东三环的房价早就过了两万一平方,最高的达到了三万多,庄睿的腰包一下丰厚了很多,当然,这些都是后话了。

"对了,古哥,您刚才说的那些价格,都是行内的价码吗?"

庄睿突然想到,自己在这个项目上也算是大股东啊,凭古云和自己的关系,赚钱可以,但要是太黑了,可是从自己腰包掏钱,那样还不如自己直接给他钱呢,省得对方赚到钱之后还骂开发商傻逼。

"老弟,你放心吧,这些项目肯定要投标的,我的价格绝对会比行业内的低上一些,哥哥不贪心,而且保证把活干得漂漂亮亮的……"

古云笑着拍了拍庄睿的肩膀,他心里也明白,欧阳军那么大的工程,就算只是绿化的活,凭他一个公司也接不下来,他只要能分到一块就满足了。

而且古云的公司,虽然有园艺工程的资质,到时候还是要回学校请一些专家出图纸,利润分摊下来,倒也没他说的那么多。

不过古云的眼光放得长远,欧阳军既然进军房地产了,肯定不会就只做这一个项目,只要和欧阳军打好交道,以后自己的公司想清闲下来,恐怕都没时间了。

"老弟,你等着,我出去买几个卤菜,晚上咱哥俩好好喝几杯……"

得了庄睿的准信,古云心情大好,和庄睿打了个招呼后,急急忙忙地出了门,庄睿一把没拉住,在后面苦笑起来,得,喝多了就住下吧,正好帮老爷子调理下身体。

庄睿每隔几天,就会去玉泉山住上一天,就是为了给外公外婆梳理身体,而古老爷子却没那么方便,庄睿一直在考虑,要不要学点针灸啥的装装门面。

"嗯？汤姆打电话过来干吗？"

走到院子里的庄睿，正准备和老爷子下盘围棋，手机忽然响了起来，是那位雷神公司的代表汤姆。

前几天，庄睿已经和汤姆商量好了对豪客机型的要求与配置，就等着正式签订合同，然后支付定金了，不过这事是约在后天的啊。

"汤姆，什么事？今儿可没时间带你去逛北京城啊……"

庄睿接了电话，笑着和对方开起了玩笑，汤姆的中文说的很棒，不需要用英语和他对话。

"哦，亲爱的睿……"

"打住，打住，汤姆，叫我庄睿，或者是亲爱的庄，我可不是那啥啊……"

庄睿对汤姆表示友好的语言，实在是无法接受，秦萱冰都没这么称呼自己，庄睿身上的鸡皮疙瘩都差点起来了。

"哦，好吧，亲爱的庄，我有个消息要告诉你，或许你会有兴趣……"

汤姆知道中国人表达感情的方式，一向都比较含蓄，耸了下肩膀，说出了自己的主题。

"消息，什么消息？汤姆，你不会告诉我贵公司的飞机要涨价了吧？"

庄睿一边打电话，一边坐到围棋盘前，伸手抢过黑棋，他的围棋水平实在不怎么样，虽然古老爷子也是臭棋篓子，但庄睿要是拿白棋，绝对输多赢少。

"不，不会，我们公司是讲信誉的，如果涨价的话，会提前召开新闻发布会的……"

汤姆很认真地给庄睿解释了一下，接着说道："是这样的，我们有一个华尔街的客户，去年从我们公司订制了一架豪客私人飞机，很不幸的是，他最近破产了，所以没钱支付这架飞机的余款……"

庄睿听到这里，神色变得正经了起来，放下棋盒，站起身来，汤姆不会无缘无故跟自己说这些吧？

"现在这架飞机就停在我们公司的试机坪上，已经通过了安全检测，完全符合安全标准……"

"等等，汤姆，你的意思是不是想告诉我，只要我愿意，这架飞机就是我的了？"

庄睿出言打断汤姆的话，这他娘的绕圈子说话是中国人的专利啊，这外国哥们从哪里学来的？直接问自己愿不愿意买不就完事了。

"哦，亲爱的庄，你真是太聪明了，我要是位女士的话，一定考虑嫁给你的……"

汤姆的马屁拍得庄睿很是无语，就汤姆那说话的水平和迫切的语气，只要是个脑袋瓜正常的人，都能听出他的意思来，不就是别人支付了订金预购了飞机，现在没钱买了，雷神公司要将其卖出去吗？

"亲爱的庄，您可以先看看这架飞机的配置，如果有别的需求的话，我们可以免费帮您修改的……"

汤姆听话筒一端的庄睿没说话，连忙说出公司让他转达的意思来。

雷神公司的客户群，几乎就是这个地球上最为富有的一群人，也就是大家口中所说的有钱人。

只是有钱人一般都特别有性格，也有自己对美好事物的理解和认知，他们之所以愿意花更多的钱来订购私人飞机，就是想满足自己心理的需求。

像机舱的高度，内部的装修摆设等等，都是根据自己的喜好订制的。

雷神公司每一架卖出去的私人飞机，也都是为个人量身打造的，所以那位破产的华尔街大亨留下的这架飞机，就让雷神公司有些头疼了，他们已经打电话问了几个客人，都不愿意接手这架飞机。

"亲爱的庄，你如果有意思的话，咱们可以见一面，我把那架飞机的参数和图片拿给你看，在价格上，也可以优惠一些……"

一般遇到这样的情况，公司会在保证主体机型不变的情况下，将这架飞机进行改造，以适合其他客户，不过那样费用会高出许多。

汤姆现在找上庄睿的意思，就是想试试，是否能在不做大的改动的情况下，将其卖出去。因为庄睿曾经强烈地表达过，想尽快得到飞机的愿望。

当然，简单改造一些内部装修，对雷神公司而言不算什么负担。

"这样啊？那好吧，汤姆，一个小时之后，咱们在你住的酒店西餐厅见吧……"

庄睿想了一下，还是决定去看看那架飞机的参数和资料，毕竟等上八个月才能拥有自己的私人飞机，庄睿感觉时间长了一点儿。

挂断电话，庄睿无奈地站起身，说道："师伯，今儿这棋下不了了，我有点事情要谈……"

"去吧，你小子那臭棋，和你下没意思……"

老爷子摆了摆手，全然忘了和儿子下棋时被杀得丢盔弃甲的样子了。

"怎么了，这是要去哪？"

庄睿告辞老爷子后，刚走到四合院门口，就遇到了买菜回来的古云，解释了一番之后，才被古云放行。

第三十二章 烧钱的飞机

庄睿又拐回自己家,接上了秦萱冰,来到汤姆住的酒店时,已经是晚上六点多了,到饭点了。

"来一份咖喱牛肉饭,汤姆,想吃什么? 今儿我请客……"

庄睿给自己和秦萱冰点了饭之后,把菜单递给了汤姆,别看这是五星级酒店,在西餐厅吃个饭也没多贵,一份咖喱牛肉,不过一百多块钱,怪不得旁边坐了那么多看起来像白领的小资呢。

"哦,亲爱的庄,你们中国人真是太热情了……"

汤姆倒是一点都不客气,从来 AA 制习惯了,现在有人请客,汤姆点了好几道中国菜,看得庄睿哭笑不得,要不是图方便,自己就带他找家中国菜馆吃了。

"这是那架飞机的资料,庄,你先看看……"

上菜前的间隙,汤姆把手中的资料袋递给了庄睿,这里面的资料有传真过来的,也有他从网上接收的图片打印出来的。

"飞机的性能和参数,和你预定的那架基本相符,就是内部的装修有些许不同,但差异也不是很大,如果你要改动的话,半个月的时间足够了……"

汤姆很热情地对照那些资料和图片,给庄睿一一介绍着,如果能促成这笔生意,汤姆在公司里的职务想必又可以升一个台阶了。

话说雷神公司现在也很看重中国的市场,准备在中国成立一个机构,具体人选还没定下来呢,汤姆以前在中国留过学,所以很有机会争取这个职位。

"萱冰,你看呢……"

庄睿大致浏览了一下飞机的具体参数,这些东西他也看不太懂,至于机舱内的装修图案,则非常奢华,几乎豪客机型所能配置的东西,全都包括了,奢华的给人一种暴发户的感觉。

庄睿想的没错,原本订购这架私人飞机的人,就是地道的暴发户,华尔街每年出现的亿万富翁和一贫如洗的人的数量,是成正比的,每天都有人发财,同样,每天也都有人破产。

不过庄睿对这些内部装修,倒不是很在意,虽然他购买私人飞机的理由,在许多人看来不可思议,但是庄睿买私人飞机,一来是为了方便,二来的的确确是为了出行能带着白狮,这是庄睿心中最真实的想法。

"这种风格,我不是很喜欢……"

秦萱冰看着那些图片,皱起了眉头,在来之前,她就和庄睿决定了,如果这架飞机在性能上能满足他们的需求,就买下来,毕竟要是订购,还要等上八个月。

不过秦萱冰和庄睿也商量好了,最大可能地压低价格,庄睿虽然钱来得容易,但那也不是大风刮来的啊。

"哦,这位美丽的女士,关于内部装修,我们可以根据你们之前的要求,进行修改,全都是免费的……"

汤姆听了秦萱冰的话后,连忙出言解释了一下。

"汤姆,我们购买私人飞机,难道还要另外出钱装饰吗?"

庄睿不大喜欢听汤姆老是把免费两个字挂在嘴上,羊毛出在羊身上,你这洋鬼子当哥们傻啊?

"啊,呃,当然,这些费用都是包括在购机款里的……"汤姆被庄睿说得愣了一下,不过他还算老实,坦诚承认下来。

"另外这个机舱舱门的设置,我也不太喜欢,汤姆先生,你应该知道,原本给贵公司的图纸上,机舱门应该是圆拱形小巧一点的,与这个尺寸完全不符,我希望贵公司能按照我们的方案重新改造一下……"

秦萱冰的话说完之后,汤姆顿时傻眼了,要是机舱内部装修,那怎么改动都无所谓,但是修改舱门,这就涉及飞机体型的问题了。

要知道,一架飞机要符合力学空气学等诸多原理,已经定型了的飞机,对外形结构基本上是无法做出修改的,因为那牵扯到整架飞机的修改,这种改动需要花费的资金,是非常大的。

看着服务员上来的菜,汤姆这会儿感觉自己的食欲,随着秦萱冰的话,一点儿都没有了,原本色香味俱全的菜,现在看在汤姆眼里,和那些生硬的牛排也差不多了。

汤姆原本以为庄睿急着想要货,自己能将这架飞机推销出去呢,现在看来是不大可能了,因为公司绝对不会同意秦萱冰的修改方案,因为那样一来,卖给庄睿的这架飞机,就没什么利润可言了。

"这位美丽的女士……"

虽然秦萱冰此刻在汤姆眼里一点儿都不美丽,"您的这个要求,恐怕我们办不到,即使可以,也需要支付一笔改动费用……"

"汤姆,我们之前谈好的价格,是一架完整飞机的价格,这另外收费就不合理了吧?"

庄睿打断了汤姆的话,接着说道:"毕竟这架飞机,和我要的那种风格不同,你让我花费可以买到我满意飞机的价格,去买这么一架不满意的飞机,你感觉这样合理吗?"

庄睿这话说得已经很透彻了,那就是要我买这架飞机也成,价格上就不能按照原先讲好的了,否则就是不合理,您爱卖谁卖谁去。

不过庄睿显然高估了汤姆的中文水平,这绕口令一般的话,让汤姆听的有些茫然,最后庄睿用英语又给他翻译了一遍。

"哦,亲爱的庄,是这样的,如果你愿意直接购买这架飞机,并且一次性付款的话,我们可以给你便宜五十万美元,你看怎么样?"

听明白庄睿的话后,汤姆马上给出了解决方案,当然,这是他职权范围内的,毕竟改造这么一架飞机,可能需要花费更多。

"不,汤姆,你们太没有诚意了,要知道,我先前和你说的机舱里面,要摆放的是紫檀木做成的沙发,你知道的,那种紫檀沙发,一张就要五十万美元,而我要的是四张,那就是二百万美元。而现在这些真皮沙发,太没有档次了,加上我为你省下了改造机型的钱,我想,便宜三百万美元,是我可以接受的……"

庄睿欺负这老外不懂啥叫紫檀,信口开河起来,话说这世上哪有什么紫檀沙发啊?庄睿当下也是狮子大开口,整机才一千二百万美元,庄睿一口就砍下去三百万美元。

"这……这,庄,这个问题我做不了主,需要先向公司汇报一下……"

汤姆被庄睿一连串的话说得额头冒汗,他只是一个有意转做管理层的技术工程师而已,对于谈判的技巧,实在是不怎么样,也不知道用什么话来反驳庄睿。

"当然,汤姆,你可以把我的意见提交给公司,我并不介意等上八个月再拥有自己的私人飞机,来,咱们先吃饭……"

庄睿做出一副满不在乎的样子,示意身边的侍应,可以倒酒了。

"妈,张妈,李嫂,早!"

清晨起来,庄睿在院子里陪着白狮嬉闹了一阵,走到中院,见母亲和张妈、李嫂正在做保健操。

这是几个老太太在不远处的一个公园里学到的,只是那里的单身老头太多,见到三位"芳华正茂"的老太太,总喜欢上前搭讪,搞到最后几个人只能回家练了。

"小庄,早,小秦呢?"

在欧阳婉的要求下,张妈和李嫂总算不叫老板了,不过见庄睿过来,还是停了下来,和庄睿打招呼。

"你们继续,你们继续,她在洗漱呢,马上过来……"

庄睿见自己过来打扰了几人做早操,母亲的眼光很不善,连忙摆手让她们继续。

"这次又要出去几天?"

欧阳婉动作没停,眼睛却看向了儿子。

庄睿嬉皮笑脸地说道:"妈,下午的飞机,在香港住一天,晚上就飞回来了,嘿嘿,到时候我带您老去周游世界……"

"带你媳妇儿去吧,妈可不去,行了,你去忙吧……"

欧阳婉也被庄睿逗笑了,她也没想到,庄睿说买飞机,没半个月的工夫,还真买上了。

"欧阳大姐,您儿子可真孝顺啊……"

"是啊,小庄人真的很不错,这么大的老板,几乎每天都待在家里……"

听张妈和李嫂又开始夸自己了,庄睿带着白狮连忙窜到前院,每当有点什么事,那两位总是把自己夸个不停,偏偏母亲还最爱听,庄睿可是浑身不自在。

离上次和汤姆谈那架豪客飞机,已经过去半个月了,虽然那天没谈出什么结果,但是第二天汤姆把庄睿的要求汇报给总部之后,事情有了转机。

由于别人订购的飞机,的确比较难卖,而庄睿是第一个有意向购买的,所以雷神公司经过考虑,如果庄睿不改动飞机上任何一处地方的话,他们将给庄睿优惠二百万美元。

如此一来,这架现成的豪客飞机,庄睿只需要花费一千万美元,也就是不到九千万人民币,就能将其拿下,庄睿和秦萱冰商议之后,和汤姆签订了购机合同。

本来对这架飞机的安全检测,除了要经过美国相关部门的检测,还需要客户在场认可并签字,雷神公司在香港有分公司,这件事情,庄睿就完全交给老丈人处理了。

毕竟秦浩然家里就有私人飞机,也有私人驾驶员,对这种事比较熟悉,而且庄睿对飞机的性能也是一窍不通,还不如委托给专业人士检测呢,签字的事情也可以由老丈人代劳。

庄睿留在北京的这段时间,也不是什么都没干,他找到欧阳磊,软磨硬泡地从他那要来一个即将退役的飞行员。

当然,主要也是庄睿给的待遇丰厚,在和那位准备退役的飞行员接触之后,双方你情我愿,欧阳磊只起了介绍和帮助办理退伍手续的作用。

不过这挖国家墙角的行为,不知道怎么传到了欧阳老爷子的耳朵里,那老爷子二话不说杀到了庄睿的四合院,抡起拐杖差点追了庄睿两进院子。

这可把庄睿累得不轻,倒不是躲闪累,而是要死命地拉着白狮,不然这家伙来了脾气,它可不认得欧阳罡是谁,事后庄睿直摇头,看来自个儿是给老爷子补多了,火气忒大了点。

不单是庄睿,就是欧阳磊都吃了挂落,本来庄睿是想挖两个人的,再找一副驾驶,但是欧阳磊说死都不肯帮忙了，那拐杖差点就抢到自己身上，再找一个？老爷子明儿就能杀到军委大院去。

即使庄睿准备用一根虎鞭的代价，欧阳磊同志都抵挡住了腐蚀，义正词严地拒绝了庄睿，只是最后离开的时候，欧阳磊还是用已经帮庄睿介绍了一个飞行员的理由，把那根虎鞭给拿走了。

也难怪老爷子生气，要知道，部队培养一名飞行员，可不是一件简单的事，从一个新手到一名成熟的战斗机驾驶员，部队要花费近五百万。

所以空军部队在各个兵种里，向来都是最吃香的，那些飞行员的军衔，也普遍比陆海兵种高出很多，一个飞行大队里，就找不出一个小兵，清一色的军官。

国家花费这么大力气培养出来的人才，就这样被庄睿给挖走了，你说老爷子能不生气吗？

不过庄睿找的这位飞行员，已经年过四十了，还真有转业的打算，这几年都在飞运输机了，所以和庄睿一拍即合，转业离开了部队。

最后庄睿还是找了欧阳军，用高出民航一倍工资的价格，从一家航空公司挖了一个副驾驶员。

飞机还没见到，庄睿钱却已经花了不少了，不过事情全办好了，包括那位军队飞行员的证件转换，飞民航必须要有民航的证件才可以。

一个正规航空公司的正驾驶员，根据每月的飞行距离，每月的工资加上补助，一般都在三至五万元人民币之间，而副驾驶员则是七千至两万元人民币。

为了挖到这两人，庄睿分别开出了月薪八万和五万，另外通过那位民航驾驶员，还挖到两个有经验的空姐，分别给出两万元的月薪。

现在单是养着这架飞机，不算停机费用和飞行油钱和人身保险钱，庄睿每个月就要支出十六万人民币，一年就是一百二十七万，庄睿现在算知道了，为什么那么多人对私人飞机，都是买得起养不起。

这还不算什么，最让庄睿肉痛的是，他一次性租用首都机场停机坪三年，足足支付了一千五百万人民币，这还是欧阳军找了民航相关人士给打了折扣的，买飞机省下来的二百万美元，几乎全都砸在里面了。

另外，每次飞机通航，还需要缴纳通航费用，以及一些庄睿都不清楚的杂七杂八的费用，总之，飞机想起飞，先拿钱铺跑道就对了，而且从头至尾这些麻烦事，都是庄睿带着彭飞两人跑的。

庄睿和飞行员、空姐签好合同，并支付完所有需要支付的款项后，都怀疑自己是不是傻掉了，当时是不是间歇性神经病发作，才决定购买私人飞机，当然，现在考虑这个问题已经没有任何意义了。

其实庄睿感觉花钱多又麻烦,也是因为他没有团队,像那些大集团公司购买私人飞机,这些琐事哪需要老板操心啊。下面的人自然都办得妥妥帖帖的,老板只需要坐飞机走人就可以了。

庄睿也深刻认识到这个问题,在召集那两个飞行员和两个空姐,一共四个人的队伍开会时,就分清了工作,明确了职责。

那位副驾驶员除了要干好本职工作之外,还要负责和机场联系通航等杂务事,他是民航出身,能者多劳嘛,要不然庄睿怎么可能给他开出高于平时两倍的工资。

这段时间庄睿除了干这些繁琐的事情之外,还抽空跑去练习了下跳伞,原因无他,这哥们怕死啊。

虽然那位部队飞行员能把民航飞机开出战斗机的花样来,庄睿还是有点不放心,跟着一个飞行大队训练了一礼拜。

在彭飞保证百分之百不会出问题的情况下,在一次实跳训练中完成了自己的第一次跳伞,不过有点悲催的是,庄睿当时是被人踹下去的,至于屁股后面的脚印是谁留下的,庄睿到现在也没搞清楚,当然,嫌疑最大的就是彭飞那小子。

在四合院吃了午饭之后,庄睿带着秦萱冰还有彭飞,前往首都机场和那几个驾驶员空姐汇合,一起搭乘班机到香港,去接收那架让庄睿又爱又恨的,代表着身份的豪客私人飞机。

"庄总好,庄太太好……"

到了机场,几人已经等在候机厅里了,两个空乘很有眼色,过来跟庄睿和秦萱冰打了个招呼,并且接过了秦萱冰手里的小拉箱。

两位飞行员则起身和庄睿点了点头,对于这位年轻的老板,除了军队退下来的那人稍微知道一些背景之外,庄睿给其余几人的感觉,是无比神秘,只知道庄睿是一家大公司的总经理助理。

当然,他们几个可不相信这个身份,这年头出来办事递名片,上面不是总经理就是董事长,但是国内国外加起来,还没见过有几个董事长总经理能拥有私人飞机的。

庄睿前段时间为了办事方便,找欧阳四少办了张地产公司总经理助理的名片,当时让欧阳军很是欣慰,这弟弟终于知道帮自家人做点事了,虽然总经理是职业经理人,手下已经有了团队,但是庄睿的态度值得表扬啊。

谁知道仅仅过了一天,欧阳军就气得差点像泼妇那样指着庄睿破口大骂,因为这小子打着公司名头办事不说,还将自己这个比他高了好几个级别的董事长拉着,到处跑他那破飞机的事情。

这不是拿着豆包不当干粮嘛,让欧阳军感觉很是不爽,借机又敲诈了庄睿两根虎鞭,心里才稍微平衡了一点。

"唉，真他娘的不知道值不值……"

飞机起飞之后，庄睿还在纠结这个问题之中，前前后后花了快一亿人民币了，连私人飞机的影子还没见到。

闭上眼睛在心里盘算的庄睿不知道，他这种表现，看在两个空乘和两个飞行员眼里，又平添了一丝神秘色彩，老板就是老板，连坐飞机都在思考问题。

只有秦萱冰或多或少能猜出自己夫婿的心思，不过她以前只管坐家里的飞机，哪里会想这么多，现在轮到自己买了，也被这些开销吓了一大跳。

现在秦萱冰算知道家里那架私人飞机为什么很少用了，敢情买来不过是为了充面子的，香港除了那几家顶级富豪之外，恐怕很多人都和秦氏一个心思。

到了香港之后，秦家派了两辆车来接机，一辆送机务人员和彭飞去酒店，一辆带着庄睿和秦萱冰前往秦家别墅，庄睿和秦萱冰订了婚，已经是秦家的准姑爷了，住家里倒也合适。

"庄睿，过几天一年一度的国际珠宝博览会就要举行了，主办方给我们发出了邀请函，我想这次让你和冰儿代表我们秦氏珠宝前去参加……"

晚上吃过饭，庄睿等人坐在客厅里聊天，秦浩然的话让庄睿感觉很突兀，自己怎么能代表秦家啊？

"秦叔……爸，这事……我和萱冰去，不大合适吧？"

庄睿虽然脸皮够厚，但是叫秦浩然远没有称呼丈母娘亲切，主要是父亲去世早，这一声爸喊得有些生涩。

"怎么不合适？我们去才不合适呢……"

秦浩然见庄睿露出不解的神色，笑了笑接着说道："去年你那串紫眼睛翡翠项链，夺得了国际珠宝博览会金奖，不过按照惯例，去年获得金奖的珠宝，颁奖仪式将会在第二年进行，你说你这个主人是不是该去啊？"

之所以有这项规定，也是主办方为了扩大博览会的影响力，因为每一届获得金奖的珠宝，往往很快就会转卖出去，让珠宝的新主人来领取这个奖项，无疑会吸引更多人的关注。

"那串项链可不是我的了，那是萱冰的了……"

庄睿小声嘀咕了一句，不过要是让秦萱冰一人前往，庄睿还不放心，当下说道："好，我们去，具体什么时间啊？"

方怡笑着说道："一个星期以后在伦敦举行，你们的私人飞机，这次可以派上用场了……"

对于刚才庄睿小声说的那句话，丈母娘还是很高兴的，这女婿很懂事嘛，知道那串价值亿元以上的珠宝是归女儿的，万一以后两人感情有什么波澜，女儿至少也不吃亏。

方怡没想到的是，在庄睿心里，秦萱冰都是属于自己的，那秦萱冰的东西，和自己的东西，又有什么区别呢？

"嗯，到时候我和萱冰会去的，妈，你们这次不过去吗？"

想着过几天就可以乘坐自己的私人飞机前往英国，庄睿心里也变得火热起来，这样的事情，是他以前想都不敢想的。

"我们就不去了，不过公司会有人去参加，你们的行程，也可以让他们安排……"

这次秦氏珠宝也有几款珠宝参加博览会，所用的原料，就是在缅甸赌到的那块红翡，只是红翡虽然珍稀，但是品质达不到顶级，所以方怡和秦浩然，都不怎么看好秦氏珠宝在此次博览会上的成绩。

第三十三章 | 伦敦之约

　　陪着秦浩然夫妇和秦老爷子说了会儿话,已经半夜十一点了,庄睿被秦家的佣人带到房间休息,当然,是和秦萱冰一个房间,老辈们还不至于那么不开化,否则庄睿肯定会住酒店的。

　　"庄睿,这么晚你打电话给谁啊?"

　　秦萱冰洗浴完出来,见庄睿拿着手机正往外拨号,他们刚下飞机,就已经给庄母打过电话了,现在应该不是打给家里的。

　　"嘘……"

　　庄睿做了个手势,因为电话已经接通了。

　　"皇甫兄,我是庄睿啊,没打扰你吧?"

　　庄睿刚才想起皇甫云说过的伦敦中国古玩专场拍卖会,好像就是这几天举行,既然去了,自然要见识一下,所以庄睿打给皇甫云确定一下时间。

　　"哎哟,庄老弟,我这刚起床,没打扰,你怎么有工夫给我打电话啊? 是不是想把那把定光剑,便宜卖给我呀?"

　　皇甫云现在并不伦敦,而是在巴黎,巴黎和香港差不多八个小时的时差,这会儿正是早上六七点钟,皇甫云看到睡在身边的金发美女光着身子爬起来了,用右手在她胸前捏了一把,不由暗暗责怪庄睿,早上运动不成了。

　　要说皇甫云也算是中国留学生里的一个另类了,他本来长的就身材高大,相貌儒雅,很能吸引女孩子,而且生性又是风流种子,在不少城市都留下过风流韵事,用他的话说,那是扬我国威,一定要把八国联军的后人给办了。

　　这女孩就是昨天皇甫云在巴黎的一间酒吧认识的,一夜快活之后,早上本来还准备活动一下的,却被庄睿的电话给破坏了。

　　电话一端的庄睿自然不知道皇甫云正在腹诽他,笑着说道:"皇甫兄,真要那把剑啊,得,咱们找人评估下剑的价格,我六折卖给你,怎么样? 够便宜了吧?"

庄睿那把剑被孟教授认出是定光剑之后,在国内的考古学界引起了轩然大波,这段时间庄睿带着剑去参加了好几次学术研讨会,定光剑也被定为至今出土并被发现的"殷商第一剑"。

至于这把剑的价格,也是众说纷纭,不过有一点可以肯定,那就是这把定光剑不会低于两亿人民币,到底最后的价值是三亿还是五亿,庄睿就没关心了,他又不准备卖,用句时髦的话说,哥们不差钱。

"六折?!老弟你不厚道,大早上就打电话来调侃哥哥啊,别说是六折了,就是一折,我现在都买不起……"

皇甫云听了庄睿的话后,郁闷得连身边正在穿衣服的女人都不愿意搭理了,他这些年就存了五六百万人民币的身家,那把定光剑就是一折,也要两千万,自己只能干看着眼馋。

"呵呵,皇甫兄,那把剑你就不要再动心思了,以后就是我的传家宝了……"

这段时间不少人动员庄睿把剑捐献给国家,都被庄睿拒绝了,凭什么啊?哥们自己的东西,凭啥给国家?咱就一小市民,没那么高的觉悟,等我玩够了给儿子玩,儿子捐不捐,庄睿就管不着了。

皇甫云对正开门出去的金发女郎摆了摆手,对着电话说道:"得了,别气我了,这么早打电话来有什么事?"

"就是想问问,你上次说的伦敦中国专场古玩拍卖会,具体时间是几号啊?"庄睿隐约听到个女声,不禁笑了起来,敢情自己扰人好事了。

"还有五天,只是拍卖会的地点更改了,不是在英国,改在了巴黎,怎么,老弟你想过来?"

皇甫云听了庄睿的话,来了兴致,他虽然不是愤青,但是也希望这些流失在国外的中国文物,能回到自己的祖国,只是自己财力不济,庄睿要是来,以他的经济实力,应该可以多拍下一些东西。

与伦敦相比,巴黎的艺术氛围更浓厚一些,所以在半个月之前,那家国际著名的拍卖行,就将此次中国文物专场拍卖会,改在了法国巴黎,其后,还会举办一系列各国珍贵文物拍卖活动。

"在巴黎?"

庄睿闻言皱起了眉头,一个星期后还要参加伦敦的国际珠宝博览会,不知道时间够不够用?

"皇甫兄,你先等等……"

庄睿转脸看向秦萱冰,问道:"萱冰,巴黎离伦敦多远?咱们先去巴黎,再赶去伦敦能来得及吗?"

庄睿想两个国家的首都，怎么着也不能紧挨着吧？说老实话，他的世界地理学得真不怎么样，这话一说出口，电话一端的皇甫云和身边的秦萱冰，都笑了起来。

秦萱冰一边笑一边说道："庄睿，巴黎离伦敦只有三四百公里的距离，别说咱们做私人飞机过去了，就是坐火车，也不过三四个小时，你担心什么呀？"

"哇靠，私人飞机？老弟，你连这玩意都有？"

电话那头的皇甫云听到了秦萱冰的话，吃惊地叫了起来，紧接着说道："庄老弟，这次拍卖的东西有不少好物件，有些在国内都见不到，你要是资金充裕的话，最好多带点来……"

"多带点资金？"

庄睿闻言皱起了眉头，要是前几天还好说，谁知道雷神公司会忽然多出一架飞机来啊？去掉购买飞机的钱和支付机场租赁的费用，庄睿现在没剩下几个钱了。

"皇甫兄，你先把这次拍卖的相关资料，发到我的邮箱里吧，我甄选一下……"

庄睿想了一下，还是决定有针对性地拍一些物品，先看看这次拍卖的都是些什么东西。

把自己的邮箱报给皇甫云之后，庄睿挂断了电话，坐在床上思考起来。

自己现在能动用的资金，只有六千万人民币左右，换成欧元才六百多万，以欧美艺术品的价位，恐怕只够买一幅毕加索或者是梵高作品的十分之一。

虽然中国文物热是近几年才兴起的，但是因为有国际炒家介入和拍卖行背后黑手的推动，价格上涨的幅度很大，以庄睿这点资金，他还真没把握说一定能拍下什么物件。

"老公，是不是钱不够用？要不然我先让爹地周转一些给你？"

秦萱冰拉开被子，坐到庄睿身边，她知道，庄睿购买了这架私人飞机之后，手上剩的钱不多了，当然，对普通人而言，那还是一笔天文数字。

"不用，萱冰，我就是去看看，不一定会出手购买……"

庄睿摇了摇头，一百多年前那个老娘们不争气，凭什么自己去给她买单？而且那些国际文物炒家，巴不得多几个庄睿这样的人参与拍卖呢，那样一来，中国艺术品的价值又将被炒上去了。

与国内相比，国际市场上的文物价格，要高出很多，都是那些幕后炒家们炒起来的。

如此一来，国内的一些文物贩子，为了牟取暴利，想方设法地走私了大批文物到国外，像陕西的那位余老大，不过是这些人中的一个罢了，他的犯罪团伙虽然覆灭了，但是对于境外接收文物的上家，国内执法部门却是鞭长莫及。

想明白了这点，庄睿心中豁然开朗，反正要去欧洲，就当是去国际顶级拍卖会上见识一下吧，至于买不买，到时候看情况，如果能有老外没认出来的宝贝，庄睿也不介意出手。

"庄睿，拆借点钱用而已，又不是不还，你干吗不愿意啊……"

见庄睿拒绝了自己的建议,秦萱冰鼓起了小嘴,这让她感觉庄睿没把秦家当做自己人。

庄睿见了秦萱冰的表情,不由笑了起来,伸出手臂搂住了秦萱冰,说道:"萱冰,你想多了,我只是不希望有人恶意炒作中国文物,这就像强盗抢了你家的东西,还要你付出十倍甚至一百倍的价格赎回来,你会乐意吗?"

秦萱冰对中国近代史不是很了解,似懂非懂地点了点头,只要知道庄睿不是和自己生分,那就足够了。

一夜无话,第二天庄睿在秦浩然的陪同下,先去酒店接了彭飞一行人,然后直接开到香港机场,那里有雷神公司的人在等待他们。

这架飞机的注册地点是香港,所有的通航手续,都已经办理好了,只要庄睿签字,这笔生意就算完成了,并且马上就可以飞回北京。

"哇,庄睿,那架飞机叫……叫萱睿号?!"

汽车驶进机场后,停在一架中小型飞机下面,秦萱冰一下车,就被这架银色外形飞机上的三个字给吸引住了。

"对,就叫萱睿号!"

庄睿一直没告诉秦萱冰这架飞机的名字,就是想给她一个惊喜,看着秦萱冰高兴地捂住了嘴,眼睛里已经噙着泪水,庄睿轻轻搂住秦萱冰的肩膀。

"庄睿,谢谢你……"

向来在人前都表现的比较传统的秦萱冰,此刻突然昂起头,吻向庄睿。

自己女人都不怕,庄睿这大老爷们怕什么啊,顿时张开嘴吻了下去,这还没到浪漫之都巴黎呢,大庭广众之下两人已经表演了一次热吻。

"咳……咳咳……"

秦浩然在一旁看不过眼了,奶奶的,这臭小子还没娶自己女儿过门呢,居然当着老丈人的面就放肆起来,不过秦浩然却忘了,刚才可是他闺女主动的呀。

"呃,那啥,看我们干吗啊,该干什么干什么去……"

庄睿和秦萱冰的热吻被老丈人打断之后,这才发现两人成风景线了。

不光是一行机组人员在盯着自己看,就是旁边雷神公司的几个老外,也目不转睛地看着自己,顿时气不打一处来,挥手让机组人员开始接收飞机,检查各项数据。

"哦,亲爱的庄,你比我们美国人还要热情……呃,那个放浪……"

汤姆做成了这次生意,此次也在场内,为了表示自己和这位亚洲年轻富豪的良好关系,汤姆嘴里一边说着不伦不类的成语,一边准备拥抱庄睿一下。

"靠,不会说就别说,一边去……"

庄睿没好气地把汤姆推到了一边，看着那几位机组成员喊道："还愣着干吗啊，去对照他们提供的资料，上飞机检查啊……"

见庄睿认真了，众人都忍住笑，雷神公司的工作人员配合庄睿的机组人员开始工作，其实这些前几天都已经完成了，现在只是例行公事而已。

直到现在，庄睿才有时间观察这架已经属于自己的私人飞机，牵着秦萱冰的手，两人围着飞机转了一圈。

这架银灰色的豪客400机型的机身，采用的是最新复合型材料，机身更轻，独特的450节高速巡航以及独特的后掠翼设计，使其在同类产品中速度更快。

流畅的机身上那三个中文尤其显眼，不少从旁边登机廊桥上走过的旅客，都羡慕地看着庄睿的这架私人飞机，尤其是一些中国游客，看清楚那三个字后，都开始猜测起来。

"萱冰，上去看看吧……"

以这架飞机的高度，自然不需要廊桥，机舱门有自动旋梯，不过三五阶就可以进入机舱内部。

走进机舱，过道不像民用普通客机那样宽敞，但是内部的装饰极其奢华。

整个客舱布局为标准的八座，配置了双俱乐部式真皮行政座椅，相当宽敞，后面四张座椅可以放下使其连接在一起变成床铺，用于客人休息，在座椅中间的小台上，摆放着各式洋酒。

庄睿目测了一下，这个客舱的长度应该在七米左右，宽约两米，高度也在一米八以上，想必以前订制这架飞机的人，也是身材高大。

庄睿之所以同意购买这架飞机，一来是节省时间价格便宜，二来就是看中了机舱的高度，最起码进来之后不需要躬着身体。

"亲爱的庄，这是我们美国马萨诸塞州特产的红酒，是公司特意送给尊敬的客户的……"跟在庄睿身后的汤姆，向庄睿介绍着那些洋酒。

"汤姆，谢谢贵公司的好意，不过我们买的是飞机，不是吗？"

庄睿撇了撇嘴，他压根就没听说过美国马萨诸塞州的特产是红酒。谁知道是不是中国最著名的"二锅头"之类的酒啊，三块二一瓶，几十块钱就能买一箱了。

"当然，我们的飞机也是最棒的，庄，坐在这样的飞机上旅游，喝着红酒，这是一件多么让人陶醉的事情啊……"

汤姆被庄睿堵了一句，但是脸上却没有丝毫不耐烦，继续给庄睿介绍着飞机的情况。

在客舱的后部，是装修豪华的洗手间和洗手台，那明亮的玻璃和铺着地毯的地面，让人感觉不像是在飞机上。

看完后舱，庄睿走到驾驶室，这款豪客机型，有两个驾驶位，也就是需要正副驾驶员，此刻部队出来的飞行员贺双和从民航挖来的丁浩，正在对方驾驶员的指导下，熟悉着驾驶操作台。

"老贺,怎么样? 行不行啊?"

庄睿看着那四个液晶显示屏幕,还有密密麻麻的电子开关,脑袋不禁大了起来,这些玩意忒复杂了,庄睿对这两位驾驶员有点信心不足了,毕竟一个是开战斗机的,而另外一个是开大飞机的,不知道能不能搞定这一架?

"切,庄哥,您知道傻瓜相机吗? 这种操作系统,就和傻瓜相机差不多,我都能开……"

贺双还没回话,一旁的彭飞就撇了撇嘴,还别说,他真会开这飞机,以前接受的训练虽然比不上邦德007之类的,但是简单的飞机驾驶,他还是能摆弄一下的。

当然,要是让彭飞来开,庄睿绝对是打死也不上飞机,要是直升机还差不多。

"庄总,没问题的,这架飞机的操作很简单,手动和自动导航系统都很先进,比战斗机和运输机好开多了……"

贺双知道一点彭飞以前的身份,也没介意彭飞的话,和庄睿开起了玩笑,他对现在的工作很满意,老婆孩子现在住在北京庄睿提供的房子里,而且学校都安排好了,自己也没什么后顾之忧。

最重要的是,贺双知道,私人飞机在国内使用率并不高,自己有很多时间陪妻女,弥补一下多年在部队不能照顾家里的遗憾。

"那就好,那就好……"

专业人士发话了,庄睿自然不能信不过,在驾驶室里转了一圈,又回到了机舱内,两位穿着空乘衣服的空姐,让庄睿看得很是赏心悦目。

这两位空姐一个叫恬娅,比庄睿还大两岁,在航空公司已经做到领班级别了。

其实如果每月辛苦一点,跑的航班多一点的话,恬娅的月收入和庄睿给的也差不太多,她之所以同意跳槽,也是看中了私人飞机时间上比较自由一点。

而另一个女孩叫琉璃,和恬娅的情况差不多,刚结婚不久,想时间宽松一点,毕竟在私人飞机上服侍几个人,比在航班上面对那么多客人轻松一点。

而且不仅贺双知道,她们也都明白,私人飞机目前在国内的使用率很低,或许有时候会忙一点,但是一年绝对会有十一个月,基本上都是空闲的。

对于这个新的工作环境,琉璃和恬娅还是很满意的,而且她们也不怕老板来骚扰自己,因为老板娘随时都跟着的,肯定不会发生在航空公司工作时,那些袭胸之类的骚扰。

"亲爱的庄,怎么样,对这架飞机还满意吗?"

庄睿从飞机上下来之后,汤姆马上凑了过来,还有一些文件需要庄睿签字,这次交易才算完成。

庄睿今儿脸上第一次露出了笑容,点了点头,说道:"汤姆,我很满意,但是贵公司的售后服务,希望能像你们承诺的一样……"

其实庄睿在第一眼看到这架飞机的时候,心里对自己花费的巨资,已经感觉很值了,这银鹰一般的曲线和色彩,极大地满足了庄睿幻想中飞天的感觉。

　　汤姆对庄睿眨了眨眼睛,小声地说道:"亲爱的庄,你就放心吧,在香港有我们的办事处,同样,在不久的将来,或许北京也会有,或许你还可以看见我……"

　　汤姆已经得到了消息,公司准备在北京设一个办事处,虽然现在还没有具体的负责人选,不过精通中文的汤姆,绝对在优先考虑之列。

　　接过汤姆递过来的文件,庄睿大致扫了一眼,在后面签上了自己的名字,就此,这桩近亿元的交易,算是正式完成了。

　　"庄,这是我们公司的贵宾卡,请你收下,我代表雷神公司,邀请你在合适的时间,前往公司参观,卡上面的电话二十四小时都有人接,到时候你只要报出卡号就可以了……"

　　在庄睿签过字后,汤姆郑重地交给庄睿一张卡片,这其实是他们的一种营销手段,因为有40%的客户前往公司参观之后,都购买了第二架雷神公司出产的私人飞机,当然,性能要比第一架更好,价钱自然也更贵了。

　　庄睿接过卡片,雷神公司的飞行员此时也和贺双等人完成了交接,一行人告辞离开了。

　　副驾驶丁浩从机舱里探出头来,对庄睿说道:"庄总,飞往北京的航线,已经申请好了,半个小时后就可以起飞了……"

　　香港的航空限制,远没有国内严格,只要有空的航线,随时可以起飞,当然,使用机场跑道也需要缴纳一笔不菲的费用。

　　"爸,那我们就先回北京了,等过几天直接去伦敦……"

　　庄睿转过身,向秦浩然告辞,老丈人送女婿,庄睿感觉有那么一点儿担待不起。

　　"嗯,去吧,一路平安!"

　　秦浩然拍了拍庄睿的肩膀,能把女儿交给这样一个青年才俊,秦浩然心里还是很欣慰的,他在庄睿这年龄,还整天挥霍老爷子的金钱,追求豪车美女呢,当然,那会儿秦浩然还没结婚。

第三十四章 流失的国宝

庄睿和秦萱冰上了飞机,等了大约半个小时,贺双的声音在机舱响了起来,提示庄睿马上就要升空了。

飞机在跑道上缓缓加速,看着窗外不断倒退的景象,庄睿只感觉身上一轻,飞机已经驶离了跑道,拉升起来,而地面的景物也在逐渐变小。

和大型客机不同,这架豪客商务机,起飞时声音并不是很大,而且也没有那种耳朵肿胀的感觉。

"庄总,现在已经进入到一万二千米高空,已经开启自动导航系统,现在航速为八百五十公里,预计在三个小时后,抵达北京机场……"

进入到高空飞行之后,飞机变得平稳起来,至少庄睿感觉和坐大型客机也差不了多少,看着窗外的白云,庄睿微微有些兴奋,这是属于自己的飞机,自己是这架飞机的主人!

彭飞感觉很不错,在机舱里来回走了几圈,说道:"庄哥,这飞机比运输机强多了,不错,您这钱花得不冤枉……"

庄睿闻言没好气地瞪了彭飞一眼,笑骂道:"滚一边去,你小子也就坐运输机的命,我闲得没事花钱买罪受啊?"

"恬娅姐,你感觉这飞机的平稳度怎么样? 如果飞去欧洲等国家,性能如何?"

庄睿只是自我感觉良好,但是真正的性能,还是要问专业人士的,彭飞的话可当不得真,那家伙玩枪弄刀还行,当然,飞机也能开,就是不一定有人敢坐。

"庄总,对于小型客机而言,这架飞机的性能已经算很优越了,即使遇到一般的轻气流,都不会对其产生影响,和我以前工作的航班也差不多……"

"对,虽然这种机型的载油量,不能支持洲际飞行,但是只要选好合适的加油点,飞去欧洲各国还是很容易的……"

恬娅和琉璃虽然也是第一次坐私人飞机,但是凭借五六年的工作经验,还是能分辨出两种飞机的一些细微差别,从舒适度上来说,肯定是私人飞机更好一点了,想躺想坐,都没有人管。

打开飞机上的液晶电视,庄睿发现,雷神公司居然安装了卫星电视接收器,可以接收数十个国家的电视台。

庄睿和秦萱冰还有两个空姐聊着天看着电视,两三个小时很快就过去了,在贺双的提示下,几人系好安全带,飞机开始降落了。

降落的时候很平稳,没有想象中的颠簸,贺双在机场的指引下,很老到地将飞机停在庄睿租赁的停机坪上,此次萱睿号的首航,就算圆满成功了。

"贺双,联系一下这个人,咱们后天上午前往巴黎,让他安排航线和沿途加油的机场,具体事宜你和丁浩办理……"

飞机停稳之后,庄睿把贺双和丁浩叫了过来,递给他们一张名片,这人是民航的一位实权人物,前几天庄睿刚通过欧阳军和他搭上线。

不过庄睿可没那么多工夫去处理这些事情,以后有关飞机的事宜,他都交给贺双两人处理,谁见过大老板为了私人飞机航线的事情东奔西跑的?

说完这件事,庄睿又让恬娅和琉璃,在飞机上准备一些食物和水果,另外只要是航空公司飞机上有的,她们两人能想到的,都买回来。

交代完这些事,庄睿带着秦萱冰和彭飞下了飞机,郝龙已经接到庄睿的电话,将汽车停在飞机不远处,省了庄睿出机场打车的麻烦。

至此,庄睿才感受到一点优越感,这钱花的……真不亏。

回到北京家中,庄睿很正经地又去见了一次欧阳董事长,不过让欧阳军抓狂的是,庄睿这次来找他,又是让他帮忙的,欧洲可不流通人民币,庄睿是让欧阳军把他那六千万兑换成欧元。

"这些东西,看起来很不错啊……"

庄睿看着皇甫云发给他的资料,眉头不禁皱了起来。

如果仅看资料,这次巴黎拍卖会上拍的物件,全都堪称国宝,从历代名人字画到宫廷官窑瓷器青铜器,庄睿的几百万欧元,还真不够看的。

"妈的,洋鬼子抢走的东西,凭什么让老子花钱买回来……"

庄睿越看越是生气,愤愤不平地在桌子上砸了一拳,脑袋瓜转悠起来,有没有什么办法,能搅黄了这次拍卖啊?

"抗议?游行?要不然找外交部施压?"

庄睿摇了摇头,老外他娘的就不吃这一套,即使外交部提出抗议,那边估计依然不搭理。

想了半天,庄睿也没想出什么头绪来,只能关了电脑,走一步看一步吧,庄睿只能做到自己不出手。

但是对于国内一些大财团是否会去竞拍中国文物，庄睿也没办法，更无法制止了。

"皇甫兄，麻烦你了，还要你来接机……"

庄睿的私人飞机在戴高乐机场停稳之后，庄睿走了下来，巴黎这几天的天气很不好，天上飘着细细的雨丝，皇甫云打着伞，站在一辆黑色的轿车前面。

"呵呵，庄老弟，你这派头可够足的，这位是弟妹吧？我靠，你怎么带了头狮子过来啊?！"

皇甫云迎了上来，看到庄睿身后的秦萱冰，张开肩膀就准备来个拥抱，却一眼看到从机舱里窜下来的白狮，吓得皇甫云连忙扔了手中的雨伞，触电般地向后跳了几步。

白狮抬起头看了皇甫云一眼，抖了抖飘落在身上的雨水，跟在庄睿身后。在飞机上待了十多个小时，白狮也憋得够呛。

"这是白狮，是雪獒，不是狮子，皇甫兄，没事的，白狮不会咬人的……"

庄睿见了皇甫云的举动，不禁笑了起来，不过白狮实在有点惹眼，庄睿拉开皇甫云开来的那辆车，让白狮坐在副驾驶位置。

庄睿买这架飞机的初衷，就是想带着白狮出来溜达溜达，虽然首航白狮没赶上，但是这次来法国，庄睿还是将白狮带上了。

"庄……庄老弟，这车还是你来开吧，我……我是不成……"

猛的见到白狮那庞大的体型，就是彭飞都有些腿脚发软，更不要说皇甫云了，现在没一屁股坐在地上，就算他胆子大了。

当初在首都机场的时候，白狮的出现可是把恬娅和琉璃都吓得尖叫了起来，就是贺双与丁浩，见了白狮也是胆战心惊的。

不过白狮只要在庄睿身边，绝对非常温顺，这一路上都安静地趴在那里，恬娅和琉璃倒喜欢上了这个大家伙，不过她们数次喂食给白狮，都以失败告终，除了庄睿和秦萱冰等家人之外，白狮现在只接受彭飞的食物。

"我来开车吧，巴黎我很熟悉……"

秦萱冰笑了一下，坐到了驾驶位，皇甫云只开了一辆车过来，庄睿只能让彭飞和机组人员一起去酒店了，而贺双就停机的事情，还要和戴高乐机场处理一些事宜。

巴黎市是法国的首都和最大城市，也是法国的政治文化中心，四大世界级城市之一，与美国纽约、日本东京、英国伦敦并列。

巴黎是欧洲大陆上最大的城市，也是世界上最繁华的都市之一，下了飞机庄睿就感觉到了。

汽车驶出机场后，上了一条高速公路，过了大概二十多分钟，沿着美丽的塞纳河，进入巴黎市区。

行驶在巴黎那充满文化气息的街道上，随处可以见到各种博物馆、影剧院、花园、喷泉和雕塑，艺术气氛极其浓厚。一路行来，庄睿不止见到一对在街头拥吻的情侣，而路人似乎也都习以为常了，没有人驻足观望。

"那里是巴黎圣母院吧？"

在汽车驶过巴黎市中心的时候，庄睿见到一座哥特式风格的天主教教堂，他虽然是地理白痴，但是对雨果笔下的《巴黎圣母院》，还是知道的。

秦萱冰点了点头，说道："是的，庄睿，明天咱们一起去那里看看吧……"

巴黎是一个拥有浪漫、充满感性的城市，无论是哪个国家的人来到这里，都会被这种气氛感染，秦萱冰也不例外，她也想和庄睿牵着手，漫步在巴黎的街头小巷。

而法国大餐也和中餐齐名，购物更有香榭丽舍大街，秦萱冰在伦敦做珠宝设计时，每个星期都要来巴黎住两天的，比起阴雨潮湿的伦敦，巴黎无疑更有吸引力。

"好啊，明天咱们去看看，皇甫兄，拍卖好像是在后天吧？"

庄睿自从想通了那个关节之后，对此次拍卖就没有太大兴趣了，拿从中国抢夺的宝物，再高价卖给中国人，这是一种强盗行径。

在庄睿来巴黎之前，国家有关部门，曾经对此次拍卖会提出了抗议和谴责，法国方面却以私人商业行为掩饰了这次丑陋的拍卖，国家尚且无法抵制的事情，庄睿自然更没有办法了，只是对这次拍卖，兴趣淡了很多。

有了这种觉悟，庄睿感觉还不如陪着媳妇在巴黎好好玩玩呢，这座文化底蕴非常浓厚的古城，同样也有许多值得参观的地方。

"是在后天，庄老弟，我已经决定退出此次拍卖了……"

皇甫云的话让庄睿愣了一下，既然不想参加，那这哥们还跑到巴黎来干吗？

"是不是因为国内的那个声明，让你看清楚了这件事情的本质？"

庄睿笑着问道，皇甫云不失为一个可交的朋友，为人坦诚，更重要的是，他虽然拿的是绿卡，不过心里还是当自己是中国人的。

"这批文物是法国弗雷家族提供给拍卖行的，我找朋友调查了一下，发现这批来自中国的文物，还不是弗雷家族最为珍贵的，最珍贵的乾隆玉玺和清朝历代帝王大臣们的画像，还保留在他们家里……"

皇甫云并没有回答庄睿的话，而是说出了一个让庄睿感到震惊的消息。

"妈的，又是这个王八蛋……"

庄睿忍不住爆了句粗口，他对"弗雷"这个名字并不陌生，弗雷是当年八国联军入侵北京时法国军队的最高将领。

最近几年，这个劫掠者的名字却屡屡出现在和中国艺术品有关的艺术品市场，和许多珍贵的中国文物连在一起。

庄睿在邮箱里看到的一幅拍卖方宣传的《纯惠贵妃像》,其来源出处只有一句话,便是拍卖图录中所述"出自弗雷家族的收藏"。

"对了,皇甫兄,这些事情你是怎么知道的?"

拍卖行对于拿出拍品的卖方资料,一向都严加保密,皇甫云的朋友即使是拍卖行的工作人员,恐怕也不敢泄露,这可是犯法的事情。

"回去咱们再说吧……"

皇甫云摇了摇头,没有再继续这个话题,而是给庄睿介绍起巴黎的人文景观,只是提起了这个话题,庄睿对其他的事情兴趣就不是很大了,一直到了酒店,都有些心不在焉。

庄睿虽然不是那种热血上头的小愤青,但是对国家数千年来遗留的文物,被一个强盗家族拿出来公然拍卖,心里也十分不舒服。

进入皇甫云早已帮庄睿订好的酒店房间之后,庄睿急切地问道:"皇甫兄,别掖着藏着了,到底是怎么回事? 那个弗雷家族还有多少咱们国家的文物啊?"

"是这样的,我在巴黎有个学弟,对这事很热衷,不过他一学生也做不了什么,我就找了私家侦探调查了一下这些事情,发现在巴黎的中国艺术品,基本上都是弗雷家族传出来的……"

皇甫云的话让庄睿吓了一跳,敢情这哥们看着不显山不露水的,背地里连私家侦探都用上了,只是随着皇甫云讲述的深入,庄睿的脸色也渐渐变得凝重起来,皇甫云的调查,比庄睿知道的历史更加详尽。

当年八国联军入侵北京,法军司令部就驻扎在景山的寿皇殿,按清朝祖制规定:已故皇帝与其后妃御容像及印玺,必须供奉于寿皇殿内。

时任法军少将司令的弗雷与其部属自然不会放过寿皇殿中的珍宝。据说弗雷本人具备良好的艺术修养,他劫掠的众多中国艺术品都有寿皇殿的档案记载。

弗雷满载而归返回法国,他和他的后代从这些"战利品"中收获了非常安逸的生活。

近年来在拍卖市场创下不菲业绩的清康熙御用的"佩文斋"十二组玺、乾隆的一方"太上皇帝之宝"、清宫廷画《乾隆南巡图·第一卷》和《乾隆南巡图·第七卷》也都出自弗雷家族。

除了流到市场的艺术品,弗雷生前身后向法国政府分批捐赠了十八件重要中国文物,其中包括郎世宁所绘的《木兰图》第四卷及另外四幅乾隆皇帝和后妃的画像。

四幅油画中,《乾隆皇帝半身朝服像》已被公认为郎世宁所画。其来源,如弗雷1914年写给吉美博物馆的信中所说,均来自"北京祭祀祖先黄帝的寿皇正殿法国远征军司令部所在地"。

这次拍卖,又是弗雷家族一次大的举动,真不知道这些强盗,当年到底从中国抢走了多少珍贵的文物?

"妈的!这王八蛋不知道把东西归还给中国,给他娘的法国博物馆算什么事啊?"

庄睿气愤地站了起来,这事听在耳朵里,实在是让人憋气,那种眼睁睁看着国宝被拍卖的感觉,真的很不好受。

"是不是让彭飞去弗雷家族祸害一番?"

庄睿脑子里突然冒出这个念头,不过随之就被他给掐灭了,彭飞本领再大也不是007,真招惹了大麻烦,恐怕就要引起国际纠纷的。

皇甫云可不知道庄睿心里正在打着的主意,见庄睿沉思不语,当下开口说道:"庄老弟,其实这些事情,还是国内那些人给惯出来的……"

其实中国文物的流失,追其根源,最大祸主还是中国人自己,在国内,有不少于五十个富豪,其藏品的购买经费,超过数亿元人民币,藏品的主要来源就是海外的拍卖市场。

皇甫云曾经做过一个统计,这些富豪从国外拍卖行竞买回来的藏品,85%以上都是元明清三代官窑瓷器,又以清代官窑瓷器为主。

按照皇甫云的话说,这些动辄上百万、数千万一件的元明清官窑瓷器,不过是近年来国际大拍卖行炒作的板块,根本算不上"国宝级"文物精品。

庄睿点了点头,道:"这个我倒是知道的,有些青铜器和国宝级的文物,国内不允许拍卖,很多人就走私到境外,其实买的人,大多还是国内的一些有钱人,还有一些人,干脆直接从那些盗墓贼手里购买物件……"

"咦,你怎么知道得这么清楚?"皇甫云有些奇怪地问道。

"废话,你忘了我马上就要读孟教授的研究生了吗……"

庄睿没好气地看了皇甫云一眼,哥们因为那些盗墓贼,小命都差点送掉了,能不清楚吗?

庄睿后来和孟教授接触的时候,曾经多次听孟教授说起过现在古玩界所面临的问题,也是考古界所要面对的课题,那就是无法解决"三盗"问题。

所谓的"三盗",指的就是对文物的盗墓、盗捞、盗窃三类人员,加上走私者、销赃者、制假者组成的黑色文物产业链,从业者近百万人之多。

从上个世纪八十年代,到现在的二十多年里,中国所流失的文物,大多数都是来源于古墓、窖藏和水底,历史价值极高,至于数量究竟有多少,就算是国家最权威的部门,也很难有准确的答案。

庄睿听德叔提起过,德叔认识一个浙江的大商人,他的私人博物馆里,就有三千余件高古瓷和古代青铜器、玉器,几乎全都是出土器物,而这些器物,有一大半都是从国外竞拍回来的。

这些中国的富豪阶层,在他们的文化底蕴上是有缺失的,有一部分是山西煤老板和老北京最早的一批倒爷,有很多人甚至就是摆摊卖茶叶蛋起家的。

从创业的角度看,他们是值得称赞的,但是进入收藏领域,却将这摊浑水搅和得更加浑浊了。

这些人只把艺术当做投资,是一种新的投资样式,和炒股、炒房一样。比如元明清官窑的东西现在的价格炒上了天,特别是元青花,说存世的只有三百件,物以稀为贵,价格一下就上去了。

但是,元青花存世三百件的说法很荒谬,真有人考究过吗? 他们是以什么为依据,得出这个结论的? 按照孟教授的分析:这其实就是西方资本、拍卖公司和中国盲目理论家炮制出来的。

仅孟教授知道的,国内一些大商人家里的元青花数量,都已经超过三百件了,当然,里面可能会有一些赝品,但是不可否认的是,国外给出的三百件的数字,当真那么准确吗?

另外,从上世纪九十年代开始,国际拍卖会上一直有乾隆御玺拍卖,光媒体报道就已经拍卖成交几十个了,但是根据孟教授专业准确的考证,乾隆御玺不超过十件,那多出来的玉玺,难道是乾隆老儿在地下打造的?

"算了,这些事情咱们也管不了,等他娘的以后有机会把日美英德意奥抢了再说吧……"

想起这些事情,庄睿心里索然无味,国外这些拍卖行利用中国人的爱国之心,不断出现一些所谓的国宝,就是想让国人花大价钱买回去,从商业利益上来说无可厚非,但是极大地伤害了国人的感情。

"好吧,后天的拍卖会我给你申请了一个号牌,想去的话你就去看看,只要不出手就行了,我这两天再联系一下来自国内的买家,希望能说服他们吧……"

皇甫云也很无奈,不过他这次却成功地把自己得自国内的那两把武士刀,作为此次专场拍卖会之后的拍品。

拍卖行的鉴定师给出的结论,是十五世纪的日本武士刀,两把加在一起的起拍价是十万美元,只要能拍出,皇甫云在国内打眼的钱,就算有人给报销了,甚至还能赚上一笔。

现在国际刀剑市场上的藏家,基本上都是欧美和日本的,能用"中国制造"蒙这些孙子们一把,皇甫云心里一直都是美滋滋的。

现在拍卖市场充斥着大量的赝品,即使被买家拍到后鉴定出来,那也不关皇甫云什么事,毕竟是拍卖行鉴定过的,反正是谁买谁倒霉。

第三十五章 巴黎的古董店

"庄睿,别生气了,这又不关你什么事,以后有钱了,咱们把这些东西都买下来……"

秦萱冰见到从皇甫云走后,庄睿就闷闷不乐的,不由搂住了庄睿,出言安慰了一番。

"不是生气,只是心里憋得慌,算了,不说这些事了,彭飞他们快到了,晚上咱们一起吃个饭,明天再出去玩,你可要做好向导啊……"

庄睿摇了摇头,把脑子里不高兴的事情都排了出去,第一次陪秦萱冰来国外,就好好地玩一下吧,没必要因为一百多年前的事,影响自己的情绪。

庄睿话声刚落,外面就响起了敲门声,庄睿打开门一看,是彭飞几个人,庄睿摆了摆手,说道:"走,老板今儿心情不好,请你们吃大餐去!"

向来都是心情好才会请客,庄睿这习惯很是怪异,听得门外几人均是面面相觑。

"愣着干什么?走吧,明后天你们自由活动,大后天去伦敦……"

庄睿安抚了一下跟上来的白狮,把它赶回房间里,关上房门之后,把房间状态改成了请勿打扰,别整的自己出去吃顿饭,明天巴黎报纸上就登出五星级酒店惊现狮子的新闻。

这顿法国大餐就是在庄睿住的酒店里吃的,还真不便宜,开胃菜是熏鲑鱼、生蚝或面包一类的东西,紧接着就是由多种食物材料煮成的浓汤,然后就是鱼、果冻、间菜、烧烤、沙律以及甜品。

传说中的黄金蜗牛和鹅肝酱庄睿也吃了,只是感觉还不如北京大街晚上的羊肉串好吃呢。

不过这玩意还真贵,吃完后一结账,花了庄睿一千六百多欧元,庄睿干脆刷了两千欧元的卡,用随身带的欧元付过小费之后,又打包了一些食物带给白狮。

第二天巴黎的天气放晴了,庄睿和秦萱冰一大早就出了酒店,前往埃菲尔铁塔,这座始建于 1889 年,位于法国巴黎战神广场上的镂空结构铁塔,是世界建筑史上的技术杰作,也是法国和巴黎的一个重要景点和突出标志。

站在塔基的下面，抬头仰望如同天穹般高大的铁塔，人们显得是那样渺小，庄睿曾经在深圳世界之窗见过按照埃菲尔铁塔原型缩小的模型，那时还没什么感觉，但是此刻，面对这奇迹般的建筑，庄睿也只能感叹人类的强大和想象力了。

在铁塔前面的战神广场上，还有绿地和无数个喷泉，一对对来自世界各地的情侣们，在这里尽情地嬉戏着，秦萱冰也褪去了平时的冷艳外表，拉着庄睿不停地照着相。

只是庄睿同学摇头晃脑地看了半天，也没见到国内报纸说这里有伤风化的露天天体行为，估计可能是天气太冷了吧。

秦萱冰对巴黎的景观很熟悉，离开战神广场之后，带着庄睿来到巴黎圣母院。

这座在维克多·雨果笔下，充满了诗情画意的哥特式教堂，是历史上最辉煌的建筑之一，祭坛、回廊、门窗等处的雕刻和绘画艺术，以及教堂内珍藏的十三世纪至十七世纪的大量艺术珍品，让这座教堂闻名于世。

走进教堂，那宽达三十三米的穹顶，以及高达二十四米直通屋顶的长柱，带给庄睿极大的震撼，教堂内部极为朴素，严谨肃穆，几乎没有什么装饰。

数十米高的拱顶在幽暗的光线下隐隐约约、闪闪烁烁，加上宗教的遐想，似乎上面就是天堂。

圣母院第三层楼，也就是最顶层，就是雨果笔下的钟楼，从钟楼可以俯瞰巴黎如诗如画般的美景，欣赏塞纳河的风光，一艘艘观光船载着游客穿梭游弋于塞纳河上。

据说雨果曾经在巴黎圣母院的北钟楼暗角里，发现墙上刻着一个希腊单词：命运。这个单词激发了他的灵感，于是《巴黎圣母院》这部与这座教堂一样不朽的著作得以问世。

尽管没看到雨果发现的希腊单词，也没有撞击卡西莫多敲过的那口震破他耳膜的重达十三吨的铜钟，但巴黎圣母院仍给庄睿以神秘莫测的感受。

从钟楼上下来之后，庄睿见到一个被存放在玻璃柜里的雕塑，微微有些动容，看向秦萱冰问道："萱冰，这个雕像，是怎么回事？"

这座雕塑表现的是耶稣基督被钉死在十字架上后，圣母怀抱死去的儿子无比悲痛的场景，圣母低垂眼帘，无限哀伤地看着怀中的耶稣，表情非常传神，大理石在艺术家的手中被赋予了生命力。

然而让庄睿震惊的并不是这座雕塑的表现力，而是透过玻璃，庄睿看到雕塑内部蕴含了极其浓郁的紫色灵气，按照时间来推算，这应该是一件十四、十五世纪的作品。

庄睿自从开始把玩古董以来，接触的一直都是国内的物件，虽然在上海典当行的时候，也曾见过国外的油画和奢侈品，但是那些东西里面，并没有灵气存在，即使有，也是一些宝石类的东西。

像这个百分之百由人力雕琢出来的雕塑，是庄睿见到的第一个蕴含灵气的外国艺术品，里面灵气的浓郁程度，丝毫不逊色于庄睿的那把定光宝剑。

庄睿此次出来，也是想知道，外国的"古玩"艺术品里面，是否蕴含灵气，现在庄睿知道了，艺术果然是不分国界的，这件雕塑的价值，恐怕不会低于他的任何一件藏品。

"庄睿，这个你都不知道？这是巴黎圣母院的镇院之宝，米开朗基罗二十五岁时的雕塑作品《悲切》啊……"

秦萱冰对庄睿的问题感到惊讶，笑了笑说道："当年这件作品一问世，就引起了巨大的轰动，人们不相信这样出色的作品会出自一个年仅二十五岁的青年之手。为此，米开朗基罗将自己的名字刻在了雕像中圣母胸前的衣带上，这也是他一生中唯一署名的作品……"

听着秦萱冰的话，庄睿把手放在了玻璃上，恨不得拿把锤子把这玻璃砸开，将里面的雕塑给扛走，估计当年的八国联军在北京城，就是这么干的。

当然，这心思只能想想而已，那些大鼻子法国警察们，恐怕不能理解庄睿这种有来无往非礼也的中国文化。

巴黎圣母院之后，秦萱冰带着庄睿来到巴黎吉美博物馆，秦萱冰以前来过，她知道这里有许多中国文物，以为庄睿会喜欢。

每人花了六欧元进入吉美博物馆，见到墙上挂的第一件物品的时候，庄睿的脸色马上就变得难看起来。

那是一幅《阿弥陀西方净土变图》，从风格上看，庄睿一眼便认出这幅图是出自中国敦煌而且是盛唐时期的产物，在它旁边的《普贤菩萨骑象》和《行脚僧像》，都代表了盛唐艺术影响佛教的杰作。

那件放在玻璃罩下面的"白玉虎"玉雕，白玉虎侧身行走于云气之上，身体线条阴刻，简单流畅，气势浑然，阳刚而又神秘，明显是西汉时期的作品，如果放在国内拍卖的话，最少价值五千万以上。

而那尊双兽耳，四足方座，顶部盖已失，口部饰一圈回首凤纹，腹部以钩连雷纹组成的青铜器，以庄睿的眼光看，应该属于殷商晚期作品，也是一件无价之宝。

跟在庄睿身旁的秦萱冰不知道，庄睿看着这些珍贵的文物，心里更多的是气愤。

通过眼中灵气观察，庄睿知道，这些物件，全都是真的，而其来历，不用说，都是当年这些洋鬼子用枪炮敲开中国的国门抢走的，在外国欣赏自己的国宝，庄睿心里有一种难言的感觉。

其实这里的物件，不单是当年那场浩劫被抢走的，还有许多是所谓的冒险家们，趁着中国内乱，以极其低廉的价格，从中国走私出去的。

就像当年敦煌的那个王道人，只为了贪图区区四块马蹄银，合二百两银子，就将二十四箱经卷和五箱佛画，卖给了英籍匈牙利人斯坦因，遗留下来的，只剩下那满目疮痍的莫高窟壁画。

　　看着博物馆里一些中国游客,大惊小怪地指点着那些本属于自己国家的东西,庄睿心里更把当年造孽的那帮人祖宗十八代都翻出来骂了一顿。

　　"不看了,没意思……"

　　庄睿兴趣索然,比起中国诸多珍贵的文物摆在国外博物馆里给人参观,庄睿更希望国外的艺术品,能放在中国的博物馆中。

　　"怎么了,亲爱的,这些东西可都是最珍贵的文物啊,难道你不喜欢吗?"

　　秦萱冰生长在香港,又长时间在国外留学,她对中国的那段历史不很了解,所以也无法理解此刻庄睿的心情。

　　"是珍贵不假,我也很喜欢,但是我更喜欢他们存放在中国的博物馆里,而不是放在这里,这只能说明一个问题,就是这些东西都是被强盗们抢走的!"

　　庄睿的情绪有些激动,说话声很大,四周许多中国游客都听到了,脸上均露出了沉思的神情,庄睿这番话,让他们的内心也有触动,脸上不再有那种兴奋的表情了。

　　"对不起,睿,我不知道这些……"

　　秦萱冰见庄睿激动的样子,愧疚地跟庄睿道起歉来。

　　"呵呵,这又不关你什么事,没事的,咱们走吧……"

　　庄睿笑着搂住秦萱冰,右手放在她柔软的腰肢上,带着秦萱冰走出了博物馆。

　　"对了,萱冰,巴黎有古玩店没有? 就是像咱们宣睿斋那样的,专门出售老物件的东西?"

　　走出博物馆后,庄睿心中动了一下,既然自己眼中的灵气也可以分辨出外国的艺术品,为什么不能在国外淘宝捡漏呢?

　　只要是文物,总归会有明珠蒙尘的,说不定就会有宝贝遗落在民间呢,庄睿的定光剑和那件龙口黑陶,不都是在古玩市场里淘到的嘛。

　　"古董店? 我还真不知道,让我想想……"

　　秦萱冰以前没关注过这些东西,听了庄睿的话后,想了一会儿忽然说道:"我想起来了,在第六区好像有一条街,里面卖的都是一些稀奇古怪的东西,要不咱们去看看?"

　　秦萱冰说完之后,接着又说了一句:"不过庄睿,我不敢肯定那里就是古董店啊……"

　　庄睿知道自己今天情绪不是很好,影响了秦萱冰,心中也有些不好意思,当下牵住了秦萱冰的手,说道:"没事,咱们去看看吧,反正巴黎圣母院和埃菲尔铁塔都看过了,咱们就当是逛街了……"

　　巴黎的第六区又称卢森堡区,位于塞纳马恩省河南岸,商店、电影院、剧院等极多,广阔的卢森堡公园亦在此区。

　　像法国学院、建筑学院、牙医、矿物等学院和众多的中小学校,以及法国上议院议政

250

大楼都在卢森堡公园内,文化气息极为浓厚。

庄睿他们现在是在第十六区,打了的士走了半个多小时,才找到了秦萱冰说的那个地方。

按照那个会说英文的法国司机介绍,这里叫做 Furstemberg 街,是一条极其幽静又充满了左岸文艺气息的街道,他不知道什么叫古董,但是知道那里有很多历史久远的东西。

和秦萱冰牵着手走在这条没有多少人的街道,庄睿感觉,虽然这里没有巴黎铁塔、凯旋门、圣母院、香街等景点那样著名,但却有它知性和感性的一面,散发着别样的巴黎浪漫风情。

街道两边都是一些极具古典风格的店铺,这算是遂了庄睿的心思了,拉着秦萱冰一家家地逛了起来。

秦萱冰拿着一个《木偶奇遇记》里大鼻子匹诺曹的木偶,看向庄睿,毫不掩饰地说道:"庄睿,这个好可爱啊……"

"买!"

庄睿重重地点了点头,他不知道自己来这儿是对了还是错了,因为逛了半天,这些店里的物件,大多是一些有趣的东西,虽然也有仿制文艺复兴时期的油画以及一些艺术品,但是明显达不到庄睿的要求。

一个多小时逛下来,庄睿毫无收获,不过手里却拎满了秦萱冰购买的小玩意儿。

刚才听到那个腰比水桶还粗的老板娘说,这条街始建于 1886 年,经历过两次世界大战,都没受到一丁点儿损伤,这让庄睿心里很不平衡。和有点艺术气质,热爱美丽建筑的德国人相比,日本的行为简直令人发指。

"庄睿,快来看这家,里面有好多中国的东西啊……"

已经不怎么想逛了的庄睿,听到秦萱冰的叫声后,硬着头皮追了上去,这是自个儿要来的,总不能扫了媳妇的兴吧?

"嗯?还真是……"

庄睿进店里扫了一眼,这个店面积不小,分成五六个区域,最初进门的地方,摆的全都是中国的工艺品,当然,在庄睿没使用灵气鉴别之前,这些东西只能称之为工艺品,要知道,"中国制造"是非常强大的。

有很多去国外旅游的朋友,看见一些很精致的工艺品,当时就准备买了带回国做个纪念,谁知道到了国内拿给朋友显摆的时候,那些工艺品下面的英文字母 made in China,很清楚地说明了这些玩意的出处。

果不其然,在庄睿的一番仔细辨认下,这些玩意都是出口转内销的,不是用来糊弄不懂中国文化的外国人,就是用来对付那些来国外淘宝的中国人的,反正看似精美的东西,没有一件是真的。

在另外一边，则摆放着一些欧洲中世纪的冷兵器和铠甲，还散放着许多长矛、长戟、战锤、战斧和弓箭，只是庄睿搭眼看去，即使不动用灵气，从这些东西的包浆上也能看出，全都是现代工艺品。

在走廊两边，都是封闭上锁的玻璃橱窗，里面摆放了许多各国风格的工艺品，有日本的纸扇和梳妆盒之类的漆器，那些纸扇上，画的都是些春宫图，看来这应该是日本 AV 产业最早的雏形。

玻璃窗里还有已经磨掉色的各式打火机，甚至连古老的左轮和转轮燧发手枪都有，在玻璃窗里整齐地排成一列。

这些物件庄睿倒是很仔细地观察了一遍，只是让他失望的是，看上去颇像有些年头的玩意儿，其实都是现代工艺品。

单从外表和包浆上来看，庄睿无法分辨这些物件的年代，不过在灵气地观察下，这些东西的真假自然难以遁形，庄睿没想到，造假盗版在欧洲也如此盛行。

走到店铺的最里面，是一些十二世纪末文艺复兴时期的作品，最显眼的当然是达·芬奇和拉斐尔的油画，不过用屁股想也知道，这些东西肯定是假的。

另外，在挂在墙上的油画下面，还有许多看似十八九世纪的钟表，有怀表也有壁钟，款式各样，大约有五六十块之多，在每块表上面，都有一个很小的标签，上面注明了价格。

"嗯？这块表不错……"

庄睿指了指玻璃柜中一块带着银链的怀表，对那个一直看着自己的中年法国男人用英文说道："请问你能听懂英语吗？麻烦你把那块表拿出来，我要一看……"

"当然可以听懂，先生，很乐意为您效劳……"

那位中年人彬彬有礼地对庄睿弯了下腰，从腰间拿出一串钥匙，打开了玻璃柜，将庄睿要看的怀表拿了出来。

这位中年人叫雷诺，在他祖父的祖父那一辈，这个店就存在了，到现在已经快一个世纪了，雷诺也算是外国的古玩商人吧，从庄睿刚进店里，他就注意到了，这个看似年轻的小伙子，应该是个行家。

进入二十一世纪以来，中国的消费能力大为提高，现在的外国商人，可不会再认为出手大方的就是日本人，相反，有很多外国商人，现在都学会了几句汉语，用来和那些中国豪客们交流。

庄睿自然不知道这个中年店主打着什么主意，他此刻的注意力都放在这块怀表上。

怀表银色的链子，因为氧化变得有些暗淡，略有些发灰，在怀表的表面，是一副珐琅掐丝人物图案，有红黑黄三种色彩，上面的人物穿着十八世纪的绅士服，形象极为逼真。

庄睿按下怀表顶端的机璜后，表盖随之弹了起来，很灵敏，并没有因为时间的流逝而变得迟钝,看来保养得很不错,当然,里面的指针已经停止了转动,因为这的确是一块古董怀表。

"两万欧元?"

看着银链上的价格,庄睿不禁皱起了眉头,他用灵气可以看到,这块表里面虽然蕴含着灵气,不过只是白色灵气而已,并且不是很浓厚,换句话说,价值不是很高。

在国内也有不少康熙乾隆年间留下来的西洋表,价位一般都在十来万人民币左右,这块表标价两万欧元,超出了庄睿的心理价位,用行话说,就是这块表虽然是个"有一眼"的物件,但开出的却是天价。

"这个东西可以便宜点吗?"

庄睿扬了扬手中的珐琅掐丝西洋表,向雷诺问道。

雷诺耸了耸肩膀,摇着头说道:"哦,不,这位先生,这块表是我祖父留下来的,最少要两万欧元,实在不能再便宜了……"

"妈的,怎么和国内的那些奸商一个腔调啊?不是祖宗的就是爷爷的,这老外是不是在潘家园摆过地摊,接受过专业培训?"

庄睿一听雷诺那带着法国口音的英语,就在心里直骂娘,估计这法国人也是练摊起家的,地道的法国文物贩子。

"好吧,既然是您祖父留下的,君子不夺人所好,我就不买了,您继续留着纪念您爷爷吧……"

庄睿摇着头把怀表递给了雷诺,他是来捡漏的,又不是来捡垃圾的,这东西在国内不过十来万,自己在国外花二十万买,不是有病吗?

"哦,先生,如果您真的想要的话,价钱上还是可以商量的,相信我的祖父在天堂,也希望他喜欢的东西能有一个好的归宿……"

雷诺见庄睿毫不犹豫地把怀表还给了自己,知道两万欧元的价格吓到庄睿了,他自己心里明白,这东西虽然是十八、十九世纪的,但是在欧洲遗留下来很多,价格其实并不是很高,也就是四五千欧元左右。

"不……不,不能这样说,如果您的祖父知道您把这东西卖了,肯定会骂孙子你不孝顺的……"

庄睿听了雷诺的话后,心里都快笑翻了,左右闲得蛋疼,今儿又是憋了一肚子的火气,干脆消遣消遣这位了。

庄睿的话是用英语说出来的,雷诺也听不出孙子是骂人的,当下拿着怀表,说道:"一万欧元,先生,这是最低价格了……"

庄睿摇了摇头,他对这东西实在没多大兴趣,如果一万欧元买了,回国能买一百万人民币,庄睿还会考虑一下,但是几万块钱的差价,还有可能砸在手里,庄睿是不会做这买卖的。

正想出言拒绝的时候，庄睿忽然想起一件事，开口说道："这个东西咱们等下再讨论，请问您的店里，难道只有这些东西吗？还有没有一些年代更久远的物件？或者是一些损坏了的油画、书籍之类的？"

庄睿忽然想到，在潘家园经常有人拿着古玩上门买卖，这条街等于是巴黎的潘家园，说不准也会有日子过不下去，活的不是那么滋润的老外前来卖东西？

"哦，不，先生，您的话是对我的侮辱，要知道，我的店可是全巴黎最大的艺术品商店，当然不止这些东西了，在仓库里，还有许许多多有价值的商品……"

可能是庄睿的意思表达不太明确，使得这位名字和长相，都与那个法国大鼻子演员让·雷诺有些相似的家伙，情绪变得有些激动，叽里呱啦地纠正着庄睿的错误，嘴里不时冒出几句法语。

"先生，我想你是误会我的意思了，我是说，这里的东西我都不喜欢，如果您仓库里有我喜欢的东西，那么钱……绝对不是问题……"

庄睿听到这家店还有仓库，眼睛顿时亮了一下，在国内的古玩店里，好东西是绝对不会摆在架子上的，都是放在隐秘的仓库或者保险柜里，例如庄睿的宝贝大多都在地下室里。

庄睿不知道法国的古玩店老板们，是不是也有这个习惯。

阐明了自己的意思之后，庄睿还拿出一张瑞士著名银行的金卡，对着雷诺晃了一下，要是对方识货的话，应该知道这张卡的透支金额可以达到五百万欧元。

第三十六章 观音铜镜

在巴黎这种大都市做生意的人,岂能不认识庄睿手中的那张金卡? 见到那张卡后,雷诺的眼睛顿时瞪直了,神态也变得愈加恭敬起来。

近几年来,艺术品市场持续升温,但是人们的眼光也变得刁钻了,在古玩行里能抓到个冤大头,也比较难了,一般人在购买贵重艺术品的时候,都会带着专业鉴定师,像庄睿这样的散客又能掏出五百万欧元的,实在不怎么多见。

国内如此,在国外同样是这样,所以雷诺此刻两眼放光,恨不得自己店里的那几幅达·芬奇的画都是真的,让庄睿买下才好。

"这位先生,店里这些,都是很有价值的艺术品,年代也都很久远,您可以再看一下的……"

"哦,那就算了,这些东西我都不喜欢……"

庄睿听了店老板的话后,失望地摇了摇头,就准备带秦萱冰离开,这家店已经是这条街上的最后一家了,看来这国外的月亮未必比国内圆,想淘件好玩意儿,也没戏。

"哎,先生请留步……"

见庄睿带着那个女人往外走,雷诺着急了,刚才他不过是想再忽悠一下庄睿,把店里的东西卖出去几件而已,现在知道庄睿真不感兴趣,他自然会拿出好东西来。

"嗯? 还有事?"

庄睿回头看向雷诺,脸上带着淡淡的笑意,他虽然入行不久,但是也知道,如果这家店真的是百年老店,那么真玩意儿,绝对不会摆放在店里。

雷诺这会儿不敢再玩猫腻了,微微向庄睿躬了下身体,说道:"是这样的,尊敬的先生女士,如果你们有时间的话,我可以带你们去看看我祖父的一些藏品,我保证,那可都是极具历史价值的艺术品……"

庄睿点了点头,说道:"好,希望您祖父的藏品,不会让我们失望……"

"请两位稍等……"

这家店就雷诺一个人,把庄睿让出去之后,雷诺将店门关上,带着庄睿和秦萱冰,从这条幽静的街道拐到不远处的一个巷子里。

雷诺是开门做生意的,庄睿倒是不怕他耍什么滑头,跟在后面走了大约五分钟,来到一座两层的小楼旁边。

这里的建筑有点像老北京的四合院,都是古老的十八世纪建筑风格,轻结构的花园式府邸,虽然不大,但是华丽精巧,恐怕想在这里拥有这么一套别墅,也是很难的。

"这是我的祖父留下来的,两位,请进……"

雷诺打开门后,很绅士地将庄睿和秦萱冰请了进去。

庄睿这还是第一次到外国人家里,刚一进去,就被那种明快的色彩和纤巧的装饰给吸引住了,里面的家具非常精致甚至偏于繁琐,墙角的那个柜子,甚至是手工打制后拼装起来的,十分抢眼。

在屋内的墙壁和天花板上,还有一些色彩已经变得有些暗淡的壁画,显示出这座房子悠久的历史。

"两位,这边……"

雷诺招呼庄睿和秦萱冰穿过一楼的客厅,走到后院。

"嗯,地下室?"

庄睿来到后院,见雷诺用复杂的密码锁打开一道门后,眼睛不禁亮了起来,心中充满了期待。

可能是二战时的避难所,这个地下室十分深,直入地下七八米,不过在通道里每隔一米,就有一盏壁灯,光线很亮,而且通风设施很好,并不会感觉气闷。

进入地下室,庄睿发现,这个地下室要比他北京四合院的地下室大多了,应该有五六十个平方,并且被分隔成两个房间,每个房间都有通风通道和一台正在工作的除湿机。

"先生,这里所有的东西,都是我的父亲和祖父收藏的,希望您能找到您喜欢的,这位女士可以坐在这里喝杯咖啡,我这儿什么都有……"

雷诺说到这里的时候,语气十分自豪,他并没有撒谎,在入门处的壁桌上,就放着一台咖啡机。

庄睿摇了摇头,这老外一点都不懂保存古玩,咖啡机发出的蒸气,会损伤古玩的寿命,不过这是别人的事,自己犯不着去说,当下点了点头,接过雷诺递过来的白手套,走向那些堆积在地下室里的物件。

他们现在所在的房间,是比较大的一间,房中摆满了各种古式家具,当然,只是外国的古典家具,色彩非常亮丽,在家具上面,则摆放着一些小东西。

雷诺似乎并不太会保养古玩,桌子上的东西只按照分类很随意地摆放着,有十七八世纪的钟表,中古世纪的刀剑盔甲,甚至还有一些中国的青铜器。

只是这些物件,包括那些钟表上面,基本上都是锈迹斑斑,看得庄睿直摇头,虽然这些东西都是真的，只是里面的灵气极为淡薄，收藏意义明显不大。

庄睿不知道的是，这些东西都是雷诺的祖父几十年收到的，也有些是有人上门卖给他的，雷诺曾经找人鉴定过这些玩意儿，价值都不大，有些东西还不如现代工艺品值钱，之所以没处理掉，只是为了纪念自己的祖父而已。

刚才庄睿提出，要看历史悠久的东西，所以雷诺才把庄睿带来了，其实心里并没抱多大的希望。

"佛头?!"

庄睿四处查看的目光，突然被一个比例与人头差不多大小的头像给吸引住了，走到那张桌子前面，小心地将这个头顶残破，面目几乎已经看不清的佛头用双手抱了起来。

这尊佛头残缺了一只耳朵，除了眼眶鼻梁和嘴巴能认出来之外，整个面庞十分模糊，之所以说是佛雕头像，是因为头上有一个个的鼓包，和庄睿在寺庙中见到的佛像雕塑完全一样。

只是这个佛头被破坏得太厉害了，就像用钝器把一边耳朵给硬生生地敲下来了似的，看的庄睿心疼不已。

庄睿知道，很多佛头是西方殖民者从古迹中盗走的，如果搬不走整尊雕像的话，就砍掉佛头或佛手。中国很多寺庙里佛像的佛头，都是后来雕琢摆放上去的。

这些佛头与其他被掠艺术品，被当作战利品摆放在西方殖民者或收藏家的房间里，如果不是这尊佛头过于残破，恐怕也不会留在这个地下室里了。

雷诺也开了不少年店，经常有一些中国客人，对这些在雷诺看来，毫无艺术美感的破石头感兴趣，现在看到庄睿抱起了石头像，当下上前问道："庄先生，您喜欢这个石头雕像?"

庄睿点了点头，不过马上又摇起了头，说道："这个佛头太残破了，如果是完好的，我会出十万欧元买下它的，不过……太可惜了……"

庄睿说的是实话，这尊佛头被损毁的太厉害了，原本的色彩都没有了，即使自己买下来，也没有太大的收藏价值。

"哦，那太遗憾了……"

雷诺耸了耸肩膀，他可不是为了这玩意残破而遗憾，而是为了做不成这笔生意而遗憾。

"如果您能在别的地方，找到完整的这样的雕塑，我倒是可以买下来……"

庄睿有些不甘心地说了一句，外国强盗那会儿着实抢走不少好东西，雷诺家里没有，说不定别人家里有呢。

雷诺摇了摇头，道："先生，这样的东西，一般都在博物馆里，我也不知道谁家里会有……"

"那就算了吧……"

庄睿有些失望，继续在地下室里搜寻起来，这些东西都有一丁点儿灵气存在，庄睿要一一分辨出来，并不是件太容易的事。

"嗯？这是什么？"

庄睿在佛头的下面,看到几块锈迹斑斑巴掌大小的青铜器,不禁愣了一下,因为他刚才看到,有一个青铜器里面,蕴藏着浓厚的紫色灵气,只是这几块铁块一般的东西重叠在一起,让庄睿无法看出到底是哪一块。

"铜镜?!"

当庄睿将桌子上那几个东西分开之后,才看出来,原来这些锈迹斑斑的物件,是四块铜镜,只是有三块腐蚀得太严重,缺边少角不说,镜面的镜倍上,已经完全看不出铜镜的特征来了。

只有一块,也就是庄睿感到里面灵气浓郁的铜镜,镜面还算光滑,但是圆边和背面,也布满了铜锈,用手稍微搓弄几下,那些粉末状的铜锈纷纷散落到地上。

由于锈迹太厚,庄睿也无法看到背面的花纹是什么,所以也无从给这面铜镜断代,不过以其中的灵气含量而言,庄睿知道,这物件应该不简单,都锈成这样了,灵气依然没流失多少。

"这……这是什么?"

翻来覆去地摆弄了一会儿铜镜,庄睿无意中把铜镜的镜面对向灯光,一束并不怎么明亮的光束,反射在庄睿面前的墙壁上。

镜子在反光的同时,也是有聚光效应,照射在墙壁上的光束,明显比头上的灯泡亮了许多,只是在那束光线中,庄睿依稀看到点什么东西。

庄睿定了定神,身体向墙壁靠近几步,拿起镜子,镜面微侧,一束光线又反射到了墙上,这次庄睿的手没晃动,他真的从那团只有巴掌大小的光束中,看出了一丝影像。

在那团光束里,庄睿看到一尊菩萨莲花坐像图案,头挽高髻的观世音菩萨衣带飘飘,神情安详地坐在莲花底座上,手持净瓶,面色慈祥,双眼微闭,一副悲天悯人的慈悲神情。

这个图案并不是很清晰,庄睿心情激荡,手稍稍一动,观世音的画面就随之消失了。

"这……这怎么可能啊?"

庄睿在心里惊呼,他从来没听说过,铜镜里能够显示出图案? 自己刚才看镜面的时候,并没有发现什么东西啊?

庄睿马上将铜镜反过来,对着镜面仔细观察起来,发现这镜面光滑无比,并没有观世音图案,可是……那墙壁上出现的影像,庄睿也能确认,绝对不是自己的幻觉。

深呼吸了一下,庄睿静下心来,凝神向镜面看去,随着灵气渗入铜镜,一种奇怪的感觉在庄睿心里升起。

就在灵气进入镜面的瞬间,庄睿感觉这铜镜似乎活过来一般,镜面上那些细微的研磨纹理,在庄睿眼中无限放大。

庄睿发现,这些纹理在深浅程度上,都有细微不同,应该就是这些不同,才使它在灯光的反射下,出现了那尊观世音菩萨的影像,虽然从来没听说过这种事,但是庄睿感觉,自己应该发现了一个了不得的宝贝。

铜镜就是古代用铜做的镜子,又称青铜镜。远古时期,人们以水照面,铜器发明以后,以铜盆盛水鉴形照影。

随着合金技术的出现,从殷商时代开始,就有了使用铜和锡或银铅等制作铜镜的历史,铜镜一般制成圆形或方形,其背面铸铭文饰图案,并配钮以穿系,正面则以铅锡磨砺光亮,可清晰照面。

商、西周和春秋时的铜镜,在中国历次考古中有零星发现,到了战国始盛行,产量大增。

汉代,由于日常生活的大量需求,加之西汉中叶之后经济飞速繁荣,铜镜制作产生了质的飞跃,所制铜镜工艺精良,质地厚重,镜背铭文、图案丰富多样。后经唐宋两次发展高峰。

一直延续到明清时期,随着近代玻璃的诞生,铜镜逐渐淡出历史舞台。

近年来,收藏铜镜的人也在不断增加,价格更是逐年上升,一个品相不错的汉唐铜镜,拍出百万天价都属正常,而一些有传承的镜子,更在千万以上。

如果谁能将那两半破镜重圆故事里的铜镜找到,单以那故事背景,其价值恐怕就不可估量。

按照铜镜的发展史,庄睿几乎可以断定,这块铜镜绝对是隋唐时代的,原因很简单,佛教是从汉末五代之后传入中国的,并且在隋唐时期得到发展。

能将观世音菩萨的佛像,如此费尽心机地用铜镜研磨纹路表现出来,恐怕除了佛教盛行的隋唐时期,再也不会有人花费这么大的功夫了。

只是庄睿不知道这块堪称奇珍的铜镜,为何会流落到国外? 这么多年也没人发现其中的玄虚。

"跑到国外淘弄自己国家的宝贝……"

庄睿自嘲地笑了笑,在外国人的地下室里,看见自己国家的文物,简直是一种无言的嘲讽,提示着自己百年前中国所承受的那场耻辱。

"这块金属铁片,什么价钱?"

庄睿摇了摇头,收回思绪,拿着铜镜对雷诺扬了扬,他这是在欺负雷诺不懂这玩意,故意把铜镜说成了金属铁片。

"哦,不,这位先生,这可是贵国的镜子啊,在我们国家,也有这样用金属制造的镜子,价格十分贵的,绝对不是铁片……"

庄睿没想到雷诺还懂点这东西的知识,不过听他的话,了解也不多,当下说道:"就当是镜子好了,但是您能从这块镜子里面照出自己来吗?"

庄睿的话让雷诺语塞,那青铜镜面虽然光滑,但是由于氧化的原因,镜面已经变得有些模糊,最多只能照出个人影来,和国外那些十六七世纪制作的金属镜子,的确有很大差别。

说老实话,国外对艺术品的定义,除了书画类的之外,很讲究实用价值,这块铜镜背面锈迹斑斑,镜面模糊不清,一没有艺术鉴赏价值,二没有实用价值,摆在房间里都掉份,雷诺实在找不出话来反驳庄睿。

"雷诺先生,如果您把它当成宝贝,那还是自己留着吧……"

庄睿见雷诺站在那里,面色犹豫不决,遂把手中的铜镜扔在了桌子上,当然,不是镜面朝上,因为庄睿怕破坏了观音像的研磨纹。

"两千欧元,如果您能出到这个价格,我就把它卖给您……"

雷诺咬了咬牙,说出一个在他心里比较高的价位。

"两千欧元?"

庄睿微微皱了下眉头,两千欧元也就是两万人民币左右,不谈镜子里的玄奥,单以这块铜镜的品相而言,稍微有点贵了。

"这样吧,要是您能告诉我这块铜镜的来历,两千欧元的价格,我想我还是能接受的……"

庄睿问出这话,是想知道这块铜镜的出处,看能不能从中判断出这块铜镜的出处。

因为这块铜镜实在太罕见了,能在肉眼观察不出来的情况下,将镜面研磨出一尊观音像来,这绝对不是一般人能办得到的。

雷诺听了庄睿的话后,摇了摇头,说道:"对不起,先生,这个东西是我祖父收藏的,一直都放在这里,不过我好像听他说过,这个石头雕像是和铜镜一起的……"

庄睿心中有些失望,按照雷诺的说法,这极有可能是当年那些强盗从中国的某个寺庙抢去的东西,因为和尚也要用镜子啊,说不定这玩意就是寺庙里的和尚找能工巧匠制作的。

只是那个佛头实在是残破的太厉害了,庄睿没办法从中找出任何蛛丝马迹,而且中国寺庙那么多,他也没能力查到这佛头究竟出自哪个寺庙。

无奈地摇摇头,庄睿从手包里拿出两千欧元,递给雷诺,然后将铜镜小心地放到包里,还在镜面上包了好几层纸巾,生怕镜面被损坏。

交易完成后,雷诺也知道了庄睿的姓名,看庄睿不停地打量那尊佛头,出言说道:"庄先生,难道你不想要这个佛头吗?"

"哦,不,我对那个没兴趣,不过我可以拍几张照片吗?或许我可以介绍给喜欢它的朋友……"

那尊佛头里的灵气,已经很淡薄了,加上从外表看不出任何端倪,差不多就是一块破石头,庄睿可看不上这东西。

第三十七章 | 毕加索的素描手稿

"雷诺先生,请问您这没有油画之类的艺术品吗?"

来了半天,收到的物件还是自己国家的,庄睿心有不甘。

"油画?"

雷诺被庄睿问得愣了一下,在国外艺术品中,除了那几位大师的雕塑之外,最有收藏价值和市场价值的艺术品,就属油画了。

"庄先生,我这里主要是一些近代的工艺品,复制的油画倒是有,不知道您有没有兴趣,当然,也有一些画家新秀的画作,很值得收藏的……"

雷诺看在庄睿买了他一件东西的份上,说话还算实诚,他倒是想说有诸如梵高等名家的画作,只是那未免有点天方夜谭了。

不谈文艺复兴时期乔托·迪·邦多纳、马萨乔、列奥纳多·达·芬奇、拉斐尔·桑齐奥这些举世闻名的画家们,就是近代的文森特·威廉·梵高、保罗·塞尚等人的任何一幅流传下来的画作,价值都在数千万以上。

雷诺要是有他们的作品,还用得着起早摸黑地开工艺品店吗?恐怕早就把画卖了带着老婆去环游世界了。

"现代画家?那就算了……"

庄睿闻言摇了摇头,虽然在国际油画市场上,有很多人在收藏有潜力画家的画作,等上三五年也有可能会升值,但是庄睿没那个耐心,他现在又不是为了钱而收藏的。

谢绝了雷诺的好意之后,庄睿又在地下室里闲逛起来,不过剩下的那些东西,虽然有很多蕴藏着灵气,但是不是品相太差,就是灵气稀薄,没有一件庄睿能看得上眼的。

看完这个房间的所有物件之后,庄睿看着那个上锁的房间,向雷诺问道:"雷诺,另外一个房间里放的是什么?"

虽然今儿淘到一块堪称奇珍的隋唐青铜镜,但是庄睿还是有点儿不甘心,这玩意是自己国家的东西啊,庄睿此次出来淘宝,可是憋着劲想遇到一件国外的艺术品的。

"哦，那里面都是我爷爷的遗物，忘了给您介绍了，我爷爷是一位受人尊敬的画家，虽然他并没有什么名气，但是他的画作，我和父亲都留了下来，那里面的东西是不卖的……"

雷诺虽然嘴上说着不卖，但是已经用钥匙打开了门锁，推开了小房间的门，庄睿借着外间的灯光看到，小房间里面，摆放了四个大铁皮箱子。

"我祖父当年可是认识毕加索的，当然，他没有巴勃罗先生有名气，无人赏识他的画……"

雷诺在提及毕加索的时候，颇有点怨念，因为当年他祖父和毕加索的关系十分不错，经常是毕加索的座上客，然而让雷诺郁闷的是，毕加索一生作画无数，自己祖父居然没收藏一张。

"毕加索?!"

庄睿闻言吃了一惊，那可是当代西方最有创造性和影响最深远的艺术家，他和他的画，在世界艺术史上占据了不朽的地位。

毕加索的全名长达五十五个音节，翻译过来就是五十五个汉字，庄睿在听到这个事情的时候，很怀疑毕加索自己能否记住自己的名字。世人为了方便称呼，一般都以毕加索相称。

毕加索是位多产画家，据统计，他的作品总计近三万七千件，包括：油画一千八百八十五幅，素描七千零八十九幅，版画两万幅，平版画六千一百二十一幅。

毕加索的一生辉煌之至即他是有史以来，第一个活着亲眼看到自己的作品被收藏进卢浮宫的画家，这是对他人生最大的褒奖。

1999 年 12 月法国一家报纸进行的一次民意调查中，他以 40% 的高票当选为二十世纪最伟大的十位画家之首。

对于作品，毕加索说："我的每一幅画中都装有我的血，这就是我的画的含义。"

全世界前十名最高拍卖价的画作里面，毕加索的作品就占据四幅，总价值超过了二十亿元人民币，虽然那只是他最杰出的几幅画，但是由此可知，他的作品在世界美术史上的地位。

"您的祖父和毕加索是朋友？"

庄睿一边随口和雷诺说着话，一边走进小房间，翻看起摆在桌子上的那些素描，一看之下，眉头顿时皱了起来。

外国写实主义画派的地位，要略略高于抽象主义画派，雷诺祖父的这几张素描画，说句老实话，庄睿根本就分辨不出是写实主义还是抽象主义。

庄睿拿在手上的这张素描，第一眼看上去像是个人物肖像，再看就感觉是个动物了。除了面貌画的稍微有点像人之外，其余的没一点人体特征。

虽然对外国画没什么研究,庄睿也知道这素描的水平实在不怎么样,他有点想不通毕加索为什么能和雷诺祖父交上朋友。

"咳咳,庄先生,我祖父的绘画水平虽然不怎么样,但是他的艺术鉴赏水平还是很高的……"

雷诺听到庄睿的话后,脸上稍微红了一下,有点不好意思地解释了一下,庄睿这才心下了然,敢情这位的祖上,是个眼高手低的主呀。

见到这张四不像的素描,庄睿也没有再看下去的心思了,正想说几句违心的话,夸奖一下那位和毕加索是朋友的老雷诺的时候,眼睛忽然盯在了一个箱子上。

庄睿现在逐渐养成了一个习惯,那就是见到数量众多的藏品时,一般都会先用灵气扫描一遍,然后再根据灵气的厚薄程度,逐个查看。现在虽然不准备看了,但还是习惯性地扫了一眼几个箱子。

就在他的灵气穿过距离自己最近的一个箱子时,庄睿的眼睛顿时定格了,几乎是有点呆滞地盯着那口大铁皮箱。

此时庄睿已经完全相信了雷诺的话,他的祖父,一定是位著名的艺术鉴赏家,也一定是毕加索的好朋友,因为庄睿发现,就在那口铁皮箱子里,有厚厚的一摞纸张里面存在着浓郁的白色灵气。

庄睿不知道,除了毕加索之外,还会有哪个人的画作,能存有这么多的灵气,而且从颜色上来看,蕴含白色灵气的物件,一般都是当代或者近代艺术品。

庄睿强自按捺住心头的激动,轻描淡写地向雷诺说道:"呃,雷诺先生,我相信一位好的鉴赏家,也一定是位杰出的画家,我想您祖父的画只是没遇到懂得欣赏的人而已,如果您同意的话,我想欣赏一下他的画作……"

"当然同意了,庄先生,这些箱子都没上锁,您可以随意浏览,不过最好动作轻柔一点,您知道,这些纸张都放了几十年了,很容易破碎的……"

难得遇到一个欣赏自己祖父的人,雷诺也很高兴,为了让庄睿看得更清楚,他又打开了一盏灯,房间里顿时明亮起来。

"嗯,不错,您祖父一定是位抽象派的大师,哦,天哪,雷诺先生,您为什么不把他的画摆出去卖呢?"

庄睿打开那口箱子之后,不断称赞起来,只是这些话说出去之后,庄睿自个儿身上都起了不少鸡皮疙瘩,因为这话说得太违心了一点,这就像对着一只老母鸡说它长得像凤凰一般。

"咳……咳咳,我主要是想留着做个纪念……"

雷诺经营着那家艺术品店,当然也有点眼力见,他当初整理过祖父的画稿,自然知道他是个什么水平,此时听到庄睿的夸奖,不由得替他那不知道是在天堂还是在地狱的祖父感觉脸红。

"当然,如果真的遇到懂得欣赏这些画的人,我也可以考虑出售一部分,庄先生,只是一小部分……"

雷诺感觉自己刚才话说得太死了,连忙又补充了一句,因为雷诺相信,祖父一定会希望自己的画作变成有价值的金钱的,那老头活着的时候,不是经常念叨自己的画为什么卖不出去吗?

"真的吗?雷诺先生,如果您肯卖的话,我会买一些,用于研究法国艺术家在书画艺术品上的造诣的……"

庄睿此时的惊喜可不是装出来的,他正想着如何说服雷诺出售这个箱子里的画呢,没想到雷诺居然自己提了出来,让庄睿少费许多口舌。

"当然是真的,不过这些都是我爷爷的素描手稿,在我心里是很珍贵的……"

雷诺见庄睿真的想买,不禁心中大喜,脸上却露出为难的神色,心中所想和面目表情呈截然相反,这是所有商人必备的职业素养,雷诺的表现绝对称得上是其中翘楚。

"哦,我明白的,雷诺先生您可以说说,多少钱一张,才能符合您祖父的身价呢?"

您爷爷有屁的身价,庄睿嘴上讲着价钱,心里已经暗骂开了,要不是其中掺杂的物件,这些素描稿子,白送庄睿都不要。

庄睿一边和雷诺胡扯,一边手脚麻利地将装在牛皮纸大信封里的素描稿全部抽了出来,混淆在另外一些真正属于老雷诺的手稿之中。

庄睿不知道雷诺为什么没发现这些素描画,因为在庄睿拿出这些素描的时候,能很轻易地分辨出这几十张素描的水平,要远远高于老雷诺的绘画水平。

"三十二张……"

仔细点了一下那些黑白素描画,庄睿心中情不自禁地激动起来,因为他甚至在一张素描画上,见到了毕加索的亲笔签名,虽然字体潦草,庄睿还是认出来了。

不过看到了这张素描,庄睿的心也提了起来,因为他怕雷诺也发现毕加索的签名,那样的话,自己捡漏的心思就不用再想了。

"雷诺先生,不知道这些画,您打算怎么卖呢?"

庄睿将毕加索的三十几幅素描,混淆在众多老雷诺的作品之中后,转脸看向坐在外间等待的雷诺。

"这……庄先生您能出什么价钱呢?"

刚才还在说作为祖父的纪念品是不卖的雷诺,此时却摆出一副奸商的模样。

雷诺并不知道,毕加索曾经赠送给自己的祖父几十副素描画,唯一知情的是他的父亲,不过在十多年前,雷诺的父亲因为飞机失事去见他的祖父了,这些素描画,就一直留在了那个牛皮纸信封里,封存至今。

"您祖父的这些画,对我研究外国绘画艺术有很大的帮助,我想,这样吧,这一箱子画里面,我随便拿一叠,付给您两万欧元,您看这样行吗?"

庄睿考虑了一下,给出雷诺答案,他可不想按张来算,否则在查验的时候,说不定就会被雷诺发现毕加索那些与老雷诺完全不同的素描稿。

听到庄睿的报价之后,雷诺站在那里沉思了一会儿,抬起头说道:"两万欧元,庄先生,您要知道,这些可都是我祖父的作品,每一张素描,就像我祖父的孩子一般,这个价钱……"

"靠,你祖父有你这样的孙子就够了,奶奶的,这里几个箱子有上万张素描,你奶奶生得了这么多吗?"

庄睿没好气地在心里骂了一句,不过他很清楚,这只是雷诺讲价的一种手段而已。

"三万欧元,买一百张素描,雷诺先生,您要知道,如果您的祖父不是毕加索的朋友,我是不会出这种价钱的……"

庄睿缓缓地说道,而且表现出一副您不卖我立马走人的样子。

"嗯,我想三万欧元符合我祖父的身价了,庄先生,您可以挑选了……"

雷诺也看出来了,三万欧元应该是庄睿的底价了,要是再讲下去,说不定今儿就要竹篮打水一场空了,所以很爽快地点头同意了。

其实庄睿第一次的开价已经不低了,两万欧元,足可以买一张巴黎后起之秀的油画作品了,只是习惯性地顺口抬下价而已。

庄睿听到雷诺的话后,心中暗喜,表面上却是不露声色,在那个箱子中翻捡起来,看似随意地拿出一张张画稿,却把那三十二张毕加索的素描,全都藏入其中。

这些箱子里的素描,使用的基本上都是一样的素描纸,而且都是八开和四开的,除非一张张仔细地察看,否则单从外面,是看不出任何不同的。

庄睿用力地拍了拍左手捧着的一叠画稿,看向雷诺问道:"一共一百张,雷诺先生,您要检查一下吗?"

在问出这句话的时候,庄睿的心也提了起来,如果雷诺真要一张张察看,那肯定会看出端倪,他赌的就是雷诺以前看过这些素描稿,不会再检查了。

"哦,不用了,庄先生,不知道您怎么付款? 是刷卡还是现金呢?"

正如庄睿所想,这些箱子里的素描和油画,都是雷诺亲手整理过的,既然已经卖了,雷诺当然懒得再去检查,现在他最为关心的是,怎么才能拿到属于自己的那三万欧元?

看着手中厚厚的一摞画稿,庄睿强自压抑住心头的激动,说道:"刷卡吧,咱们再回您的店里去?"

雷诺闻言耸了耸肩,道:"没有办法,那只能回店里了,我先找个东西把这些素描给您装起来吧……"

雷诺一边说话,一边从墙角处找到一个装画板用的帆布袋子,递给了庄睿,庄睿小心翼翼地把画稿放进去之后,拉上拉链,将袋子背到肩膀上,直到这时,庄睿的心才算是完全放了下来。

　　"萱冰,对不起了,让你等这么久……"

　　从地下室的小房间出来后,庄睿有些愧疚地拉住秦萱冰的手,本来今儿是陪她逛街的,谁知道到最后还是变成了自己的淘宝之旅。

　　"说什么呢? 和你在一起我就高兴……"

　　秦萱冰故作羞恼地在庄睿腰间扭了一下,随之看到他身后的画板袋,不由好奇地问道:"这里面买的是什么? 花了多少钱?"

　　秦萱冰刚才在看一本介绍欧洲古典饰品的书,一直没注意庄睿和雷诺的交易,所以才有这么一问。

　　"是雷诺先生祖父的素描画,对于我研究欧洲艺术有很大的帮助,回去拿给你看……"

　　庄睿看了眼走在前面的雷诺,含糊不清地用汉语给秦萱冰解释了一下,他没敢说得太透,谁知道雷诺听不听得懂汉语呢?

　　秦萱冰有些奇怪地看了庄睿一眼,她对自己这个准老公也算比较了解,要是没有好处,庄睿轻易是不会出手的,想必那些素描有古怪的地方。

　　回到雷诺的工艺品商店后,庄睿拿出卡,刷了三万欧元,拒绝了雷诺让他再看看还有什么喜欢的物件的请求,带着秦萱冰离开了这条幽静的街道。

第三十八章 | 对换古董

"哈哈,发财啦!!!"

刚进入酒店房间,庄睿用脚后跟踢上房门,一把将秦萱冰拦腰抱了起来,兴奋地对着秦萱冰红嫩的嘴唇吻了上去。

"唔……唔唔……松开,憋死我了,亲爱的,到底是什么事这么兴奋啊?"

秦萱冰被庄睿亲的有些喘不过来气,好容易推开了庄睿,莫名其妙地问道,不就是买了几张素描和一个铜镜吗?至于这么高兴?

"等会儿再说,我憋不住了……"

庄睿早就被秦萱冰的体香搞得心猿意马,此时他已经抱着秦萱冰来到床前,双手往前一送,身体随之扑了上去……

"好了,给我说说,干吗这么兴奋?"

半个小时后,云雨初歇,秦萱冰把一头长长的秀发挽到脑后,伸出白玉般洁白的手臂,搂住庄睿,她能感觉到,庄睿今天特别亢奋,不用说,肯定是他淘弄到了什么珍贵的玩意儿。

"嘿嘿,今儿咱也来外国做了一把强盗!"

庄睿的那双大手,兴犹未尽地在秦萱冰身上游走着,偶尔碰到一些敏感的地方,都会引来秦萱冰一阵娇呼。

"看你高兴的,好像那画稿是梵高的似的?"

秦萱冰白了庄睿一眼,突然用手抓住了庄睿的手腕,因为她感觉到庄睿的右手又开始不老实了。

"哈哈,梵高的没有,但是有毕加索的……"

庄睿收回手,狠狠地在秦萱冰那高耸的胸部捏了一把,然后从床上跳起来,赤裸着身体把刚才丢在地上的帆布袋子拿了起来。

秦萱冰开始时,还被庄睿那充满男性阳刚之气的身体,羞得把头缩进了被子里,不过见到庄睿拿着帆布袋上了床,也禁不住心里的好奇,拿过摆在床头的睡袍穿上,坐起身体。

"还是起来看吧,别把这些素描稿弄坏了……"

庄睿想了一下,也披上了浴袍,拿着袋子走到沙发处,将那一摞厚厚的素描画,摆放在沙发前的玻璃茶几上。

"这张是毕加索的,这张不是……"

庄睿从自己的行李箱里翻出一副鉴定文物用的白手套,整理起毕加索的素描稿子来,于他而言,这个工作异常简单,只需要分辨里面是否有灵气存在就可以了。

"呸,流氓!"

忽然,坐在庄睿旁边的秦萱冰看到一幅素描,啐了一口,听得庄睿莫名其妙,转脸看向手中的画,忍不住哈哈大笑起来。

"萱冰,你也是在国外待过的,连这个也抵触?"

庄睿边笑边打趣起秦萱冰来,这幅素描是一个女人的全裸像,那丰满的乳房,纤细的腰肢,神秘黝黑的三角地带,无不被作者分毫毕现地呈现在画上,就连面部表情都看得清清楚楚。

"不是抵触,但是毕加索画得太露骨了,你可不能学他呀……"

秦萱冰在伦敦和巴黎待了数年,岂会不知道毕加索其人?她了解得甚至比庄睿还清楚。

"亲爱的,这可是艺术啊,难道这个也不让我看?好吧,那我把这张收起来……"

见秦萱冰态度坚决,庄睿打消了对比一下中外女人不同之处的心思。

秦萱冰之所以对毕加索怨念颇深,因为于毕加索而言,女人只不过是他艺术祭台上的牺牲品,也是他艺术创造的源泉,这是秦萱冰所不能接受的。

毫无疑问,毕加索是一位真正的天才,二十世纪是属于毕加索的世纪,他在这个多变的世纪之始,从西班牙来到当时的世界艺术之都巴黎,开始了他一生辉煌艺术的发现之旅。

二十世纪,没有一位艺术家能像毕加索一样,画风多变、人尽皆知。毕加索的盛名,不仅因他成名甚早和他的《亚维农的少女》、《格尔尼卡》等传世杰作,更因他丰沛的创造力和多姿多彩的生活,毕加索留下了大量多层面的艺术作品。

毕加索的作品多达六万到八万件,除绘画、素描之外,还包括雕刻、陶器、版画、舞台服装等造型表现。

1973年毕加索过世之后,世界各大美术馆不断推出有关他的各类不同性质的回顾展,有关毕加索的话题不断,而且常常出现新的论点,仿佛他还活在人间。

但是毕加索始终是个引起争议的人，除了他那让人倾倒与折服的过人才华。他为自己的几任妻子、情人和孩子们画过许多画，他的亲人对这位天才画家的评价也褒贬不一。

毕加索于1973年以九十二岁高龄去世，他在世时人们争先恐后地同他结交，在他去世四分之一世纪以后，世人仍在为他的故事和名声争执不休。

毕加索绘画上的成就可谓登峰造极，但他的家庭生活却弄得一塌糊涂。

他的悲惨故事世人皆知，毕加索的遗孀杰奎琳是自杀身亡的，他的情人玛丽埃亦是，她为他生下了女儿玛雅，他的孙子巴勃里多在杰奎琳将他赶出爷爷的葬礼之后也自杀而亡。

巴勃里多的姐姐马里娜两年前写了一些回忆录披露自己悲惨的少年时代，并把一切过错归咎于毕加索。

弗朗西斯是毕加索一生中唯一将他抛弃的女人，1953年她带着一双子女离开了毕加索。

后来她同一位艺术评论家合作写了《我与毕加索的生活》，这本书既大胆又详细，几乎无所不包，甚至写了她与画家的性历险，当时这种书还属罕见，因此引起轩然大波，作为报复，毕加索从此拒绝再见她生的一对子女。

女人都是感性的，秦萱冰正是读过那本类似于传记体的书，所以从女人的立场，对毕加索那种见一个爱一个的性格极为反感。

"对了，庄睿，你怎么就能确定，这些画是毕加索的呢？"

秦萱冰突然想起了这个问题，庄睿当时鉴定的时间并不长，要说庄睿精通中国古玩，秦萱冰相信，但是庄睿对国外艺术品也如此熟络，就让秦萱冰有点儿震惊了。

"这有什么，你以为那个老雷诺能画出这样的作品？"

庄睿笑着摇了摇头，挑出几幅老雷诺的作品和毕加索的作品摆在一起，高下立见，然后又拿出有毕加索随手签名的两幅画，这下不用庄睿多说，秦萱冰也明白了。

"庄睿，你这运气，实在是太好了点吧？"

看着桌子上这三十多幅黑白素描，秦萱冰实在找不出什么语言来形容庄睿的神奇，整个事情的过程她都在场，恐怕谁也不会想到，一个小店主的家里，会遗留着毕加索的真迹。

这年头，别说是曾经在英法留学工作过的秦萱冰了，就是国内的小老百姓，估计也听过毕加索的名头，毕竟那四幅总值在数十亿人民币以上的油画，太震撼人心了。

"萱冰，你说这些素描画能值多少钱呢？"

庄睿将茶几上的素描画分了一下类，总共可以分为三种，一类是人物素描，一共有六幅，都是没穿衣服的年轻女子。

庄睿有点想不通，毕加索为什么要把自己女人的素描画像送给老雷诺？难道二人关系好到连女人都可以共享？

第二类素描是孩子，庄睿知道，毕加索是一个非常喜欢孩子的人，所以他的很多作品，都是街头巷尾嬉闹的孩童，这类的素描稿比较多，足足有十八幅，总共画了六个男孩。

还有一类素描稿是静止的物体，从苹果到花瓶，从房间的家具到窗户房门，一共有八幅。

所有的素描都是黑白二色，色彩阴暗层次分明，毕加索用极为简单的笔画，勾勒出一幅幅让人为之疯狂的画面。

不管是那些赤裸着身体、脸上稍带羞涩的女人，还是那些天真无邪、追逐嬉闹的孩童，都是如此逼真，似乎要从纸上跃出来一般。

庄睿虽然能鉴定出这些素描画的真假，但是他对国外艺术品市场价格，却没有多少了解，对这些毕加索真迹的市场价值，当然也是两眼一抹黑了。

"庄睿，这个我可帮不上你，不过我去年听说过，毕加索的一个七张素描画册，拍出了八百万美元的价格，你这里有三十二张，想必会更贵一些吧？"

虽然珠宝和毕加索的画，同为艺术品，但是秦萱冰还真不怎么了解这些，她只在一些拍卖行的信息上，见过一些有关毕加索画的消息而已。

庄睿小心地把画收在一起，低头沉思起来，过了一会儿庄睿抬起头来，说道："走吧，咱们先去洗澡，回头我约一下皇甫云，晚上咱们一起吃饭……"

秦萱冰乖巧地点了点头，她知道庄睿心里肯定又打什么主意了，因为本来上午两人说好要享用一顿烛光晚餐的。

"毕加索的画？！"

庄睿显然低估了毕加索在国外的影响力，在他跟皇甫云近乎耳语般说出自己有三十多幅毕加索的素描之后，皇甫云几乎是吼着问出了这句话，引得西餐厅里的众人，纷纷将目光看了过来。

"我说你能不能稳重点？"

庄睿没好气地瞪了皇甫云一眼，幸亏皇甫云说的是汉语，否则要是被这里人知道自己有毕加索的画，指不定那些国际大盗，就会找到自己头上来。

这种事情也不是没发生过，国外的一些亿万富翁，为了得到自己心仪的艺术品，经常会雇佣一些国际大盗，去偷窃那些藏在博物馆或者私人家里的珍贵艺术品。

当然，他们即使得到这些艺术品，也只能在自己的小圈子内欣赏，并且保存得极为隐秘，否则，恐怕国际刑警就会盯上他们了。

"庄老弟，哥哥我就是心脏再好，也能被你给吓死，先是定光剑，现在又是毕加索的素描画，怎么好东西全都到你那里去了呀？"

皇甫云愤愤不平地用刀叉切下一块牛扒，放到嘴里使劲咀嚼起来，似乎这样才能发泄心中的郁闷。

"对了，你能确定那些素描画全都是真的?"

皇甫云在把那块以庄睿为假想敌的牛扒咽下去之后，突然想到这个问题，他和秦萱冰的想法一样，庄睿或许十分精通中国古玩，但是国外的艺术品和中国古董，那可是两个几乎完全不同的领域。

庄睿慢条斯理地喝了一口红酒，点头说道："应该是真的，皇甫兄，你要是信不过，可以找人鉴定一下嘛……"

皇甫云有点不明白庄睿的意思，张口说道："你寻摸到的宝贝，关我什么事? 我有什么信得过信不过的?"

"哎，我说皇甫兄，你不是在国外人头熟吗? 我是想你明儿把此次拍卖会组委方请来，然后再把吉美博物馆的人请来，我想和他们谈笔生意……"

庄睿四下里看了一眼，说出了自己的想法，其实从到得这批素描稿之后，庄睿就一直在思考如何处置这些素描。

自个儿留着收藏吧? 庄睿还真不怎么欣赏国外这种素描风格，话再说回来了，要是自己整天面对着那些赤身露体的女人素描，家里后院肯定不得安稳。

自己不愿意留，那就只能出售了，不过庄睿也不缺钱，他并不想简简单单地把这些素描卖掉，对于一些人来说，钱并不能衡量这些画稿的价值。

虽然不知道这些画的市场价位，但是庄睿知道毕加索其人，在国外藏家心目中的地位，那绝对是万众瞩目，如果自己放出风声要拍卖毕加索的素描画，恐怕全世界的收藏家，都会为之震动的。

与毕加索的作品相比，近年来升值颇快的中国艺术品，似乎就不算什么了，在老外的心目中，两者之间根本就没有可比性。

所以庄睿打了个主意，自己能不能用毕加索的这些素描作品，来换取此次将要拍卖的，或者是那个吉美博物馆里的中国藏品呢?

那些珍贵的文物是老外的强盗祖宗抢去的，不过毕加索的这些作品，庄睿也等于是白捡的，谁都不吃亏。

中国珍贵的文物出现在国外的博物馆里，那都是有其历史背景的，大多都是当年八国联军的后人捐赠出来的，说起来数量着实不少。

法国巴黎的吉美博物馆，就有中国艺术品两万余件，其中有新石器时代的玉器，商、周的青铜器及马饰车具、铜镜、古币和漆器等。

在雕塑领域，吉美博物馆除了拥有一些展现佛教艺术的大件作品外，还有汉、唐时期的收藏。在装饰领域,则呈现出完整的历史全貌,通过一万余件陶瓷、粗瓷、青瓷、硬瓷,反映了瓷器历史的技术革新。

另外,吉美馆内还收藏了自唐至清代的千余幅绘画作品,可以说,除了一些瓷器之外,那里的每一件作品,拿到国内后,几乎都是一级文物。

俗话说物以稀为贵,来自中国的艺术品多了之后,外国人也并不是很重视。

像那位法国将军弗雷,捐赠给吉美博物馆的一些中国清朝宫廷画和陶瓷器,就被收藏在博物馆的仓库里,从来都没展览过。

中国有着五千年历史,由于众所周知的原因,大概有60%以上的珍贵文物,都流失在海外,这是一个极为庞大的数字,总数要以百万计算。

但是国外的艺术品不同,在国外,有可能数十年甚至数百年,才会出现一位天才艺术家,像莫扎特、贝多芬、梵高和毕加索等等。

虽然前面两位是音乐大师,但是同样脱离不了艺术的范畴,比如贝多芬,他手写的五线谱,曾经就拍出过天价。同样,莫扎特使用过的小提琴,也是众多收藏家追崇的目标。

不过莫扎特用过的小提琴也不过就那么三五把,贝多芬谱写的词曲真迹就更少了,就算毕加索是一位高产画家,一生创作出六万多幅作品,但是以世界收藏人数的基数来计算,那实在算不得多么庞大的数字。

作为艺术史上唯一一位在世的时候,就亲眼见到自己的作品被罗浮宫收藏的人,毕加索的名望可想而知,他在世时,那数万幅作品就已经被人收入囊中,很少在市场上流通了。

所以在国际艺术品拍卖市场上,想找出中国艺术品很容易,时常都能见到,但是想遇到毕加索、梵高等人的作品,却是极难,往往有他们作品存在的拍卖会,都会吸引到来自全世界的大收藏家。

这并不是说中国的古玩就不如外国的艺术品,只是数量多,还有就是外国收藏家们的认知问题,因为毕加索和梵高等艺术家们的影响力是全球性的,几乎有人的地方,都能听到他们的名字。

而中国由于早年闭关自守,书画的作风多为抽象写意,并不为外国人欣赏和接受,所以历朝历代的大书画家,在世界范围内的影响力,显然不如达·芬奇以及毕加索等人。

不过萝卜青菜各有所爱,在庄睿的眼里,自然还是祖宗留下来的那些玩意儿好,所以庄睿心里才兴起了这么一个念头,用毕加索的这些作品,去换取流失在国外的中国文物。

"皇甫兄,你觉得我这个想法怎么样?"

庄睿把心里的想法完完全全地告诉了皇甫云,因为他本身在国外收藏圈里,并没有什么人脉,而皇甫云这些年经常厮混于各大拍卖会,认识不少比较有底蕴的收藏家和博物馆代表。

皇甫云显然还没有完全消化庄睿说的话,坐在那里思考了好大一会儿,才开口说道:"老弟,你真舍得那些毕加索的作品?要知道,那可是很多人梦寐以求的藏品啊……"

"梦寐以求?"

庄睿不屑地撇了撇嘴,说道:"谁拿个和定光剑一级别的青铜器来,我三十二张素描稿全换给他,哥们不好这口,都是些没穿衣服的老娘们的素描,肉都耷拉下来了,有什么好看的……"

"你就不能说得委婉点?那都是艺术……"

坐在旁边的秦萱冰听不下去了,没好气地使劲掐了庄睿一下,这女人老了之后,皮肤都会变得松弛,秦萱冰可不想听到这样的评论以后出现在自己身上。

"嘿嘿,媳妇你老了,那也是我的心肝宝贝呢……"

来到国外之后,庄睿心情很放松,可能是受到巴黎这浪漫之都的影响,说话都变得胆大了许多,听得秦萱冰面红耳赤。

"得了啊,你们两口子打情骂俏换个地啊……"

皇甫云不耐地翻个白眼,这不是欺负哥们没女人吗?不过皇甫云心头的火还真被庄睿挑了起来,如果晚上不想动用五姑娘的话,看来又要钻酒吧一振国威去了。

"皇甫兄,你看我说的这事能不能办?要是不行的话,那些手稿我就都带回国内去,谁还上赶着求这些老外啊……"

庄睿见皇甫云不耐烦了,连忙岔开了话题,自己怎么着也要考虑一下单身大龄男青年的感受嘛。

"想和国外的这些私人以及博物馆交换藏品,不是不可能,但是有一个前提,就是你的那些素描稿,必须是真的才行……"

皇甫云说着说着,整个人忽然兴奋了起来,接着说道:"如果是真的话,老弟,那这笔买卖就有的做了,咱们不把老外敲个七窍冒烟,那都不算完事……"

庄睿这算是以物易物,和国内藏友之间的交流也差不多,只是上升到了国际高度而已,皇甫云对毕加索作品价值的认知,远高于庄睿。

从毕加索逝世以来,隔上三五年,偶尔能有一次毕加索作品拍卖,如果庄睿那些画全都是真的,肯定会在国际拍卖市场上掀起滔天巨浪。

"哦?皇甫兄,这中间的度,怎么掌握?"

庄睿也明白自己的毕加索的画,绝对是奇货可居,肯定不能以同等价值兑换中国文物,只是庄睿并不了解国际拍卖市场,他怕价格开狠了,会把那些人吓跑。

皇甫云笑着说道:"三十多幅素描画稿,要真的全都是毕加索的作品,嘿嘿,一把定光剑就想换?给他们看看还差不多,最少要拿来十把,求着咱们才能换……"

"靠,这也太狠了吧?他们会换吗?"

庄睿被皇甫云的话吓了一跳,这些古玩都是有价格的,像定光剑一类的国宝,在国际拍卖市场上价格也是极高,虽然毕加索的作品很少上拍卖市场,但民间还是有流传的,明显吃亏的交易,有人会做吗?

"会,一定有人换!"

皇甫云肯定地点了点头,说道:"拍卖行是不会换的,他们讲究的是将利益最大化,但是一些追捧毕加索作品的私人,还有那些藏有中国艺术品的博物馆,一定肯换的。对于那些人来说,藏品的市场价值不是最重要的,他们看重的是作品的名气,在某些大藏家的心里,可能一百件中国的古董,都比不上一件毕加索的作品……"

庄睿听了皇甫云的话后并没有生气,因为他知道,皇甫云说的是实话。前些年,中国古玩在国际市场上的价格并不高,也就是近几年被一些国际炒家和拍卖行抬了上去。

但是在欧美诸多收藏家心目中,中国古玩的价值远不能和梵高、毕加索等人的作品相比,从拍出的最昂贵的十幅画中就可以看出,其中有四幅毕加索的作品,但是却没有一幅中国的古画。

"皇甫兄,我过几天就要去伦敦了,你可要抓紧时间呀……"

庄睿想了想,还是交代了皇甫云一句,对于此次在巴黎召开的中国艺术品专场拍卖,庄睿参不参加都无所谓,但是他的时间真的比较紧迫,丈母娘交代的事情一定要办好。

"老弟,你就放心吧,这次一准让那些老外大出血……"

皇甫云想想都兴奋,接着说道:"得了,这饭我也不吃了,我先去找人,对了,老弟,那东西你可要保证是真的呀,否则我以后在国外这圈子里也混不下去了……"

这几天从世界各地赶来参加此次巴黎拍卖会的人,着实不少,其中不乏一些亿万富翁级别的大藏家,他们都是皇甫云的推销对象,而且皇甫云也知道,这些人的家里,或多或少都有一些来自中国的珍贵文物。

皇甫云离开后,庄睿马上给彭飞打了个电话,因为听完皇甫云的话后,庄睿心里也有些七上八下患得患失的感觉,万一那些素描被人偷走的话,自个儿可就欲哭无泪了,还是让彭飞那小子保管比较合适。

第三十九章 | 职业素养

"庄老弟,你在哪了? 在酒店房间? 那好,你收拾一下,我带一位英国朋友到你那里去,马上就到……"

庄睿刚回到酒店房间,就接到了皇甫云的电话。

"庄睿,怎么了?"

秦萱冰见庄睿接完电话之后,面色有些古怪,忍不住问了一句。

"没事,皇甫云说是马上带人来看那些毕加索的素描,萱冰,你先进屋里看电视吧,我在客厅里招待他们……"

从餐厅和皇甫云分手,还没一个小时,庄睿没想到皇甫云办事效率这么高,彭飞也才赶过来而已,这小子刚才上街给他女朋友买香水去了,法国香水那可是世界闻名的。

"好的,庄睿,加油!"

秦萱冰乖巧地对庄睿挥了挥拳头,进房间里面去了,他们住的是豪华套间,外面有可以处理公务的客厅。

"皇甫,你和我,也认识好几年了,这种事情不会骗我吧? 你能确定,那是毕加索的素描画吗?"

一辆正开向庄睿所住酒店的车上,一位穿着燕尾服的英国人,操着一口发音不怎么标准的中国话,正和皇甫云闲聊着,在他的旁边,还坐着一位年龄在五十岁左右的白人。

这个英国人叫埃兹肯纳,是英国伦敦极有名气的收藏家,埃兹肯纳齐家族是在世界范围内都很有影响力的中国艺术品收藏家,迄今为止,十大天价中国瓷器拍卖纪录中,有三件来自埃兹肯纳齐家族的藏品。

埃兹肯纳齐家族之所以有那么多中国艺术品,当然也和他们的祖宗脱不了关系,如同法国的弗雷一样,他们都曾经参与过掠夺圆明园的行径。

想成为世界级的收藏家,没有来自中国的珍贵文物,或者是仅有来自中国的文物是不够的,还要有西方艺术品。

而埃兹肯纳齐家族最不缺的就是中国古董,但是西方文物,他们却收藏的不多,所以接到皇甫云的电话之后,埃兹肯纳放弃了正在参加的一个晚宴,马上带了自己的鉴定师,驱车接上皇甫云后,向庄睿等人住的酒店赶来。

"埃兹肯纳先生,以您的眼光,等会儿肯定一眼就能判断出,我朋友手里的那些素描画是否为毕加索的作品,您想我会用这么拙劣的理由来让您去欣赏一些假画吗?"

皇甫云虽然和庄睿接触不长,也没见到庄睿所谓的毕加索真迹,但是他相信庄睿不是那种信口开河的人。

"毕加索先生的作品去向,基本上都是经过考证的,现在还没听说有遗失的,埃兹肯纳先生,我想我们是在浪费时间……"

坐在埃兹肯纳旁边的那位鉴定师斯特林耸了耸肩,对于已经处于下班状态的他来说,现在可全是自己的私人时间。

"看看吧,东方人是一个善于创造奇迹的民族,或许那个叫庄的人,真的有毕加索的作品呢?"

对古董商人而言,绝不会放过任何一个可能,即使几率不大,也要眼见为实,捡漏淘宝的故事,往往就发生在这看似不大的几率之中。

"庄睿,这是来自英国的埃兹肯纳先生,他们家族拥有众多的中国艺术品,但是欧洲的艺术品却很匮乏,这次想看看你的那些素描画,是否为毕加索先生的作品?"

皇甫云敲开庄睿的房门之后,一边给庄睿介绍埃兹肯纳,一边冲庄睿眨了眨眼睛,意思自然不言而喻了,如果画是真的,等会儿哥们你就使劲下刀子吧,他们有的是中国的好玩意儿。

"这位是斯特林先生,是一位经验丰富的鉴定师……"皇甫云继续给庄睿介绍着。

"哦,年轻的小伙子,很高兴认识你……"

埃兹肯纳很友好地用汉语和庄睿打了个招呼,由于家庭和自己的收藏等诸多因素,埃兹肯纳对汉文化十分了解,知道中国人尤其好面子,所以一上来就很热情,并没有因为庄睿的年轻而有任何忽视他的地方。

"你好,埃兹肯纳先生,里面请……"

庄睿不动声色地将几个人让进了房间,热情有个屁用,想换到自己手上的毕加索素描画,那就要拿出能让自己心动的中国古玩来,否则有钱哥们都不卖给你。

斯特林和庄睿擦肩而过的时候,那个长得更像拳击手而不像鉴定师的家伙,在庄睿耳边小声地说道:"年轻人,能听懂英语吗?"

在庄睿点头之后,斯特林继续说道:"那就好,小伙子,我可以告诉你,有我在这里,你不用想拿一些伪劣的假画，来蒙骗埃兹肯纳先生，如果识趣的话，最好现在就承认，那么等一会儿，我不会让你很难堪的……"

"嗯？妈的，没教养，东西还没看，就敢在这里大放厥词……"庄睿听到从斯特林嘴里说出的话后，不禁心中大恼，冷冷地用英语说道，"您的眼睛要是没有被猪油蒙住，应该能很轻易地分辨出一幅画的真假的……"

庄睿知道在国外有很多人看不起中国人，没想到自己住在五星级酒店的豪华套间里，居然还有人狗眼看人低，这让庄睿很是不爽。

走在前面的埃兹肯纳，清晰地听到后面两人的对话，不过他只是微微一笑，并没有劝解的意思，对于他而言，卖家和鉴定师关系越差，那才越不会有猫腻存在。

要知道，不光是国内有"下套"和"布局子"的事情，这样的事在国外也是屡见不鲜，并且手法更加高明，至于串通鉴定师这类的，那只是上不了台面的小手段而已。

"彭飞，拿出几张画来，给这位'专家'看看……"

到客厅里坐下之后，庄睿也没有给客人倒咖啡或者饮料的意思，直接开门见山地让彭飞拿出毕加索的素描画来。

在埃兹肯纳等人来之前，庄睿就已经将这三十二张素描画进行了分类，那六张裸体女人的素描被分成一份，十八张孩童的素描画被分成了三份，最后静物的素描被分成一份，总共分为五份。

在这五份素描中，都有一张素描上面有毕加索的亲笔签名，相信真正熟悉毕加索作品的鉴定师，是可以分辨出真假的。

彭飞这些时日跟着庄睿，也长了不少见识，最起码懂得拿取书画一类的古玩时，要戴上手套，所以现在也戴了一双白手套，似模似样地从身前的茶几上，拿起一叠六张人物图，摆放在埃兹肯纳的面前。

"斯特林，还是你来吧……"

埃兹肯纳微微摇了摇头，起身往旁边坐了坐，给斯特林留出位置，他对欧洲艺术品还真不甚了解，除了知道它那令人咋舌的昂贵价格之外，埃兹肯纳就所知不多了。

"慢着……"

就在斯特林准备拿起面前的素描时，忽然被庄睿阻止了。

"怎么？刚才还说是真的，现在连看都不让我们看了吗？"

斯特林面色不善地看着庄睿，他根本就不相信这个黄种人会有毕加索的作品，而且还是几十幅，这简直就像安徒生童话一般，完全不可能。

"斯特林先生，我不知道您在学习鉴定的时候，您的老师有没有教过您，在鉴定书画作品的时候，必须要戴上手套，这是基本常识……"

庄睿看着斯特林，一脸的不屑，说完上面几句话后，转脸看向埃兹肯纳，说道："埃兹肯纳先生,我对于您选择的鉴定师,表示非常的不满,他完全不具备一个职业鉴定师所具备的素质。我要提醒您,埃兹肯纳先生,对于我的这些藏品,如果有任何因为鉴定师操作不当造成了损失,您要有接受我对您提出索赔的心理准备……"

庄睿的话让埃兹肯纳和斯特林同时色变,他们没想到这个年轻人语锋如此锐利,不过庄睿的话说得一点都不过分,斯特林的确没表现出一位鉴定师应该具备的素质。

埃兹肯纳点了点头,先是用汉语说道:"庄先生,请您放心,我会对这些作品负责的……"

紧接着埃兹肯纳又看向斯特林,说道:"斯特林先生,请记住您的职业操守,您是在鉴定一幅极有可能是毕加索先生的画,而不是在马路边那些艺术家们给你画的一英镑一张的素描画……"

斯特林此时的傲慢完全不见了,如果他今天的行为被传出去的话,一定会对他的声誉造成很不好的影响,要知道,不管在哪一个行业里,个人的职业素养,都是极其重要的。

"对不起,埃兹肯纳先生,对不起,庄先生,是我的疏忽,我想,我还是有能力鉴定出这些素描作品,是否出自毕加索先生的手笔的……"

斯特林很快调整好心态,站起身恭敬地向庄睿和埃兹肯纳鞠了一躬,态度极其诚恳。

庄睿无意和斯特林计较这些,摆了摆手,说道:"好了,斯特林先生,希望您的表现,能和您说的一样,不用浪费时间了,请您开始鉴定吧……"

斯特林打开自己随身携带的包,拿出一副白手套和一个放大镜,中外鉴定师吃饭的家什都差不多,戴上手套后,斯特林随手拿起最上面的一幅素描画。

"嗯,还是有点料的……"

庄睿见到斯特林并没有先去查看素描本身画的是什么,而是先看了下那张素描纸,轻微地用手折了一下,看看纸质的硬度和柔韧度,这是鉴赏字画所必需的程序。

在检查完纸质之后,斯特林脸上原本轻松的表情,变得有些凝重了,因为他发现,自己手上的这张素描纸,应该是产自上个世纪四五十年代的巴黎,这一点是瞒不过斯特林的眼睛的。

也就是说,即使这些素描画作是仿制的,那也是有点年头的仿制品,并且成本也不低,要知道,现在买半个世纪以前的素描纸,那价格可不是一般人能承受得起的。

埃兹肯纳的一双小眼睛在茶几上来回看着,作为一位资深的古董收藏家和艺术品商人,他有种感觉,也许今天自己真的可以见到毕加索的真迹,当然,这只是他的一种感觉。

"杰奎琳·洛克?!"

忽然,从正在看着那张素描的斯特林嘴里,发出一声惊呼,将房间众人的目光都吸引了过去,就连套间的门,也微微动了一下,那是好奇的秦萱冰,正躲在里面偷听呢。

"斯特林先生,不知道您的鉴定结果出来了吗?"

庄睿本来没认出这画上的女人，但是听斯特林叫出了名字，他心里马上就明白了，敢情这是毕加索给他最后一任夫人画的素描画像。

1953 年，毕加索在玛都拉陶艺工作坊邂逅杰奎琳·洛克，虽然从这个时间段到 1961 年和毕加索结婚的八年中，毕加索一直都有情妇，但是杰奎琳·洛克忍受了这一点，两人一直携手走过了毕加索的后半生。

杰奎琳·洛克是毕加索的第二任妻子，这位西班牙女子为晚年的毕加索，营造了一个温馨宁静的世界，毕加索常从她的体形中回想起卡塔卢尼亚的农妇，他为她画了大量肖像画。

但是可惜的是，在毕加索去世十三年后，杰奎琳·洛克女士或许是无法忍受没有毕加索的日子，最终在上个世纪八十年代自杀身亡了。

杰奎琳·洛克死后，毕加索为她所画的大部分素描以及油画，都流入拍卖市场，而毕加索画作的升值，也正在那个期间，可以说，正是杰奎琳·洛克遗留下来的毕加索画作，将毕加索的作品提升了一个台阶。

斯特林被庄睿的声音惊醒过来，小心翼翼地放下那张素描后，斯特林一把拉住庄睿的胳膊，近乎哀求地说道："这是毕加索夫人的肖像画，没错，一定是的，庄先生，我想知道这幅画的来历，希望您能告诉我……"

"对不起，我只能告诉您，这些画都是通过正当渠道购买来的，至于其他的事情，您不需要知道，您的工作是看完这些画后，告诉埃兹肯纳先生，它们究竟是真的还是假的，就可以了……"

庄睿能理解斯特林的心情，考证一件古玩，往往要比鉴定出它的真假，难上无数倍，这也是收藏吸引人的地方，让人不断地去挖掘、去探索那些几十甚至数百上千年前，所发生过的未知故事。

不过即使眼前这人是自己的同行，庄睿也没打算告诉他自己这些素描画的来历，因为现在身处巴黎，不是自己的地盘，庄睿不想节外生枝。

谁知道那位可爱的雷诺先生，如果知晓自己三万英镑卖了三十二幅毕加索的真迹，会不会跑到庄睿住的酒店一哭二闹三上吊呢？

"对不起，是我冒昧了……"

在国外艺术品市场，和国内的古玩市场差不多，私人之间的交易，您只要知道物件真假就可以了，来路并不是最重要的，而且国外更注重个人隐私，听到庄睿拒绝的话后，斯特林马上向庄睿道了歉。

庄睿随意地摆了摆手，说道："没关系，斯特林先生，请继续……"

艺术品市场和传统行业不同，这可是卖家市场，只要您有真玩意好东西，不怕卖不出去，稍微放出点风声，大把人挤破头找着您买的。

所以庄睿并不急,实在不行就把这些素描画带回北京去,谁想要就去北京买,哥们也做一回国际收藏家。

斯特林听了庄睿的话后,并没有拿起那张他刚看过的素描,而是看向庄睿说道:"庄先生,我可以确定,这一张,的确是毕加索先生的真迹,是他在上个世纪六十年代做的……"

"等等,斯特林先生,您是如何知道毕加索做画的时间呢?"

庄睿出言打断了斯特林的话,因为毕加索认识杰奎琳·洛克的时间是在 1953 年,保不齐这画是在那前后画的呢?

"庄先生,您要知道,毕加索虽然是一位精力旺盛的人,但是到了八十岁以后,对于女人他就有点心有余而力不足了,但是他又不甘心如此。所以,在这个时间段他的画风也有改变,在他这个时间段的画中,都有偷窥者的存在,我想,那就是他对自己的标榜吧?"

谈到专业知识,斯特林像换了一个人一般,滔滔不绝地引经据典,从毕加索早年的性格谈起,一直说到毕加索晚年的心理问题,给庄睿等人好好地上了一课。

这事庄睿倒是听说过,因为毕加索曾经说过一句很有名的话,那就是:"我们上了年纪,不得不把烟戒了,但是抽烟的欲望还是有的。爱情也一样。"

毕加索在无法和女人行使爱的权利之后,就把这种欲望表现在了他的画里,那就是所谓"看的权利",他这个时期的画风,不管是油画还是素描,都有一个男人隐隐约约的影子,在看着画中的女人。

"您说得很好,斯特林先生,请继续,下面还有五张素描呢……"

庄睿点了点头,表示对斯特林这番话的认可,听了斯特林这番话,对他也很有触动,中外鉴定都需要了解作者的心理情况,如果不是斯特林熟悉毕加索每个时期的风格,他也说不出上述那些话来。

"谢谢,庄先生,您将带给我们一个美妙的夜晚……"

此时斯特林对庄睿态度大改,站起身向庄睿微微鞠躬之后,才坐下重新鉴定起来。

彭飞拿给他的是六幅女人身体素描写真。虽然这六张素描上面的女人,都是同一个人,不过背景和服饰都不尽相同,并非全部都是裸露身体的,有两幅画是身上穿着睡衣,酥胸半露躺在床上的造型。

斯特林在鉴定这些素描稿的时候,每看一张,脸上兴奋的神色就增加一分,等看完六张素描之后,他激动得差点没从沙发上跳了起来,一把拉住庄睿,问道:"亲爱的庄,您一定还有其他的作品,麻烦您都拿出来吧……"

如果是毕加索的油画,很有可能只有一张,但是素描作品,每次发现的时候,最少出现一册,基本上都在十张左右或者再多一些,但是庄睿这次只拿出了六张,所以斯特林才有此一问。

"哦,斯特林先生,请不要着急,先给埃兹肯纳先生说一下,这些属于毕加索先生的作品,到底是真的还是假的吧……"

庄睿轻轻推开了斯特林抓住他胳膊的手,开什么玩笑啊? 哥们已经真金白银地把玩意儿拿出来了,还想看? 也不是不行,但是您二位也要拿出点儿诚意来吧?

"真的,当然是真的,我可以向上帝保证,这六幅作品,绝对是毕加索的真迹,这是毫无疑问的……"

说老实话,斯特林此时的表现,像一位狂热的收藏爱好者,更多于像一个冷静的鉴定师,他此刻只想把庄睿所有毕加索的作品都欣赏一遍,过了今天,恐怕他就没有这种机会了,因为这些画是否还属于庄睿,都是不确定的事情了。

斯特林知道,庄睿拥有这些作品的消息,一旦传出去,会给整个欧洲艺术品市场带来什么样的冲击。绝对会让所有追捧毕加索作品的收藏家们,都集中到巴黎这座城市。

"嗯,好了,斯特林先生,您可以先休息一下了,我想埃兹肯纳先生肯定有话要和我谈……"

庄睿等斯特林确定了这几幅画的真假之后,立即很不讲究地干起了过河拆桥的事,并且连水都没倒上一杯。

斯特林只不过是鉴定师而已,自己完全没必要和他多啰唆,而且庄睿对斯特林刚进屋时眼睛长在脑门上的态度,还是小有芥蒂的。

第四十章 奇货可居

"当然,我想此刻在巴黎的任何一位收藏家,都愿意和庄先生交往的……"

埃兹肯纳点了点头,能拥有毕加索的六幅素描画,庄睿就已经有了跻身国际藏家的资格,如果庄睿再有意出售的话,肯定所有喜欢毕加索作品的人,都乐意和庄睿做朋友了。

听到老板发话了,斯特林即使此时再兴奋,也只能强自压制下去,本想再欣赏一下毕加索的那几幅作品,却被彭飞手脚麻利地收了起来,还带着一副防贼的样子,郁闷的斯特林差点暴走。

不过,斯特林是没有这种资格的,在卖家为王的收藏市场,尤其是顶尖艺术品的高端市场,谁都不缺钱,想让别人卖出自己心仪的艺术品,那就要看你是否有诚意了。

"亲爱的庄,我想知道,您今天喊我们来,是否为了出售这几张毕加索的作品呢?"

埃兹肯纳那双小眼睛滴溜溜地转了一圈之后,开始慢慢地靠向主题,他之所以问出这话,是想占据谈判的先机,让庄睿潜意识里认为,是他想卖,而不是自己想买,这也是谈判的一个小技巧。

"出售? 不,不,不,埃兹肯纳先生,您误会了,我从来没有想过要卖这几张珍贵的毕加索作品,现在没有,以后也绝不会有……"

庄睿听了埃兹肯纳的话后,脸上带着淡淡的笑意,连连摆手,说了好几个不字,语态坚决地否认了埃兹肯纳的话。

虽然庄睿购买了私人飞机之后,身家大幅度缩水,但是他也没想过要出售毕加索的画,甚至从来没想过出售自己任何一个藏品。

在现在的国际艺术品市场,无论是毕加索的作品,还是自己的那些珍藏,绝对是有价无市,除非是一些身无分文走投无路的人,否则是没有人愿意用毕加索的作品换取金钱的。

"不卖?"

埃兹肯纳愣了一下,看了一眼一旁的皇甫云后,对庄睿说道:"亲爱的庄,那您今天叫我们来,是什么意思呢？就是让我们欣赏一下毕加索先生的作品?"

埃兹肯纳在英国的收藏圈里,也算是个举足轻重的人物,他可不认为自己放弃了一个重要的晚宴,只是为了看一眼毕加索的作品而来,那样还不如去卢浮宫看呢。

"埃兹肯纳先生的汉语说得非常好……"

庄睿没接埃兹肯纳的话,而是夸奖了一下他的汉语水平,埃兹肯纳很绅士地点了点头,等待着庄睿的下文。

"想必埃兹肯纳先生一定也非常了解我们国家的文化,在我们国家,收藏家之间是很少用金钱购买他所喜欢的藏品的,更多的是,用自己的收藏和对方交换,如此一来,双方都能得到自己心仪的藏品,埃兹肯纳先生,我想,您应该明白我的意思了吧?"

其实以物易物,也不单单是中国藏友的专利,在国际上也非常流行,埃兹肯纳一听庄睿的话,马上就反应了过来,他完全明白庄睿的想法。

不过随后埃兹肯纳的眉毛也紧紧地皱了起来,以物易物这种交易,多出于提出的一方,看中了对方的某个物件,然后拿出自己最好的东西与之交换,一般来说,都是最先提出的一方,要小小的吃点亏。

但是现在的情形是,庄睿连自己拥有什么收藏品都不知道,就敢提出以物易物的交换方式,摆明了就是依仗手中那些毕加索的素描画稿,如果自己拿不出让对方满意的古董,这桩交易恐怕也就黄了。

但是埃兹肯纳还真的在乎庄睿手中的那些毕加索素描画,一个收藏家是否能成为世界级的大收藏家,他的藏品里有没有像毕加索或者梵高等人的作品,是极为重要的标志。

而埃兹肯纳齐家族的底蕴,不外乎就是当年从中国掠夺的大批古董文物,对于欧美的艺术品,却没有收集到多少,埃兹肯纳想要得到国际藏家的肯定,仅仅拥有来自中国的古董,那是远远不够的。

"庄先生,我想我明白您的意思了,只不过我的收藏品都在伦敦,现在没有办法给您挑选……"

埃兹肯纳的心态摆得很正,自己那些藏品的珍贵程度,不见得就低于毕加索的作品,只是物以稀为贵,流落在国外的中国文物数以百万计,但是毕加索的作品,来来去去也不过那么几万件,而且大多都已经被私人和博物馆收藏了,即使拍卖市场偶尔能见到那么一幅,也很快就被人高价拍走了。

埃兹肯纳知道,自己能见到这六张素描画,已经算运气不错了,绝对不能用市场流通价格来衡量它的价值。

"东西都在伦敦?"

庄睿闻言用手指轻轻地在桌子上敲了起来,说老实话,他并不怎么想和私人交易,因为商人逐利,他们在交换藏品的时候,肯定会以市场价格衡量两个物件的价值,那样不能让自己的利益最大化。

庄睿最想的，还是和博物馆进行交换，在国外有很多博物馆都藏有许多珍贵的中国文物，但是与毕加索的作品相比，他们肯定更爱后者。

话再说回来，包括许多私人博物馆，大多数博物馆里的东西都不是私人的，想用博物馆的东西捐赠或者交换出售，需要博物馆董事会的同意，但是庄睿相信，那些老外们，肯定会同意用中国古玩交换毕加索作品的。

由于东西都不是自己的，就不存在价值对等的说法，这样一来，操作空间就会大上许多，庄睿可以得到更多自己想要的东西。

"庄先生，如果您有时间去伦敦的话，我想我的藏品，是可以让您满意的……"

埃兹肯纳十分想得到这几张毕加索的素描画，而且他也不想让这些东西流入拍卖行，因为埃兹肯纳知道，这几年毕加索作品的价格突飞猛涨，就这几幅素描，价格说不定就要在千万美元之上。

而且这些作品一旦上了拍卖会，很多事情就身不由己了，埃兹肯纳也无法掌控局面，到时候万一再来一位国际大藏家和自己竞争，恐怕自己掏出去的钱，绝对要比想象中的多。

"好吧，埃兹肯纳先生，您的诚意打动了我，这样吧，三天以后我会乘坐私人飞机去伦敦，不过在此之前，我想请您列出一张清单，把您拥有的最好的藏品，标注出来让我先看一下，咱们之间是否有交易的可能性……"

庄睿想了一下，反正自己要去伦敦，而且以物易物说起来简单，但是操作起来也很复杂，三五天肯定办理不好，也就是说，这批毕加索的作品，一段时间内肯定要留在自己手里，去伦敦看看也没什么。

庄睿还提出了这么一个条件，他要先知道埃兹肯纳手里都有哪些藏品，如果没有自己满意的，那这桩交易自然也谈不拢了。

反正庄睿不怕这些毕加索的作品卖不出去，只要他放出风去，别说那些私人藏家了，恐怕单是拍卖行，就能把酒店门槛踩烂。

"好的，亲爱的庄，我回去就把清单给您传真过来，我想您一定会满意的……"

埃兹肯纳见庄睿下了逐客令，遂站起身来，和庄睿握手之后，递给庄睿一张名片，然后拉着那位意犹未尽的斯特林先生告辞了，该说的话都已经说到了，交易是否能成，就要看自己拿出来的东西，能否让庄睿动心了？

埃兹肯纳对这一点还是很有信心的，他的藏品多为中国的瓷器，而且还都是宋元明清几朝的官窑精品，在国际市场都极为少见，如果庄睿是一位民族主义者，肯定会对自己拿出来的物件感兴趣的。

"庄哥,这些用铅笔画的东西,都是古董?"

埃兹肯纳和皇甫云等人走后,彭飞拿起一张素描打量起来,他能听懂英语,知道刚才那两个老外对这画很重视。

不过彭飞打量了半天,怎么看都看不出个好来,想看光屁股的女人,法国电视台就有成人频道,那可比这画好看多了,还是成人动作片呢。

"嘿,小子,你这话问得多新鲜啊,不是古董有人上赶着来给你送钱吗?"

庄睿闻言笑了起来,小心地将素描画收好之后,对彭飞说道:"这些东西小心保管,说不定就能换回几把定光剑之类的宝贝,千万保管好啊……"

"定光剑?"

彭飞被庄睿的话吓了一大跳,连忙用双手接住庄睿递过来的那些素描画,心里直犯嘀咕,这些画看上去也不比他女朋友学校里的那些小朋友们画得好多少啊?

"庄睿,传真过来了,你来拿一下……"

房间里忽然响起了秦萱冰的声音,听的庄睿愣了一下,这埃兹肯纳的效率还真高,这才过了半个小时,居然就把古玩目录整理出来了。

庄睿哪里知道,埃兹肯纳是怕庄睿再找买家,这才急急忙忙地把自己手头最好的几件中国古董整理了出来,给庄睿传真了过来。

庄睿手中的六张毕加索素描画,肯定比埃兹肯纳现在收藏的中国古董在他心里分量更重一些,不管庄睿是否同意交换,埃兹肯纳都列出了自己手中最值钱的几个物件,一点都没藏私。

"南宋官窑笔洗……"

"宋钧窑,窑变碗?!"

"北宋,定窑花纹平底盘……"

"北宋,定窑梅瓶?"

"元青花,鱼澡纹大罐……"

"成化斗彩天字罐,南宋,龙泉窑……"

"万历五彩大瓶……"

"元青花'鬼谷子下山'图罐……"

拿着手中的这张传真,庄睿的身体情不自禁地发起抖来,尤其是拿着纸的右手,很明显地颤抖着,看的彭飞和秦萱冰,都不明所以地瞪大了眼睛。

"庄睿,庄哥,你……这是怎么了?"

秦萱冰和彭飞异口同声地问了出来,让正处于神游状态的庄睿猛地打了个激灵,清醒过来。

"没……没什么,你们两个别说话,让我安静一下……"

庄睿不敢相信地又看了一眼这张传真纸上的名字，没错，自己没看花眼，的确有两件元青花，两件宋定窑瓷器，居然还有一个发生了窑变的钧窑瓷，难道埃兹肯纳挖了宋官窑的瓷址了吗？

　　北宋五大名窑的瓷器，这张传真纸上就有三个，而且钧窑还是发生了窑变的瓷器，其价值更远胜于普通钧窑器皿。

　　要知道，古人烧窑，对于窑变瓷器的理解比较迷信，如《清波杂志》说："饶州景德镇，大观间有窑变，色红如朱砂，物反常为妖，窑户击碎之。"

　　一般窑工见到窑变瓷器，大多都毁坏了，所以流传至今的窑变瓷器极少，而出自钧窑的窑变瓷，更是世所罕见。

　　定窑瓷器更不用多介绍了，世人皆知，以白瓷为主的定窑瓷器，在白瓷胎上，罩高温色釉，后期更烧出了黑釉、酱釉和绿釉等品种，文献称为"黑定"、"紫定"和"绿定"，名满天下。

　　上面说的这几种瓷器，都在国内难以得见，偶尔能见到一个碎瓷片就不错了。而埃兹肯纳的清单上，随随便便就写了好几个，庄睿相信，这绝对不是埃兹肯纳的全部老底。

　　要说这几件宋名窑的瓷器让庄睿有些吃惊，那么两件元青花瓷器，则是让庄睿震惊了，宋朝瓷器虽然少，但是在国外各大博物馆还是时有得见，不过元青花就不同了，那真是凤毛麟角，难得一见。

　　尤其是列在传真名单上的最后那件，元青花"鬼谷子下山"图罐，就庄睿所知，绘有人物故事题材的元青花瓷器，在这个世界上绝对不超过十件，当然，这几件都是已经出土并且经过考证的。

　　只是让国人痛心疾首的是，现藏于东京出光美术馆"昭君出塞"罐、裴格瑟斯基金会藏"三顾茅庐"罐、安宅美术馆旧藏"周亚夫屯细柳营"罐、美国波士顿馆藏"尉迟恭单骑救主"罐、亚洲一私人收藏家藏的"西厢记焚香"罐、万野美术馆藏"百花亭"罐等元青花瓷器，居然没有一件在国人手中。

　　"拿下，一定要把那件元青花'鬼谷子下山'图罐拿下来！"

　　庄睿心中有一个声音，在大声怒吼着，虽然元青花近年来价格大涨，不乏国外炒家的炒作，但是元青花稀少，也是事实。

　　至少庄睿在国内各大博物馆里，还没发现一件真正的元青花瓷器，大多都是明清后仿的，现在能有机会拿到一件元青花瓷，庄睿心中已经激动得无以复加了。

　　"电话，刚才埃兹肯纳留下的名片呢？"

　　庄睿回过神来，在茶几上翻找起来，即使让庄睿把所有的毕加索素描都拿出来和埃兹肯纳换这个鬼谷子元青花，庄睿也是心甘情愿的。

"老弟，埃兹肯纳发给你的传真收到了吗？"

正当庄睿找到埃兹肯纳的名片，心急火燎地准备打过去的时候，皇甫云的电话打了过来。

"收到了，皇甫兄，我告诉你，埃兹肯纳竟然有两件元青花，是的，有两件！"

庄睿怕皇甫云不相信，在电话里故意加重了一下口气，只要是玩瓷器的，都知道元青花在国人心目中的地位，那代表了一个横扫欧洲的无敌王朝的最高艺术水准。

"老弟，你先别激动，埃兹肯纳发给你的传真，我也收到了一份，上面列出来的东西清单，我都看了……"

皇甫云的声音比庄睿要淡定许多，这也难怪，东西再好也到不了他的手上，俗话说事不关己，高高挂起嘛。

"皇甫云，就换那件鬼谷子元青花，要什么条件让他提出来……"

庄睿开门见山地说道，只要清单上的那件元青花是真的，庄睿愿意付出任何代价，就算把刚到手的私人飞机卖掉，他都愿意。

"老弟，淡定，要淡定……"

"淡定个啥，我现在就想去看看那件元青花是真是假了！"

庄睿没好气地回了一句，他都快蛋疼了，能定得住吗？

听了庄睿的话后，电话一端的皇甫云嘿嘿笑了起来，说道："老弟，你这是当局者迷啊，你知道不知道，我为什么会给你打这个电话吗？"

"我哪知道？"

庄睿没好气地回了一句，不过马上就反应了过来，说道："皇甫兄，不会是埃兹肯纳让你来做说客的吧？"

庄睿刚才看到那鬼谷子青花瓷罐，还真急眼了，现在一稳下来，头脑顿时清明了许多，那元青花固然不错，但是自己手上的毕加索作品，也不是没名没姓的物件，价值同样不低啊。

"嘿嘿，你说对了，埃兹肯纳怕你把毕加索的画稿卖给别人，特意交代我转告你，他的那些藏品，绝对都是真的中国瓷器，他希望你到伦敦看过东西之后，再决定毕加索作品的归宿……"

果然，皇甫云后面说出来的话，和庄睿的设想差不多，从埃兹肯纳刚回去连气都没大喘一口，就把传真给自己发了过来，可见他对毕加索作品的渴求，恐怕要比自己想得到元青花的心思更甚。

庄睿定了定神，说道："皇甫兄，那你看……我应该怎么做？用那六张毕加索素描，换那件鬼谷子元青花？"

"凭什么啊？凭什么你拿六张画，才换一件瓷器啊？老弟，我告诉你，你就狮子大开口,一张素描换一件瓷器,宰死那老小子……"

电话对面传来皇甫云的喊声,他比庄睿还狠,反正已经好几年没有毕加索的作品上拍卖会了,庄睿手中的物件,绝对是奇货可居,不宰白不宰。

庄睿点了点头,说道:"好,那就按你说的办,我先不给他回话,先拿拿劲再说,对了,我这里还有二十多张素描稿子呢,你再给我介绍点人来啊……"

听了皇甫云的分析,庄睿也知道自己手上这些素描画的分量了,当下也不急了,准备等自己见到那些瓷器的实物之后,再和埃兹肯纳讨价还价。

庄睿和皇甫云都不知道,如果不是庄睿横插一脚,埃兹肯纳几个月之后,就会在伦敦佳士德举行的"中国陶瓷、工艺精品及外销工艺品"拍卖会上上演一出自拍自买的好戏来。

为了拉高元青花的市场价格,埃兹肯纳自己垫付了一百多万英镑的手续费,将那件"鬼谷子下山"图的元青花,炒到两亿三千万人民币的天价,创下了当时中国艺术品在世界上的最高拍卖纪录。

不过现在事情有了一点儿改变,因为庄睿看上了这件鬼谷子元青花瓷器,后来的天价拍卖依然进行了下去,只是拍出的并不是这件元青花了,而且埃兹肯纳在某种意义上,还帮庄睿做了一把嫁衣。

当然,这些都是后话了。

"行了,明天我带吉美博物馆的荣誉馆长,去你那里看画,对了,你小子给哥们儿透露下,你到底有多少张毕加索的真迹啊?"

皇甫云也掩饰不住心中的好奇,他刚才可是亲眼看见斯特林鉴定庄睿的画为真迹的,先不说斯特林人品如何,但是他的鉴定水平,在欧洲艺术品鉴定界,还是颇有名声的。

"嘿嘿,不算那六张,还有二十二张,怎么样,能忽悠住一些人吧?"

庄睿在电话里得意地笑了起来,以前在国内淘宝,那叫窝里横,即使淘到了宝贝,庄睿心里也不是特别舒服,尤其是他的第一桶金——那部手稿,到现在庄睿对那老大娘还心怀愧疚呢。

不过宰老外,庄睿可是一点儿心理负担都没有,就差唱"大刀向洋鬼子们头上砍去"了。

第四十一章 吉美博物馆

"庄睿,这位是巴黎吉美博物馆负责人皮埃尔先生……"

第二天一早,庄睿酒店房间里,就迎来了第二拨客人,同样是皇甫云带来的,不过这次秦萱冰并没有躲到屋里去,而是和庄睿一起待在客厅里。

皮埃尔大概五十岁左右,头发有些灰白,带着一副金丝眼镜,整个人看上去很儒雅,像在大学里教书的教授一般,和庄睿握手之后,很安静地在打量着面前这位年轻人。

庄睿猜想得没错,皮埃尔还在一座大学里教学,的的确确是一位名副其实的教授。

和皮埃尔同来的,还有一位鉴定师,俗话说术有专攻,皮埃尔对毕加索的作品并不熟悉,但是在巴黎和欧洲,研究毕加索的人实在是太多了,想找一位毕加索画作的鉴定师,是一件很容易的事情。

"皮埃尔先生,您好,请坐……"

庄睿表现得不是很热情,但是也不冷淡,不过皮埃尔的待遇要比昨儿埃兹肯纳好多了,最起码秦萱冰给两人倒了咖啡过来。

庄睿曾经查过吉美博物馆的历史,他从中得知,爱米尔·吉美,也就是吉美博物馆的创始人,原本是法国里昂的一位工业家,1889 年于巴黎第十六区,正式建立吉美博物馆,主要展现埃及、古罗马、希腊和亚洲国家的宗教文化。

吉美博物馆中大多藏品,都是爱米尔·吉美早年在埃及、希腊、日本、中国和印度的环球旅行中,收集来的。

起初,这个博物馆主要展现的是埃及、古罗马、希腊和亚洲国家的宗教文化,后来,因一系列在远东不同地区的考察探险,博物馆在保留古埃及宗教部分的同时,对亚洲越来越关注。

1927 年,吉美博物馆归属法国博物馆总部,因而接纳了一大批探险家在中亚和中国考察探险时获得的艺术品。

后来,博物馆又先后收到印度支那博物馆的原件真品和法国赴阿富汗考察队提供的出土文物,吉美博物馆遂以其泛印度文化圈丰富的艺术收藏而树立了名望。

到了1945年,法国国有博物馆收藏大规模重新组合,吉美博物馆将其埃及部分转让给卢浮宫,后者则把亚洲艺术部分作为回赠,吉美博物馆因而成为首屈一指的亚洲艺术博物馆。

也正是因为这个原因,在吉美博物馆中,有大量珍贵的中国文物,当然,里面不乏一些八国联军后人,转赠给卢浮宫的贵重中国艺术品,所以庄睿才要求皇甫云和吉美博物馆接洽。

法国的博物馆不少,但是主要展览品为亚洲或者是中国文物的博物馆,吉美博物馆绝对可以称得上是首屈一指的。

作为业务方向重心在亚洲的博物馆,庄睿原本对和他们交换藏品的可能性,没抱太大的指望,但是见到皮埃尔,庄睿感觉到事情似乎不像自己想的那样。

"皮埃尔先生,请恕我冒昧地问一句,贵馆的主要业务方向,应该是在亚洲艺术品上,不知道您对毕加索的作品,有什么看法?"

庄睿首先要搞明白毕加索作品在皮埃尔心中的地位,才能讨价还价,而且他也知道外国人谈事情比较直爽,如果自己和他兜圈子套话,恐怕到下午,皮埃尔都弄不明白他的意思。

"庄先生,毕加索先生虽然是西班牙人,但他的一生中,大部分时间都是在法国度过的,他也应该算是法国人了,他在法国的影响力,远远高于任何一个法国人,包括当年的戴高乐总统……"

皮埃尔对毕加索毫不掩饰的赞美,让庄睿心头大喜,您最好把毕加索当成祖宗供起来,那么我的价格才能开得更高一些。

"作为一家有一百多年悠久历史的博物馆,我们也应该多渠道发展,在经营好亚洲艺术品的同时,也应该开展欧洲现代艺术大师们的精品收藏工作,而毕加索先生的作品,是每一家博物馆都梦寐以求的……"

庄睿不知道,虽然吉美博物馆归属法国博物馆总部,但那只是名义上的,各种杂费开销以及盈利,吉美博物馆还是要自给自足,在如今这个商业社会,一个博物馆想更好地发展下去,毫无疑问,它必须要有更加吸引别人眼球的地方。

与中国文化相比,毕加索的作品,无疑会更加吸引来自世界各地的游客的目光,这也能为吉美博物馆开展一个新的盈利项目,也会使吉美博物馆有更多的资金,去做好博物馆的修缮及文物保养工作。

最为关键的是,吉美博物馆里,多出许多压在仓库里的中国古董,有些文物甚至数十年未见天日,如果能用那些古董换来毕加索的作品,皮埃尔相信,这个建议一定会得到所有人的同意的。

下雨天打孩子,闲着也是闲着,能用无法产生价值的一些中国艺术品,换得世界闻名的毕加索作品,这桩生意怎么算,皮埃尔都感觉自己不吃亏。

"当然,庄先生,首先您手中的毕加索先生的作品,必须是真迹,咱们之间才有合作的可能性……"

皮埃尔见庄睿和自己握手之后,就老神在在地坐在那里出神,不禁出言提示了庄睿一句。

"哦,那是当然,对不起,皮埃尔先生,我想到一些别的事情,毕加索先生的一部分作品就在这里,您和您的鉴定师,现在就可以进行鉴定……"

庄睿摆了摆手,彭飞拿出那六张静物素描画,另外还有六张小孩子的素描,庄睿是考虑到对方是一家博物馆的代表,需求应该比较大,所以一次拿出了十二幅作品。

如果皮埃尔能拿出相应的、庄睿又看得上的中国古董,庄睿也不介意把剩下的毕加索素描全都拿出来。

当然,那六幅毕加索女人的素描,庄睿还是准备留给埃兹肯纳的,毕竟埃兹肯纳那里的两件元青花,令庄睿垂涎欲滴,早就在心里打定主意,一定要带一件回去了。

见到皮埃尔和那位鉴定师,将注意力都放在了毕加索素描画上之后,庄睿凑到皇甫云身旁,说道:"皇甫兄,这次又麻烦您了,对了,这两位会说汉语吗?"

"不会,皮埃尔教授是教化学的,并不是语言学家……"

皇甫云摇了摇头,紧接着愤愤地说道:"我说庄老弟,别玩虚的啊,想感谢哥哥,拿点真东西出来,这样吧,吉美博物馆要是有中国古代刀剑,你帮我要一把,当然,我会出钱买的,只要别太贵就成……"

看着庄睿拿着毕加索的作品和别人谈判,皇甫云心里就像是被猫爪了一般,无奈自己没庄睿的运气,这才有了庄睿吃肉,自己跟着喝口汤的想法。

"嘿嘿,这个好说,这个好说,实在不行,我那把定光剑……"

庄睿看着皇甫云笑了起来,只是说到定光剑,看着皇甫云一脸激动的模样,庄睿坏笑着说道:"实在不行,那把定光剑也不能给您……"

"靠,说点有谱的……"皇甫云郁闷地打断了庄睿的话。

"成,就按皇甫兄您说的,吉美要是有好的刀剑,我一定给您淘弄出来一把……"

庄睿点头同意下来,要不是皇甫云,他在巴黎根本就是两眼一抹黑,谁都不认识,埃兹肯纳和皮埃尔都是皇甫云介绍来的,别说皇甫云想买古董刀剑,就是送他一把,庄睿也愿意。

当然,前提是吉美博物馆的刀剑,别是和定光剑一个档次的,那样的话,皇甫云就是想买也买不起,送? 换成您,您会白送一把价值上亿的玩意儿给别人?

和皇甫云谈定之后,庄睿看了一眼皮埃尔和那位鉴定师,压低了声音,说道:"皇甫兄,我可是听说了,吉美博物馆的中国文物,多达两万多件,您说咱们和他们换点什么好呢?"

庄睿对这事还真有些挠头,他昨儿在吉美博物馆,可是看中了那块西汉玉雕白玉虎,但是在博物馆里展出的中国文物,只是馆藏里极少的一部分,庄睿生怕自己漏掉了什么好物件。

皇甫云嘿嘿笑了笑,说道:"这个简单,老弟,我告诉你,1945年,卢浮宫亚洲部,将所有的亚洲文物,全都移交给了吉美博物馆,好东西都在那里面……"

巴黎卢浮宫就不用多说了,相信大家都知道,那是世界上最古老、最大、最著名的博物馆之一,完全可以和中国的故宫相提并论。

卢浮宫的藏品,更是冠绝世界上任何一个博物馆,有被誉为世界三宝的《维纳斯》雕像、《蒙娜丽莎》油画和《胜利女神》石雕。

达·芬奇的《蒙娜丽莎》就不用多说了,那已经脱离了艺术的范畴,成为家喻户晓的明星了,恐怕三五岁大的孩子都听说过蒙娜丽莎的名字,那如梦似幻的妩媚微笑,被美术家称为"神秘的微笑"。

《断臂维纳斯》也是世界家喻户晓的女神雕像,自1820年2月发现于爱琴海的希腊米洛斯岛一座古墓遗址旁后,这尊手臂残缺的大理石半裸全身像,就以其绝世魅力震动了世界。

至于《胜利女神》石雕,法国雕塑大师罗丹曾经赞叹说:"这简直是真的肌肉,抚摸她可以感觉到体温的!"

拥有了这三件闻名世界的艺术品,卢浮宫的地位几乎是无人可撼。

有古代埃及、希腊、埃特鲁里亚、罗马的艺术品和东方各国的艺术品,有从中世纪到现代的雕塑作品,还有数量惊人的王室珍玩以及绘画精品等等,迄今为止,卢浮宫已成为世界著名的艺术殿堂。

如果单纯论藏品的数量,故宫还可以与之相比,但是论起藏品所涉及的国家和地域,恐怕世界上没有任何一个博物馆,可与卢浮宫相比。

据统计,目前卢浮宫宫殿共收藏了四十多万件来自世界各国的艺术珍品。

法国人将这些艺术珍品根据其来源地和种类分别在六大展馆中展出,即东方艺术馆、古希腊及古罗马艺术馆、古埃及艺术馆、珍宝馆、绘画馆及雕塑馆。

卢浮宫的藏品,早期大多是由私人捐赠的。

而东方艺术品,大多是当年侵华法军捐赠的,弗雷就曾经多次向卢浮宫和吉美博物馆捐赠过来自圆明园的中国古董,所以皇甫云才会提醒庄睿这么一句。

卢浮宫当年曾经把整个亚洲部的珍稀古董,全都移交给了吉美博物馆,可想而知,吉美博物馆的馆藏精品,会丰富到一个什么样的程度。

"庄先生,毫无疑问,您的这十二幅素描画,都是毕加索先生的作品,全部都是真迹……"

此时,皮埃尔和那位鉴定师,也完成了对这些素描的鉴定工作,无论从纸张年代还是绘画风格,这些作品,无疑都是出自毕加索之手,更何况其中还有三张素描上,有毕加索的亲笔签名。

"皇甫曾经对我说过,庄先生想用这些毕加索的作品,换取一些我们馆藏的中国文物,不知道庄先生有没有什么看中的作品,提出来我们也好协商一下……"

皮埃尔的话还在继续,他的吉美博物馆可比不上卢浮宫,本身就藏有毕加索的作品,所以此次皮埃尔也是带着诚意而来的,的确是想将庄睿手中的这些毕加索的素描,交换过来。

"皮埃尔先生,我还没去贵馆参观过,但是早就听闻贵馆的中国藏品是最为丰富的,我想现在摆出来展览的,恐怕只是冰山一角吧?"

庄睿在这里撒了个谎,先吹捧了一下皮埃尔的藏品,然后接着说道:"毕加索先生的作品,受到世界人民所喜爱,皮埃尔先生想拥有这些作品,并不难,但是必须要拿出相应的艺术品来,咱们才有合作的可能……"

"相应的艺术品?庄先生,要知道,我们馆藏的那些来自亚洲的文物,都是历史悠久极其珍贵的,我想,您可以先去挑选一下……"

虽然庄睿比皮埃尔年轻了几十岁,但是皮埃尔在和庄睿说话的时候,依然用上了敬语,没办法,在卖方市场的艺术品交易中,手上有货的才是主导方。

"挑选?"

庄睿沉吟了一下,开口说道:"皮埃尔先生,如果可以的话,我想先看看贵馆在1945年接收的卢浮宫交换物品的目录,还有当年弗雷赠送给吉美博物馆的一些中国文物,您看可以吗?"

一百多年前的中国,最有价值的古董,都藏在圆明园里,比起吉美博物馆那些冒险者们捐赠的中国古董,价值更高,所以庄睿开门见山地提了出来。

"可以,庄先生要是有时间的话,下午就可以去吉美博物馆,我会把那些资料拿给您看的……"

皮埃尔稍稍犹豫了一下,就点头答应了下来,既然决定要将这些毕加索作品收入吉美博物馆,肯定要付出相应的代价,皮埃尔并不认为庄睿比较年轻就可以糊弄过去。

"下午,好吧,那就下午,皮埃尔先生,我可以邀请您一起吃顿午饭吗?"

庄睿点头同意下来,并且向皮埃尔发出了邀约,虽然法国都喝红酒,但是几杯酒下肚,那关系不是能拉近点嘛,说不定面前的老家伙一高兴,到时候能多给自己点东西呢。

皮埃尔听了庄睿的话后,很遗憾地摊了摊手,微笑着说道:"庄,虽然我很想和您还有这位漂亮的女士共进午餐,但是遗憾的是,我现在必须回去把文件整理出来,您要知道,有些档案卷宗,已经数十年没人动过了……"

或许弗雷等人捐赠的那些中国艺术品在庄睿眼里是无价之宝,但是对于皮埃尔和吉美博物馆而言,那些东西却并不怎么受重视,摆放在吉美博物馆展览室的艺术品,连仓库里的十分之一都不到。

而且皮埃尔还知道,有很多来自中国的古玩,在吉美博物馆内一直都被束之高阁,别说是藏在仓库深处的古玩了,就是那些古董目录,恐怕都要花费一段时间才能找得到。

"那好,皮埃尔先生,下午两点,我会准时前去拜访的……"

庄睿听到是正事,也没有勉强,站起身来将皮埃尔和鉴定师送出了门。

回过身,庄睿看着皇甫云,说道:"皇甫兄,下午和我一起去吧?"

"废话,你小子甭想过河拆桥,我还想见识下吉美博物馆的藏品呢……"

皇甫云没好气地瞪了庄睿一眼,在欧洲几个国家,除了大英博物馆和其余少数的几个博物馆之外,恐怕鲜有比吉美博物馆中国古董更多的地方了,即使不能将其收入囊中,能去看看也是一种机缘。

中午,庄睿被皇甫云宰了一顿法国大餐之后,在酒店稍作休息,就坐上了酒店安排的车,和秦萱冰还有皇甫云三人一起,前往吉美博物馆。

至于彭飞,则老老实实地待在酒店房间里,看守那些价值连城的毕加索描画,这些东西可是庄睿与老外收藏家们谈判的法宝,容不得出丝毫意外。

"庄先生,欢迎……"

提前接到电话的皮埃尔,早已等在博物馆的门口,这次进入吉美博物馆,那八英镑的门票钱就省了,庄睿一行人在皮埃尔的带领下,进入了博物馆二楼的办公室。

皮埃尔的办公室大概有七八十个平方,门口处是一个小型的会客室,此时庄睿等人就坐在会客室的沙发上,打量着馆长办公室里的摆设。

"靠,还真是奢侈……"

以庄睿的眼力,自然能看出那些架子上的古玩,全都是真品,这里面有埃及的镶嵌着宝石的法老木雕,有泰国的青铜佛像,有波斯的珍贵毛毯,当然,还有中国的瓷器。

这些东西看得庄睿浑身发热,恨不得晚上能变身蜘蛛侠,把这些物件全部收入囊中。

"皮埃尔先生,还是先看看贵馆有什么能让我喜欢的艺术品吧……"

粗略地看了一下办公室里的摆设之后,一位身材火爆的女秘书进来询问几人要喝点什么,庄睿随便点了一杯咖啡后,直接向皮埃尔提出了要求。

想着百年前那些被抢走的珍贵文物,庄睿此时心里多少感觉有些激动。

百年前的那场浩劫,究竟有多少珍贵的古董被掠夺到了国外,根本就没有办法数清楚,此时能见到那些只存在于藏品著录里的国宝级文物,庄睿和皇甫云的脸上,都情不自禁地露出兴奋的神情。

"好的,庄先生,这是弗雷家族捐赠品的所有资料,包括当时的法国总统签署的代表国家接受其馈赠的政令等原始资料,都在这里面……"

皮埃尔听了庄睿的话后,从自己的办公桌上拿起一个密封的牛皮纸大信封。

庄睿发现,在办公桌上面,还有一个同样的信封放在那里,想必就是卢浮宫亚洲部的藏品了。

皮埃尔把那厚厚的牛皮纸文件袋递给了庄睿,说道:"庄先生,当年弗雷夫妇分别捐赠给吉美博物馆和卢浮宫的物品清单,都在这里面了,您先看看吧……"

皮埃尔中午让人翻找了好久,才从档案室里找到了这份资料,他自己都没来得及翻看,庄睿等人就到了。

庄睿接过牛皮纸袋,触手就感觉到,在牛皮纸的表面,还留有一层薄薄的灰尘,想必这一大袋卷宗,已经被尘封许久了。

深深地吸了口气,庄睿缓缓地打开牛皮纸袋,在这一瞬间,庄睿感觉自己好像打开了一扇门,一扇通往百年前那燃烧着熊熊大火的圆明园的大门!

圆明园旧址的焚毁,让许多历史往事无法考证,而里面丢失的中国历代古董文物,更成了一个谜团,到底曾经被八国联军抢走了多少东西,至今为止,依然是国内很有争议的话题。

但是现在的庄睿,感觉自己已经触摸到了当年的历史,虽然仅是当时侵华的一个国家,但是由此推断得出的结论,相信要比国内那些专家们的猜测,更准确一点。

打开密封的卷宗,庄睿从里面拿出厚厚的一叠文件,透过明亮的玻璃窗照射进来的光线,让庄睿可以清晰地看到,最上面的那张文件,是一张政令,用英法两种语言书写的,而在下面的签名处,是大名鼎鼎的戴高乐将军。

仔细地查看了一下这张政令的内容,是时任法国总统的戴高乐,接受弗雷捐赠中国文物的原始档案,捐赠物品的时间跨度为1914年至1934年。

但是签署政令的时间,却是在戴高乐执政时期,也就是1945年以后,可能是在卢浮宫移交这份档案给吉美博物馆时签署的,上面还有弗雷遗孀的签名。

别的不谈,仅仅是这张略显微黄的纸张,都能算得上是件古董了,这些曾经记载过某段历史的东西,放在历史学者的眼中,极有研究和收藏价值。

就如同中国古代的圣旨一般,留存到今天的,无一不是价值连城的珍贵文物。

庄睿小心地将那张有戴高乐亲笔签名的政令放到一边,继续往下看,后面的七八张纸,都是一些信函,其中包括弗雷与当时的卢浮宫以及吉美博物馆馆长的通信。

不过这些信件全部都是用法文撰写的,要不是身边的秦萱冰认识法文,庄睿还真看不懂上面写的是什么内容。

随着秦萱冰的翻译,庄睿和皇甫云的脸色,变得都不怎么好看,因为1914年弗雷和当时吉美博物馆馆长的一封信中写道:"我所拥有的这些东方艺术品,均来自北京祭祀先祖皇帝诸殿之一的寿皇殿正殿——法国远征军司令部所在地。"

看着这些百年前当事人的信笺,庄睿和皇甫云心中百感交集,国强则民强,国弱则民弱,在庄睿等人看来,这些事情是极不光彩的,但是在那些侵略者心中,或许是他们一生都为之自豪的事情。

摇了摇头,庄睿跳过这封信,让秦萱冰继续往下解说。

逐字逐句地听秦萱冰解说完之后,庄睿终于了解了弗雷家族和其亲属捐赠部分中国艺术品的事件始末,对于国内很多专家们一直都很困惑的某些疑问,在这些信件里,也都有了解答。

第四十二章 | 狮子大开口

从上个世纪八十年代以来,出现在国际拍卖场中的中国清代帝王妃子的油画肖像,来历一直都很神秘,虽然世人一直都有很多猜测,但终究得不到证实。

通过这些信函,可以清楚地知道,所有的油画肖像,都是出自弗雷家族之手,除了他们捐赠给博物馆的之外,还有十余幅清帝王妃子画像,流入到国际拍卖市场。

而弗雷家族捐赠给吉美博物馆和卢浮宫的中国艺术品,一共有十八件,这十八件馆藏精品里,就有三件是郎世宁的油画,分别是郎世宁的《木兰图》四卷,《哈萨克贡马图》、《康熙南巡图》第一卷。

另外还有九幅出自其余几个宫廷画师手笔,西式画法所绘的乾隆皇帝及后妃的肖像油画,在北京和台湾"故宫博物院"均是难得一见的清帝王油画,在吉美博物馆中,居然就有十二幅之多。

庄睿在心中暗叹,由于清宫油画存世过于稀少,国内研究此类作品的学者专家,几乎没有任何资料可以参考对比,如果自己能把这些画带回去,想必可以填补国内艺术史上的一个空白。

清单上剩余的一些艺术品,也多为中国古画,但是上面的作者一处,均写着不详,另外还有康熙皇帝御用的"佩文斋"十二组玉玺和一方乾隆"太上皇帝之宝"的印章。

这些东西看在庄睿眼里,也是弥足珍贵的,中国历代皇帝中,除了唐明皇被儿子软禁做了几年太上皇,宋徽宗那两个活宝父子,剩下做过太上皇的,就只有乾隆皇帝了,他的这方印章,应该是比较有收藏价值的。

庄睿察看完清单之后,抬起头来,对皮埃尔说道:"皮埃尔先生,恕我冒昧地问一句,在贵馆的展台里,好像并没有这张清单上的任何一件作品啊……"

虽然庄睿现在还没见到这些东西的实物,但是在他心里,这些物件全都可以称之为无价之宝,庄睿不知道吉美博物馆为什么不将其展出,如果馆中曾经出现过的话,相信在国内早就传出来了。

"咳咳,庄先生,您要知道,我们馆中一共有上万件来自东方的艺术品,但是展位却没有那么多,这个……所以有很多藏品,都是没有机会出现在博物馆里的……"

皮埃尔听到庄睿的话后,很不自然地咳嗽了几下,其实他的话只说了一半原因,吉美博物馆的确藏品丰富,但是这些油画以及玉玺印章没有陈列在博物馆的主要原因,还是馆方对此并不十分重视。

欧洲人一向不会欣赏中国的古画,在他们看来,那些比较抽象的画作毫无美感可言,人物都是千篇一律,看不清楚面部表情,而风景画也是模糊朦胧,让人无法辨认,远不如欧洲写实画派看得舒服。

所以早年,中国古画在国际市场上的价格并不是很高,外国收藏家也不是很注重中国画的收藏,即使有,也多收藏在国外的华人手中。

直到近些年,一些中国油画大师,如陈逸飞等人在国际市场上崭露头角,才使得古画也受到一些推崇,并且被国际艺术品市场上的炒家们炒高了价格。

相反,中国的青铜器以及玉器和佛像雕塑,一直备受国外收藏家的推崇,因此这些物件得到展出的机会,要远远大于那些字画,因而庄睿在吉美博物馆见到的,大多都是这些东西。

像弗雷捐赠的这些清宫收藏,说句不好听的话,已经在吉美博物馆的仓库里存放了半个世纪以上了,如果不是庄睿此次要求,恐怕就是再过上半个世纪,都不知道能否得见天日。

听了皮埃尔的话后,庄睿和皇甫云对视了一眼,心下都像明镜似的,吉美博物馆的这些举动,充分说明了这批文物在他们心里,并没有占据多么重要的地位。

庄睿想了一下,把目光放到了皮埃尔身上,说道:"皮埃尔先生,这批由弗雷捐赠的字画,是从我们国家圆明园中掠夺走的,我想,它们可以作为此次交易的一部分,另外,在贵馆展出的一些艺术品当中,我还想挑选几件,您的意思怎么样?"

听庄睿开出了交易的筹码,原本神情放松的皮埃尔,坐直了身体,不过听着庄睿的话,他的眉头也紧紧地皱了起来。

"庄先生,请问您能拿出几幅毕加索的作品,来进行这次藏品交换呢?"

庄睿一开口就要交换所有的弗雷捐赠物品,并且还要求在馆藏艺术品里挑选几件,这是皮埃尔不能接受的,要知道,摆放在博物馆里进行展览的古董,那都是精品之中的精粹,即使皮埃尔愿意,恐怕董事会也会有不同的声音。

"五张!"

庄睿伸出一个巴掌,说道:"我会拿出五张毕加索先生的素描作品,换取这十八件弗雷捐赠的中国艺术品,另外在博物馆中,我还要挑选三件东西……"

"哦,不……不可能,天呢,庄先生,您的提议简直就是在抢劫,这是绝对不可能的……"

听了庄睿的话后,皮埃尔猛地站了起来,满脸不可思议的表情,他虽然有意出让那些弗雷的捐赠品,但是怎么都没想到,庄睿居然只愿意出五张毕加索的素描画。

这和皮埃尔的心理预期,相差的实在是太大了。

"皮埃尔先生,请不要激动,坐下,坐下谈……"

庄睿此时的气度简直不像是个二十多岁的年轻人,他似乎和一脸激愤的皮埃尔混淆了年龄一般,轻摆着手让皮埃尔坐下来。

"庄先生,我是很有诚意和您谈这些艺术品交换的事情,但是遗憾的是,我从您的话里,并没有听出多少诚意来,我想,您是否可以解释一下呢?"

皮埃尔刚才的举动,有一半是真的,而另外一半,不过是假装出来的而已。

皮埃尔负责整个博物馆的运作,有时候也会出手在拍卖会上拍下一些藏品,所以对于商业行为并不陌生,他只是用刚才的行为,表现出自己的不满,给坐在对面的年轻人增加一点心理压力而已。

"呵呵,皮埃尔莫非是想用一张中国的古画,换取一张毕加索先生的素描稿?"

庄睿嘴里发出一阵笑声,而笑声中的不屑,清晰地传入了皮埃尔的耳朵里。

不待皮埃尔答话,庄睿紧接着问道:"皮埃尔先生,请问一下,您知道毕加索先生最贵的一幅油画的拍卖价格,是多少吗?"

皮埃尔闻言愣了一下,下意识地说道:"当然知道,毕加索的那幅《拿烟斗的男孩》油画,拍出了一亿零四百一十六万美元,这是绘画作品拍卖的世界纪录,而那幅画同样是世界上最昂贵的一幅画!"

别说是身为一家博物馆负责人的皮埃尔了,只要对艺术品稍有了解的人,都知道这些常识性的知识,皮埃尔回答得极为顺口,只是在说完之后,隐隐感觉有些不对。

"没错,皮埃尔先生,您回答得完全正确……"

庄睿笑着打了个响指,给皮埃尔的感觉,好像自己被对方牵住了鼻子一般,让皮埃尔很不舒服。

"但是皮埃尔先生,您可能不知道,中国的油画,最高拍出的价格,才四百多万美元,那是陈逸飞先生的作品《黄河颂》,中国的油画和毕加索先生油画的价格,就不用我再为您对比了吧?"

庄睿这番话说得皮埃尔目瞪口呆,这价格相差的是有点儿离谱,单从字面上来看,中国画的价格还没有毕加索的零头多。

"另外我想再告诉您,不要以为中国艺术品的价格有多高,不算字画,中国艺术品在国际市场上拍出的最高价为四千一百五十万港元,是在 2003 年香港苏富比拍卖会上拍出的。那个价值四千多万港币的清雍正'粉彩蝠桃纹橄榄瓶',已经代表了中国的最高艺术成就,皮埃尔先生,难道您认为贵馆的藏品,会比那件精美的瓷器还要好?"

庄睿不等皮埃尔反应过来,又给他加了一把火,烧得皮埃尔有点头晕目眩,要是按照庄睿说的计算,似乎对方用五张毕加索素描画,来换取自己十多件中国艺术品,自己还占了大便宜了。

不过皮埃尔心里总感觉有点不对劲,可是又说不上来,忽然皮埃尔脑子一亮,打断了庄睿的话,开口说道:"庄先生,您是不能这样计算的,每件艺术品,都有它独一无二的地方,而且您拥有的毕加索作品,只是素描画而已,并不是毕加索的油画……"

"不……不,皮埃尔先生,您难道忘了吗? 毕加索先生的作品,不管是油画还是素描抑或是版画,同样都是独一无二的。

"并且在这个星球上,追求毕加索先生作品的人,要远远多于喜欢您压在仓库里几十年的那些古旧老画的人。

"好吧,就按照价值而论,贵馆所收藏的那些油画,一幅最多不过几十万美元,但是毕加索先生的这些素描画,一张最少要在三百万美元以上,并且这几张素描是一体的,就连作为孩子的模特都是一个人,想必价值会更高吧?"

庄睿并不想贬低国人的作品来抬高自己的报价,但是他说的都是事实,中国宫廷画被大肆炒作是在 2006 年年底,而现在不过是 2005 年,清宫廷画的价格,在国际市场还是比较低的。

庄睿的分析让皮埃尔彻底沉默下来,庄睿说得没错,单从影响力而言,自己那些压在仓库里的中国古画,的确没办法和毕加索的作品相比,两者根本就不在一个档次上。

从未来两者将产生的效益上来看,皮埃尔当然也是看好毕加索作品的,他绝对不会认为在博物馆里展出那些清宫廷穿着奇怪衣服的油画,会比毕加索的素描作品更能吸引游客花费八欧元买票进入博物馆参观。

"庄先生,我承认,您说得很有道理,但是吉美博物馆是一家归属权一半在国家的半私营博物馆。如果想要和外面交换藏品,必须要经过国家艺术品鉴定协会,评估双方所要交易物品的价值,由于您要交换的藏品过多,我怕鉴定协会不会同意并进行审批……"

从皮埃尔的心理而言,他现在基本上已经认可了这笔交易,不过作为一种商业行为,皮埃尔还是要努力一下,为己方争取最大的权益。

"哦,皮埃尔先生,这个就是您要解决的问题了,不是吗? 能用库存的一些东方艺术品,交换毕加索先生的作品,我不知道会有谁不愿意……"

庄睿笑着把皮球又踢了回去,你们国家艺术品鉴定协会的事情,关哥们我屁事,能不能解决那是您自个儿的事情。

而且庄睿咬死了库存两个字,不断地在语言和心理上暗示皮埃尔,您收藏的那些东西都没有价值,远不如我手上的毕加索描画,拿出来就能创造效益。

"这样啊……"

皮埃尔低下头在心里盘算起来。

庄睿也不着急,喝着咖啡和皇甫云还有秦萱冰聊着天,他现在算是了解了毕加索作品在国际市场上的抢手程度了,只要自己手中有货,不怕别人不上赶着找自个儿交易。

别看庄睿只提出交换二十一件中国文物,其实庄睿也稳赚不赔,像康熙年间的《木兰图》,一卷就是一米多宽,十余米长的大幅书画作品,即使在世界绘画史上,也是极为罕见的。

现在就连庄睿自己也不知道,再过一两年之后,一批国际古董商和拍卖行,联手炒作中国艺术品,他们用盘中滚珠的手法,先在国际市场把价格炒起来,然后再高价卖给国内的收藏家。

国际炒家的这种行为,使得 2006 年到 2010 年这几年,中国艺术品在国际市场的价格,一直都居高不下。

庄睿如果那会儿拿着毕加索的作品来和皮埃尔谈买卖,别说一张换五六个中国古玩了,到时就是一换二,皮埃尔都不见得会搭理他。

"庄先生,这样吧,您可以先报出除了弗雷捐赠品之外,还需要三件什么样的东方艺术品,我把您的意见提交到董事会讨论一下,藏品互赠是要经过一系列的手续的,最快也要一个多月才能完成……"

由于毕加索的作品近年来出现的太少了,对于皮埃尔而言,诱惑力太大,沉思了一会儿之后,皮埃尔拿定了主意,抬起头对庄睿说出了自己的想法。

"一个月?藏品互赠?皮埃尔先生,这是怎么回事?"

庄睿有点不理解皮埃尔的意思,按照他的想法,自己给对方素描画,对方把自己需要的中国古董给自个儿,交易不就算完成了吗?

"庄睿,这些半私立博物馆中的馆藏物品,是绝对不允许进入市场流通、拍卖、或者交易环节的,只能用捐赠给别的博物馆这种方式进行交易,没你想的那么简单……"

回答庄睿的人是皇甫云,他对欧美的博物馆以及拍卖场所极为了解,私人博物馆没有这些限制,但是对于在 1945 年整合为法国官方博物馆一员的吉美博物馆而言,却是限制多多。

就算吉美博物馆方面同意了和庄睿藏品互赠,也要将其细节报备给法国政府官方审批,当然,到了那个时候,更多的就是走程序而已。

"我靠,我哪儿有什么博物馆啊?这样……这样搞的话,咱们根本就没办法谈了……"

庄睿一听这事,急眼了,以他现在的藏品而言,距离开一家博物馆的要求,还差十万八千里呢,这不是强人所难吗?

"嘿,我说老弟,你激动个什么劲啊,开家博物馆也不是多难的事,国内 1996 年就把这事放开了,你回去申请一个不就完事了……"

皇甫云拍了拍庄睿的肩膀，安抚了他一下，就皇甫云的了解，现在国内的私人博物馆，最少不低于五十家，以庄睿的财力背景，应该问题不大。

"有您说的那么简单吗？"

庄睿翻了个白眼，他虽然以前有过开个博物馆的想法，但也只是想想而已，在庄睿看来，能开私人博物馆，那绝对是一件了不起的事。

其实庄睿从去年眼睛产生异变到现在，不过一年多时间，在某些时候他的意识，还停留在一个普通人的角度，或者说庄睿渴望过普通人的生活，他并没意识到，自己现在已经可以改变很多人和事了。

而且这种改变，也实实在在地发生着，从彭城的汽修厂到4S专卖店，再从槐园到北京的宣睿斋，以及新疆玉矿和缅甸翡翠矿，庄睿在不知不觉中，身份地位都在悄然地发生着改变。

像买飞机这种事情，有钱就能办到，不过开博物馆，却需要审批以及各种手续，庄睿担心的，主要是自己个儿人脉不够，收藏品太少。

在潜意识里，庄睿不想找欧阳家帮忙，说他虚伪也好，这种拉关系求人的事儿，庄睿心里真的很抵触。

如果能用钱摆平的事，庄睿绝不去求人。

"嘿，我说哥们儿，这有什么好担心的，不行回头我把国外收到的古董刀剑，全都邮回国内去，给你撑撑门面……"

皇甫云一听庄睿的顾忌，不禁笑了起来，他早就有开办一家古董刀剑博物馆的心思，奈何自己财力不够，才一直没有付诸行动，现在这么好的机会，皇甫云还不全力鼓动庄睿筹办啊？

"真有你说的那么简单？"庄睿有点不大相信。

"多新鲜啊？没事我逗你完呢？"

皇甫云对庄睿的态度很纳闷，这哥们怎么把产业做这么大的呀？在国内只要有关系，您就是把博物馆开到故宫博物院对面，那也没人管您，当然，估计也没人会去。

"庄先生，是不是有什么问题？"

皮埃尔见庄睿不停地和皇甫云说着中文，并且脸上不时露出犹豫的神情，还以为庄睿对自己这方面的态度不满呢，当下说道："庄先生，对于弗雷家族的捐赠品，我可以负责地告诉您，交换的问题不是很大，现在您只需要提出另外几件展馆的藏品，我就可以提交董事会商议了……"

说老实话，吉美博物馆里拥有数万件中国艺术品，少个百八十件的，还真不是什么大问题，但是毕加索的作品，吉美博物馆可是一件都没有，孰轻孰重，很容易分清。

而且吉美博物馆里的所有物品，都不是私人的，不能进入流通市场交易，皮埃尔也没有权力搞那些贪腐的事情，能让博物馆多一些名家的艺术品，才是他所追求的。

有了上面这几点考虑,皮埃尔很愿意做出一些能力范围内的让步,将毕加索的那几幅作品留在吉美博物馆内。

听了皮埃尔的话后,皇甫云使劲咳嗽了一声,在用手捂嘴的同时,手指在脖子上比划了一下,庄睿看得真切,心里也倍儿明白,这哥们是让自己下刀子宰人呢。

"咳咳……皮埃尔先生,既然您如此有诚意,那我就提出来了,贵馆现在展出的那块汉代'白玉虎'玉雕,我个人非常喜欢,另外那尊'象尊'青铜器,还有《阿弥陀西方净土变图》、《普贤菩萨骑象》、《行脚僧像》三幅佛像绘画,都可以列入此次交易之中……"

得到皇甫云的暗示之后,庄睿干脆狮子大开口了,本来说的是三个物件,现在张嘴就提出了五件,而且还都是吉美博物馆的馆藏精品,听得坐在他对面的老皮埃尔,吃惊地张大了嘴。

"庄……庄先生,贵国有句俗话,叫做狮子张开了大嘴,您……您这条件,恐怕我做不到……"

皮埃尔磕磕巴巴地用英语描述了中国的那句成语狮子大开口,他当真被庄睿开出的价码给吓住了。

白玉虎和那几幅隋唐时期的佛教画像倒也罢了,但是青铜器在国外行情一直都很好,交易价格也都高居不下。

庄睿提出的那个"象尊"青铜器,长九十六厘米、高六十四厘米、宽四十五厘米,背部开口的长宽为二十六和二十一厘米,腹外侧与头部刻有兽面纹,耳、鼻、足部饰有鳞纹,应该是殷商晚期或者是西周早期的作品。

这尊青铜器与伦敦大英博物馆和东京根津美术馆的藏品"双羊尊"大致相同,虽然顶盖已失,象鼻大部分被毁,但它仍是目前世上所知的动物型尊中最大的一件。

2001 年春天,美国纽约佳士得中国瓷器及古代工艺品拍卖专场上,推出了五件中国青铜器,一件中国商代的青铜器"皿天全"方罍器身,以九百二十四万美元创下了东方艺术品拍卖的最高价。

而纽约苏富比从 2000 年左右就有中国青铜器拍卖的记录,2003 年春季大拍卖中,第六号商代晚期青铜鼎和 2004 年秋拍的第一百一十七号青铜罍都以一百四十五万七千美元成交。

从上面这两次拍卖,可以看出中国青铜器在国际市场受欢迎的程度,庄睿那五张毕加索的素描画虽然奇货可居,但是价格最多在一千二百万欧元左右,吉美博物馆要是真同意庄睿的交换条件,这亏吃得就有点大了。

因为这件青铜器在市值上,几乎就和毕加索的作品相近了,另外还要搭配二十多件弗雷家族的捐赠品和白玉虎以及隋唐古画,这条件提得……有点儿忒欺负人了。

第四十三章 私人博物馆

　　皮埃尔听了庄睿的话后，脸上露出了为难的神色，他并没有把握能说服董事会的人通过这项交易，毕竟交换的物品，最起码在当前的市场价格要相近一些，博物馆也有专门的评估人员，价格相差太多，很难通过董事会决议。

　　"皮埃尔先生，与其让贵馆的这些艺术品毫无价值地摆在这里，还不如换成有相应价值的东西，这样也能提高贵馆的知名度啊……"

　　庄睿也知道自个儿条件提得有些过分，连忙添油加火地说道："如果我上面的条件，贵馆都可以答应的话，我可以考虑再无偿赠送贵馆三张毕加索先生的素描精品画，这样一来，贵馆就可以专门开辟一张属于毕加索大师的专柜，您看怎么样？"

　　庄睿一共有三十二张毕加索的素描画，给埃兹肯纳看了六张，还剩下二十六张，就算给吉美博物馆八张，那还剩下十六张呢。

　　庄睿也有点小心思，虽然自个儿不懂得欣赏世界名画，但怎么着也要留几张啊，那样哥们以后出去说自己是世界级的收藏家，多少也有点底气呀。

　　晓之以情之后，还要诱之以利，庄睿抛出的三张毕加索素描，又让皮埃尔的信心动摇了，近年来很少有毕加索的作品出现，如果错过这个村，是很难再遇到庄睿这个店了。

　　皮埃尔的注意力，此时全都被庄睿所说的另外三张毕加索作品吸引住了，可是皇甫云在旁边听得真切，禁不住向庄睿翻了个白眼。

　　这哥们可真够无耻的，将别人的馆藏精品抄了个底掉，反过来还说自己的东西是无偿赠送的，无耻啊无耻！

　　"庄先生，您的要求我无法现在就做出答复，不过我可以提交给董事会商议，另外我希望能拍下您所说的那八张毕加索大师的作品，这样我也能更好地说服董事会的成员们，同意这次交换……"

　　皮埃尔考虑了足足有十多分钟之后，终于下定了决心，其实在他心里，真正难以取舍的物件，就是那尊青铜器，至于弗雷家族的捐赠品，都已经在仓库里存放了五六十年了，他并没怎么放在心上。

"拍照什么的完全没有问题,皮埃尔先生,希望贵馆的董事会,能做出最为明智的选择,要知道,毕加索先生的作品,现在已经十分稀少了……"

庄睿睁着眼睛说了句瞎话,又给老皮埃尔增加了一点儿心理压力。

"我会认真考虑您的建议的,庄先生,希望在不久的将来,您的博物馆里可以摆上我们这些艺术品,同样,吉美博物馆也能拥有毕加索先生的作品……"

老皮埃尔站起身来,很正式地和庄睿握了一下手,一直坐在旁边的秘书,也整理好了庄睿和他的交谈记录,皮埃尔让庄睿确认了之后,将几人送出了办公室。

"奶奶的,我的博物馆?"

庄睿走出馆长办公室后,很是无言地在心里骂了句,他的博物馆现在还只存在于想象之中呢。

不过吉美博物馆如果真的同意这笔文物对换,即使庄睿没有博物馆,也是可以进行的,大不了去找一个国内的博物馆签署一份协议罢了,相信国人都会愿意看到国宝回归这一幕。

"哎,我说皇甫兄,不对啊……"

庄睿走出吉美博物馆后,突然一拍脑门,转身就要往回走。

皇甫云一把拉住了庄睿,问道:"怎么了?什么事那么急,别人又没欠你钱……"

"不是这事,上午他们可是看了咱们的毕加索作品,可是刚才咱们只看了清单啊,那些被弗雷移交给卢浮宫和吉美博物馆的古玩,我一件没见到呀……"

庄睿没提摆放在展馆内的物品,因为那几件他都看过了,确实是真迹无疑,但是对于另外十八个物件,他却心有疑虑,万一对方答应了自己的条件,拿出来的却是些赝品怎么办啊?

"嘿,你这是咸吃萝卜……淡操心,他们要是答应了交换,到时候肯定要进行物品鉴定评估的,你着哪门子的急啊……"

皇甫云听得一脑袋瓜黑线,博物馆之间的物品交流与馈赠,那是相当繁琐的,又不像私人之间,双方看好就能进行交易了。

"那就好,那就好……"

庄睿嘿嘿地笑了笑,他知道自己这是以小人之心度君子之腹了,讪讪地干笑了两声之后,庄睿对皇甫云说道:"皇甫兄,这次没帮你要到古董刀剑,等回到国内,我一准给你淘弄把好的……"

庄睿感到有些不好意思了,自从到了巴黎,皇甫云就忙前忙后的,自己便宜占了不少,可别人全是义务劳动啊。

皇甫云摆了摆手,说道:"行了,咱哥俩算是投缘,就别说这些没用的了,回头你要是真准备开一家博物馆的话,把我那些刀剑单独整一个展室就行了……"

皇甫云早就有自己办一家古董刀剑博物馆的心思,并且以他所收藏的刀剑,报批应该也问题不大,无奈财力不济,就一直拖了下来,现在有了庄睿这个金主,他心里又活络了起来。

"成,那咱们就这样说定了,我回去打听下,看看私人博物馆究竟怎么个建法……"

庄睿点头同意下来,算算自己地下室也收藏了不少好东西了,总不能老是明珠蒙尘,让那些珍贵的国宝级文物藏在地下室不见天日,干脆就借着这个机会,把博物馆建起来吧。

"具体的我不是很清楚,好像对场馆和文物数量有一定的要求,老弟你打听一下就行了,我不陪你了,今儿拍卖会已经开始了,我要去看看,有把古董剑我还想拿下呢……"

见到庄睿这边事情理顺了,皇甫云就出言告辞,虽说不想被老外们盘中滚珠般的炒价格活活宰一刀,但是见到心仪的物件,皇甫云还是心里痒痒,想去拍卖现场看一看。

"行,皇甫云,那我先回酒店,问一下办博物馆的事情,明儿我和你一起去看看拍卖的情况……"

此次巴黎中国艺术品专场拍卖会,一共进行好几天,庄睿看过拍卖目录,今天似乎没什么好东西,所以也懒得去了,干脆把博物馆的事情落实一下好了。

庄睿一进酒店房间,就被憋得发慌的白狮扑倒在地毯上,压着庄睿嬉闹了一会儿,才放他起身。

坐在一旁的彭飞出言打趣道:"庄哥,您带着白狮出来,纯粹是给白狮找难受啊……"

"我看你小子才是真的难受……"庄睿笑骂了一句。

庄睿说的没错,彭飞这会儿还真是满腹牢骚,陪着庄睿来趟巴黎,本来准备出去转转给媳妇买点奢侈品的,谁知道先是被留下来看管白狮,后来又给他找了个任务,让他寸步不离那些劳什子铅笔画,搞得彭飞很是郁闷。

庄睿摆了摆手,接着说道:"行了,那些素描画放在这儿吧,你找贺双他们去逛街吧,晚饭你们自己在外面解决……"

"哎,庄哥,我开玩笑的,这价值上亿的玩意摆在这,出去了我还真不放心……"

嘴上闹归嘴上的,彭飞做事还是靠谱的,已经有两拨人来看过这些毕加索作品了,万一有人想玩阴的,派人过来或偷或抢,庄睿自己个儿还真扛不住。

"嗯,这样也好,回头让恬娅她们给张倩带点香水什么的,等你们结婚的时候,自己再来巴黎玩吧……"

彭飞和张倩准备六月结婚,庄睿已经准备好了,在欧阳军新开发的小区给他们留套房子,郝龙以后也是如此,别人跟着自己混饭吃,总归要让人有种归属感才行。

和彭飞聊了一会儿之后,庄睿拿出手机,拨通了欧阳军的电话。

"四哥,是我,小睿……"

庄睿知道欧阳军接电话不怎么看来电显示,所以电话通了后,先报上名字。

"你小子,电话一来准没好事,有事快说,哥哥我忙着呢……"

欧阳军很不耐烦地对着电话吼了一声,还别说,这会儿欧阳四少还真忙着呢,正陪着媳妇在医院里做 B 超呢,此时手里拿着电话,眼睛却盯在那个彩色显示屏上。

虽然说国家明文规定,不允许孩子在出生之前,用 B 超等手段查看未出生婴儿的性别,但是上有政策下有对策,谁医院里还没个熟人啊? 别说是欧阳军了,就是一普通小市民,想想办法托托关系,也能提前知道自己日后生的是闺女还是小子。

徐晴刚躺在做 B 超的床上,欧阳军这会儿正紧张着呢,猛然听到电话铃声响,可把他给吓了一大跳,要不是顾虑医生在旁边,估计早就破口大骂了。

"欧阳先生,这里是不允许接打电话的……"

欧阳军正在电话里和庄睿发急的时候,身边那个女医生皱了皱眉头,提醒了他一句,虽然这孕妇是大明星,又是院长亲自交代的,那也要遵守医院的规定啊。

"不打了,这就挂……"

欧阳军啥时候变得这么好说话啊? 在听了医生的话后,对着电话说道:"没事别来烦我,我陪你嫂子呢……"

听着电话中传来"滴滴"的声音,庄睿有点傻眼,大白天的徐晴还怀着孕,欧阳军不能这么急吧? 也不怕伤着孩子?

"什么? 男孩?!"

欧阳军听到那位女医生的话后,惊喜地差点蹦了起来,他真正算是中年得子,都快四十了,才有了子嗣,一时间高兴得不知道说什么好了。

"喂? 你是谁是? 我乱拨的电话,我怎么知道你是谁? 哦,是五儿啊,我告诉你,哥哥马上就要有个大胖小子啦,哈哈哈……"

激动得无以复加的欧阳军,走出 B 超室后,拿出电话也不管是谁,随手就拨了出去,他要把这个好消息分享下。

"死样,快点走啦……"

徐大明星见到欧阳军的样子,连忙把脸上的围巾又往上拉了一点,要是她看妇产科的消息传出去,恐怕明儿又得上娱乐新闻的头版头条了。

"嘿,四哥,恭喜您啊,回头我给小侄子准备点礼物……"

庄睿一听是这事,不禁笑了起来,敢情欧阳军是带徐晴检查身体啊,自己刚才倒是冤枉他了。

"早呢,还有六七个月才生呢……"

这会儿欧阳军也清醒了过来,打开车门让徐晴坐进去之后,自己坐到了驾驶位上,接着说道:"刚才你小子是有事找我吧?"

"是有点事,四哥,我想问问,在咱们北京办个私人博物馆,需要什么手续啊?"

欧阳军那边有喜事,庄睿本来不打算问这事的,不过对方既然提出来了,自己也就顺口一问。

"私人博物馆?"

欧阳军愣了一下,接着没好气地说道:"哥哥我又不是万事通,这事我哪儿知道啊?你小子净整些稀奇古怪的东西出来……"

"嘿嘿,四哥,您说我在北京城,就您一个哥哥,不找您我找谁去啊?"

庄睿闻言笑了起来,还真是,这段时间自己可是把欧阳军指使得不轻,大事小事都找到他头上。

"行了,哥哥我今儿心情好,这事你回头去问小卫吧……"

欧阳军发动了车子后,顺手挂断了电话,他所说的小卫,叫做卫鸣,就是现在自己那家房地产公司的总经理,是欧阳军请的职业经理人。

庄睿这挂名的总经理助理,还真有卫鸣的电话,当下又打了过去,把刚才和欧阳军说的话重复了一遍。

卫鸣今年三十八岁,比欧阳军小一点,但已经是京城比较有名气的房地产职业经理人了,经手了不少大楼盘的开发,人脉颇广,卫鸣也知道庄睿和欧阳军的关系,对庄睿交代的事情,也不敢怠慢。

虽然卫鸣也不了解私人博物馆需要什么条件,但是这点事还难不倒他,稍作打听,就给庄睿发了一张传真过去,上面是国家文化部的《博物馆管理办法》。

"这事居然归小舅管?"

庄睿一看这份传真文件上打头的名字,不禁笑了起来,哥们我按规矩办事,想必不会有人不长眼来卡自己。

庄睿开始还真不知道,这事居然归文化部审批。这次算是撞在自家人手里了。

话再说回来了,庄睿自觉这也是为了弘扬民族文化,迎接国宝回归,政府就算是开点后门,也是理所当然的。

秦萱冰见庄睿回来之后的举动,不像是开玩笑,走到庄睿身边,问道:"庄睿,你真要办私立博物馆啊?"

"当然,资料都找好了,哎,哎,白狮,拿过来……"

庄睿刚扬了扬手中的那张传真,就被白狮误会了,一低头从庄睿手中将传真纸叼走了,扔到了门口的垃圾桶里,看得秦萱冰和一旁的彭飞哈哈大笑起来,白狮这机灵劲没用到地方啊。

"呜……呜呜……"

白狮很委屈地冲着庄睿低吼了两声，哥们义务劳动还要挨骂，下次不跟你出来了。

"好了，去找你彭飞哥哥玩……"

庄睿很无德地把白狮打发到彭飞那边，拿起刚捡回来的传真纸看了起来。

卫鸣传真过来的资料有两份，一份是文化部《博物馆管理办法》中关于博物馆设立的具体规定，而另外一份，则是《北京市博物馆条例》中的具体规定。

两份同样适用，因为庄睿要是在北京找不到房子的话，也不排除将博物馆建在彭城或者北京周边地区的可能性。

看完这些规定条例之后，庄睿才知道皇甫云所言不虚，私人申办博物馆，其实并不是很复杂，文化部《博物馆管理办法》中表明，只要满足以下几点要求，私人就可以申报审批博物馆了。

第一必须具有固定的馆址，设置专用的展厅（室）、库房和文物保护技术场所，展厅（室）面积与展览规模相适应，展览环境适宜对公众开放，具体是否合格，要由文化部博物馆处专门人员核查后批准。

第二具有必要的办馆资金，和保障博物馆运行的经费。这一点也很重要，不然万一这边审批完开了业，哥们您就因为生意失败或者资金周转不灵，没支撑俩月就关门歇业了，这不是劳民伤财嘛。

第三是要具有与办馆宗旨相符合、一定数量和成系统的藏品，及必要的研究资料。博物馆开张，您总要给游客看东西吧。

别说是古玩类的博物馆，就是民俗类的，您也要整点东西摆进去，不然别人花钱买门票进来了，一看什么都没有，您这可是欺诈消费者。

第四是要具有与办馆宗旨相符合的专业技术和管理人员。这一点要求是为了私人博物馆的正规化管理，否则好好的一博物馆，被您整得像旅馆一样，那不是败坏形象嘛。

第五就是所有公共场所都要遵守的行为规则了。就是必须具有符合国家规定的安全和消防设施，这点就不用多解释了。

第六点是法律上的问题，也是最为重要的，那就是博物馆能够独立承担民事责任，万一藏品出了什么问题，有关部门是要追究您的责任的。

另外需要补充的是，非国有博物馆，在名称上名称一般不得冠以"中国"、"中华"、"国家"等字样。

不过事情也有特殊的一面，如果您感觉自己的藏品博大精深，能代表中国传统文化，非"中国"二字不能代表您的博物馆，那可以提出申请，由中央机构编制委员会办公室，会同国务院文物行政部门审核同意。

不过在一般情况下,私人博物馆是很难审批下来的,像片儿白先生在 2001 年前后开的那家博物馆,名字就叫:北京睦明唐古瓷标本博物馆。

而中国第一个开办私人博物馆的马未都先生,于 1997 年 1 月 18 日正式开业的那家博物馆,名字也不是"国"字头的,而是叫做观复古典艺术博物馆,虽然博物馆地址后来多经变迁,也在厦门和杭州开了几家分馆,但是名字,始终都是这个名字。

难道上面这二位不想起个"中国"开头的馆名?绝对不是,挂上"中国"两字,那多有面子啊?问题是根本就审批不下来。

庄睿继续往下看去,前面的大纲,文化部和北京市的大致相仿,但是在细则和需要提交的文件证明上,北京市的却细化了许多。

《北京市博物馆条例》中对博物馆的馆长,提出了明确的要求,那就是馆长必须具有本科以上学历,和两年以上博物馆管理工作经验。

"奶奶的,除了国有博物馆,私人谁有经验啊?"

看到这里,庄睿稍稍皱了下眉头,很不爽地骂了一句。

如果这家博物馆能够筹办起来,那庄睿绝对是当仁不让的博物馆馆长,但是这两年以上的博物馆管理工作经验,却卡住了庄睿,难不成自己还要专门请个人做馆长?

一直坐在庄睿身边,和他一起研究这些条例的秦萱冰,轻轻地碰了下庄睿,开口说道:"庄睿,你急什么啊?接着往下看……"

"嗯?或者在相关领域有专长的人,也可就任博物馆馆长,这还差不多……"

有了这一条就好办许多,庄睿在玉石行当里,现在怎么着也混出了个北地翡翠王的称号,而且又在国家玉石协会任职,应该算得上是在相关领域有特长了吧?

"地址选在哪里呢?"

解决了这个问题之后,庄睿又有些挠头了,毫无疑问,要是想让自己的博物馆能吸引更多的游客,选址首先就要放在北京,那里的人流量是中国所有城市都无法比拟的。

但是北京城地价高啊,别说庄睿现在没几个钱了,就是手上再多个三五千万,估计都不够买地皮修建博物馆的,除非您开到七环以外去,不过要是那样的话,估计也没啥人去参观了。

第四十四章 售楼处的用途

庄睿想办博物馆,并不是一时头脑发热,他之前也想了很久了,与其让那些国宝级的文物放在地下室发霉,不如拿出来让国人真实地感受一下中国博大精深的古文化。

所以既然要办,庄睿就没准备租间房子改建,他是想一步到位,直接买下地皮修建,这样安保和防范措施,从开始就能得到加强。

只是一时半会儿的,让庄睿去整块地皮,他还真没这本事,又要位置好,又要价格便宜,虽然在古玩上独具慧眼,但是对炒地皮买房子,庄睿和菜市场卖菜的老大妈们一样,一窍不通。

但是架不住这申报私人博物馆,首先就要提交馆舍场地的使用权证明啊,没这玩意儿,您的古玩摆大马路上展览啊?所以说房子就成了重中之重了。

"哎?对了,怎么把这事给忘了……"

庄睿忽然一拍大腿,又将脑筋打到了欧阳军的头上。

"妈的,谁又惦记我啊?"

远在万里之外正开着车带媳妇回家的欧阳军,很神奇地打了个喷嚏,紧接着电话就响了起来。

"四哥,您忙活完了没?有点小事找您帮忙……"

庄睿怕欧阳军挂电话,开门见山地说有事,北京人要面子,即使不是亲戚,恐怕欧阳军也拉不下脸来挂电话了,庄睿算是将欧阳四少的脉号得准准的。

"什么事?说,阿嚏!你小子刚才是不是念叨我了?"

欧阳军开了点车窗,他是怕自己感冒了,传染给肚子里有个带把儿的媳妇身上。

"四哥,咱们那楼盘的售楼处,是不是已经建好了?我上次去看到那里装修不错啊。"

庄睿的话让欧阳军听的莫名其妙,这弟弟对那房地产项目,向来都是避之唯恐不及的,今儿是太阳打西面出来了?居然主动问起工程的事情了?

怀疑归怀疑,欧阳军还是回答道:"是建好了,现在已经往外卖了,老弟,我告诉你,咱们这楼盘绝对火了，我敢保证，全北京城三环以内的房子，没有一家比咱们好的，另外还有一处别墅区，那更是……"

"打住，打住，四哥，我知道咱们那房子赚大发了，您老劳苦功高，回头那股份，您多算一点吧，给我少点就行了，我可是无功不受禄啊……"

庄睿一听欧阳军在电话里吹嘘了起来，连忙开口打断了他的话，这哥哥这段时间被徐大明星管得厉害，没工夫出去鬼混，连说话的人都不多，这要是被他逮住了，屁大的事，欧阳军能翻来覆去地说上俩小时。

"嘿，小子，怎么回事？你啥时候学得这么谦虚了？"

欧阳军听了庄睿的话后，顿时反应过来，从来只有嫌钱少的，还没见有人嫌自个儿钱多的，庄睿说这话，不知道在哪憋着坏呢？

"嘿嘿，四哥，是有点事找您，咱们盖的那房子，能留给我几间吗？"

庄睿的话让欧阳军感觉有些奇怪，把车慢慢开到路边停好，说道："那房子要等到年底才能开盘，你急什么啊？再说了，你是第二大股东，别说几间了，就是三五十套，还不是随便你挑……"

欧阳军今儿总觉得庄睿有点不大对劲，刚问了申报博物馆的流程，这又问起房子来，不禁脑中一亮，接着说道："哎，我说你小子，不会是想用住宅房去建博物馆吧？我告诉你，想都别想，图纸都是设计好的，不可能因为你改动的……"

"四哥，哪能呢，我再糊涂也不能把博物馆建在十几层的楼上吧……"

庄睿见自己的小心思被欧阳军给撞破了，干脆直接说道："四哥，住宅房我不要，不过咱们那售楼中心空着那么大一块地方，给我算了，那里在小区的外围，我建个博物馆，还能给咱们小区拉人气呢……"

庄睿曾经被欧阳军拉着去工地看过，那售楼中心占地面积可不小，一共有三层，建筑面积足足有两万平方米，而且装修得金碧辉煌，还按照楼盘的实际比例缩小后做了效果沙盘，看上去很有档次。

庄睿当时感觉挺纳闷的，一个售楼中心修建得那么好干吗？找点漂亮小妞卖楼吸引客人能理解，但是把个以后没用的售楼处建的面积那么大，装修的那么漂亮，让庄睿颇有微词。

不过这样也好，那售楼处的结构和面积，改建成一座私人博物馆绰绰有余了，虽然比不上国家博物馆二十万平方米的面积，但是在私人博物馆里，两万平方米已经算很大了，想必算得上国内最大的私人博物馆了。

虽然庄睿现在的藏品比较少，但他手上的物件，可全都是精品，以后也可以慢慢添加，庄睿打算将其办成国内一流的私人博物馆，他还准备申报"国"字头的名字，要么不办，要办……就办得最好！

"售楼中心旁边哪有什么位置啊？那里以后都是绿化带,还要建一个游泳池,哪儿有地方给你建博物馆？"

欧阳军被庄睿说得一头雾水,那块地方全都已经规划好了,欧阳军记忆中似乎没什么空地了。

"四哥,我不是说售楼中心旁边,我要的就是那个售楼中心!"

庄睿一听欧阳军误解了他的话,连忙出言纠正了一下,即使旁边有空地庄睿也不要,哪儿有现成的方便啊？那售楼中心稍微改动一下,加装些安保设施,马上就能启用了。

"什么,你要那售楼中心?!"

欧阳军这回算是听明白了,声音立马提高了八度,右手重重地在方向盘上拍了一下,他幸亏是将车停在了路边,要是还行驶在马路上,说不准就会被庄睿气的两尸三命了。

"小子,想都别想啊,那儿我是有规划的,你别打那儿的主意……"

那个售楼中心欧阳军是有计划的,他准备在楼盘销售完之后,将那里改造成一个高级的会所,提供给小区业主们休闲用,要不然难道是他脑袋发热,将那寸土寸金的地段,空出来两万多平方米啊？

欧阳军没想到,自己的会所还没头绪呢,居然被庄睿给盯上了,你说这小子屁大的忙帮不上,现在还来捣乱,欧阳军顿时就是气不打一处来。

"好好说话,哪有这样跟兄弟说话的……"

坐在副驾驶位置上的徐晴看不过眼了,用手掐了下欧阳军,话说庄睿和欧阳婉送的那些首饰,早就把大明星给收买过去了。

"生意上的事,妇道人家少……"

欧阳军正想摆摆威风,忽然看到大明星那隆起的腹部,声音顿时低了下去,说道:"好好说,我好好说话还不成吗？"

"这还差不多……"

徐晴嫣然一笑,那种风情看得欧阳军的手顿时不老实起来,刚摸到大明星的肚子上,就被一把打掉了。

"四哥,不就是个卖楼的地方吗？等楼卖完了,那地儿也空了,给弟弟用下吧,要不,我拿点股份出来换,这总行了吧？"

不提那两口子打情骂俏,电话这端的庄睿,好容易想到了博物馆的地址,哪会被欧阳军几句话打发掉？

"老弟,不是我不给你用,咱哥俩还说什么钱不钱的,只是那个地方是我留作会所用的,都已经有规划了,你这不是难为老哥吗？"

欧阳军很难得地耐着性子给庄睿解释了一下,这还是看在媳妇的面子上。

"四哥,您不是有家会所了嘛,那房子就给我用了吧,我这可是弘扬民族文化,到时候火起来了,带着您那小区都沾光……"

庄睿知道此会所不同于彼会所,但是他故意胡搅蛮缠,将二者说成是一样的,以北京城现在开发的程度,错开那地儿,庄睿还真找不到适合他办博物馆的地方。

"哎,我说你小子,怎么油盐不进啊,要不然我给你划块地,给你建个博物馆行了吧……"

欧阳军有些恼了,他啥时候这么和颜悦色地跟人说过话啊,这事整得倒像他在求庄睿一般了。

"四哥,不是我不通情理,可我这博物馆要的急啊,我给您说,是这么一回事……"

庄睿听欧阳军真恼了,遂在电话里将自己和吉美博物馆对换文物的事情说了一下,并且尤其强调了自己所要换的物件,都是一百多年前被八国联军抢去的,自己的行为真的是为国争光啊。

庄睿知道,别看欧阳军快四十的人了,那骨子里还真继承了老爷子的民族使命感,自己把这事说清楚,欧阳军非要跳起来不可。

果然,在庄睿说清楚缘由之后,电话的另一端沉默了下来,过了一小会儿,欧阳军的声音响了起来:"妈的,那些洋鬼子没个好玩意儿,老弟,你要是能多敲点东西回来,那会所哥哥就让你……"

"四哥,您说话可要算数啊,不过这事让您为难了,我那40%的股份,算成是30%吧,等我回去和您变更下手续……"

近两万平方米的土地,就算是一万块钱一平方米,那也值两个亿了,庄睿可不想白占这便宜,而且把那地方办成自己的房产证,以后也方便些。

"10%,成,你小子财大气粗,那就这么定了……"

庄睿那40%的股份,等开盘后差不多能值二十多亿,庄睿一下子让出去近五亿,手笔可真不小,欧阳军原本以为自己又被庄睿敲诈了的心理,顿时变得舒服了一点。

"哎,四哥,把那地儿改成博物馆,还要麻烦您啊,最好您这几天忙活一下,帮我把博物馆的申报手续给办下来吧……"

庄睿知道审批这些东西,要是自己去跑的话,没三五个月,甭想顺利办下来,放着现成的关系不用,那也忒傻了点吧。

"这事你找卫鸣,把资料报给他,我回头打个招呼,不过先说好,一楼暂时还用作售楼,我让卫鸣先找人改建二三楼,反正你现在只要个名义,最迟三个月,那里都给你腾出来……"

欧阳军听完庄睿的话,想了一下,点头应承下来,庄睿这事不算大,申报私人博物馆,只要他条件够,自己打个招呼不过是举手之劳罢了。

"成,谢谢四哥!"

庄睿闻言大喜,有了馆址,剩下的事情就好办多了。

　　"哎?不对啊……"

　　庄睿挂断电话之后,感觉有点不对劲,自己是那块地的第二股东,拿下那售楼处,总不能按照市价算吧?这要是按开发价算,成本恐怕也就是自己计算的五分之一左右,刚才自己好像大方过头了吧?

　　不过大话放出去了,庄睿也不好反悔,苦笑了一下只能捏着鼻子认了,其实他心里也没多在乎,钱多了之后,只是银行里的数字罢了。

　　房子搞定算是了个心思,庄睿找出一张白纸,开始计算自己现在的身家,按照北京的规定,申报私人博物馆是要出具藏品目录的。

　　如果您想申报"国"字开头的私人博物馆,藏品目录尤为重要,对国家一级文物是有数量上的要求的。

　　在纸上列了一下之后,庄睿才发现,敢情自己现在的好物件已经不少了。

　　按照文物藏品的定级标准,从香港赌到的几幅郎世宁字画和清官窑瓷器,都能被列为国家二级保护文物。

　　而那件龙山文化黑陶罐,以及那把刚到手不久的定光剑,和自己在济南买下来的三足鼎,平洲淘到的修复汝窑瓷等物件,绝对能被列为国家一级保护文物。

　　庄睿想了一下,干脆把现在还属于埃兹肯纳的"鬼谷子下山"青花瓷罐,属于吉美博物馆的白玉虎等物件,统统列举了进去,在申报物品当中,国家一级保护文物的数量多,对审批也是有好处的。

　　另外还有皇甫云的那批古董刀剑,也被庄睿写了上去,这是先前说好的,两万多平方米的展馆,仅凭庄睿这点藏品,根本就不够看的。

　　不过先期庄睿肯定不会将整个展馆全部开放,他会根据实际的藏品,有限度地开放博物馆,慢慢地再往里面添加物品,罗马不是一天建成的,博物馆也要慢慢充实。

　　等博物馆开业之后,也能向古玩界征集藏品,这些征集藏品的所有权,还是归原物主的,庄睿只和其签署协议,然后摆在博物馆里展览而已,当然,庄睿为此也要支付一些费用。

　　博物馆的馆址解决了,现在的问题就是博物馆藏品的数量了,皇甫云的古玩刀剑,国内国外收藏的加在一起,一共有三百多件。

　　再加上庄睿手中的几十件古玩,虽然数量上仍然少了一点儿,不过质量可不算低,单是国家一级保护文物,就有十来件之多,再加上庄睿准备留下几幅毕加索素描画,申请"国"字头的博物馆名称,似乎也不算寒碜人。

　　在这些藏品中,还有几件来头颇大的物件,像定光宝剑和那个还不属于庄睿的"象尊"青铜器,这都是国之重器,即使一些著名的国有博物馆,也不见得有这样的藏品。

整理好这张名单之后,庄睿拨通了卫鸣的电话,将这张清单传真了过去,又在电话里和卫鸣沟通了一下。

"庄总,咱们这博物馆的名称,叫什么好呢?"

庄睿和卫鸣就一些资料问题谈得差不多之后,卫鸣问出了这个问题,有欧阳军这尊大神在,手续什么的应该问题都不大,但是博物馆总归要有个名称吧?

"名称?"

庄睿愣了一下,他只顾想那些细节问题了,倒真没想过博物馆的名字,而且这名字还真不好起,因为庄睿藏品的种类过于繁杂,有陶瓷,有古画,还有青铜器和古代刀剑,无法按照类别起名字。

"中国宣睿博物馆? 靠,不行,哥们还年轻呢,没那么早进博物馆……"

庄睿想到了个名字,不过很快就否定了,博物馆是什么地方? 那是让人参观瞻仰的地方,用自个儿名字,不是诅咒自己吗?

"庄睿,不行就叫定光博物馆吧,你手上不是那把定光剑最贵重吗?"

一旁的秦萱冰见到庄睿急得抓耳挠腮的样子,不由出言起了个名字。

"定光? 中国定光博物馆?"

庄睿在嘴里念出了声,感觉还蛮顺当的,他对名字并不是很在意,当下对着话筒说道:"卫总,就叫定光博物馆吧,能加中国两个字最好,如果不行的话也别勉强,叫北京定光博物馆好了……"

"好,庄总放心,这件事三五天就能有结果,回头我再给您电话吧……"

虽然庄睿在公司里挂的名头是总经理助理,归自个儿管,但是卫鸣知道庄睿是地产公司的二老板,言语间并不敢托大,恭敬地将这件事揽了过去,反正又不用他忙活,有了欧阳军的招呼,自己只要派个具体办事的人去跑就行了。

放下打给卫鸣的电话后,庄睿本来想给皮埃尔教授打个电话,不过思考了一下看,觉得这事自己不能显得太着急,奇货可居的意思,就是要人无我有,别人求着自己才能开出高价来。

忙活完这些事情之后,庄睿和秦萱冰到楼下餐厅享用了一顿二人大餐,彭飞就没这么好命了,在客房陪着白狮,吃着庄睿带上来的外卖,当然,菜肴还是不错的,只是……一起用餐的对象有点那啥了。

第四十五章 | 郎世宁妃子画

"庄老弟,你可迟到了啊,还好,拍卖会还没开始,咱们快点进去吧……"

第二天早上九点,庄睿带着秦萱冰,赶到此次举办巴黎中国艺术品专场拍卖会的场馆。

皇甫云已经在门口等了半个多小时了,见到庄睿,一把拉住他就往里面走,顺手还塞给他一个号牌,这是提前帮庄睿申请的,就这一个拍卖号码,就要预先缴纳十万欧元押金,当然,这押金在拍卖会结束后是要退还的。

"急什么啊,反正咱们又没打算出手,晚到点也没什么……"

由于昨儿把博物馆的事情敲定了,庄睿有点兴奋,晚上和秦萱冰做了下运动,所以今天早上起晚了,要不是秦萱冰也想见识下文物拍卖,庄睿都不想来了。

"嗯?皇甫兄,您这是怎么了?"

庄睿说完这番话后,见皇甫云面色有点儿不对,不由开口问道。

"唉,老弟,昨天见到把乾隆年制的腰刀,我感觉像是乾隆皇帝的佩刀,出手拍下来了……"

皇甫云在此次拍卖会前,到处游说一些国内来的买家不要出手,不要被拍卖行和物主的盘中滚珠手法套进去,可是事到临头自己却出手拍了个物件,这脸上未免有些不好意思。

庄睿笑着摇了摇头,他能理解收藏某个物件的人,见到真品时的感觉,也没多说什么,只是问道:"多少钱拍下来的?"

皇甫云见庄睿没有责怪他,脸上轻松了一点,说道:"起拍价是六千欧元,不过我拍下来的价格是二十二万欧元,加上手续费,兑换成人民币的话,总共花费了大概二百六十万人民币左右……"

"刀剑收藏并不是很热门,就算出手抬下价格也无所谓,相信国际炒家们的目标不在这上面,皇甫兄,没关系的……"

庄睿安慰了皇甫云一句,他说的也没错,刀剑收藏算是比较冷门,一般不会有人故意抬价,因为收藏这东西的人少,万一抬过了,那就要砸手里了。

三人说着话,通过了拍卖场门口的验证,进入拍卖大厅。

和在外面看到的尽是些金发碧眼的老外不同,刚一走进大厅,庄睿就看到了许多黑发黄皮肤的面孔,四下里一打量,这拍卖厅一百多号人里面,到有七八十是亚洲或者中国人。

不过那些人大多都四五十岁,见到庄睿和秦萱冰二人后,目光都在他们身上打量了一会儿,这样的国际性拍卖,很少有像庄睿这样的年轻人参加,除非是被一些不想抛头露面的隐形富豪委托前来参加拍卖的。

至于皇甫云,这些人倒比较熟悉,近几年经常会在这种国际性的拍卖会上见到他的身影,在走向座位时,不时有人和皇甫云打招呼。

当然,也有人把皇甫云拉到边上询问庄睿的来历,皇甫云都是含糊其辞地一言带过,庄睿这会儿剪成了个平头,和数月前上电视时的形象颇为不同,倒也没人认出他来。

"先生们,女士们,我是主持此次拍卖的杰弗森·道尼,很高兴大家能来参加此次中国艺术品专场拍卖会,昨天,我们一共拍出了十八件珍贵的中国艺术品,我想,今天的拍卖,一定会更加成功的……"

庄睿等人坐下大约五分钟之后,一个白人拍卖师走到拍卖台前,用法语和英语熟练地说了一段开场白,台下响起了稀疏的掌声。

其实昨儿的情况并不是像杰弗森说的那样,拍出去十八件中国古玩不假,但是其中十五件是被拍卖行安排的人拍走的。

否则的话,昨天恐怕只能成交三件拍品,而杰弗森也不是昨天的主拍,作为国际知名的拍卖师,他今儿是赶来救火的。

拍卖师或称注册拍卖师,是主棰拍卖活动的主持人职业资格称号。

一个具有良好素质的拍卖师,在将所要拍卖的物品进行优化组合之后,可以定出最佳报价路线,再加上对现场气氛的渲染,他们往往会使竞拍达到意想不到的效果。

大家看到拍卖师在拍卖会上主持竞价,只是整个拍卖过程的最后阶段,实际上拍卖师的工作远不止这些。

首先,拍卖师要参与标的的搜集、委托合同的签订,同时要详细了解拍品的情况,这样才能做到心中有数,在主持竞价的时候才能让买家们充分了解拍品,以便于出价。

其次,拍卖师要参与招商,这是拍卖会各环节中比较复杂的一项工作。拍卖公司发布信息的渠道通常有媒体公告等多种方式,买家并不是越多越好,而是与拍卖品越"对路"越好。

所以,一个优秀的拍卖师对拍品应该有良好的把握能力,在进入拍卖会之前,就应该能够预测哪些拍品会受到追捧,能够大致估算出每件拍品的最大价值,甚至清楚每件拍品的潜在买家是谁。

拍卖师收入的高低主要取决于所服务的拍卖行。当然拍卖师的收入也与自己的名望有关，因此拍卖师往往会通过多场成功的现场拍卖，来提升自身价值，以吸引拍卖客户的注意。

　　在中国，拍卖师的最高收入在十万元左右，一般的拍卖师收入在四至七万元之间，当然，在部分经营状况较差的拍卖行，拍卖师的收入会更低些。

　　也有一些名气比较大的拍卖师，不会固定在哪一家拍卖行里，而是专门主持一些顶级拍卖会。

　　杰弗森就是混迹国际拍卖界的一个顶尖拍卖师，在一般拍卖师只能每场拿个万儿八千欧元混个温饱的时候，杰弗森都已经从拍卖行里提取大笔的提成了，当然，这也与他出色的拍卖技巧分不开。

　　拍卖师这个职业的最高荣誉是获得"白手套"，被授予"白手套"，是拍卖师的最高荣誉，它标志着一场拍卖会达到了100%的成交率。

　　"白手套"代表着大家对你的高度认可，所以如果你得到"白手套"，身份就像拍卖行业的奥斯卡影帝一样，那时，你的收入将会非常可观。

　　杰弗森就是三次"白手套"的获得者，所以此次拍卖组委方，在昨天成交量很低的情况下，特意请来了杰弗森主持此次拍卖。

　　昨天的拍卖，已经算非常失败了，二十四件物品，流拍了六件，而剩下的十八件，也是某些物主自己拍走或者是拍卖方的托儿给拍走的，这让筹办了好几个月的组委方大为不满，当场就炒了那位当了替罪羊的拍卖师。

　　"中国艺术品在国际艺术品市场上，占据着重要地位，近年来升值很快，我要不是口袋里没钱的话，今天一定会坐在台下和诸位先生女士们抢生意的……"

　　杰弗森不愧是世界顶尖的拍卖师，开场之后，他并没有急于进入主题，而是站在台上闲扯了起来，幽默的话语引得台下众人不时发出笑声，开拍之前那种紧张的气氛，顿时被冲淡了许多。

　　"好了，想必朋友们都已经等急了，您肯定在心里骂我耽误了大家的时间，下面就让我们进入到此次中国艺术品专场拍卖中吧！"

　　杰弗森突然话锋一转，把所有人的注意力都牵引到拍卖场中，今天的第一件拍品，也被一个戴着白手套的工作人员，拿到了拍卖台前面的桌子上，从陈旧的紫檀木轴杆和泛黄卷起的纸张上，所有人都能分辨出，这应该是一幅古画。

　　"我们今天的第一件拍品，是一幅油画，它是三百年前的中国宫廷画家郎世宁的作品，是出自弗雷家族的收藏。这是一幅古代中国的帝王妃子的画像，集合了东方女性的柔美和婉约，它就是《纯惠贵妃像》。经过法国和中国的多位专家鉴定，它的确是郎世宁所做，绝无虚假，也是当世能证明的郎世宁三幅作品中的一幅！"

杰弗森的话引起了场内的一阵骚动,来参加此次拍卖的人都没有想到,杰弗森居然把原来安排在第五位的拍品,提前拿了出来,这让有意拍下这幅画的人,感觉有点儿措手不及。

　　一般的拍卖会,都要制作专门宣传拍品和拍卖顺序的彩页,众多买家也是根据这些彩页,专门关注自己想要的拍品,但是杰弗森却打破了常规,将顺序搞乱了,使一些有意于这幅画的人,马上紧张了起来。

　　"听说那位乾隆皇帝在画了这幅妃子图后,不允许任何人观看,而他的一生,也仅看过三次。这幅古代皇帝妃子的油画,起拍价格是十万欧元,每次加价为两万欧元,或许您只要出价一次,就能拥有皇帝所能享用的权利,可以将这幅妃子图收为己有……"

　　看来杰弗森在这幅画上下了不少工夫,将乾隆皇帝的往事都翻了出来,言语间带有极强的煽动性,听得台下众人纷纷低声议论起来。

　　杰弗森很满意这种效果,他之所以要求把这幅画提前进行拍卖,就是考虑到中国人对古代皇帝用品的那种狂热追求,虽然这只是一幅画像,但架不住画的是皇帝的女人啊。

　　"好,现在拍卖开始,十万欧元,起拍价十万欧元,有哪位朋友有意的,还请出价……"

　　在杰弗森的话声之中,巴黎中国艺术品专场拍卖会的第二天,正式开始了。

　　和第一天一样,在杰弗森喊出价格之后的将近一分钟里,冷场了,没有人率先出价,能来参加此次拍卖的华人,智商都极高,在被皇甫云提醒之后,他们更变得理智了很多。

　　见到这种情景,杰弗森脸上依然带着笑容,只是左手的小指,微不可察地向上翘了一下,正好落入坐在拍卖场前排的一个白人眼中。

　　"我出十万欧元……"

　　那个白人见到杰弗森的提示后,马上举起了手中的号牌。

　　"好,十二号先生出价十万欧元,哦,没想到中国艺术品的魅力如此之大,这位应该是英国的朋友吧,竟然也如此热爱中国的艺术品。还有没有人出价的? 今天的拍品比较多,如果没有的话,那么我就要恭喜这位英国朋友,您将获得中国皇帝的妃子了,好,第一次……"

　　杰弗森一边说话,居然一边就敲下了一次锤子,三锤落定,谁都没有想到,杰弗森居然不看台下的反应,就如此轻率地敲捶了。

　　杰弗森的表现看在众人眼里,和别的拍卖师有很大不同,别的拍卖师都是故意延长一件作品的拍卖时间,以求得能拍出更高的价格,但是杰弗森恰恰相反,他似乎急于进行下面的拍卖,留给众人的时间,并不是很多。

　　而杰弗森最后的那句话,似乎有意无意地省略了这是一幅画的事实,直接喊出了拍下这作品,就会获得皇帝妃子的话,让台下的华人有些群情激愤。

　　"十二万欧元,我出十二万欧元……"

　　看着杰弗森那挥舞的锤子,似乎要落下第二次,台下终于有人报价了,虽然只加了两万，但是却让台上一脸从容的杰弗森，几乎快提到嗓子眼的心脏，终于落了回去。

"我想，能用十二万欧元的价格，买到一幅郎世宁三百多年前的作品，真的是很棒的一件事情，还有没有朋友出价的？"

杰弗森提醒着场内众人，这幅画的价格，远不止十二万欧元，虽然大家都知道他的用意，但是心里都蠢蠢欲动起来，就连庄睿都有了举牌的欲望。

要知道，郎世宁的真迹存世极少，能被确认的作品，在这幅之前，只有两幅而已，分别收藏在北京故宫博物院和法国多勒市美术馆里。

而郎世宁作品的价格，应该在一千万至两千万之间，十二万欧元，不过一百二十万人民币左右，放在众人眼里，真的是白菜价了。

"十四万欧元！"

坐在庄睿前排的一位中年华人，举起了牌子，不过他的加价并不高，还是有所克制的。

"十六万欧元……"

"十八万欧元……"

"我出二十二万欧元……"

"二十八万，我出二十八万欧元……"

随着人提价，中国人的趋众心理，终于爆发出来了，在前两次的报价中，还只加了两万欧元，但是到了后面，就是四万、八万地往上提价了。

"二十八万，二十一一号买家出价二十八万，哦，这个价格已经过时了，七十八号买家出价三十六万，现在的价格是三十六万，还有哪位朋友出价？"

杰弗森感觉到事态进入到自己的控制状态，游刃有余地站在台上，虽然话没有刚才多了，但是这幅拍品的价格，却一直在往上涨着。

皇甫云在国际拍卖市场这个圈子里，人头算是挺熟的，尤其是有中国文物的拍卖会，他这几年参加了不少，所以对国内外喜欢收藏中国古玩的一些藏家，大多都认识。

在此次拍卖会开始之前，皇甫云串联了不少人，准备抵制一下此次在巴黎举办的中国艺术品专场拍卖会，最起码不能让老外用盘中滚珠的手法坑了自己人。

皇甫云串联的效果，应该说还是不错的，在昨天的拍卖中，实打实的只拍出了三件古玩，其余十多件古玩都被一些金发碧眼的老外托儿们拍走了，大家看在眼里，心中也都明了。

不过昨天之所以发生那种状况，和拍卖师掌控不力有一定的关系，但是和昨天拍文物的类别也有一定的关系，昨儿拍的大多是一些比较冷门的，如刀剑、竹刻木雕还有牙角器等物件，收藏这些的人并不多，所以流拍物件多，也在情理之中。

但是今天杰弗森所做的调整，让众人有些措手不及，而且这幅《纯惠贵妃半身像》的起拍价格，又低的令人发指，即使今天本来没有属意这幅画的人，也被那价格给煽动了，出手争夺起来。

"四十万欧元……"

"四十八万欧元……"

"六十二万，我出六十二万欧元……"

场内的价格争夺战依然在继续，底拍价仅为十万欧元的《纯惠贵妃半身像》油画，现在已经涨了六倍之多，而且看这趋势，没有人愿意让步，价格仍然在持续上扬。

"妈的，这个杰弗森有一手啊，不愧是拍卖行的'白手套'……"

皇甫云见到前几天还信誓旦旦地和他说自己绝对不会出手的那些藏家们，此刻已经拼得脸红脖子粗了，不由低声骂了一句。

"皇甫兄，这样不行啊，再抬下去，恐怕二百万欧元都打不住……"

庄睿的眉头也皱了起来，其实庄睿本来也想出手的，只不过还没等他想好，这价格就像坐了火箭一般，突突突地涨了上来。

"七十八万欧元，一百二十三号买家出价七十八万欧元，还有没有朋友出价？如果没有人出价，就要恭喜一百二十三号买家了，要知道，这幅画经过我们的专业评估，价值要在一百万欧元以上的……"

喊到七十八万欧元的时候，拍卖厅中寂静下来，不过杰弗森并不着急，这种现象很正常，只要有人再叫一次价，马上就会和刚才一样，众人都会出手的。

如果实在没人叫价，下面不还坐着自己的托儿吗？所以杰弗森老神在在地继续用语言诱惑着众人，他说的倒是实话，郎世宁的这幅作品，评估价最低是一百二十万欧元。

"八十万欧元……"

终于，台下沉默了一分多钟之后，又有人开始叫价了，不过这次叫价的幅度只有两万欧元，台下的这些买家们，也想用最低的价格拿下这幅画。

在拍卖会抢东西，不仅要与拍卖方斗智斗勇，更要揣摩好台下竞价同行的心理，只有出的价格不低也不高，稍微超过别人心理价位一点点的时候，才有可能用最合适的价格拍到自己心仪的物品。

"好，一百三十二号买家出价八十万欧元，哪位朋友要再出价的？"

听到有人抬价，杰弗森心中一喜，这都没用自己的托上去，完成拍卖会的任务绝对没问题了。

这幅画拍卖行给杰弗森定的任务是一百二十万欧元，只要超出这个价格，高出来的金额，他是有提成的，现在杰弗森自信，自己能将这幅画拍出二百万欧元的天价来。

按照常规来讲，一件标价在一百二十万欧元的拍品，起拍价格应该不低于五十万欧元的，杰弗森力排众议，要求十万元起拍，他承受了很大的压力。

但是就目前的情况来看,杰弗森的心完全放了下来,他已经成功地掌控了局面,接下来的问题就是,他能将这幅画拍卖到超过预订价位多少了?

"我出一百二十万欧元,从这件古玩的本身价值而言,这个价格应该是比较公道的,如果再有人出价,我很怀疑那人是不是拍卖行安排的托儿。

"这东西是当年法国的弗雷抢走的,清朝的无能让咱们这些后人来给他们买单,我可以把这幅画买回去,但是却不能再被某些别有用心的人敲诈。

"我想,不能让这些洋鬼子们在一百多年前用枪炮打开咱们国家的大门,现在又用当时抢走的物件,来掠夺本属于咱们自己的财富!"

突然,一个清朗有力的声音,在拍卖厅里响了起来,除了报价时的一百二十万欧元是用英语所说的之外,其余的话,都是用汉语说的,掷地有声的话语,久久回荡在偌大的拍卖厅之中。

道理谁都明白,但是却从来没有人在拍卖现场,说过这样的话,这番话让场内所有华人全都震惊了,不由纷纷站起身来,向发出声音的方向看去。

刚才站起来说话的人正是庄睿,此时的庄睿从容不迫地对着四方拱了下手,又坐了回去,脸上没有任何表情,没有愤怒也没有高兴。

"这个年轻人是谁?"

"不知道,好年轻啊,是和皇甫云一起来的,回头打听下……"

"我看着这人有点眼熟,好像在哪里见过……"

"嘿,中国大了去了,您谁都见过啊?"

"能出得起一百二十万欧元,一千多万多人民币的人,应该也有点来头,这画我不叫价了……"

"我也不叫了,自己人和自己人抢,有什么意思?"

"对,白白便宜了老外,这画我也不叫了……"

庄睿的话声响起之后,场内顿时变得嘈杂起来,各人都在发表自己的意见,也有不少人打听着庄睿的来历,不过庄睿很少出现在拍卖场,所以没有什么人认识他。

虽然没有人认识庄睿,但是不代表他们不会判断庄睿言语的正确性,这幅画正如庄睿所说,价值最高应该就在一百二十万欧元左右,如果自己再抬价,那的确是帮拍卖行的忙了。

即使有些本来中意这幅画,并且财力雄厚的人,听到庄睿的话后,也不好意思再加价了,自己要是再抬价的话,没准就要被人戳脊梁骨了。

当然,也有些人怀疑庄睿说这番话的动机,是否就是让别人无法加价,不过谁让自己没想到这方法呢? 现在也只能捏着鼻子认了。

一时间,场内的华人买家,在没有任何交流的情况下,达成了一个共识,那就是没有人会继续拍这幅《纯惠贵妃半身像》油画了。

"先生们,女士们,请安静,请安静一下,一百五十六号买家出价一百二十万欧元,请问还有没有朋友加价,重复一遍,一百五十六号买家出价一百二十万欧元,请问还有没有朋友加价的?"

站在拍卖台前的杰弗森只听懂了庄睿前面的报价,后面的中文,他是一个字都没听明白,不过庄睿的话引起了场内的轰动,杰弗森心里感觉有些不妙,他估摸着庄睿刚才应该是没说什么好话。

果然,在杰弗森制止了台下的议论之后,任凭他说得天花乱坠,台下的华人买家,没有一个再举起手中的号牌了,杰弗森脸上的笑容,也变得僵硬起来。

"快点去查一下,我需要一百五十六号买家的资料,还有,刚才他说了些什么话,马上帮我翻译出来……"

杰弗森微微侧了下头,将嘴巴偏过拍卖台上的麦克风,用挂在耳边的微型麦克风,和此次拍卖组委会交流起来,昨天庄睿没有参加拍卖,所以杰弗森也没留意到这个拍卖编号。

"老弟,厉害,厉害啊!"

坐在庄睿旁边的皇甫云,也没想到庄睿会突然站起身发表了这么一番言论,足足有两三分钟没反应过来,直到场内变得安静下来之后,才对着庄睿跷起了大拇指。

见到庄睿一番话说出后,台上的那位"白手套"拍卖师,面色变得极为难看,台下的华人藏家们,都是心情大爽。

刚才一时不慎,被那洋鬼子挑拨着相互竞价,现在回过神来,自然知道上了那洋鬼子的当,现在见到杰弗森吃瘪,心里自然是舒畅至极。

"庄睿,这画值那么多钱吗?"

秦萱冰在旁边小声地问了一句,秦萱冰也知道庄睿最近手头紧,一百二十万欧元,那可是一千多万人民币了。

"值,二百万欧元以内,都值得……"

庄睿小声地回了一句,虽然他坐的地方,距离展台比较远,但还是在他灵气的观察范围之内,庄睿早就通过灵气检测出这幅画的真伪了,的确是出自郎世宁之手的真迹。

郎世宁的油画作品,按照中国的文物定级,绝对可以评定为二级保护文物,庄睿的博物馆现在对这些物件是不会放过的。

第四十六章 拍卖行风波

国家对于文物的分级，要求还是比较严格的，像郎世宁的作品，只能被分到国家二级保护文物里，不过其收藏和市场价值却不低。

别的不说，数遍中国那么多博物馆，只有故宫博物院有收藏，算得上是比较稀少的，不过算上这一幅，庄睿手上已经有三四幅郎世宁的油画了，要是能把吉美博物馆的郎世宁作品都换到手上，他可以在自己的博物馆里单独开一个展厅了。

这也是庄睿出手的主要原因之一，一个博物馆，总归要有点特色，清朝宫廷画家的作品，倒是能拿得出手。

而且郎世宁的油画作品，虽然远远不及毕加索的作品，在国际市场上最多卖一两百万欧元，但是放到国内，拍出个两三千万人民币都是正常的，庄睿要是能用一百二十万欧元将其拿下的话，那绝对是稳赚不赔的。

"妈的，怎么会有一个民族主义者……"

台上的杰弗森此时已经收到了耳机里传来的翻译，了解了刚才庄睿话中的意思，虽然庄睿开出了一百二十万欧元的价格，还是让杰弗森有些恼怒，毕竟这与他预期的拍价相差了许多。

"一百二十万欧元，还有没有人感兴趣的？我敢保证，这幅中国清代的妃子图，具有极高的收藏价值，再过上一两年，肯定可以卖到三百万欧元以上，机会难得，还请大家考虑一下……"

杰弗森继续用他那三寸不烂之舌煽动着场内的华人藏家，只要有人再出一次价，就能打破现在的僵局了，那样杰弗森的意图就能达到了。

不过杰弗森还是小看了庄睿那番话的影响力，中国人虽然喜欢内斗，但是在这种场合里的人，都是比较有身份的。

按照中国人的行为规则，在庄睿说出那番话后，要是再抬价的话，就摆明了不给庄睿面子。

虽然庄睿看上去比较年轻,但是中国有句古话叫做:宁欺白须公,莫欺少年穷。能进入这场合的人,没有一个简单的,谁知道庄睿背后会有什么样的势力。做人留一线,这才是场内众多老狐狸们的想法。

"一百二十万欧元第二次,只有最后一次机会了,各位先生女士,机会难得,错过这幅珍贵的油画作品,以后就不知道还有没有了,请各位再慎重地考虑一下……"

足足过了三分钟之后,杰弗森很不情愿地敲了第二下拍卖锤,并且尽最后的努力,鼓动着在场的华人买家们。

杰弗森不是不想让自己的托儿再出手抬一次价格,但是他不敢,没错,就是不敢!

郎世宁的作品第一次在国际上拍卖,其价格就在一百万至二百万欧元之间,这是此次拍卖行组委方经过多方考证评估定下来的价格。

而庄睿给出的价格,刚好是在人们心理承受的底线上,不高但是绝对不低,犹如一根鱼刺卡在众人的喉咙里,上不去下不来。

杰弗森现在也是这种心情,因为之前并没有和这幅油画的主人谈好,不像昨天那些拍品,拍卖行在开拍之前,就和物主有过协议。

但是这幅画不同,如果自己让人抬价而没有人跟价的话,拍卖行为了自己的信誉,肯定会要自己出钱买下那幅画,那乐子就大了。

所以杰弗森踌躇再三,最终还是没敢向台下的托儿发暗号,因为这件事情的后果,是他承受不起的,万一流拍或者被自己人拍下,他等于砸了自个儿"白手套"的招牌。

"先生女士们,还有最后一次机会,否则这幅郎世宁的油画作品,就归一百五十六号买家了……"

"行了,您这一幅画耽误了快半个小时了,抓紧时间往下进行吧……"

杰弗森话声刚落,就被台下一个不耐烦的买家给打断了,这些人都是很成熟的中年人,既然已经作了决定,就不会再被杰弗森的话蛊惑了。

"好,那恭喜一百五十六号买家,今天的第一件拍品,清宫廷画家郎世宁的《纯惠贵妃半身像》油画,属于您了……"

听到下面不耐烦的声音,杰弗森知道自己的努力白费了,而且时间也太久了,实在无法再拖下去了,无奈之下,拍卖锤重重地敲击了下去,今天的专场拍卖会的第一件拍品,落入了庄睿手中。

只是虽然杰弗森嘴上说着恭喜,脸上却没有多少笑意,自己本来打算第一件拍品就引起众人的关注,不过现在关注是引起了,就是关注错了方向,现在场内这些华人富豪对庄睿的关注更甚于拍品本身了。

"小伙子,恭喜啊,刚才那番话说得很好,真是后生可畏……"

坐在庄睿前排的一位女士,回过头来善意地对庄睿笑了一下。

庄睿连忙点头回礼,他也不怕秦萱冰吃醋,因为这位女士的年龄,足可以做自己的母亲了。

"不敢当,我这人就是一炮仗脾气,一点就着,看着这洋鬼子用从中国抢走的文物,从中国人身上赚钱,这心里不痛快……"

庄睿并不认识眼前的这个人,不过看其说话的气度,应该也是有头有脸的人物,并且看年龄也不小了,连忙谦虚了几句。

不过庄睿话中所描述的人,却是刘川的原型,庄睿购买这幅画还是有很大私心的,但是他不想被人认为自己太有心机,少不得做出一副义愤填膺的样子来。

"对不起,先生……"

拍卖已经继续进行了,这时一个中年人走到庄睿身边,打断了他的思路。

"你是?"

庄睿微微皱起了眉头,看着这个陌生的外国人。

"我叫乔治,是巴黎 XX 拍卖行的律师,受到此次拍卖会组委方的委托,对庄先生您提出警告,请您不要在拍卖场所发布有关于政治倾向和不真实的言论,如果再有下一次的话,我们将会请您离场。

"另外关于历史的真相,都已经埋没在时间里了,先生您没有证据说这些东西,是从您的国家掠夺来的……"

随着乔治的话声,庄睿的脸色逐渐变得难看起来,他拍下这幅画时说的那些话,在很大程度上是不想有人和他竞价,但是乔治的话,彻底激怒了庄睿。

庄睿自问自己并不是一个愤青,在国家利益与私人利益之间,如果不涉及民族大义、生死存亡一类的大问题,庄睿说不准会选择私人利益。

但是这并不代表他受到挑衅会忍下去,一个人的忍耐,也是有底线的,而乔治的话,已经超出了庄睿的底线。

"对不起,我想,如果我违反了贵国的法律,你可以起诉我,如果没有的话,我将认为你的这番话,是对我的威胁,我不知道一个知名的跨国拍卖行,竟然会做出这种事情……"

庄睿猛地站起身来,声音之大,几乎掩盖了前面杰弗森的声音,在这可以坐下二百多人的拍卖厅里,传得清清楚楚。

"哦……不,庄先生,我不是这个意思……"

乔治发现面前这个中国人,和自己认知里的中国人有点儿不同,他原本以为自己发出警告之后,对方会很谦逊地接受,但是却没想到,这年轻人的性格如此暴烈,居然当场就喊了起来,事情已经脱离了他的控制。

"你的意思已经表达得很清楚了……"

庄睿冷冷地甩下一句话,然后大步走到前台,说道:"拍卖师先生,不介意我说上几句话吧?"

庄睿也不管杰弗森介意不介意,直接把拍卖台上的话筒拿到手里,对着台下说道:"先生们,女士们,来自世界各地喜爱中国文化的朋友们,对不起,打扰诸位几分钟,我想说一下刚刚发生在我身上的事情……"

"狗屎!乔治怎么办事的?"

在拍卖厅的楼上一个房间内,一位头发花白,年龄约在五十岁左右的中年人,狠狠地把手中的烟灰缸砸到地上。

"去,让保安把那个中国人拉下来……"

"理查德,不行,那个人的资料传回来了,他在中国官方有职务,是中国玉石协会的理事,咱们这样做,会引起国际纠纷……"

在那个中年人旁边,另外一个人阻止了他的决定,看着手中的传真,眉头紧紧地皱了起来。

这份传真上不但有庄睿在玉石协会担任职务的信息,就连庄睿的家庭关系都列举了出来,可见这家拍卖行的背景十分不简单。

"Shit,杰弗森这个白痴,为什么想要去警告那个年轻人,让他买下那幅画不就完了吗?!"

看到庄睿的家庭关系之后,理查德的身子重重地坐回沙发上,他们拍卖行在中国也有分支机构,自然知道这份传真上的家庭关系,代表着什么样的背景。

别看他们的势力遍及世界上各个发达国家,但是再借他们一个胆子,也不敢对庄睿动粗。

所以理查德只能把怒火发泄到杰弗森头上,毕竟刚才是杰弗森要求律师去警告庄睿的,理查德当时也觉得很应该,毕竟庄睿横插一脚的行为,让他们的利益受到了损失。

当然,现在理查德就不这么想了。

庄睿的突然爆发,不仅让拍卖会不知所措,就是参加拍卖会的众多买家,也不知道究竟发生了什么事情,呆呆地看着站在前面的庄睿。

"先生们,女士们,就在刚才,一位自称是这家拍卖行的人,对我发出了警告,说我说了不真实的事情,他的意思是说,我刚才拍到的那幅画,不是像我说的,是从中国掠夺出去的。

"在这里,我可以很负责地说,那幅郎世宁的画,百分之一百是当年法国侵华部队的弗雷抢去的,你们敢说我说的不是事实吗?你们敢喊出物主和我对证吗?!"

庄睿长长地吸了口气,平息了下自己激动的情绪,接着说道:"我原本以为法国是一个言论自由的国家,没想到他们竟然不敢面对自己的历史,这让我感到很失望,难道当年德国人侵占你们国土的事情,你们也忘了吗?"

"提到德国,我不能不说,战后的德国还是很值得我们尊敬的,他们敢于正视自己的过失,勇于承担责任,赔偿损失,想必你们法国也曾经为此受益匪浅吧?

"但是你们给中国人民带来的灾难,有没有反思过?难道拿着从中国掠夺来的文物拍卖,还不允许我们说吗?

"当然,法国人民还是有很多友好并且能正视历史的人士的,我现在就在和一家博物馆商谈一些中国文物回归的事情,但是对于贵拍卖行的行径,我感到非常愤怒。

"如果是这样的话,我想,你们没有必要来警告我,我可以自己退出此次拍卖,同时,我希望所有有良知的中国人,也能做出这样的选择,谢谢大家,耽误大家的时间了……"

庄睿说完这番话后,对着台下深深地鞠了一躬,然后大步向门口走去,秦萱冰和皇甫云也站起身来,走到庄睿身边。

"啪……啪啪……"

从刚刚和庄睿说话的那位女士开始,掌声慢慢地响了起来,并且在庄睿身后,不断有人离开座位,加入进去。

此次在巴黎举办的中国艺术品专场拍卖会,一共邀请了来自世界各地一百多位华人收藏家,而参加此次拍卖的总人数,不到二百人。

可以说,如果场内的华人全都离开的话,那么这次拍卖会也就无疾而终了。

此时,听完庄睿这番话之后,场内的中国人纷纷站起来,跟在庄睿身后,用无言的行动,对拍卖会组委方提出抗议。

即使那些不想离开的人,在大势面前,也只能趋从了,从拍卖台到门口只有短短几十米,在庄睿身后已经跟了一百多人了。

场内的闪光灯不断闪起,这次巴黎中国艺术品专场拍卖会,曾被中国官方提出过抗议,所以很多媒体单位都派出记者关注此次拍卖。

现场不仅有巴黎的媒体,也有来自中国的新闻媒体,在第一件拍品结束之后,就闹出这么大一个噱头,无疑让这些从事新闻工作的人,都像打了鸡血一般兴奋起来。

"嘿,老兄,让让,你占到我的地方了……"一个举着摄像机的人在推着身前的人。

"对不起,可是我比你来得早……"

前面那人丝毫不肯退让,这可是大新闻啊,明儿肯定能上各大报纸的头条,自己占个好位置拍出照片,也一定能卖个好价格,呃,这位是自由记者。

"对不起,请让让……"

此时走在人群最前方的庄睿,被一群记者挡住了退路,无数闪光灯在他面前闪烁着,这让庄睿心里有点儿烦躁,哥们愤青了一把,咋就引来这么多关注啊?

"这位先生,我是伦敦泰晤士报的记者,请问我可以对您做个专访吗?"

"嘿,哥们,说的好啊,留个联系电话吧,我回头给您做个专访……"

"先生,您好,我是美国 CNN 的记者,我可以简单问您几个问题吗?"

"你好,我是法兰西晚报的记者,我能就刚才你的话,问你几个问题吗?"

一时间,无数话筒录音笔递到庄睿嘴边,有些离的远的记者,甚至爬到了前面同行的背上,场面混乱之极。

"靠,这当记者也要有个好身体啊……"

庄睿无语地看着面前这些人,他也有点不知所措了,原本只图个心里痛快,没想到居然招惹了这么大的风波,看这势头,恐怕等不到明儿,全世界都会知道今天所发生的事情了。

"该死,老天啊,这些事要是被记者报道出去,那就是一个天大的丑闻啊……"

刚刚被庄睿的反应搞晕了头的理查德,这会儿突然反应了过来,不过他没有一点办法,态势已经脱离他的控制了。

"马上把乔治解雇,我不知道这头猪对那人说了什么?!"

可怜的律师乔治,他只是按照老板的指示做事情,但是到了这当口,倒霉蛋只能是他了。

"完了,这次拍卖彻底完蛋了……"

拍卖行的老板理查德浑身瘫软地坐回沙发,一脸灰白,理查德没有想到,一直都不怎么团结的中国人,居然会被这年轻人的几句话给煽动起来了,这效果简直比杰弗森这位拍卖师的话还好使。

组织一次拍卖会,在前期要做很多工作,拍品的印刷宣传,都是一笔不菲的开支,理查德对这次拍卖期望很高,前期就已经花出去数十万欧元了,现在看来,很可能血本无归。

另外对于那些提供拍品的物主们,他还要赔偿损失,因为有些拍品他是签署了协议的,在最低价拍不出去的话,他就得自己吃下来,如此一来,理查德的损失还要更大。

"理查德,现在不是追究责任的时候,还是先想想,怎么把这些中国人安抚下来吧?"

坐在理查德身边的是拍卖行的合伙人丹尼尔·汉迪,虽然此时丹尼尔也急得额头全是汗珠,但总算是提出了一个有建设性的意见。

"对,对,丹尼尔,快点通知保安,请这些中国人去会议室,把事态控制住……"

理查德听了丹尼尔的话后,如梦初醒般跳了起来,今儿的事情于他而言,简直就像是一场噩梦,他在拍卖行工作了几十年,还是第一次见到大规模买家退场的事情。

用对讲机做了指示之后,理查德和丹尼尔也急匆匆地向楼下走去,现在指望杰弗森控制场面,那几乎是不可能的了,因为可怜的杰弗森,此时已经在台上喊破了嗓子,都没有人搭理他。

第四十七章 | 拍卖行道歉

就在拍卖行老板想办法平息事端的时候,拍卖厅里可是异常热闹,最少有十多个来自各国的记者,把庄睿团团围住了,不同语言提出的问题,让庄睿的脑袋几乎要炸掉了。

"少说,最好一个字都不要说……"

站在庄睿身边的皇甫云可是位律师,他知道不管庄睿说什么,都会被这些记者扭曲,连忙在庄睿耳边提醒了他一句。

"对不起,无可奉告……"

庄睿听了皇甫云的话后,忽然想起经常在电影里看到的一句台词,顺口就说了出来,不过那些记者可不是这么好糊弄的,依然举着话筒叽叽喳喳地提着问题。

"庄先生,听说您是中国国家玉石协会的理事,那么您今天的行为,是否代表中国官方的意见?"

刚才提问的那个法兰西晚报记者,提出了一个不怀好意的问题。

"哦,我想您不了解玉石协会的构成,那只是一个民间机构,还有,我的行为只代表个人……"

庄睿听到那人的话后,忍不住回了一句,听得身后的皇甫云一脑袋冷汗,不过还好,庄睿没中那人的圈套。

"那为什么您身后跟了这么多人?"那记者见庄睿开口了,不依不饶地追问道。

"这个问题你要问他们,我仅代表我个人,对不起,请让让,你挡住我的路了……"

庄睿面无表情地回答了那人的话后,轻轻地把他推到一边,不过,他还是没能走出这座拍卖厅。

因为这时,刚才已经傻了眼的场内保安,终于接到了老板们的指示,把那些记者都拦了下来,想尽可能地挽回一些影响。

拍卖行的老大们知道,这事一旦宣扬出去,对他们拍卖行的信誉,将是一个极为沉重的打击。

不管出于什么理由,整个国家或者地域的买家们集体退场,错误一定是出在拍卖行方面的。

而且事实也是如此,杰弗森通知组委方派出律师警告庄睿,的确是一件无比愚蠢的事情。

很显然,一开始,拍卖方对庄睿没有足够的重视,在他们想来,派出律师警告一下那个年轻人,肯定会得到让他们满意的答案,但是事情的发展,和他们想象中的结果完全背道而驰了。

这件事往小了说是伤害了中国买家们的感情,往大了说,那就是法国不肯承认历史,这可是要伤害中法两国人民的感情的,拍卖行可背负不起这个责任。

"庄先生,庄先生请留步,我对某些人不当的言语,对您做出真诚的道歉,还希望我们能交流一下,这应该是个误会……"

刚刚从二楼包间赶下来的丹尼尔,满头大汗地站在庄睿面前,做出一副极其诚挚的表情,从来没有弯过的腰,此时也对庄睿弯下来了,脸上甚至有恳求的神色。

"庄先生,我相信刚才的事情,只是某些人的个人行为,代表不了拍卖行,我想,咱们可以坐下来谈一下,对于给您造成的伤害,我们一定会做出赔偿和道歉的……"

丹尼尔的态度如此恭谨,让许多在场的拍卖行员工大跌眼镜,丹尼尔作为大老板的合伙人,在拍卖行有着举足轻重的地位,此时来恳求一个年轻人,这是他们从来没见过的事情。

距离庄睿等人十来米远的律师乔治,则是一脸不可思议的表情,自己说的话都是他们授权的,怎么到现在居然变成自己的个人行为了?

"丹尼尔,你要对你的话负责,我是贵行聘用的律师,我的所有言论,都是经过你们授权的,放开我,我要告你们……"

"保安,把他带出去,他代表不了我们拍卖行……"

丹尼尔没等乔治把话说完,马上示意旁边的保安,将其拉了出去,而乔治的声音,还回荡在众人耳边。

"您是?"

庄睿疑惑地看着面前的中年人,刚才那一幕看在庄睿眼里,只不过是一场狗咬狗的闹剧而已。

"我是这家拍卖行的董事长丹尼尔,我代表董事长理查德先生请诸位朋友先到会议室去,我们会给你们一个满意的答复……"

丹尼尔接过员工递过来的话筒,大声地对面前的人群喊道。

"十分抱歉,由于一些沟通上的误会,我们今天的拍卖会,将延迟到下午继续进行,因此带给大家的不便,我报以万分的歉意,中午大家的饮食都将由我们拍卖行负责,实在是对不起……"

就在丹尼尔请庄睿等人去会议室沟通的时候,拍卖行的工作人员在丹尼尔的指示下走上拍卖台,用麦克风对下面宣布了拍卖行的决定,上午暂停拍卖。

那些来自中国以外的买家们,听到这个决定后,虽然不稀罕组委方的饭菜,但也无可奈何,毕竟此次拍卖会的主要客户群,就是那些华人,他们只是来凑趣的,更何况,在这剩下的几十人里面,有十多个是拍卖行安排的托儿。

"皇甫兄,要去吗?"

趁着场内众人的注意力被丹尼尔的话吸引,乱哄哄一片的时候,庄睿小声地征求了一下皇甫云的意见,毕竟这是位专业律师。

"当然要去,这家拍卖行在世界上也是数一数二的,能让他们服软,可不是件容易的事情,话再说回来了,去了之后说不定还能有意外的收获呢……"

皇甫云笑得有些奸猾,在拍卖开始之前,他多方串联,依然没能阻止拍卖会的进行,却没想到被庄睿无心之下,将事给办成了,皇甫云若是不能把这件事利益最大化,那他这律师就白做了。

"行,我听你的,回头就说你是我的律师,啥事你去谈……"

庄睿点头答应了下来,虽然和皇甫云相识不久,但是两人一见如故,庄睿还是信得过他的,干脆就把这事委托给皇甫云了。

"我的律师代理费很高的……"

皇甫云笑嘻嘻地回了一句,扭过脸看着一脸急迫的丹尼尔,说道:"我是庄先生的律师,我想咱们可以坐下来谈一下……"

"当然,不过这些人……"

丹尼尔拿出纸巾擦了下额头的汗,指着庄睿身后的人群,看向皇甫云。

"哦,丹尼尔先生,难道您认为这些人是我的老板煽动的吗? 不……不,不是这么一回事,这和我们没有任何关系……"

皇甫云的话听得丹尼尔差点吐血,和你们没关系才见鬼呢,不是那姓庄的上去说了一席话,压根就没这些事情,丹尼尔似乎又忘了,事端可是他们挑起来的。

"当然……当然和庄先生没有关系,不过是不是能请庄先生说一下,让大家都到会议室里去呢?"

丹尼尔很违心地说出了上面一番话，他现在简直快疯了，好好的一个拍卖会，为什么会变成这个样子，这些该死的有钱人，为什么这么容易被庄睿煽动起来？

"这个……我真的不认识他们……"

庄睿很无辜地摊了摊手，哥们说的是实话啊，他们要是听我的，我干脆就不让他们来参加这次拍卖会了。

丹尼尔听了庄睿的话后，一张老脸憋得通红，自己已经够低声下气的了，怎么对方还是不依不饶的？

"各位，对于拍卖行的行为，我想咱们都需要一个解释，不过都围在这里也不是办法，咱们还是去会议室吧……"

就在丹尼尔恨不得拿头撞墙的时候，一个女声响了起来，熙攘的人群也变得安静下来，说话的人正是那位夸奖过庄睿的女士。

"好，咱们就听听他们的解释……"

"走，都去会议室，如果拍卖行没有一个合理的解释，我还是要退出此次拍卖……"

"是啊，要他们赔偿，哥们我弱小的心灵受到伤害了……"

人群里的话语声听的庄睿哭笑不得，最后说话的哥们，肯定是个北京倒爷，这哥们要是进外交部工作的话，指定是个人才。

说话的女士姓张，在华人收藏圈里很有威望，她开口说话之后，众人都点头表示同意，一行人离开了拍卖厅，向在同一楼层的会议室走去。

"谢谢您……"

庄睿走慢了几步，对身边这位一直支持自己的张女士表达了谢意，今儿这事虽然干得舒心畅快，但是如果这些人全都走了，那事情就大发了，恐怕会上升到国家与国家之间的问题了。

这家拍卖行的背景，有法国政府的影子，出现这种对历史不负责任的言论，再被舆论媒体大肆宣扬一下，中国政府肯定会提出抗议，到那会儿，庄睿绝对要比上了电视还出名。

事态如果发展到那个地步，庄睿的名字，在以后的国际拍卖会上，肯定会被拉进黑名单，庄睿虽然不怕，但是不能参加国际性的拍卖会，也不符合他自己的愿望，所以这位女士算给双方解了围。

"呵呵，我也没做什么，年轻人，你说的话，做的事情，是很多国人想说想做的，不错，很不错……"

女士笑了起来，此时的她看起来就像一位慈祥的老妈妈一样。

"小伙子，干得不错，那话说的真他娘的带劲……"

"年轻人,留张名片吧,回到国内咱们多联系……"

"您是姓庄吧? 春节鉴宝节目上的庄老师,不会就是您吧?"

"哦,怪不得,这小伙子很有本事,年纪轻轻的就是玉石鉴定专家了……"

围在庄睿身边的那些华人买家们,这会儿也把庄睿拥簇到中间,纷纷出言和他交流起来,而庄睿的身份,也在有心人的关注下,浮出了水面。

说老实话,庄睿今天的行径,正是很多人想说而又不敢说,想做却没机会做的。从今天开始,国际收藏界都将知道庄睿这个中国名字了。

"让我们进去,言论自由,我们有权利报道这件事情的进展……"

"是啊,我是法兰西晚报的,你们没有权利阻止我进行新闻报道……"

"哦,天哪,我看到了什么,你们居然不让记者进去……"说话的这位,是一向标榜为自由国度的纽约日报记者。

拍卖行的董事长理查德正在会议室里等着庄睿等人。本来理查德是和丹尼尔一起下了楼,但他临时改变了主意,自己并没有出面,不外是想给拍卖行留点讨价还价的余地,并且他也不想亲自向这些华人道歉。

一行人进入会议室之后,拍卖行的保安,把一众记者都拦在了外面,只有丹尼尔跟了进去,引得外面的记者们牢骚满腹,不过这一层楼都是拍卖行买下来的,他们有权利禁止记者采访。

众人坐下之后,很快有侍者上来水果及茶水,这些都是丹尼尔安排的,如果这些华人收藏家们,真的决定退场,对他们拍卖行而言,将是一场灾难。

这次拍卖行之所以低头,就是因为中国的富人越来越多,屡屡在国际拍场上出现大手笔。可以说,现在的艺术品市场,来自中国的消费力,几乎算得上是主力军了。

有这个前提在,即使理查德和丹尼尔心里再不爽,也不敢得罪这帮子财神爷,谁会和钱过不去呢?

如果他们之前对庄睿有了解,恐怕也不会出现这种情况了,别人爱说啥就说啥呗,何必搞成现在这般不可收拾。

"庄先生,诸位朋友,对于今天发生的事情,我表示诚挚地歉意,这完全是个误会。

"我想,一百多年前的那段历史,咱们应该正视,但是那都是过去的事了,不应该影响到咱们两国的友谊。

"更不应该影响到咱们之间的艺术交流,艺术是不分国界不分国籍的,朋友们,你们说对不对啊?"

不能不说,丹尼尔的口才十分好,虽然一开始就承认了一百多年前的那段历史,但是避重就轻,把话题引到艺术上,让众人感觉自己揪着法国人的小辫子不放,似乎过于小气了。

"丹尼尔先生,咱们谈的应该是贵行的律师,在刚才对我的当事人所造成的伤害,他的言论,我是否可以理解为贵行对庄先生的威胁?"

皇甫云打惯了口水官司,一出口就把话题引到了今天发生的这件事情上。

丹尼尔听了皇甫云的话后,连连摆手道:"对于这件事,我保证,绝对不是出自拍卖行的授意,我们绝对没有威胁庄先生的意思……"

"丹尼尔先生,我想,贵行的律师不但对我发出了威胁和警告,也对一百多年前发生在两国之间的历史,做出了扭曲的解释。这种行为,不仅伤害了我的个人感情,恐怕在座所有的中国人,都是不能接受的,我需要贵行正规的,并且是书面上的道歉! 否则我是不会接受的,我仍然会退出此次拍卖!!!"

庄睿本来打算把所有事情都交给皇甫云处理,但是听到丹尼尔避重就轻的话后,忍不住又站了起来。

俗话说卖了孩子买蒸笼,不蒸馒头争口气,这会儿天时地利虽然不在庄睿一方,但是有人和啊,庄睿现在就是要争这口气。

当然,如果能在解气的情况下,再争取到一些利益,那就更好了。

庄睿话声一出,场内顿时响起了热烈的掌声,这些华人富豪们,哪个没参加过三五次拍卖会,但是这一次,却是让他们感觉最为爽快的。

"道歉,要他们道歉……"

"是啊,必须书面上的,否则我们都退出此次拍卖……"

"要让他们承认自己的错误,要正视历史,要赔偿……"

话说国人起哄的本事,绝对是数一数二的,庄睿话声刚落,马上有人开始帮腔了,这些四五十岁的人,此刻也都被庄睿的话燃起了血性,纷纷用英语表达起自己的意见来。

理查德和丹尼尔面面相觑,他们没想到,庄睿的一番话又挑逗得众人鼓噪起来,此时他恨不得上前掐死庄睿这个祸害,只是现在最紧迫的,是如何安抚这些群情激愤的中国人。

丹尼尔无法在众目睽睽之下和理查德交流,两人交换了一个眼神,丹尼尔大声说道:"庄先生,各位先生,各位女士,各位朋友,你们的要求是合理的,我要与董事长先生商议一下,各位先请坐,很快就会给大家一个答复……"

"没有问题,两位请便……"

庄睿做了个请的手势,此时的他,宛然是会议室内一百多位中国人的代言人了,他做得顺畅,别人也感觉理应如此。

等丹尼尔和理查德离开之后,皇甫云重重地在庄睿肩膀上拍了一下,出言戏谑道:"老弟,我这律师白做了啊,你三言两语就把这两人打发了,我看你要是考个律师证,哥哥我就要去要饭了……"

"皇甫兄,你说笑了,今儿这事,还真是仰仗各位,小弟在这里多谢了……"

庄睿站起身来,对四周众人拱手一圈,古玩行讲究这个,庄睿的这个行为,也让一些小心眼的人,心里舒服了许多,今儿可是白白给这小子当了回枪啊。

"哪里话,年轻人有冲劲,那番话说得好……"

"是啊,现在的年轻人,哪里还知道这些事情,恐怕连圆明园的名字都没听过喽……"

"可不是,我家那小子,就知道玩车打游戏,都二十多了,一点出息都没有……"

"谁不是啊,我家闺女整天就知道买奢侈品,小小年纪就知道打扮……"

庄睿话声刚落,人群里就传来一阵议论声,只不过这些话说的有些离谱,听的庄睿差点笑出声来,那家的儿子和那家闺女正好一对嘛。

"小庄啊,你在国内做什么生意的?"

坐在庄睿旁边的一个六十多岁的老人,忽然开口问道。

"庄睿,这是刘总,在国内经营有色金属,公司规模做得很大……"一旁的皇甫云帮庄睿介绍了一下。

庄睿连忙站起身来,打了个招呼之后,说道:"刘总,我做些玉石生意,在潘家园开了家古玩店,呵呵,和诸位前辈没法比,小本生意混口饭吃的……"

"呵呵,小本生意? 不见得吧,小本生意能来巴黎拍卖会? 后生可畏,真是后生可畏啊……"

刘总笑着摇了摇头,对庄睿的话不以为然,今天坐在场内的这些人,哪个不是亿万身家啊? 身家低于一个亿,根本就没坐在这里的底气。

"是啊,小伙子别谦虚,你看我们打拼了一辈子,都到了这年岁,你可是年轻得很啊,而且有冲劲,不错,很不错……"

庄睿在场内这些人的眼里,算是比较陌生和神秘的,这一聊起来,呼啦啦一群人都围了过来,以庄睿为中心交谈起来。

不过另外也有一些相熟的人,坐在旁边聊起天来,这次发生的事情,也算比较罕见了,给他们提供了不少话题。

"哎? 我记得听人说过,最近这年把时间,出了个赌石的高手,被称为北地翡翠王的,也叫庄睿,小庄,说的就是你吧?"

场内这些华人富豪们,也有玩玉石的,虽然不赌石,但是听说过庄睿的名头,顿时询问起来。

　　"呵呵,您过奖了,翡翠王不敢当,赌过几次翡翠而已……"

　　庄睿点头应承了下来,这些东西都是明面上的,只要有心就能查出来,没什么好隐瞒的。

　　"老王,怎么回事? 说说看……"

　　场内的人大多都不知道这些事情,顿时拉住刚才说话的人询问起来。

　　等那人把庄睿这一年多赌石的战绩报出来之后,这些人再看向庄睿的眼光,就变得有些异样了。

　　他们虽然不知道庄睿的外公是欧阳老爷子,但是下意识认为,庄睿年纪轻轻的能来这里,肯定是靠着家里长辈,不过听那老王一说,众人才知道,敢情庄睿的数亿身家,都是自己赚来的!

　　这人越有钱,就越崇拜比自己还会赚钱的人,这是不分年龄辈分的,一时间,再有人和庄睿说话的时候,称呼上就加了"老师"二字了。

　　当然,庄睿也称得起这个称呼,别看场内这些人钱比他多,但是真正精通古玩的,却不是很多。

　　在场的这些人,有很多都是生意做大了以后,想追求点高雅的爱好,这才开始玩收藏,更有些人直接就是把古董当成投资来做的。

　　总之,真正能自己辨别古董真假的,这一百多个老板里面,有三五个就不错了。

第四十八章 | 大鳄低头

"对了，皇甫，之前接到过你的电话，对此次拍卖有些看法，现在国内或者国外的华人都在这里，你不妨在这里说下吧……"

突然人群中一个认识皇甫的人提起了另一个话题。

"我？这事不是我提起来的，是庄老弟的意思……"

皇甫云被点名后，愣了一下，马上把庄睿推了出去，他也看出来了，别瞅庄睿平时话不多，但是论起说话煽动人心的本事，自己还真不如他。

"嗯？庄老师，是你的意见？说说吧……"

那人一看竟然又是庄睿的意思，立刻来了精神。

"好，那我就说说……"

庄睿也不矫情，松开了一直和秦萱冰握在一起的手，站起身。

"各位，论年龄我是小辈，论起收藏，我更没玩多久，本来是没有资格在这里说话的，既然这位先生点名了，我就随便说两句吧……"

庄睿的话让原本各自聊天的人，都将目光转到庄睿身上。

"我师从上海的德叔，初入行时，听到最多的一句话，就是中国古董的精品都在国外，原因嘛，就不用我多说了，大家都知道。

"一百多年前国家羸弱，许多祖宗留下来的物件，都流失到了国外，这些账并不能算到咱们头上，但是我们有责任，让这些流失在外的国宝回归！

"这也是大家现在聚在一起的主要原因，能力越大，责任也就越大，在座的各位恐怕都抱着这样的心思，来参加这次拍卖会的吧？"

庄睿的话让众人都微微地点了下头，他们是看到拍卖目录里面有几件珍品，这才赶到巴黎参加此次拍卖会的，正如庄睿所说，他们是想让国宝回归。

"用相应的价格，买回咱们国家的古董，虽然在情感上，我勉强可以接受，但是有些国外的拍卖机构，伙同物主，故意抬高中国艺术品的市场价格。

"许多在国内不能交易的青铜器和国家一级保护文物,都被这些国际炒家们用走私的手段,运到国外,反过来再高价卖给在座的各位。

"我个人感觉,这种行为是用武力侵略之后,又从经济上掠夺我们,虽然在场的诸位身家雄厚,可能不在意那一千万两千万,但是这种行为,是应该被谴责的!

"另外我还要说明一点,就是咱们在国外高价拍到的物件,拿回国内未必就值那么多钱,想收藏投资的朋友们,还是选择比较理性的价位,否则说不定就是一次失败的投资……"

庄睿掷地有声的话,引得众人沉思起来,他们以前也思考过类似的问题,但是从来没有人说得这么清楚,直指事情的本质。

谁的钱都不是大风刮来的,像张女士等人,的确是想买回流失在国外的文物的收藏家就不用说了,就是那些想投资的商人老板们,心里也开始衡量得失利弊。

"小庄,可是咱们不竞价的话,也拍不到这些东西啊……"场内有人提出了意见。

庄睿点了点头,说道:"对,这些国际炒家们,就是利用了各位的爱国心理,把本来价值没那么高的古玩,炒出了天价。

"对于各位的初衷,我个人表示敬佩,但是对这种行为,我是不赞同的,这样会导致中国古玩在国际市场上价格虚高,对于这类古玩收藏的长期发展,是没有任何好处的……"

庄睿说完这段话后,会议室变得安静下来,庄睿这话的道理很浅,谁都明白,但却很少有人思考这个问题。

虽然用金钱的多少来衡量一个人成功与否不是很准确,但是能将企业做得很大的人,对于一件事情的分析和判断,肯定有自己的想法,庄睿说的这些道理,在场的人谁都懂。

但是懂归懂,事到临头,很多人就不由自主地开始追逐自己喜欢的物件,对于他们来说,价格并不是第一因素,所以往往会中了别人的套,买了物非所值的物件。

就像中国的唐三彩,曾经在上个世纪八十年代末、九十年代风靡一时,被国外一些别有用心的人大加炒作,当时也有一些爱国人士和投机商出手购买,但是放到现在,那些唐三彩的价值大减,缩水了不少,有很多进行投资的人,亏得血本无归。

所以庄睿此话一出,不管是心里真正想让国宝回归的,还是想投资赚钱的,都开始认真思考起来,自己这种帮助国际炒家推波助澜的行为,是否正确?

"小庄,你也知道,现在的古玩界,就是卖方市场,手里有货的人掌握了话语权,咱们要么不买,要么就只能按照他们的规则行事,如果不能打破这个桎梏,局面还是得不到改善……"

做有色金属生意的刘总,沉思了一会儿之后,对庄睿说出了他的想法,这也是场内大多数人的想法。

这些珍贵的中国古董掌握在国外少数人的手里，何时出售，以什么样的价格出售，都由别人说了算。

"刘总，这事……其实也不是没办法解决……"

庄睿沉吟了一下，开口说道："古玩固然是卖方市场，但是同样，来自中国的古玩，受众局限性很大，相信除了在座的各位之外，也就日本和英国有一些人在收藏中国艺术品……"

场内许多人听了庄睿的话后，眼睛不由自主地亮了起来。

"所以只要咱们联合起来，用行动抵制外国炒家们的炒作行为，他们就占不到任何便宜……"

"小庄，这……谈何容易……"

刘总长叹了一声，这事说起来容易，但是做起来就难了，每人心里都有一本账，看待事物的方式也不尽相同。

这些人在各自的领域都是极其成功的人士，谁也不服谁，有人的地方，就有江湖，有江湖的地方，就有纷争。

场内的这些人里面，也分成不少小圈子，有的关系好，有的关系差，关系差的那些人，有时候甚至为了赌一口气，都能不断在拍卖现场抬价，让外人看笑话。

所以庄睿说的"联合"二字，基本上是不可能的。能让他们做到不互相恶意抬价，那就阿弥陀佛了。

庄睿点了点头，说道："是不容易，不过不管是投资也好，是收藏也罢，我问下在座的各位，大家是不是都想用最低的价格，买到心仪的藏品？"

"废话，谁的钱是大风刮来的啊，当然是越便宜越好了……"

"是啊，那样的话不过拍卖方就亏大了，他们会找托儿抬价的，有时候咱们即使知道，也要硬着头皮跟着加价……"

"对啊，上次我拍的一件明朝青花瓷，本来五十多万欧元就能拿下来，最后硬是花了一百五十多万，也不知道究竟值不值……"

庄睿话声刚落，人群里就响起了议论声，他们不是不知道拍卖行玩的那些猫腻，但是事到临头，有时候也是赶鸭子上架，硬着头皮上的。

"诸位，那你们有没有想过，如果咱们之间不恶意竞价，并且对拍卖行的抬价置之不理的话，会出现什么样的结果？"

庄睿的话说得众人一愣，由于庄睿说的这种情况，基本不大可能发生，所以他们也没思考过这个问题。

"如果大家能做到这点，我可以保证，不但很多人能拍到自己心仪的物件，就是拍卖行,也不敢恶意抬价。大家都知道,拍卖行抬价,也是要承担风险的,如果没有人跟价,他们就得自己出钱买下拍的物品,一件两件他们或许还承受得起,但是如果次数和数量多了的话,恐怕这些拍卖行,也不敢再这么做了,如此一来,咱们也能公正公平地买到自己喜欢的东西了⋯⋯"

庄睿说的这个,不单指国际拍场,就是国内古玩店,也经常使用这种方法,用行话说,就是"努着了",叫价超过了拍场的负担能力,也可以说成"撑着了",他们得吃不了兜着走!

"其实谁都和钱没仇,大家可以事先'一起儿''抓个阄',反正即使这次拍卖会不出手,下次也可以让没轮到的出价,这样一来,大家都能用最低的拍价买到最好的物件,总比每次争得脸红脖子粗,然后还白给老外送钱强吧?"

庄睿说的"一起儿",指的是某些团体在竞价前先商议一下,而"抓个阄",则是说可以安排一下出手的顺序,用抓阄的方式,来决定由谁出手竞拍。

"不过咱们这次来参加拍卖的人,基本上都是各自为政,而且事先也没有沟通,用抓阄的方式显然不太可能⋯⋯

"但是咱们可以换一种方式,那就是谁先出价,这物件就由他来拍,其余人不得再去抢拍,而且要先说好,如果拍卖行方面的托儿抬价,先拍的人也要果断放弃,咱们不能惯他们这毛病⋯⋯"

庄睿的思路很通透,站在会议室的台前,把利弊一一分析出来,听得台下众人纷纷点头。

"小庄,那要是有人抢得快,次次都被他抢拍了怎么办啊? 我这老头子的反应,可不如你们年轻人啊⋯⋯"

刘总的话引得众人笑了起来,不过他说的也是事实,真要按照庄睿所说,第一个人出价后,其余人都不能抢拍的话,某些人是要吃亏的。

"呵呵,刘总,这个好办,我听说这次专场拍卖,一共要举办五天,有上百件来自中国的古玩,咱们也可以说好,每人只准出手一次,这样一来,每个人都能拍到一个物件,总比拼个你死我活让人笑话强吧?"

"这倒也是⋯⋯"刘总点了点头,不说话了。

而台下的人最初听了庄睿的话后,先是感觉有点儿匪夷所思,不过仔细想想,这个办法的确不错,可能很多人都看中了一个物件,那就看谁出价快,而且只要有人先出了价后面的人就不能再出手了,这等于别人又多了次机会。

另一边的张女士沉思了一会儿,站起身来说道:"要不⋯⋯咱们今儿按小庄说的试试? 表决一下吧,如果大家同意,咱们就按照这办法试下,总不能老是让拍卖行牵着咱们的鼻子走吧?"

"张女士说得对，我赞同……"

"我也赞同，别把钱都给老外黑了去，咱们只要团结，谁也不怕……"

"举手表决，我同意……"

台下议论了一会儿之后，大家纷纷举起了手，还有一些本来在观望的，见到众怒难犯，也不情不愿地把手举了起来。

当然，这些人里面，肯定有不以为然的，不过他们都是在各个领域大有身份的人，今儿既然表示同意了，后面就肯定会按照规则行事，在这个圈子里，不遵守规则的后果，就会被踢出圈子。

达成简单的协议之后，大家突然之间感觉关系都近了不少，原本见面相互之间不怎么搭理的人，也能坐下一起聊天了。

前后不过十来分钟的时间，大家就初步达成了协议，就在会议室里气氛融洽无比的时候，会议室的大门被推开了，理查德和丹尼尔走了进来，在他们身后，还跟着那个叫嚣着要告拍卖行的律师乔治。

"庄先生，事情已经了解清楚了，是我们拍卖行的律师乔治，误解了庄先生说的那番话，所以为了维护拍卖行的利益，才对庄先生做出了不恰当的举动，乔治也认识到了他的错误，现在特意来给庄先生道歉了……"

理查德的话声刚落，乔治就走到庄睿身边，深深地鞠了一躬，说道："对不起，庄先生，我对中文不是很了解，误会了您话中的意思，我收回先前所说的话，对给您造成的伤害，表示最诚挚的道歉！"

"妈的，这小子就是替罪羊……"

庄睿无语地看着乔治，想不轻不重地把这事给揭过去，也要看自己答应不答应。

庄睿没有接受乔治的道歉，而是看向理查德，说道："理查德先生，我能问您一个问题吗？"

理查德点头道："当然可以……"

"乔治先生作为贵行的律师，他所说的话，是否可以代表贵行的意思？如果是这样的话，我觉得，给我道歉的人，应该是您，而不是乔治……"

庄睿的话让理查德面色大变，虽然这件事情的发展有些不受控制，但是他也从来没想过，要自己低头正式道歉。

理查德这家拍卖行的总部在英国，他本身也是英国人，这个拍卖行是法国的一个分部。

祖上为英国贵族的理查德在内心里是看不起华人的，如果不是近些年来中国国力强盛，中国人腰包鼓起来的话，他今天根本就不会做出调解的姿态来。

庄睿现在所说的话,算是击中了理查德的要害,让他去向一个无论是年龄还是身份都比他低的华人青年道歉,这是理查德无论如何都无法接受的。

"庄先生,我已经做出了应有的姿态,而乔治作为这件事情的主要责任人,也已经向您做出了道歉,我希望您能接受他的道歉,这件事情到此为止!"

理查德脸上的笑容早已不见了,代之的是一副阴沉的面孔,他对庄睿的忍耐已经达到极限了,要不是丹尼尔不住向他使眼色,恐怕理查德早就控制不住自己的情绪,爆发出来了。

"这就是您所谓的道歉?这就是您的态度?"

庄睿冷笑了一下,一字一顿地说道:"对不起,我不接受!我想,我身后的同胞们也不会接受,咱们之间的谈判破裂了,我的决定是,退出此次拍卖!"

庄睿的话如同在理查德头上淋了一桶冰水,让他瞬间清醒了过来,他这时才意识到,面前的这个年轻人,也算是中国的贵族,并非是他能任意揉搓的,自己刚才说话的态度,也许犯了另一个错误。

"对,不认真道歉,我们都退出此次拍卖……"

"他们分明就是没有诚意嘛,走了,走了,白浪费时间跑了一趟……"

"走吧,下个月在香港还有一次拍卖,咱们去那里得了……"

周围响起的声音,让理查德的脸色变得愈发难看,他没想到,庄睿居然会有如此大的影响力,他的决定,竟然会影响到这些来参加拍卖的华人富豪们。

在此次拍卖之前,中国政府也曾经对此提出过抗议,但是这些华人富豪依然来参加了,如果他们因为庄睿退出此次拍卖,岂不是说这年轻人的影响力非常可怕。

理查德不知道,事情并非这样,众人力挺庄睿的原因,主要是因为庄睿刚才给他们出了一个好主意,并且能在气势上压倒理查德,对于接下来的拍卖,也是有好处的,这就像一场角逐,谁都不想在气势上弱于对方。

"好吧,庄先生,请留步,您赢了!"

看到庄睿站起身来,就要往门外走去,理查德矮胖的身子,像充满气的气球忽然泄气了一般,变得更加矮小了,脸上露出一副说不出来的表情。

"庄先生,我代表 XX 拍卖行,对今天所发生的事情,对您表示最真诚的道歉,对给您身心造成的伤害,表示最诚挚的歉意!"

理查德走到庄睿身前,微微躬下身体,用带着伦敦腔的英语,向庄睿说出了上面的一番话。

偌大的会议室中,忽然变得寂静下来,这突然的转变,不仅让庄睿,也让场内所有的人,都感觉有点突如其来,见到这位国际拍卖行的大鳄,居然真的给庄睿鞠躬道歉,竟然给人一种不真实的感觉。

不过随之而来的，就是爽快，所有人的心头，都像被甘霖浇灌了一般，那种爽快的感觉无法用语言来表达，一时间，众人的眼睛，居然有些湿润了。

随着中国经济的发展，中国企业或者个人，在世界舞台上也扮演着越来越重要的角色，但是，在某些领域，始终都被外国人把持的，像国际性的拍卖行，就没有一家是中国的。

在这些领域，外国人一直都是制定和执行规则的人，中国人只能被动地参加他们的游戏，遵守他们的规则，但是现在，这种规则，隐隐被打破了，强势的拍卖行老板，在庄睿面前，低下了那自谓高贵的头颅！！！

舒畅！爽快！

在此时，所有人心里都有这么一种感觉。

在场的这些华人，都经常来国外，在和别人进行商务谈判的时候，或多或少总能感觉到对方身上的那种优越感，但是此时，这种优越感被打破了，相反，在理查德的面前，他们的腰杆，似乎比平时都要挺直了许多！

而且在这一刻，他们也感受到了团结的力量，众志成城，只要团结一心，国际拍卖行的大鳄，同样要俯首认输，同样要做出让步，反之，如果只有庄睿一人坚持的话，相信理查德绝对不会做出让步。

想到这里，众人对庄睿提出的拍卖计划，信心又足了几分，而且对庄睿这个年轻人，都开始刮目相看了，再也不会因为庄睿的年龄，而对他有一丝小看的心思了。

第四十九章 痛打落水狗

"理查德先生,中国是礼仪之邦,讲究礼尚往来,对您的道歉,我表示接受,但是,难道您认为,仅凭几句话,就可以弥补我受到伤害的心灵吗?"

庄睿的话声一出,现场顿时噼里啪啦地掉下几副眼镜,就在所有人都认为庄睿会顺水推舟就坡下驴的时候,谁都没想到,庄睿居然会说出这么一番话来。

"小庄,这……这……"

张女士在庄睿身后,悄悄地拉了一下庄睿,她也认为今天面子够了,可以结束这场为国争光的行为了,她怕庄睿再闹腾下去,别出现一些不好的结果。

"张女士,我听说外国人最务实,想必他们的道歉不会空口白话,应该拿出实际一点的行动来,您说呢?理查德先生?"

庄睿这番话就说得更加露骨了,意思很明显,想道歉,拿出点干货来,不要以为上嘴皮碰下嘴皮,事情就能揭过去,门儿都没有。

"这年轻人,不得了……"

"是啊,真是后生可畏,后生可畏啊……"

"以后要好好结交下这个小伙子……"

场中的一些人,也看出了端倪,庄睿这是在借势,借一百多个华人收藏家的势,来压制理查德这个国际拍卖行大鳄,而且大势已成,不怕理查德不低头。

没错,庄睿就是在借势,他让理查德道歉,其实最初就是一种试探,他在试探理查德的底线,他在试探这些华人收藏家,是否能让理查德折腰。

试探的结果就是,理查德服软了,庄睿要是不痛打落水狗,那他就不是庄睿了。

凭什么?!

凭什么占了理就得退让?!

凭什么不能理直气壮地要求赔偿?!

庄睿可不管那一套,哥们儿今儿占理了,不敲你一下,估计这矮胖子也不长记性,庄睿就是要让理查德记住,以后不要在中国人面前显摆自己身上那种优越感!

"你……你……"

理查德被庄睿的"无耻"气得满脸通红,他已经低声下气地道歉了,没想到庄睿又提出了更加"过分"的要求,居然让他在物质上进行赔偿,虽然庄睿没直接说出来,但是话中的意思,就是傻子也听得懂。

"理查德,冷静……"

丹尼尔一把拉住了理查德,既然已经服软了,就没必要再将事情激化,丹尼尔看得出来,那后面一百多个华人,此刻都力挺庄睿。

作为世界数一数二的大型拍卖行,他们或许不惧怕哪个政府,但是对这些国家的超级富豪,他们却不敢轻易得罪。

想做古董生意,毕竟还要依靠他们,总不能把价值几千万的物件,卖给那些月工资千儿八百的普通人吧?他们买得起吗?

现在中国人的消费力,已经在世界上出了名了,不仅体现在艺术品拍卖市场,就是在那些奢侈品商店里,也到处都能见到中国人的身影,有很多国际大都市的奢侈品商店,甚至安排了会汉语的营业员,以方便中国人购物。

"庄先生,您的要求是合理的,为了表示我们最诚挚的歉意,您拍得的那幅郎世宁《纯惠贵妃半身像》油画,我们将免除它的佣金和拍卖行的手续费,不知道这样的结果,您是否满意呢?"

丹尼尔拉住理查德之后,和他小声商议了一下,最终给出了庄睿想要的赔偿方案,他们的行为也说明,拍卖行方面,完全彻底地向庄睿低头了。

这世上,没谁和钱过不去,在金钱面前低头,绝不丢人,西方人尤其肯定这一点。

"满意?当然满意了……"

庄睿此时心里乐开了花,一百二十万欧元可是要缴纳不少别的费用的,七七八八的加起来,也有一二十万欧元了,现在拍卖行方面给免了,庄睿有什么理由不满意?

不过这心思庄睿只是在心里想着,并没有说出来,而是一脸正色地看着丹尼尔,说道:"作为个人,我已经感受到贵行的诚意,不过您知道,刚才你们的行径,损害了华人团体的感情,我想,只对我个人做出赔偿,这……是不是有点不恰当?"

"什么?"

庄睿的话听得丹尼尔差点吐血,敢情这小子自己占了便宜不说,居然还要给别人谋福利,这是拿拍卖行开涮啊?

"小庄这话说得没错……"

"嗯,拍卖行的行为,的确伤害了我们……"

"哥不缺这钱,哥就是对你们这种行为,要进行谴责……"

347

"嘿,这小伙子不错,知道独乐乐不如众乐乐……"

一时间,理查德和丹尼尔的耳边,响起了各种腔调的英语,这些话自然是在力挺庄睿,这让他们二人面面相觑,不知道该如何收场了。

作为拍卖行,他们明面上赚取的利润,就是藏品拍出之后提取的佣金,如果全都免掉的话,那他们岂不是要喝西北风了?

当然,拍卖行还有一些隐形收入,比如和物主事先谈好的价格底线等等,不过这一切,都要在拍卖能正常进行,物品可以拍出去的前提下,才能拿到。

"好吧,此次拍卖会,所有成交物品,我们一律将佣金下调五个百分点,作为我方对各位朋友最真诚的歉意,不知道这样做,朋友们是否满意?"

丹尼尔和理查德咬了一会儿耳朵,终于做出了决定,相比此次拍卖可能会无疾而终,他们这样做虽然赚的少一些,但是却能将拍卖进行下去。

不过这次丹尼尔的话,却不是问庄睿,他生怕庄睿嘴里再吐出一个不满意来,直接问向在场的华人收藏家们。

"可以了,我们看到了贵行的诚意……"大家颔首点了点头,要是再僵持下去的话,恐怕拍卖行方面真的会取消此次拍卖。

一般拍卖行收取的佣金,为拍价的8%至15%,减免5%,算是一笔不小的数字了,在场的这些人虽然不在乎这点钱,但对庄睿争取到的利益,还是十分的满意。

"好,我们中午安排了宴席,请大家一定要赏光,拍卖将在下午进行,各位先休息一下,我和董事长就先告辞了……"

丹尼尔见到事情解决了,再也不想留在这里了,交代了几句场面话之后,拉着理查德离开了会议室,走出门的时候,他们听到里面传来了掌声,脸色不禁变得有些阴沉。

"丹尼尔,能不能……"

理查德面色不善地对着自己脖子比划了一下。

今天发生的所有的一切,都是庄睿造成的,这件事估计最少会给拍卖行带来数百万欧元的损失,并且会给拍卖行的声誉,带来很坏的影响。

作为一家分行遍布世界各地的知名拍卖行,理查德无疑和各种三教九流的人物都打过交道,国际佣兵,国际大盗,甚至是国际盗墓贼。

资本的背后,往往都是血腥的,对于理查德和拍卖行而言,人间蒸发一个人,并不是很困难的一件事情,这样的事情理查德也不是第一次做了。

"不行,千万不行,理查德,打消这个念头吧……"

丹尼尔被理查德的话吓了一大跳,庄睿如果是毫无背景的小人物,那就算了,但是从他的资料表明,他在中国的背景极其深厚,万一做掉他被查出来的话,可能法国政府和英国政府,都没办法护住他们。

"狗屁!"

理查德恼怒地在电梯边的垃圾箱上踢了一脚,恶狠狠地说道:"通知所有的分行,以后这个庄睿,是我们拍卖行最不受欢迎的客人……"

动不得庄睿,理查德也只能用这种办法来发泄一下心中的怒火了,硬生生地咽下这口气,理查德很怀疑自己是否会憋出毛病来。

只是这对庄睿而言,并没有什么震慑力,世界上又不是只有这一家拍卖行,话再说回来了,如果庄睿看中了他们要拍卖的物件,即使不在现场,也可以委托别人进行电话拍卖啊,这在国际拍场中很常见的。

"小庄,谢谢,谢谢你……"

理查德和丹尼尔离开会议室后,刘总带头鼓起了掌,所有人都跟着鼓起掌来,掌声回荡在会议室里,久久没有停歇。

虽然这只是民间的商业行为,但是也长了国威,给中国人争了面子,这一切都是庄睿带来的,他配得起这些掌声。

"不敢,不敢,刘总,各位古玩行里的前辈,拍卖行方面之所以低头,不是我有面子,而是大家的功劳,如果没有大家的支持,恐怕我早就被拍卖行扫地出门了,我要谢谢大家才对……"

庄睿站起身来,对着场内所有人深深地鞠了一躬,他这次是真心实意的,能让拍卖行公开道歉,庄睿就感觉此行不虚了。

一直支持庄睿的张女士笑着摆了摆手,说道:"不说这些了,小庄,等有时间,我要去北京看看你的古玩店,到时候要给我介绍点好玩意儿啊……"

经过交流,庄睿才知道这位张女士不仅是香港的资本大鳄,在香港的古玩收藏界也是领军式人物,怪不得刚刚他就看大家似乎有以她马首是瞻的感觉。

"呵呵,张女士,我那小店的东西,肯定不入您的法眼,不过再过一段时间,我要在北京办一个私人博物馆,等到开业的时候,您要是有时间的话,还请您莅临指导啊……"

庄睿听张女士的话后,心里一动,把自己要开私人博物馆的事情说了出来,在场的这些人可都是国内和国际的顶级华人收藏家,要是他们肯出力,自己那博物馆就不愁没有展品了。

"哦?私人博物馆?"

张女士闻言愣了一下,虽然这几年国内有不少人开办了私人博物馆,但那都是在收藏圈子里厮混了很多年,有一定人脉与名望的人,庄睿如此年轻,就要开私人博物馆,一时让张女士感觉有些愕然。

不仅是张女士,就是其他人,听了庄睿的话后,也感觉有些不可思议,虽说私人博物馆的门槛不是特别高,但也不是谁都能玩得起的。

开一家私人博物馆,不仅需要丰富的藏品,还需要雄厚的资金,要知道,在遍地都是国有博物馆,并且很多都是免费参观的情况下,私人博物馆的前景,并不被人看好。

私人博物馆收费的话,会被人骂,但是不收费,馆内的藏品保养,工作人员的工资,再加上用地水电,这些加起来可是一笔不菲的数字,不是一般人能承担得起的。

"小庄,为什么想开一家私人博物馆啊?这可是吃力不讨好的事情呀,对了,你现在有什么藏品,和大家伙分享一下吧……"

刘总听了庄睿的话后,也来了兴趣,一圈人呼啦一声将庄睿围在中间,这个年轻人真是让人看不透,所有人都对庄睿兴趣大增。

"呵呵,本来没想这么快开博物馆的,只是有些藏品想和国外的一些博物馆对换,所以必须要有个名目。至于我私人的藏品,还真不是很多,到时候还要仰仗各位前辈们,伸手相助啊……"

庄睿没细说和吉美博物馆交换藏品的事情,这事八字还没有一撇,万一没成的话,这可就是说大话了,不过趁着这个机会,庄睿倒是想让这些人捐赠点物件出来。

"咳咳,小庄,你可是走到我们的前面去啦,咱们在这里拍物件,你都和国外的博物馆交换藏品了,后生可畏啊,等你的博物馆开业,我一定去看看……"

刘总笑呵呵地在庄睿肩膀上拍了一下,不过却绝口不提捐赠藏品的事情,一来庄睿过于年轻,这博物馆能开成什么样的规模还不知道,仅凭庄睿一句话,这些老狐狸们是不会出手的。

二来别看这些大藏家们经常会给某些官方博物馆捐赠文物,而且一捐都是价值成百上千万的文物古董,但那也是有好处的,做了这样的事情,在一些政策方面,是会受到一些照顾和优惠的。

就像某些企业,一年捐赠多少慈善款项后,可以合理地免除一些税收,道理是一样的,在场的这些华人收藏家们,其实也不乏抱着这种心思的人,虽然这事说出去让人感觉有点儿动机不纯,但都是事实。

"一定,一定,到时候各位前辈一定要光临指导啊……"

庄睿笑嘻嘻地点头答应了下来,他也知道,空口无凭,别人凭什么把价值数百上千万的物件交给自己?

等自己的博物馆开业之后,让别人看到博物馆的规模,再提出借用藏品的事情也不晚。

"庄先生,请问您和拍卖行之间的纠纷,是如何解决的?"

"庄先生,我是法兰西晚报的记者,可以简短地采访您吗?"

"嘿,哥们,说说吧,那边是不是服软了?"

等中午吃饭时,庄睿等人一出会议室,马上就被敬业的记者们围住了,今儿发生的事,可是绝好的新闻素材,无论是哪个国家的记者,都想得到第一手资料。

"对不起,无可奉告……"

拿了别人的手软,既然已经和拍卖行达成了协议,落井下石的事情最好别干,而且在庄睿之前办理拍卖成交手续时,有专人特别交代过他,庄睿也点头答应了。

"这位先生,请问刚才里面发生了什么事情?"

"是不是拍卖行方面,对庄先生道歉了?"

"这位女士请留步……"

记者们见庄睿不肯配合,马上将话筒对准了其他人,反正只要能搞到刚才庄睿等人谈话的内容就可以了,至于是否是当事人所说,那并不重要。

"对不起,无可奉告……"

"对不起,这事情还是请你们询问当事人……"

"请让让,请让让……"

不过这些来自国内外的华人收藏家,显然一个个都是久经沙场的老将,应付记者一个比一个熟练,从会议室门口跟到餐厅,居然没有一人泄露任何口风,让一众记者大失所望。

到了餐厅,那些记者又被拦了下来,由于这家餐厅中午被拍卖行整个包了下来,所以这些记者也无法进入,只能等在外面伸头探脑,看得庄睿直摇头。

秦萱冰坐在庄睿身边,用手捅了一下庄睿,说道:"老公,咱们要不要把这个给他们?"

"这是什么?"庄睿不明所以地问道。

"家用 DV 机啊,我刚才把那两个人道歉的情景都拍下来了……"

秦萱冰把她的坤包打开了一角,里面露出来的东西让庄睿大吃一惊,怪不得刚才在会议室的时候,秦萱冰没站在自己身旁,敢情是去拍这玩意啦?

"快收起来,没被人看到吧?"

庄睿连忙拉上了秦萱冰坤包的拉链,这事可不好宣扬出去,否则以后这家拍卖行联合其他拍卖行,真能让自己在国际拍卖界变成过街老鼠、人人喊打了。

秦萱冰见了庄睿的模样,有些奇怪地回道:"当然没有别人看到,不过……你这么小心干吗啊?"

"嘿,姑奶奶,我已经同意了他们的和解,再拿出这玩意,不是当面打人脸嘛,要是这样的话,以后我都别想再进拍卖场了……"

庄睿说这话的时候,还不知道,他现在就已经上了这家拍卖行的黑名单了,恐怕这一次,是他第一次也是最后一次参加这个拍卖行组织的拍卖。

"咱们可以寄给一些媒体嘛,又不用自己出面,谁知道是谁拍的呀……"

秦萱冰眼睛转了转,给庄睿出了个主意。

"这……倒不是不行,等咱们离开法国之后再说,要不然还是重点嫌疑对象……"

庄睿点头应承下来,有了秦萱冰的启发,庄睿觉得把这东西直接传到网上似乎也不错,不过要把自己的脸打上马赛克,庄睿可不想做明星。

中午吃完饭后,众人休息了一会儿,在拍卖行工作人员的催促下,又回到了拍卖大厅。

"先生们,女士们,各位来宾,各位朋友,由于上午一些沟通上的小误会,造成了拍卖的中断,现在拍卖继续进行,下面要拍出的物品是……中国清朝康熙年间青花大盘一个……"

站在拍卖台上的杰弗森,此刻显然不如上午精神,由于他的刻意报复,让拍卖行损失惨重。中午,理查德可是往他脸上喷了不少唾沫星子,此时杰弗森主持得中规中矩,再不敢有丝毫逾越之处。

"朋友们可以先看手上的彩页,这个青花大盘直径为三十八点五厘米,釉色纯正,包浆浓厚,青花色正而不邪,底款为康熙年间制,经过多位专家鉴定,这个青花大盘,应该属于清宫廷官窑瓷器……

"这么大的瓷器,在国际拍场中出现,还是头一次,底拍价为五十五万欧元,机会难得,还请诸位朋友出价……"

杰弗森鼓吹了一番之后,报出了这个康熙青花大盘的底拍价,这个瓷器也是此次拍卖的精品之一,为了挽回上午的影响,特意拿到前面来拍卖。

"七十万……"

"六十万……"

"五十五万……"

杰弗森话声刚落,突然有四五个声音同时响起,把杰弗森吓了一跳,按说这玩意儿虽然抢手,但是以他的经验,也会冷场几十秒或一分钟才有人出价,这么快并且这么多人同时喊价,倒让杰弗森有点儿不适应。

"八十七号买家出价七十万欧元,一下子就将这件瓷器提高了二十万欧元,看来这件瓷器的竞争将会非常激烈……"

不过"白手套"拍卖师的名头不是白来的,杰弗森还是第一时间分辨出叫价最高的那个人,虽然心里有些奇怪,不过杰弗森还是很高兴的。

刚开始竞争就如此激烈,杰弗森完全有理由相信,这件瓷器的最终成交价,肯定会高于前面庄睿拍到的那幅郎世宁的油画。

"赵总运气真不错……"

"唉,我怎么就没想到,开始把价格叫高一点呢?"

"是啊,老赵真是老奸巨猾,不过拍卖行愿不愿意七十万欧元卖掉这件瓷器,还两说呢……"

刚才叫价的几个人,在杰弗森说完话之后,并没有再抬手叫价,而是低声议论起来。

那位出价七十万欧元的赵总,此刻自然是满面春光,虽然说此次来可能只拍到这一个物件,但是这件瓷器的价值,远不止七十万欧元,这么大一件青花大盘,正如杰弗森所说,极为少见,拿到国内去,恐怕两千万人民币都有人愿意买。

三十秒钟过去了……

一分钟过去了……

两分钟过去了……

站在拍卖台上的杰弗森脸色慢慢变得难看起来,他不知道为什么,区区七十万欧元的叫价,居然就没有人再加价了,这让经验丰富的杰弗森感到一丝不对劲。

"七十万欧元第一次,这件清朝康熙青花大盘,即使不是孤品,在世界上也是很少见的,有兴趣的朋友抓紧时间出价,机会难得啊……"

杰弗森手中的拍卖锤在桌上重重地敲了一下,极富蛊惑力的语言,不要钱地从口中吐出,不过即使他舌灿莲花,台下依然安静如故,除了那位赵总开价之外,再也没有人应和了。

"诸位朋友,这件康熙瓷器,在国际拍卖市场上的价格,最少要在一百万欧元左右啊,可能您再出一次价,这件瓷器就归您了,还请大家踊跃报价,过了这村就没这店了啊……"

此刻杰弗森背后的衣服,已经完全被冷汗打湿了,主持了这么多场拍卖,对面前的情形他并不陌生,这就是拍卖师最害怕的一幕,买家们"串上了"。

果然,下面众人的反应,验证了杰弗森的想法,就在他用中国话说出了那句"过了这村就没这店",台下仍然没有人报价,现在这件瓷器的价格,依然是七十万欧元。

时间在一秒一秒地过去,杰弗森额头的冷汗,已经顺着脖子滴淌到衣服里,不知道为何,那些对中国艺术品感兴趣的外国收藏家,也没给这件瓷器开价,在这种情形下,即使是杰弗森,也束手无策了。

"喂,我说杰弗森先生,作为'白手套'的拥有者,您不应该犯这么低级的错误吧,现在距离第一次敲锤已经过去五分钟了,您难道要等到拍卖会结束吗?"

在杰弗森不厌其烦的一次次地催促下,时间很快就过去了五分钟,只是除了最先出价的那位赵总之外,再没有第二个人出价了,最后赵总不耐烦了,干脆站起身来指责起杰弗森来。

"真的没有朋友再出价了……"

杰弗森不甘心地又问了一句之后,接连敲了两下拍卖锤,说道:"恭喜八十七号买家,您以七十万欧元的价格,成功拍到了这件中国清朝康熙年间的青花大盘,再次恭喜您……"

虽然嘴上说着恭喜,杰弗森的脸上却一点儿笑意都没有,他知道,他遇到了拍卖师最为害怕的情况,就是买家们串联在一起,共同抵制拍卖行。

这种情况在大的拍卖场合中,一般是极为少见的,因为买家们来自世界各地,很难统一意见,但是今天不知道为什么,居然被他们串联成功了。

杰弗森也不是没想过让拍卖行安排的托儿来抬价,但是他不敢,因为台下的买家如果真的串联在一起,那么让托儿出手的后果,就是这件物品最终由拍卖行埋单。

第五十章 | 买家串联

"这位赵总运气不错……"

庄睿翻看着手中的拍卖简介,笑着对坐在旁边的皇甫云说道。

从彩页上的图片可以看到,这件清康熙青花大盘,青花颜色纯正,即使光看照片,都能看得出来,包浆十分浓厚,的确是康熙年间的官窑瓷器,七十万欧元也就是七百多万人民币的价格,赵总算是占了个不小的便宜。

"怎么着?眼馋了吧?规矩是你定的,你今儿已经出手拍下一件了,没机会喽……"

皇甫云幸灾乐祸地笑话起庄睿,不过这会儿他心里也有些意动,皇甫云现在还有三十万欧元左右的身家,大物件他拍不起,但是别人看不上的小玩意儿,说不定也能讨个便宜。

就在庄睿和皇甫云说笑的时候,拍卖大厅里的灯光,突然之间变得忽明忽暗起来,有几盏灯竟然熄灭了,这种情况引起场内许多人的恐慌,有些人带来的女眷,甚至失声尖叫起来。

"庄睿,怎么了?"

秦萱冰也有些惊慌,一只手紧紧抓住庄睿,这国外可不太平啊,虽说911袭击的是美国,但是英法也不是什么好东西,指不定也被基地组织给惦记上了。

"没事,没事……"

庄睿抓住秦萱冰的手,小声地安慰起来,就在此时,拍卖台上的杰弗森,也发出了声音。

"先生们,女士们,实在对不起,由于一些特殊的原因,大楼的供电系统出了点问题,现在正在抢修之中,请大家先休息一下,应该很快就好了……"

杰弗森的话让大厅里的众人安静了下来,只是电力问题,那没什么,坐电梯还经常遇到被困在里面的情况呢。

"听说中国有句古话,叫做好事多磨,相信一会儿就能够恢复拍卖了,请大家稍等……"

杰弗森说完之后,就离开了拍卖台,借着微弱的灯光,从侧门走了出去。

"妈的,这肯定是拍卖行故意的……"

庄睿的视线一直放在杰弗森身上,在他走出侧门时,庄睿发现,外面的灯光都是好的,只有拍卖厅里,才出现了这种情况,不用问,这事肯定有猫腻。

庄睿猜得没错,这事就是理查德和丹尼尔授意酒店搞出来的,目的就是针对这些华人收藏家的串联,商议对策。

不过酒店的电力控制系统比较复杂,他们只断了拍卖大厅的供电,如果客人们出去一看,就都明白了,只是时间紧迫,理查德干脆就用上了这种无赖的手法。

"杰弗森先生,你不是说事情还在你的掌握之中吗? 为什么会出现该死的华人串联?我需要一个解释!"

理查德此时快要气疯了。

先是被一个毛头小子搞得颜面尽失,现在又出现华人串联抵制拍卖行,此时的理查德再也顾不上杰弗森是被他高价请来的"白手套"了,杰弗森一进门,他就大声地咆哮起来。

杰弗森此时还算冷静,拿出纸巾擦去脸上被理查德喷的唾沫星子之后,说道:"理查德先生,您也知道,这些华人一向都不怎么团结,今天的事情,我也没想到,不过还是有办法的……"

"什么办法?"

理查德连忙抓住了杰弗森的手,搞的杰弗森连忙甩了一下。

"抬价……"

杰弗森不动声色地用纸巾擦了擦手,接着说道:"把起拍底价抬高,只有这样,才能在最大程度上,保证拍卖行的利益不受损失……"

杰弗森说的这个办法,是拍卖行一贯用来对付那些串联的买家的,虽然在拍卖之前的彩页上,各个物件的起拍价都已定好,随意更改会引起买家的不满,但是到了这种关头,拍卖行也顾不上这些了。

一般来说,拍场所拍的物品价格,都要比实际市场价格低出不少,如果按照原先的底价起拍,拍卖行就是对物主,也无法交代了。

好在现在不管是国内还是国际,都流行这么一条霸王条款,那就是,一切解释权,归属主办方,别人即使不满,也没有办法。

"好，就这么办，在所有未拍物品的底价上，翻上一倍，即使流拍，也不能让那些该死的占到便宜……"

理查德听了杰弗森的话后，略一思考，就拍板定了下来，流拍的物件多了，肯定会对拍卖行的声誉造成影响，但是理查德也不愿意拍卖行赔本赚吆喝，毕竟有些拍品，他是和物主签订了协议的，如果拍不到那个价格，就要拍卖行出钱垫付了。

为了办好这次中国艺术品专场拍卖会，理查德可是下了血本的，单是说服那些手中有珍贵中国古董的人，他就花费了很大心思，才使得别人同意拿出藏品拍卖，但是从目前的情况来看，这次的拍卖会，显然失败之极。

"各位先生，各位女士，实在对不起，刚刚让大家受惊了，现在拍卖继续进行……

"下面要拍的一件藏品，同样是一件瓷器，它就是雍正官窑天青釉花觚，这件拍品比上一件青花大盘还要珍贵，存世量极少，它的起拍价格是……一百六十万欧元！"

杰弗森回到拍卖台之后，对刚才的电力问题一语带过，直接抛出下一件要拍卖的物件，不过这次杰弗森开完价后，台下却是一片安静，没人开口报价了。

在拍卖会印的彩页上，可以清楚地看到这件雍正官窑天青釉花觚的起拍价是八十万欧元，但是杰弗森报出来的却是一百六十万，价格整整提高了一倍，所以众人都在心里衡量，是否值得？

庄睿也在翻看这件瓷器的资料，整个物件大口小底，高约十六厘米，口径却在十三厘米左右，虽然器型比较小，但却十分大气，并且釉肥色纯，一百六十万欧元的价格，似乎也不是不能考虑。

"皇甫兄，拍下来，二百万欧元以内，都有赚头……"

庄睿自己已经出手过一次了，他当然不会破坏自己定下来的规矩，不过身边的皇甫云可以拍啊，即使自己得不到，朋友占了便宜，也是好事呀。

皇甫云听了庄睿的话后，条件反射般地就想举牌子，只是手刚一动就放下来了，看着庄睿苦笑道："老弟，我倒是想拍，可是钱不够啊……"

皇甫云的全副身家，只有四五十万欧元，昨儿拍了一件清乾隆皇帝的佩刀，现在只有三十来万欧元，让他拍这件一百六十万欧元的瓷器，这哥们有心无力啊。

"先拍，钱不够我借你，实在不行就当是帮我拍的……"

庄睿现在的博物馆正缺物件，这件雍正官窑天青釉花觚存世量正如杰弗森所说，极为稀少，可以评定为国家一级文物，庄睿既然见到了，可不愿意放过。

皇甫云点了点头，说道："好，哥们就帮你拍了……"

"一百七十万欧元,这件瓷器我出价一百七十万欧元……"

就在皇甫云准备举号牌的时候,前面的张女士却提前了一步,将手中的号牌高高举起,打破了场中的沉寂。

"八十九号买家出价一百七十万欧元,有没有朋友再开价的?"

"好,雍正官窑天青釉花觚以一百七十万欧元的价格,被八十九号买家拍到,恭喜这位女士,下面要拍的是今天的第三件拍品,它是……"

杰弗森知道场内这些华人都已经串联好了,也懒得多问,在三分钟例行问话之后,就敲下了锤子,这件价值不菲的雍正官窑瓷器,落入了张女士手中。

"小庄,你赌石厉害,这看古玩的本事也不差啊……"

张女士在成功拍到这件雍正瓷器之后,转过头来,看着庄睿笑了起来,她出身收藏世家,而且最爱的就是瓷器,可以说,如果要对这件雍正瓷器做出价格评估的话,场内没有一个人能比她定价更准确的。

"张女士,您说笑了,主要是我那博物馆里的藏品太少了,这才想着多拍几件带回去,能让国人看到这些精美的艺术品,是我最大的心愿……"

虽然东西被别人截胡了,庄睿也没多失望,口中大义凛然地说着自己都不相信的话,继续看着拍卖会往下进行。

此后的拍卖进程,更像是走过场,每一件开拍的物品价格,都和宣传彩页上的不符,也有买家提出过质问,但是被杰弗森一句拍卖方临时决定的话给堵了回去。

而拍卖方给出的解释是,按照国际惯例,物品的起拍价,拍卖方是有权利临时变动的,并且举例说明,第一件物品的起拍价,就比宣传彩页上标出的价格低出许多,现在抬高价格,也是正常的。

"妈的,死洋鬼子,回头老子就把录像带寄出去……"

庄睿在心里腹诽了一句,做了决定。

由于拍卖行对起拍价的更改,拍卖的进程变得平和起来,没有了火爆的竞价,在每一件藏品报出底价之后,众人都要先衡量这物件的价值,然后才会决定自己是否出价。

不过这样一来,拍卖进程倒是快了许多,基本上每个物件都在第一口叫价后,就成交了,而有些底价过高的古玩,如果都没有人在底价上加价,就流拍了,三十多件来自中国的古董,到下午五点钟左右,就全部拍卖完了。

秉承自己定下来的规矩,庄睿没再出手,倒是皇甫云用二十七万欧元,拍到一把清朝的龙泉宝剑,这也差不多掏空了皇甫云的家底。

在离开拍卖行之前，庄睿和张女士以及刘总等人，都交换了联系方式，众多国内来的收藏家，也对庄睿很有好感。

尤其是那位赵总，便宜拍下那件瓷器，对庄睿提出的办法自然感激不尽，甚至邀请庄睿回国之后，去参观他的私人藏品。

"皇甫兄，我今天晚上就要去伦敦了，你是继续留这，还是回美国？"

回到酒店之后，庄睿看着正爱不释手地把玩着手中龙泉宝剑的皇甫云问道。

皇甫云用白布小心擦拭了一下剑身，然后将剑入鞘，抬起头说道："我都快身无分文了，留在这里干吗？"

"我明天就回国，把收藏在美国家中的刀剑，都打包带回国内去，你那博物馆可要给我留好展厅啊……"

自己的力量不足以开博物馆，能借用庄睿的地方，完成自己的夙愿，皇甫云还是很重视这件事的，虽然名字不能叫刀剑博物馆，但是能让自己的藏品展现在世人面前，皇甫云已经很满足了。

"好，就是你不愿意，我也要硬拉着你……"

庄睿笑着回道，要是没有皇甫云那几百把刀剑，仅凭自己的几十件古玩，想开私人博物馆？纯粹是滑天下之大稽，别说博物馆开起来没东西展览，就是之前的申报，再有关系都未必能通过。

庄睿也考虑过，博物馆的名称是否改为中国定光刀剑博物馆，毕竟开业后里面的主打藏品，肯定是皇甫云的那批刀剑。

不过这样的名字开始虽然可以突出主题，但是等以后丰富了藏品种类，就有些不合适了，庄睿再三思考后，还是打消了这个念头。

"对了，皇甫兄，你今后的职业发展是怎么规划的？"

庄睿给皇甫云倒了一杯咖啡，放到他面前的茶几上。

"职业规划？"

皇甫云被庄睿这不着边际的问话搞的有些摸不着头脑，愣了一下才回道："我是纽约一家著名律师行的签约律师啊，不过每年打三五个官司就够我吃几年的了，现在就想收藏一些流失在民间的世界各个国家的冷兵器，以后或者会以卖养藏，专门从事这个行业也说不准……"

皇甫云所在的那家律师行，在美国极有名气，所接的案子都是非富即贵，要不然就是大公司之间的商业案件，一场官司下来，律师都赚得盆满钵满，要不然皇甫云哪来的闲钱,满世界收藏古董刀剑啊。

庄睿笑着问道:"那现在为什么不考虑专业搞收藏呢?"

"现在? 老弟,我可没你那么多的身家,买了这把剑,我差不多就成穷光蛋了,不回去赚钱,我喝西北风活着呀?"

皇甫云没好气地瞪了庄睿一眼,把手中的剑连鞘一起耍了个剑花后,忍不住又拔出来把玩起来,看来他还真痴迷这类物件。

"皇甫兄,我有个构想,不知道你能不能接受……"庄睿沉吟了一下,开口说道。

"你的构想关我什么事啊? 嗯……那说来听听吧……"皇甫云随口答道,他的注意力,还放在手中的龙泉宝剑上。

"是这样的,我现在投资的产业不少,但是一直都没请律师打理,对自己能赚取多少利润,也有点儿稀里糊涂的,我是想你这尊大神,能不能屈就来我这工作呢?"

随着庄睿投资产业的增多,他感觉需要人手帮自己分担一些事情,包括和吉美博物馆后续的谈判以及签订协议,全要自己办理,他真有点儿分身乏术。

第五十一章 曝光内幕

庄睿一直秉承一个信念,专业的事情,就要专业人士办理,所以不管是翡翠矿、玉矿还是汽修厂等产业,庄睿都没去管理,但是这些事情也需要一个人来帮助自己汇总啊,皇甫云正是最合适的人。

皇甫云本来没怎么在意庄睿的话,但是在听完庄睿这番话后,不禁愣了一下,终于将眼光从龙泉宝剑上挪开了,看着庄睿问道:"老弟,你说的是真的? 我的身价可不低啊……"

在美国,最顶尖的大律师,往往都是律师楼的合伙人,年收入折合成人民币,很多都在五千万以上。

皇甫云现在还达不到那种层次,但是年收入也有三四百万人民币左右,换算成美元,就是五六十万美元,这种收入在国内,算非常高的了。

庄睿笑着说道:"皇甫兄,那就把你的身价说来听听……"

"靠,你小子当真啊?"

皇甫云把龙泉宝剑插入鞘中,正色说道:"我一年忙上六七个月,大概可以赚到三百万人民币左右,你要是想请我做全职私人律师,处理你的生意包括日常事务的话,每年五百万,我可以考虑一下……"

"五百万?"

庄睿被皇甫云的价钱吓了一大跳,貌似秦瑞麟的吴经理,一年也不过两三百万人民币,但是他一年能帮自己创造几千万利润啊,比起吴经理,皇甫云所能创造的价值,似乎没有那么大。

"老弟,怎么着? 吓着了?"

皇甫云见了庄睿的神情,不由笑了起来,"我在美国获得法学和 MBA 双学士学位,对金融市场也颇为了解,以后整合你的生意,拟定投资意向,规避投资风险,作用大了去了,一年五百万元人民币,那也是看在咱俩是朋友的份上,要是国内的公司请我做专职法律顾问,我最少也要开个八百万……"

皇甫云这话说得倒也不错,他现在在律师界,也算是小有声名,一般公司请他打官司都要提前预约,并且身价不菲。

现在很多跨国公司请的法律顾问,费用确实高得离谱,但他们也的确可以帮公司规避很多风险,但是架不住庄睿连个体户都算不上,花这么多钱请皇甫云,心里是要衡量一下。

"五百万……"

庄睿有些拿不定主意,沉思起来,不过当他抬头时,见秦萱冰微微点了点头,意思是让他同意下来。

"五百万就五百万,不过,我还有一个要求……"

庄睿最终点头答应了下来,却让皇甫云吃了一惊,他提出这个价码,其实有推脱的意思,可是没承想,庄睿居然答应了。

刚才说有些大公司请律师的费用极高,但那一般都是和律师行之间的合作,皇甫云在国外小有名气,但是回到国内,不见得就能享受顶级律师的待遇。

"什么要求?"皇甫云沉声问道,脸色也变得严肃起来。

庄睿如果真愿意出这笔钱,皇甫云是愿意回国发展的,现在中国的经济日新月异,机遇相对也多一些。

庄睿笑了笑,说道:"很简单,除了帮我处理一些商务上的事情外,皇甫兄您还要兼任我那博物馆的常务副馆长,主持博物馆的日常工作,和国外博物馆接洽,搞一些交流展品的活动……"

庄睿这次办私人博物馆很仓促,主要原因就是和要吉美博物馆交换藏品,他自个儿心里,其实并没做好管理博物馆的心理准备,所以对皇甫云动了心思之后,干脆就人尽其才,把这一摊子扔给皇甫云算了。

"让我做博物馆的常务副馆长?!"

皇甫云听了庄睿的话后,脸上的表情有点儿奇怪,说不清是高兴还是失望。

"对,我最近两年,可能没那么多时间打理博物馆的事,就要麻烦你了……"

庄睿点了点头,他今年要读孟教授的研究生,主要精力要放在学业上,不管是博物馆还是缅甸新疆的生意,恐怕都没有太多时间过问,这也是他肯花大价钱请皇甫云的主要原因。

"成,这活我接了,明儿我就回美国,把房子处理掉,对了,老弟,那博物馆刀剑展厅,可要交给我来布置啊……"

要说皇甫云原本还没做好回的打算,现在听到庄睿的要求,马上就做了决定,而且很兴奋。

"不仅是刀剑展厅,其他的也都交给您了,能者多劳嘛……"

庄睿此时笑得像只小狐狸,皇甫云多年在国外,基本上只要是著名一点的博物馆他都去过,将自己的私人博物馆交给他打理,绝对是最好的选择。

当然，这馆长的职务，庄睿还是当仁不让的，即使只是个不务实的挂名馆长。

和庄睿谈妥之后，皇甫云像打了鸡血一般，变得兴奋莫名，听说庄睿已经着手准备博物馆的装修等事宜了，他居然一刻都不愿意等了，马上让酒店帮忙订了机票，就要连夜飞回纽约。

既然接受了庄睿的聘请，皇甫云马上就进入了角色。

按照皇甫云的话说，博物馆的装修，必须要有特色，自己还要帮庄睿处理吉美博物馆的事情，还要赶到伦敦帮他和埃兹肯纳谈判，争取最大的利益，也就明后天有点儿时间，必须先回纽约处理下事务。

"萱冰，你刚才对我使眼色，是什么意思啊？"

送走马上准备赶赴机场的皇甫云后，庄睿回到房间，看着秦萱冰问道，一直以来，秦萱冰都不怎么干涉他的事情，今儿的态度让庄睿有些疑惑。

"你看看……"

秦萱冰把一直把玩的笔记本电脑屏幕，挪到庄睿面前。

"皇甫云的简介？"

庄睿发现这是一家美国猎头公司挂的简介，其中对皇甫云大加夸奖，称其为美国司法界的一颗新星，曾经单独主理过美国多家知名企业的法庭辩护，并且获得胜诉。

按照这家猎头公司的说法，皇甫云已经拥有一批比较稳定的客户群，并且具有开办律师行的名望和能力，按照他们的评估，皇甫云在未来的几年中，每年可以从各种官司里，赚取不下一百万美元的年薪。

看到这个简介，庄睿才知道秦萱冰为何让他答应皇甫云的薪金要求，敢情自己签下他，还占了便宜。在 2005 年，一百万美元可是相当于七八百万人民币的。

不过事情也分两面性，自己肯定没有什么官司要打，让皇甫云过来帮忙，更多的是借用他的商业天赋，帮自己办理一些与外国博物馆交流合作的事情。

不管皇甫云是否能给自己创造出远超五百万年薪的利润，这事都已经定下来了，庄睿拿过秦萱冰的 DV 机，连上电脑，顺手拨通了伟哥的电话。

"嘿，庄老板，还记得哥哥啊？我以为你小子泡在温柔乡里出不来了呢……"

伟哥从昌化回上海之后，就忙着自己结婚的事情，他不打算和爸妈住在一起，这段时间都在装修房子，和庄睿的联系没有以前频繁了。

"别废话，我在巴黎呢，国际长途，贵！"庄睿笑着和阳伟开了个玩笑。

"切，哥们结婚去夏威夷度假，你小子少和我得瑟，有什么事，快说……"伟哥那边有点吵，庄睿估计他这会儿还在新房那边。

"你那边现在能上网吗？我给你邮箱发个视频，你做下处理，把视频里有我的画面，都打上马赛克,然后传到网上去。记住,国内的传不传都无所谓,但是国外的网站一定要传,最好是传到一些专业拍卖的网站上去……"

庄睿的话让身旁的秦萱冰侧目不已,敢情自己找的郎君,根本就不是什么正人君子,占了几十万欧元的便宜,现在还要曝光那家拍卖行,有点儿赶尽杀绝的味道啊。

不过庄睿的话却让大洋彼岸的伟哥紧张起来,听得出他跑到了门外,声音也压低了几分,问道:"你小子去国外不是做 007 去了吧? 搞的什么视频? 艳照门? 我靠,那咱们能拿去卖钱啊,大把的媒体会要的……"

"滚一边去,啥时候我把你和你媳妇的艳照拍下来,我说伟哥,你也是有媳妇的人了,脑子里咋就那么龌龊呢?"

庄睿没好气地在电话里骂了起来,想象力丰富是不假,但是自己搞得到那么龌龊的视频吗?

"行了,去网吧搞吧,多搞几台肉鸡,不要用国内的客户端……"

庄睿懒得和伟哥废话,再说经常听说国外电话有监听,庄睿也怕自己被监听了,交代了阳伟一句之后,就挂断了电话。

要说伟哥的电脑技术,庄睿是绝对相信的,上大学那会儿,阳伟就经常厮混在一些黑客论坛上,好像还参加过什么中美黑客大战。庄睿那会儿没钱,电脑玩的也不多,在这上面,远不如阳伟。

处理好这件事情之后,庄睿退掉了酒店房间,和秦萱冰带着彭飞和白狮,坐车来到巴黎机场,昨天他就让贺双联系了航线,今天晚上直飞伦敦。

坐在自己的私人飞机上等了一个小时左右,接到机场可以起飞的通知,飞机如同利剑一般穿入云霄,此次的巴黎之旅,就算正式结束了,但是庄睿造成的影响,在未来的几天,却传遍了全世界。

伦敦距离巴黎的直线距离只有几百公里,飞机大约飞行了一个多小时,就降落在伦敦机场。

虽然距离很近,但是下了飞机之后,庄睿明显感觉到,伦敦的气温比巴黎要低上几度,而且空气似乎也没有巴黎好。

来伦敦之前,秦萱冰通知了秦氏珠宝在伦敦的工作人员。

由于秦萱冰去年一直在帮英国皇室设计珠宝,算是英国皇室的珠宝设计师,所以秦氏珠宝在英国也颇受优待,可以将车直接驶入机场。

毫无例外,白狮的出现,又让那位前来接秦萱冰等人的司机,吓得手脚发颤,最后还是秦萱冰开车去的酒店。

伦敦的老建筑,比巴黎还要多,汽车行驶在老旧潮湿的街道上,庄睿的脑子里也浮现出书上对伦敦这座城市的描述。

伦敦是英国的首都、第一大城及第一大港，也是欧洲最大的都会区之一兼四大世界级城市之一，与美国纽约、法国巴黎和日本东京并列。

从1801年到二十世纪初，作为世界性帝国——大英帝国的首都，伦敦因其政治、经济、人文文化、科技发明等领域的卓越成就，成为全世界最大的都市。

不过在第二次世界大战之后，英国对世界格局的影响力，已经大不如维多利亚女皇时代，在维多利亚在位的1837年至1901年，英国毫无疑问的是世界上最为强大的国家，没有之一。

不过作为老牌帝国的首府，伦敦的底蕴还是很深厚的，泰晤士河畔古老的伦敦塔桥，被列为世界文化遗产之一的威斯敏斯特宫，巴洛克风格建筑的代表圣保罗大教堂，无一不诠释着这座城市的历史文化底蕴。

庄睿和他机组成员下榻的酒店，都由秦氏珠宝在伦敦的员工安排好了，是一家国际知名的五星级酒店，而此次国际珠宝博览会的会场，就在这家酒店，非常方便。

庄睿今天过得非常刺激，加上刚才又坐了飞机，所以此时在精神上感觉有些疲劳，进入到酒店之后，就冲凉睡觉了，只是庄睿还没睡多久，手机就响了起来。

"谁啊？"身边响起秦萱冰的声音。

"是四哥，你先睡，我出去接电话……"

庄睿从床上下来，来到了客厅里，按下接听键。

"嘿，五儿，不错啊，没看出来呀，你小子腰板还真挺硬的，老爷子都夸你了，回头大伯可能给你电话，行了，你那博物馆的事情，问题不大了……"

欧阳军话说得很快，庄睿还没听清是怎么回事，那边就挂断了电话，看了一下挂在客厅里的壁钟，庄睿顿时恨得牙根痒痒，我容易嘛我，这都夜里三点了，折腾我干吗啊。

"靠，又是谁？"

庄睿正准备回屋的时候，手机又响了起来，气得庄睿都想直接关机了，不过看到上面的号码，不禁愣了一下，因为手机屏幕上，没有来电显示。

"喂，哪位？！"

半夜三点被人打扰，庄睿自然没有好口气。

"小睿，我是你大舅……"

电话一端传来的声音，让庄睿瞬间清醒了过来，在他的记忆中，大舅似乎还没给自个儿打过电话呢。

"大舅，您怎么现在给我打电话啊？这么晚还没休息？"

在庄睿的印象中，除了大年三十那天，和大舅有过交谈之后，这都几个月了，自己似乎只在电视上见到过大舅的身影，不知道这半夜三更他给自己打电话干吗？

"晚？现在才八点多啊……"

电话一端的声音停顿了一下，紧接着就笑了起来："我倒是忘了，北京和伦敦是有时差的，打扰你休息了……"

"没事，没事，大舅，能接到您电话的人，估计还真没几个，这是我的荣幸啊……"

庄睿也反应了过来，北京和伦敦有七八个小时的时差，现在北京只是晚上而已。

"你小子，呵呵，那些东西我看到了，不错，有些事情就应该坚持，行了，不打扰你休息了，在国外注意安全……"

欧阳振山在电话里也没多说什么，和欧阳军一样，没头没尾地说了几句话之后，就把电话挂断了，留下庄睿拿着手机，睡意全无。

"这……一个个的都怎么了？"

庄睿心里有点莫名其妙，大舅究竟是看到什么了？以他的身份，居然亲自打电话来告诉自己。

"莫非是……"

庄睿突然想起来，欧阳振山好像说他看了什么东西，难道是自己让伟哥上传的视频？

庄睿想到这里，睡意全消，连忙把秦萱冰的笔记本电脑翻了出来，连上酒店的无线网络之后，登录网页查询起来。

"拍卖门视频……"

"国际拍卖巨头向中国买家低头……"

"华人不可辱，国际拍卖行大鳄低头道歉……"

在国内的新闻网页上，到处都充斥着这些字样，看得庄睿目瞪口呆，他没想到伟哥效率如此之高，这才短短几个小时，就已经将这件事情办好了。

再点开一些国外的拍卖信息网，庄睿发现，被标以拍卖门的视频，都在网页置顶的位置，并且点击量极高，下面还有许多跟帖的信息。

"还好，还好……"

庄睿打开一个视频看了下，里面他的头部，都被马赛克遮挡住了。

伟哥在视频的剪辑上，显示出了极其深厚的功底，不但在国内的视频下方做了文字说明，就连双方对话的声音都做了处理，在提及姓名的时候，都隐去了庄睿的名字。

这样一来，虽然熟悉庄睿的人能看出点端倪，但是陌生人绝对无法从视频上辨认出庄睿，这让庄睿松了一口气，他可不想在以后的生活里，被人像大熊猫一般观看。

"妈的，让你这死胖子再嚣张？"

庄睿很是恶趣味地将国外所有拍卖信息网上的视频都浏览了一遍之后，才关上了电脑，回房间睡觉去了，至于理查德会不会发现这些东西，会不会暴跳如雷，那就不关自己的事了。

第五十二章 | 国际珠宝博览会

第二天一早,才睡了几个小时的庄睿,就被秦萱冰拉了起来,因为今儿伦敦国际珠宝博览会要举行开幕式,作为秦氏珠宝的代言人和上届博览会的金奖获得者,他们必须参加开幕式。

收拾一番之后,庄睿穿了一身黑色的西装,和身穿旗袍的秦萱冰,一起离开了房间,来到位于酒店三层的博览会会场。

伦敦国际珠宝展开办于1956年,吸引了来自各个国家众多的珠宝、礼品和相关行业的采购商和供应商都会前来参加展会,多年来,伦敦国际珠宝博览会向国际购买商们,提供了大量的高品质的珠宝产品。

而世界各国的珠宝商们,也都以自己生产的珠宝能得到伦敦珠宝博览会的奖项为荣,能获奖,就意味着可以得到更多的关注。

像秦氏珠宝,在去年获得金奖之后,就收到了多个国家珠宝采购商的订单,按照秦浩然的话说,今年整个秦氏珠宝的加工厂,都忙得不可开交。

"先生,女士,请出示你们的邀请函……"

整个三楼都是此次展销会的会场,占地足有数千平方米,里面大大小小布满了来自各个国家和私人的珠宝展台。在进门的时候,庄睿和秦萱冰被门口的守卫拦住了。

"怎么? 不是随便参观的?"

秦萱冰从手包里拿出两张邀请函,进到会场里面之后,庄睿诧异地问道。

"当然不是,像这样的博览会,里面的珠宝都是出售的,如果游客想进来参观或者购买珠宝,要缴纳五十英镑的费用……"

秦萱冰的话听得庄睿咋舌不已,五十英镑就是六七百人民币,这门票的价格,要比国内贵多了,好像高交会广交会之类的,一张票不过几十块钱而已。

不仅如此,在进入会场之后,庄睿才知道,会场里的这些展位,都是收费的,而且价格极高,一般的展位每平方米在四百英镑左右,如果加上装修和灯光等费用,差不多一个展位的开销,就要百万人民币以上。

不过按照秦萱冰的话说,这些花费都是值得的,秦氏珠宝去年参展花了三百多万元港币,但是接到的订单,足足有三亿港币之多,这其中的利弊,自然不难判断。

顺着一个个展厅中间的过道,庄睿和秦萱冰向里面走去,可以看到,虽然名为珠宝博览会,但是这些展厅里展出的东西,有些已经超出了珠宝的范畴。

除了一些知名公司的品牌珠宝之外,另外还有专门销售二手珠宝、儿童珠宝、服饰珠宝、时尚珠宝、奢侈珠宝的展厅,分类很细,可以让珠宝商们和游客,根据各个细分类别,去选购自己所需要的商品。

除了这些珠宝展品,还有一些古董和礼品展厅,这让庄睿兴趣大增,这有点像国内的庙会,说不定也能淘到点好物件呢。

此时展厅里的人,大多都是各国的参展商,在等待此次博览会的开幕,还有些人,正在忙碌地布置着自己的展厅展台。

在展厅的中间,空出几百平方米的空间,只有一个珠宝展柜,陈列其中的是那个展柜玻璃罩里面的一款珠宝,正是庄睿送给秦萱冰的那串紫眼睛翡翠项链。

这是秦萱冰按照大会组委会的要求,提前送过来的,这也是大会的惯例,要在此次博览会上,为上一届的金奖珠宝进行颁奖典礼。

等待了大约十几分钟之后,所有参加此次博览会的参展商和采购商们,都集中到这片空地上,一位头发花白的主持人,则站在场地中央,那款紫眼睛翡翠项链展台之前。

看来国内外的这些开幕式,都是大同小异,主持人先介绍了前来参加开幕式的一些贵宾,其中包括伦敦市的市长。

还好,这些贵宾只是来捧场的,没有发布一通讲话。

"下面有请香港秦氏珠宝集团的秦萱冰小姐,来领取上届博览会金奖证书……"

开幕式流程进行得非常快,几分钟之后,那位主持人就提到了秦萱冰的名字,颁奖结束之后,博览会就算正式开幕了。

"美丽的秦小姐,您的魅力,让这款珠宝都黯然失色,不知道我能否为您戴上这款珠宝呢?"

今天的秦萱冰,的确光彩照人,她那一米七多的身高,凹凸有致的身材配上这身中国旗袍装,更显得明艳动人,不少人的眼光,都盯在那旗袍开叉处若隐若现的白皙大腿上。

"谢谢,不过我更希望这款珠宝,由我的爱人给我戴上……"

秦萱冰出言婉拒了主持人的请求,看向了庄睿。

"Shit,那个男人为什么不是我呢?"

"哦,来自东方的美人,我要去东方寻找我的挚爱……"

"挚爱?那您现在家中的妻子怎么办?"

在众人羡慕的眼神和议论中,庄睿走过去,从展柜里拿出这串原本属于自己的紫翡翠项链,给秦萱冰戴在脖子上,白皙的皮肤配着妖艳的紫色,在灯光下耀眼夺目。

"亲她!"

"亲吻她!"

"亲爱的,你是独一无二的……"

在场内围观人群的起哄下,庄睿在秦萱冰的面颊上亲了一口,周围响起一片掌声,此次博览会的开幕式,也在掌声中拉开了帷幕。

"小姐,庄先生,这就是我们秦氏珠宝今年的展厅,您看看还有什么需要修改的地方,我马上让人整改……"

开幕式结束之后,庄睿和秦萱冰在秦氏珠宝工作人员的带领下,来到属于秦氏珠宝的展厅。

由于秦浩然特意交代过,此次珠宝展,以庄睿的意见为主,所以那个来自香港的工作人员,对庄睿态度极其恭敬。

"挺好的,你们按计划进行吧,我和萱冰还有别的事情要办……"

庄睿大致看了一下,这些展台玻璃柜里的珠宝,大多都是今年从缅甸赌到的红翡饰品。

这批料子制成的珠宝,虽然从品级上来说,只能算是 A 货,但是还达不到顶级翡翠极别,不过女人向来都偏爱红色,所以这会儿在展台旁边,站了不少珠宝采购商,在打听饰品的价格。

"萱冰,咱们的任务算是完成了吧?"

庄睿和秦萱冰坐在展厅里的休闲沙发上,有些无聊地问道,他这会儿的心思,早就跑到几个出售中外艺术品的展厅里了,对自己这边的生意,实在是兴趣乏乏。

"嗯,后面的事情,爹地都有安排,咱们没什么事情做了……"

秦萱冰点了点头,她也不是很喜欢这种场合,要不是为了家族的生意,她根本就不想抛头露面。

"得,既然没事了,你先回房间换身衣服,然后咱们到处转转,明儿我约了埃兹肯纳,谈完事情咱们就回北京……"

庄睿闻言站起身来,不过第一件事就是让秦萱冰回房间换衣服,自己女人穿着这么暴露的服装,被众人死死盯着,庄睿心里恨不得拿个床单把秦萱冰严严实实地包裹起来。

话再说回来了,就秦萱冰脖子上那串价值上亿的翡翠项链,戴着也不安心,这个世界上,专门有那么一伙珠宝大盗,盯着那些昂贵的首饰,秦萱冰戴着项链好看是好看,不过也是招惹祸患的根源。

回到房间之后,庄睿把项链交给彭飞,有他和白狮在,估计这世界上没有哪个小偷能从他们手上偷走项链。

"当!"在巴黎拍卖行那间豪华办公室里,传来玻璃破碎的声音。

"狗屎,查出来没有?到底是谁干的?"

理查德那矮胖的身体,爆发出的声音,堪比世界第一男高音,震得面前的玻璃杯微微颤抖,而地上那个水晶烟灰缸,则无辜地被五马分尸了,散落在地板各处。

"老板,我们查到这段视频最早是从美国一家公司传播出来的,只是那家公司……那家公司和咱们没有任何关系,不可能做出这种事情……"

在理查德面前站着的,是拍卖行的公关经理巴特卡普·拉兹,一些对外的事项都是由他来处理的,不过对于此次的拍卖门,巴特卡普显然也没有更好的办法。

"什么公司?你怎么就断言没有联系?"

丹尼尔也快被网上传播的视频给气疯了,因为上面有他道歉的那一段,而且拍得异常清晰,拍到他那谦逊的面部表情时,还给了个特写。

今天一早他的手机就没停过,不是一些老朋友打来问情况,就是一些同行们看似安慰实则嘲讽的电话,话中的幸灾乐祸,让丹尼尔的手机在水晶烟灰缸落地之前,就已经报废了。

丹尼尔快受够了,一向以冷静著称的他,现在恨不得拿出家里的那杆古董猎枪,轰爆这个传播视频的人的脑袋瓜。

"那是家女士内衣公司,我……我想,应该和他们拉不上关系,可能是黑客搞的……"

巴特卡普也很恼火,这个视频一出,让他们的公司形象大受影响,他这一早上忙得连厕所都没工夫上,膀胱肿胀的滋味可是很不好受。

"狗屎,去请黑客,查出来到底是谁干的,我要干掉他!"

理查德此时就像一只被挑逗急眼了的公牛,不……公猪的形象或者更恰当点,挥舞着他那短小的手臂,不断地将唾沫星子喷溅在巴特卡普的脸上。

"理查德,你说会不会是昨天那个小子干的?"

丹尼尔发泄了一通之后,逐渐恢复了冷静,拍卖门的事情有些蹊跷,昨儿应该没有记者混入会议室,并且如果是记者干的,也绝对不会将视频直接传到网上,而是进行独家报道了。

"应该不是,我想……可能是咱们的对手干的,你要知道,下个月,香港也有一场中国艺术品专场拍卖会,很有可能是他们做出来的……"

理查德听到丹尼尔的话后,脸上的暴怒瞬间消失不见,代之而来的是一片凝重的神情,能混到他们这种地位,可不是会骂人就行的。

"Shit，一群自私的家伙，理查德，现在看来，这次拍卖达不到预期的效果了，咱们是不是把拍价降下来，和那些中国人处好关系？"

丹尼尔从嘴里吐出一句脏话，然后想起对策来，能和他们相抗衡的拍卖行也就那么几家，屈指可数，而且几家拍卖行之间的关系，虽说没到水火不容的地步，但也时有摩擦。

所以丹尼尔一听到理查德的话，马上就把庄睿身上的嫌疑排除了，毕竟那个年轻人昨天离开时，还对自己做出的决定表示赞赏，应该不会转脸就去爆出这件事情，做人不能太……无耻吧。

"好，宁愿这次咱们的利润点低一些，也不能让那些王八蛋占了便宜……"

理查德拍了下桌子，马上吩咐起来，让巴特卡普去通知杰弗森，将起拍的底价降回去。

远在英国的庄睿自然不知道，自己一手炮制出来的拍卖门事件，居然让还在巴黎的那些中国收藏家们沾了光，用远低于市价的价格，买到不少珍稀的物件。

这件事情也让留下来的这些人尝到了甜头，在日后的一些国际性拍会里，都自发地组织起来，用团体的力量对抗拍卖行，使得中国艺术品的价值虽然一直在稳步上升，却没再出现在一场拍卖会里被炒作拔高的情况。

"阿嚏！谁在骂我啊？"

庄睿正和秦萱冰牵着手，在博览会的各个珠宝展厅闲逛，猛地打了个喷嚏，声音之响，让周围的人都向他看去。

"老公，你不会感冒了吧？都怪你，刚才那么一会儿工夫，也想要……"

秦萱冰先是关心地询问了一句，不过继而就白了庄睿一眼，小手更在庄睿腰间掐了一下，刚才在换衣服的时候，又被这色狼给那啥了。

"没事，不是感冒……"庄睿咧着嘴抓住了秦萱冰的小手，话说女人掐起人来，都捡软肉捏，咋就掐得那么准啊？

"不会是被那两个老小子发现了吧？"

庄睿这会儿也有点做贼心虚，不过伟哥应该处理得很干净，庄睿倒是不怕理查德等人找后账，没凭没据的，自己死不承认就是了。

两人来到一家出售工艺品和礼品的展厅，在国外，古玩统一称之为艺术品，其市场规范和等级划分，比中国古董的分类更加细致。

在这家展厅里，有一些色泽相对比较暗淡的古董珠宝，另外还有些油画，当然，都是一些新晋画家们的作品。

另外还有一些锈迹斑斑的青铜器，这让庄睿来了兴致，不过走到玻璃展台前，用灵气一打探，顿时失望起来，这些东西，居然全都是假的。

庄睿早就听说过，在河南有个专门制作青铜器工艺品的村子，工艺十分高超，并且做旧的手法也很高明,几乎能以假乱真。

有很多品行不端的古玩商人,经常去那里订制青铜器,不过那里的人虽然会按照别人的意思做出物件,但是每出售一个物件,就会留下票据底单,上面写着的,一定是现代工艺品。

这样一来,即使那些古玩商人拿着这些东西去坑蒙拐骗,也找不到村子头上,就算有人拿着假物件找上门来,他们拿出底单,也能让买到假货的人哑口无言。

那个村子制作出来的青铜器,还有一个特点,就是绝大部分都是出口的,村子一年创造的外汇,占了整个县城的一半还多。

从展台上这些青铜器的制造工艺上来看,庄睿几就可以断定,这些物件肯定是从中国境内带出来的,而且十有八九,就是河南那村子制作的。

几个销售人员正在给一些采购商和游客们,卖力地讲解着这些东西的价值。

"萱冰,走吧,没什么看头……"

这些物件看在庄睿眼中,毫无吸引力,逛了一圈也没发现能让自己动心的玩意儿,庄睿摇了摇头带着秦萱冰走出了这家展厅。

"哦,亲爱的庄,我找了您半天了……"

刚刚走出展厅,庄睿就听到在自己的右侧有人在大声喊着自己,转脸看去,不禁笑了起来,与其在这里看这些无聊的物件,还不如去看看这人的藏品呢。

"埃兹肯纳先生,很高兴在这里见到您,怎么,您对珠宝也感兴趣?"

庄睿和埃兹肯纳约的时间是在明天,因为皇甫云明天就能处理好纽约的事务,赶到伦敦参与此次交易。

像庄睿他们这样的物品交易,要有律师和公证人员在场,这样回国之后,庄睿才能说清楚这些物件的来历。

"不……不,庄先生,比起这些珠宝,我对您手上那些毕加索的素描,更感兴趣一些……"

埃兹肯纳刚才在开幕式上见到庄睿之后,就一直在会场里寻找他,可是在会场里转悠几圈了,都没见到庄睿的人影,埃兹肯纳哪儿知道,庄睿刚才带着秦萱冰到楼上嘿咻去了。

"不过,这个展厅,倒是我旗下一家工艺品公司布置的,庄先生看看有什么喜欢的物件,我让他们收起来,算是鄙人的一点心意吧……"

"哦?埃兹肯纳先生,您这里的那些中国青铜器,可是价值不菲啊……"

庄睿听了埃兹肯纳的话后,故意说道,他是想试探一下埃兹肯纳的人品,如果这家伙空口白话承认下来,那么庄睿对后面的交易就不怎么看好了,谁知道这位英国绅士,会不会拿些假瓷器来糊弄自己呢?

"庄先生说笑了,那些都是现代工艺品,都称不上是艺术品,不值多少钱的……"

埃兹肯纳很坦诚地说了出来,这让庄睿对他好感大增,最起码在自己面前,埃兹肯纳没有把自个儿当成"凯子"的想法。

"呵呵,不知道埃兹肯纳先生,有没有把您先前列举的清单上的物品整理出来呢?"

庄睿话题一转,回到两人之前谈的物品交换上,在巴黎认识埃兹肯纳之后,珠宝博览会倒变成次要的了,庄睿此行的目的,主要是促成和埃兹肯纳的交易。

"当然,我一直在恭候庄先生的大驾,要是您今天有时间的话,可以到我的城堡里作客,中国有句古话,叫做有朋友从远方来,心里倍高兴,我现在就是这样的心情……"

埃兹肯纳为了拉近和庄睿的关系,改用汉语与庄睿交谈起来,只是教他汉语的那人,估计也是个二杆子,将孔子的那句话改的不伦不类的,听的庄睿和秦萱冰差点笑出来。

"高兴,我也很高兴去埃兹肯纳先生的家里做客,不知道埃兹肯纳先生什么时候有时间呢?"

庄睿之前见到埃兹肯纳的那份古玩清单之后,早就心潮澎湃了,无论是鬼谷子下山元青花瓷罐,还是南宋五大名窑的瓷器,在国内都极为罕见,就算此次换不到手,能亲自把玩一番,也是庄睿梦寐以求的。

"嗯……晚上吧,为了欢迎您和这位美丽的女士,我准备晚上举办一个晚会,亲爱的庄,您看怎么样?"

埃兹肯纳想了一下,决定用最隆重的礼节来款待庄睿,在英国的上流社会,为了某个人而举办酒会,那是对其人最为尊重的一种表达方式。

当然,埃兹肯纳指定不是尊重庄睿本人,而是尊重庄睿手中的那些毕加索作品。

"晚会?"

庄睿一听这话,头顿时大了起来,他最怕参加这些所谓上流人士的宴会。

在国内,由于欧阳振山进入了中枢,欧阳军的社交圈子也有所改变,这半年多以来,没少喊他去认识一些京城的公子哥,都被庄睿拒绝了,来到国外,庄睿更不想出这种风头。

庄睿看了一眼秦萱冰,见她也微微摇头,于是看向埃兹肯纳,说道:"埃兹肯纳先生,对于您的诚意,我表示万分感谢,不过您也知道,我是一个收藏家,于我而言,精美的艺术品给我带来的欢乐,是最大的……"

虽然没有直接拒绝,但是庄睿话中的意思表达的很明确,哥们我就对您家里的古玩感兴趣,至于别的嘛,还是算了吧。

"那……庄先生中午有时间去我的城堡做客吗,我那里还有一瓶1870年的红酒,保证您会满意的……"

埃兹肯纳对中国文化很有研究,他能分辨出庄睿说的是真心话,而不是有些人的客套话,他也很想庄睿能选中几件自己的藏品,可以和庄睿交换毕加索的那几幅素描。

虽然埃兹肯纳是专门收藏中国古董的,但是对于西方艺术品,他同样倍加关注,因为顶尖的西方艺术品,现在的市场价值要远远超过东方古玩,这是在国际拍场中,早已经验证过的。

作为一名古董商人,埃兹肯纳一定不会放过从庄睿手中换取毕加索作品这次机会的,因为要是欧洲人拥有毕加索的作品,埃兹肯纳想用中国古玩与之换取,绝对是一件天方夜谭般的事情。

要不然,别说是1870年的红酒,就是今年2005年产的,埃兹肯纳恐怕都不会拿出来。

"当然,我很高兴接到您的邀请……"

庄睿点头同意了,不过和埃兹肯纳这种英国绅士的说话方式,让他很不习惯。

"哦,太好了,庄先生,我要先去安排一下,中午会有车来接两位的……"

埃兹肯纳见庄睿答应了下来,脸上露出高兴的神情,和庄睿约定了时间之后,就离开了博览会的大厅,想必是去安排中午的酒宴了。

"我要最新鲜的鹅肝,哦,还有鱼子酱,都要最好的,马上找人送到我的城堡里去,要快,中午一定要办好……"

走出博览会,埃兹肯纳就掏出手机拨打了起来,这要是被庄睿听到,肯定会痛斥那些在国外只受到沙拉果盘招待的人:谁说老外不好客啊?

全国古玩市场地址

北京古玩城：北京市朝阳区东三环南路 21 号

北京潘家园旧货市场：北京市朝阳区华威里 18 号

上海国际收藏品市场：上海市江西中路 457 号

天津古物市场：天津市南开区东马路水阁大街 30 号

天津古玩城：天津市南开区古文化街

重庆市综合类收藏品市场：重庆市渝中区较场口 82 号

重庆市民间收藏品市场：重庆市渝中区枇杷山正街 72 号

广东省深圳市古玩城：广东省深圳市乐园路 13 号

广东省深圳华之萃古玩世界：广东省深圳市红岭路荔景大厦

广东省珠海市收藏品市场：广东省珠海市迎宾南路

广东省广州带河路古玩市场：广东省广州市荔湾区带河路

江苏省南京夫子庙市场：江苏省南京市夫子庙东市

江苏省南京金陵收藏品市场：江苏省南京市清凉山公园

江苏省苏州市藏品交易市场：江苏省苏州市人民路市文化宫

江苏省常州市表场收藏品市场：江苏省常州市罗汉路

浙江省杭州市民间收藏品交易市场：浙江省杭州市湖墅南路

浙江省绍兴市古玩市场：浙江省绍兴市绍兴府河街 41 号

福建省白鹭洲古玩城：福建省厦门市湖滨中路

福建省泉州市涂门街古玩市场：福建省泉州市状元街、文化街及钟楼附近

河南省郑州市古玩城：河南省郑州市金海大道 49 号

河南省洛阳市西工古玩市场：河南省洛阳市洛阳中州路

河南省洛阳市潞泽文物古玩市场：河南省洛阳市九都东路 133 号

河南省洛阳市古玩城：河南省洛阳市民俗博物馆大门东

河南省平顶山市古玩市场：河南省平顶山市开源路

湖北省武昌市古玩城：湖北省武昌市东湖中南路

湖北武汉市收藏品市场：湖北省武汉市扬子街

四川省成都市文物古玩市场：四川省成都市青华路36号

辽宁省大连市古玩城：辽宁省大连市港湾街1号

辽宁省沈阳市古玩城：辽宁省沈阳市沈阳故宫附近

辽宁省锦州市古文物市场：辽宁省锦州市牡丹北街

黑龙江省哈尔滨市马家街古玩市场：黑龙江省哈尔滨市南岗区马家街西头

吉林省长春市吉发古玩城：吉林省长春市清明街74号

山东省青岛市古玩市场：山东省青岛市昌乐路

河北省石家庄市古玩城：河北省石家庄市西大街1号

河北省霸州市文物市场：河北省霸州市香港街

河北省保定市文物市场：河北省保定市 新北街207号

山西省平遥古物市场：山西省平遥县明清街

山西省太原南宫收藏品市场：山西省太原市迎泽路

陕西省西安市古玩城：陕西省西安市朱雀大街中段2号

安徽省合肥市城隍庙古玩城：安徽省合肥市城隍庙

安徽省蚌埠市古玩城：安徽省蚌埠市南山路

甘肃省兰州古玩城：甘肃省兰州市白塔山公园

云南省昆明市古玩城：云南省昆明市桃园街119号

江西省南昌市滕王阁古玩市场：江西省南昌市滕王阁

贵州省贵阳市花鸟古玩市场：贵州省贵阳市阳明路

湖南省长沙市博物馆古玩一条街：湖南省长沙市清水塘路

湖南省郴州市古玩一条街：湖南省郴州市兴隆步行街